맥파이 살인 사건

맥파이 살인 사건

앤서니 호로위츠 장편소설
이은선 옮김

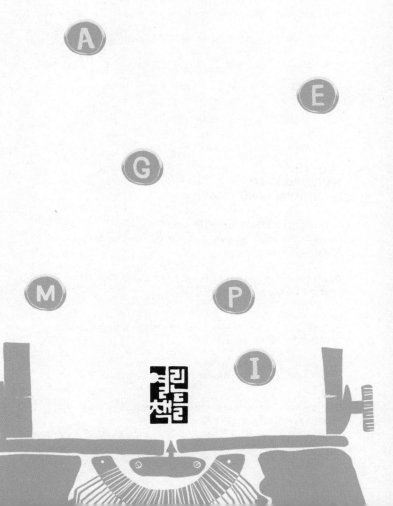

MAGPIE MURDERS
by ANTHONY HOROWITZ

일러두기
작품 구성의 특성상, 독자의 이해를 돕기 위해 내화(內話) 부분 하단에 플립 북을 삽입했습니다. 페이지 번호의
교차는 원서에 따른 것으로 오류가 아닙니다.

이 책은 실로 꿰매어 제본하는 정통적인 사철 방식으로 만들어졌습니다.
사철 방식으로 제본된 책은 오랫동안 보관해도 손상되지 않습니다.

차례

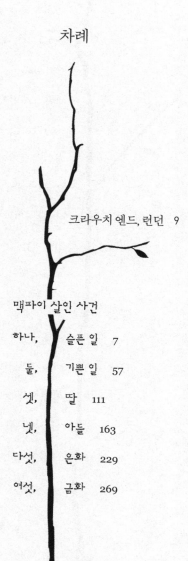

크라우치 엔드, 런던 9

맥파이 살인 사건

하나,   슬픈 일 7

둘,   기쁜 일 57

셋,   딸 111

넷,   아들 163

다섯,   은화 229

여섯,   금화 269

크라우치 엔드, 런던 13

클로버리프 북스 21

앨런 콘웨이 34

애비 그레인지, 프램링엄 42

웨슬리&칸, 프램링엄 59

앨런 콘웨이의 『미끄럼틀』 일부 65

오퍼드, 서퍽 70

우드브리지 80

편지 87

아이비 클럽 100

손자 115

프램링엄으로 가는 길 122

아티쿠스의 모험 134

장례식이 끝나고 142

세인트 마이클 교회 165

크라운에서 저녁을 171

〈그는 뭘 잘 숨겼어요…….〉 181

입스위치 스타벅스 192

크라우치 엔드 198

클로버리프 북스 205

탐정 일 223

브래드퍼드온에이번 233

패딩턴역 246

클로버리프 북스 253

최후의 일전 272

집중 치료실 278

일곱, 절대 얘기하면 안 되는 비밀 297

크레타섬, 아요스 니콜라오스 281

옮긴이의 말 287

크라우치 엔드, 런던

와인 한 병. 대용량 나초 치즈 맛 토르티야 칩 한 봉지와 매운 살사소스. 옆에는 담배 한 갑(네, 압니다, 알고말고요). 유리창을 두드리는 빗방울. 그리고 책 한 권.

이보다 더 근사한 풍경이 어디 있을까?

『맥파이 살인 사건』은 전 세계적으로 많은 사랑을 받는 베스트셀러 아티쿠스 퓐트 시리즈의 아홉 번째 작품이다. 비가 내리던 8월의 그날 저녁 내가 첫 장을 펼쳤을 때는 아직 원고 형태였고 그 원고를 교정, 출간하는 것이 내게 주어진 임무였다. 하지만 일단은 재미있게 읽을 작정이었다. 집에 들어가자마자 부엌으로 직행해 냉장고에서 꺼낸 몇 가지를 모두 쟁반에 담은 기억이 난다. 옷을 갈아입고 벗은 옷은 그 자리에 그냥 내팽개쳤다. 어차피 아파트 안이 온통 쓰레기장이었다. 샤워를 하고 물기를 닦고 볼로냐 도서전에서 받은 특대형 메이지 마우스 티셔츠를 입었다. 침대 속으로 들어가기에는 아직 이른 시각이었지만 간밤에 자고 일어난 상태 그대로 쭈글쭈글한 시트 위에 누워 책을 읽기로 마음먹었다. 내가 항상 이런 식으로 지내지

9

는 않지만 남자 친구와 6주 떨어져 지내는 동안엔 멋대로 지낼 작정이었다. 난장판에는 사람의 마음을 편안하게 만드는 측면이 있고 투덜거리는 사람이 없으면 더욱 그렇다.

사실 나는 그 단어를 싫어한다. 남자 친구. 두 번 이혼한 쉰두 살의 남자를 지칭하는 용도로 쓰이면 특히 그렇다. 그런데 문제는 영어에 딱히 대안이 없다는 것이다. 안드레아스가 내 인생의 동반자는 아니었다. 동반자라고 하기엔 우리는 너무 불규칙적으로 만났다. 그럼 애인일까? 반쪽일까? 이 두 단어를 들으면 서로 다른 이유에서 내 몸이 움찔거렸다. 그는 크레타섬 출신이었다. 웨스트민스터 스쿨에서 고대 그리스어를 가르쳤고 내 집과 그리 멀지 않은 마이다 베일의 아파트에 세 들어 살았다. 살림을 합치자는 얘기가 나온 적은 있었지만 그러면 우리 관계가 망가지지 않을까 두려운 마음이 있었기에 내 옷장 가득 그의 옷이 걸려 있더라도 정작 그는 여기 없을 때가 많았다. 지금이 그런 때였다. 안드레아스는 방학을 틈타 가족을 만나러 고향에 갔다. 그의 부모님과 혼자되신 할머니, 10대인 두 아들, 전처의 남동생이 한집에서 다 같이 살았다. 그런 식의 복잡한 설정을 그리스 사람들은 좋아하는 듯했다. 그는 학교가 시작되기 전날인 화요일에 돌아올 테고 나는 그 주 주말에나 그를 만날 수 있을 것이었다.

그래서 나는 하이게이트 전철역에서 도보로 15분 거리에 있는 클리프턴 로드의 어느 빅토리아 왕조풍 저택의 지하와 1층에 널찍하게 펼쳐진 나의 크라우치 엔드 아파트를 독차지하고 있었다. 이 집이야말로 내가 지금까지 산 것들 중에서 가장 현명한 투자였다. 나는 이 집이 좋았다. 조용하고 쾌적했고 마당을 2층에 사는 안무가와 함께 썼지만 그는 집에 있을 때가 거의 없었다. 두말하면 잔소리지만 나는 책이 너무 많았다. 책꽂이마다 빈틈이 한 치도 없었다. 책 위에 또 책이 있었다. 책꽂이들이 무게를 못 견디고 휘었다. 두 번째로 큰 방을 서재로 만들었으나 웬만하면 집에서는 일을 하지 않으려고 했다. 안드레아스가 이 집에서 지낼 때는 그가 그 방에 있는 시간이 나보다 더 많았다.

와인을 땄다. 살사소스 뚜껑을 열었다. 담배에 불을 붙였다. 그런 다음 지금 여러분의 손에 들려 있는 이 책을 읽기 시작했다. 그런데 이쯤에서 경고하고 싶은 게 있으니 그게 뭔가 하면.

이 책으로 인해 내 인생이 달라졌다는 것이다.

여러분도 예전에 그 비슷한 소리를 들은 적이 있을 것이다. 부끄러운 고백이지만 나도 맨 처음 맡았던 아주 평범한 제2차 세계 대전 스릴러 표지에 그 문구를 떡하니 써놓았다. 누가 한 말인지는 몰라도 책으로 인생이 바뀌려면 떨어지는 책에 맞는 수밖에 없다고 했다. 하지만 과연 그럴까? 나는 아주 어렸을 때 브론테 자매의 소설을 읽고 그들이 창조한 세계에 푹 빠졌던 기억이 아직까지 생생하다. 그 통속적인 이야기, 황량한 풍경, 괴기스럽고 낭만적인 로맨스 『제인 에어』가 나를 출판계로 인도했다고 볼 수 있는데, 이후에 내가 겪은 사건을 감안하면 약간 아이러니하게 느껴진다. 나에게 깊은 감동을 선물한 책은 한두 권이 아니다. 이시구로의 『나를 보내지 마』, 매큐언의 『속죄』. 해리 포터 신드롬으로 홀린 듯이 기숙 학교에 입학하는 아이들이 많다고 들었는데 역사적으로도 우리의 사고방식에 심오한 영향을 미친 책들이 있었다. 대표적인 예로 『채털리 부인의 연인』을 들 수 있을 테고『1984』도 마찬가지다. 하지만 **어떤** 책을 읽느냐가 정말로 중요한 문제일까. 우리의 인생은 이미 정해진 궤도를 따라 움직인다. 소설은 남의 인생을 언뜻 들여다보는 행위에 불과하다. 그래서 우리가 소설을 좋아하는 건지도 모르겠지만.

하지만 나는『맥파이 살인 사건』으로 인해 정말이지 모든 게 달라졌다. 나는 이제 크라우치 엔드에 살지 않는다. 직업도 없다. 친구도 많이 잃었다. 그날 저녁에 원고의 첫 장을 넘겼을 때만 해도 어떤 여정이 나를 기다리고 있을지 전혀 몰랐고 솔직히 그 여정 속으로 끌려들어 가지 않았더라면 얼마나 좋았을까 하는 마음이 있다. 이 모든 게 앨런 콘웨이라는 그 자식 때문에 생긴 일이었다. 나는 처음 만난 날부터 그를 탐탁지 않게 여겼지만 희한하게도 그의 작품은 항상 좋아했다. 나로 말할 것 같으면 훌륭한 탐정 소설을 최고로 친다. 거듭되는 반전과 단서, 속임수 그리고 막판에 이르러 모든 게 밝혀졌을 때, 진작 알아차리지 못한 나를 발로 차주고 싶어지는 동시에 느껴지는 충족감.

원고의 첫 장을 넘기며 내가 기대한 게 그런 거였다. 하지만『맥파이 살인 사건』은 그렇지 않았다. 전혀 그렇지가 않았다.

설명은 이 정도면 됐을 거라고 본다. 나와 달리 여러분은 미리 경고를 받았다.

맥파이 살인 사건

아티쿠스 핀트 미스터리

앨런 콘웨이

저자 소개

앨런 콘웨이는 입스위치에서 태어났고 우드브리지 스쿨을 거쳐 리즈 대학교 영문학과를 수석 졸업했다. 이후 늦깎이 학생으로 이스트 앵글리아 대학교에서 문예 창작을 공부했다. 이후 6년 동안 교사 생활을 하다 1995년, 『아티쿠스 퓐트, 수사에 착수하다』로 첫 성공을 거두었다. 이 작품은 28주 동안 『선데이 타임스』 베스트셀러 목록에 올랐고 추리 작가 협회에서 그해 최고의 범죄 소설에 수여하는 골드 대거상을 받았다. 이후로 아티쿠스 퓐트 시리즈는 전 세계적으로 1천8백만 부가 판매됐고 35개 국어로 번역됐다. 2012년에 앨런 콘웨이는 문학에 기여한 공로를 인정받아 대영 제국 5등 훈장을 수훈했다. 전 부인과의 사이에서 아이를 하나 두었고 현재 서퍽의 프램링엄에서 살고 있다.

아티쿠스 퓐트 시리즈

『아티쿠스 퓐트, 수사에 착수하다』
『악인에게는 쉴 틈이 없다』
『아티쿠스 퓐트, 사건을 맡다』
『밤은 찾아들고』
『아티쿠스 퓐트의 크리스마스』
『청산가리 칵테일』
『아티쿠스에게 빨간 장미를』
『아티쿠스 퓐트, 해외로 진출하다』

아티쿠스 퓐트 시리즈에 쏟아진 찬사

영국 추리 소설에 기대할 수 있는 모든 것을 갖추었다. 근사하고 기발하며 예측을 불허한다.　　　　　　　　　—『인디펜던트』

정신 바짝 차려요, 에르퀼 푸아로! 이 마을에 등장한 영리한 외국인이 당신의 자리를 넘보고 있어요.　　　　　—『데일리 메일』

나는 아티쿠스 퓐트의 팬이다. 그의 활약상을 읽다 보면 범죄 소설의 황금시대로 돌아가 우리의 출발점을 되새김질하게 된다.　　　　　　　　　　　　　　　　　—이언 랜킨

셜록 홈스, 피터 윔지 경, 브라운 신부, 필립 말로, 푸아로……
진정으로 위대한 탐정은 한 손으로 꼽을 수 있을지 모른다.
하지만 아티쿠스 퓐트가 추가되면 손가락이 하나 더 있어야 한다!　　　　　　　　　　　　　　　—『아이리시 인디펜던트』

훌륭한 탐정 소설에는 훌륭한 탐정이 있어야 하는데, 아티쿠스 퓐트는 훌륭한 탐정의 반열에 넣을 만하다.

—『요크셔 포스트』

독일에 새로운 외교관이 생겼다. 그리고 범죄 세계에는 가장 위대한 탐정이 탄생했다. —『데어 타게스슈피겔』

앨런 콘웨이가 자기 안에 숨어 있는 애거사 크리스티를 쏟아내고 있다. 그에게 행운이 따르길! 아주 재미있게 읽었다.

— 로버트 해리스

절반은 그리스인, 절반은 독일인, 하지만 언제나 1백 퍼센트 옳은. 그의 이름은? 퓐트 — 아티쿠스 퓐트.

—『데일리 익스프레스』

조만간 BBC1 채널에서 텔레비전 시리즈로 제작 예정

하나

슬픈 일

1

1955년 7월 23일

장례식이 열릴 예정이었다.

제프 위버와 그의 아들 애덤, 두 사람은 날이 밝자마자 모든 준비를 마치고 정확한 비율로 묏자리를 파서 흙을 한쪽에 깔끔하게 쌓아 놓았다. 스테인드글라스 창이 아침 햇살을 맞고 반짝이자 색스비온에이번의 세인트 보톨프 교회가 그보다 더 예뻐 보일 수가 없었다. 이 교회의 역사는 12세기로 거슬러 올라가지만 물론 그동안 수많은 보수를 거쳤다. 새 묏자리는 교회의 동쪽으로 잡초가 멋대로 자라고 무너진 아치 주변으로 데이지와 민들레가 싹을 틔우는, 폐허가 된 성단소 근처였다.

마을 자체는 고요했고 거리에는 아무도 없었다. 우유 배달부는 이미 배달을 마치고 트럭 뒤편에 얹은 유리병을 달그락거리며 사라졌다. 신문 배달하는 아이들도 동네를 한 바퀴 다 돌았다. 토요일이라 출근하는 사람이 없을 테고 자가 소유자들이 주말의 허드렛일을 시작하기에는 아직 이른 시각이었다. 9시가되면 마을 잡화점이 문을 열 것이었다. 오븐에서 갓 구운 빵 냄새가 벌써부터 그 옆 빵집에서 스멀스멀 흘러나왔다. 그들의 첫 손님이 조만간 도착할 예정이었다. 아침 식사가 끝나면 잔디깎이들의 합창이 시작될 것이었다. 7월이라 추수 축제가 한달밖에 남지 않아서 벌써부터 장미 가지를 치고 호박의 치수를 꼼꼼하게 재느라 색스비온에이번의 열렬한 정원사들이 가장 바쁠 때였다. 1시 30분에 마을 공터에서 크리켓 시합이 열릴 예

9

정이었다. 아이스크림 트럭이 등장하고, 아이들은 뛰놀고, 관광객들은 자기 차 앞에서 피크닉을 즐길 것이었다. 찻집도 문을 열고 완벽한 영국의 여름날 오후가 될 것이다.

하지만 아직은 아니었다. 지금은 버스에서 출발하는 관이 도착하길 기다리느라 온 마을이 공손하게 말을 아끼며 숨을 죽이고 있는 듯한 분위기였다. 그 관은 침울한 표정의 관계자들이 에워싼 가운데 영구차에 실리고 있었다. 다섯 명의 남자와 한 명의 여자로 이루어진 그들은 어디를 보아야 할지 모르는 사람들처럼 서로 시선을 피하고 있었다. 네 명의 남자는 래너 & 크레인이라는 상당히 유명한 회사에서 나온 전문 장의사였다. 빅토리아 왕조 시대부터 명맥을 이어 온 그 회사는 원래 목공과 건설 전문이었다. 그 당시만 해도 장례업은 부업이자 거의 막판에 추가한 업종에 가까웠다. 그런데 난처하게도 이 사업만 명맥을 유지했다. 래너 & 크레인은 더 이상 집을 짓지 않지만 격식을 갖춘 장례식의 대명사가 되었다. 오늘의 이 건은 상당히 저렴한 패키지였다. 영구차도 오래된 모델이었다. 까만 말도 화려한 화환도 없었다. 관도 마감이 깔끔하기는 했지만 누가 봐도 질 낮은 나무로 만든 제품이었다. 은이 아니라 은도금된 명판에 고인의 이름과 두 개의 중요한 날짜가 적혀 있었다.

메리 엘리자베스 블래키스턴
1887년 4월 5일 ~ 1955년 7월 15일

두 세기에 걸쳐지기는 했지만 그녀의 생애는 보기보다 길지 않았고 그마저도 상당히 갑작스럽게 끝이 났다. 메리가 장례

보험에 납입한 금액이 마지막을 장식하는 데에 든 비용보다 적었지만 — 보험사에서 차액을 부담할 테니 별 상관이 없긴 했다 — 모든 게 자신의 바람대로 된 걸 보았더라면 그녀도 기뻐했을 것이다.

정시에 출발한 영구차는 분침이 9시 30분을 가리켰을 때 13킬로미터의 여정을 시작했다. 영구차답게 차분한 속도를 유지하면 늦지 않게 교회에 도착할 수 있을 것이다. 래너 & 크레인에 슬로건이 있다면 〈지각은 금물〉이었을지 모른다. 영구차를 타고 가던 두 명의 상제는 알아차리지 못했겠지만 시골의 풍경이 이보다 더 아름다울 수 없었다. 에이번강을 향해 내리막으로 이어지는 야트막한 돌담 너머로 보이는 벌판이 그들이 가는 길을 끝까지 함께할 것이다.

세인트 보톨프 공동묘지에서는 묏자리를 만든 두 사람이 자신들의 작품을 점검했다. 장례식을 묘사할 방법은 많지만 — 심오하다, 사색적이다, 철학적이다 — 제프 위버가 삽에 몸을 기대고 뭉툭한 손가락으로 담배를 말며 아들을 돌아보면서 한 말은 압권이었다. 「죽기에 이보다 더 좋은 날을 고를 수도 없겠다.」

2

로빈 오즈번 목사는 목사관 식탁에 앉아서 추도사를 마지막으로 손보고 있었다. 출력해서 그의 앞에 펼쳐 놓은 여섯 장의 원고는 이미 그의 가늘고 긴 손이 적어 내린 글씨로 뒤덮였다.

너무 긴가? 요즘 들어 그의 설교가 조금 늘어진다고 투덜거리는 신도들이 있었고 성령 강림절 설교 때는 심지어 주교마저 짜증 난 기색을 보였다. 하지만 이번에는 달랐다. 블래키스턴 부인은 평생을 이 마을에서 살았다. 그녀를 모르는 사람이 없었다. 다들 작별 인사를 하는 데 30분 — 아니면 40분 — 정도는 할애할 수 있었다.

부엌은 1년 내내 아가 레인지가 온기를 발산하는, 넓고 밝은 공간이었다. 냄비와 프라이팬이 고리에 걸려 있었고 오즈번이 직접 딴 싱싱한 허브와 말린 버섯이 유리병 가득 들어 있었다. 2층에 있는 두 개의 방은 북슬북슬한 카펫과 수를 놓은 베갯잇, 교회와 충분한 논의 끝에 얼마 전에 뚫은 천창이 어우러져서 아늑하고 편안한 분위기를 풍겼다. 하지만 마을 가장자리에 자리 잡은 목사관의 가장 큰 장점은 딩글 델이라고 불리는 숲과 맞닿은 위치였다. 봄과 여름마다 꽃들이 점점이 수를 놓는 벌판이 끝나면 주로 오크나무와 떡갈나무로 이루어진 숲이 이어졌다. 건너편에 있는 파이 홀의 호수, 잔디밭, 저택은 숲에 가려서 보이지 않았다. 로빈 오즈번은 매일 아침 눈을 뜰 때마다 창밖의 풍경을 보고 감탄하지 않은 적이 없었다. 가끔은 꿈인가 생시인가 싶었다.

목사관이 처음부터 이랬던 건 아니었다. 나이 많은 몬테이그 목사에게 — 교구와 함께 — 물려받았을 때만 해도 이곳은 노인이 살던 집답게 눅눅하고 음습했다. 하지만 헨리에타가 요술과도 같은 솜씨를 발휘해 너무 보기 흉하거나 불편하다고 판단되는 가구를 모조리 처분하고, 윌트셔와 에이번의 중고 시장을 이 잡듯이 뒤져 완벽한 대체품을 찾았다. 그녀의 에너지는 볼 때마다 놀라움을 금할 길이 없었다. 그녀가 목사의 아내가 될 생각을 했다는 것부터가 뜻밖의 선택이었는데, 어찌나 열정적으로 그 역할을 수행하는지 부임한 첫날부터 인기 만점이었다. 그들 부부는 색스비온에이번에서 이보다 더 행복할 수 없게 지냈다. 교회에 손볼 구석이 많은 건 사실이었다. 난방 장치는 항상 작동이 되다 말다 했다. 지붕에서는 다시 빗물이 새기 시작했다. 하지만 신도들의 숫자가 주교를 만족시키기에 충분했고 그들은 대다수의 신도들을 친구로 간주했다. 그들은 다른 곳에서의 생활은 꿈도 꾸지 않았다.

〈그녀는 이 마을의 일부였습니다. 오늘 우리는 그녀의 죽음을 애도하기 위해 이 자리에 모였지만 그녀가 남긴 유산을 기억해야 합니다. 메리는 매주 일요일마다 바로 이 교회를 꽃으로 장식하는 일이 됐건, 이곳과 애시턴 하우스의 연로하신 분들을 찾아가는 일이 됐건, 왕립 조류 보호 협회 모금 활동이 됐건, 파이 홀에서 손님을 맞이하는 일이 됐건 이 색스비온에이번을 모두가 더 살기 좋은 마을로 꾸미는 데 이바지했습니다. 그녀가 만든 케이크는 바자회에서 항상 인기 만점이었고, 그녀가 아몬드 바이트나 빅토리아 스펀지케이크 조각을 들고 제의실로 찾아와 저를 놀라게 한 적이 얼마나 많았는지 모릅니다.〉

오즈번은 거의 평생을 파이 홀에서 가정부로 일한 여자를 상상해 보았다. 왜소하고 단호했던 까만 머리의 그녀는 항상 자기만의 캠페인이라도 벌이는 사람처럼 종종걸음을 쳤다. 그가 약간 먼 거리에서 본 그녀의 모습만 기억하는 이유는 사실상 둘이 한 공간에서 보낸 시간이 많지 않았기 때문이었다. 한두 번 행사장에서 어울렸을지 몰라도 그게 전부였다. 색스비온에이번의 주민들이 노골적인 속물은 아니었지만 계급을 따졌고, 목사야 어떤 모임에서건 환영받았을지 몰라도 말년에 청소부로 일했던 사람도 그랬다고 말할 수는 없었다. 어쩌면 그녀 역시 그걸 알고 있었을 것이다. 그녀는 교회에서도 맨 뒷자리에 앉았다. 무슨 빚이라도 진 것처럼 공손하게 남을 돕겠다고 고집을 부렸다.

아니면 그렇게 복잡하게 생각할 일이 아니었을까? 오즈번은 그녀를 생각하고 자기가 써놓은 원고를 쳐다보자 딱 한 단어가 떠올랐다. 참견쟁이. 부당한 평가였고 그가 남들 앞에서 대놓고 이 말을 꺼낼 일은 없겠지만 아예 없는 말은 아니었다. 그녀는 온갖 일에 참견하고 온 마을 사람들과 가깝게 지내야 직성이 풀리는 성격이었다. 무슨 조화를 부렸는지 몰라도 필요한 자리에 항상 그녀가 있었다. 문제는 필요 없는 자리에도 항상 있다는 것이었다.

2주 전쯤 바로 이 자리에서 그녀와 마주쳤던 때가 생각났다. 그는 그때 자기 자신에게 짜증이 났다. 예견된 사태였던 것이다. 헨리에타는 여기가 사택이 아니라 교회의 부속 건물에 불과하다는 듯이 앞문을 열어 놓고 다닌다며 항상 그를 지적했다. 그녀의 말을 귀담아들었어야 하는 건데. 메리가 들어와서 중세시대에 악귀를 쫓을 때 썼던 부적이라도 되는 양 초록색 액체가 담긴 조그만 병을 들고 여기 서 있었다. 〈좋은 아침이에요, 목사님! 말벌 때문에 골머리를 앓으신다고 해서요. 페퍼민트 오일 들고 왔어요. 이걸 쓰면 그 녀석들이 모두 없어질 거예요. 우리 어머니가 효과를 장담하신 방법이에요!〉 그렇긴 했다. 목사관에 말벌이 날아다니긴 했다. 그런데 그녀가 어떻게 알았을까? 오즈번은 헨리에타 말고는 어느 누구에게도 그 얘기를 한 적이 없었고 그녀가 남에게 그 말을 옮겼을 리 없었다. 물론 색 스비온에이번 같은 마을에서 예견되는 사태이기는 했다. 이런 곳에서는 무슨 수로 그러는지 몰라도 서로가 서로에 대해 모르는 일이 없어서 목욕을 하다 재채기를 하면 누가 휴지를 들고 온다는 우스갯소리가 있을 정도였다.

오즈번은 그녀를 보고 고마워해야 할지 짜증을 내야 할지 알 수가 없었다. 그는 고맙다고 중얼거리는 동시에 식탁을 내려다 보았다. 온갖 문서 더미 한복판에 그것들이 놓여 있었다. 그녀 가 언제부터 거기 있었을까? 그걸 보았을까? 그녀는 아무 말도 하지 않았고 두말하면 잔소리지만 그는 감히 물어보지 못했다. 그는 그녀를 얼른 밖으로 안내했고 본 것은 그때가 마지막이었 다. 그녀가 세상을 떠났을 때 그와 헨리에타는 휴가를 즐기고 있었다. 그녀를 입관하는 날에 맞춰서 돌아온 참이었다.

발소리가 들리기에 고개를 들어 보니 헨리에타였다. 방금 전 에 샤워를 마치고 타월 천으로 된 가운을 입고 있었다. 이제 40대 후반에 접어들었는데도 여전히 무척이나 매력적이었다. 밤색 머리칼은 넘실거렸고 의류 카탈로그에서 〈풍만하다〉고 할 몸매였다. 그녀는 웨스트서식스에 4제곱킬로미터의 땅을 가 지고 있는 부농의 막내딸로 태어나 그와 전혀 다른 세상에서 살았는데도 런던에서 만났을 때 — 위그모어 홀에서 열린 강연 이었다 — 서로 한눈에 호감을 느꼈다. 두 사람은 그녀 쪽 부모 의 허락 없이 결혼식을 올렸고 지금까지 전과 다름없는 금실을 과시하고 있었다. 딱 한 가지 아쉬운 점이 있다면 아이가 없다 는 것이었지만 당연히 하느님의 뜻일 테니 받아들일 수 있었다.

그들은 둘만으로도 행복했다.

「그거 끝낸 거 아니었어?」 그녀가 물으며 식료품 저장실에서 버터와 꿀을 꺼내고 빵을 한 조각 잘랐다.

「막판에 생각난 거 몇 개 추가하려고.」

「나라면 설교를 너무 길게 하지 않겠어, 로빈. 토요일이라 다들 후딱 끝내고 싶을 테니까.」

「나중에 퀸스 암스에 모일 거야. 11시에.」

「그거 좋은 생각이다.」 헨리에타는 아침이 담긴 접시를 들고 식탁으로 건너와 털썩 주저앉았다. 「매그너스 경한테 답장받았어?」

「아니. 하지만 참석할 거야.」

「흠, 엄청 늑장 부리네.」 그녀는 허리를 숙여서 원고 한 장을 들여다보았다. 「그렇게 얘기하는 건 좀 아니다.」

「뭐가?」

「어떤 파티에서건 〈분위기 메이커〉였다고 한 거.」

「왜?」

「그렇지 않았으니까. 나는 항상 그녀가 속을 잘 드러내지 않고 숨기는 게 많다고 생각했는데. 쉽게 말을 걸 수 있는 사람이 아니었어.」

「작년 크리스마스에 여기 왔었을 때는 상당히 재미있었어.」

「같이 캐럴 부른 거 얘기하는 거야? 하지만 무슨 생각을 하고 있는지 절대 알 수 없는 사람이었잖아. 나는 사실 그녀를 별로 좋아하지 않았어.」

「그런 식으로 얘기하면 안 되지, 헨. 특히 오늘 같은 날에는.」

「왜 안 되는데? 장례식이 그래서 문제야. 다들 철저하게 위선

자가 되는 거. 다들 고인이 얼마나 훌륭했는지 모른다는 둥, 얼마나 친절하고 마음씨가 넓었는지 모른다는 둥 하지만 속으로는 그게 아니라는 걸 알잖아. 나는 메리 블래키스턴을 좋아한 적이 없었던 사람으로서 그녀가 계단에서 굴러 목이 부러졌다는 이유만으로 그녀에 대한 찬사를 늘어놓을 생각은 없어.」

「좀 야박하다.」

「그게 아니라 솔직한 거야, 로비. 당신도 나랑 똑같은 생각을 하고 있다는 거 알아. 아니라고 당신 자신을 설득하려고 무진장 애를 쓰고 있지만. 그래도 걱정 마! 조문객들 앞에서 당신 얼굴에 먹칠하는 일은 없을 테니까.」 그녀는 얼굴을 찡그렸다. 「어때? 충분히 슬퍼 보여?」

「이제 슬슬 준비하는 게 좋지 않을까?」

「2층에 다 준비해 놨어. 까만 원피스, 까만 모자, 까만 진주 목걸이.」 그녀는 한숨을 쉬었다. 「나는 죽으면 까만 옷 입고 싶지 않아. 너무 칙칙하잖아. 약속해 줘. 나는 분홍색 옷을 입고 큼지막한 베고니아 다발을 손에 쥐고 묻히고 싶어.」

「당신은 죽지 않아. 당장 조만간에는. 이제 2층 올라가서 옷 갈아입어.」

「알았어. 알았어. 이런 깡패 같으니라고!」

그녀가 그의 위로 허리를 숙이자 그의 목을 지그시 누르는 말랑말랑하고 따뜻한 그녀의 젖가슴이 느껴졌다. 그녀는 그의 뺨에 입을 맞추고 아침을 식탁 위에 둔 채 얼른 뛰쳐나갔다. 로빈 오즈번은 혼자 미소를 지으며 다시 추도사 쪽으로 시선을 돌렸다. 어쩌면 그녀의 말이 맞는지도 몰랐다. 한두 장 줄여야 할지 몰랐다. 그는 다시 한번 원고를 내려다보았다.

〈메리 블래키스턴은 쉽지 않은 삶을 살았습니다. 색스비온에 이번으로 오자마자 겪은 개인적인 비극으로 무너질 수도 있었지만 그녀는 저항했습니다. 그녀는 이곳의 삶을 받아들였고 결코 쓰러지지 않았습니다. 오늘 우리는 그녀가 너무나도 사랑했지만 너무나도 끔찍하게 떠나보낸 아들 옆에 그녀를 묻으며 그 둘이 드디어 만났다는 데서 일말의 위안을 얻을 수 있을지 모릅니다.〉

로빈 오즈번은 그 단락을 두 번 읽어 보았다. 바로 이 공간, 이 식탁 바로 옆에 서 있는 그녀의 모습이 또다시 떠올랐다.

〈말벌 때문에 골머리를 앓으신다고 해서요.〉

그녀는 그것들을 보았을까? 거기에 대해 알고 있었을까?

해가 구름 뒤로 숨었는지 그의 얼굴 위로 갑자기 그늘이 졌다. 그는 원고를 통째로 찢어서 쓰레기통에 던졌다.

3

에밀리아 레드윙 박사는 일찌감치 눈을 떴다. 1시간 동안 침대에 계속 누워서 다시 잘 수 있을지 모른다고 자신을 설득해보다 결국 일어나서 가운을 걸치고 차를 끓였다. 이후로 계속 부엌에 앉아서 마당 위로 떠오르는 태양과, 마당 너머로 보이는 색스비성의 잔해를 감상했다. 13세기에 건설된 그 성은 수많은 아마추어 역사학도들에게는 즐거운 연구 대상일지 몰라도 매일 오후마다 햇빛을 막고 이 집 위로 기다란 그림자를 드리웠다. 8시 30분하고도 조금 지난 시각이었다. 지금쯤 신문이 배달됐을 것이다. 그녀는 환자 파일을 몇 개 앞에 두고 앞으로 펼쳐질 하루에 대한 생각을 떨치기 위해 열심히 훑어보았다. 원래는 토요일 아침에도 병원 진료를 보지만 오늘은 장례식 때문에 휴진할 예정이었다. 뭐, 덕분에 밀린 업무를 처리할 수 있어서 좋았다.

색스비온에이번 같은 마을에서는 심각한 중증 환자를 치료할 일이 없었다. 주민들의 목숨을 앗아 가는 병이 하나 있다면 노령이었고 그 부분에 대해서는 레드윙 박사도 어쩔 도리가 없었다. 그녀는 파일을 뒤적이며 최근 그녀에게 맡겨진 다양한 질병들을 피곤한 눈빛으로 훑었다. 잡화점 일을 거드는 도터럴 양은 홍역으로 1주일 동안 침대 신세를 진 끝에 털고 일어났다. 아홉 살짜리 빌리 위버는 백일해를 심하게 앓았지만 다 나았다. 아이의 할아버지 제프 위버는 관절염이 있었지만 오래전부터 겪은 증상이었고 상태가 좋아지지도 나빠지지도 않았다. 조니 화이트헤드는 손을 베었다. 목사의 아내 헨리에타 오즈번은 벨라도나[1] 덤불을 밟는 바람에 발 전체가 감염됐다. 그녀에게는 1주일 동안 침대에서 누워 지내며 물을 많이 마시라는 처방이 내려졌다. 그것 말고는 훈훈한 여름이 모든 주민들의 건강에 좋은 영향을 미치는 듯했다.

아, 모든 주민은 아니었다. 사망자가 한 명 있었으니 아니다.

레드윙 박사는 파일을 한쪽으로 치우고 스토브 앞으로 가서 그녀와 남편이 먹을 아침을 분주하게 만들었다. 아서가 2층에서 움직이는 소리가 들렸고 그가 삐걱대고 덜거덕거리며 목욕물을 받는 소리도 들렸다. 적어도 50년은 묵은 이 집의 배관은

1 자주색 꽃이 피고 까만 열매가 열리는 독초. 이하 모든 주는 옮긴이의 주임.

쓰일 때마다 큰 소리로 투덜거렸지만 그래도 제 몫을 했다. 그가 조만간 내려올 것이다. 그녀는 토스트용으로 빵을 자르고, 냄비에 물을 부어서 스토브에 얹고, 우유와 콘플레이크를 꺼내서 상을 차렸다.

아서와 에밀리아 레드윙은 30년 된 부부였다. 그녀는 행복하고 성공적인 결혼 생활이었다고 자평하지만 모든 게 그들이 바라던 대로 되지는 않았다. 먼저 올해 스물네 살로 런던에서 비트족 친구들과 함께 사는 외아들 서배스천만 해도 그랬다. 어쩌다 그렇게 실망스러운 아이로 자랐을까? 정확히 언제부터 부모에게 등을 돌리기 시작했을까? 그들은 몇 개월째 아들한테서 소식을 듣지 못했고 심지어 살았는지 죽었는지조차 알지 못했다. 그리고 아서의 문제도 있었다. 원래 그는 건축가였고 실력도 좋았다. 미술 학교에서 완성한 디자인으로 영국 왕립 건축가 협회에서 수여하는 슬론 메달도 받았다. 전쟁 직후에 등장한 새로운 건물들 가운데 몇 군데가 그의 작품이었다. 하지만 그가 진정으로 사랑한 일은 그림이라 — 주로 유화로 그린 초상화였다 — 10년 전에 건축 일을 접고 온전히 화가로 전업했다. 에밀리아의 전폭적인 지원이 있었기에 가능한 일이었다.

그녀는 부엌의 웰시 드레서² 옆쪽 벽면에 걸려 있는 그의 작품을 흘끗 쳐다보았다. 10년 전에 그린 그녀의 초상화였고, 그녀는 그 작품을 볼 때마다 야생화 속에 포즈를 잡고 앉았을 때 흐르던 기나긴 정적을 떠올리며 항상 미소 짓곤 했다. 그녀의 남편은 그림을 그릴 때면 말을 한 마디도 하지 않았다. 길고 어

---

2 윗부분은 선반으로 되어 있고, 아랫부분은 서랍이나 칸막이가 달려 있는 식기 찬장.

두웠던 여름 동안 그녀는 열두어 번 포즈를 취했고 아서는 늦은 오후의 열기와 나른함, 심지어 목초지의 향기까지 화폭에 담았다. 그녀는 긴 원피스에 밀짚모자를 썼는데 — 여자 반 고흐 같다며 스스로 농담을 던졌다 — 풍부한 색감과 날카로운 붓질엔 반 고흐와 비슷한 구석이 있었다. 그녀는 미녀라고 볼 수 없었다. 그녀도 그렇다는 걸 알았다. 얼굴은 너무 근엄했고 넓은 어깨와 까만 머리는 남성스러웠다. 자세에서는 선생님 아니면 가정 교사 같은 분위기를 풍겼다. 사람들은 그녀를 어려워했다. 하지만 그가 그녀에게서 아름다운 면모를 찾아냈다. 이 그림이 런던의 화랑에 걸렸다면 누구든 걸음을 멈추고 한 번 더 쳐다보았을 것이다.

하지만 그림이 걸린 곳은 런던의 화랑이 아니었다. 이곳이었다. 아서나 그의 작품에 관심을 보인 런던의 화랑은 없었다. 에밀리아로서는 이해가 되지 않았다. 그들은 왕립 미술 학교에서 열린 하계 전시회에 같이 가서 제임스 건과 앨프리드 머닝스 경의 작품을 감상했다. 사이먼 엘위스가 그려서 논란이 됐던 왕비의 초상화도 보았다. 하지만 그의 작품에 비하면 모두 아주 평범하고 소심하게 느껴졌다. 아서 레드윙의 천재성을 알아보는 사람이 왜 아무도 없는 걸까?

그녀는 달걀 세 개를 꺼내 조심스럽게 냄비에 넣었다. 두 개는 남편, 하나는 그녀의 몫이었다. 끓는 물에 닿자마자 금이 가는 달걀이 생기자 굴러떨어져서 두개골이 깨졌던 메리 블래키스턴이 곧바로 생각났다. 지금도 그 광경을 떠올리면 몸서리쳐지지만 — 왜 그러는지 의아했다. 시신을 그날 처음 본 것도 아니었고 공습이 극에 달했던 시절에는 런던에서 끔찍한 부상을 당한 병사들을 치료한 적도 있었다. 그런데 이번 경우에는 어째서 그렇게 달랐을까?

어쩌면 둘이 가깝게 지낸 사이라 그랬을 수 있었다. 의사인 그녀와 가정부였던 메리는 공통점이 거의 없었지만 뜻밖에도 친구로 지냈다. 블래키스턴 부인이 환자로 찾아오면서 시작된 인연이었다. 그녀가 한 달이나 대상 포진으로 고생하는 동안 레드윙 박사는 그녀의 극기심과 분별력에 감동을 받았다. 이후로 자문관처럼 그녀를 의지하게 됐다. 물론 조심해야 했다. 환자의 비밀을 침해하면 큰일이었다. 하지만 심란한 일이 생기면 메리는 항상 귀 기울여서 들어 주었고 현명한 충고를 전했다.

게다가 너무 갑작스러운 죽음이었다. 1주일쯤 전, 평소와 다름없었던 오전 시간에 브렌트 — 파이 홀의 관리인이었다 — 의 전화가 걸려 왔다.

「여기로 와주실 수 있으세요, 레드윙 박사님? 블래키스턴 부인 때문이에요. 이 큰 집 계단 맨 밑바닥에 쓰러져 있어요. 계단에서 굴렀나 봐요.」

「움직여요?」

「아닌 것 같아요.」

「지금 부인 옆에 있어요?」

「들어갈 수가 없어요. 문이 전부 잠겨 있어서.」

브렌트는 손톱 밑에 흙을 묻힌 채 뚱하니 무관심한 눈빛을 짓고 다니는 추레한 30대였다. 아버지가 그랬듯이 잔디밭과 화단을 관리하고 가끔 무단으로 들어온 사람이 있으면 내쫓는 일을 했다. 파이 홀의 부지는 뒤편이 호수로 이어졌고 아이들은 여름에 거기서 헤엄치는 걸 좋아했지만 브렌트가 근처를 지키고 있을 때는 예외였다. 그는 고독한 독신남으로 부모님에게 물려받은 집에서 혼자 살았다. 찔리는 구석이 있는 사람 같다는 평가를 받았기 때문에 마을 주민들 사이에서 인기가 없었다. 사실은 정규 교육을 받지 못했고 어쩌면 살짝 자폐증이 있을 뿐인데, 시골 사람들은 넘겨짚는 데 있어서는 시간을 지체하는 법이 없었다. 레드윙 박사는 현관문 앞에서 만나자고 하고, 몇 가지 약품을 챙기고, 간호사 겸 접수 담당인 조이에게 새로 오는 환자들을 돌려보내라는 지시를 내린 다음 얼른 차에 올라탔다.

파이 홀은 딩글 델의 반대편에 있었고 도보로는 15분, 차로는 5분도 안 되는 거리였다. 이 마을이 처음 생겨났을 때부터 그 자리에 있었고 건축 스타일이 뒤범벅이긴 해도 이 일대에서 가장 웅장한 저택이었다. 원래는 수녀원이었다가 16세기에 개인 주택으로 바뀐 이래 매 세기마다 개보수를 거쳤다. 남은 건 8각형의 탑 — 이건 훨씬 나중에 지어졌다 — 이 달렸고 길쭉한 한쪽 끝의 부속 건물뿐이었다. 창문들은 대부분 엘리자베스 왕조풍으로 좁고 중간에 기둥이 있었지만 물색없이 나서서 미안하다는 듯이 담쟁이덩굴로 사방을 덮은 조지 왕조풍과 빅토리아 왕조풍도 섞여 있었다. 뒤편에는 마당과 회랑의 잔해가 있었다. 단독으로 지어진 마구간이 이제는 차고로 쓰였다.

하지만 이 집의 가장 빛나는 부분은 주변 환경이었다. 그리핀 석상 두 개가 달린 입구의 정문을 통과하고 자갈길을 따라서 메리 블래키스턴이 사는 로지 하우스를 지나면 고딕 양식의 아치가 달린 현관까지 잔디밭을 가로질러 우아한 백조의 목과 같은 길이 이어졌다. 장식용 울타리를 두른 화단은 화가의 팔레트에 짜놓은 물감 같았고 장미꽃밭에서는 1백여 종의 품종이 자란다고 했다. 딩글 델의 저편에 있는 호수까지 풀밭이 펼쳐졌다. 사실상 부지 전체가 봄이면 블루벨이 만발하는 빽빽한 숲으로 둘러싸여서 빠르게 돌아가는 세상과 분리됐다.

레드윙 박사가 차를 멈추자 타이어가 자갈을 우드득 밟는 소리가 들렸다. 브렌트가 손에 쥔 모자를 계속 뒤집으며 그녀를 초조하게 기다리고 있었다. 그녀는 왕진 가방을 들고 차에서 내려 그에게로 다가갔다.

「살아 있는 징후가 있나요?」 그녀가 물었다.

「확인 못 했어요.」 브렌트가 중얼거렸다. 레드윙 박사는 깜짝 놀랐다. 딱한 아낙네를 일으켜 세워 보려는 시도조차 하지 않았단 말인가? 그는 그녀의 표정을 보고 이렇게 덧붙였다. 「말씀 드렸잖아요. 안으로 들어갈 방법이 없어요.」

「현관문이 잠겼어요?」

「네. 부엌문도 잠겼고요..」

「열쇠 없어요?」

「네. 저는 집 안을 드나들지 않거든요.」

레드윙 박사는 부글부글 끓는 속을 달래며 고개를 저었다. 그녀가 여기까지 오는 동안 브렌트가 조치를 취할 수 있었다. 사다리를 가져다 2층 창문을 열어 볼 수 있었다. 「안에 들어갈 방법이 없었다면서 나한테 연락은 어떻게 했어요?」 그녀가 물었다. 중요한 문제는 아니었지만 궁금했다.

「마구간에 전화가 있어요.」

「그녀가 어디 쓰러져 있는지 알려 줘요.」

「창문으로 보일 텐데요…….」

문제의 그 창문은 가장자리 쪽에 달려 있었고 새롭게 추가된 것이었다. 2층으로 올라가는 넓은 계단이 나오는 홀의 옆면이 보였다. 아니나 다를까, 그 계단 밑의 깔개 위에 메리 블래키스턴이 대자로 쓰러져 있었다. 한쪽 팔을 앞쪽으로 뻗어서 머리를 일부분 가린 자세였다. 한눈에 보아도 죽었다고 거의 1백 퍼센트 장담할 수 있었다. 계단을 내려오다 굴러서 목이 부러진 모양이었다. 당연히 꼼짝도 하지 않았고 그뿐만이 아니었다. 쓰러진 몸의 형태가 너무나 부자연스러웠다. 레드윙이 의학 교과서에서 보았던 망가진 인형의 형태를 하고 있었다.

그녀가 직감적으로 내린 판단은 그랬다. 하지만 겉모습만 보고 판단할 수는 없었다.

「안으로 들어가야 해요.」 그녀가 말했다. 「부엌과 앞문이 잠겼어도 다른 방법이 있겠죠.」

「고방 문은 열려 있을지 몰라요.」

「거긴 어딘데요?」

「이쪽이요…….」

브렌트가 앞장서서 뒤편의 또 다른 문으로 안내했다. 여기에는 유리창이 달려 있었고 역시 단단히 잠겨 있었지만 반대편에 꽂혀 있는 열쇠 꾸러미가 레드윙 박사의 눈에 보였다. 「저 열쇠들은 누구 거예요?」 그녀가 물었다.

「블래키스턴 부인의 열쇠일 거예요.」

그녀는 결단을 내렸다. 「유리창을 깨야겠어요.」

「매그너스 경께서 좋아하지 않으실 텐데요.」 브렌트는 툴툴거렸다.

「필요하면 나한테 따지라고 해요. 자, 당신이 깰래요, 아니면 내가 깨요?」

관리인은 내키지 않아 했지만 돌멩이를 주워서 그걸로 유리를 하나 깼다. 그가 손을 안쪽으로 넣어 열쇠를 돌렸다. 문이 열렸고 그들은 안으로 들어갔다.

레드윙 박사는 달걀이 삶아지길 기다리며 그때의 광경을 목격한 그대로 떠올렸다. 꼭 사진이 그녀의 머릿속에 찍혀 있는 듯했다.

그들은 고방을 지나서 복도를 따라 층계참에 발코니가 달린 메인 홀로 직행했다. 시커먼 나무 벽널이 그들을 에워쌌다. 벽면은 유리 상자 안에 든 새, 사슴 머리, 월척과 같은 헌팅 트로피와 유화로 가득했다. 칼과 방패까지 갖춘 갑옷 세트가 거실 문 옆에 세워져 있었다. 홀은 길고 좁았고 계단 맞은편의 정중앙에 현관문이 달려 있었다. 한쪽에는 안으로 걸어 들어갈 수도 있을 만큼 큼직한 석조 벽난로가 있었다. 다른 쪽에는 가죽 의자 두 개와 전화기가 놓인 앤티크 테이블이 있었다. 바닥은 판석이었고 일부분이 페르시아 카펫으로 덮였다. 계단도 와인색 카펫이 중앙에 깔린 돌계단이었다. 메리 블래키스턴이 층계참에서 발을 헛디뎌 굴러떨어졌다면 목숨을 잃은 이유를 간단하게 설명할 수 있었다. 완충 작용을 할 만한 게 거의 없었다.

그녀는 안절부절못하며 기다리는 브렌트를 문가에 두고 블래키스턴 부인을 살폈다. 아직 차갑게 식지는 않았지만 맥이 잡히지 않았다. 그녀가 얼굴을 덮은 갈색 머리카락을 쓸어 넘기자 벽난로를 응시하고 있는 갈색 눈이 드러났다. 그녀는 가만히 눈을 감겼다. 블래키스턴 부인은 항상 분주했다. 그 생각을 하지 않으려야 하지 않을 수가 없었다. 그녀는 계단 밑으로 자기 몸을 내던져서 죽음을 재촉한 셈이었다.

「경찰에 연락해야겠어요.」그녀가 말했다.

「네?」브렌트는 놀란 기색이었다. 「누가 부인에게 무슨 짓이라도 저질렀나요?」

「아뇨. 당연히 그건 아니죠. 사고예요. 그래서 신고해야겠어요.」

이건 사고였다. 형사가 아니라도 그렇다는 걸 알 수 있었다. 가정부는 청소기를 밀고 있었다. 밝은 빨간색 청소기가 무슨 장난감처럼 계단 꼭대기의 난간에 걸려 있었다. 그녀는 전선에 발이 걸린 모양이었다. 그 바람에 넘어져서 굴러떨어진 거였다. 집 안에 다른 사람은 아무도 없었다. 문은 잠겨 있었다. 달리 설명할 방법이 없었다.

그로부터 1주일이 지났을 때 에밀리아 레드윙은 문 앞에서 부스럭거리는 소리를 듣고 하던 생각을 멈추었다. 남편이 부엌으로 들어왔다. 그녀는 냄비에서 달걀을 꺼내 사기 재질로 된 두 개의 에그 컵에 조심스레 담았다. 잊어버렸을 거라고 거의 1백 퍼센트 확신했는데 다행히 남편이 장례식에 걸맞은 복장을 하고 있었다. 교회에 갈 때 입는 까만 양복을 걸치고 넥타이는 매지 않았다. 그는 절대 넥타이를 매지 않았다. 셔츠 몇 군데에 물감이 점점이 묻어 있었지만 그건 당연한 부분이었다. 아서와 물감은 떼려야 뗄 수 없는 관계였다.

「일찍 일어났네?」그가 말했다.

「미안해, 여보. 나 때문에 깼어?」

「아냐. 그건 아니야. 당신이 1층으로 내려가는 소리를 듣긴 했지만. 잠을 설쳤어?」

「장례식 생각이 났나 봐.」

「날이 좋아 보이네. 그 우라질 목사가 추도사를 너무 길게 늘어놓지 않았으면 좋겠는데. 복음 전도사들은 다 똑같아. 자기들 목소리를 너무 좋아한다니까?」

그는 티스푼을 집어서 첫 번째 달걀을 깼다.

쩍!

레드윙 박사는 브렌트에게 불려 가기 불과 이틀 전에 메리 블래키스턴과 나누었던 대화가 생각났다. 그녀가 뭔가를 발견한 시점이었다. 상당히 심각한 문제라 아서에게 조언을 구하러 가려던 찰나, 악령의 호출이라도 받은 듯 가정부가 느닷없이 찾아왔다. 그래서 대신 그녀에게 이야기했다. 정신없는 하루를 보내던 와중에 병원에서 약병이 하나 없어졌다. 엉뚱한 사람 손에 들어가면 상당히 위험할 수 있는 내용물이 들어 있었는데, 누군가 들고 간 게 분명했다. 어떻게 해야 할까? 경찰에 신고해야 할까? 그녀가 어리석고 무책임한 인간으로 비쳐질 테니 신고가 꺼려지긴 했다. 조제실을 방치한 이유가 뭡니까? 왜 찬장을 잠그지 않았죠? 어쩌다 이제야 알아차렸나요?

「걱정 마세요, 레드윙 선생님.」 메리가 말했다. 「내가 해결해 볼 테니까 하루나 이틀 정도 시간을 주세요. 사실 생각난 게 있거든요…….」

이것이 그녀가 한 말이었다. 게다가 뭔가 본 게 있어서 이 문제로 조언을 청하길 기다리고 있었던 사람처럼 교활하다기보단 다 아는 듯한 표정을 짓고 있었다.

그랬던 그녀가 이제 저세상 사람이 되었다.

물론 그건 사고였다. 메리 블래키스턴은 사라진 독극물에 대해 아무한테라도 얘기할 시간이 없었을 테고 얘기했다한들 누군가가 그녀에게 무슨 짓을 저지를 길이 없었다. 그녀는 발을 헛디뎌서 계단 밑으로 굴러떨어졌다. 그게 전부였다.

하지만 길게 자른 토스트 조각을 달걀에 적시는 남편을 보며 에밀리아 레드윙은 스스로 인정하는 수밖에 없었다. 그녀는 상당히 걱정스러웠다.

4

「우리가 왜 장례식장에 가야 해? 그 여자랑 거의 알지도 못하는 사이잖아.」

조니 화이트헤드는 셔츠 맨 윗단추를 잠그느라 끙끙대고 있었다. 아무리 애를 써도 구멍에 끼울 수가 없었다. 사실 문제는 옷깃이 목을 전부 감쌀 수 있을 만큼 늘어나 주질 않는다는 거였다. 요즘 들어 옷들이 전부 줄어들기 시작한 듯한 느낌이 들었다. 몇 년 동안 입은 재킷들이 갑자기 어깨가 끼기 시작했고 바지는 또 어떤가! 그는 포기하고 아침 식탁 앞에 털썩 주저앉았다. 아내 젬마가 그의 앞에 접시를 내려놓았다. 달걀 두 개, 베이컨, 소시지, 토마토와 잘게 썬 감자튀김으로 이루어진 완벽한 영국식 조식이었다. 그가 딱 좋아하는 스타일이었다.

「다들 참석할 거야.」 젬마가 말했다.

「그런다고 우리도 가야 하는 건 아니잖아.」

「참석하지 않으면 사람들이 수군거릴 거야. 그리고 사업상 좋은 기회잖아. 엄마도 돌아가셨고 하니 아들 로버트가 집을 정리할 텐데 그 안에 뭐가 있을지 아무도 모르는 일이야.」

「쓰레기만 잔뜩 있겠지.」 조니는 나이프와 포크를 들고 식사를 하기 시작했다. 「하지만 당신 말이 맞네. 얼굴 도장을 찍어서 나쁠 것 없겠지.」

색스비온에이번에는 가게가 거의 없었다. 물론 대걸레와 양동이에서부터 커스터드용 가루와 여섯 가지 종류의 잼에 이르기까지 필요가 있음 직한 모든 것을 판매하는 잡화점이 있긴 했다. 그 좁은 공간에 그 많은 제품이 어떻게 다 들어가는지 정말이지 기적 같은 일이었다. 턴스턴 씨는 그 뒤편에서 여전히 정육점을 운영했고 — 파리가 들어오지 못하게 플라스틱 조각을 길게 달아 놓은 출입문을 따로 썼다 — 매주 화요일마다 생선 트럭이 왔다. 하지만 뭔가 이국적인 게 필요하다면, 올리브 오일이나 엘리자베스 데이비드의 요리책에 나오는 지중해식 재료가 필요하다면 바스까지 나가야 했다. 광장 반대편에 이른바 만물 전파상이 있었지만 전구나 퓨즈가 나가지 않은 이상 그곳을 찾을 일이 없었다. 쇼윈도에 진열된 상품들은 대부분 먼지를 뒤집어쓴 구식이었다. 서점도 있고 빵집도 있고 여름에만 문을 여는 찻집도 있었다. 광장 바로 옆, 소방서에 가기 전에 나오는 자동차 정비소에서는 이런저런 차량용 액세서리를 팔았지만 아무도 살 만한 게 아니었다. 있는 가게들이 이 정도였고 어느 누구의 기억이 닿는 먼 옛날부터 그래 왔다.

그러다 조니와 젬마 화이트헤드가 런던에서 이사를 왔다. 그들은 오래전부터 비어 있었던 우체국 건물을 매입해 쇼윈도 바로 위에 고풍스러운 글씨체로 그들의 이름을 적은 앤티크 숍으로 개조했다. 앤티크라기보다 자질구레한 장식품을 파는 가게에 가깝다고 생각하는 마을 주민들이 많았지만 그래도 오래된 시계, 토비 저그[3], 식사 도구, 동전, 메달, 유화, 인형, 만년필, 기타 등등을 둘러보길 좋아하는 관광객들 사이에서 인기가 많았다. 그것이 실제 구매로 이어지는지 여부는 다른 차원의 문제였지만 그 가게는 이제 영업 6년 차로 접어들었고, 화이트헤드 부부는 가게 2층에서 살았다.

조니는 키가 작고 어깨가 넓은 대머리였고 자신은 알아차리지 못했을지 몰라도 점점 살이 찌고 있었다. 원래는 조금 추레한 스리피스에 밝은색 넥타이를 매는 식의 요란한 옷차림을 좋아했다. 장례식이라 어쩔 수 없이 다소 칙칙한 재킷과 회색 소모사 바지를 선택하기는 했지만 셔츠처럼 전혀 맞지 않았다. 남편의 3분의 1밖에 안 될 만큼 마르고 왜소한 그의 아내는 까만색 옷을 입고 있었다. 그녀는 차려 놓은 아침을 먹지 않았다. 차를 한 잔 따르고 토스트의 모서리 부분을 조금씩 뜯어 먹기만 했다.

「매그너스 경과 레이디 파이는 참석하지 않을 거야.」 조니가 뒤늦게 생각났다는 듯이 중얼거렸다.

「어디?」

「장례식. 오늘밤이 지나서 돌아온다고 하니까.」

「누가 그래?」

「몰라. 술집에서 사람들이 하는 얘길 들었어. 남프랑스인가 어디 갔대. 팔자도 좋지! 아무튼 사람들이 연락하려고 했지만 소용이 없었나 봐.」 조니는 잠시 말을 멈추고 소시지를 한 조각 집었다. 지금 하는 이야기를 들으면 누구라도 그가 런던의 이스트 엔드 출신이라는 것을 알아차릴 수 있었다. 하지만 고객

3 땅딸보 모양의 맥주잔.

들 앞에서는 전혀 다른 말씨를 썼다. 「매그너스 경은 안타까워할 거야.」 그는 하던 말을 계속했다. 「블래키스턴 부인을 아주 좋아했거든. 둘이 쿵짝이 얼마나 잘 맞았다고!」

「그게 무슨 소리야? 경이 그녀에게 다른 감정이 있었다는 거야?」 젬마는 〈다른 감정〉이라는 단어에 대해 생각하며 콧잔등을 찡그렸다.

「아니. 그런 건 아니고. 부인이 두 눈 시퍼렇게 뜨고 있는데 어떻게 감히 그럴 수가 있겠어? 메리 블래키스턴이 내세울 만한 뭔가가 있는 것도 아니었고. 하지만 그녀가 경을 워낙 떠받들었거든. 그의 거시기에서 빛이 난다고 생각할 만큼! 게다가 그 집에서 가정부로 일한 지 워낙 오래됐잖아. 오죽하면 열쇠를 다 맡겼겠어! 식사를 준비하고 청소를 하고 반평생을 그에게 바쳤지. 그런 그녀를 배웅하는 자리에 경도 참석하고 싶었을 텐데.」

「경이 돌아올 때까지 기다렸어도 됐잖아.」

「아들이 후딱 해치우고 싶어 했어. 그럴 만도 하지. 워낙 충격적인 사건이었으니까.」

이후로 조니가 아침 식사를 마칠 때까지 그들 사이에 정적이 흘렀다. 젬마는 그를 열심히 뜯어보았다. 그녀는 대체로 얌전한 그의 겉모습 이면을 들여다보려는 듯이, 그가 숨기려고 애를 쓰는 무언가를 찾으려는 듯이 종종 그럴 때가 있었다. 「여긴 어쩐 일이었을까?」 난데없이 그녀가 물었다. 「블래키스턴 부인 말이야.」

「언제?」

「죽기 전 월요일에. 여기 왔었잖아.」

「무슨 소리.」 조니는 나이프와 포크를 내려놓았다. 그는 식사를 금세 마치고 접시를 깨끗하게 비웠다.

「거짓말하지 마, 조니. 부인이 가게에서 나오는 걸 봤어.」

「아! 가게!」 조니는 거북스러운 미소를 지었다. 「난 또 우리 집으로 찾아왔었다는 얘긴 줄 알았지. 그랬다면 정말 웬일인가 싶었을 텐데, 안 그래?」 그는 말을 멈추고 아내가 화제를 돌려 주길 바랐지만 그녀는 그럴 기미를 보이지 않았다. 결국 그는 단어를 조심스럽게 골라 가며 하던 이야기를 계속했다. 「맞아…… 부인이 가게로 찾아왔어. 아마 사고가 벌어진 그 주였을 거야. 솔직히 무슨 일로 왔었는지 기억이 나지 않아. 누구한테 줄 선물을 운운했었는지 모르겠지만 뭘 사가진 않았어. 아무튼 기껏해야 1~2분 있다 갔어.」

젬마 화이트헤드는 남편이 거짓말을 하면 단박에 알아차렸다. 그녀는 블래키스턴 부인이 가게에서 나오는 걸 보았고, 수상한 낌새를 느꼈기 때문에 메모를 해두었다. 하지만 그 당시에는 이야기를 꺼내지 않았고 지금도 따져 묻지 않기로 했다. 장례식을 앞두고 옥신각신하고 싶지는 않았다.

조니 화이트헤드는 말은 그렇게 했지만 블래키스턴 부인과 마지막으로 만난 순간을 똑똑히 기억하고 있었다. 그녀는 그때 가게로 찾아와서 혐의를 제기했다. 무엇보다 그녀의 주장을 뒷받침할 만한 증거가 있었다. 무슨 수로 그녀가 그걸 알아냈을까? 애초에 그녀가 그를 범인으로 지목한 이유가 뭐였을까? 물론 그녀가 대놓고 그렇게 얘기하지는 않았지만 찾아온 이유를 분명하게 전달했다. 나쁜 년.

그가 아내에게 실토할 일은 절대 없겠지만 메리 블래키스턴이 죽었다는 게 이보다 더 기쁠 수가 없었다.

5

　머리끝에서 발끝까지 까만색으로 차려입은 클라리사 파이는 홀 끝에 달린 전신 거울에 자신의 모습을 비춰 보았다. 깃털 세 개와 구깃구깃한 베일이 달린 모자가 좀 과하지 않나 싶어서 다시 한번 고민했다. 프랑스어로는 이런 걸 드 **트로**[4]라고 했다. 바스의 중고 매장에서 충동구매 해놓고 1분 만에 후회한 모자였다. 그녀는 가장 근사한 모습으로 장례식에 참석하고 싶었다. 온 마을 주민들이 참석할 테고 이후에 퀸스 암스에서 커피와 탄산음료를 마시는 자리에 그녀도 초대받았다. 모자를 쓰는 게 나을까, 쓰지 않는 게 나을까? 그녀는 조심스럽게 모자를 벗어서 홀 테이블에 올려놓았다.

　오늘을 위해 특별히 자른 머리가 너무 까맣게 염색이 됐다. 르네는 평소처럼 솜씨를 유감없이 발휘했지만 새로 들어온 염색 전문가가 그 가게의 점수를 깎아 먹고 있었다. 그녀는 『홈 챗』의 표지 모델처럼 우스꽝스러워 보였다. 뭐, 그럼 이렇게 해서 결론이 내려졌다. 모자를 쓰는 수밖에 없었다. 그녀는 립스틱을 꺼내 조심스럽게 입술에 발랐다. 벌써부터 좀 더 괜찮아 보였다. 노력을 기울이는 게 중요한 거였다.

　장례식은 앞으로 40분 뒤에나 시작될 테고 그녀는 일착으로 등장하고 싶은 마음이 없었다. 남는 시간을 뭘로 때워야 할까?

4 〈지나치게 많은〉, 〈쓸데없는〉이라는 뜻이다.

그녀는 부엌으로 들어갔다. 아침 설거지가 쌓여 있었지만 가장 좋은 옷을 입고 있는 마당에 설거지를 할 생각은 없었다. 식탁 위에 책 한 권이 거꾸로 펼쳐져 있었다. 제인 오스틴 — 내 사랑 제인 — 의 작품을 1백 번째로 읽는 중이었지만 지금은 그것도 내키지 않았다. 엠마 우드하우스[5]와 그녀의 책략은 오후에 확인할 것이다. 라디오를 들을까? 아니면 차를 한 잔 더 마시면서 『텔레그래프』 십자말 퀴즈를 얼른 풀어 볼까? 그래. 그게 좋겠다.

클라리사는 현대식 주택에서 살았다. 색스비온에이번에는 근사한 포르티코[6]를 갖추고 테라스 앞까지 마당이 이어지며 바스 석재를 쓴 조지 왕조풍의 건물들이 많았다. 굳이 제인 오스틴의 작품을 읽을 필요가 없었다. 집 밖으로 나서면 그녀의 작품 속 무대가 펼쳐졌다. 그녀는 광장 옆이나 교회 뒤편의 렉터리 레인에서 살았더라면 더 좋았을 것이다. 그곳에는 우아하고 관리도 잘된 아담한 주택이 몇 채 있었다. 윈슬리 테라스 4번지는 날림으로 지어진 곳이었다. 전면에는 자갈 섞인 시멘트를 발랐고 네모반듯한 마당은 괜히 정성을 들일 필요가 없으며 아래위층에 방이 두 개씩 있는 평범한 2층집이었다. 나이 많은 금붕어 한 쌍이 살고 있는, 전 주인이 만든 조그만 연못만 다를 뿐 다른 집들과 생김새가 똑같았다. 색스비온에이번 남쪽과 북쪽. 양쪽의 차이점이 이보다 더 분명할 수가 없었다. 그녀는 동네를 잘못 선택했다.

그녀의 여력으로는 이 집이 최선이었다. 그녀는 조그맣고 네모반듯한 부엌을 잠깐 눈으로 훑었다. 레이스 커튼이 달렸고,

5 제인 오스틴의 소설 『엠마』의 주인공.
6 기둥을 받쳐서 만든 현관 지붕.

벽은 자홍색이었고, 창턱에서는 엽란이 자랐고, 웰시 드레서 위에는 하루를 시작할 때마다 눈에 들어오는 나무 십자가가 걸려 있었다. 그녀는 아직까지 식탁에 차려져 있는 아침상을 흘끗 쳐다보았다. 접시 한 장, 나이프 한 개, 숟가락 한 개, 반쯤 남은 골든 슈레드 마멀레이드 병. 순간, 세월과 더불어 점점 익숙해졌지만 그래도 갖은 힘을 다해 싸워야 하는 감정들이 물밀 듯 밀려들었다. 그녀는 외로웠다. 이곳으로 온 게 실수였다. 그녀의 온 생애가 우스꽝스러운 흉내 내기였다.

모든 게 그 12분 때문이었다.

그 12분!

그녀는 주전자를 집어서 쾅 소리를 내며 화구에 내려놓고 사납게 손잡이를 돌려서 불을 켰다. 이건 정말이지 불공평한 일이었다. 어떻게 한 사람의 인생이 단순히 태어난 시각으로 결정될 수 있을까? 그녀도 파이 홀에서 지낸 어린 시절에는 이해하지 못했다. 그녀와 매그너스는 쌍둥이였다. 그들은 평생 재력과 특권의 보호 아래 행복하게 지낼 수 있는 동등한 관계였다. 그녀가 생각하기에는 그랬다. 그런데 어쩌다 이런 신세가 됐을까?

그녀는 답을 알았다. 매그너스가 맨 처음 그녀에게 알려 주었다. 수백 년 동안 이어져 내려온 상속 관례에 따라서 맏이인 그가 저택과 부지 전체를 물려받을 테고 작위도 당연히 남자인 그가 물려받을 테고 아무도 거기에 대해서 아무 조치도 취할 수 없을 거라고 했다. 그녀는 그가 약을 올리려고 지어낸 이야기인 줄 알았다. 하지만 조만간 진상을 파악했다. 그녀가 20대 중반이었을 때 부모님이 교통사고로 돌아가신 뒤부터 마모가 시작됐다. 저택이 정식으로 매그너스의 손에 넘어가자 그 순간부터 그녀의 지위가 달라졌다. 나고 자란 집에서 그녀는 손님, 그것도 불청객이었다. 그녀는 좀 더 작은 방으로 거처를 옮겼다. 매그너스가 프랜시스를 만나 결혼식을 올리자 — 전쟁이 끝나고 2년 뒤의 일이었다 — 아예 나가 달라는 이야기가 넌지시 건네졌다.

그녀는 모아 놓은 돈이 바닥날 때까지 베이스워터의 조그만 아파트에서 셋방살이를 하며 런던에서 비참한 1년을 보내다 결국 가정 교사로 취직했다. 프랑스어가 어느 정도 가능하고 피아노를 칠 줄 알며 유명한 시인들의 작품을 모두 암송할 수 있지만 그것 말고는 딱히 가진 기술이 없는 독신녀가 할 수 있는 일이 그것밖에 없었다. 그녀는 모험심을 불사르며 미국으로 건너가 처음에는 보스턴에서, 그다음에는 워싱턴에서 지냈다. 몸담았던 양쪽 집 모두 형편없었고 모든 면에서 훨씬 견문이 넓고(그녀의 입으로 직접 그렇게 얘기할 일은 없겠지만) 세련된 그녀를 개똥 취급했다. 게다가 아이들은 또 어땠던가! 그녀가 보기에는 미국 아이들이야말로 예절도 모르고 가정 교육도 모르고 머리에 든 것도 거의 없는, 이 세상 최악의 종족이었다. 하지만 보수가 두둑했기 때문에 한 푼도 쓰지 않고 저금해 두었다가 10년이라는 긴 세월이 흘러서 더 이상 참을 수 없는 지경에 이르자 고향으로 돌아왔다.

그녀에게 고향은 색스비온에이번이었다. 어떻게 보면 마지막으로 머물고 싶은 곳이기도 했지만 나고 자란 곳이기도 했다. 여기가 아니면 다른 어디로 갈 수 있었을까. 베이스워터의 단칸 셋방에서 여생을 보내고 싶은 생각은 없었다. 다행히 인근 학교에 일자리가 생겼고 그녀는 모아 놓은 돈을 전부 동원해 담보 대출로 집을 장만할 수 있었다. 두말하면 잔소리지만 매그너스는 아무 도움도 주지 않았다. 그녀도 손을 벌릴 생각이 없었다. 처음에는 함께 뛰놀았던 대저택을 차로 드나드는 그의 모습을 볼 때마다 부아가 치밀었다. 그녀는 현관문 열쇠 — 예전에 들고 다니던 거였다 — 도 아직 가지고 있었다. 한 번도 돌려줄 생각을 한 적이 없었고 앞으로도 그럴 일은 없을 것이다. 그 열쇠는 그녀가 잃어버린 모든 것의 상징인 동시에 그녀에게 그 집에 머물 권리가 있음을 일깨워 주는 도구였다. 그녀의 존재가 매그너스에게는 당혹감의 원천일 것이다. 그것도 일말의 위안이었다.

주전자가 점점 더 날카롭게 그녀를 향해 쉭쉭거리는 가운데, 클라리사 파이는 자기 집 부엌에 서서 씁쓸함과 분노를 달랬다. 예전부터 머리가 더 좋았던 쪽은 그녀였다. 매그너스가 아니었다. 그는 등수가 바닥을 헤맸고 성적이 형편없었던 반면 그녀는 선생님들의 사랑을 독차지했다. 그는 그래도 된다는 걸 알았기에 게으름을 피웠다. 그는 걱정거리가 전혀 없었다. 나가서 아무 일자리나 찾아서 하루하루 연명해야 했던 사람은 그녀였다. 그가 모든 걸 독차지했고 그에게 그녀는 아무것도 아니었다는 게 더욱 쓰라린 현실이었다. 그녀가 이 장례식에 참석하려는 이유가 도대체 뭐였을까? 문득 생각해 보면 매그너스는 그녀보다 메리 블래키스턴과 더 가깝게 지냈다. 별 볼 일 없는 가정부와!

그녀는 고개를 돌려서 십자가를 물끄러미 바라보며 나무에 박힌 조그만 인물을 응시했다. 성서에서는 분명하게 못을 박았다. 〈네 이웃의 집을 탐내지 못한다. 네 이웃의 아내나, 남종이나, 여종이나, 소나 나귀 할 것 없이 네 이웃의 소유는 무엇이든 탐내지 못한다.〉 그녀는 「출애굽기」20장 17절을 실생활에 적용하려고 무진장 애를 썼고 여러 면에서 거의 성공을 거두었다. 물론 그녀도 더 부유하게 살고 싶었다. 겨울이면 공과금 걱정 없이 따뜻하게 지내고 싶었다. 인간이라면 누구나 그럴 것이었다. 교회에 가면 그녀는 지금까지 있었던 일들이 매그너스의 탓은 아니라고, 그가 이 세상에서 가장 다정하거나 인심 좋은 오라비는 아닐지 몰라도 — 사실은 그런 오라비와 거리가 멀어도 한참 멀었다 — 그래도 그를 용서해야 한다고 마음을 다잡으려고 했다. 〈너희가 남의 잘못을 용서하면, 하늘에 계신 아버지께서도 너희를 용서하실 것이다.〉

하지만 소용이 없었다.

그는 어쩌다 한 번씩 저녁 식사를 하는 자리에 그녀를 초대했다. 가장 최근이 한 달 전이었고, 다른 손님들과 함께 가족들의 초상화와 발코니로 둘러싸인 메인 홀에 앉아서 고급스러운 접시에 담긴 음식과 크리스털 유리잔에 담긴 와인을 대접받았을 때 맨 처음으로 그 생각이 스멀스멀 머릿속으로 파고들었다. 그리고 이후로도 줄곧 그 안에 남아 있었다. 지금도 그랬다. 그녀는 그 생각을 무시하려고 했다. 사라지게 해달라고 기도했다. 하지만 결국에는 그녀가 탐욕보다 훨씬 끔찍한 죄를 진지하게 고민하고 있음을, 더욱 심각하게는 그것을 실행에 옮기는 단계로 한 발짝 다가갔음을 인정하는 수밖에 없었다. 그건 미친 짓이었다. 그녀는 자기도 모르게 위쪽을 흘끗 쳐다보며, 몰래 들고 와서 욕실 수납장에 숨긴 물건을 떠올렸다.

살인하지 말지니라.

그녀는 이 구절을 속삭였지만 아무 소리도 나지 않았다. 뒤에서 주전자가 비명을 질렀다. 그녀는 손잡이가 뜨거워진 걸 깜빡하고 주전자를 홱 들었다가 조그맣게 비명을 지르며 다시 밑으로 내동댕이쳤다. 눈물을 글썽이며 차가운 수돗물에 손을 식혔다. 자업자득이었다.

몇 분 뒤에 그녀는 차를 마시겠다는 생각을 접고, 테이블에 놓아두었던 모자를 집어서 장례식장으로 출발했다.

6

색스비온에이번 외곽에 다다른 영구차가 그리핀 석상과 이제는 고요해진 로지 하우스가 있는 파이 홀의 대문 앞을 지났다. 바스에서 오려면 이 길을 지나는 수밖에 없었다. 다른 길을 선택하면 한참을 돌아가야 했다. 고인을 실은 영구차가 고인이 살았던 집 바로 앞을 지나면 후환이 생길까? 누가 이렇게 물었다면 장의사 제프리 래너, 마틴 크레인(둘 다 창업주의 후손이었다)은 아니라고 했을 것이다. 오히려 이와 같은 우연의 일치에 일종의 상징성이 있지 않느냐고, 종결의 느낌이 있지 않느냐고 주장했을 것이다. 메리 블래키스턴이 한 바퀴를 돌아서 제자리로 돌아온 것 같지 않겠느냐고 말이다.

로버트 블래키스턴은 멀미와 공허감을 달래며 관을 등지고 뒷자리에 앉아서 그가 살았던 집을 처음 보는 사람처럼 흘끗거렸다. 그 앞을 지나가도 고개를 돌려 가며 쳐다보지 않았다. 심지어 그 집에 대해서 생각조차 하지 않았다. 거긴 어머니가 살던 곳이었다. 그 어머니는 지금 죽어서 그의 뒤편에 누워 있었다. 로버트는 안색이 창백하고 호리호리하며, 이마에서 일직선으로 자른 까만 머리가 양쪽 귀를 따라 완벽한 곡선을 그리는 스물여덟 살의 청년이었다. 양복을 입고서 불편해하는 기색을 보였는데, 그의 옷이 아니라 장의사에게서 빌린 옷이었으니 그럴 만도 했다. 로버트에게도 양복이 있었지만 약혼녀 조이가 멀끔하지 않아서 안 되겠다고 했다. 그녀가 자기 아버지에게 새 양복을 빌려 오는 바람에 한바탕 실랑이가 벌어졌고, 그걸 그에게 입으라고 하는 바람에 다시 한바탕 반복됐다.

조이는 그의 옆자리에 앉아 있었다. 그 둘은 바스를 떠난 뒤로 거의 아무 말도 하지 않았다. 둘 다 혼자만의 생각에 잠겨 있었다. 둘 다 걱정이 태산이었다.

때때로 로버트는 태어난 그날부터 어머니에게서 벗어나려고 버둥거려 왔던 것 같다는 생각이 들 때가 있었다. 그는 사실상 로지 하우스에서 어머니와 붙어 지내다시피 하며 어린 시절을 보냈고, 그들은 각자 다른 의미에서 서로 의지하는 사이였다. 그는 그녀가 없으면 아무것도 가진 게 없었다. 그녀는 그가 없으면 아무것도 아니었다. 로버트는 인근 학교에 진학했을 때 좀 더 공부에 신경 쓰면 좋은 성적을 낼 수 있는 똑똑한 아이라는 평가를 받았다. 친구는 거의 없었다. 왁자지껄한 운동장에서 다른 아이들에게 무시당한 채 혼자 오도카니 서 있는 그를 보고 선생님들은 걱정할 때가 많았다. 하지만 또 한편으로는 전적으로 이해가 되는 부분이기도 했다. 그는 어렸을 때 비극적인 사건을 겪었다. 끔찍한 사고로 남동생이 세상을 떠나자 아버지가 그 직후에 자책하며 가족들 곁을 떠났다. 그런 설움이 그에게서 사라질 줄 몰랐기 때문에 다른 아이들은 전염이 될까 두려워하는 사람처럼 그를 피해 다녔다.

로버트는 수업 시간에 전혀 두각을 드러내지 못했다. 선생님들은 환경을 감안해서 학습 태도가 형편없고 발전이 없는 그를 너그럽게 이해했지만, 열여섯 살이 돼서 그가 학교를 떠나자 남몰래 안도의 한숨을 쉬었다. 이때가 마침 전쟁이 막바지로 치달은 1945년이었다. 그는 나이가 어려서 참전하지는 못했지만 이미 오래전부터 아버지를 전쟁에 뺏긴 채로 지냈다. 전쟁 때문에 제대로 교육을 받지 못한 아이들이 워낙 많았으니 그런 측면에서 따지자면 그는 어디서나 볼 수 있는 피해자에 불과했다. 그가 대학에 진학할 가능성은 없었다. 그럼에도 불구하고 졸업하고 1년은 실망스러운 시기였다. 그는 계속 어머니와 함께 지내며 주변에서 가끔 맡기는 허드렛일을 했다. 그를 아는 모든 사람들이 동의했다시피 그는 자신을 너무 막 굴리고 있었다. 그는 그런 식으로 살기에는 너무 똑똑한 아이였다.

결국 제대로 된 일자리를 찾도록 로버트를 설득한 사람은 매그너스 파이 경 — 메리 블래키스턴을 고용했고 지난 7년 동안 부모처럼 그를 챙겼던 — 이었다. 경이 병역을 마치고 귀국하자마자 브리스틀에 있는 포드 자동차 부품업체의 서비스 부서에 수습사원으로 취직할 수 있도록 주선해 주었다. 뜻밖에도 그의 어머니는 전혀 고마워하지 않았다. 그녀는 그때 처음이자 마지막으로 매그너스 경과 설전을 벌였다. 그녀는 로버트를 생각하면 걱정이 앞섰다. 아들이 멀리 떨어진 도시에서 혼자 지내는 건 싫었다. 매그너스 경이 그녀와 상의도 없이 일을 벌인다고, 심지어 그녀의 뒤통수를 친다고 생각했다.

　수습사원 생활이 금세 막을 내렸으니 사실 쓸데없는 걱정이었다. 로버트는 객지 생활을 한 지 딱 3개월이 지났을 때 브리슬링턴의 블루 보어라는 술집에서 술을 마셨다. 거기서 시비가 붙었는데, 사태가 심각해지는 바람에 경찰이 출동했다. 로버트는 경찰서로 끌려갔을 뿐 재판을 받지는 않았지만 그를 못마땅하게 여긴 사장이 수습 계약을 파기했다. 그는 하는 수 없이 다시 고향으로 내려갔다. 어머니는 그러게 내가 뭐랬느냐는 반응을 보였다. 애초부터 그를 멀리 내보낼 생각이 없었는데 그녀의 말을 들었더라면 둘 다 골치 아플 일이 없지 않았겠느냐는 식이었다. 그들을 아는 사람들이 보기에 두 사람은 그날 이후로 계속 삐걱거리는 눈치였다.

　그래도 로버트가 천직을 찾기는 했다. 그는 자동차를 좋아했고 그걸 수리하는 데 소질이 있었다. 마침 이 마을의 자동차 정비소에서 정규직 정비 기사를 찾았고, 경험은 부족하더라도 그에게 한번 기회를 줘보기로 했다. 보수는 많지 않았지만 정비소 2층의 조그만 아파트가 계약 조건에 포함돼 있었다. 로버트로서는 아주 마음에 드는 부분이었다. 그는 더 이상 어머니와 같이 살고 싶지 않다고, 로지 하우스가 답답하다고 분명하게 못을 박았다. 그는 아파트로 거처를 옮겼고 이후로 죽 거기서 지냈다.

　로버트 블래키스턴은 포부가 없었다. 특별히 호기심이 많은 성격도 아니었다. 그래서 그는 그에 상응하는 삶을 살았을 것이다. 그 이상도 그 이하도 아니었을 것이다. 하지만 오른손이 짓이겨져서 하마터면 잘릴 뻔한 사고를 당한 뒤로 모든 게 달라졌다. 상당히 흔하기는 하지만 또 한편으로는 1백 퍼센트 피할 수 있는 사고였다. 작업을 하느라 안전책에 올려놓았던 차량이 그의 바로 옆으로 굴러떨어진 것이었다. 그는 무너진 책에 부딪친 손을 감싸고 작업복 위로 피를 쏟으며 레드윙 박사의 수술실로 비틀비틀 찾아갔다. 그리고 거기서 간호사 겸 접수 담당으로 이제 막 일을 시작한 조이 샌덜링을 만났다. 그는 고통스러운 와중에도 그녀를 한눈에 알아보았다. 모랫빛 머리칼이 얼굴과 주근깨를 감싼, 보기 드문 미녀였다. 레드윙 박사가 부러진 뼈를 소독하고 바스의 왕립 종합 병원으로 보냈을 때 그는 구급차 안에서 그녀를 생각했다. 손은 오래전에 나았지만 그는 그날의 사고를 절대 잊지 않았으며 덕분에 조이를 만났으니 사고를 당하길 잘했다고 생각했다.

조이는 로워 웨스트우드에서 부모님과 함께 살았다. 소방관인 아버지는 한때 색스비온에이번의 소방서에서 현역으로 활동했지만 지금은 관리직을 맡고 있었다. 어머니는 집에서 24시간 보살핌이 필요한 그녀의 오빠를 챙겼다. 조이는 로버트처럼 열여섯 살에 학교를 졸업했고 서머셋주 바깥세상은 거의 구경한 적이 없었다. 하지만 그와 다르게 여행에 대한 열망이 있었다. 프랑스와 이탈리아를 책으로 공부하고 클라리사 파이에게 개인 교습으로 프랑스어도 몇 마디 배웠다. 18개월째 레드윙 박사의 밑에서 일하는 중이었고 할부로 산 밝은 분홍색 스쿠터를 타고 날마다 이 마을로 출근했다.

로버트는 교회에서 조이에게 청혼했고 그녀는 청혼을 받아들였다. 그들은 내년 봄에 세인트 보톨프 교회에서 결혼식을 올릴 생각이었다. 그때까지 돈을 모아서 베네치아로 신혼여행을 떠날 작정이었다. 로버트는 첫날에 곤돌라를 태워 주겠다고 약속했다. 그들은 탄식의 다리 아래를 지나며 샴페인을 마시기로 했다. 이미 다 계획을 세워 놓았다.

지금 이렇게 그녀와 나란히 앉아 있는 것이 너무도 이상하게 느껴졌다. 뒷자리에 실린 어머니가 전과는 전혀 다른 방식으로 그들 사이를 비집고 들어왔다. 그는 같이 차를 마시려고 조이를 맨 처음 로지 하우스로 데려갔던 때를 기억했다. 어머니는 그도 익히 아는 태도를 보이며 전혀 반가워하지 않았고 모든 감정을 강철 뚜껑으로 꾹 누른 채 냉랭하게 겉으로만 예의를 갖추었다. 만나서 정말 반가워요. 로워 웨스트우드에 산다고요? 그래요, 거기 잘 알죠. 아버님이 소방관이시라고요? 대단하시네요. 그녀는 이렇듯 로봇 — 아니면 형편없는 연극에 출연한 배우 — 처럼 굴었고, 조이는 불평하지 않고 사근사근한 모습을 보였지만 로버트는 그녀에게 그런 고충을 두 번 다시 겪게 하지 않겠노라고 다짐했다. 그날 저녁에 그는 어머니와 다투었고, 사실상 그날 이후로 두 사람은 서로에게 예의를 갖추어서 대한 적이 없었다.

하지만 가장 큰 말다툼이 벌어졌던 것은 불과 며칠 전, 목사 부부가 휴가를 떠나고 메리 블래키스턴이 교회 관리를 맡게 됐을 때였다. 그들은 마을 술집 앞에서 만났다. 퀸스 암스가 세인트 보톨프 바로 옆이었고 로버트는 일을 마치고 그 앞에 앉아서 햇볕을 쬐며 맥주를 한 잔 마시고 있었다. 공동묘지를 걸어가는 그의 어머니가 보였다. 옆 교구의 목사가 맡기로 한 주말 예배에 대비해서 꽃을 준비하려는 모양이었다. 그를 발견한 그녀가 곧장 건너왔다.

「부엌 전등 고쳐 준다며.」

그렇다. 그렇다. 그렇다. 레인지 위에 달린 전등 이야기였다. 그냥 평범한 전구인데 손이 잘 닿지 않는 곳에 달려 있었다. 그리고 그는 1주일 전에 고쳐 주겠다고 했다. 그는 요즘도 문제가 생기면 종종 로지 하우스를 들여다보았다. 그런데 그렇게 사소한 문제가 어쩌다 그렇게 한심한 말다툼으로 발전할 수 있었을까? 그들이 서로 고함을 지르지는 않았지만 밖에 앉아 있었던 사람들이 모두 들을 수 있을 만큼 언성을 높이기는 했다.

「왜 그렇게 나를 들볶지 못해서 안달이에요? 엄마가 콱 죽어 버려서 숨 좀 돌리고 살면 더 바랄 게 없겠네.」

「아, 그래? 그랬으면 좋겠다 이거지?」

「맞아요! 그랬으면 좋겠어요.」

그가 정말로 그렇게 얘기했을까? 그것도 남들 보는 앞에서? 로버트는 몸을 돌려서 아무 무늬도 없는 나무 표면을 바라보았다. 하얀 백합 화환이 놓인 관 뚜껑을 바라보았다. 그로부터 단 며칠 만에, 1주일도 안 됐을 때 어머니가 파이 홀 계단 아래에서 발견됐다. 관리인 브렌트가 자동차 정비소로 찾아와서 소식을 전했는데, 눈빛이 이상했다. 그도 그날 저녁에 그 술집에 있었던 걸까? 그가 한 얘기를 들은 걸까?

「다 왔다.」 조이가 말했다.

로버트는 다시 고개를 돌렸다. 과연 그들 앞으로 교회가 보였고 공동묘지는 벌써부터 조문객들로 가득했다. 적어도 50명은 되는 듯했다. 로버트는 깜짝 놀랐다. 어머니에게 친구가 그렇게 많을 줄은 상상도 못했던 것이다.

영구차가 속도를 점점 늦추다 멈추어 섰다. 누군가가 그를 위해 문을 열어 주었다.

「나가고 싶지 않아.」로버트가 말했다. 그는 어린애처럼 그녀
를 붙잡았다.

「괜찮아, 롭. 내가 옆에 있을게. 금방 끝날 거야.」

그녀가 미소를 지어 주자 그는 금세 기분이 풀렸다. 조이가
없었으면 어쩔 뻔했나. 그녀 덕분에 그의 인생이 달라졌다. 그
녀는 그의 모든 것이었다.

두 사람은 영구차에서 내려 교회를 향해 걸음을 옮겼다.

7

객실은 캅 페라의 준비에브 호텔 3층이었고 마당과 테라스
가 내려다보였다. 새파란 하늘 위에서 벌써부터 태양이 이글거
리고 있었다. 환상적인 1주일이었다. 음식은 완벽했고 와인은
더할 나위 없었고 평소처럼 지중해의 인파와 어울릴 수 있었다.
그랬음에도 불구하고 매그너스 파이 경은 짐을 싸는 동안 저기
압이었다. 3일 전에 날아든 편지가 그의 휴가를 망쳐 놓았다.
그 망할 목사가 편지를 왜 보냈을까. 항상 간섭하고 흥겨운 분
위기에 찬물을 끼얹지 못해 안달이 난 교회다웠다.

아내가 발코니에서 나른한 표정으로 그를 쳐다보았다. 담배
를 피우고 있었다. 「이러다 기차 놓치겠어.」그녀가 말했다.

「출발하려면 3시간이나 남았어. 시간 많아.」

프랜시스 파이는 담배를 비벼 끄고 객실 안으로 들어갔다.
까무잡잡하고 고압적인 분위기를 풍기는 그녀는 남편보다 키

가 조금 더 컸고 훨씬 더 위풍당당했다. 그는 키가 작고 통통했고, 까만 수염은 발그레한 뺨까지 머뭇머뭇 진출하기만 했을 뿐 얼굴 전체를 덮지는 못했다. 이제 쉰세 살이었고 그의 나이와 사회적인 입지를 강조하는 양복을 즐겨 입었다. 조끼까지 완벽하게 갖춘 값비싼 맞춤 양복이었다. 두 사람은 서로 어울리지 않는 한 쌍이었다. 시골 유지와 할리우드 여배우라고나 할까. 산초 판자와 둘시네아 델 토보소라고나 할까. 작위가 있는 쪽은 그였지만 사실 그녀에게 더 잘 어울렸다. 「지금 바로 출발해야 해.」 그녀가 말했다.

「아니라니까.」 매그너스는 트렁크 뚜껑을 닫으려고 애를 쓰며 툴툴거렸다. 「빌어먹을 가정부 일인걸, 뭐.」

「우리랑 같이 살았던 사람이잖아.」

「로지 하우스에서 살았지. 그거하고 그거는 전혀 달라.」

「경찰에서 당신을 만나고 싶어 하고.」

「내가 돌아갈 때까지 기다려도 되잖아. 내가 무슨 할 얘기가 있는 것도 아니야. 목사가 그러는데 전선에 걸려서 넘어졌다더군. 우라지게 안타까운 일이긴 하지만 내 잘못은 아니야. 설마하니 경찰에서 내가 죽였거나 뭐 그런 건 아니냐고 묻는 건 아니겠지?」

「충분히 그럴 수도 있다고 봐, 매그너스.」

「아니, 그럴 수도 없었잖아. 1주일 내내 당신이랑 여기 있었는걸.」

프랜시스 파이는 트렁크와 씨름하는 남편을 지켜보았다. 그녀는 도우러 나서지 않았다. 「나는 당신이 그녀를 좋아하는 줄 알았는데.」 그녀가 말했다.

「요리를 잘했고 청소도 잘했지. 하지만 솔직히 고백하자면 그녀의 면상을 견딜 수가 없었어. 그 아들 녀석도 그렇고. 늘 느끼던 거였지만 그녀는 왠지 모르게 괴팍한 구석이 있었어. 종종거리면서 다니던 거하며…… 나는 모르는 뭔가를 알고 있는 듯한 눈빛을 하고서 말이야.」

「그래도 장례식에는 참석해야 해.」

「어째서?」

「참석하지 않으면 온 마을 주민들이 알아차릴 테니까. 그럼 당신을 못마땅하게 여길 거야.」

「어차피 나를 좋아하지도 않는걸. 딩글 델 소식을 들으면 나를 더 안 좋아하게 될 테고. 상관없어. 내가 무슨 인기 투표에서 1등을 하러 나선 것도 아니고 그런 게 시골 생활의 문제야. 사람들이 뒤에서 수군대는 거 말고는 하는 일이 없어요. 뭐, 나에 대해서 마음대로 생각하라 그래. 사실 다들 꺼져 버려도 상관없는데 말이지.」 그는 살짝 헐떡거리며 엄지손가락으로 자물쇠를 잠갔다.

프랜시스는 신기하다는 듯이 그를 쳐다보았고 경멸과 혐오 사이 어디쯤에 해당하는 표정이 언뜻 그녀의 눈을 스치고 지나갔다. 그들의 결혼 생활에 애정은 더 이상 남아 있지 않았다. 그렇다는 것을 둘 다 알고 있었다. 그럼에도 헤어지지 않은 이유는 이 생활이 편리하기 때문이었다. 코트다쥐르의 뜨거운 열기에도 불구하고 객실 안의 공기는 냉랭했다. 「포터 부를게.」 그녀가 말했다. 「택시가 지금쯤 도착했을 거야.」 그녀는 전화기가 있는 쪽으로 다가가다 테이블에 놓인 엽서를 발견했다. 헤이스 팅스의 주소지와 프레더릭 파이의 이름이 적힌 엽서였다. 「맙소사, 매그너스」 그녀가 나무랐다. 「그 엽서, 프레디한테 안 부쳤어? 보낸다더니 1주일 동안 여기서 묵힌 거냐고.」 그녀는 한숨을 쉬었다. 「엽서가 도착하기 전에 프레디가 먼저 집으로 돌아오겠네.」

「뭐, 지금 신세를 지고 있는 그 집에서 우리 집으로 다시 보내 주면 되지. 왜 그래, 세상이 끝난 것도 아닌데. 무슨 재미있는 내용이 담긴 것도 아니고.」

「엽서야 늘 별 내용 없지. 그게 중요한 게 아니잖아.」

프랜시스 파이는 수화기를 집어서 프런트 데스크에 연락했다. 그녀가 통화를 하는 동안 어떤 기억이 매그너스의 머릿속을 스치고 지나갔다. 엽서를 보고 그녀가 한 말을 듣고 연상 작용을 일으킨 것이었다. 뭐였더라? 그가 오늘 참석하지 않고 그냥 지나칠 장례식과 연관이 있는 거였는데. 아, 생각났다! 정말 희한하기도 하지. 매그너스 파이는 절대 잊지 않도록 기억에 새겼다. 집에 도착하자마자 해야 할 일이 한 가지 있었다.

8

「메리 블래키스턴은 매주 일요일마다 바로 이 교회를 꽃으로 장식하는 일이 됐건, 이곳과 애시턴 하우스의 연로하신 분들을 찾아가는 일이 됐건, 왕립 조류 보호 협회 모금 활동이 됐건, 파이 홀에서 손님을 맞이하는 일이 됐건 이 색스비온에이번을 모두가 더 살기 좋은 마을로 꾸미는 데 이바지했습니다. 그녀가 만든 케이크는 바자회에서 항상 인기 만점이었고, 그녀가 아몬드 바이트나 빅토리아 스펀지케이크 조각을 들고 제의실로 찾아와 저를 놀라게 한 적이 얼마나 많았는지 모릅니다.」

장례식은 여느 장례식과 다름없이 진행됐다. 잠잠하게 필연적인 분위기를 풍기며 천천히, 조심스럽게 진행됐다. 장례식을 숱하게 경험한 제프리 위버는 옆쪽에 서서 왔다 가는 사람들을 유심히 지켜보았다. 가지 않고 눌러앉는 사람들은 더욱 유심히 지켜보았다. 언젠가, 머지않은 미래에 이번에는 그가 땅속에 묻히는 신세가 될 거라는 생각은 절대 하지 않았다. 그는 일흔세 살에 불과했고 그의 아버지는 1백 살까지 살았다. 그에게는 아직 남은 시간이 많았다.

제프리는 스스로 사람들의 성격을 잘 파악한다고 생각했기에 그가 파놓은 무덤 주변에 모인 사람들을 거의 화가처럼 훑어보았다. 그는 그들 모두를 품평할 수 있었다. 인간의 천성을 연구하기에 장례식장보다 더 훌륭한 곳이 어디 있을까?

먼저 비석 같은 얼굴과 길고 살짝 헝클어진 머리칼이 특징인 목사. 제프리는 나이를 먹으면서 설교 시간에 했던 말을 반복하고 저녁 예배 시간에 잠이 드는 등 점점 더 기벽을 보인 몬테이그 목사 후임으로 그가 색스비온에이번에 맨 처음 부임했을 때를 기억하고 있었다. 오즈번 부부는 그때 열렬한 환영을 받았다. 부인의 키가 한참 작고 상당히 통통하고 호전적인 성격이라 살짝 의외의 조합이었는데도 그랬다. 제프리는 자기 의견을 거침없이 밝히는 그녀를 존경하는 편이었지만 목사의 아내로서 도움이 되는 성격은 아니었을 것이다. 그녀는 지금 남편 뒤에 서서 그가 하는 말에 찬성하면 고개를 끄덕이고 아니면 얼굴을 찡그리고 있었다. 그 두 사람은 무척 친밀한 사이였다.

그것만큼은 분명했다. 하지만 그들은 여러모로 희한했다. 예컨 대 파이 홀에 관심을 보이는 이유가 뭘까? 그는 그들이 교회 마 당과 매그너스 파이 경의 부지 사이에서 경계선 역할을 하는 숲속으로 살금살금 들어가는 것을 두어 번 본 적이 있었다. 대 저택에 볼일이 있을 때 딩글 델을 지름길로 활용하는 사람들이 많긴 했다. 바스 로드까지 가서 정문으로 들어가는 것보다 시 간이 많이 단축됐다. 하지만 한밤중에 그러지는 않았다. 그들 은 무슨 꿍꿍이였을까?

제프리는 화이트헤드 부부를 싫어했고 그들과 한 번도 이야 기를 나눠 본 적이 없었다. 그가 보기에 그들은 색스비온에이 번에 볼일이 없는 런던 출신이었다. 이 마을에는 앤티크 숍도 필요 없었다. 공간 낭비였다. 오래된 거울이나 시계나 기타 등 등을 가져다가 말도 안 되는 가격을 붙이고 앤티크라고 부를 수 있을지 몰라도 그래 봐야 쓰레기일 따름이었고 그걸 모르는 사람들이 바보였다. 그는 사실 그들 부부를 믿지 않았다. 그들 은 본모습을 숨기고 다른 사람 행세를 하는 것 같았다. 꼭 그들 이 판매하는 물건들처럼 말이다. 장례식에 참석한 이유는 뭘 까? 그들은 메리 블래키스턴을 거의 알지도 못했고 그녀도 그 들에 대해서 좋게 이야기할 거리가 없었을 것이다.

반면에 레드윙 박사 부부는 당연히 참석해야 하는 사람들이 었다. 시신을 발견한 사람이 그녀였고 — 함께 발견한 관리인 브렌트는 모자를 손에 들고 고수머리로 이마를 가린 채 서 있었 다. 에밀리아 레드윙은 원래부터 이 마을에서 살았다. 그 전에 는 그녀의 아버지인 레너드 박사가 병원장이었다. 그는 오늘 이 자리에 당연히 참석할 수 없었다. 트로브리지의 요양원에 입원해 있고 들리는 소문에 따르면 그 역시 살날이 얼마 남지 않았다고 했다. 제프리는 중병을 앓은 적이 없었지만 그들 부녀에게 치료받은 적은 있었다. 그의 아들을 받아 준 사람이 레너드 박사였다. 그 당시에는 의사가 산파를 겸하는 것이 흔한 관행이었다. 그런가 하면 아서 레드윙은 어떤가? 그는 짜증과 권태를 오가는 표정으로 목사의 추도사를 듣고 있었다. 그는 인물이 훌륭했다. 그 점에 있어서만큼은 의심의 여지가 없었다. 그림을 그리지만 그걸로 돈을 벌지는 않았다. 얼마 전에 파이 홀에서 레이디 파이의 초상화를 그리지 않았나? 아무튼 그 둘은 믿음직한 부류였다. 화이트헤드 부부와는 달랐다. 그들이 없는 이 마을은 상상이 되지 않았다.

클라리사 파이도 마찬가지였다. 장례식에 참석하느라 차려입은 모양인데 깃털이 세 개 달린 모자는 조금 우스꽝스러웠다. 여기가 어떤 자리라고 생각한 걸까? 칵테일파티? 그래도 그녀를 보면 안쓰러운 마음이 드는 건 어쩔 수 없었다. 거들먹거리는 오빠를 보며 이 마을에서 지내려면 얼마나 힘이 들까. 그는 재규어를 몰고 한가롭게 놀러 다니는데, 여동생은 학교에서 아이들을 가르치고 있다니. 그녀는 절대 나쁜 선생님이 아니었지만 아이들은 그녀를 별로 좋아하지 않았다. 아마도 그녀의 불행한 삶을 감지했기 때문일 것이다. 클라리사는 주변에 아무도 없었다. 결혼도 하지 않고 인생의 절반을 교회에서 보내는 듯했다. 시도 때도 없이 교회를 드나들었다. 입은 비뚤어졌어도 말은 바로 하자면 그녀는 종종 걸음을 멈추고 그와 잡담을 나누었지만 사실 기도를 할 때가 아닌 이상 제대로 된 대화를 나눌 상대가 없었다. 그녀가 오빠인 매그너스 경과 조금 닮았다는 사실은 외모에 전혀 도움이 되지 않았다. 그래도 고개를 들고 상대방을 올려다보는 예의가 그녀에겐 있었다.

누군가가 재채기를 했다. 브렌트였다. 제프리는 소맷부리로 코를 닦고 좌우를 흘끗거리는 그를 지켜보았다. 남들 앞에서 어떤 식으로 처신해야 하는지 전혀 모르는 것도 무리는 아니었다. 그는 거의 평생을 혼자 지냈고 클라리사와 다르게 그런 생활을 좋아했다. 파이 홀에서 긴 시간 동안 일을 하고 난 뒤에 가끔은 페리맨의 지정석에 앉아서 대로를 내다보며 술을 한잔하거나 저녁을 먹었다. 하지만 사람들과 절대 어울리지는 않았다. 대화도 나누지 않았다. 가끔은 그가 무슨 생각을 하며 사는지 제프리도 궁금할 때가 있었다.

그는 다른 조문객들은 모두 무시하고 영구차와 함께 도착한 로버트 블래키스턴에게 시선을 돌렸다. 그에게도 안쓰러운 마음이 들었다. 서로 못 잡아먹어서 안달이긴 했어도 오늘 땅에 묻히는 사람이 그의 어머니였다. 그들이 얼마나 티격태격했는지는 온 마을 사람들이 아는 바였고, 사고가 터지기 전날 저녁에 퀸스 암스 앞에서 로버트가 한 말을 그도 직접 들었다. 〈**엄마가 콱 죽어 버려서 숨 좀 돌리고 살면 더 바랄 게 없겠네!**〉 그를 나무랄 일은 아니었다. 인간은 원래 후회할 말을 내뱉기 마련이고 어떤 일이 벌어질지 누가 알 수 있었겠는가. 병원에서 근무하는 단정하고 예쁘장한 아가씨 옆에 서 있는 그는 누가 봐도 불쌍해 보였다. 모든 주민들이 알다시피 그들은 서로 사귀는 사이였고 잘 어울리는 한 쌍이었다. 그녀는 그를 걱정하는 기색이 역력했다. 표정이나 그의 팔에 매달려 있는 걸 보면 알 수 있었다.

「그녀는 이 마을의 일부였습니다. 오늘 우리는 그녀의 죽음을 애도하기 위해 이 자리에 모였지만 그녀가 남긴 유산을 기억해야 합니다…….」

추도사의 말미에 다다랐다. 마지막 장이었다. 주변을 둘러보던 제프리의 눈에 저쪽 끝의 오솔길에서 공동묘지로 들어서는 애덤이 들어왔다. 착한 아이였다. 딱 알맞은 순간에 등장할 거라고 믿어도 되는 아이였다.

그런데 조금 이상한 일이 벌어지고 있었다. 추도사가 아직 끝나지도 않았는데 벌써 묘지를 나서는 사람이 있었다. 제프리는 남들과 멀찌감치 거리를 두고 저 끝에 그 남자가 서 있었다는 것을 알아차리지 못했다. 남자는 중년이었고 검은색 외투에 검은색 모자를 쓰고 있었다. 페도라였다. 제프리는 그의 얼굴을 언뜻 보았을 뿐이지만 낯이 익었다. 볼이 움푹 들어갔고 매부리코였다. 어디서 본 얼굴이더라? 이제 와 기억한들 너무 늦었다. 남자는 이미 정문을 지나 광장으로 걸어가고 있었다.

어떤 광경이 제프리의 시선을 사로잡았다. 남자가 공동묘지 가장자리에서 자라는 큼지막한 느릅나무 아래를 지나자 가지 위에 앉아 있던 무언가가 움직였다. 까치였다. 한 마리가 아니었다. 다시 한번 살펴보니 온 나무가 까치로 가득했다. 몇 마리나 될까? 빽빽한 잎사귀에 가려서 잘 보이지 않았지만 세어 보니 일곱 마리였고 그는 어렸을 때 배운 동요가 생각났다.

한 마리면 슬픈 일이 생기고,
두 마리면 기쁜 일이 생기고,
세 마리면 딸이 생기고,

네 마리면 아들이 생기고,
다섯 마리면 은화가 생기고,
여섯 마리면 금화가 생기고,
일곱 마리면 절대
얘기하면 안 되는 비밀이 생기고.

정말 이상하기 짝이 없는 일이었다. 장례식에 참석하려고 모이기라도 한 것처럼 한 나무에 까치들이 떼를 지어 앉아 있다니. 하지만 잠시 후에 애덤이 등장했고, 목사가 추도사를 마치자 조문객들은 묘지를 빠져나가기 시작했고, 제프리가 다시 한번 쳐다보았을 때 새들은 사라지고 없었다.

둘

기쁜 일

1

의사는 아무 말도 할 필요가 없었다. 그의 표정, 진료실 안에 흐르는 침묵, 그의 책상 위에 펼쳐진 엑스레이 사진과 검사 결과지가 모든 걸 대변하고 있었다. 두 남자는 할리 스트리트의 맨 끝에 자리 잡은 근사한 병원에서 마주 보고 앉아 있었고, 그전에도 숱하게 상연됐던 연극의 마지막 장에 다다랐다는 것을 알고 있었다. 6주 전만 해도 그들은 서로 모르는 사이였다. 그런데 지금은 가장 끈끈한 관계로 한데 뭉쳤다. 한쪽은 소식을 전했다. 다른 쪽은 그걸 받아들였다. 둘 다 표정으로 감정을 많이 드러내지는 않았다. 최선을 다해 감정을 숨기는 것이 이 과정의 일부이자 신사 간의 협정이었다.

「얼마나 남았는지 여쭈어봐도 될까요, 벤슨 선생님?」 아티쿠스 퓐트가 물었다.

「정확히 말씀드리기는 어렵습니다만.」 의사가 대답했다. 「종양이 상당히 진행된 상태인 것 같습니다. 일찍 발견했더라면 수술이라는 일말의 가능성이 있었겠습니다만 지금 상태로는……」 그는 고개를 저었다. 「죄송합니다.」

「그러실 필요 없습니다.」 퓐트는 독일식 억양을 사과라도 하는 듯이 한 음절, 한 음절 또박또박 발음하며 교양 있는 외국인의 세심하고도 완벽한 영어를 구사했다. 「제 나이가 예순다섯인걸요. 이 정도면 오래 살았죠. 여러 면에서 괜찮은 삶이기도 했고요. 이제 죽는구나 싶었던 때가 지금까지 얼마나 많았는지 모릅니다. 죽음은 항상 두 발짝 뒤에서 따라오는 동반자와 같왔다고 얘기할 수 있을 정도예요. 이제 그 친구가 나를 따라잡 았네요.」 그는 손바닥을 펼치고 애써 미소를 지었다. 「그 친구 하고 나는 오래전부터 알고 지낸 사이예요. 그러니까 두려워할 이유가 전혀 없어요. 하지만 주변을 깨끗하게 정리할 필요가 있지 않겠습니까? 그래서 대강이나마 알아 놓으면 좋겠다는 겁 니다…… 몇 주일까요 아니면 몇 개월일까요?」

「아마 앞으로 상태가 점점 안 좋아질 겁니다. 두통이 더 심해 지고 발작을 일으킬 수도 있어요. 전반적인 상황을 파악할 수 있도록 책을 몇 권 보내 드리고 강력한 진통제를 처방할게요. 요양원에 입원하는 것도 한번 고민해 보세요. 햄스테드에 추천 할 만한 아주 훌륭한 시설이 있습니다. 마리 퀴리 기념 재단에 서 운영하는 곳이에요. 말기가 되면 지속적으로 간호를 받아야 할 겁니다.」

그가 내뱉은 말들은 저 먼 곳으로 희미하게 사라져 버렸다. 벤슨 박사는 당황한 표정으로 환자를 살폈다. 그는 당연히 아 티쿠스 핀트라는 이름을 익히 알고 있었다. 신문에 종종 등장 하는 인물이었다. 히틀러의 강제 수용소에 1년 동안 수감된 뒤 전쟁통에 간신히 목숨을 부지한 독일 출신의 난민. 그는 베를 린 — 아니면 빈일 수도 있었다 — 에서 경찰로 근무하던 당시 수용소로 끌려갔고 영국으로 건너온 이후에는 사설탐정으로 활약하며 수많은 사건에서 경찰 수사에 도움을 주었다. 외모만 보면 탐정 같지 않았다. 키가 작았고 아주 단정했고 두 손은 앞 에서 깍지를 꼈다. 검은색 양복에 하얀 셔츠를 입고 검은색의 좁은 넥타이를 맸다. 구두에서는 광이 났다. 아무것도 몰랐다 면 의사는 그를 가족 회사에서 근무하는, 전적으로 믿을 수 있는 회계사로 착각했을 수도 있었다. 그런데 그뿐만이 아니었다. 퓐트는 소식을 듣기 전, 진료실에 들어서는 순간부터 이상하게 안절부절못하는 분위기를 풍겼다. 동그란 철테 안경 뒤에서 두 눈이 끊임없이 사방을 주시했고 무슨 말을 꺼낼 때마다 매번 머뭇거리는 듯했다. 희한한 점이 있다면 소식을 들은 뒤에 한결 느긋해졌다는 것이었다. 오래전부터 예상했던 소식을 드디어 들을 수 있어서 기쁘게 생각하는 사람처럼 그랬다.

「2~3개월입니다.」 벤슨 박사는 결론을 내렸다. 「더 남았을 수도 있지만 그 이후에는 신체 능력이 약화되기 시작할 거예요.」

「정말 감사합니다, 선생님. 덕분에 지금까지 본보기가 될 만한 치료를 받았습니다. 추후에 연락하실 일이 있으면 〈친전/기밀〉이라고 적어서 제 주소지로 직접 보내 주시겠습니까? 비서가 있는데, 그 친구한테는 아직 비밀로 하고 싶어서요.」

「알겠습니다.」

「이제 저희 둘 사이의 볼일은 끝난 겁니까?」

「2~3주 뒤에 한 번 더 뵙고 싶습니다. 약속을 잡아야겠죠. 햄스테드의 그 시설을 한번 둘러보셨으면 좋겠는데요.」

「그러겠습니다.」 퓐트는 자리에서 일어났다. 희한하게 자리에서 일어나도 키가 별로 커진 것처럼 느껴지지 않았다. 시커먼 나무 벽널이 둘러지고 천장이 높은 진료실에 압도당한 느낌이었다. 「다시 한번 감사하다는 인사를 전합니다, 벤슨 선생님.」

그는 지팡이를 집었다. 자단에 청동 손잡이를 단 18세기 제품이었다. 잘츠부르크에서 만들어진 것으로 런던 주재 독일 대사에게 받은 선물이었다. 유용한 무기로 여러 번 쓰인 적이 있었다. 그는 목례를 하며 접수 담당 직원과 도어맨을 지나 길거리로 나섰다. 화창한 햇살을 맞으며 그 자리에 서서 주변 풍경을 눈에 담았다. 모든 감각이 강렬해졌다는 데 놀라워하지 않았다. 건물의 모서리들이 수학적으로 거의 딱 맞아떨어지는 것처럼 느껴졌다. 거리의 소음을 구성하는 모든 차량의 소리를 구분할 수 있었다. 살갗에 와닿는 햇살의 온기가 느껴졌다. 쇼크 상태일지 모르겠다는 생각이 들었다. 그는 올해로 예순다섯 살이었고 예순여섯 살이 될 일은 없을 듯했다. 그 사실에 적응하려면 시간이 걸릴 것이었다.

그럼에도 불구하고 그는 리젠트 파크를 향해 할리 스트리트를 걷는 동안 전후 상황 분석에 돌입했다. 이러니저러니 해도 이것 역시 운명의 주사위 놀음에 불과했고 그는 평생 동안 불리한 상황을 극복하며 살아왔다. 예컨대 그의 존재 자체가 역사 속의 한 사건 덕분이었다. 바이에른 출신의 오토 1세가 1832년에 그리스 왕위에 오르자 몇몇 그리스 학생들이 독일로 이민 길에 올랐다. 그중 한 명이 그의 증조할아버지였고 그로부터 58년이 지난 뒤에 아티쿠스가 독일 출신의 어머니 밑에서 태어났다. 그녀는 그의 아버지가 경관으로 근무했던 **란데스폴리차이**[7]의 비서였다. 절반은 그리스인, 절반은 독일인이라? 소수 민족에 불과했고 소수 민족 대접이나 받으면 그나마 다행이었다. 이후에 나치즘이 창궐했다. 퓐트의 집안은 그리스인인 동시에 유대인이기도 했다. 엄청난 승부가 계속되는 동안 그들의 생존 가능성은 점점 줄어들어서 가장 무모한 도박꾼만 그들

7 독일의 주별로 존재하는 지방 경찰.

이 살아남을 수 있을 거라는 데 동전 한 닢을 걸 정도가 됐다. 아니나 다를까, 그는 판돈을 잃었다. 그의 어머니, 아버지, 형제들, 친구들이 모두 떠났다. 마침내 벨젠[8]으로 이송됐을 때 그는 1천 명당 한 명 있을까 말까 한, 아주 보기 드문 행정상의 오류로 목숨을 건졌다. 거기서 석방된 이후에도 꼬박 10년을 살았는데 막판에 그에게 불리한 숫자가 나왔다고 투덜거릴 수 있을까? 아티쿠스 퓐트는 아량을 빼면 시체였기에 유스턴 로드에 다다랐을 무렵에는 평정심을 찾을 수 있었다. 모든 게 순리대로 굴러가기 마련이었다. 그는 투덜거리지 않을 작정이었다.

택시를 타고 집으로 갔다. 그는 전철은 절대 이용하지 않았다. 그 많은 사람들이 다닥다닥 붙어 있는 게 싫었다. 너무나 많은 꿈과 두려움과 분노가 어둠 속에 한데 뒤엉켜 있어서 숨이 막혔다. 훨씬 무신경한 검은색 택시는 현실 세계를 차단하는 역할을 했다. 한낮이라 차량이 많지 않았고 그는 이내 패링던의 차터하우스 광장에 도착했다. 그의 아파트가 있는 우아한 태너 코트 건물 앞에서 택시가 멈추어 섰다. 그는 팁을 후하게 얹어서 요금을 지불하고 건물 안으로 들어갔다.

그는 루덴도르프 다이아몬드 사건[9]을 해결하고 챙긴 수입으로 이 아파트를 장만했다. 방은 두 개였고, 널찍하고 환한 거실에서는 광장이 내다보였고, 가장 중요하게는 복도를 지나면 의뢰인을 만날 수 있는 사무실이 있었다. 그는 엘리베이터를 타고 7층까지 가는 동안 지금 당장은 해결할 사건이 없다는 사실에 대해 곰곰이 생각했다. 모든 걸 감안했을 때 오히려 잘된 일이

8 나치의 강제 수용소가 있었던 독일 동북부의 지방.
9 『아티쿠스 퓐트, 수사에 착수하다』를 참고할 것 ─ 원주.

었다.

「아, 오셨군요!」 퓐트가 현관문을 닫기도 전에 사무실에서 이런 소리가 들렸고 잠시 후 제임스 프레이저가 편지 뭉치를 들고 사무실에서 폴짝폴짝 달려 나왔다. 20대 후반의 이 금발 청년이 퓐트가 벤슨 박사에게 얘기한 그 조수 겸 비서였다. 그는 옥스퍼드 대학교 졸업생으로 배우 지망생이지만 땡전 한 푼 없는 영구 실업자 신세였을 때 『스펙테이터』에 실린 광고를 보고 몇 개월 정도 일을 할 속셈으로 그를 찾아왔다. 하지만 6년이 지난 지금까지 이 자리를 지키고 있었다. 「어떻게 됐어요?」 그가 물었다.

「**뭐가** 어떻게 됐느냐는 거야?」 퓐트는 되물었다. 두말하면 잔소리지만 프레이저는 그가 어디 다녀왔는지 전혀 알지 못했다.

「저야 모르죠. 다녀오신 일이 어떻게 됐느냐고요.」 제임스는 특유의 어린애 같은 미소를 지었다. 「아무튼 런던 경시청의 스펜스 경위가 전화했어요. 들어오시거든 전화 부탁한대요. 『더 타임스』에서는 인터뷰를 하고 싶다고 하고. 그리고 잊지 마세요, 12시 30분에 만나기로 한 의뢰인이 있다는 거.」

「의뢰인?」

「네.」 프레이저는 들고 있던 편지 더미를 뒤졌다. 「이름은 조이 샌덜링. 어제 전화했어요.」

「나는 조이 샌덜링과 통화한 기억이 없는데.」

「선생님은 통화하신 적 없어요. 제가 했죠. 바스인가 어디인가에서 연락한다던데. 목소리가 조금 심각하더라고요.」

「왜 나한테 물어보지 않았지?」

「그랬어야 하나요?」 프레이저의 안색이 어두워졌다. 「죄송해요. 맡고 있는 사건이 없어서 새로운 일이 생기면 선생님이 좋아하실 줄 알았어요.」

핀트는 한숨을 쉬었다. 그는 항상 조금 화가 나 있고 피곤한 인상을 풍겼지만 — 전반적인 분위기 자체가 그랬다 — 이번 같은 경우에는 타이밍이 이보다 더 안 좋을 수가 없었다. 그럼에도 불구하고 그는 언성을 높이지 않았다. 평소처럼 이성적으로 대했다. 「미안하네, 제임스.」 그가 말했다. 「지금은 그녀를 만날 수가 없어.」

「하지만 이미 출발했을 텐데요.」

「그럼 자네가 그녀에게 헛걸음을 했다고 얘기하는 수밖에.」

핀트는 비서를 지나서 사실(私室)로 들어갔다. 등 뒤로 문을 닫았다.

2

「저를 만나 주실 거라고 하셨잖아요.」

「그렇죠. 정말 죄송합니다. 하지만 오늘은 선생님이 너무 바쁘셔서요.」

「하지만 저는 월차까지 냈어요. 바스에서 기차를 타고 왔다고요. 사람을 이런 식으로 대접하면 안 되죠.」

「맞습니다. 하지만 핀트 씨의 잘못이 아닙니다. 제가 선생님의 수첩을 확인하지 않았어요. 혹시 원하시면 열차 요금은 제가 수중에 있는 현금으로 변상해 드리겠습니다.」

「열차 요금 때문에 그러는 게 아니에요. 제 인생이 걸린 문제라고요. 그분을 만나야 해요. 제 주변에 도움이 될 만한 사람이 그분밖에 없어요.」

핀트는 응접실과 연결된 쌍여닫이문 뒤에서 그들의 대화를 들었다. 그는 안락의자에 앉아서 자신이 좋아하는 소브라니 담배 ─ 검은색이고 한쪽 끝이 금색이다 ─ 를 피우며 집필 중인 책에 대해서 생각하고 있었다. 일생일대의 역작으로 벌써 4백 쪽을 넘겼지만 끝내려면 아직 멀었다. 제목은 정해 놓았다. 『범죄 수사의 풍경』. 프레이저가 가장 최근에 탈고한 장을 타자로 쳐놓았다. 그는 원고를 앞으로 끌어당겼다. 〈26장: 심문과 해석〉. 지금은 그 원고를 읽을 수가 없었다. 핀트는 앞으로 1년은 있어야 원고를 완성할 수 있을 거라고 생각했다. 그 1년을 이제는 기약할 수 없게 됐다.

여자는 목소리가 듣기 좋았다. 젊었다. 나무 벽을 사이에 두고 있어도 여자가 울음을 터뜨리기 직전이라는 것을 알 수 있었다. 핀트는 그가 걸린 병에 대해 잠깐 생각해 보았다. 뇌종양. 의사의 말로는 3개월이 남았다고 했다. 이렇게 혼자 우두커니 앉아서 하지 못했던 온갖 일들을 곱씹으며 그 시간을 흘려보낼 작정인가? 자신에게 짜증이 난 그는 담배를 깔끔하게 끄고 일어나 문을 열었다.

조이 샌덜링은 복도에 서서 프레이저와 이야기를 나누고 있었다. 어느 모로 보나 체구가 아담했고 금발 사이로 아주 어여쁜 얼굴과 어린애처럼 파란 눈이 자리 잡고 있었다. 그를 만나러 오느라 말쑥한 옷차림이었다. 이런 날씨에 허리끈으로 묶는 옅은 색 레인코트를 입을 필요는 없었지만 그녀에게 잘 어울렸고 사무적인 분위기를 풍기려고 선택한 옷이 아닌가 싶었다.

그녀는 프레이저를 지나 그를 바라보았다. 「퓐트 씨이신가요?」

「그렇습니다.」 그는 천천히 고개를 끄덕였다.

「방해해서 죄송해요. 얼마나 바쁘신 줄은 저도 알아요. 하지만 — 제발 — 5분만 시간을 내주시면 안 될까요? 제겐 정말 중요한 일이에요.」

5분이라. 그녀는 모르고 있었지만 두 사람 모두에게 중요한 시간이 될 5분이었다.

「알겠습니다.」 그가 말했다. 그녀의 뒤에서 제임스 프레이저가 같은 편을 실망시키기라도 한 사람처럼 짜증스러운 표정을 지었다. 하지만 퓐트는 그녀의 목소리를 들은 순간 마음을 정했다. 너무나 심란해하는 목소리였다. 오늘은 더 이상 슬픈 일이 없어도 됐다.

그는 조금 검소하긴 해도 편안한 사무실로 그녀를 안내했다. 한 개의 책상과 세 개의 의자, 금테두리에 무늬가 새겨진 고풍스러운 거울은 모두 19세기에 빈을 풍미했던 비더마이어 스타일[10]이었다. 따라 들어온 프레이저가 옆쪽의 자기 자리에 앉아서 다리를 꼬고 메모지를 무릎에 올려놓았다. 사실 그는 뭐든 받아 적을 필요가 없었다. 사소한 부분 하나 놓치는 법이 없는 퓐트가 모든 대화를 기억할 것이었다.

「하던 이야기 계속하십시오, 샌덜링 양.」

「아, 그냥 조이라고 불러 주세요.」 그녀는 대답했다. 「사실 제 이름은 조시예요. 하지만 다들 조이라고 불러요.」

「바스에서 여기까지 오셨다고요.」

「퓐트 씨를 만날 수만 있다면 더 먼 곳에서도 찾아왔을 거예

10 소박하고 실용적인 19세기 중반의 스타일.

요. 선생님의 기사를 신문에서 읽었거든요. 지금까지 생존했던 탐정 가운데 최고라고, 선생님이 해결하지 못하는 사건은 없다고 했어요.」

아티쿠스 퓐트는 눈을 깜빡였다. 그런 칭찬을 들으면 항상 마음이 조금 불편해졌다. 그는 살짝 실룩거리며 안경을 고쳐 쓰고 희미하게 미소를 지었다. 「그렇게 봐주시니 참으로 감사합니다만 너무 섣부른 말씀이 아닐까 싶습니다, 샌덜링 양. 이런, 죄송합니다. 저희가 너무 무례했군요. 커피도 한 잔 드리지 않다니.」

「말씀은 감사하지만 커피는 마시지 않아도 돼요. 선생님의 시간을 너무 많이 빼앗고 싶은 마음도 없고요. 하지만 선생님의 도움이 절실해요.」

「그럼 어쩐 일로 저를 찾아오셨는지 얘기를 시작하시죠.」

「네, 그렇게요.」 그녀는 의자에 앉은 채로 허리를 폈다. 제임스 프레이저는 펜을 들고 기다렸다. 「제 이름은 이미 말씀드렸죠.」 그녀가 말했다. 「저는 로워 웨스트우드라는 곳에서 부모님과 폴이라는 오빠와 함께 살고 있어요. 안타깝게도 오빠는 다운 증후군으로 태어나서 독립적인 생활이 불가능하지만 그래도 우리는 아주 끈끈한 사이예요. 사실 저는 오빠를 끔찍이 사랑해요.」 그녀는 잠깐 말을 멈추었다. 「저희 집은 바스 외곽이지만 저는 색스비온에이번이라는 마을에서 일을 해요. 동네 병원에서 레드윙 선생님을 돕고 있어요. 그나저나 그 선생님은 아주 좋은 분이에요. 거기서 일을 한 지 이제 거의 2년이 되어 가는데 그동안 아주 즐겁게 지냈어요.」

퓐트는 고개를 끄덕였다. 그는 벌써부터 이 아가씨가 마음에

68

들었다. 자신감과 명확한 표현이 마음에 들었다.

「1년 전에 저는 어떤 남자를 만났어요.」 그녀는 하던 이야기를 계속했다. 「자동차 관련 사고로 크게 다치는 바람에 저희 병원에 찾아온 남자였어요. 수리하던 자동차에 하마터면 깔릴 뻔했거든요. 떨어진 안전책에 손을 맞아서 뼈가 두어 군데 부러졌죠. 그 남자의 이름은 로버트 블래키스턴이에요. 우리는 거의 첫눈에 반했고 그길로 사귀기 시작했어요. 저는 그이를 정말 사랑해요. 저희는 지금 결혼을 약속한 사이예요.」

「축하드립니다.」

「그렇게 문제가 간단하면 얼마나 좋을까요. 지금으로서는 결혼을 할 수 있을지, 그것조차 잘 모르겠거든요.」 그녀는 화장지를 꺼내 눈가에 갖다 댔지만 감정에 북받쳐서 그랬다기보다는 사무적인 분위기에 더 가까웠다. 「2주 전에 그이 어머니가 돌아가셨어요. 지난 주말에 장례를 치렀고요. 로버트하고 저는 장례식에 참석했는데 물론 끔찍했죠. 그런데 더 끔찍한 게 뭔가 하면 그이를 바라보는 사람들의 시선과…… 이후로 그들이 하는 이야기예요. 사실 퓐트 씨, 사람들은 그이의 소행이라고 생각해요!」

「그러니까…… 그가 어머니를 죽였다고요?」

「네.」 그녀는 어느 정도 시간이 지난 다음에서야 홍분을 가라앉히고 하던 이야기를 계속했다. 「로버트는 어머니하고 사이가 좋지 않았어요. 어머니의 성함은 메리였고 가정부로 일을 했어요. 그 마을에 파이 홀이라고 대저택 — 그런 곳을 장원이라고 부를 텐데 — 이 있거든요. 매그너스 파이 경이라는 남자가 주인이고 몇백 년 전부터 그 집안의 소유였어요. 아무튼 그의 어머니는 요리, 청소, 장 보기, 기타 등등을 도맡았고 대문 근처의 로지 하우스에서 지냈어요. 로버트가 어린 시절을 보낸 곳도 그 집이었고요.」

「아버님에 대해서는 아무 언급이 없군요.」

「아버지는 없어요. 전쟁 때 집을 나가셨거든요. 상황이 아주 복잡하고 로버트는 거기에 대해서 입도 벙긋하지 않아요. 끔찍한 사건이 있었거든요. 파이 홀에 넓은 호수가 있는데 사람들 말로는 엄청나게 깊대요. 로버트 아래로 톰이라는 남동생이 있었고 둘이 그 근처에서 논 적이 있었어요. 로버트는 열네 살, 톰은 열두 살 때요. 아무튼 톰이 자기 키보다 깊은 곳에 들어갔다가 빠져 죽었어요. 로버트는 동생을 구하려고 했지만 구하지 못했고요.」

「그때 아버지는 어디 계셨습니까?」

「그의 아버지는 보스컴 다운 공군 기지에서 정비공으로 일하셨어요. 멀지 않은 곳이라 집에 자주 들렀는데 그 일이 벌어졌을 때는 아니었대요. 그러다 사태를 파악하고는 — 휴, 로버트한테 들으셔야 해요. 그이도 기억하는 게 별로 없지만요. 아무튼 부모님은 서로 상처를 후벼 팠어요. 아버지는 아들들을 제대로 돌보지 않았다고 어머니를 탓하고. 어머니는 집을 비운 아버지를 탓하고. 제가 들려 드릴 수 있는 얘기도 별로 없어요. 로버트는 절대 입도 벙긋하지 않고 나머지는 동네에서 떠도는 소문이거든요. 아무튼 결론을 말씀드리자면 두 모자만 로지에 남겨 두고 아버지가 집을 나갔어요. 두 분은 나중에 이혼을 하셨고 저는 아버님을 한 번도 뵌 적이 없어요. 장례식장에도 오지 않으셨어요. 오셨더라도 저는 보지 못했고요. 성함이 매튜 블래키스턴이라는 게 제가 아는 전부예요.

　로버트는 어머니와 함께 지냈지만 둘은 계속 티격태격했어요. 저는 솔직히 이사를 했어야 했다고 봐요. 그 끔찍한 현장에서 멀리 떨어졌어야 했다고 봐요. 아들이 빠져 죽은 호수 앞을 매일 오가며 무슨 수로 견딜 수 있었는지 모르겠어요. 그곳이 어머니에게 나쁜 영향을 미쳤을 거예요…… 떠나보낸 아들이 생각났을 테니까요. 어쩌면 어머니는 로버트를 원망하는 마음도 있었을 거예요. 사고가 났을 때 로버트는 그 근처에 있지 않았는데도. 사람들이 그러지 않나요, 퓐트 씨. 그것도 일종의 미친 짓이지만…….」

　퓐트는 고개를 끄덕였다. 「사실 우리가 여러 방식으로 상실에 대처하긴 합니다.」 그가 말했다. 「그리고 상심한 사람은 절대 이성적일 수 없죠.」

　「제가 메리 블래키스턴을 만난 건 몇 번 안 되지만 마을에서는 종종 마주쳤어요. 병원으로 자주 찾아왔거든요. 아파서 그런 건 아니고 레드윙 박사님이랑 친한 친구였어요. 로버트하고 제가 결혼을 약속한 뒤로 같이 차를 마시자며 저를 로지로 초대했는데 — 얼마나 불편했는지 몰라요. 퉁명스럽게 대한 건 아니었지만 무슨 면접을 보듯이 엄청 차갑게 이것저것 물어보시더라고요. 거실에서 차를 마셨는데 찻잔과 잔 받침을 앞에 두고 구석 자리에 앉아 있던 그녀의 모습이 아직도 눈에 선해요. 꼭 거미줄을 친 거미 같았거든요. 이런 소리를 하면 안 된다는 건 알지만 그래도 그런 생각이 들었어요. 그리고 가엾은 로버트는 그녀의 그림자에 완벽히 가려졌어요. 저하고 있을 때와는 전혀 다르게 조용하고 조심스러워하더라고요. 말을 한마디도 하지 않았던 것 같아요. 잘못을 저질러서 혼나게 생긴 아이처럼 카펫만 멍하니 쳐다봤어요. 그녀가 그이를 어떤 식으로 다루었는지 선생님도 보셨어야 하는데! 그에 관해서 좋은 소리는 한마디도 하지 않더라고요. 그녀는 우리의 결혼을 결사반대했어요. 그것만큼은 분명히 했죠. 거기 앉아 있는 내내 째깍거리는 시계 소리가 들렸거든요. 거실에 커다란 괘종시계가 걸려 있던데 그만 일어나고 싶어서 정각을 알리는 종소리가 들리길 얼마나 기다렸는지 몰라요.」

「아가씨의 약혼자는 어머니와 같이 살지 않았죠? 그녀가 사망했을 당시에요.」

「네. 지금도 그 마을에서 살긴 하지만 근무하는 자동차 정비소 2층의 아파트로 거처를 옮겼어요. 그녀에게서 탈출하려고 거기에 취직한 것도 있다고 봐요.」 조이는 화장지를 접어서 소매 안에 넣었다. 「로버트하고 저는 서로 사랑하는 사이예요. 메리 블래키스턴은 제가 그이에게 걸맞지 않는다고 생각한다는 것을 분명히 했지만 그녀가 살아 있었다 한들 달라지는 건 없었을 거예요. 우리는 결혼할 거예요. 우리는 행복하게 잘살 거예요.」

「샌덜링 양, 괜찮으시다면 그녀의 죽음에 대해 좀 더 자세히 듣고 싶습니다만.」

「네, 그러니까 2주 전 금요일의 일이었어요. 그녀가 청소를 하러 파이 홀에 가서 — 매그너스 경과 레이디 파이는 여행을 떠나고 없었어요 — 청소기를 돌리다 발에 걸려서 계단 밑으로 굴러떨어졌어요. 바깥일을 하는 브렌트가 계단 밑에 쓰러져 있는 그녀를 보고 의사 선생님에게 연락했지만 손쓸 방법이 없었죠. 목이 부러졌거든요.」

「경찰에도 신고를 했습니까?」

「네. 바스 지구대에서 형사가 나왔어요. 제가 직접 대화를 나누지는 못했지만 아주 철저하게 조사를 하는 것 같더라고요. 청소기 전선이 계단 맨 위 칸에 동그랗게 말려 있었어요. 집 안에는 아무도 없었고요. 문도 모두 잠겨 있었어요. 누가 봐도 사고인 게 분명했어요.」

「그런데도 로버트 블래키스턴이 살인범으로 몰리고 있단 말이죠.」

「마을 사람들이 그렇게 수군대고 있어서 퓐트 씨에게 도움을 청하는 거예요.」 그녀는 한숨을 쉬었다. 「로버트가 어머니하고 다퉜거든요. 두 사람은 자주 티격태격했어요. 제가 보기에는 그 많은 세월이 흘렀어도 둘 다 불행했던 사건의 그늘에서 벗어나지 못했고 그로 인해 괴로워하고 있었던 것 같아요. 아무튼 둘이 술집 앞에서 큰 소리로 다툰 걸 여러 사람이 들었어요. 발단은 그녀가 로지의 뭔가를 고쳐 달라고 한 거였어요. 그녀는 그이에게 항상 이런저런 허드렛일을 시켰고 그이는 한 번도 거부한 적이 없어요. 그런데 이번에는 그이가 투덜대니까 서로 험한 말이 오갔고 그이가 무슨 말을 했는데, 진심은 아니었을 게 분명하지만 거기 있던 사람들이 전부 들었으니 진심이었건 아니건 상관없는 일이 돼버렸어요. 그이가 〈엄마가 콱 죽어 버렸으면 좋겠다〉고 했거든요.」 다시 화장지가 등장했다. 「그렇게 얘기하고 나서 3일 뒤에 그녀가 정말로 죽어 버린 거예요.」

그녀는 이쯤에서 입을 다물었다. 아티쿠스 퓐트는 단정하게 손깍지를 끼고 진지한 표정으로 책상 앞에 앉아 있었다. 제임스 프레이저는 계속 받아 적고 있었다. 한 문장이 끝나자 어떤 단어 밑에 여러 번 밑줄을 그었다. 햇살이 창문 너머로 쏟아져 들어왔다. 밖에서는 직장인들이 점심용 샌드위치를 챙겨 들고 차터하우스 광장의 상쾌한 공기 속으로 하나둘씩 모습을 드러 냈다.

「아가씨의 약혼자에게 어머니를 살해할 이유가 있었을 수도 있죠.」 퓐트는 중얼거렸다. 「만난 적도 없는 사람에게 야박하게 굴고 싶지는 않습니다만 가능성은 염두에 두어야 합니다. 두 분이 결혼을 하고 싶어 하는데 그녀가 방해가 됐으니까요.」

「방해가 되지 않았는걸요!」 조이 샌덜링은 반항조로 외쳤다. 「그녀가 허락하거나 말거나 우리는 결혼할 작정이었어요. 그녀가 돈이 많거나 그런 것도 아니었고요. 아무튼 저는 로버트가 그 사건과 아무 연관이 없다는 걸 알아요.」

「무슨 수로 그렇게 장담하십니까?」

조이는 숨을 크게 들이마셨다. 털어놓고 싶지 않지만 어쩔 수 없는 뭔가가 있는 게 분명했다. 「경찰에서 블래키스턴 부인은 오전 9시쯤에 사망했다고 했어요. 브렌트가 레드윙 박사님에게 연락한 게 10시 직전이었고 집에 도착했을 때 시신이 아직 따뜻했다면서요.」 그녀는 잠깐 말을 멈추었다. 「자동차 정비소는 9시에 문을 여는데 — 병원하고 같아요 — 제가 그때까지 로버트랑 같이 있었어요. 그이 아파트에 있다가 같이 나왔어요. 저희가 약혼한 사이이긴 해도 부모님이 아시면 죽으려고 하실 거예요, 퓐트 씨. 저희 아빠는 소방관이었고 지금은 노조 일을 하세요. 엄청 진지하고 지독할 만큼 고지식하세요. 그리고 폴 오빠를 24시간 내내 돌봐야 하니 엄마, 아빠 두 분 다 과잉보호를 하시고요. 부모님께는 버스에서 영화를 보고 친구랑 같이 자고 온다고 했어요. 그런데 사실은 밤새 로버트랑 같이 있었고 아침 9시에 헤어졌으니 그는 그 사건과 아무 연관이 없을 수밖에 없죠.」

「자동차 정비소에서 파이 홀까지는 거리가 얼마나 되는지 여쭈어봐도 될까요?」

「제 스쿠터로 3~4분 거리예요. 딩글 델을 가로질러서 걸어가면 25분쯤 걸릴 테고요. 마을 끝에 있는 풀밭 이름이 딩글 델이에요.」 그녀는 얼굴을 찡그렸다. 「무슨 생각하시는지 알아요, 퓐트 씨. 하지만 저는 그날 아침에 로버트와 같이 있었어요. 그이는 아침을 먹으면서 저한테 조잘거렸어요. 살인을 계획 중이었다면 그럴 수 있었겠어요?」

아티쿠스 퓐트는 아무 대꾸도 하지 않았지만 살인범들이 웃으며 즐겁게 이야기를 나누다가도 눈 깜빡할 새 폭력을 휘두를 수 있다는 것을 경험상 알고 있었다. 그리고 전쟁을 겪는 동안 이른바 살인의 제도화에 대해서도 깨달은 바가 많았다. 형식과 절차로 충분히 포장하면, 어쩔 수 없는 일이라고 자신을 설득하면 결국에는 살인이 되지 않을 수 있다는 것을 말이다.

「제가 어떻게 해주길 바라십니까?」 그가 물었다.

「저는 돈이 얼마 없어요. 심지어 보수를 제대로 드릴 수도 없을 정도예요. 이러면 안 된다는 걸, 선생님을 찾아오지 말았어야 한다는 걸 저도 알아요. 하지만 이건 아니잖아요. 너무 말도 안 돼요. 선생님이 딱 하루만이라도 색스비온에이번에 와주셨으면 좋겠어요. 그거면 충분할 거예요. 선생님이 사건을 조사하고 사고였다고, 사악한 음모 같은 건 없었다고 얘기하면 그걸로 정리가 될 거예요. 선생님을 모르는 사람은 없으니까 선생님 말씀을 믿을 거예요.」

잠깐 정적이 흘렀다. 퓐트는 안경을 벗어서 손수건으로 닦았다. 프레이즈는 그다음 차례가 뭐가 될지 알아차렸다. 함께 지낸 세월이 워낙 오래됐기에 탐정의 습관을 알았다. 그는 나쁜 소식을 전할 때 항상 안경을 닦았다.

「미안합니다, 샌덜링 양.」 그가 말했다. 「내가 도와 드릴 방법이 없네요.」 그는 한 손을 들고 그녀가 말허리를 자르지 못하도록 막았다. 「나는 사설탐정입니다.」 그는 하던 이야기를 계속했다. 「경찰에서 종종 협조 요청을 받는 건 사실이지만 이 나라에서 나는 공식적인 직함이 없어요. 이번 같은 경우에는 그게 문제예요. 사실상 아무런 범행도 저질러지지 않은 이번 사건 같은 경우, 내가 주제넘게 나서기가 훨씬 까다롭거든요. 무슨 핑계로 파이 홀을 찾아갈 수 있을지 고민해야겠죠.

그리고 아가씨의 기본 전제도 문제가 있어요. 아가씨는 블래키스턴 부인이 사고로 죽었다 했죠. 경찰에서도 그렇게 생각하는 모양이고요. 사고였다고 칩시다. 그렇다면 내가 유감스러운 대화를 엿듣고 자기들 좋을 대로 해석한 색스비온에이번 주민들을 상대해야 한다는 뜻이 되는데요. 그런 뒷공론은 해결할 방법이 없어요. 소문과 악의적인 수군거림은 덩굴 식물과 같거든요. 진실의 검으로도 자를 수가 없어요. 시간이 지나면 저절로 사라질 겁니다. 그게 내 생각이에요. 그렇게 못마땅해하면서 아가씨와 아가씨의 약혼자가 그 마을에 계속 눌러앉아 있으려는 이유가 뭐죠?」

「우리가 이사를 해야 할 이유가 없지 않나요?」

「맞습니다. 내 조언을 들으시겠다면 지금 거기서 결혼식을 올리고 결혼 생활을 만끽하라고 말씀드리고 싶군요. 이 사태는 무시하고요……. 이런 걸 〈입방아〉라고 하죠? 그런 입방아를 상대해 봐야 점점 커지기만 할 뿐이에요. 그냥 내버려 두면 없어질 겁니다.」

더 이상 할 말이 없었다. 그 사실을 강조하려는 듯 프레이저도 수첩을 덮었다. 조이 샌덜링은 자리에서 일어났다. 「정말 감사합니다, 퓐트 씨.」그녀가 말했다. 「만나 주셔서 고마웠어요.」

「앞날에 행운이 함께하길 빕니다, 샌덜링 양.」그는 이렇게 말했고 — 진심이었다. 그는 이 아가씨가 행복하길 바랐다. 그는 그녀와 이야기를 나누는 동안 그의 상황과 그날 들은 소식을 까맣게 잊고 있었다.

프레이저가 그녀를 밖으로 안내했다. 몇 마디 짧막하게 중얼거리는 소리에 이어 현관문이 열렸다가 닫혔다. 잠시 후에 그가 응접실로 돌아왔다.

「아, 정말 죄송합니다.」그는 중얼거렸다. 「선생님을 방해하면 안 된다고 그 아가씨에게 얘기하던 참이었어요.」

「만나서 좋았어.」퓐트는 대답했다. 「그런데 말이지, 제임스. 우리가 이야기를 나누는 동안 자네가 여러 번 밑줄을 그은 단어가 뭐였나?」

「네?」프레이저는 얼굴을 붉혔다. 「아. 사실 중요한 건 아니었어요. 심지어 연관이 있는 단어도 아니었고요. 그냥 뭔가를 하는 척하느라 그런 겁니다.」

「어쩌면 연관이 있을지도 모르겠어.」

「아. 어떻게요?」

「왜냐하면 그때 샌덜링 양은 별로 특별하지 않은 이야기를 하고 있었거든. 하지만 스쿠터. 그게 분홍색이 아니라 다른 색이라면 중요한 단서일지 모르는데.」 그는 미소를 지었다. 「커피한 잔 가져다주겠나, 제임스? 그런 다음에는 나를 방해하지 말아 주기 바라네.」

그는 등을 돌려서 다시 방 안으로 들어갔다.

3

조이 샌덜링은 스미스필드 정육 시장을 빙 돌아서 다시 패링던 전철역으로 걸어갔다. 어느 입구에 대형 트럭이 주차되어 있었고 그녀가 그 앞을 지나갈 때 하얀 가운을 입은 두 남자가 피 흘리는 시뻘건 양고기를 한 마리 통째로 끄집어내고 있었다. 그녀는 그 광경을 보고 몸서리를 쳤다. 그녀는 런던이 싫었다. 숨이 막힐 것 같았다. 어서 빨리 열차를 타고 집으로 돌아가고 싶었다.

아티쿠스 퓐트와의 만남이 실망스럽기는 했지만 (이제 와 시인하자면) 사실 아무것도 기대한 게 없긴 했다. 이 나라에서 가장 유명한 탐정이 그녀에게 관심을 보일 이유가 없었다. 그에게 대가를 지불할 수 있는 것도 아니었다. 그리고 그가 한 말이맞았다. 여기에는 해결할 사건이 없었다. 조이는 로버트가 그의 어머니를 살해하지 않았다는 걸 알았다. 로버트가 뚱한 표정을 지을 때가 있기는 했다. 딱딱거리며 나중에 후회할 말들을 종종 내뱉기도 했다. 하지만 그녀는 그와 함께 보낸 긴 시간이 있었기에 그가 어느 누구도 해치지 않을 위인이라는 걸 알았다. 파이 홀에서 벌어진 일은 사고였다. 그 이상도 그 이하도 아니었다. 전 세계 탐정을 모두 동원한들 색스비온에이번 주민들의 세 치 혀를 당할 재간이 없을 것이다.

그래도 찾아오길 잘했다. 그들은 함께 행복하게 지낼 자격이 있었다. 특히 로버트가 그랬다. 그는 한참을 방황하다 그녀를 만났고 그녀는 그들을 갈라놓으려는 어느 누구도 용납하지 않을 것이다. 그들은 이사하지 않을 것이다. 사람들이 뭐라고 생각하건 신경 쓰지 않을 것이다. 맞서 싸울 것이다.

그녀는 전철역에 도착했고 매표창구의 남자에게 표를 샀다. 어떤 생각 하나가 이미 그녀의 머릿속에서 형체를 갖추기 시작했다. 조이는 신여성이었다. 그녀는 아주 친밀하고 (아버지의 정치적인 견해에도 불구하고) 보수적인 집안에서 성장했다. 그녀가 지금 고민 중인 조치가 파격적이기는 했지만 달리 방법이 없었다. 그녀는 로버트를 지켜야 했다. 그들이 함께할 시간을 지켜야 했다. 그보다 더 중요한 건 없었다.

전철이 도착하기 전에 그녀는 앞으로 어떻게 해야 하는지 정확히 알았다.

4

런던 반대편의 레스토랑에서는 프랜시스 파이가 메뉴판을 무심하게 훑어보고 정어리구이와 샐러드, 화이트와인을 한 잔 주문했다. 카를로타스는 이탈리아 출신의 일가족이 운영하는,

해러즈 백화점 뒤편의 여러 레스토랑 가운데 하나였다. 매니저와 주방장이 서로 부부였고 웨이터 중에 아들과 조카가 있었다. 주문이 처리되고 메뉴판이 치워졌다. 그녀는 담배에 불을 붙이고 의자에 기대고 앉았다.

「그와 헤어져야 해.」점심을 같이하는 친구가 말했다.

그녀보다 다섯 살 연하인 잭 다트퍼드는 콧수염과 서글서글한 미소를 갖춘 까무잡잡한 미남이었고 더블 블레이저에 크라바트[11]를 매고 있었다. 그가 걱정하는 눈빛으로 그녀를 쳐다보고 있었다. 처음 만난 순간부터 그는 그녀에게서 긴장하는 기미를 느꼈다. 그녀는 심지어 앉아 있을 때마저 한 손으로 다른 쪽 팔을 쓰다듬으며 불안하고 방어적인 분위기를 풍겼다. 선글라스도 벗지 않았다. 눈에 멍이 들어서 그런가 싶었다.

「그럼 그이가 날 죽이려 들걸?」그녀는 대담하고 묘한 미소를 지었다.「사실 그이가 날 죽이려고 하긴 했어. 지난번에 싸웠을 때.」

「설마!」

「걱정 마, 잭. 그이가 날 때리지는 않으니까. 그냥 엄포를 놓는 거야. 김새가 이상하다는 걸 알거든. 계속되는 전화 통화하며 런던 나들이, 편지…… 그렇게 편지 보내지 말라니까.」

「그 사람이 편지를 읽어?」

「아니. 하지만 바보가 아니거든. 집배원한테 물어보기도 하고. 런던에서 손 글씨로 적힌 편지가 내 앞으로 배달될 때마다 그이는 아마 전해 들을 거야. 아무튼 어제 저녁을 먹는 자리에서 터졌어. 다른 남자를 만난다며 나를 거의 몰아붙이더라.」

11 넥타이처럼 매는 남성용 스카프.

「나에 대해서 얘기한 건 아니겠지!」

「그이가 채찍을 들고 달려올까 봐 겁나? 그러더라도 난 놀라지 않을 거야. 하지만 아니야, 잭. 그이한테 자기 얘기는 하지 않았어.」

「그 사람한테 맞았어?」

「아니.」 그녀는 선글라스를 벗었다. 피곤해 보이기는 했지만 눈가에 멍이 들지는 않았다. 「그냥 불쾌했을 뿐이야. 매그너스랑 얽히면 항상 불쾌하거든.」

「그런데 헤어지지 않는 이유가 뭐야?」

「나는 돈이 없으니까. 매그너스는 뒤끝이 파나마 운하만큼 어마어마하다는 걸 알아야 해. 내가 헤어지자고 하면 변호사를 총동원할 거야. 입고 있는 옷 말고는 아무것도 없이 파이 홀을 떠나게 만들 거야.」

「돈은 나한테 있잖아.」

「과연 그럴까? 그 정도로는 부족하지.」

맞는 말이었다. 다트퍼드는 단기 금융 시장에 몸담고 있었으니 엄밀히 따지면 일다운 일을 하는 거라고 볼 수 없었다. 그는 이것저것 집적거렸다. 여기저기 투자를 했다. 하지만 최근에 운이 안 따라 주었기 때문에 그가 얼마나 바닥을 때리기 직전인지 프랜시스 파이가 몰라주기만을 바랄 따름이었다. 그는 청혼할 여력이 없었다. 지금 상황으로서는 점심값도 감당하기 힘든 수준이었다.

「남프랑스는 어땠어?」 그는 화제를 바꿨다. 그들은 거기서 테니스를 같이 치다 만났다.

「지루했어. 자기가 같이 갔으면 훨씬 좋았을 텐데.」

「그러게. 테니스는 좀 쳤고?」

「아니. 솔직히 떠나서 기뻐. 중간에 편지를 받았거든. 파이홀에서 어떤 여자가 전선에 발이 걸리는 바람에 계단 밑으로 굴러서 목이 부러졌다고.」

「맙소사! 프레디가 거기 있었어?」

「아니. 친구들이랑 헤이스팅스에 있었어. 사실 지금도 거기 있어. 집에 오기 싫은가 봐.」

「그럴 만도 하지. 어떤 여자가 그랬는데?」

「가정부. 메리 블래키스턴이라는 여자야. 거기서 일한 지 하도 오래돼서 다른 가정부로 바꿀 수도 없었을 거야. 그런데 그게 다가 아니었어. 지난주 토요일에 마침내 집으로 돌아갔더니 도둑이 들었지 뭐야.」

「설마!」

「진짜라니까. 관리인의 잘못이었어 ─ 적어도 경찰에서는 그렇게 생각해. 집 뒤쪽 유리창을 하나 깼거든. 의사가 집 안으로 들어가야 하니까 어쩔 수 없이.」

「당신한테 왜 의사가 필요했어?」

「좀 집중해서 들어, 잭. 죽은 여자 때문이었지. 여자가 쓰러져 있는 걸 관리인 브렌트가 창문 너머로 봤거든. 그래서 의사한테 연락했고 살릴 수 있겠는지 알아보려고 둘이 유리창을 깨고 집 안으로 들어간 거야. 뭐, 두 사람이 할 수 있는 건 아무것도 없었지만. 아무튼 그러고 나서 그가 문에 달린 유리창을 깨뜨린 채로 그냥 방치했지 뭐야. 널빤지로 막지도 않고. 초대장이나 다름없었으니 도둑이 고맙습니다, 하고 들어간 거지.」

「뭐 많이 잃어버렸어?」

「개인적으로 잃어버린 건 없어. 매그너스는 귀중품을 대부분 금고에 보관하는데 그건 열지 못했거든. 그런데 집 안을 뒤집어 놨어. 아주 난장판으로 만들었더라고. 서랍을 열고 그 안에 있던 걸 죄다 흐트러뜨리고 — 뭐 그런 식으로 말이야. 그걸 치우느라 일요일이랑 어제 진종일 매달렸지 뭐야.」 그녀가 담배를 쥔 손을 내뻗자 다트퍼드가 재떨이를 그녀 쪽으로 밀어 주었다. 「침대 옆에 보석을 몇 개 두었는데 그건 없어졌어. 침실에 모르는 사람들이 들어왔다고 생각하니까 사람이 불안해지더라.」

「그렇겠네.」

「그리고 매그너스는 애지중지하던 보물을 도둑맞았어. 아주 언짢아했지.」

「무슨 보물인데?」

「로마 시대에 만들어진 거고 대부분 은으로 되어 있어. 그 부지에서 발굴한 이래 대대로 물려받았지. 묘지 같은 데 묻혀 있었던 거야. 반지, 팔찌, 화려하게 장식이 된 상자, 동전. 식당 진열장에 넣어 두었거든. 물론 그이는 보험을 들어 놓지 않았지. 엄청 귀한 보물인데도. 이제 와서 후회한들 엎질러진 물이지만…….」

「경찰이 도움이 됐어?」

「그럴 리가. 바스에서 어떤 인간이 왔거든. 킁킁거리고 돌아다니면서 지문 감식 가루를 뿌려 대고 엉뚱한 질문만 남발하다 갔어. 천하에 쓸모가 없더라.」

웨이터가 와인 잔을 들고 왔다. 다트퍼드는 캄파리 소다를 마시고 있었다. 그가 한 잔을 더 주문했다. 「매그너스가 아니었던 게 안타깝네.」웨이터가 사라지자 그가 말했다.

「그게 무슨 소리야?」

「계단에서 굴러떨어졌다는 여자 말이야. 그게 매그너스가 아니었던 게 안타깝다고.」

「무슨 그런 끔찍한 소리를 하고 그래.」

「당신이 생각하고 있는 걸 말로 표현했을 뿐인걸. 나는 당신을 너무 잘 알거든. 매그너스가 꼴까닥하면 당신이 전부 물려받는 거 아니야?」

프랜시스는 담배 연기를 뱉고 묘한 표정으로 점심 친구를 쳐다보았다. 「사실 집이랑 부지는 전부 프레디가 물려받아. 부동산에는 한사상속(限嗣相續)이 설정돼 있거든. 몇 세대 전부터 그랬어.」

「그래도 당신 입장에서는 괜찮았을 거잖아.」

「아, 그렇지. 그리고 나는 당연히 평생 파이 홀의 지분을 누릴 수 있겠지. 팔지만 못할 뿐. 하지만 그럴 일은 없어. 매그너스는 그 나이치고 더할 나위 없이 건강하거든.」

「그렇겠지, 프랜시스. 하지만 집이 좀 넓어? 계단에 전선이 묶여 있으면 어떤 일이 벌어질지 아무도 모르는 거잖아. 아니면 그 도둑들이 다시 돌아와서 그를 끝장낼 수도 있고.」

「진심이야?」

「그냥 생각해 본 거야.」

프랜시스 파이는 입을 다물었다. 가뜩이나 복잡한 식당에서 이런 대화를 나누고 있으면 안 되는 거였다. 하지만 잭의 말이 맞다고 그녀도 인정하는 수밖에 없었다. 매그너스가 없는 인생은 상당히 단순하고 훨씬 더 재미있을 것이다. 번개는 같은 곳에 두 번 치지 않는다는 게 안타까울 따름이었다.

하지만 정말로 그럴까?

5

에밀리아 레드윙 박사는 1주일에 한 번은 아버지를 찾아가려고 하지만 늘 마음먹은 대로 되지는 않았다. 병원이 바쁘거나 왕진을 나갈 일이 생기거나 처리해야 하는 서류가 너무 많으면 어쩔 수 없이 나중으로 미루어야 했다. 어찌 된 영문인지 몰라도 항상 쉽게 핑계가 만들어졌다. 항상 가지 않아도 되는 그럴듯한 이유가 생겼다.

아버지를 만나러 가는 길은 별로 즐겁지가 않았다. 에드거 레너드 박사는 80살에 부인을 여의었고 그 이후에도 계속 킹스애벗 근처의 자택에서 지냈지만 결코 예전 같지 않았다. 에밀리아는 이내 이웃 주민들에게 전화를 받는 데 익숙해졌다. 그는 길거리를 헤매다 사람들에게 발견됐다. 끼니를 제대로 챙기지 않았다. 혼란스러워했다. 처음에 그녀는 만성이 되어 버린 슬픔과 외로움을 앓으시는 것일 뿐이라고 자기 자신을 설득하려고 했지만 결국에는 누가 봐도 빤한 진단을 내리는 수밖에 없었다. 그녀의 아버지는 노인성 치매를 앓고 있었다. 나아질 가망은 없었다. 사실 예후가 훨씬 더 안 좋았다. 아버지를 색스비온에이번으로 모시는 것도 잠깐 고민했지만 아서에게 너무한 조치였고 그녀가 아버지를 24시간 전담할 수도 없었다. 그녀는 종전 직후에 바스의 한 병원을 요양원으로 개조한 애시턴 하우스로 아버지를 맨 처음 모시고 갔을 때 느꼈던 죄책감과 패배감을 아직까지 기억하고 있었다. 희한하게도 그녀 자신보다 아버지를 설득하기가 더 쉬웠다.

오늘은 버스까지 15분 거리를 찾아가기에 적당한 날이 아니었다. 조이 샌덜링은 개인적인 문제로 만날 사람이 있다며 런던에 갔다. 메리 블래키스턴의 장례식이 불과 5일 전에 치러진 지금, 뭐라 설명할 수 없는 불안한 분위기가 마을을 감쌌고 경험으로 알다시피 그녀의 시간을 잡아먹는 일들이 벌어질 가능성이 컸다. 불행은 사람들에게 독감과도 같은 영향을 미쳤고 심지어 파이 홀이 도둑을 맞은 것도 그녀로서는 그 전염병의 일환처럼 느껴졌다. 하지만 더 이상 방문을 미룰 수가 없었다. 화요일에 에드거 레너드가 낙상을 했다. 그 동네 의사에게 진찰을 받았고 크게 다친 곳은 없다는 이야기를 그녀도 전해 들었다. 그럼에도 그가 그녀를 찾았다. 곡기를 끊었다. 애시턴 하우스의 원장이 그녀에게 전화해 와달라고 했다.

그녀는 이제 그와 함께 있었다. 요양원 측에서 그를 침대에서 일으켰지만 그것도 창가 의자까지였다. 가운을 입고 의자에 앉아 있는 아버지가 어찌나 야위고 쭈글쭈글하던지 에밀리아는 울고 싶어졌다. 그는 원래 강인하고 원기 왕성한 사람이었다. 어렸을 때 그녀는 아버지가 온 세상을 어깨에 짊어지고 있는 줄 알았다. 오늘은 그가 그녀를 알아보기까지 5분이 걸렸다. 그녀는 이 순간이 점점 다가오는 것을 전부터 느끼고 있었다. 그녀의 아버지는 죽어 가고 있는 게 아니었다. 그보다는 살겠다는 의지가 없는 쪽에 가까웠다.

「그녀한테 얘기해야 해……」 그가 말했다. 목소리가 허스키했다. 입 밖으로 단어를 잘 내뱉지 못했다. 그는 전에도 같은 말을 두 번 더 한 적이 있었지만 아무도 그의 말을 이해하지 못했다.

「무슨 말씀이세요, 아빠? 누구한테 얘기를 해야 한다는 거예요?」

「무슨 일이 있었는지…… 내가 무슨 짓을 했는지 그녀도 알아야 하는데.」

「그게 무슨 소리예요? 지금 무슨 말씀하시는 거예요? 엄마 얘기하시는 거예요?」

「어디 있니? 너희 엄마 말이다.」

「지금 여기 안 계세요.」 에밀리아는 자기 자신에게 짜증이 났다. 어머니를 운운하지 말았어야 하는 거였다. 그러면 아버지만 헷갈릴 따름이었다. 「저한테 무슨 말씀을 하고 싶으신 거예요, 아빠?」 그녀는 좀 더 다정하게 물었다.

「중요한 거야. 내가 살날이 얼마 남지 않았어.」

「말도 안 돼. 괜찮아지실 거예요. 뭐라도 좀 드시려고 해보세요. 원장님께 샌드위치라도 만들어 달라고 할까요? 샌드위치 드시는 동안 제가 옆에 있을게요.」

「매그너스 파이…….」

그의 입에서 그 이름이 튀어나오다니 희한한 일이었다. 물론 그도 색스비온에이번에서 일을 했을 때 매그너스 경과 알고 지낸 사이였을 것이다. 그가 그 집 가족을 전담했을 것이다. 하지만 이제 와서 그의 이름을 들먹이는 이유가 뭘까? 아버지가 설명하려는 사건이 뭔지 몰라도 매그너스 경과 연관이 있는 걸까? 치매의 문제가 뭔가 하면 기억에 큰 구멍이 뚫릴 뿐 아니라 머릿속이 뒤죽박죽이 된다는 것이었다. 그가 5년 전에 있었던 일을 생각하는 것일 수도 있고 5일 전에 있었던 일을 생각하는 것일 수도 있었다. 그에게는 그 두 개가 같았다.

「매그너스 경이 왜요?」 그녀가 물었다.

「누구?」

「매그너스 파이 경이요. 방금 전에 그 사람 이름을 들먹이셨잖아요. 저한테 하고 싶은 말씀이 있다면서요.」

하지만 그는 다시 멍한 눈빛으로 변했다. 그가 사는 뭔지 모를 세상 속으로 철수했다. 에밀리아 레드윙 박사는 20분 동안 그의 곁을 지켰지만 그는 그녀가 있는 줄도 거의 모르는 눈치였다. 그녀는 결국 원장과 몇 마디 대화를 나누고 요양원을 나섰다.

집으로 가는 동안 걱정이 떠날 줄 몰랐지만 차를 주차했을 무렵에는 아버지를 머릿속에서 지웠다. 아서가 그날 저녁을 준비하겠다고 했다. 그들은 아마 텔레비전으로 『라이언 가족의 생활』을 보고 일찍 잠자리에 들 것이다. 그녀는 다음 날 진료 예약자 명단을 확인했기에 바쁜 하루가 될 것임을 알고 있었다.

문을 열자 타는 냄새가 느껴졌다. 순간 그녀는 걱정이 됐지만 연기가 보이지 않았고 냄새도 멀게 느껴지는 것이 실제로 불이 났다기보다 불이 났던 흔적에 가까웠다. 부엌으로 들어가보니 아서가 식탁에 앉아서 — 사실상 그 위로 고꾸라져서 — 위스키를 마시고 있었다. 저녁 준비는 시작조차 하지 않았고 그녀는 뭔가 문제가 생겼다는 것을 한눈에 알 수 있었다. 아서는 실망스러운 일이 벌어졌을 때 잘 대처하지 못했다. 의도적으로 그러는 건 아니지만 자축하다시피 했다. 그렇다면 무슨 일일까? 레드윙 박사는 그를 지나 벽에 기대고 세워져 있는 그림을 쳐다보았다. 나무 액자는 까맣게 그을었고 캔버스는 대부분 시커멓게 변했다. 어떤 여인의 초상화였다. 그의 작품인 건 분명한데 — 그의 화풍을 한눈에 알아볼 수 있었다 — 모델이 누구인지 알아차리기까지 잠깐 시간이 걸렸다.

「레이디 파이야.」그녀가 물어볼 새도 없이 그가 대답을 중얼거렸다.

「어떻게 된 거야? 저걸 어디서 찾았어?」

「장미꽃밭 근처 모닥불 위에서. 파이 홀 말이야.」

「거긴 무슨 일로 갔는데?」

「그냥 지나가던 길이었어. 딩글 델을 가로질렀는데 주변에 아무도 없길래 앞마당을 지나서 큰길로 가면 되겠다 싶었거든. 내가 뭐에 홀려서 그쪽으로 갔는지도 모르겠어. 어쩌면 그럴 운명이었나 봐.」그는 위스키를 조금 더 마셨다. 술에 취하지는 않았다. 위스키는 일종의 소품이었다. 「브렌트가 없었어. 다른 누구도 흔적조차 보이지 않았고. 우라질 그림만 다른 쓰레기와 함께 내동댕이쳐져 있었지.」

「아서…….」

「뭐, 그들의 재산이니까. 그들이 돈을 내고 산 거잖아. 그러니까 마음대로 처분해도 되는 거겠지.」

레드윙 박사는 기억했다. 매그너스 경이 아내의 마흔 번째 생일에 초상화를 의뢰했고 그녀는 매그너스 경이 책정한 보수가 얼마나 쥐꼬리만 한지 알게 된 이후에도 고마워했었다. 무려 주문 제작 아닌가. 아서의 자존심에 상당히 의미심장한 일이었고 그는 열정적으로 작업에 착수했다. 프랜시스 파이를 마당에 세 번 앉혀 놓고 그림을 그렸고 — 딩글 델이 배경이었다.

시간이 빠듯했고 레이디 파이는 애초에 비협조적인 모델이었다. 그랬음에도 불구하고 그녀는 결과물에 감동을 받았다. 그녀의 온갖 장점을 부각해 느긋하게 옅은 미소를 짓고 있는 침착한 모습을 화폭에 담았던 것이다. 대놓고 드러내지는 않았지만 아서도 결과물에 만족했고, 매그너스 경도 마찬가지라 현관 앞 홀에 당당하게 그림을 걸어 놓았다.

「뭔가 착오가 있었겠지.」 그녀가 말했다. 「그들이 저걸 내다 버릴 이유가 없잖아.」

「태우고 있었다니까.」 아서는 심각한 목소리로 대답했다. 캔버스 쪽을 보일락 말락 하게 손으로 가리켰다. 「먼저 갈기갈기 찢었나 봐.」

「원상 복구할 수 있어? 당신이 어떻게 해볼 도리가 있어?」

그녀는 대답을 알고 있었다. 여자의 오만한 눈동자는 살아남았다. 숱 많은 까만 머리와 한쪽 어깨의 일부분도 마찬가지였다. 하지만 거의 모든 부분이 시커멓게 변했다. 캔버스는 난도질당하고 불에 탔다. 그녀는 심지어 그 그림을 집 안에 두고 싶지도 않았다.

「미안.」 아서가 말했다. 「저녁 준비 못 했어.」

그는 잔을 비우고 밖으로 나갔다.

6

「이 기사 봤어?」

로빈 오즈번은 『바스 위클리 크로니클』을 읽고 있었고 헨리에타는 그렇게 화가 난 남편의 얼굴을 본 적이 없었다. 그녀는 옷깃에 닿는 까만 머리, 하얀 얼굴, 화가 나서 반짝이는 그의 눈을 보며 구약 성서에 나오는 인물들과 닮은 구석이 많다는 생각을 했다. 모세가 금송아지 앞에서 그 비슷한 모습을 보였을 것이다.[12] 아니면 여호수아가 예리코 성벽을 향해 돌진했을 때 그랬을 것이다. 「딩글 델을 벌목하겠대!」

「그게 무슨 소리야?」 헨리에타는 차를 두 잔 끓였다. 그녀는 찻잔을 내려놓고 그에게로 다가갔다.

「매그너스 파이 경이 그걸 개발지로 매각했대. 그래서 도로를 신설하고 집을 여덟 채 지을 계획이래.」

「어디에?」

「바로 여기에!」 목사는 창문을 가리켰다. 「우리 마당 바로 앞에! 앞으로는 창밖으로 고개를 돌리면 줄줄이 늘어선 현대식 주택이 보이게 생겼어! 경 쪽에서는 당연히 보이지 않겠지. 호수가 중간을 막고 있는 데다 그걸 시야에서 차단할 수 있을 만큼 나무를 남겨 놓을 테니까. 하지만 당신이랑 나는…….」

「그럴 수는 없는 거 아니야?」 헨리에타는 빙 돌아가서 헤드라인을 읽었다. 색스비온에이번에 새로운 주택이 건설된다. 그런 자연 경관 훼손을 상당히 긍정적으로 보는 눈치였다. 신문을 들고 있는 남편의 손이 부들부들 떨리고 있었다.

「보호 구역이잖아!」 그녀는 말을 이었다.

「보호 구역이거나 말거나 상관없어. 허락이 떨어진 모양이

___

12 모세가 십계명을 받으러 시나이산으로 올라가 한 달이 지나도 내려오지 않자 기다리던 유대인들이 금송아지를 만들어 떠받든 것을 보고 모세가 분노한 일화가 있었다.

야. 전국적으로 똑같은 현상이 벌어지고 있어. 기사를 보니까 여름 중으로 공사가 시작될 예정이래. 그 말은 곧, 다음 달 아니면 그다음 달이라는 뜻이야. 그리고 우리는 손쓸 방법이 전혀 없고.」

「주교님께 편지를 쓰자.」

「주교님도 아무 도움이 되지 못할 거야. 어느 누구도.」

「그래도 밑져야 본전이잖아.」

「아니야, 헨리에타. 너무 늦었어.」

나중에 나란히 서서 같이 저녁을 준비할 때도 그는 여전히 심란해했다.

「정말 혐오스럽고 또 혐오스러운 인간이야. 그 큰 집에 앉아서 남들을 내려다보고 있는데 — 자기 손으로 일군 건 아무것도 없잖아! 아버지에게 전부 물려받았지. 그 아버지는 또 자기 아버지한테 물려받은 거고. 지금은 1955년이야, 젠장. 중세 시대가 아니라고! 우라질 토리당이 계속 집권하고 있으니 별 도리가 없긴 하지만 타고난 팔자 덕분에 부와 권력을 물려받는 시대는 지난 거 아닌가?

매그너스 경이 남을 도운 적이 있기나 하냐고. 우리 교회만 해도 그래! 지붕에서는 물이 새고 난방 장치는 돈이 없어서 바꾸지도 못하는데 그는 동전 한 닢조차 주머니에서 꺼낸 적이 없어. 자기가 세례를 받은 교회의 예배에 거의 참석하지도 않고. 흥! 그런데도 묏자리는 하나 맡아 놨단 말이지. 나는 말이지, 그가 그 자리를 일찍 물려받으면 받을수록 더 좋겠다고 생각해.」

「진심은 아니겠지, 로빈?」

「맞아, 헨. 그런 말은 하면 안 되는 건데 내가 잘못했네.」오즈 번은 말을 멈추고 숨을 들이마셨다. 「색스비온에이번의 새로운 주택 사업을 반대하는 건 아니야. 오히려 젊은 사람들을 유치 하는 게 중요하다고 생각하니까. 하지만 이 사업은 젊은 층 유 치하고 전혀 아무 상관이 없잖아. 마을 주민들 중에서 새집에 들어가서 살 만한 형편이 되는 사람이 있겠어? 내가 장담하는 데 이 마을의 분위기하고 전혀 어울리지 않는 볼썽사나운 현대 식 주택이 될 거야.」

「발전을 가로막을 수는 없는 법이야.」

「이게 발전이야? 아름다운 풀밭과 1천 년 동안 그 자리를 지 킨 나무를 밀어 버리는 게? 나는 그가 아무런 저항 없이 이런 짓을 저지를 수 있었다는 게 솔직히 놀라워. 우리는 여기 사는 내내 딩글 델을 사랑했잖아. 딩글 델이 우리에게 어떤 의미였 는지 당신도 알잖아. 그런데 이 사업이 진행되면 앞으로 1년 뒤 부터 우리는 도로 옆에 갇혀서 지내야 해.」그는 감자 깎는 칼을 내려놓고 입고 있던 앞치마를 벗었다. 「교회에 다녀올게.」그가 갑작스럽게 선언했다.

「저녁은 어쩌고?」

「배고프지 않아.」

「나도 같이 갈까?」

「아니. 말만이라도 고마워. 하지만 나 혼자 생각할 시간이 필 요해.」그는 재킷을 입었다. 「용서를 구해야겠어.」

「당신이 무슨 짓을 했다고.」

「해서는 안 될 말을 했잖아. 그리고 해서는 안 될 생각을 했 고. 다른 인간을 증오하는 건…… 끔찍한 짓이야.」

「그런 대접을 받아 마땅한 인간들도 있잖아.」

「그렇긴 하지. 하지만 매그너스 경도 우리와 똑같은 인간이야. 그가 생각을 바꾸길 기도해야겠어.」

그는 부엌에서 나갔다. 헨리에타는 현관문이 열렸다가 닫히는 소리를 듣고 부엌을 치우기 시작했다. 남편을 생각하면 걱정이 앞섰고 딩글 델이 사라진다는 것이 그들에게 어떤 의미일지 알고도 남았다. 그녀가 할 수 있는 일이 있을까? 매그너스 파이 경을 직접 찾아가면…….

한편 로빈 오즈번은 자전거를 타고 교회를 향해 하이 스트리트를 달렸다. 바퀴는 뒤뚱거리고 철제 프레임은 엄청 무거운 그의 고물 자전거는 이 마을의 웃음거리였다. 핸들에 달린 바구니에는 대개 기도서나 그가 직접 재배해서 형편이 어려운 교구민들에게 나누어 주는 싱싱한 채소가 가득 담겨 있었다. 하지만 오늘 저녁에는 아무것도 없었다.

그는 광장으로 들어서며 팔짱을 끼고 퀸스 암스로 걸어가는 조니 화이트헤드 부부를 지나쳤다. 화이트헤드 부부는 필요 이상으로 교회에 자주 가지 않았다. 생활의 많은 부분이 그렇듯 그들의 목적은 체면치레였기에 이번에도 체면치레 차원에서 두 사람 모두 목사에게 큰 소리로 인사를 건넸다. 그는 그들의 인사를 못 들은 척했다. 묘지 입구에 자전거를 두고 황급히 안으로 들어갔다.

「왜 저러는 거지?」 조니가 큰 소리로 외쳤다. 「표정이 엄청 뚱하네.」

「장례식 때문에 그런 거 아닐까?」 젬마가 말했다. 「누굴 땅에 묻는다는 게 기분 좋은 일일 수 없잖아.」

「아니야. 목사들은 그런 데 익숙하잖아. 사실상 좋아하지. 자기가 대단한 인물이 된 것 같은 기분을 느낄 기회가 생기니까.」 그는 길거리를 살펴보았다. 세인트 보톨프 교회 옆의 자동차 정비소 조명이 꺼졌다. 앞마당을 가로지르는 로버트 블래키스턴이 보였다. 하루 일과를 마감하려는 것이었다. 조니는 손목시계를 확인했다. 6시 정각이었다. 「술집 문 열었겠다.」 그가 말했다. 「얼른 가자.」

그는 기분이 좋았다. 그날 젬마의 허락을 받고서 런던에 다녀왔기 때문인데 — 아무리 그녀가 강요하더라도 평생 색스비온에이번에 처박혀 지낼 수는 없었다 — 예전에 자주 갔던 곳에서 예전 친구들을 만났더니 즐거웠다. 그냥 즐거운 정도가 아니라 온 사방에서 차량이 쌩쌩 지나가고 공기 중에는 먼지가 떠다니는 대도시가 좋았다. 소음이 좋았다. 바삐 움직이는 사람들이 좋았다. 그는 시골에 적응하려고 최선을 다했지만 여전히 이곳 생활은 속을 꽉 채운 호박처럼 답답했다. 데릭과 콜린과 밀린 얘기를 하고, 같이 맥주를 몇 잔 마시고, 브릭 레인을 어슬렁어슬렁 걷다 보니 그 자신을 재발견하는 듯한 기분이 들었고 수중에 50파운드도 챙길 수 있었다. 그는 깜짝 놀랐지만 콜린은 두 번 고민하지 않았다.

「아주 좋아, 조니. 순은에 약간의 연식까지. 박물관에서 빼돌린 거지, 응? 좀 더 자주 놀러 와라!」

퀸스 암스로 말할 것 같으면 바로 옆에 있는 공동묘지만큼이나 분위기가 칙칙했지만 그래도 오늘 저녁에는 술이 당겼다. 안에 마을 주민이 몇 명 있었다. 주크박스에서는 토니 베넷의 노래가 흘러나오고 있었다. 그는 아내를 위해 문을 잡아 주었고 둘은 안으로 들어갔다.

7

조이 샌덜링은 접수실이기도 한 조제실에 혼자 있었다.

열쇠로 문을 따고 들어온 참이었다. 그녀는 위험한 약품을 보관하는 찬장 말고는 이 건물의 모든 곳의 열쇠를 가지고 있었고, 그 찬장도 레드윙 박사가 여분의 열쇠를 어디에 보관하는지 알았기에 마음만 먹으면 열 수 있었다. 그녀는 앞으로 어떻게 할지 결단을 내렸다. 그걸 생각만 해도 심장이 쿵쾅거렸지만 그래도 강행할 작정이었다.

서랍에서 종이를 한 장 꺼내 타자기에 넣었다. 이 일을 시작할 때 지급된 올림피아 SM2 디럭스 모델이었고 휴대용이었다. 타자기로 쳐야 하는 온갖 서류를 감안했을 때 좀 더 묵직한 제품이었다면 좋았겠지만 투덜거리는 건 그녀의 성격상 맞지 않았다. 그녀는 동그랗게 말려서 올라오는 백지를 내려다보며 태너 코트에 가서 아티쿠스 핀트를 만났을 때를 잠깐 떠올렸다. 그 유명한 탐정은 그녀를 실망시켰지만 그에게 악감정은 없었다. 안색도 안 좋아 보였는데 그녀를 만나 준 것만으로도 고마운 일이었다. 그녀는 환자를 알아보는 데 도가 텄다. 병원에서 근무하는 동안 일종의 예감 같은 게 생겼다. 그녀는 사태가 심각하면 환자가 진찰을 받으러 안으로 들어가기 전부터 느낄 수가 있었는데, 핀트를 보자마자 도움이 필요한 상황이라는 것을 한눈에 알 수 있었다. 뭐, 그녀가 신경 쓸 문제가 아니기는 했다. 사실 그의 말이 맞았다. 이제 와 생각해 보니 마을 안에서 떠도는 악의적인 소문의 싹을 자를 방법이 없었다. 그가 할 수 있는 일은 없었다.

하지만 그녀가 할 수 있는 일은 있었다.

그녀는 단어를 조심스럽게 선택해 가며 타자를 치기 시작했다. 오래 걸리지 않았다. 서너 줄이면 충분했다. 다 끝나자 그녀는 적어 놓은 문장을 살폈다. 하얀 바탕에 까만 글씨로 이렇게 적어 놓고 보니 과연 실행으로 옮길 수 있을까 하는 생각이 들었다. 하지만 대안이 보이지 않았다.

앞에서 무언가가 움직였다. 고개를 들어 보니 로버트 블래키스턴이 접수대 저편의 대기실에 서 있었다. 기름과 때로 뒤덮인 작업복을 입고 있었다. 그녀가 하도 타자를 치는 데 집중하는 바람에 그가 들어오는 소리도 듣지 못한 것이었다. 그녀는 죄를 지은 사람처럼 타자기에서 종이를 꺼내 책상 위에 거꾸로 엎어 놓았다.

「여긴 어쩐 일이야?」 그녀가 물었다.

「당신 만나러 왔지.」 그가 말했다. 자동차 정비소 문을 닫자마자 이곳으로 직행한 게 분명했다. 그녀는 런던에 다녀올 거라고 그에게 얘기하지 않았다. 그는 그녀가 하루 종일 여기 있은 줄 알 것이다.

「오늘은 어땠어?」 그녀는 명랑한 목소리로 물었다.

「나쁘지 않았어.」 그는 거꾸로 엎어진 채 놓인 편지를 흘끗 쳐다보았다. 「그건 뭐야?」 그가 의심스러워하는 목소리로 묻자 그녀는 자신이 너무 급하게 그걸 뒤집었음을 알아차렸다.

「레드윙 박사님이 부탁하신 거.」 그녀가 말했다. 「개인적인 편지라. 환자하고 관련된 거야.」 그에게 거짓말을 하기는 싫었지만 거기에 뭘 적었는지 그에게 밝힐 일은 없을 것이다.

「같이 술 한잔할래?」

「아니. 엄마랑 아빠한테 가봐야 해.」 그의 얼굴을 스치고 지나간 표정을 본 순간 그녀는 잠깐 걱정스러워졌다. 「무슨 일 있어?」 그녀가 물었다.

「아니야. 그냥 당신이랑 있고 싶어서 그래.」

「결혼하면 내내 같이 있을 수 있잖아. 아무도 거기에 대해서 딴죽을 걸지 못할 테고.」

「그렇지..」

그녀는 생각을 바꿀까 고민했다. 그와 같이 나가면 안 될 것도 없었다. 하지만 어머니가 특별 메뉴를 만들어 놓았고 그녀가 늦게 들어가면 오빠가 불안해했다. 오늘 밤에 잠자리에 들기 전에 책을 읽어 주겠다고 약속한 것도 있었다. 그는 그걸 좋아했다. 그녀는 편지를 들고 자리에서 일어나 두 공간을 연결하는 문 밖으로 나갔다. 웃으며 그의 뺨에 입을 맞추었다. 「우리가 로버트 블래키스턴 부부가 되면 함께 살 수 있을 테고 두 번 다시 헤어질 일이 없을 거야.」

갑자기 그가 그녀를 붙잡았다. 양손으로 어찌나 세게 잡는지 아플 지경이었다. 그는 그녀에게 입을 맞추었고 그녀는 그의 눈에 맺힌 눈물을 보았다. 「당신을 잃으면 나는 견딜 수 없을 거야.」 그가 말했다. 「당신은 내 전부야. 진심이야, 조이. 당신을 만난 게 내 인생의 가장 큰 행운이었고 우리의 결혼을 막으려는 사람이 있으면 용서하지 않을 거야.」

그녀는 그가 어떤 의미에서 그런 말을 하는지 알았다. 마을 사람들. 소문.

「사람들이 뭐라고 하건 상관없어.」그녀가 말했다. 「그리고 우리가 꼭 색스비에서 살아야 하는 것도 아니잖아. 어디든 원하는 데 가서 살 수 있는걸.」그녀는 퀸트가 했던 말을 그녀가 똑같이 반복하고 있음을 깨달았다. 「하지만 여기서 살 거야.」그녀는 말을 이었다. 「두고 봐. 모든 게 다 잘될 테니까.」

그들은 곧바로 헤어졌다. 그는 샤워를 하고 옷을 갈아입으러 손바닥만 한 자기 아파트로 향했다. 하지만 그녀는 집으로 가지 않았다. 아직은 그럴 때가 아니었다. 그녀에게는 적어 놓은 쪽지가 있었다. 그걸 배달해야 했다.

8

정확히 그 시각, 그곳에서 조금 떨어진 곳에서 클라리사 파이는 초인종 소리를 들었다. 그녀는 마을 잡화점에 느닷없이 등장한 새로운 메뉴로 저녁을 준비하고 있었다. 손가락 크기로 깔끔하게 잘라서 빵가루를 소복하게 입힌 냉동 생선이었다. 프라이팬에 기름은 부었지만 다행히 생선은 올려놓지 않았다. 초인종이 다시 한번 울렸다. 그녀는 조리대에 생선이 든 종이 상자를 내려놓고 누군지 확인하러 갔다.

현관문에 달린 울퉁불퉁한 유리창 너머로 어두컴컴하고 일그러진 사람의 모습이 보였다. 이 저녁에 설마 외판원일까? 이집트를 덮친 메뚜기 떼만큼이나 불쾌한 외판원들이 요즘 이마을의 진정한 골칫거리였다. 그녀는 도어체인이 아직 멀쩡하다는 데 감사하며 조심스럽게 문을 열고 틈새로 빼꼼 내다보았다. 매그너스 파이가 앞에 서 있었다. 그가 타고 다니는 옅은 파란색 재규어가 그 뒤편의 윈슬리 테라스에 주차되어 있는 것이 보였다.

「매그너스?」 그녀는 너무 놀라서 할 말을 잃었다. 그가 이곳으로 찾아온 적은 두 번뿐이었고 그중 한 번은 그녀가 아팠을 때였다. 그는 장례식에 참석하지 않았고 프랑스에 다녀온 뒤로 본 적이 없었다.

「안녕, 클라라. 들어가도 될까?」

어렸을 때부터 그는 항상 그녀를 클라라라고 불렀다. 그 이름을 듣자 그의 어린 시절과 지금의 모습이 겹쳐졌다. 왜 저렇게 흉측한 수염을 기르는 걸까? 안 어울린다고 얘기해 주는 사람이 없었을까? 그 수염 때문에 만화에 등장하는 정신 나간 귀족처럼 보인다고 얘기해 주는 사람이 있었나? 그는 눈빛이 살짝 어두웠고 뺨에는 핏줄이 비쳐 보였다. 술을 너무 많이 마신 게 분명했다. 그리고 저 옷차림이란! 골프를 치다 온 사람처럼 헐렁한 바지를 양말 속에 쑤셔 넣고 밝은 노란색 카디건을 입었다. 그들이 남매지간이라니 — 그것도 평범한 남매가 아니라 쌍둥이라니 믿기지 않을 지경이었다. 53년 동안 다른 길을 걸어서 그런지, 예전에는 어땠을지 몰라도 이제는 닮은 구석이 하나도 없었다.

그녀는 문을 닫고 도어체인을 푼 다음 문을 다시 열었다. 매그너스는 웃으며 — 어쩌면 입술을 실룩인 게 다른 뜻일 수도 있었지만 — 안으로 들어왔다. 클라리사는 그를 부엌으로 안내하려다 스토브 옆에 놓아둔 냉동 생선 상자를 기억하고 반대편으로 데려갔다. 오른쪽 아니면 왼쪽. 윈슬리 테라스 4번지는 파이 홀이 아니었다. 이 집에서는 선택의 여지가 별로 없었다.

그들은 거실로 들어갔다. 소용돌이무늬의 카펫이 깔려 있고 세 개짜리 소파 세트와 퇴창이 갖추어진 깔끔하고 편안한 공간이었다. 여기에 전기 히터와 텔레비전이 있었다. 그들은 잠시 어색하게 그곳에 서 있었다.

「잘 지내지?」 매그너스가 물었다.

궁금해하는 이유가 뭘까? 뭘 알고 싶은 걸까? 「아주 잘 지내, 고마워.」 클라리사는 대답했다. 「너도 잘 지내지? 프랜시스도 그렇고.」

「아. 프랜시스도 잘 지내. 런던에 갔어…… 쇼핑하러.」

다시 어색한 침묵이 흘렀다. 「뭐 마실 것 좀 줄까?」 클라리사가 물었다. 아마 그는 지나가다 그냥 들렀을 것이다. 그녀로서는 다른 이유를 찾을 수가 없었다.

「좋지. 응. 뭐 있는데?」

「셰리 있어.」

「고마워.」

매그너스는 소파에 앉았다. 클라리사는 구석 찬장에서 술병을 꺼냈다. 크리스마스 때부터 거기 있었던 술병이었다. 상했을까? 그녀는 두 잔 따르고 냄새를 맡아 본 다음 들고 갔다. 「도둑이 들었다는 얘기 들었어. 속상했겠다.」 그녀가 말했다.

매그너스는 어깨를 으쓱했다. 「응. 집에 왔는데 그 지경이면 기분이 좋진 않지.」

「프랑스에 갔다가 언제 돌아왔는데?」

「토요일 저녁에. 들어가 보니까 온 집 안을 뒤집어 놓았더라

고. 뒷문을 고쳐 놓지 않은 바보 같은 브렌트 때문에 생긴 일이
었어. 덕분에 내칠 수 있어서 다행이야. 신경에 거슬린 지 좀 됐
거든. 정원사로서는 나쁘지 않았지만 태도가 마음에 안 들었
어.」

「그를 잘랐다고?」

「이제 그도 다른 데로 옮길 때가 됐다 싶어서.」

클라리사는 셰리를 홀짝였다. 입 안으로 들어가기 싫은 듯
입술에 들러붙었다. 「은으로 만들어진 보물이 몇 개 없어졌다
고 들었어.」

「사실 거의 다 없어졌어. 솔직히 요즘 좀 힘들다. 다른 일들
도 그렇고.」

「메리 블래키스턴 말이지?」

「응.」

「장례식 때 못 봐서 서운하더라.」

「알아. 안타까운 일이지. 그런 일이 있는 줄도 모르고……」

「목사님이 편지를 보낸 줄 알았는데.」

「보냈는데 — 다 늦어서야 그 편지를 받았어. 우라질 프랑스
우체국 때문에. 사실 그 얘기를 하고 싶어서 찾아온 거야.」그는
셰리에 손도 대지 않았다. 그러고는 처음 온 사람처럼 주변을
두리번거렸다. 「이 집 마음에 들어?」

뜻밖의 질문이었다. 「괜찮아.」그녀는 대답하고 잠시 후에 좀
더 딱 잘라서 말했다. 「사실 여기서 아주 행복하게 지내고 있
어.」

「그래?」그는 못 믿겠다는 투였다.

「뭐, 응.」

「왜냐하면 그게 말이지, 저기, 로지 하우스도 이제 비었고 하니…….」

「파이 홀의 로지 하우스 말이야?」

「응.」

「나더러 들어와서 살라는 거야?」

「집으로 돌아오는 비행기 안에서 생각한 거야. 메리 블래키스턴은 참 안됐지. 내가 무척 좋아했는데. 요리도 잘하고 집안일도 잘했지만 무엇보다 지각이 있었거든. 이 우라질 사고 소식을 들었을 때 그만한 사람을 구하기 어렵겠다는 생각이 들더라고. 그러다 네가 떠오르길래…….」

서늘한 진저리가 클라리사의 온몸을 훑고 지나갔다. 「매그너스, 지금 나더러 그녀의 일을 대신해 달라는 거니?」

「그게 어때서? 미국에서 돌아온 뒤로 일을 제대로 한 적이 없잖아. 학교에서 받는 돈으로는 부족할 텐데 현금을 좀 챙길 수도 있어. 로지 하우스로 들어오면 이 집을 팔 수 있고 파이 홀에서의 생활도 다시 만끽할 수 있고. 우리 둘이 호숫가에서 술래잡기했던 거 기억나? 잔디밭에서 크로켓 했던 건 어떻고! 물론 프랜시스랑 의논을 하긴 해야 해. 아직 프랜시스한테는 얘길 안 했거든. 네 의견을 먼저 물어보고 싶어서 온 거야. 어때?」

「좀 생각해 봐도 되지?」

「당연하지. 그냥 해본 생각이긴 하지만 어쩌면 아주 잘될 수 있어.」 그는 잔을 들었다가 마음이 바뀌었는지 다시 내려놓았다. 「너를 보면 늘 반갑거든, 클라라. 네가 다시 들어와 주면 정말 환상적일 거야.」

그녀는 어찌어찌 그를 문 앞까지 배웅하고 그 자리에 서서 그가 재규어를 타고 멀어지는 광경을 지켜보았다. 숨이 잘 쉬어지지 않았다. 심지어 그에게 말을 하는 것조차 엄청나게 힘이 들었다. 욕지기가 끝도 없이 온몸에 번졌다. 손에 감각이 없었다. 〈분노로 마비된다〉는 표현을 들어 봤지만 그걸 직접 경험하게 될 줄은 꿈에도 몰랐다.

그가 자기 하녀로 들어오는 게 어떻겠느냐고 했다. 바닥을 닦고 설거지를 하고 — 맙소사! 그녀는 그의 여동생이었다. 그녀는 그 집에서 태어났다. 그와 같은 음식을 먹으며 20대까지 그 집에서 살았다. 부모님이 돌아가시고 매그너스가 결혼을 하면서, 유감스러우리만치 연달아 벌어진 두 사건 때문에 거기서 나왔을 뿐이다. 그날 이후로 그에게 그녀는 아무것도 아니었다. 그런데 이제 이런 만행을 저지르다니!

현관 앞에 레오나르도 다빈치의 「암굴의 성모」 복제화가 걸려 있었다. 클라리사 파이는 표독스러운 눈빛을 짓고는 이러다 세례자 요한을 보고 있던 성모가 놀라서 고개를 돌리겠다 싶을 만큼 요란하게 쿵쾅거리며 2층으로 올라갔다.

그녀가 기도를 하러 2층으로 올라간 건 분명 아니었다.

9

8시 30분경, 색스비온에이번에는 어둠이 깔렸다.

브렌트는 늦게까지 일을 했다. 잔디를 깎고 잡초를 뽑는 것 외에도 50종의 장미 중에서 시든 녀석을 솎아 내고 주목을 다듬어야 했다. 그는 손수레와 여러 가지 공구를 마구간에 넣고 호수를 빙 돌아서 목사관 앞을 지나 페리맨으로 향하는 딩글델의 지름길로 나섰다. 페리맨은 남쪽 네거리에 있는 이 마을의 두 번째 술집이었다.

숲가에 다다랐을 때 그는 뒤를 돌아보았다. 무슨 소리가 들렸다. 그는 실눈을 뜨고 어둠 사이로 저택을 얼른 훑어보았다. 1층에서 이글거리는 불빛이 두세 군데 보였지만 누군가가 움직이는 기미는 없었다. 그가 알기로는 매그너스 파이 경 혼자 있었다. 경은 차를 몰고 읍내에 나갔다가 1시간 전에 돌아왔지만 그의 아내는 당일치기로 런던에 갔다. 그녀의 차가 차고 앞에 주차되어 있었다.

정문에서 오솔길을 걸어 올라가는 사람이 보였다. 남자고 혼자였다. 브렌트는 시력이 좋았고 달빛이 비쳤지만 마을 사람인지 아닌지 알 수가 없었다. 모자로 거의 가려져서 얼굴이 보이지 않았다. 그의 걸음걸이에는 조금 이상한 구석이 있었다. 남들 눈에 띄지 않으려는 사람처럼 구부정하게 몸을 숙이고 어두컴컴한 곳으로만 골라 다녔다. 매그너스 경을 만나러 왔다고 하기에는 너무 늦은 시각이었다. 브렌트는 다시 돌아갈까 고민했다. 장례식과 같은 날에 도둑이 들어서 모두 경계 태세였다. 잔디밭을 가로질러 가서 아무 이상이 없는지 확인하는 데 1분도 걸리지 않을 것이었다.

하지만 관두기로 했다. 누가 파이 홀을 찾아오건 그가 상관할 일이 아니었고 그날 오후에 매그너스 경과 그런 대화를 나눈 마당에, 매그너스 경에게 그런 소리를 들은 마당에 경이나 그의 부인에게 아무 충성심도 느낄 수가 없었다. 그들이 그를 살갑게 챙긴 것도 아니었다. 그들은 그에게 고마워할 줄 몰랐

105

다. 브렌트는 몇 년 동안 아침 8시부터 밤늦게까지 일을 해왔지만 고맙다는 말 한마디 들은 적이 없었고 봉급은 솔직히 가소로운 수준이었다. 평소에는 주중에 술을 마시러 가지 않지만 마침 수중에 10실링이 있으니 피시 앤드 칩스를 먹고 맥주를 몇 잔 마실 생각이었다. 페리맨은 이 마을의 남쪽 끝에 있었다. 금방이라도 쓰러질 듯이 허름했고 퀸스 암스보다 훨씬 꾀죄죄했다. 거기 사람들은 그를 잘 알았다. 그는 항상 창가의 같은 자리에 앉았다. 앞으로 두세 시간 동안 바텐더와 대여섯 마디 주고받을지 몰라도 브렌트에게는 그게 대화나 마찬가지였다. 그는 손님 생각은 머릿속에서 지우고 가던 발걸음을 재촉했다.

그로부터 25분 뒤에 술집에 다다랐을 때 그는 또 한 차례 뜻밖의 인물과 맞닥뜨렸다. 숲속에서 빠져나왔을 때 살짝 차림새가 어수선한 여자 하나가 그를 향해 다가왔다. 목사의 아내 헨리에타 오즈번이었다. 길 저편의 집을 황급하게 뛰쳐나온 모양이었다. 남편의 것인지 옅은 파란색의 남성용 파카를 입고 있었다. 머리가 산발이었다. 정신이 없는 눈치였다.

그녀가 그를 보았다. 「아, 안녕하세요, 브렌트 씨.」 그녀가 말했다. 「늦게 외출하셨네요.」

「술집에 가는 길이에요.」

「그러세요? 혹시…… 목사님을 찾는 중이거든요. 못 보셨죠?」

「네.」 브렌트는 고개를 끄덕이고 목사가 이 늦은 시각에 웬일로 외출을 했을까 궁금해했다. 둘이 부부싸움이라도 했나? 그러다 문득 생각이 났다. 「파이 홀에 누가 찾아왔거든요, 사모님. 어쩌면 그분이 목사님이었을 수도 있겠어요.」

「파이 홀이요?」

「이제 막 도착한 참이었어요.」

「그이가 거길 갔을 이유가 없는데요.」 그녀는 불안한 말투였다.

「누군지는 저도 몰라요.」 브렌트는 어깨를 으쓱했다.

「네. 안녕히 가세요.」 헨리에타는 몸을 돌려서 자기 집으로 왔던 길을 되짚어갔다.

1시간 뒤에 브렌트는 피시 앤드 칩스를 앞에 두고 두 번째 맥주잔을 홀짝였다. 담배 연기로 안이 자욱했다. 주크박스에서 요란한 음악 소리가 흘러나왔지만 판을 바꾸는 중간에 네거리 쪽으로 달려가는 자전거 소리가 들렸다. 그가 밖을 내다보는 순간 자전거가 술집 앞을 지나갔다. 착각의 여지가 없는 소리였다. 그러니까 그의 짐작이 맞았다. 목사가 파이 홀을 찾아갔다가 집으로 돌아가는 모양이었다. 거기 한참 동안 있었던 셈이다. 브렌트는 헨리에타 오즈번과 마주친 순간을 잠시 떠올렸다. 그녀는 뭔가를 걱정하고 있었다. 무슨 일이었을까? 뭐, 그하고는 전혀 상관없는 일이었다. 그는 고개를 돌리고 이런저런 생각들을 머릿속에서 지웠다.

하지만 조만간 다시 상기하게 될 것이었다.

10

아티쿠스 퓐트는 다음 날 아침에 『더 타임스』에서 그 기사를 읽었다.

살해당한 준남작

부유한 지주 매그너스 파이 경의 사망 소식이 전해지자 서머싯의 색스비온에이번으로 경찰이 출동했다. 레이먼드 처브 경위는 사인을 살해로 보는 바스 지구대의 입장을 공식화했다. 유족으로는 레이디 파이로 불리는 아내 프랜시스와 아들 프레더릭이 있다.

그는 태너 코트의 응접실에서 담배를 피우고 있었다. 제임스 프레이저가 신문과 차를 가져다주었다. 이제 그가 재떨이를 들고 다시 왔다.

「1면 기사 봤나?」 퓐트가 물었다.

「그럼요! 끔찍한 사건이에요. 레이디 마운트배튼만 딱하게 됐죠…….」

「뭐라고?」

「차를 도둑맞았잖아요! 그것도 하이드파크 한복판에서!」

퓐트는 약간 서글픈 미소를 지었다. 「내가 말한 건 그 기사가 아니야.」 그는 신문을 돌려서 조수에게 보여 주었다.

프레이저는 기사를 읽었다. 「파이라면!」 그가 외쳤다. 「그때 그―」

「그래. 맞아. 메리 블래키스턴이 일했던 저택의 주인. 며칠 전에 그의 이름이 바로 이 자리에서 언급이 됐었지.」

「엄청난 우연의 일치로군요!」

「그래, 그럴 수도 있지. 우연의 일치가 생기기도 하니까. 하지만 이번 같은 경우에는 잘 모르겠네. 한집에서 두 사람이, 그것도 뜻밖의 죽음을 맞이했어. 아주 흥미롭지 않은가?」

「내려가시려는 건 아니죠?」

아티쿠스 퓐트는 고민에 잠겼다.

그는 분명 일을 더 맡을 생각이 없었다. 그에게 남은 시간상 그럴 여력이 없었다. 벤슨 박사의 진단에 따르면 그가 그나마 건강하게 살 수 있는 기간은 기껏해야 석 달이었고, 석 달이면 살인범을 잡기에 부족한 시간일 수 있었다. 아무튼 그는 이미 몇 가지 결단을 내렸다. 그는 그 시간에 주변을 정리할 생각이었다. 집과 재산을 처분하는 유언장의 문제가 있었다. 그는 거의 빈손으로 독일을 떠났지만 전쟁에서 기적적으로 살아남은 아버지의 18세기 마이센 도자기 인형 세트가 있었다. 그건 박물관에 전시하고 싶었기에 이미 켄징턴의 빅토리아 앨버트 박물관에 편지를 보냈다. 음악가와 전도사와 군인과 침모와 몇 안 되는 그의 다른 가족들이 그가 떠난 뒤에도 한자리에 모여 있겠거니 생각하면 위안이 될 것이었다. 이러니저러니 해도 그들이 그에게 남은 유일한 가족이었다.

가장 마지막 다섯 사건을 함께했고, 사건 수사에는 별 도움이 되지 못했을지언정 충성심과 유쾌한 성격 면에서는 그를 절대 실망시킨 적 없었던 제임스 프레이저에게도 유산을 남길 것이다. 메트로폴리탄 앤드 시티 폴리스 오펀스 기금을 비롯해 여러 자선 재단에도 선의를 베풀고 싶었다. 무엇보다 그의 역작 『범죄 수사의 풍경』 관련 자료 문제를 해결해야 했다. 그걸 완성하려면 앞으로 1년은 걸릴 것이었다. 지금 상태라면 그걸 출판사에 넘길 가능성은 없었다. 하지만 그의 메모와 더불어 오려 놓은 신문 기사, 편지, 조서를 범죄학도에게 넘기면 나중에 그가 한데 취합할 수 있을지 몰랐다. 그 많은 자료가 무용지

물이 된다면 슬픈 일이었다.

여기까지가 그의 계획이었다. 하지만 그가 터득한 인생의 교훈이 하나 있다면 계획을 세워 봐야 헛수고라는 것이었다. 인생에는 자기만의 큰 그림이 있었다.

이제 그는 프레이저에게로 관심을 돌렸다. 「샌덜링 양에게는 파이 홀로 찾아갈 합당한 이유가 없기 때문에 도울 수가 없다고 얘기했잖아.」 그가 말했다. 「그런데 이제 이유가 생겼고 내 친구 처브 경위가 관여하고 있다잖은가.」 퓐트는 미소를 지었다. 예전의 반짝이는 눈빛이 되돌아왔다. 「짐을 싸도록, 제임스. 그리고 차를 가지고 와. 지금 당장 출발할 테니.」

셋

딸

1

아티쿠스 퓐트는 한 번도 운전을 배운 적이 없었다. 의도적으로 구식을 고집하는 건 아니었다. 그는 과학계의 신기술을 모두 섭렵했고 기회가 닿으면 망설임 없이 활용했다. 예컨대 그의 병을 치료할 때도 그랬다. 하지만 온갖 형태와 크기의 기계들이 갑작스럽게 쏟아지는 등, 변화의 속도에는 걱정되는 부분이 있었다. 텔레비전, 타자기, 냉장고, 세탁기가 널리 보급됐고 심지어 들판마저 송전탑으로 덮이는 걸 보고 있자면 그것들이야말로 그의 생전에 이미 시련을 거친 인류의 존속에 따르는 숨겨진 대가가 아닐까 하는 생각이 들 때도 있었다. 따지고 보면 나치즘 그 자체도 기계였다. 그는 신기술의 시대에 서둘러 합류할 생각이 없었다.

때문에 필연에 굴복하고 자가용이 필요하다는 결론을 내렸을 때 모든 업무를 제임스 프레이저에게 일임했고, 그는 나가서 복스홀 4도어 세단을 몰고 왔다. 훌륭한 선택이었다고 퓐트도 인정할 수밖에 없는 것이, 튼튼하고 믿음직하며 공간이 넓었다. 두말하면 잔소리지만 프레이저는 어린애처럼 좋아했다. 엔진이 6기통이었다. 제로백이 22초에 불과했다. 겨울에는 앞 유리창의 성에를 제거하도록 히터를 설정할 수 있었다. 퓐트는 그저 그걸 타고 어디든 갈 수 있고 수수하고 평범한 회색이라 그의 등장을 요란하게 광고하지 않는다는 데 만족했다.

제임스 프레이저가 모는 복스홀은 런던에서 논스톱으로 세 시간을 달린 끝에 파이 홀 앞에 도착했다. 경찰차 두 대가 자갈길 위에 주차되어 있었다. 퓐트는 차에서 내려 다리를 펴며 비좁은 공간에서 해방됐다는 데 기뻐했다. 그는 웅장하고 우아하고 매우 영국적인 면모를 눈에 담으며 저택의 전면을 훑었다. 수 세대 동안 한 집안에서 소유한 저택이었다는 것을 한눈에 알 수 있었다. 변함없는 느낌, 영구적인 분위기가 있었다.

「처브가 나오네요.」 프레이저가 중얼거렸다.

경위의 낯익은 얼굴이 현관문 앞으로 등장했다. 프레이저가 출발하기 전에 전화를 해놓았고 처브는 그들이 도착하길 기다리고 있었던 눈치였다. 투실투실하고 명랑하며 올리버 하디[13] 스타일로 콧수염을 기른 그는 몸에 안 맞는 양복 밑으로 아내가 가장 최근에 짜준 옷을 입고 있었는데, 안타깝게도 그게 연보라색 카디건이었다. 그는 살이 쪘다. 그는 항상 그런 인상을 풍겼다. 퓐트도 예전에 한번 얘기한 적이 있다시피 그는 유난히 맛있었던 식사를 이제 막 끝낸 사람 같은 표정을 짓고 다녔다. 그런 그가 반가운 티를 내며 계단을 달려 내려왔다.

「헤르[14] 퓐트!」 그가 외쳤다. 처브는 항상 〈헤르〉라는 호칭을 썼고 독일에서 태어났으니 퓐트의 성격에 문제가 있을 게 분명하다는 식으로 대했다. 어쩌면 누가 전쟁에서 이겼는지 잊지 말자는 뜻일 수도 있었다. 「연락받고 얼마나 놀랐는지 모릅니다. 작고한 매그너스 경과 가까운 사이였던 건 아니겠죠?」

「설마요, 경위님.」 퓐트는 대답했다. 「경은 한 번도 만난 적이 없고 오늘 아침 신문을 보고 사망 소식을 알았을 뿐입니다.」

「그럼 여긴 어쩐 일로 오신 겁니까?」 그의 시선이 제임스 프

---

13 미국의 코미디언.
14 영어의 〈미스터〉에 해당하는 독일어.

레이저에게로 향했다. 그의 존재를 처음으로 인식한 눈치였다.

「희한한 우연의 일치가 있어서요.」 사실 프레이저는 이 탐정이 세상에 우연의 일치라는 건 없다고 얘기하는 것을 한두 번 들은 게 아니었다. 『범죄 수사의 풍경』에서도 인생의 모든 것에는 일정한 패턴이 있고 우연의 일치라는 것은 그 패턴이 잠깐 드러난 순간을 지칭할 뿐이라고 써놓은 부분이 있었다. 「이 마을에 사는 아가씨가 어제 나를 만나러 왔었거든요. 바로 이 집에서 2주 전에 누가 죽었다고 하던데 ―」

「가정부 메리 블래키스턴 말이로군요?」

「네. 그 사건을 두고 억측이 난무한다고 걱정하더군요.」

「그러니까 그 아주머니가 살해당했다고 생각하는 사람들이 있다는 건가요?」 처브는 늘 피우는 플레이어스 담뱃갑을 꺼내 담배 하나에 불을 붙였다. 그의 오른손 집게손가락과 가운뎃손가락은 오래된 피아노 건반처럼 항상 누랬다. 「그 부분에 대해서는 안심하시라고 말씀드릴 수 있겠네요, 헤르 퓐트. 내가 직접 조사를 했는데 그야말로 사고사였거든요. 계단 꼭대기에서 청소기를 돌리다 전선에 발이 걸려서 맨 밑바닥까지 굴러떨어졌어요. 바닥에 단단한 판석이 깔려 있었으니 그녀로서는 재수가 없었죠! 아무라도 그녀를 살해할 이유가 없었고 문이 잠긴 집 안에 그녀 혼자 있었어요.」

「그럼 매그너스 경의 죽음은 어떻게 된 겁니까?」

「그건 전혀 다른 문제죠. 들어가서 한번 둘러보세요. 나는 이 녀석 마저 피우고 갈게요. 안이 상당히 처참해요.」 그는 일부러 입술로 담배를 비틀며 연기를 빨아들였다. 「지금으로서는 절도범이 실수로 죽인 게 아닌가 싶습니다. 그게 가장 빤한 결론이니까요.」

「저는 웬만하면 빤한 결론을 피하려고 합니다만.」

「뭐, 헤르 퓐트야 헤르 퓐트만의 방식이 있겠죠. 예전에 몇 번 도움을 받았다고 얘기할 수밖에 없겠습니다만 이 사건의 주인공은 평생을 이 마을에서 지낸 지주예요. 아직 시기상조이긴 해도 그에게 원한을 품을 사람이 있겠나 싶은데요. 어제 8시 30분에 누군가가 이 집을 찾아왔어요. 일을 마치고 퇴근하던 관리인 브렌트가 목격했죠. 그는 인상착의를 설명하지는 못했지만 첫 느낌에 마을 주민이 아닌 것 같았다고 했어요.」

「그걸 어떻게 알았답니까?」 프레이저가 물었다. 그는 지금 이 순간까지 없는 사람 취급을 당하고 있었기에 자신의 존재를 각인시켜야 할 필요성을 느꼈다.

「뭐, 그야 알잖습니까. 예전에 본 적 있는 사람이면 누군지 알아보기가 쉽죠. 얼굴을 보지 못하더라도 특유의 체형이나 걸음걸이가 있으니까요. 브렌트는 못 보던 사람이라고 거의 장담하다시피 했어요. 그리고 이 남자가 저택으로 걸어 올라가는 품새가 이상하더랍니다. 꼭 남들 눈에 띄지 않으려고 하는 것 같았대요.」

「이 남자가 도둑이었다고 생각하시는군요.」 퓐트가 말했다.

「이 집은 며칠 전에 이미 한 번 도둑을 맞은 적이 있어요.」 처브는 처음부터 다시 설명하려니 짜증이 난다는 듯이 한숨을 쉬었다. 「가정부가 죽었을 때 안으로 들어가느라 뒤쪽 유리창을 하나 깼거든요. 그래 놓고 유리를 갈지 않고 방치하는 바람에 며칠 뒤에 누군가가 몰래 들어왔어요. 오래된 동전과 보석을 깔끔하게 챙겨 갔죠. 무려 로마 시대에 만들어진 거라던데. 그들은 들어온 김에 여기저기 둘러봤을 거예요. 매그너스 경의 서재에 금고가 있었는데 그때는 열지 못했지만 그런 게 있다는 걸 알았으니 다시 한번 털어 보려고 왔겠죠. 집에 계속 아무도 없을 거라고 생각하고요. 그런데 매그너스 경을 보고 놀라는 바람에 ─ 이렇게 된 거예요.」

「잔인하게 죽임을 당했다면서요.」

「잔인한 정도가 아니에요.」 처브는 기운을 추스르느라 담배를 한 모금 더 빨았다. 「현관 앞 홀에 갑옷 세트가 있거든요. 좀 있다 보실 텐데 칼까지 갖추어진 세트예요.」 그는 침을 꿀꺽 삼켰다. 「범인들이 그걸 썼어요. 그걸로 머리를 뎅강 잘랐어요.」

퓐트는 이 부분에 대해서 잠깐 생각해 보았다. 「경을 발견한 사람이 누굽니까?」

「부인이요. 런던에 쇼핑을 갔다가 9시 반쯤에 돌아왔답니다.」

「가게들이 늦게 문을 닫았군요.」 퓐트는 희미하게 미소를 지었다.

「뭐, 어쩌면 저녁까지 먹고 왔겠죠. 아무튼 집에 도착했을 때 차 한 대가 막 출발하더래요. 제조사는 모르겠지만 초록색이었고 번호판의 글자를 몇 개 봤답니다. FP였다더군요. 공교롭게도 그게 그녀의 이니셜이에요. 집에 들어가 보니 남편이 계단 발치, 그러니까 전주에 가정부의 시신이 있었던 곳과 거의 같은 지점에 쓰러져 있었어요. 하지만 몸의 일부는 다른 데 있었죠. 머리는 벽난로 옆으로 데굴데굴 굴러갔으니까요. 당분간은 그녀와 대화가 불가능하지 않을까 싶습니다. 바스의 병원에서 아직까지 진정제를 맞고 있거든요. 그녀가 경찰에 신고했는지

117

녹음된 통화 내용을 나도 들었어요. 딱하게도 비명을 지르고 흐느껴 울기만 하면서 말을 제대로 하지 못하더군요. 이게 살 인이라면 전 세계적으로 손꼽히는 배우가 아닌 이상 그녀를 용 의자 명단에서 빼도 됩니다.」

「시신은 다른 데로 치워졌겠죠?」

「네. 어젯밤에 옮겼어요. 비위가 강한 사람만 견딜 수 있었 죠.」

「두 번째로 도둑이 들었을 때 이 집에서 없어진 물건이 있었 습니까, 경위님?」

「그건 잘 모르겠네요. 레이디 파이가 어느 정도 정신을 추스 르면 면담을 해야 알 수 있을 겁니다. 하지만 언뜻 보기에는 없 어 보였어요. 들어가 보세요, 헤르 퓐트. 정식으로 파견된 게 아 니라 치안정감님께 잠깐 말씀을 드려야겠지만 뭐, 괜찮겠죠. 그리고 뭐든 생각나는 게 있으면 알려 주실 테니까요.」

「당연하죠, 경위님.」 퓐트는 이렇게 얘기했지만 프레이저는 그럴 리 없다는 것을 알았다. 그는 수사를 하러 나선 퓐트를 다 섯 번 수행한 적이 있었기에 이 탐정이 진실을 공개할 마음이 생길 때까지 모든 걸 꽁꽁 감추어 놓는, 사람을 미치게 만드는 습관이 있다는 걸 알았다.

그들은 세 개의 계단을 올라갔다. 하지만 퓐트가 현관문 앞 에서 걸음을 멈추고 쭈그리고 앉았다. 「이거 이상한데요.」 그가 말했다.

처브가 못 믿겠다는 듯이 그를 쳐다보았다. 「내가 놓친 거라 도 있다는 겁니까?」 그가 따져 물었다. 「아직 안으로 들어가지 도 않았는데요!」

「전혀 아무 관계도 없을 수 있습니다, 경위님.」 그가 달래듯 이 말했다. 「하지만 문 옆의 화단을 보면……」

프레이저는 흘끗 아래를 쳐다보았다. 저택의 전면을 따라서 이 끝에서 저 끝까지 화단이 조성되어 있는데, 진입로에서 연결된 계단이 그걸 분리하는 역할을 했다.

「내가 알기로는 피튜니아입니다만.」 처브가 말했다.

「그건 잘 모르겠습니다만 손자국이 보이지 않습니까?」

처브와 프레이저는 좀 더 자세히 들여다보았다. 과연 그랬다. 누군가가 문 바로 왼쪽의 푹신한 흙 위에 손자국을 남겼다. 프레이저가 추측컨대 크기로 보았을 때 남자의 손자국이었다. 손가락을 쫙 벌리고 있었다. 이것 참 이상한데. 프레이저는 생각했다. 발자국이라면 모를까.

「정원사가 남긴 손자국일 겁니다.」 처브가 말했다. 「달리 설명할 방법이 없잖습니까.」

「그리고 경위님의 생각이 맞겠죠.」 퓐트는 벌떡 일어나서 다시 걸음을 옮겼다.

문을 열자마자 계단이 있고 왼쪽과 오른쪽에 문이 하나씩 달린 정사각형의 큼지막한 공간이 그들을 맞았다. 프레이저는 매그너스 경의 시신이 있었던 위치를 한눈에 알 수 있었고 늘 그렇듯 배 속이 울렁거렸다. 페르시안 카펫이 아직까지 피로 젖어서 까맣게 번들거렸다. 핏물은 판석을 타고 벽난로까지 번져 그 앞에 놓여 있던 가죽 의자의 다리를 동그랗게 감쌌다. 온 공간이 피 냄새로 진동했다. 비스듬히 놓인 칼은 자루가 계단 근처에 있었고 칼날은 유리 눈으로 내려다보는 사슴 머리 쪽을 가리키고 있었다. 어쩌면 그 머리가 유일한 목격자일 수 있었다. 갑옷의 나머지 부분은 빈 채로 거실 문 옆에 세워져 있었다. 프레이저는 탐정을 수행하느라 수많은 범죄 현장을 다녀온 전적이 있었다. 칼에 찔리거나 총에 맞거나 물에 빠지거나 기타 등등으로 사망한 시신도 종종 보았다. 하지만 시커먼 나무 벽널과 무대용 발코니가 제임스 1세 스타일에 가까운 이 저택은 왠지 모르게 유난히 으스스했다.

「매그너스 경은 아는 사람에게 살해당했어.」 퓐트가 중얼거렸다.

「그걸 어떻게 아세요?」 프레이저가 물었다.

「갑옷의 위치와 홀의 전반적인 배치를 보면 알 수 있지.」 퓐트는 손으로 가리켰다. 「직접 살펴보게, 제임스. 입구가 우리 뒤편이잖은가. 갑옷과 칼은 좀 더 안쪽에 있고. 범인이 현관문 앞에 있다가 매그너스 경을 공격하려고 했다면 그를 돌아서 무기가 있는 곳까지 가야 했을 테고, 문이 열려 있었다면 매그너스 경이 그새 도망을 치고도 남았겠지. 매그너스 경이 누군가를 배웅하던 길이었다고 보는 편이 훨씬 그럴듯하지 않겠나. 그들은 거실에서 나왔어. 매그너스 경이 앞장을 섰지. 범인은 그의 뒤를 따라갔고. 경은 현관문을 열었을 때 손님이 칼을 빼든 걸 보지 못했어. 고개를 돌렸다가 손님이 자신을 향해 다가오는 걸 보고 아마 애원을 했을지 몰라. 하지만 범인은 칼을 휘둘렀고 보시다시피 이런 광경이 빚어졌지.」

「그래도 범인이 모르는 사람이었을 수도 있잖습니까.」

「자네 같으면 밤늦게 모르는 사람을 집 안으로 들이겠나? 그럴 리 없겠지.」 퓐트는 주변을 두리번거렸다. 「그림 하나가 없어졌군그래.」 그가 말했다.

프레이저가 그의 시선을 따라가 보니 과연 그랬다. 문 옆 벽에 빈 고리가 하나 있었고, 그림이 한 점 없어진 결정적인 증거라 할 수 있는 직사각형 모양으로 벽널의 일부분만 살짝 빛이 바랬다.

「그게 이 사건과 연관이 있다고 보십니까?」 프레이저가 물었다.

「모든 게 연관이 있지.」 핀트는 대답했다. 그는 주변을 마지막으로 한 번 둘러보았다. 「여기에서는 이 정도면 됐어. 가정부가 2주 전에 어떤 식으로 발견됐는지 정확히 파악할 수 있으면 좋겠지만 때가 되면 알 수 있겠지. 거실로 건너갈까?」

「그러시죠.」 처브가 말했다. 「이 문을 열면 거실이 나오고 반대편은 매그너스 경의 서재입니다. 거기에 선생도 어쩌면 흥미롭게 여길 수 있을 만한 편지가 있었어요.」

누르스름한 핑크색 카펫과 꽃무늬의 플러시 커튼을 갖추었고 편안한 소파와 테이블이 드문드문 놓인 거실은 입구 홀보다 훨씬 여성적인 분위기였다. 온 사방이 사진 천지였다. 프레이저는 하나를 집어서 집 앞에 서 있는 세 사람을 유심히 들여다보았다. 동그란 얼굴에 수염을 기른 남자는 구식 양복을 입고 있었다. 그보다 키가 10여 센티미터 큰 여자는 그의 옆에서 짜증이 섞인 표정으로 카메라를 응시하고 있었다. 그리고 교복은 입은 남자아이는 인상을 쓰고 있었다. 아주 행복해 보이지는 않을지언정 누가 봐도 가족사진이었다. 매그너스 경과 레이디 파이와 그들의 아들이었다.

제복을 입은 경관이 반대편 문 앞을 지키고 서 있었다. 그들은 두 개의 책꽂이 사이에 고풍스러운 책상이 떡하니 자리를 잡고 있고 맞은편 창문으로는 앞마당과 호수가 보이는 방으로 곧장 들어갔다. 바닥은 반질반질했고 카펫이 나무로 된 바닥 널을 일부 덮고 있었다. 고풍스러운 지구본을 사이에 두고 안락의자 두 개가 입구를 등지고 있었다. 반대편 벽은 벽난로 차지였고 재와 까맣게 탄 나무로 보았을 때 최근에 누군가가 불을 지핀 모양이었다. 사방에서 희미하게 시가 연기 냄새가 났다. 프레이저는 사이드 테이블에 놓인 담배 상자와 묵직한 유리 재떨이를 보았다. 현관 앞 홀에서 본 시커먼 나무 벽널이 다시 등장했고 이 집이 처음 지어졌을 때부터 걸려 있었을지 모를 유화도 몇 점 더 있었다. 퓐트는 그중 한 작품 앞으로 다가갔다. 스터브스[15]와 아주 흡사한 화풍으로 마구간 앞에 서 있는 말을 한 마리 그린 작품이었다. 그가 그 작품에 주목한 이유는 반쯤 열린 문처럼 벽과 살짝 거리를 두고 걸려 있었기 때문이었다.

「우리가 처음 왔을 때부터 그렇게 걸려 있었어요.」 처브가 말했다.

퓐트는 주머니에서 펜을 꺼내 거기다 그림을 걸고 앞으로 당겼다. 한쪽 면에 경첩이 달려서 벽 안에 설치된 아주 단단해 보이는 금고를 가리는 역할을 하고 있었다.

「비밀번호를 몰라요.」 처브가 설명을 이었다. 「레이디 파이가 어느 정도 정신을 추스르면 알려 주겠죠.」

퓐트는 고개를 끄떡이고 책상 쪽으로 관심을 돌렸다. 매그너스 경이 죽기 전에 여기 앉아 있었을 가능성이 컸으니 책상 위에 흩뿌려진 종이들을 보면 단서를 찾을 수 있을지 몰랐다.

「맨 위 서랍에 총이 있어요.」 처브가 말했다. 「경찰에 지급되

15 말 그림으로 유명한 18세기 영국의 화가.

는 구형 리볼버예요. 총을 쏜 적은 없지만 장전은 되어 있어요. 레이디 파이 말로는 원래 서재에 보관했다고 합니다. 도둑을 맞고 나서 꺼냈나 봐요.」

「아니면 매그너스 경이 불안해할 만한 다른 이유가 있었을 수도 있겠죠.」 퓐트는 서랍을 열고 총을 흘끗 살폈다. 과연 38구경 웨블리 리볼버였다. 그리고 처브 말이 맞았다. 쓰인 적이 없었다.

그는 서랍을 닫고 책상 위편으로 시선을 돌려서 바스에 있는 라킨 개드월이라는 회사에서 보낸 몇 장의 설계도부터 살피기 시작했다. 모두 합해서 열두 채의 주택이 여섯 채씩 두 줄로 옹기종기 모여 있는 도면이었다. 그 옆에 쌓여 있는 편지는 건축 허가를 받느라 지방 의회와 주고받은 서신이었다. 〈딩글 드라이브, 색스비온에이번〉이라고 맨 앞장에 적힌 조그만 브로슈어가 증거였다. 이런 것들이 책상의 한쪽 모퉁이를 차지하고 있었다. 그 반대편에 전화기와 함께 메모지가 있었다. 누군가가, 아마도 매그너스 경이었겠지만 연필로 — 옆에 놓여 있었다 — 뭐라고 적어 놓았다.

애시턴 H

Mw

딸

맨 위에 적힌 이 단어들은 깔끔했지만 그 뒤로 매그너스 경이 흥분한 모양이었다. 화가 나서 휘갈겨 쓴 몇 줄의 문장이 서로 겹쳐져 있었다. 퓐트는 그 메모지를 프레이저에게 건넸다.

「딸이라고요?」 프레이저가 물었다.

「전화 통화를 하면서 받아 적은 메모인 것 같은데.」 퓐트가 말했다. 「Mw는 뭐의 약자일 수 있어. w가 소문자라는 걸 명심해. 그리고 딸이라? 그게 대화의 주제였을 수도 있겠군.」

「아무튼 별로 반가운 내용은 아니었던 것 같네요.」

「그렇지.」 마침내 퓐트는 빈 봉투로 시선을 돌렸다. 그 옆, 그러니까 책상의 정중앙에 처브가 말한 그 편지가 있었다. 봉투에 주소는 없고 매그너스 파이 경이라는 이름만 까만 글씨로 적혀 있었다. 아무렇게나 뜯어서 개봉한 듯했다. 퓐트는 손수건을 꺼내 그걸로 봉투를 집었다. 재질을 꼼꼼하게 살핀 뒤 좀 전처럼 조심스럽게 내려놓고 이번에는 그 옆의 편지를 집었다. 타자기로 친 편지였고 날짜와 함께 수신인 난에 매그너스 파이 경의 이름이 적혀 있었다. 1955년 7월 28일, 살인 사건이 벌어진 날이었다. 그는 편지를 읽었다.

이러고도 무사할 줄 아나? 이 마을은 당신이 태어나기 전부터 존재했고 당신이 죽은 뒤에도 존재할 텐데 돈독이 올라서 그런 사업 개획으로 망가뜨리려 하다니 착각도 유분수지. 이 나쁜 놈아, 여기서 계속 살고 싶으면 다시 한번 생각해 보기 바란다. 살고 싶으면 다시 한번 생각해 보라고.

보낸 사람의 서명은 없었다. 그는 프레이저가 읽을 수 있도록 편지를 책상 위에 내려놓았다.

「누군지 몰라도 계획의 철자를 잘 모르는 사람이로군요.」 프레이저가 말했다.

「살인광일 수도 있고.」 퓐트가 가만히 덧붙였다. 「어제 배달된 편지인 것 같은데. 매그너스 경은 이 편지를 받고 몇 시간 만에 살해됐지 — 여기 적힌 대로.」 그는 경위를 돌아보았다. 「도면과 관계가 있는 내용일 듯한데요.」

「맞습니다.」 처브도 맞장구를 쳤다. 「라킨 개드월이라는 데 전화를 해보았어요. 바스의 개발업체인데 매그너스 경과 모종의 계약을 맺은 모양이더군요. 오늘 오후에 찾아가 보려는데 원하시면 같이 가시죠.」

「감사할 따름이죠.」 퓐트는 고개를 끄덕였다. 그의 관심은 여전히 편지에 집중돼 있었다. 「이 편지에는 조금 이상한 구석이 있는데요.」

「그 부분에 있어서는 내가 선수를 친 것 같군요, 퓐트.」 경위는 희희낙락하며 얼굴을 환히 빛냈다. 「편지는 타자기로 쳤지만 봉투에는 손으로 글씨를 썼죠. 자신의 정체를 숨기고 싶을 경우에는 치명적인 단서가 될 수 있는데. 편지를 넣어서 봉하고 난 다음 봉투에 받는 사람의 이름을 적어야 한다는 걸 깨달았는데 봉투가 타자기에 들어가지 않았던 겁니다. 나도 종종 하는 실수거든요.」

「아마 그랬겠죠, 경위님. 하지만 내가 이상하다고 생각한 건 그 부분이 아닙니다.」

처브는 책상 저쪽에 서서 그의 설명이 이어지길 기다렸지만 제임스 프레이저는 그럴 일이 없다는 걸 알았다. 그의 짐작이 맞았다. 퓐트는 벌써 벽난로 쪽으로 관심을 돌렸다. 재킷 주머니에서 다시 펜을 꺼내 그걸로 잿더미를 뒤지다 뭔가가 보이자 조심스럽게 분리했다. 프레이저가 다가가 보니 크기가 담뱃갑

속에 들어 있는 그림 카드만 하고 가장자리가 시커메진 종이 쪼가리였다. 그는 퓐트와 함께 일을 하면서 이런 순간에 가장 희열을 느꼈다. 처브는 벽난로를 뒤질 생각조차 하지 않았을 것이다. 들어와서 방 안을 대충 훑어본 다음 법의학 전문가를 부르고 밖으로 나갔을 것이다. 그 종이 쪼가리에 이름이 적혀 있을 수 있었다. 몇 글자만 적혀 있어도 필적을 보고 이 방에 누가 있었는지 파악할 수 있었다. 안타깝게도 이번 경우에는 백지였는데 퓐트는 허탈해하지 않았다. 오히려 정반대였다.

「이것 봐, 프레이저.」 그가 외쳤다. 「얼룩이 생겨서 살짝 변색된 부분이 있잖아. 그리고 지문의 일부분이나마 파악할 수 있겠어.」

「지문이라고요?」 처브가 그 단어를 듣고 건너왔다.

프레이저는 좀 더 자세히 들여다보았고 퓐트의 말이 맞는다는 것을 알 수 있었다. 얼룩이 짙은 갈색이라 곧바로 커피를 쏟은 자국일지 모른다는 생각이 들었다. 하지만 무슨 상관일지 알 수가 없었다. 아무라도 종이를 찢어서 벽난로 속에 던질 수 있었다. 매그너스 경이 그랬을 수도 있었다.

「감식실에 넘겨서 살펴보라고 하겠습니다.」 처브가 말했다. 「저 편지도 같이 훑어보라고 해야겠어요. 내가 절도범 생각만 하느라 성급한 결론을 내렸을 수도 있으니까요.」

퓐트는 고개를 끄덕이고 허리를 폈다. 「숙소를 찾아야겠네요.」 그가 난데없이 선포했다.

「주무시고 가시게요?」

「경위님께서 허락만 하신다면요.」

「그야 당연하죠. 퀸스 암스에 방이 있을 겁니다. 교회 바로 옆에 있는 술집인데 숙박 손님도 받아요. 호텔을 원하시면 바스로 나가시는 게 좋고요.」

「이 마을에 있는 게 좀 더 편하겠죠.」 퓐트가 대답했다.

프레이저는 지방의 후한 인심과 한 세트로 항상 딸려 오는 울퉁불퉁한 침대와 흉측한 가구와 캑캑거리는 욕실 수도꼭지를 떠올리며 속으로 한숨을 쉬었다. 그는 퓐트에게 받는 것 말고는 수입이 없었고 그 정도 금액이면 쥐꼬리만 하다고 표현하기에 충분했다. 하지만 그렇다고 해서 고급스러운 취향을 포기하란 법은 없었다. 「제가 알아볼까요?」 그가 물었다.

「같이 가보지.」 퓐트는 처브를 돌아보았다. 「바스로 언제 출발하십니까?」

「2시에 라킨 개드월로 찾아가기로 했으니까 괜찮으시면 거기서 병원으로 곧장 건너가서 레이디 파이를 만나면 어떨까요?」

「그러면 되겠네요, 경위님. 경위님과 다시 일을 할 수 있게 돼서 상당히 기쁩니다.」

「이하 동문입니다. 나도 헤르 퓐트를 만나서 기쁩니다. 목이 잘린 시신하며 기타 등등! 연락을 받은 순간 선생의 전문 분야라는 걸 알아차렸죠.」

처브는 담배에 또다시 불을 붙이며 자기 차로 돌아갔다.

2

프레이저로서는 안타까운 노릇이었지만 퀸스 암스에는 빈 방이 두 개 있었고, 퓐트는 2층으로 올라가서 살펴보지도 않고 바로 계약했다. 그가 예상했던 대로 시설이 열악해서 바닥은 기울었고 창문은 벽에 비해 너무 작았다. 창밖으로 마을 광장이 내다보였다. 퀸트의 방에서는 묘지가 보였지만 그는 아무 불평도 하지 않았다. 오히려 창밖의 풍경에서 본 뭔가를 재미있어하는 눈치였다. 그는 불편하다고 투덜거리지도 않았다. 프레이저는 태너 코트에서 일을 하기 시작했을 때 이 탐정이 간이침대에 가까운 철제 프레임의 싱글 침대에서 잠을 청하고 이불은 항상 깔끔하게 개어 놓는 것을 보고 깜짝 놀랐다. 퀸트는 한 번 결혼한 적이 있었지만 아내에 대해서 일언반구도 하지 않았고 이성에게 더는 관심이 없었다. 하지만 아무리 그렇다 하더라도 런던의 근사한 아파트에서 그 정도로 금욕적인 생활을 하다니 조금 특이하다고 볼 수 있었다.

두 사람은 1층에서 같이 점심을 먹고 밖으로 나섰다. 마을 광장의 버스 정거장에 사람들이 조금 모여 있었지만 프레이저가 보기에 버스를 기다리는 것 같지는 않았다. 그들의 호기심을 자극한 뭔가가 있었다. 다들 열띤 모습으로 대화를 나누고 있었다. 퀸트로서는 다가가서 뭣 때문에 그러는지 알아보고 싶을 게 분명했지만 바로 그 순간 묘지에서 누군가가 그들을 향해 걸어왔다. 목사였다. 셔츠와 빳빳하게 세운 흰색 옷깃을 보면 알 수 있었다. 그는 키가 크고 비쩍 말랐고 까만 머리는 헝클어져 있었다. 프레이저는 그가 문 앞에 세워 둔 자전거를 집어서 방향을 틀 때마다 요란하게 삐걱거리는 바퀴를 돌리며 도로로 나서는 모습을 지켜보았다.

「목사로군!」 퀸트가 외쳤다. 「영국의 시골 마을에서는 목사야말로 모르는 사람이 없기 마련인데.」

「교회에 안 다니는 사람도 있지 않나요?」 프레이저는 대꾸했다.

「그래도 상관없어. 무신론자와 불가지론자까지 파악하는 게 목사의 일이니까.」

그들은 그에게 다가가 그가 도망치기 전에 붙잡았다. 퓐트가 자기소개를 했다.

「아, 네.」 목사는 햇빛 때문에 눈을 깜빡이며 외치고는 얼굴을 찡그렸다. 「성함은 익히 알고 있습니다. 탐정이시죠? 매그너스 파이 경 때문에 오셨겠죠. 정말이지 끔찍한 사건이지 뭡니까. 색스비온에이번 같은 조그만 마을에서는 그런 사건을 감당할 여력이 없으니 받아들이기가 아주 힘들 겁니다. 이런, 죄송합니다. 제 소개를 하지 않았네요. 여기 세인트 보톨프 교회의 로빈 오즈번 목사입니다. 뭐, 그런 직종에 몸담고 계시니 이미 짐작을 하셨겠지만요!」

그는 웃음을 터뜨렸고 퓐트는 그가 유난히 신경질적이고, 입을 거의 다물지 못하며, 머릿속을 스치고 지나가는 생각을 감추려고 쉴 새 없이 말을 쏟아 낸다는 사실을 알아차렸다. 심지어 프레이저마저 느낄 정도였다.

「매그너스 경과 잘 아는 사이였겠습니다.」 퓐트가 말했다.

「제법 잘 아는 사이였죠. 네. 하지만 안타깝게도 제 성에는 못 미쳤어요. 경이 별로 독실한 신자는 아니었거든요. 예배에 거의 참석하지 않았어요.」 오즈번은 숨을 크게 들이마셨다. 「사건을 수사하러 오셨나요, 퓐트 씨?」

퓐트는 그렇다고 대답했다.

「우리 경찰에 지원군이 필요하다니 조금 놀랍군요. 아, 물론 환영을 하지 않는다는 건 절대 아닙니다. 저는 오늘 오전에 처 브 경위님과 이미 이야기를 나눴어요. 외부 침입자의 소행일지 모른다고 하더군요. 절도범의 소행일지 모른다고. 파이 홀이 얼마 전에 표적이 된 적 있다는 걸 선생도 아시겠습니다만.」

「파이 홀에서 유난히 불행한 사고가 자주 벌어지는군요.」

「메리 블래키스턴이 죽은 거 말입니까?」 오즈번은 손가락으 로 가리켰다. 「저기 잠들어 있어요. 제가 장례식을 집전했죠.」

「매그너스 경이 이 마을에서 인기가 많았습니까?」

뜻밖의 질문이라 목사는 열심히 알맞은 대답을 궁리했다. 「그를 시기하는 사람들도 있겠죠. 재산이 상당하니까요. 그리 고 물론 딩글 델 문제도 있고요. 그 때문에 격한 감정이 생긴 건 사실입니다.」

「딩글 델이라뇨?」

「숲 이름이에요. 경이 그걸 팔았거든요.」

「라킨 개드월에 팔았죠.」 프레이저가 끼어들었다.

「네. 개발업체가 거기인가 보군요.」

「매그너스 경이 그런 일을 벌였다가 살인 협박을 받았다면 놀라운 일일까요, 목사님?」

「살인 협박이요?」 목사는 한층 당황스러워했다. 「아주 놀라 운 일인데요. 이 일대에서는 그런 짓을 저지를 만한 사람이 없 으니까요. 여긴 아주 평화로운 마을입니다. 그럴 사람들이 아 니에요.」

「하지만 격한 감정을 운운하셨잖습니까.」

「사람들이 심란해하기는 했죠. 하지만 그것과 이건 다르죠.」

「마지막으로 매그너스 경을 만난 게 언제입니까?」

로빈 오즈번은 한시라도 빨리 자리를 피하고 싶어서 안달을 냈다. 자전거가 목줄을 당기는 동물이라도 되는 것처럼 그걸 꼭 붙잡고 있었다. 그런데 마지막 질문에 기분이 상한 모양이었다. 눈빛을 보면 알 수 있었다. 어떤 의심을 받고 있었던 걸까? 「만난 지 꽤 됐습니다.」 그가 대답했다. 「경이 메리 블래키스턴의 장례식에 참석하지 못했거든요. 안타까운 일이었지만 남프랑스에 있어서요. 그 전에는 제가 자리를 비웠고요.」

「어디 가셨습니까?」

「휴가 여행을 다녀왔습니다. 아내하고.」 퓐트는 추가 설명을 기다렸고 오즈번은 고분고분 정적을 메웠다. 「일주일 동안 데번셔에 갔어요. 사실 아내가 지금 기다리고 있어서 실례가 되지 않는다면…….」 그는 희미하게 미소를 짓고 삐걱거리는 자전거를 끌며 그들 사이를 비집고 지나갔다.

「이유는 뭔지 모르겠지만 불안한 모양인데요.」 프레이저는 중얼거렸다.

「그렇지, 제임스. 뭔가 숨기는 게 있는 게 분명해.」

탐정과 조수가 차를 세워 놓은 곳으로 가는 동안 로빈 오즈번은 목사관을 향해 있는 힘껏 페달을 밟았다. 그는 그들을 1백 퍼센트 솔직하게 대하지 않았다. 거짓말을 했다기보다 진실의 일면을 감추었다. 하지만 헨리에타가 기다리고 있는데 생각보다 귀가가 늦어진 건 사실이었다.

「어디 갔었어?」 그가 식탁에 앉자 그녀가 물었다. 그녀는 콩 샐러드를 곁들인 홈메이드 키시[16]를 접시에 담아서 주고 그의

16 달걀과 우유에 고기, 야채, 치즈 등을 섞어 만든 파이의 일종.

옆자리에 앉았다.

「아. 그냥 마을에 나갔다 왔어.」오즈번은 소리 없이 입술만 움직여 감사 기도를 드렸다. 「그 탐정을 만났어.」그는 아멘이라고 중얼거릴 새도 없이 말을 이었다. 「아티쿠스 퓐트.」

「누구?」

「당신도 들어 본 이름일 거야. 꽤 유명하거든. 사설탐정이고. 말버러의 그 학교 생각나? 연극 도중에 선생님이 살해된 학교. 그 사건을 해결한 사람이야.」

「하지만 사설탐정이 왜 필요해? 도둑의 소행인 줄 알았더니.」

「경찰이 잘못 판단한 모양이지.」오즈번은 머뭇거렸다. 「델하고 연관이 있다고 생각하는 모양이던데.」

「델하고?」

「그 사람은 그렇게 생각해.」

그들은 아무 말 없이 점심을 먹었다. 둘 다 입맛이 없는 눈치였다. 잠시 후에 헨리에타가 문득 말문을 열었다. 「어제저녁에는 어디 갔었어, 로빈?」그녀가 물었다.

「응?」

「무슨 소리인지 알잖아. 매그너스 경이 살해됐을 때 말이야.」

「도대체 그런 질문을 하는 이유가 뭐야?」오즈번은 나이프와 포크를 내려놓았다. 물을 한 모금 마셨다. 「화가 났어.」그는 설명을 시작했다. 「분노도 큰 죄잖아. 그리고 가슴속에…… 있어서는 안 될 것들이 있었어. 그 소식을 듣고 속이 상해서 그렇게 된 거지만 그건 변명이 될 수 없겠지. 혼자 있을 시간이 필요해서 교회에 갔어.」

「하지만 너무 오래 있었잖아.」

「쉽지 않았어, 헨리에타. 그래서 시간이 좀 걸렸어.」

그녀는 아무 말도 하지 않으려다 생각을 바꾸었다. 「로빈, 당신이 너무 걱정돼서 그래. 내가 당신을 찾으러 나갔었거든. 사실 도중에 브렌트를 만났는데 누가 파이 홀로 걸어 올라가는 걸 보았다길래 ─」

「지금 무슨 생각을 하는 거야, 헨? 내가 파이 홀로 찾아가서 그를 죽였다고? 칼로 그의 목을 베었다고? 그런 거야?」

「아니, 절대 아니지. 다만 당신이 너무 화가 났었잖아.」

「어이가 없네. 나는 그 집 근처에는 가지 않았어. 아무것도 보지 못했고.」

헨리에타는 하고 싶었던 말이 하나 더 있었다. 남편의 소매에 묻어 있었던 핏자국. 그녀는 두 눈으로 똑똑히 보았다. 다음 날 아침에 그녀는 셔츠를 들고 가서 하얗게 삶았다. 그 셔츠가 지금 빨랫줄에 널려 있었다. 그녀는 누구 핏자국이냐고 묻고 싶었다. 어쩌다 거기 묻었는지 알고 싶었다. 하지만 감히 물을 수가 없었다. 그를 의심할 수가 없었다. 그건 불가능한 일이었다.

두 사람은 아무 말 없이 식사를 마쳤다.

3

조니 화이트헤드도 등받이가 둥그스름하고 회전이 되는 모조 캡틴스 체어에 앉아서 살인 사건에 대해 생각했다. 사실 오전 내내 아무 이유 없이 고삐 풀린 망아지처럼 상품을 다시 정리하고 줄담배를 피우며 그 생각만 했다. 그가 이가 나갔음에도 9실링 6펜스라는 가격표가 달려 있었던 예쁘장한 마이센 비누 받침을 깨뜨리자 결국 젬마 화이트헤드는 참지 못하고 폭발했다.

「도대체 왜 그래?」 그녀가 따져 물었다. 「하루 종일 뿔난 사람처럼. 그리고 그 담배, 네 대째야. 나가서 시원한 바람이나 좀 쐬고 와.」

「나가고 싶지 않아.」 조니는 우울한 목소리로 말했다.

「왜 그래?」

조니는 소처럼 생겼고 6실링짜리 가격표가 달린 로열 덜턴 재떨이에 담배를 비벼서 껐다. 「왜겠어?」 그는 쏘아붙였다.

「나야 모르지. 그러니까 묻는 거 아냐.」

「매그너스 파이 경! 그 사람 때문이야.」 그는 뒤틀린 담배꽁초에서 계속 피어오르는 연기를 물끄러미 바라보았다. 「범인이 왜 그를 찾아가서 죽였을까? 덕분에 경찰들이 집집마다 찾아다니며 질문을 던지고 있잖아. 조만간 우리 가게로도 찾아올 거야.」

「그게 무슨 상관이야? 뭐든 마음대로 물어보라고 해.」 그녀는 찰나이기는 하지만 느껴질 수 있을 만큼의 순간 동안 말을 멈추었다가 물었다. 「그러면 안 될 이유라도 있어?」

「물론 없지.」

그녀는 날카로운 눈빛으로 그를 살폈다. 「무슨 수상한 짓을 저지른 건 아니겠지, 조니?」

「무슨 소리 하는 거야?」 그는 상처받은 투로 되물었다. 「왜 그런 걸 물어보고 그래? 당연히 그런 적 없지. 이런 시골에 처박혀 지내는데 무슨 수상한 짓을 저지를 수 있겠어?」 해묵은 논쟁이었다. 도시 대 시골, 색스비 대 다른 거의 모든 곳. 워낙 자주 벌인 설전이었다. 하지만 그는 이 말을 하는 동안에도 메리 블래키스턴이 불과 며칠 전에 어떤 식으로 그에게 따지고 들었는지, 그에 대해서 얼마나 많은 걸 알고 있었는지 떠올렸다. 그녀는 갑작스럽게 세상을 떠났고 2주 상관으로 매그너스 경도 똑같은 운명을 맞았다. 조니는 경찰이 어떤 식으로 수사를 진행하는지 알았다. 벌써 파일을 작성해서 인근에 사는 모든 주민을 조사할 것이다. 그들이 머지않아 그를 찾아올 것이다.

젬마가 건너와서 그의 옆자리에 앉고 그의 팔에 손을 얹었다. 그녀는 그보다 체구가 한참 작고 한참 연약했지만 강단이 있는 쪽은 그녀라는 걸 두 사람 모두 알고 있었다. 그녀는 런던에서 문제가 생겼을 때도 그의 곁을 지켰다. 그가 〈콩밥〉을 먹는 동안 매주 명랑하게 기운을 북돋우는 편지를 써서 보냈다. 그가 마침내 집으로 돌아왔을 때 색스비온에이번으로 가자고 결정을 내린 사람도 그녀였다. 잡지에 실린 앤티크 숍 광고를 보고 조니의 예전 취미 생활을 일부 유지하면서 안정적이고 정직한 새 삶의 기반을 건설할 수 있을 거라고 생각했기 때문이었다.

런던 생활을 정리하기란 쉽지 않았다. 평생 보 벨스[17]의 종소리를 들으며 살아온 남자라면 특히 그럴 수밖에 없었다. 하지만 조니는 일리가 있다는 걸 알았기에 내키지 않아도 따라나섰다. 그녀는 그로 인해 그가 의기소침해졌다는 걸 알았다. 목청이 크고 명랑하며 사람을 잘 믿고 다혈질인 조니 화이트헤드는 서로가 서로를 끊임없이 잣대질하고 한번 찍히면 영원히 매장

---

17 세인트 메리르보 교회의 종. 이 종소리가 들리는 지역에서 태어난 사람을 런던 토박이라고 했다.

당할 수 있는 곳에서 기를 펼 수가 없었다. 그를 여기로 데려온 게 잘못이었을까? 그녀는 불안하긴 해도 그의 런던 나들이를 허락했다. 가서 뭘 할 거냐고 묻지 않았고 그도 얘기하지 않았다. 하지만 이번에는 달랐다. 그가 런던을 다녀온 게 불과 며칠 전이었다. 그의 런던 나들이가 이 마을에서 벌어진 사건과 연관이 있을 수 있을까?

「런던에 가서 뭐 했어?」 그녀가 물었다.

「그건 왜 물어?」

「그냥 궁금해서.」

「그 인간들 만났지. 데릭이랑 콜린. 점심 먹고 술 몇 잔 했어. 당신도 같이 갔으면 좋았을 텐데.」

「당신은 내가 따라가는 거 싫어하잖아.」

「그 친구들이 당신 안부를 물었어. 예전에 우리가 살았던 집 앞을 지나갔거든. 이제는 아파트로 바뀌었더라. 그걸 보니까 생각이 났어. 거기서 당신이랑 나랑 얼마나 행복하게 지냈었는지.」 조니는 아내의 손등을 토닥이며 얼마나 야위었는지 느꼈다. 그녀는 나이를 먹으면 먹을수록 점점 더 줄어드는 듯했다.

「나는 런던이라면 이제 지긋지긋해, 조니.」 그녀는 손을 뺐다. 「그리고 데릭하고 콜린은 당신 친구였던 적이 없었어. 쫄딱 망했을 때 그 둘은 당신 곁을 지키지도 않았잖아. 내가 지켰지.」

조니는 인상을 썼다. 「그렇지.」 그가 말했다. 「나가서 좀 걷고 올게. 30분쯤. 그러면 기분 전환이 되겠지.」

「같이 가줄까?」

「아냐. 당신은 가게 지키고 있어.」 그날 아침에 가게 문을 연 이래 손님이 한 명도 없었다. 그게 살인 사건의 또 다른 문제였

136

다. 관광객들의 발길을 끊어 놓는다는 것 말이다.

젬마는 가게를 나서는 그의 모습을 바라보며 문에 달린 종이 딸랑거리는 익숙한 소리를 들었다. 그녀는 예전의 생활을 버리고 이곳으로 오면 모든 게 괜찮아질 줄 알았다. 조니가 당시 뭐라고 했든 그것은 올바른 판단이었다. 하지만 두 사람이 잇따라 세상을 떠나면서 모든 게 달라져 버렸다. 과거의 그림자가 마수를 뻗어 그들을 찾아낸 것만 같았다.

메리 블래키스턴이 여기로 찾아왔었다. 그 가정부가 그 오랜 시간이 흐른 뒤에 처음으로 찾아온 이유를 그녀가 따져 물었을 때 조니는 거짓말을 했다. 선물을 사러 온 거라고 했지만 젬마는 거짓말이라는 걸 알았다. 메리가 선물을 살 생각이었다면 바스의 울워스나 부츠에 갔었을 것이다. 그러고 나서 일주일도 안 됐을 때 그녀가 죽었다. 그 두 사건 사이에 연관성이 있을까? 만약 있다면 한 걸음 더 나아가 매그너스 파이 경의 죽음과도 연관성이 있을까?

젬마 화이트헤드가 색스비온에이번으로 내려온 이유는 안전할 거라고 생각했기 때문이었다. 그녀는 수백 가지의 쓸모없는 상품들, 아무도 원하지 않고 적어도 오늘만큼은 구경하러 들어오는 손님조차 없는 자질구레한 장신구나 골동품들로 둘러싸인 우중충한 가게에 혼자 앉아서 그녀와 조니가 다른 데를 선택했더라면 얼마나 좋았을지 진심으로 후회했다.

4

마을 사람들은 누구나 매그너스 파이 경을 살해한 범인을 안다고 생각했다. 하지만 안타깝게도 서로 주장이 엇갈렸다.

매그너스 경과 레이디 파이가 서로 사이가 안 좋다는 것은 널리 알려진 사실이었다. 그들은 같이 있는 모습을 보인 적이 거의 없었다. 교회에 가더라도 서로 멀찌감치 거리를 두었다. 페리맨의 주인인 개러스 카이트에 따르면 매그너스 경은 가정부 메리 블래키스턴과 내연의 관계였다. 그 둘을 죽인 범인이 레이디 파이라는데, 첫 번째 사건의 경우 프랑스로 여행을 간 그녀가 어떻게 살인을 저지를 수 있었는지에 대해서는 설명하지 못했다.

아니다, 아니다. 범인은 로버트 블래키스턴이었다. 죽기 며칠 전에 그가 자기 어머니를 협박하지 않았는가. 그는 화가 나서 어머니를 죽였고 매그너스 경이 어찌어찌 진상을 파악했기 때문에 경까지 살해했다. 그런데 브렌트도 있었다. 그 관리인은 혼자 살았다. 누가 봐도 특이한 인물이었다. 매그너스 경이 살해되던 날에 그를 해고했다는 소문이 있었다. 장례식에 참석한 누군지 모를 사람은 어떤가. 얼굴을 가리기 위한 용도가 아닌 이상 그런 식으로 모자를 쓸 사람은 없었다. 심지어 레드윙 박사의 병원에서 일하는 그 상냥한 조이 샌덜링마저 의심스러운 구석이 있었다. 버스 정거장 바로 옆 게시판에 나붙은 이상한 벽보를 보면 그녀에게 보기와 다른 구석이 있다는 걸 알 수 있었다. 메리 블래키스턴이 그녀를 싫어했다. 그래서 죽였다. 매그너스 파이 경이 그걸 알게 됐다. 그래서 그도 죽었다.

그런가 하면 딩글 델을 없애는 문제도 있었다. 경찰에서는 매그너스 경의 책상에서 발견된 협박 편지에 대해 자세히 밝히지 않았지만 개발 사업이 얼마나 엄청난 반감을 불러일으켰는지는 누구나 아는 사실이었다. 오래전부터 이 마을에 살았던 사람일수록 더 크게 분노했을 가능성이 컸고, 이 논리대로라면 모든 이의 기억이 닿는 먼 옛날부터 묘지를 관리했던 73세의 제프 위버 영감이 1번 용의자였다. 목사도 잃는 게 많았다. 목사관 뒤편이 개발 부지와 맞닿아 있었고, 여기저기서 종종 이야기가 나왔다시피 그와 오즈번 부인은 숲속에서 보내는 시간을 워낙 좋아했다.

신기하게도 매그너스 경을 살해할 만한 온갖 이유가 있었지만 이름이 거론되지 않은 한 사람이 클라리사 파이였다. 가난한 여동생은 그에게 수시로 무시당하고 자존심을 다쳤지만 그래서 그녀가 경을 죽였을지 모른다고 생각하는 마을 사람은 없었다. 그녀가 미혼인데다 신앙심이 투철했기 때문이었을지 모른다. 아니면 그녀의 특이한 외모 때문이었을지 모른다. 염색한 머리는 50미터 멀리에서도 눈에 띌 만큼 어처구니없었다. 그리고 모자와 인조 보석에 너무 열을 올렸고 훨씬 단순하고 모던한 옷차림이 더 잘 어울릴 텐데 유행이 한물 지나간 헌옷들만 옷장 안에 가득했다. 체형도 문제였다. 뚱뚱하거나 남성적이거나 땅딸막하지는 않았지만 이 세 가지 모두에 위태로울 만큼 가까웠다. 한마디로 말해서 그녀는 색스비온에이번의 놀림감이었고 놀림감은 살인을 저지르지 않는 법이었다.

클라리사는 윈슬리 테라스의 자기 집에 앉아서 살인 사건에 대해 애써 잊으려고 했다. 1시간 동안 그녀는 『데일리 텔레그래프』의 십자말 퀴즈에 매달렸다. 보통은 그 절반의 시간이면 끝을 내는데 힌트 한 개가 유독 알쏭달쏭했다.

16. 바비에 대해서 끊임없이 투덜거렸다
Complained endlessly about Bobby

정답은 아홉 글자였고 두 번째 글자가 O, 네 번째 글자가 I였다. 그녀도 빤히 아는 단어인데 웬일인지 생각이 나지 않았다. 〈불평〉의 비슷한 말 쪽으로 생각해 보아야 할까 아니면 이름이 바비인 유명인 쪽으로 생각해 보아야 할까? 그건 아닌 듯했다. 『데일리 텔레그래프』에서는 대개 오래전의 작가나 화가가 아닌 이상 유명인을 힌트로 쓰지 않았다. 그렇다면 〈바비〉에 그녀가 미처 생각하지 못한 다른 뜻이 있을까? 그녀는 십자말 퀴즈를 풀 때 특별히 쓰는 파커의 조터 펜을 잠깐 씹었다. 그때 퍼뜩 생각이 났다. 누가 봐도 빤한 정답이었다! 처음부터 그녀의 눈앞에 있었다. 〈끊임없이 투덜거렸다〉. 맨 마지막의 D를 뺐다. 〈about〉은 철자의 순서를 바꾸라는 뜻이었다. 그리고 바비? B를 대문자로 쓴 게 함정이었다.[18] 그녀가 Policeman이라는 정답을 적자…… 당연한 수순으로 매그너스가 생각났고, 마을을 가로지르던 경찰차와 지금도 파이 홀을 지키고 있을 제복 차림의 경관들이 생각났다. 오빠가 죽었으니 그 집은 이제 어떻게 될까? 아마 프랜시스가 계속 거기서 살 것이다. 그녀가 그 집을 팔 수는 없었다. 그것이 몇 세기 동안 파이 홀의 소유권을 규정한 복잡한 한사상속의 조건이었다. 이제 다음 대인 그녀의 조

18 영어로 *bobby*가 경찰관을 뜻한다.

카 프레디가 그 집의 주인이 될 것이다. 그는 이제 겨우 열다섯 살이었고 클라리사가 마지막으로 만났을 때 느낀 바로는 얄팍하고 거만한 것이 제 아버지와 약간 비슷했다. 그런 그가 이제 백만장자라니!

물론 그와 그의 어머니가 죽으면, 예를 들어 끔찍한 교통사고 같은 걸 당하면 작위는 아닐지 몰라도 부동산은 수평으로 이동할 수밖에 없었다. 재미있는 상상이었다. 가능성은 낮지만 재미있는 상상이었다. 사실 그러지 말라는 법도 없었다. 맨 처음에는 메리 블래키스턴, 그다음으로는 매그너스 경. 급기야는⋯⋯.

클라리사는 현관문에서 열쇠 돌아가는 소리가 들리자 얼른 신문을 접어서 옆으로 치웠다. 그녀가 하릴없이 시간을 보내고 있다는 인상을 풍기는 건 싫었다. 할 일이 아무것도 없는 인상을 풍기는 건 싫었다. 그녀가 벌써 자리에서 일어나 부엌으로 걸어가기 시작했을 때 문이 열리면서 다이애나 위버가 들어왔다. 마을 여기저기서 잡일을 하고 교회 일을 돕는 애덤 위버의 아내로 똑 떨어지는 성격과 상냥한 미소가 특징인 중년의 여성이었다. 그녀는 청소부로 일했다. 매일 2시간씩 병원을 청소하고 나머지 시간에는 색스비온에이번의 이 집, 저 집을 돌아다니는데 1주일에 한 번, 오후에 이 집을 청소했다. 늘 들고 다니는 특대형 비닐봉지와 함께 부산하게 들어오며 벌써부터 이렇게 따뜻한 날씨에 왜 입었는지 모를 외투의 단추를 푸는 그녀를 보고 클라리사는 그녀야말로 진정한 청소부라는 생각을 했다. 그러니까 그런 일에 딱 알맞고 그런 일을 필요로 하는 적임자라는 뜻이었다. 어떻게 매그너스가 그녀를 같은 카테고리에 넣을 수 있었을까? 진심이었을까 아니면 단순히 모욕감을 안기려고 여길 찾아왔을까? 그녀는 그가 죽었어도 아쉽지 않았다. 오히려 정반대였다.

「안녕하세요, 위버 부인.」 그녀가 말했다.

「안녕하세요, 파이 양.」

클라리사는 단박에 이상한 낌새를 알아차렸다. 청소부가 저기압이었다. 안절부절못하는 듯했다. 「작은 방에 다림질을 부탁드릴 거 있어요. 그리고 에이잭스 세제 새로 한 통 사다 놨어요.」 클라리사는 본론으로 직행했다. 그녀는 원래 대화를 나누지 않았다. 예의를 차리고 말고 할 계제가 아니었다. 비용을 간신히 충당해 가며 매주 2시간씩 청소를 맡기는 마당에 잡담으로 그 시간을 허투루 날릴 수는 없었다. 하지만 위버 부인은 외투를 벗었는데도 꼼짝하지 않았고 일을 시작할 기미를 보이지 않았다. 「무슨 문제 있어요?」 그녀가 물었다.

「그게…… 대저택에서 벌어진 일 때문에요.」

「우리 오빠 말이죠?」

「네, 파이 양.」 청소부는 필요 이상으로 심란해했다. 거기서 일을 하던 사람도 아니지 않은가. 그녀는 매그너스와 말을 섞어 본 게 평생 한두 번밖에 안 될 것이다. 「그런 사건이 벌어지다니 끔찍해요.」 그녀는 말을 이었다. 「이런 마을에서 말이에요. 사람들마다 잘될 때도 있고 안 될 때도 있죠. 하지만 내가 이 마을에서 40년을 살았어도 이런 사건은 본 적이 없어요. 처음에는 가엾은 메리가 죽더니. 이번에는 이런 일까지.」

「나도 같은 생각을 하고 있었어요.」 클라리사는 맞장구를 쳤다. 「소름 끼쳐요. 오빠랑 내가 친하게 지내지는 않았지만 그래도 한 핏줄인데.」

핏줄.

그녀는 몸서리를 쳤다. 그는 얼마 안 있어 죽을 자신의 운명을 알았을까?

「이제는 경찰까지 출동을 했어요.」다이애나 위버는 말을 이었다. 「경찰들이 질문을 던지고 사람들을 심란하게 만들고 있어요.」그걸 걱정하고 있는 걸까? 경찰을? 「경찰에서는 누가 범인인지 감을 잡았을까요?」

「글쎄요. 불과 어젯밤에 벌어진 일이라.」

「분명 집 안을 뒤질 거예요. 우리 남편이 그러는데…….」그녀는 말을 할지 말지 망설이며 잠깐 멈추었다. 「……범인이 경의 머리를 깨끗이 잘랐대요.」

「네. 나도 들었어요.」

「끔찍해라.」

「정말 충격적이었죠. 오늘 일을 할 수 있겠어요? 아니면 그냥 집에 갈래요?」

「아니에요, 아니에요. 바쁜 게 나아요.」

청소부는 부엌으로 들어갔다. 클라리사는 시계를 흘끗 확인했다. 위버 부인이 2분 늦게 일을 시작했다. 그 시간을 벌충하고 가야 할 것이다.

5

라킨 개드월 직원과의 만남은 별다른 소득이 없었다. 그들은 아티쿠스 퓐트에게 신축 개발 사업을 소개하는 브로슈어를 보여 주었다. 무슨 유령처럼 묘사된 가족들이 미소를 머금고 새로운 천국을 둥둥 떠다니는 수채화풍의 브로슈어였다. 건축 허가가 떨어졌다. 내년 봄에 공사가 시작될 예정이었다. 필립 개드월 사장은 딩글 델이 평범한 숲에 불과하며 새로운 주택 단지가 인근 지역에 유익한 역할을 할 거라고 주장했다. 「시골을 재건하자는 게 시 의회의 복안이에요. 시골을 살리려면 동네 주민들이 살 만한 주택을 새롭게 건설해야 하지 않겠습니까.」

처브는 그의 설명이 끝나도록 아무 말 없이 듣기만 했다. 말쑥한 옷차림과 새 차를 자랑하는 브로슈어 속의 가족은 동네 주민처럼 보이지 않는다는 생각이 들었다. 퓐트가 더 이상 물어볼 게 없다고 선언하고 다시 길거리로 나설 수 있게 되었을 때 그는 상당히 기뻐했다.

프랜시스 파이가 집으로 돌아가겠다며 이미 퇴원을 한 것으로 밝혀지자 세 남자 — 퓐트, 프레이저 그리고 처브 — 의 다음 행선지가 자동적으로 결정됐다. 그들이 도착해 보니 경찰차가 이미 파이 홀을 떠나고 없었다. 퓐트는 로지를 지나 자갈이 덮인 진입로를 달리며 햇살이 벌써 나무 뒤로 숨어 버린 오후의 풍경이 너무나 평범해 보인다는 데 충격을 받았다.

「저기가 메리 블래키스턴이 살았던 곳이겠네요.」 잠잠한 로지 하우스 앞을 지나자 프레이저가 그곳을 손으로 가리키며 말했다.

「한때는 로버트와 톰이라는 두 아들과 함께 지냈지.」 퓐트가 말했다. 「작은 아들도 죽었다는 걸 잊지 말자고.」 차창 밖을 내다보는 그의 표정이 문득 엄숙해졌다. 「이 집은 여러 명의 죽음을 목격했군그래.」

그들은 차를 세웠다. 먼저 도착한 처브가 현관문 앞에서 그들을 기다리고 있었다. 정사각형 모양으로 축 늘어진 노란색 경찰 테이프가 땅바닥에 찍힌 손자국을 감싸고 있는 걸 보고 프레이저는 정원사 브렌트 아니면 다른 누구와 연관이 있는 것으로 밝혀졌는지 궁금해졌다. 그들은 곧장 집 안으로 들어갔다. 누군가가 바쁘게 움직인 모양이었다. 페르시아 카펫이 치워졌고 판석도 깨끗하게 씻겼다. 갑옷 세트도 없어졌다. 칼은 경찰이 계속 보관하고 있을 것이다. 결국에는 그것이 살인에 쓰인 무기였다. 하지만 갑옷 세트의 다른 부분은 사건의 기억을 환기하는 섬뜩한 증거가 될 것이다. 집 안은 전체적으로 고요했다. 레이디 파이의 흔적은 보이지 않았다. 처브는 어떻게 하면 좋을지 결정하지 못하고 머뭇거렸다.

그때 문이 열리면서 어떤 남자가 거실에서 나왔다. 까만 머리에 콧수염을 길렀고 앞주머니에 문장(紋章)이 새겨진 파란색 블레이저를 입은 30대 후반의 남자였다. 한 손은 주머니에 꽂고 다른 손에는 담배를 들고 느긋하게 걸어 나왔다. 프레이저는 그를 본 순간 쉽게 미움을 살 만한 남자라는 생각이 들었다. 그는 단순히 반감을 불러일으키는 수준이 아니라 반감을 거의 양성하다시피 했다.

새롭게 등장한 남자는 홀에 서 있는 세 명의 손님을 보고 깜짝 놀랐고 놀란 표정을 감추려고 하지도 않았다. 「누구십니까?」 그가 따져 물었다.

「내 쪽에서 그걸 물으려던 참이었는데요.」 처브가 벌써부터 신경을 곤두세우며 대꾸했다. 「나는 경찰 관계자입니다만.」

145

「아.」남자는 실망한 표정을 지었다. 「저는 프랜시스, 그러니까 레이디 파이의 친굽니다. 그녀를 돌보러 런던에서 내려왔어요. 도움이 필요한 때니까요. 이름은 다트퍼드입니다, 잭 다트퍼드.」그는 보일락 말락 하게 한 손을 내밀었다가 거두었다. 「그녀가 워낙 심란해서요.」

「그러시겠죠.」퓐트가 한 발짝 앞으로 나섰다. 「그나저나 어떤 경로로 소식을 접하셨는지 궁금합니다, 다트퍼드 씨.」

「매그너스 소식이요? 그녀가 전화로 알려 줬어요.」

「오늘이요?」

「아뇨. 어젯밤에요. 경찰에 연락하자마자 곧바로. 히스테리 환자 같더군요. 당장 내려오고 싶었지만 길을 나서기에는 조금 늦은 시각이었던 데다 오늘 아침에 회의가 있어서 점심때쯤 도착할 수 있겠다고 얘기했어요. 얘기한 대로 그때쯤 병원으로 가서 그녀를 태우고 여기로 데려왔고요. 그나저나 아들 프레디가 같이 있어요. 지금까지 친구들과 함께 남해에 있었는데.」

「이런 질문을 드려서 죄송합니다만, 선생의 말마따나 도움이 필요한 때에 그분이 그 많은 친구들 중에서 왜 선생에게 연락을 했을까요?」

「뭐, 그야 간단하게 설명할 수 있는 거 아니겠습니까? 성함이……?」

「퓐트입니다.」

「퓐트? 독일 이름이로군요. 이름에 걸맞은 억양도 느껴지고. 여긴 어쩐 일로 오신 거죠?」

「퓐트 씨는 우리를 돕고 있습니다.」처브가 끼어들어서 퉁명스럽게 대꾸했다.

「아 — 그러시군요. 질문이 뭐였죠? 그녀가 왜 저한테 도움을 청했느냐고요?」잭 다트퍼드는 허세를 부리고 있었지만 안전한 대답을 찾으려고 머리를 굴리는 기색이 역력했다. 「같이 점심을 먹었기 때문이지 않을까요? 기차역까지 따라가서 바스로 돌아가는 열차를 탈 때 배웅한 사람도 저였습니다. 그러니까 제일 먼저 생각이 났겠죠.」

「레이디 파이가 살인 사건이 있었던 당일에 선생과 함께 런던에 있었다는 겁니까?」퓐트가 물었다.

「네.」다트퍼드는 의도치 않게 너무 많은 걸 공개했다 싶은지 살짝 한숨을 쉬었다. 「점심을 먹으면서 일 얘기를 했습니다. 제가 주식이나 채권…… 뭐 그런 부분에 있어서 자문을 해주고 있거든요.」

「점심 식사를 한 뒤에는 뭘 하셨습니까, 다트퍼드 씨?」

「좀 전에 얘기했다시피 —」

「레이디 파이를 역까지 바래다주었다고 하셨죠. 하지만 그녀는 저녁 느지막이 열차를 타고 바스로 내려왔습니다. 9시 30분쯤에 집에 도착했고요. 그러니까 두 분이서 오후 시간을 같이 보내신 걸로 추정이 되는데요.」

「네. 맞습니다.」다트퍼드는 점점 더 불편한 기색을 보였다. 「시간을 좀 때웠죠.」그는 잠깐 생각에 잠겼다. 「미술관에 갔어요. 왕립 미술원이요.」

「뭘 보셨습니까?」

「그림을 봤죠. 따분한 작품들.」

「레이디 파이는 쇼핑을 했다던데요.」

「쇼핑도 좀 했어요. 하지만 그녀가 뭘 사진 않았어요…… 내가 기억하기로는 그래요. 쇼핑을 할 기분이 아니었거든요.」

「괜찮으시다면 마지막으로 한 가지만 더 여쭈어보겠습니다, 다트퍼드 씨. 선생은 레이디 파이의 친구라고 하셨죠. 돌아가신 매그너스 경하고도 친구 사이였다고 할 수 있습니까?」

「아뇨, 그건 아닙니다. 경이야 당연히 알죠. 그리고 상당히 좋아했어요. 제법 괜찮은 사람이었거든요. 하지만 프랜시스하고 나는 예전에 테니스를 같이 쳤어요. 거기서 만난 사이예요. 그러니까 경보다는 그녀를 더 자주 만났죠. 경이 언짢게 여기지는 않았어요! 하지만 경은 운동을 별로 좋아하지 않아서요. 그뿐입니다.」

「레이디 파이는 지금 어디 있습니까?」 처브가 물었다.

「2층 자기 방에요. 누워 있습니다.」

「주무시고 계신가요?」

「그건 아닐 겁니다. 몇 분 전에 들여다보았을 때 깨어 있었어요.」

「그럼 그녀를 좀 만나고 싶습니다.」

「지금요?」 다트퍼드는 탐정의 단호한 표정에서 대답을 읽었다. 「알겠습니다. 제가 2층으로 안내하죠.」

6

프랜시스 파이는 가운을 입고 쭈글쭈글한 시트에 반쯤 잠긴 채 침대에 앉아 있었다. 샴페인을 마셨는지 협탁에 술이 반쯤 남은 유리잔과 얼음 통에 비스듬히 잠긴 술병이 놓여 있었다.

진정제의 용도일까 아니면 자극의 용도일까? 프레이저가 보기에는 양쪽 모두인 듯했고, 그들이 들어섰을 때 그녀가 짓고 있었던 표정은 해석하기가 쉽지 않았다. 그녀는 휴식을 방해받았다는 데 짜증을 냈지만 또 한편으로는 예상하고 있었다. 마지못한 듯 대화에 응했지만 쏟아질 질문에 답변할 마음의 준비를 하고 있었다.

그녀는 혼자가 아니었다. 크리켓이라도 치러 나가려는 듯이 흰색 옷으로 차려입은 10대 남자아이가 다리를 꼬고 의자에 느긋하게 앉아 있었다. 아들인 게 분명했다. 그녀처럼 까만 머리를 뒤로 빗어 넘겼고 그녀처럼 눈빛이 거만했다. 어머니와 아들, 양쪽 모두 딱히 슬퍼하는 것 같지 않았다. 그녀는 독감 기운이 있어서 누워 있나 싶을 정도였다. 그는 어머니를 만나러 왔나 싶을 정도였다.

「프랜시스……」 잭 다트퍼드가 그들을 소개했다. 「이쪽은 처브 경위. 바스 경찰서에서 나오셨대.」

「사건이 벌어진 날 밤에 잠깐 뵈었죠.」 처브가 그녀의 기억을 환기했다. 「부인께서 구급차에 실려 가셨을 때 제가 옆에 있었습니다.」

「아, 네.」 그녀의 목소리는 허스키하고 무관심했다.

「그리고 이쪽은 폰트 씨.」

「퓐트입니다.」 퓐트는 목례를 했다. 「저는 경찰 수사를 돕고 있습니다. 이쪽은 제 조수, 제임스 프레이저이고요.」

「당신한테 몇 가지 물어보고 싶은 게 있대.」 다트퍼드는 방에 남아 있으려고 교묘하게 머리를 썼다. 「정 뭣하면 내가 같이 있을게.」

「말씀은 감사하지만 그럴 필요 없습니다, 다트퍼드 씨.」처브가 대신 대답했다.「선생이 필요하다 싶으면 저희가 부르죠.」

「프랜시스를 혼자 두고 나가기가 영 그런데요.」

「잠깐이면 됩니다.」

「괜찮아, 잭.」프랜시스 파이는 뒤에 쌓아 놓은 쿠션 더미 위로 몸을 기댔다. 그러고는 세 명의 불청객을 돌아보았다.「어차피 한 번은 거쳐야 하는 과정이겠죠?」

다트퍼드가 이제 어떻게 하면 좋을지 머리를 굴리는 동안 잠깐 어색한 정적이 흘렀다. 심지어 프레이저조차 그가 무슨 생각을 하는지 알 수 있을 정도였다. 그는 런던에서 뭘 했다고 얘기했는지 그녀에게 알리고 싶은 거였다. 그녀의 증언이 그와 일치하도록 만들고 싶은 거였다. 하지만 퓐트가 그걸 허락할 리 없었다. 용의자들을 격리하고, 서로 대치하게 만들고. 그것이 그의 노하우였다.

다트퍼드가 방에서 나갔다. 처브가 문을 닫고 프레이저가 의자를 세 개 들고 왔다. 넘실거리는 커튼과 두툼한 카펫과 붙박이 옷장이 갖추어진 그 방은 널찍하고 가구가 많았고, 둥그스름한 다리가 달린 고풍스러운 화장대는 위에 쌓인 온갖 병과 상자와 그릇과 브러시의 무게를 간신히 감당하고 있는 듯이 보였다. 찰스 디킨스의 작품을 좋아하는 프레이저는 당장『위대한 유산』의 미스 해비셤을 떠올렸다. 방이 온통 친츠[19]로 뒤덮였고 살짝 빅토리아 왕조 시대 분위기를 풍겼다. 한 가지 빠진 게 있다면 거미줄뿐이었다.

퓐트가 자리에 앉았다.「죄송하지만 부군에 대해서 몇 가지

19 화려한 프린트 무늬가 있는 사라사 무명.

여쭈어보아야 하겠습니다.」그가 말문을 열었다.

「이해해요. 섬뜩한 사건이죠. 누가 그런 짓을 저질렀을까요? 말씀하세요.」

「아드님은 나가 주시는 게 좋겠습니다만.」

「하지만 나는 있고 싶은데요!」프레디는 반항했다. 말투에서 오만함이 느껴졌다. 아직 변성기도 지나지 않은 목소리라 그런 말투가 더군다나 걸맞지 않았다. 「진짜 탐정을 만나 본 적이 없어서요.」그는 건방지게 퓐트를 빤히 쳐다보았다. 「어쩌다 외국 이름을 쓰게 됐죠? 런던 경시청 소속인가요?」

「버릇없이 굴지 마라, 프레디.」그의 어머니가 말했다. 「여기 있어도 되지만 방해하지 않는 경우에 한해서야.」그녀는 시선을 퓐트에게로 돌렸다. 「시작하시죠!」

퓐트는 안경을 벗어서 닦고 다시 썼다. 프레이저가 보기에는 아이 앞에서 이야기를 꺼내려니 불편해서 그러는 듯했다. 퓐트는 아이들을 잘 다룰 줄 몰랐다. 여전히 그를 적군으로 간주하는 영국 아이들의 경우에는 특히 더 그랬다. 「알겠습니다. 먼저 부군께서 최근 몇 주 동안 협박을 받은 적이 있는지 여쭈어보고 싶습니다만.」

「협박이요?」

「목숨이 위험한 줄 알라는 편지나 전화를 받은 적이 있는지 말입니다.」

협탁의 얼음 통 옆에 큼지막한 하얀색 전화기가 놓여 있었다. 프랜시스는 전화를 흘끗 쳐다보고 나서 대답했다. 「아뇨. 그런 협박을 받을 이유가 없잖아요?」

「경이 연관된 땅이 있다고 들었습니다만. 신축 개발 사업이……」

「아! 딩글 델 말씀이로군요!」 그녀는 경멸하는 투로 그 이름을 중얼거렸다. 「나는 잘 몰라요. 마을 여기저기서 열을 냈겠죠. 여기 사람들은 워낙 속이 좁아서 매그너스도 약간의 반발을 예상하고 있었어요. 하지만 살인 협박이라고요? 글쎄요.」

「부군의 책상에 편지가 있었습니다.」 처브가 끼어들었다. 「서명은 없고 타자로 친 편지인데, 발신자가 누구인지 몰라도 매우 화가 났다고 볼 만한 근거가 충분합니다.」

「왜 그렇게 생각하세요?」

「협박이 아주 구체적으로 명시되어 있었습니다, 레이디 파이. 그리고 경의 책상에서 경찰에 지급되는 리볼버도 발견이 됐고요.」

「글쎄요, 저는 전혀 모르는 일이에요. 총은 원래 금고 안에 두었는데. 그리고 매그너스는 저한테 협박 편지에 대해서 얘기한 적이 없어요.」

「그럼 레이디 파이……」 퓐트가 미안해하는 투로 말문을 열었다. 「어제 런던에서의 행적에 대해 여쭤봐도 되겠습니까? 저도 사생활을 침해하기는 싫습니다만.」 그는 얼른 덧붙였다. 「연루된 분들의 소재를 파악할 필요가 있어서요.」

「우리 엄마가 연루됐다고 생각해요?」 프레디가 열띤 목소리로 물었다. 「엄마가 범인이라고 생각해요?」

「프레디, 조용히 해라!」 프랜시스 파이는 경멸하는 눈빛으로 아들을 흘끗 쳐다보고는 다시 퓐트에게로 시선을 돌렸다. 「사생활 침해가 맞네요.」 그녀가 말했다. 「저의 행적에 대해서는 경위님께 이미 낱낱이 말씀드렸어요. 그래도 굳이 듣고 싶으시

152

다면 얘기할게요. 카를로타스에서 잭 다트퍼드와 점심을 먹었어요. 상당히 길게 식사를 하면서 일 얘기를 했어요. 제가 금전적인 부분에 대해 아무것도 몰라서 잭의 도움을 아주 많이 받고 있거든요.」

「런던을 출발하신 게 몇 시였나요?」

「6시 40분 열차를 탔어요.」그녀는 중간에 한참 비는 시간 동안 뭘 했는지 설명해야 한다는 걸 깨달았는지 잠깐 말을 멈추었다. 「점심을 먹은 뒤에는 쇼핑을 하러 갔어요. 뭘 사지는 않았지만 본드 스트리트도 어슬렁어슬렁 다니고 포트넘 앤드 메이슨 백화점에도 가고 그랬어요.」

「런던에서는 재미있게 시간 때울 만한 게 많죠.」퓌트는 맞장구를 쳤다. 「미술관에도 들르셨습니까?」

「아뇨. 이번에는 안 갔어요. 코톨드에서 뭔가 하고 있긴 하던데 그럴 기분이 아니어서요.」

그러니까 다트퍼드가 거짓말을 한 거였다. 심지어 제임스 프레이저도 두 사람의 증언이 엇갈린다는 것을 알아차릴 수 있었다. 하지만 둘 중 한 사람이라도 그 부분을 짚고 넘어가기 전에 전화벨이 울렸다. 침실이 아니라 1층 전화벨 소리였다. 레이디파이는 옆 테이블에 놓인 전화기를 흘끗 쳐다보고 얼굴을 찡그렸다. 「가서 전화 좀 받아 줄래, 프레디?」그녀가 물었다. 「누군지 모르겠지만 엄마 쉬는 중이라고, 방해하지 말랬다고 전해.」

「아빠 찾는 전화면요?」

「그냥 전화를 받을 수가 없다고 해. 착하지.」

「알았어요.」프레디는 방에서 쫓겨나게 된 데 살짝 짜증이 난 눈치였다. 구부정하게 의자에서 일어나 밖으로 나갔다. 세 사람은 1층에 울려 퍼지는 전화벨 소리를 들었다. 벨 소리는 1분도 안 돼서 멈추었다.

「이 방 전화기는 고장이 나서요.」 프랜시스 파이가 설명했다. 「오래된 집이라 늘 뭔가가 말썽이에요. 지금은 전화기죠. 지난달에는 전기였어요. 건부병이 든 목재도 문제고요. 딩글 델을 놓고 불평하는 사람들이 있을지 몰라도 신축 주택은 적어도 신식이고 효율적이겠죠. 케케묵은 대저택 생활은 살아 보지 않으면 몰라요.」

프레이저는 그녀가 런던에서 뭘 했는지 — 혹은 뭘 하지 않았는지 — 얘기하다 말고 교묘하게 화제를 돌렸다는 생각을 했다. 하지만 퓐트는 별로 관심을 기울이지 않는 눈치였다. 「부군께서 살해당한 날 저녁에 몇 시쯤 파이 홀로 돌아오셨습니까?」 그는 이렇게 물었다.

「글쎄요, 어디 보자. 열차가 8시 30분쯤 도착했을 거예요. 엄청난 완행열차였거든요. 제가 바스 역에 차를 두고 갔으니까 그 차를 몰고 여기 도착한 게 9시 20분쯤 됐을 거예요.」 그녀는 말을 하다 말고 멈추었다. 「제가 도착한 순간에 차 한 대가 빠져나왔어요.」

처브는 고개를 끄덕였다. 「저한테 그렇게 말씀하셨죠, 레이디 파이. 운전자 얼굴은 보지 못했다고 하셨고요.」

「얼핏 봤을 수도 있어요. 봤다고 한들 아무 소용 없긴 하지만. 남자였는지, 여자였는지도 확실치 않거든요. 차는 초록색이었어요. 그건 이미 말씀드렸죠? 번호판에 FP라고 적혀 있었고요. 어느 회사 차였는지는 모르겠어요.」

「차에 탄 사람은 한 명이었고요?」

「네. 운전석에요. 그의 어깨와 뒤통수가 보였어요. 모자를 쓰고 있었고요.」

「차가 빠져나오는 걸 봤다고 하셨죠.」 퓐트가 말했다. 「운전자가 어떤 식으로 운전을 하던가요?」

「급하게 했어요. 끼이익 하고 미끄러지면서 큰길로 방향을 틀 정도로.」

「버스 쪽으로 가던가요?」

「아뇨. 반대 방향으로요.」

「그런 다음 현관문 쪽으로 가셨죠? 전등이 켜져 있었고요.」

「네. 안으로 들어갔죠.」 그녀는 몸서리를 쳤다. 「들어서자마자 남편을 발견하고 경찰에 연락했어요.」

한참 동안 정적이 흘렀다. 레이디 파이는 진심으로 피곤해 보였다. 다시 말문을 열었을 때 퓐트의 목소리는 다정하기 그지없었다. 「혹시 부군의 금고 비밀번호를 아십니까?」 그가 물었다.

「네, 알아요. 값비싼 보석들은 거기 넣어 두었거든요. 금고가 털린 건 아니겠죠?」

「네, 절대 아닙니다, 레이디 파이.」 퓐트는 그녀를 안심시켰다. 「하지만 최근에 누군가가 열었을 수도 있겠습니다. 금고를 가린 그림이 벽에 제대로 붙어 있지 않더군요.」

「매그너스가 열었을 거예요. 그 안에 돈을 보관하거든요. 개인적인 서류하고.」

「비밀번호가?」 처브가 물었다.

그녀는 어깨를 으쓱했다. 「왼쪽으로 17, 오른쪽으로 9, 왼쪽으로 57, 그런 다음 다이얼을 두 번 돌리면 돼요.」

「감사합니다.」퓐트는 애잔한 미소를 지었다. 「피곤하실 테니 얼른 끝내겠습니다. 여쭤어보고 싶은 게 딱 두 가지 더 있는데요. 첫 번째는 부군의 책상에서 발견됐고 부군께서 쓰신 것으로 보이는 메모입니다.」

처브가 증거용 비닐봉지에 넣어서 메모지를 들고 왔다. 그가 메모지를 건네자 레이디 파이는 연필로 적힌 세 줄의 문장을 잽싸게 훑어보았다.

애시턴H

Mw

딸

「매그너스의 글씨예요.」그녀가 말했다. 「별로 신기하거나 그런 건 없네요. 그이는 전화를 받으면 메모를 하는 습관이 있거든요. 워낙 깜빡깜빡 잘해서. 애시턴 H는 뭔지 모르겠네요. MW? 어떤 사람의 이니셜 아닐까요?」

「M은 대문자이지만 w는 소문자인데요.」퓐트가 짚었다.

「그럼 어떤 단어겠네요. 그이한테 그런 습관도 있었어요. 나가는 길에 신문 좀 사다 달라 그러면 Np라고 적었어요.」

「경이 이 Mw 때문에 화가 났을 수도 있을까요? 메모는 이 세 줄로 끝이지만 그 위로 여러 번 선을 그었잖습니까. 메모지가 거의 찢어질 정도로요.」

「모르겠는데요.」

「그럼 이 딸이라는 건 뭘까요?」처브가 끼어들었다. 「그게 누구일까요?」

「그것도 모르겠어요. 사실 새로운 가정부가 필요했거든요. 누가 어떤 아가씨를 추천한 거 아닐까요?」

「예전에 가정부로 일을 했던 메리 블래키스턴도 ─」 퓐트가 말문을 열었다.

「네. 끔찍했죠. 정말 끔찍했죠. 그 사건이 벌어졌을 때 우리는 남프랑스에 있었어요. 메리는 이 집에서 아주 오랫동안 일을 했어요. 매그너스하고도 아주 가깝게 지냈고. 메리가 그이를 어찌나 떠받들었는지 몰라요! 로지로 들어온 순간부터 그이가 무슨 군주이고 그녀를 근위병으로 데려오기라도 한 듯이 몸 둘 바를 몰라 했죠. 죽은 사람을 흉보면 안 되겠지만 저 개인적으로는 그녀가 성가신 스타일이었어요. 또 뭐가 궁금하신가요?」

「부군이 발견된 현관 앞 홀에 걸려 있던 그림 하나가 없어졌던데요. 문 옆에 걸려 있던 거 말입니다.」

「그게 이 사건이랑 무슨 상관이죠?」

「모든 부분이 제게는 관심의 대상입니다, 레이디 파이.」

「내 초상화였어요.」 프랜시스 파이는 대답하기 싫은 눈치였다. 「매그너스가 마음에 안 든다며 내다 버렸어요.」

「최근에요?」

「네. 1주일도 안 됐을 거예요. 정확히 언제였는지는 기억이 안 나요.」 프랜시스 파이는 쿠션에 몸을 묻으며 이만하면 되지 않았느냐고 눈치를 주었다. 퓐트가 고개를 끄덕이자 그걸 신호 삼아 프레이저와 처브도 자리에서 일어났고 그들 셋은 밖으로 나왔다.

「어떻게 생각하십니까?」 처브가 물었다.

「런던에 대해서는 분명 거짓말을 하고 있었어요.」프레이저가 말했다. 「제 생각을 밝히자면 그녀와 그 다트퍼드라는 작자는 오후를 함께 보냈을 겁니다 — 쇼핑 같은 건 하지도 않았을 테고요!」

「레이디 파이와 남편이 각방을 쓰는 건 분명합니다.」퓐트도 맞장구를 쳤다.

「그걸 어떻게 아십니까?」

「인테리어와 수를 놓은 베개를 보면 알 수 있죠. 남자의 흔적이라고는 느껴지지 않는 방이었어요.」

「그러니까 그를 살해하기에 충분한 이유를 갖춘 사람이 둘이로군요.」처브는 중얼거렸다. 「책에서 가장 오랜 역사를 자랑하는 동기 아닙니까. 남편을 죽인 다음 전리품을 들고 같이 도망치는 거죠.」

「어쩌면 경위님의 생각이 맞을 수도 있습니다. 금고에 매그너스 파이 경의 유언장 사본이 있을지도 모르겠지만, 경의 가족이 이 저택에서 오래전부터 살았던 것을 감안하면 외아들에게로 곧바로 양도되지 않을까 싶습니다.」

「그 아들도 참 대단한 녀석이던데요.」처브가 말했다.

금고에는 별다른 물건이 없었다. 보석 몇 점과 여러 액수의 지폐로 약 5백 파운드가 있었다. 각종 서류는 최근의 것도 있고 무려 20년 전의 것도 있었다. 처브가 서류를 챙겼다.

그와 퓐트는 문 앞에서 헤어졌다. 그는 아내 해리엇이 기다리는 햄스웰의 집으로 퇴근할 예정이었다. 그녀의 기분 상태는 문지방을 넘는 순간 파악할 수 있을 것이다. 예전에 그가 퓐트에게도 고백했다시피 그녀는 뜨개질하는 속도로 기분을 표현했다.

퀸트와 프레이저는 그와 악수하고 쾌적하게 지낼 수 있을지를 장담할 수 없는 퀸스 암스로 돌아갔다.

7

뭔가를 목격하고 불안해졌는지 마을 저편의 광장 앞 버스 정거장에 모인 사람들의 숫자가 늘었다. 프레이저도 그날 아침에 체크인을 했을 때 거기 모여 있던 사람들을 보았는데, 그들이 소문을 퍼뜨린 모양이었다. 무슨 일인가가 벌어졌다. 온 마을 주민들이 궁금해하고 있었다.

「무슨 일로 저렇게들 모였을까요?」그는 차를 주차하며 물었다.

「무슨 일인지 알아봐야겠지.」퀸트는 이렇게 대답했다.

그들은 차에서 내려 광장을 가로질러 걸어갔다. 화이트헤드 앤티크 & 전파상은 이미 문을 닫았고, 고요한 밤인데다 지나가는 차량도 없어서 모인 사람들이 뭐라고 하는지 또렷하게 들렸다.

「뻔뻔하기도 하지!」

「부끄러운 줄을 모르는구먼.」

「어디서 잘난 척이야!」

마을 주민들은 뒤늦게 퀸트와 프레이저의 존재를 알아차렸고, 그들이 옆으로 비키자 두 사람은 웅성거림의 단초를 제공한 뭔지 모를 것 앞으로 다가갈 수 있었다. 그들은 한눈에 알아차렸다. 버스 정거장 옆에 최근에 있었던 시의회 회의 결과, 예배 시간, 다가오는 행사 등을 알리는 여러 가지 벽보를 붙일 수 있는 유리로 된 진열장이 있었다. 그 속에 타자로 작성한 종이가 한 장 붙어 있었다.

알립니다

이 마을에 로버트 블래키스턴과 관련해서 수많은 낭설이 유포되고 있습니다. 금요일 오전 9시에 그의 어머니 메리 블래키스턴이 사망한 사건과 연관이 있을지 모른다고 얘기하는 분들도 있고요. 그건 듣는 사람에게는 상처가 되는 잘못된 억측입니다. 저는 그 시각에 자동차 정비소 2층의 아파트에 그와 함께 있었고 그와 밤새도록 같이 있었습니다. 필요하다면 법정에서 증언할 수도 있어요. 로버트와 저는 결혼을 약속한 사이입니다. 부디 저희를 딱하게 여기시고 악의적인 소문을 퍼뜨리지 말아 주세요.

조이 샌덜링

제임스 프레이저는 충격을 받았다. 영국의 사립 학교에서 지내는 동안 스민 습관인지 몰라도 그는 공개적으로 감정을 표현하는 사람이 있으면 본능적으로 불쾌감을 느꼈다. 둘이서 손을 잡고 길거리를 걸어다니기만 해도 그의 눈에는 불필요한 행동으로 보이는데 이런 식의 선언 — 그에게는 그렇게 느껴졌다 — 이라니 지나쳐도 한참 지나친 행동이었다. 「무슨 생각으로 저런 짓을 저질렀을까요?」 그는 퓐트와 함께 발걸음을 옮기며 이렇게 외쳤다.

「벽보의 내용이 가장 인상적이던가?」 퓐트가 되물었다. 「다른 건 알아차리지 못했고?」

「뭘요?」

「매그너스 파이 경에게 보낸 협박 편지와 조이 샌덜링의 고백이 같은 타자기로 작성됐다는 것 말일세.」

「맙소사!」 프레이저는 눈을 깜빡였다. 「확실합니까?」

「분명하다네. e의 끝부분이 희미하게 찍혔고 t가 왼쪽으로 살짝 기울었거든. 모델만 같은 게 아니야. 같은 타자기야.」

「그녀가 매그너스 경에게 그 편지를 보냈다고 보십니까?」

「그랬을 수도 있지.」

그들은 말없이 몇 걸음을 더 걸었다. 이윽고 퓐트가 다시 말문을 열었다. 「샌덜링 양이 이럴 수밖에 없었던 건 내가 돕지 못하겠다고 했기 때문이야.」 그가 말했다. 「그녀도 장담했다시피 이 소식이 전해지면 부모님이 속상해할 걸 알면서도 사람들에게 손가락질당할 각오를 하고 나선 거지. 이건 내 책임일세.」 그는 말을 멈추었다가 다시 이었다. 「색스비온에이번이라는 이 마을에는 걱정되는 부분이 있어. 내가 예전에 자네한테 인간의 사악한 면모에 대해서 얘기를 한 적 있지? 아무도 알아차리지 못하는 사소한 거짓말과 책임 회피가 어떤 식으로 엄청난 화마처럼 인간을 잡아먹을 수 있는지 말일세.」 그는 고개를 돌려서 광장을 감싼 건물들을 살펴보았다. 「불길이 사방에서 우리를 감싸고 있어. 이미 두 사람이 죽었어. 오래전 호수에 빠져 죽은 아이까지 합하면 셋이야. 그 세 명이 모두 연결되어 있다네. 네 번째 희생자가 등장하기 전에 서둘러야 해.」

그는 광장을 지나 술집으로 들어갔다. 그의 뒤에서는 마을 주민들이 여전히 고개를 저으며 뭐라고 빠르게 웅성거리고 있었다.

넷

아들

1

아티쿠스 퓐트는 머리가 아파서 깼다.

그는 눈을 뜨기 전부터 통증을 느끼고 있었고 눈을 뜨자마자 통증이 숨어서 그를 기다리고 있기라도 했던 것처럼 더욱 심해졌다. 숨을 쉴 수 없을 만큼 심해서 간밤에 침대 옆에 챙겨 놓은, 벤슨 박사에게 받은 약을 향해 손을 뻗는 것 말고는 아무것도 할 수가 없었다. 어찌어찌 약을 찾아서 손에 쥐었지만 역시 간밤에 챙겨 놓은 물 잔은 찾을 수가 없었다. 그래도 상관없었다. 그는 약을 입에 넣어서 그냥 삼키고 목구멍을 거칠게 긁으며 내려가는 느낌을 감상했다. 그는 몸속에 안착한 알약이 혈관을 거쳐 뇌에서 진통 효과를 발휘하기 시작한 몇 분 뒤에서야 물 잔을 찾아서 입 안에 남은 쓴맛을 씻어 내릴 수 있었다.

그는 한참 동안 양쪽 어깨를 베개에 대고 그렇게 누워서 벽에 비친 그림자들을 물끄러미 바라보았다. 객실이 한 부분씩 선명해졌다. 공간에 비해 조금 큰 오크나무 옷장, 얼룩덜룩한 거울, 액자에 담긴 복제화 — 바스에 있는 로열 크레센트의 전경이었다 — 젖히면 공동묘지가 보이는 축 늘어진 커튼. 이보다 더 어울리는 전망이 있을까. 아티쿠스 퓐트는 통증이 가라앉길 기다리며 시시각각으로 다가오는 죽음의 그림자에 대해 생각했다.

장례식은 없을 것이다. 그는 살아생전에 워낙 많은 죽음을 목격했기에 일종의…… 통과 의례에 불과한 그것을 의식으로 포장하거나 그럴듯하게 떠받들 생각이 없었다. 그는 신을 믿지도 않았다. 수용소를 거치고도 믿음에 전혀 손상이 가지 않은 사람들이 있었고 그는 그런 사람들을 존경했다. 하지만 그는 과거의 경험으로 인해 그 어떤 것도 믿을 수 없게 됐다. 인간은 엄청난 선행과 무시무시한 악행을 저지를 수 있는 복잡한 동물이었지만 — 독자적인 존재인 것만큼은 분명했다. 그의 생각이 틀린 것으로 밝혀지더라도 두렵지 않았다. 평생 이성적인 인간으로 존경을 누리며 살아가다 하늘의 법정에서 재판을 받더라도 그는 용서받을 거라고 장담할 수 있었다. 그가 알기로 신은 자비로운 존재였다.

그런데 벤슨 박사가 조금 낙관적이었다는 생각이 들기는 했다. 머릿속의 그것이 돌이킬 수 없는 성장을 거듭할수록 이런 통증은 점점 잦아질 테고 그는 점점 무능력해질 것이다. 어느 정도 기간이 지나면 그가 정상적인 기능을 상실할까? 그것이 가장 두려운 부분이었다 — 어쩌면 생각이라는 것 자체를 할 수 없게 될지 모른다는 것이. 퓐트는 퀸스 암스의 객실에 혼자 누워서 자기 자신에게 두 가지 약속을 했다. 첫 번째 약속은 매그너스 파이 경의 살인 사건을 해결해 조이 샌덜링에게 진 빚을 갚겠다는 것이었다.

두 번째 약속은 머릿속에 담아 둘 작정이었다.

한 시간 뒤에 그가 여느 때처럼 깔끔하게 다린 양복에 하얀 셔츠를 입고 넥타이를 매고 식당으로 내려갔을 때는 그의 하루가 어떤 식으로 시작됐는지 아무도 알아차리지 못했을 것이다. 다른 사람은 몰라도 제임스 프레이저는 분명 이상한 낌새를 알아차리지 못했는데, 그가 유난히 눈치가 없긴 했다. 퓐트는 둘이서 처음으로 사건을 해결하러 나섰을 때 프레이저가 패딩턴에서 3시 50분에 출발한 열차에 같이 탑승한 승객의 숨통이 끊겨 있어도 알아차리지 못했던 것을 기억하고 있었다. 그가 탐정 조수로 계속 일을 하고 있다는 데 놀라워하는 사람들도 많았다. 퓐트가 그를 쓸모 있는 조수로 여기는 이유가 사실 그 정도로 둔감하기 때문이었다. 프레이저는 백지와도 같아서 그 위에다 그의 이론을 마음껏 끼적일 수 있었고, 아무것도 없는 유리와도 같아서 그의 생각의 흐름을 거기에 비추어 볼 수 있다. 게다가 그는 유능했다. 퓐트가 아침으로 즐겨 먹는 블랙커피와 삶은 달걀 한 개를 벌써 주문해 놓았다.

그들은 아무 말 없이 아침 식사를 했다. 프레이저는 완벽한 영국식 조식을 주문했다. 그 푸짐한 양을 볼 때마다 퓐트는 당황스러웠다. 식사를 마친 다음에서야 그는 그날의 일정을 공개했다. 「샌덜링 양을 다시 만나야겠어.」그는 선언했다.

「그렇죠. 그녀부터 만나고 싶어 하실 줄 알았습니다. 그런 벽보를 붙이다니 아직도 믿기지가 않네요. 매그너스 경에게 편지를 보낸 것도—」

「그녀가 협박 편지를 썼을 것 같지는 않아. 물론 같은 타자기가 쓰이기는 했지. 그것만큼은 분명해.」

「그 타자기를 다른 사람이 썼을 수도 있겠네요.」

「병원에서 일을 하니까 거기로 찾아가면 만날 수 있겠지. 병원이 몇 시에 문을 여는지 알아보게.」

「알겠습니다. 저희가 간다고 그녀에게 알릴까요?」

「아니. 불쑥 찾아가야 더 효과가 좋을 것 같아.」퓐트는 커피를 조금 더 따랐다. 「그리고 메리 블래키스턴이라는 가정부의 죽음에 대해서도 좀 더 알아보고 싶은데.」

「둘이 서로 연관이 있다고 보십니까?」

「물론이지. 그녀의 죽음, 도난 사건, 매그너스 경의 죽음이 한 방향으로 내디뎌진 세 개의 발자국이야.」

「선생님이 발견하신 그 단서를 처브는 어떤 식으로 활용할지 궁금하네요. 벽난로에 있었던 종이 쪼가리 말이에요. 거기에 지문이 있었잖아요. 거기서 뭔가를 알아낼 수 있을지 모르는데.」

「나는 이미 많은 걸 알아냈지.」 퓐트가 말했다. 「흥미로운 부분은 지문 그 자체가 아니야. 전과자의 지문이 아닌 이상 아무 소용이 없을 텐데, 과연 그럴 가능성이 있을까? 중요한 건 그게 어쩌다 거기 묻었고, 어째서 종이가 태워졌느냐는 거지. 그걸 파헤치다 보면 사건의 핵심이 드러날 수도 있어.」

「다 압니다, 선생님은 이미 답을 알고 계시죠? 사실 사건을 다 해결하셨죠?」

「아직은 아닐세. 하지만 나중에 처브 경위를 만나서 이야기를 들어 보면 알 수 있겠지…….」

프레이저는 좀 더 캐묻고 싶었지만 퓐트가 유혹에 넘어가지 않을 걸 알았다. 그에게 질문을 던져 봐야 말도 안 되는 대답을 들을 테고, 그런 대답을 들으면 대답을 듣지 못하는 것보다 더 짜증이 났다. 그들은 아침 식사를 마치고 몇 분 뒤에 술집을 나섰다. 광장으로 나서자마자 텅 빈 버스 정거장 옆 진열장이 그들의 눈에 맨 먼저 들어왔다. 조이 샌덜링의 고백이 치워지고 없었다.

2

「사실 그거 제가 뗐어요. 오늘 아침에요. 그런 벽보를 붙인 걸 후회하지는 않아요. 런던에서 선생님을 만났을 때 결단을 내렸어요. 뭔가 조치를 취해야겠다고요. 그런데 그런 사건이 벌어지고 나니까 — 매그너스 경이 죽고 경찰 수사가 벌어지고 그런 거요 — 적절치 못한 행동처럼 느껴지더라고요. 아무튼 목적은 달성했어요. 한 사람이라도 그걸 읽는 순간 온 마을에 소문이 나게 되어 있거든요. 여기가 그런 식이에요. 몇몇 사람들이 저를 이상한 눈빛으로 쳐다보고 있고 목사님도 달가워하지 않았을 거예요. 그래도 상관없어요. 로버트하고 저는 결혼할 테니까요. 우리 일은 우리가 알아서 하면 되는 거고, 누구든 그이나 저에 대해서 거짓말하면 가만있지 않을 거예요.」

조이 샌들링은 색스비온에이번 북쪽의 1층짜리 현대식 병원에 혼자 앉아 있었다. 같은 시기에 지어진 주택과 단층집으로 둘러싸인 그 건물은 저렴한 재료와 실용적인 설계가 특징이었고 별다른 매력이 없었다. 처음 지어졌을 때 레드윙 박사의 아버지는 이 건물을 공중화장실에 비유했고 당연히 집에서 환자들을 보았다. 레드윙 박사는 일과 사생활을 분리해서 나쁠 게 없다고 생각했다. 지금은 에드거 레너드의 시대보다 마을 인구가 훨씬 많았다.

유리문을 열고 들어가면 인조 가죽 소파 몇 개와 커피 테이블이 갖추어진 대기실과 곧장 연결됐다. 여기저기 흩뿌려진 잡지는 묵은『펀치』아니면『컨트리 라이프』였다. 레이디 파이가 기증한 어린이용 장난감도 있었지만 하도 오래돼서 교체가 시급했다. 조이는 환자들과 직접 대화를 나눌 수 있도록 미닫이 창문이 달린 바로 옆 접수실 — 조제실 — 에 앉아 있었다. 바로 앞에는 예약 장부가, 한쪽 옆에는 전화기와 타자기가 있었다. 뒤에는 약품들로 가득한 선반과 찬장, 진료 기록이 든 캐비닛, 가끔 큰 병원으로 보내야 하는 약품과 다양한 샘플을 넣어두기도 하는 조그만 냉장고가 있었다. 양옆으로 문이 하나씩 달려 있었다. 왼쪽 문을 열면 대기실이, 오른쪽 문을 열면 레드윙 박사의 진료실이 나왔다. 박사가 다음 환자를 진료할 준비가 되면 전화기 옆에 달린 전구가 반짝였다.

지금은 묏자리를 만드는 제프 위버가 마지막 점검을 받으러 손자를 데리고 온 상태였다. 백일해를 완전히 떨친 아홉 살의 빌리 위버는 최대한 빨리 병원에서 탈출하겠다는 일념으로 폴짝폴짝 뛰어 들어왔다. 대기 환자 명단에 아무도 없었기에 문이 열리고 아티쿠스 핀트가 금발의 조수와 함께 들어서자 조이는 깜짝 놀랐다. 그들이 내려왔다는 얘기는 들었지만 여기서 만날 줄은 몰랐던 것이다.

「부모님도 아가씨가 어떤 벽보를 써서 붙였는지 아시나요?」 핀트가 물었다.

「아직은 모르세요.」 조이가 말했다. 「조만간 누굴 통해 들으시겠지만요.」 그녀는 으쓱했다. 「부모님 귀에 들어가더라도 상관없어요. 저는 로버트랑 살림을 합칠 거예요. 그게 제가 원하는 바니까요.」

프레이저가 느끼기에는 런던에서 만난 뒤로 그 짧은 기간 동안 그녀가 달라진 것 같았다. 그때 그는 그녀가 마음에 들었고 핀트가 도움을 줄 수 없다고 하자 속으로 아쉬워했었다. 지금 유리창 저편에 앉아 있는 아가씨도 여전히 매력적이었고 우울하다 싶을 때 대화를 나누고 싶을 만한 그런 사람이었다. 하지만 날카로운 구석이 있었다. 지금만 해도 밖으로 나와서 그들을 맞이하지 않고 분리된 공간에 그냥 앉아 있지 않은가.

「여기로 찾아오실 줄은 몰랐어요, 퓐트 씨.」 그녀가 말했다. 「어쩐 일이신가요?」

「런던으로 찾아왔을 때 내가 너무했다고 느꼈을 수도 있겠어요, 샌덜링 양. 그 부분에 대해서는 사과를 해야 하는지도 모르겠네요. 나는 그냥 솔직하게 얘기했을 뿐이에요. 그때는 아가씨를 도울 방법이 없다고 생각했거든요. 하지만 매그너스 파이경의 사망 소식을 읽은 순간, 수사를 시작하는 수밖에 없겠다는 생각이 들더군요.」

「제가 말씀드린 사건과 연관이 있다고 보시는 건가요?」

「그럴지도 모르겠습니다.」

「제가 어떤 식으로 선생님께 도움을 드릴 수 있을지 모르겠네요. 제가 범인이라고 생각하시는 게 아닌 이상.」

「경이 죽길 바랄 만한 이유가 있었나요?」

「아뇨. 잘 알지도 못했는걸요. 어쩌다 한 번씩 본 적은 있지만 저하고는 아무 상관 없는 사람이에요.」

「아가씨의 약혼자인 로버트 블래키스턴은요?」

「설마 **그이를** 의심하시는 건 아니겠죠?」 무언가가 그녀의 눈을 번쩍 스치고 지나갔다. 「매그너스 경은 그이한테 엄청 잘해 주었어요. 그이가 취직할 수 있도록 도와주었고요. 그 둘은 한 번도 다툰 적이 없어요. 서로 거의 만난 적도 없고요. 그래서 저를 찾아오신 거예요? 저한테서 그이의 정보를 얻어 내려고?」

「그건 전혀 아닙니다.」

「그럼 원하시는 게 뭔데요?」

「사실 레드윙 박사님을 만나러 왔습니다.」

「지금 환자를 진찰하고 계시지만 조만간 끝날 거예요.」

「알겠습니다.」 퓐트는 그녀의 날선 반응에 기분 나빠 하지 않았지만 프레이저가 보기에는 약간 서글픈 눈빛으로 그녀를 쳐다보는 듯했다. 「미리 말씀드리지만.」 그가 다시 말문을 열었다. 「나중에 내가 로버트를 만나야 할 겁니다.」

「왜요?」

「메리 블래키스턴의 아들이니까요. 그는 매그너스 경이 어머니의 죽음에 일부 책임이 있다고 생각할 수도 있고 그렇다면 그것만으로도 살인의 동기로 충분하니까요.」

「복수심에 그랬을 거라고요? 말도 안 돼.」

「아무튼 예전에 파이 홀에서 살았다고 하니 그와 매그너스 경의 관계를 파헤쳐 볼 필요가 있습니다. 이런 말씀을 드리는 이유는 그를 만날 때 아가씨도 같이 있고 싶지 않을까 해서예요.」

조이는 고개를 끄덕였다. 「어디서 만나고 싶으세요? 그리고 언제요?」

「괜찮으면 제 숙소로 와달라고 해도 될까요? 퀸스 암스에서 묵고 있습니다만.」

「그이 일이 끝나면 데리고 갈게요.」

「고맙습니다.」

레드윙 박사의 진료실 문이 열리고 제프 위버가 반바지와 교복 재킷을 입은 남자아이의 손을 잡고 나왔다. 조이는 그들이

나갈 때까지 기다렸다가 그녀 쪽에 달린 진료실 문 앞으로 다가갔다. 「선생님이 오셨다고 레드윙 박사님께 말씀 전할게요.」

그녀가 시야에서 사라졌다. 퀸트가 기다리던 순간이었다. 그가 신호를 보내자 프레이저가 재킷 주머니에서 잽싸게 종이를 한 장 꺼내 유리창 너머 타자기에 끼워 넣었다. 그가 마구잡이로 아무 자판이나 두드린 다음 종이를 빼서 건네자 퀸트는 활자를 살피고 만족스러운 표정으로 고개를 끄덕인 다음 그에게 다시 돌려주었다.

「같습니까?」 프레이저가 물었다.

「음.」

조이 샌덜링이 접수대로 돌아왔다. 「들어가세요.」 그녀가 말했다. 「11시까지 예약 환자가 없어요.」

「고맙습니다.」 퀸트는 말하고 뒤늦게 생각났다는 듯이 덧붙였다. 「지금 그 방은 샌덜링 양 혼자 쓰십니까?」

「레드윙 박사님이 가끔 들어오실 때도 있지만 그뿐이에요.」 그녀는 대답했다.

「확실한가요? 이 기계에 아무도 손을 댈 수 없고요?」 그는 타자기를 가리켰다.

「뭘 알고 싶으신데요?」 퀸트가 아무 대꾸도 하지 않자 그녀는 말을 이었다. 「위버 부인 말고는 아무도 들어오지 않아요. 위버 부인은 방금 전에 나간 아이의 엄마고 1주일에 두 번 이 병원을 청소해요. 하지만 부인이 허락을 받지도 않고 타자기를 쓸 일은 없다고 봐요.」

「말이 나온 김에 매그너스 경이 지으려고 했던 신축 주택에 대해서 아가씨는 어떻게 생각하는지 물어보고 싶은데요. 딩글 델이라는 숲을 벌목할 계획이었다는데 ―」

「그것 때문에 경이 살해됐다고 생각하세요? 영국의 시골 마을에 대해서 잘 모르시는 모양이네요, 퓐트 씨. 그건 바보 같은 계획이었어요. 색스비온에이번에 새집은 필요 없고 더 훌륭한 부지도 많았거든요. 나무들이 잘려 나가는 건 싫어요. 거의 모든 마을 주민들이 같은 생각일 거예요. 하지만 그 때문에 경을 살해할 사람은 없을 거예요. 지역 신문에 투고를 하거나 술집에 모여서 불평을 늘어놓는 거라면 모를까.」

「감독할 사람이 없으니 개발 사업이 중단될지 모르겠네요.」 퓐트가 말했다.

「그럴 수도 있겠죠.」

퓐트는 그의 생각이 맞았다는 증거를 입수했다. 그는 미소를 지으며 진료실 문 쪽으로 걸음을 옮겼다. 종이를 반으로 접어서 주머니에 챙긴 프레이저가 그의 뒤를 따랐다.

3

조그만 정사각형의 진료실은 의사의 진료실 하면 떠오르는 이미지와 어찌나 딱 맞아떨어지는지, 대기실에 있는 묵은 『펀치』 잡지 만화에 영감을 주지 않았을까 싶을 정도였다. 의자 두 개가 정중앙에 놓인 고풍스러운 분위기의 책상을 마주 보고 있었고 목제 캐비닛과 의학 서적들이 쌓인 책꽂이가 보였다. 한쪽의 커튼을 치면 의자와 침대를 갖춘 독립 공간이 만들어졌다. 고리에 하얀 가운이 걸려 있었다. 뜻밖의 소품이 하나 있다면 벽에 기대고 서 있는 까만 머리의 남자아이를 그린 유화였다. 누가 봐도 아마추어의 작품이었지만 옥스퍼드에서 미술을 공부한 프레이저가 보기에는 솜씨가 상당히 훌륭했다.

꼿꼿하게 앉아서 환자 파일에 뭔가를 적고 있는 레드윙 박사는 50대 초반의 다소 평범한 여성이었다. 온몸에 각이 진 체형이었다. 일자인 어깨선도 그렇고 광대뼈와 턱도 그랬다. 자로 초상화를 그릴 수 있겠다 싶을 정도였다. 하지만 예의가 발라서 두 손님에게 자리를 권했다. 쓰던 걸 마무리 짓고 펜의 뚜껑을 닫으며 미소 지었다. 「경찰과 공조 관계이시라고 조이한테 전해 들었어요.」

「이 병원은 개인의 자격으로 찾아온 겁니다.」 퓐트는 설명했다. 「하지만 가끔 경찰과 공조를 벌이는 건 사실이고 현재 처브 경위의 수사를 돕고 있습니다. 저는 아티쿠스 퓐트입니다. 이쪽은 조수, 제임스 프레이저이고요.」

「성함은 들은 적 있어요, 퓐트 씨. 아주 머리가 좋으시다고요. 이 사건의 진상을 파헤쳐 주셨으면 좋겠네요. 이 조그만 마을에서 가엾은 메리가 죽자마자 이런 끔찍한 사건이 벌어지다니…… 정말이지 뭐라 할 말이 없네요.」

「블래키스턴 부인과 친구 지간이었다고 들었습니다.」

「친구까지는 아니었을지 몰라도 ― 맞아요, 상당히 자주 만나는 사이였어요. 제가 보기에는 사람들이 그녀의 진가를 제대로 몰랐던 것 같아요. 아주 똑똑했거든요. 그녀는 한 아이를 앞세우고 남은 아이를 혼자 키우느라 힘든 시절을 보냈죠. 하지만 꼿꼿하게 견뎌 냈고 마을의 많은 사람들에게 도움을 주었어요.」

「사고 이후에 그녀를 발견한 사람이 박사님이셨다고 들었습니다만.」

「사실 맨 처음 발견한 사람은 파이 홀에서 관리인으로 일하는 브렌트였어요.」 그녀는 말을 아꼈다. 「물론 선생님은 매그녀스 경의 사건에 대해서 이야기를 하러 오셨겠죠?」

「양쪽 모두에 관심이 있습니다, 레드윙 박사님.」

「브렌트가 마구간에 있는 전화로 저한테 연락을 했어요. 창문 너머로 홀에 쓰러진 그녀가 보이는데 아무래도 최악의 상황인 것 같다고요.」

「들어가 보지는 않았답니까?」

「열쇠가 없었거든요. 그래서 결국에는 뒷문 유리창을 깨는 수밖에 없었어요. 메리가 자기 열쇠를 안쪽 열쇠 구멍에 꽂아 놓았더라고요. 계단 밑에 쓰러져 있었는데, 꼭대기에 있는 진공청소기 선에 걸려서 굴러떨어진 것 같았고요. 목이 부러졌어요. 죽은 지 얼마 되지는 않았을 거예요. 제가 발견했을 때 아직 따뜻했거든요.」

「상당히 고통스러우셨겠습니다, 레드윙 박사님.」

「맞아요. 물론 제가 죽음에 익숙하긴 하죠. 수도 없이 보았으니까요. 하지만 개인적으로 아는 사람일 경우에는 훨씬 힘들어요.」 그녀가 잠깐 망설이는 동안 여러 가지 심리적인 갈등이 까맣고 진지한 그녀의 눈을 스치고 지나갔다. 그녀는 이윽고 결론을 내렸다. 「그리고 그뿐만이 아니에요.」

「네?」

「그 당시에도 경찰에 얘기할까 고민했었고 얘기했어야 맞는 것이었을지 몰라요. 이제 와서 선생님한테 털어놓는 게 잘못된

176

판단일 수도 있고요. 실은 아무 쓸모 없는 정보라고 나 자신을 설득하고 넘어갔어요. 메리의 죽음을 타살로 간주한 사람은 아무도 없었으니까요. 그런데 그런 일이 벌어지고 선생님까지 내려오시고 하니…….」

「말씀 계속하십시오.」

「그게, 메리가 죽기 며칠 전에 이 병원에서 사건이 하나 있었어요. 정신없이 바빴던 날이었고 — 연달아 세 명을 진찰하고 그러느라요 — 조이가 두세 번 자리를 비웠어요. 제가 잡화점에 가서 점심을 사다 달라고 부탁했거든요. 착해서 그런 부탁을 해도 잘 들어줘요. 그리고 제가 집에 두고 온 서류가 있어서 그걸 가지러 다녀오기도 했고요. 아무튼 하루 진료가 끝나고 정리를 하는데 조제실에 있던 병 하나가 없어진 거예요. 상상이 되시겠지만 저희는 위험한 약품일수록 철저하게 관리를 하는데 그 병이 없어졌으니 이만저만 걱정이 되는 게 아니었죠.」

「어떤 약품이 없어졌길래요?」

「피조스티그민이요. 사실 벨라도나 치료제로 목사 사모 헨리에타 오즈번 때문에 가져다 놓은 거예요. 딩글 델에서 벨라도나 덤불을 밟았는데, 퓐트 씨도 아시겠지만 아트로핀이 그 풀의 활성 성분이잖아요. 피조스티그민은 소량 복용하면 약효가 있지만 다량 복용하면 금세 목숨을 잃을 수 있어요.」

「그런데 그걸 누가 가져갔단 말씀이로군요.」

「누가 가져갔다고 하진 않았죠. 제가 그렇게 생각할 이유가 있었다면 경찰서로 직행했을 거예요. 아뇨. 어디 다른 데 놓고 깜빡했겠죠. 약품이 워낙 많다 보니 조심한다고 하는데도 전에도 그런 적이 있어요. 아니면 병원을 청소하는 위버 부인이 떨어뜨려서 깨뜨렸을 수도 있고요. 부인이 못 믿을 사람은 아니지만 깨진 병을 치우고 아무 소리도 하지 않을 성격이기는 해요.」 레드윙 박사는 얼굴을 찡그렸다. 「그런데 제가 메리 블래키스턴한테 그 얘기를 했어요. 이 마을에서 누군가가 그걸 가지고 도망쳤다면 그녀가 분명 알아낼 수 있을 테니까요. 그녀는 선생님하고 비슷한 구석이 있었어요. 탐정의 기질이요. 사람들한테서 정보를 캐내는 재주가 있었어요. 그리고 자기한테 좋은 생각이 있다고 얘기도 했고요.」

「그러고 나서 며칠 뒤에 죽었다는 거로군요.」

「이틀이요, 퓐트 씨. 정확히 이틀 만에 그렇게 됐어요.」 아무도 입 밖으로 표현하지 않았던 사태의 심각성이 느껴지자 갑작스럽게 정적이 찾아왔다. 레드윙 박사는 점점 더 안절부절못했다. 「그녀의 죽음이 이 사건하고 아무 상관이 없긴 할 거예요.」 그녀는 말을 이었다. 「사고사였으니까요. 그리고 매그너스 경이 독살을 당한 것도 아니었잖아요. 칼에 찔려 죽었지!」

「피조스티그민이 없어진 날에 누가 병원을 찾아왔었는지 기억하십니까?」 퓐트가 물었다.

「네. 확인차 예약 장부를 다시 들여다보았어요. 좀 전에 얘기했던 것처럼 그날 오전에 세 명이 방문했어요. 오즈번 부인은 이미 말씀드렸죠? 조니 화이트헤드는 광장에서 앤티크 숍을 하는 친구예요. 손을 상당히 심하게 뺐는데 패혈증이 생겼더라고요. 그리고 클라리사 파이 ─ 매그너스 경의 동생이랍니다 ─ 가 속이 안 좋다며 찾아왔고요. 솔직히 그녀는 별문제가 없었어요. 혼자 사는데 건강 염려증이 좀 있어요. 사실 수다를 떨고 싶어서 오는 거예요. 없어진 약병이 이 마을에서 벌어진 사건

178

과 연관이 있을 것 같지는 않지만 그래도 마음에 걸리더라고요. 그리고 선생님이 모든 진상을 파악하고 있는 편이 좋을 것 같기도 하고요.」 그녀는 손목시계를 흘끗 확인했다. 「또 궁금하신 게 있나요?」 그녀가 물었다. 「죄송하지만 회진을 돌아야 할 때가 돼서요.」

「정말 도움이 많이 됐습니다, 레드윙 박사님.」 퓐트는 자리에서 일어났고 벽에 걸린 유화를 이제야 발견한 듯한 표정을 지었다. 「저 아이는 누굽니까?」 그가 물었다.

「사실 우리 아들 서배스천이에요. 열다섯 번째 생일 며칠 전에 그린 거예요. 지금은 런던에 있어요. 자주 보지 못하죠.」

「아주 훌륭한데요.」 프레이저는 진심으로 감탄했다.

의사는 그 말을 듣고 기뻐했다. 「남편 아서가 그린 거예요. 제가 보기에는 상당히 재능이 있는데, 인정받지 못해서 많이 아쉬워요. 제 초상화도 몇 번 그렸고 레이디 파이도 얼마나 근사하게 —」 그녀는 문득 말을 멈추었다. 프레이저는 갑자기 흥분한 표정을 짓는 그녀를 보고 깜짝 놀랐다. 「매그너스 파이 경에 대해서는 아무것도 묻지 않으시네요.」 그녀가 말했다.

「하고 싶은 말씀이 있으신가요?」

「네.」 그녀는 계속 말을 잇기가 힘든 사람처럼 멈추었다가 차갑고 침착한 말투로 다시 말문을 열었다. 「매그너스 파이 경은 이기적이고 무신경하고 자기밖에 모르는 인간이었어요. 그가 추진한 신축 주택이 건설되면 너무나 아름다운 이 마을의 한 귀퉁이가 없어질 텐데 그게 다가 아니에요. 그는 어느 누구에게도 친절을 베푼 적이 없어요. 대기실에 있는 장난감 보셨죠? 레이디 파이가 기증한 건데, 그거 하나 기증했다고 자기가 지

나갈 때마다 엎드려서 이마를 바닥에 조아려 주길 바라요. 상
속 재산이 이 나라의 병폐가 될 거예요, 퓐트 씨. 정말이에요.
그들은 불쾌한 부부였고 제 생각을 밝히자면 선생님의 수사는
난항을 겪을 거예요.」 그녀는 마지막으로 초상화를 쳐다보았
다.「마을 사람 절반이 그의 죽음을 고소하고 있을 테고 용의
자를 찾자면 한두 명이 아닐 테니까요.」

4

　파이 홀의 관리인 브렌트를 모르는 사람은 없었지만 아는 사
람도 없었다. 그가 길을 걸어가거나 페리맨의 지정석에 앉아
있으면 다들 〈브렌트 저 친구가 있네〉라고 했지만, 그의 나이가
몇 살인지 아무도 몰랐고 심지어 이름조차 일종의 수수께끼였
다. 브렌트가 성일까, 이름일까? 그의 아버지를 기억하는 사람
이 몇 명 있을 수는 있었다. 그 역시 〈브렌트〉였고 같은 일을 했
다. 사실 브렌트 1세와 브렌트 2세가 한동안 같이 손수레를 밀
고 땅을 팠다. 그의 부모님은 세상을 떠났다. 언제, 어쩌다 그
렇게 됐는지는 누구도 자세히 모르지만 다른 지방에서 벌어진
일이었다. 혹자에 따르면 데번셔에서 그렇게 됐다고 했다. 교
통사고를 당했다고 했다. 그래서 브렌트 2세가 브렌트 1세가
돼서 그가 태어난 대프니 로드의 코딱지만 한 집에서 살고 있
었다. 그 집은 연립 주택 단지에 있었지만 동네 주민 어느 누구
도 그 안에 발을 들인 적이 없었다. 커튼이 항상 쳐져 있었다.
　교회를 뒤져 보면 1917년 5월이라고 기록이 된 네빌 제이 브

렌트의 출생 신고서가 나올 수도 있었다. 그가 네빌이라고 불린 때도 있었다. 학교나 지역 방위대(직업이 농부였기 때문에 전쟁터로 징집되지 않았다)에서는 그렇게 불렸을 것이다. 하지만 그는 그림자가 없는 사나이였다. 아니, 어쩌면 주인 없는 그림자였다. 그는 세인트 보톨프 교회 첨탑의 풍향계만큼이나 도드라지는 한편 눈에 띄지 않는 존재였다. 어느 날 아침에 일어나 보니 없어졌을 때에서야 알아차릴 수 있는 존재였다.

아티쿠스 퓐트와 제임스 프레이저가 추적에 나서 보니 그는 파이 홀 마당에서 아무 일도 없었던 듯 평소처럼 잡초를 뽑고 시든 꽃을 잘라 내고 있었다. 퓐트가 30분만 시간을 내달라고 설득한 끝에 세 사람은 수많은 꽃봉오리들로 둘러싸인 장미꽃밭에 앉을 수 있었다. 브렌트가 어찌나 지저분한 손으로 담배를 마는지, 불을 붙이면 흙 맛이 나지 않을까 싶었다. 그는 뚱한 얼굴로 불편을 내비쳤고, 너무 큰 옷 속에서 어색하게 움직이는 것이며 제멋대로 펄럭이는 고수머리로 이마를 덮은 것 때문에 어린애 같은 인상을 풍겼다. 프레이저는 그의 옆에 앉아 있기가 불편했다. 브렌트는 묘하고 약간 구린 구석이 있었다. 아무한테도 털어놓지 않을 비밀을 간직하고 있는 듯한 느낌이었다.

「메리 블래키스턴하고 얼마나 가깝게 지내셨습니까?」 퓐트는 먼저 첫 번째 죽음부터 짚고 넘어갔지만 이 관리인이 양쪽 사건의 주요 증인이라는 생각이 프레이저의 머릿속에 떠올랐다. 사실 그가 가정부와 이 집의 주인을 맨 마지막으로 본 사람일 수 있었다.

「가깝지 않았어요. 그녀가 나랑 가깝게 지내고 싶어 하지 않았거든요.」 브렌트는 그런 질문을 받은 데 기분 나빠 하는 눈치였다. 「대장처럼 굴었죠. 이거 해라, 저거 해라, 하면서. 심지어 나를 자기 집에 불러다가 가구를 옮기고 곰팡이가 핀 벽을 손보게 했어요. 그럴 권리도 없으면서. 내가 모시는 분은 매그너스 경이지, 그녀가 아니잖아요. 그녀한테도 늘 그렇게 얘기했지만. 그런 식으로 굴었으니 누가 그녀를 계단 꼭대기에서 밀쳤다고 해도 나는 놀라지 않겠어요. 늘 남의 일에 간섭이나 하고 다니고, 아니꼽게 생각하는 사람들이 한두 명이 아닐걸요?」 그는 요란하게 코를 훌쩍거렸다. 「죽은 사람 흉을 보고 싶지는 않지만 그녀는 분명 참견쟁이였어요.」

「누가 뒤에서 밀쳤다고 생각하세요? 경찰에서는 사고였다고, 그녀가 굴러떨어진 거라고 보는데요.」

「저야 모르죠. 사고였는지. 누가 죽였는지. 어느 쪽이 됐건 놀랄 일이 아니라고 봐요.」

「그녀가 홀에 쓰러져 있는 걸 보셨죠?」

브렌트는 고개를 끄덕였다. 「현관문 앞쪽 화단의 가장자리를 정리하고 있었거든요. 창문 안쪽을 들여다보았더니 그녀가 계단 발치에 쓰러져 있었어요.」

「아무 소리도 못 들으셨습니까?」

「소리가 들릴 일이 없었죠. 죽어 있었는걸요.」

「집 안에는 아무도 없었고요.」

「아무도 못 봤어요. 누가 있었을 수도 있겠죠. 하지만 내가 몇 시간째 그 근처에 있었는데 아무도 나가는 걸 못 봤어요.」

「그래서 어떻게 하셨습니까?」

「일어날까 싶어서 창문을 두드렸는데 꼼짝도 않길래 마구간에 있는 외부 전화로 레드윙 박사님한테 연락했어요. 박사님이 뒷문에 달린 유리창을 깨라고 했고요. 매그너스 경은 못마땅하게 여겼어요. 사실 나중에 도둑이 든 게 나 때문이라고 했어요. 내 잘못도 아닌데. 내가 깨고 싶어서 깬 게 아니잖아요. 하라는 대로 했을 뿐이라고요.」

「매그너스 경과 다투셨습니까?」

「아뇨. 그런 짓은 하지 않아요. 하지만 경은 못마땅하게 여겼고 경이 그럴 때는 피하는 게 상책이에요.」

「매그너스 경이 살해당한 날 저녁에 여기 계셨죠?」

「나는 매일 저녁에 여기 있어요. 이맘때는 최소한 8시는 되어야 일이 끝나기 때문에 그날 저녁에도 8시 15분쯤에 퇴근했어요. 그런다고 돈을 더 받는 것도 아닌데.」 희한한 일이었지만 브렌트는 말을 하면 할수록 더 유창해졌다. 「경과 레이디 파이는 돈을 잘 안 쓰거든요. 그날 저녁에는 경 혼자 있었어요. 부인이 런던에 가서. 늦게까지 일하는 걸 봤어요. 서재에 불이 켜져 있더라고요. 내가 여길 나서자마자 손님이 온 걸 보면 누굴 기다리고 있었나 봐요.」

브렌트가 처브 경위에게도 했던 이야기였다. 안타깝게도 누군지 모를 손님의 인상착의는 모르겠다고 했었다. 「그의 얼굴은 보지 못했다고 하셨죠?」 퓐트가 말했다.

「못 봤어요. 모르는 사람이었고요. 그런데 나중에 생각해 보니까 누군지 알 것 같더라고요.」 그의 선언에 깜짝 놀란 퓐트는 관리인의 다음 이야기를 기다렸다. 「장례식 때 왔던 사람이에요. 블래키스턴 부인을 묻는 자리에 있었어요. 전에도 본 적 있는 사람이었어요. 저 뒤에 서 있는 걸 보니까 알겠더라고요. 그런데 누군지는 알 수 없었어요. 남들 눈에 띄기 싫은 사람처럼

183

혼자 멀찌감치 떨어져 있었고 얼굴은 보지 못했거든요. 하지만 그 남자였어요. 분명해요. 모자를 보면 알 수 있어요.」

「남자가 모자를 쓰고 있었습니까?」

「네. 10년 전쯤에 유행했음 직한 구닥다리 모자를 푹 눌러쓰고 있었어요. 8시 15분에 파이 홀을 찾아왔던 사람도 바로 그 남자였어요. 확실해요.」

「남자에 대해서 더 아시는 거 없습니까? 나이라든지. 키라든지.」

「모자를 썼다. 그뿐이에요. 여기 왔었다. 아무하고도 말을 섞지 않았다. 그런 다음 사라졌다.」

「그가 이 집에 도착했을 때 어떤 일이 벌어졌습니까?」

「못 봤어요. 파이랑 맥주를 먹으러 페리맨으로 출발했거든요. 화이트헤드 씨한테 받은 돈이 있어서 얼른 가고 싶었어요.」

「화이트헤드 씨라면. 앤티크 숍을 한다는―」

「그 사람이 왜요?」 브렌트는 의심스러워하며 실눈을 떴다.

「그분이 돈을 주었다고요?」

「내가 언제요!」 브렌트는 너무 거침없이 입을 놀렸다는 걸 깨닫고 빠져나갈 방법을 궁리했다. 「예전에 빌려 갔던 5파운드를 받은 거예요. 그뿐이에요. 그래서 술을 마시러 갔죠.」

핀트는 더 이상 캐묻지 않았다. 브렌트는 쉽게 발끈하는 성격이었고 발끈하면 입을 다물어 버릴 것이었다. 「그러니까 8시 15분쯤에 파이 홀을 나섰다는 말씀이로군요.」 그는 말했다. 「그러면 매그너스 경이 살해당하기 직전이었을지 모르겠는데요. 현관문 옆 화단에 손자국이 하나 남아 있던데 뭔지 아십니까?」

「경찰이 물어보길래 얘기했어요. 내 손자국은 아니에요. 내가 뭐 하러 흙 속에 손을 집어넣겠어요?」그는 묘한 미소를 지었다.

퓐트는 방향을 바꾸었다. 「그날 또 만난 사람은 없습니까?」

「사실은 있어요.」브렌트는 교활한 눈빛으로 탐정과 조수를 흘끗거렸다. 말아 놓은 담배를 지금까지 들고만 있다가 입에 물고 불을 붙였다. 「아까 얘기한 것처럼 페리맨에 갔거든요. 그런데 가는 길에 오즈번 부인, 그러니까 목사님 부인을 만났어요. 그 밤중에 무슨 일로 나왔는지 아무도 모를 일이죠 — 게다가 엄청 허둥거리던데. 나더러 자기 남편 봤느냐고 묻더라고요. 왠지 몰라도 안절부절못했어요. 겁에 질린 것 같기도 했고요. 그 표정을 보셨어야 하는 건데! 아무튼 파이 홀에서 본 사람이 목사님인지 모르겠다고, 목사님이 거기 가셨을지도 모르겠다고 했더니…….」

퓐트는 눈살을 찌푸렸다. 「파이 홀에서 본 그 모자 쓴 남자는 장례식장에서 본 사람이라고 하지 않았나요?」

「맞아요, 그랬죠. 하지만 목사님도 장례식장에 참석했다고요. 그리고 술을 마시던 도중에 목사님이 자전거를 타고 지나가는 걸 봤어요. 나중에요.」

「얼마나 지났을 때요?」

「30분이요. 그보다 더 되지는 않았어요. 자전거가 지나가는 소리를 들었어요. 하도 요란하게 삐걱거리는 자전거라 소리가 마을 이 끝에서 저 끝까지 들리는데, 내가 거기 있었을 때 분명 그 앞을 지나갔어요. 파이 홀이 아니면 어디서 오는 길이었겠어요? 바스까지 자전거를 타고 갔다 왔을 리는 없고.」브렌트는 어디 한 번 자기 말에 반박해 보라는 듯이 담배 너머로 탐정을 쳐다보았다.

「정말 도움이 많이 됐습니다.」퓐트가 말했다. 「마지막으로 하나만 더 묻겠습니다. 블래키스턴 부인이 살던 로지에 관련된 사안인데요. 좀 전에 가끔 그 집에 가서 이런저런 일을 해주었다고 하셨는데 혹시 열쇠 가지고 계십니까?」

「그건 왜요?」

「한번 들어가 보고 싶어서요.」

「글쎄요.」관리인은 중얼거렸다. 입에 문 담배를 비틀었다. 「들어가고 싶으면 레이디 파이한테 얘기하세요.」

「지금 선생님은 경찰 조사를 받고 있는 겁니다.」프레이저가 끼어들었다. 「저희는 원하면 어디든 수사를 할 수 있어요. 협조하지 않으면 선생님이 곤란해질 수도 있어요.」

브렌트는 안 믿는 눈치였지만 왈가왈부하지는 않았다. 「지금 거기까지 안내해 드릴게요.」그는 장미꽃을 턱으로 가리켰다. 「하지만 그런 다음 다시 여기 일을 시작할 거예요.」

브렌트는 퓐트와 프레이저를 뒤에 거느리고 마구간으로 들어가서 큼지막한 나무토막에 달려 있는 열쇠를 꺼낸 다음 그들과 함께 로지 하우스가 있는 곳으로 진입로를 걸어 내려갔다. 한쪽 끝에 자리를 잡은 로지 하우스는 경사진 지붕과 거대한 굴뚝과 조지 왕조풍의 창문과 튼튼한 현관문을 갖춘 2층짜리 건물이었다. 메리 블래키스턴이 매그너스 파이 경의 가정부로 일하는 동안 살았던 곳이었다. 처음에는 남편과 두 아들이 함께 지냈지만 한 명씩 곁을 떠나고 결국에는 그녀 혼자 남았다. 햇빛의 각도 때문인지 아니면 집을 둘러싼 오크나무와 느릅나무 때문인지 영원히 사라지지 않는 그늘 속에 잠긴 듯했다. 누가 봐도 빈 건물이었다. 인기척이 없어 보였고 또 그렇게 느껴졌다.

브렌트가 들고 온 열쇠로 현관문을 열었다.「저도 같이 들어갈까요?」그가 물었다.

「잠깐 있어 주시면 좋겠는데요.」 퓐트가 대답했다.「금방이면 됩니다.」

세 사람은 문 두 개와 복도, 2층으로 올라가는 계단이 있는 조그만 홀로 들어섰다. 벽지는 구닥다리 꽃무늬였다. 영국의 새와 올빼미를 담은 그림이 걸려 있었다. 고풍스러운 탁자와 외투 걸이, 전신 거울도 있었다. 모든 게 한참 된 물건 같았다.

「어떤 걸 확인하고 싶으신데요?」브렌트가 물었다.

「그건 말씀드릴 수 없습니다.」 퓐트가 대답했다.「아직은요.」

1층 방에는 별게 없었다. 부엌은 기본적인 구성이었고 구닥다리 괘종시계가 떡하니 자리를 차지하고 있는 거실은 볼품없었다. 프레이저는 조이 샌덜링이 로버트의 어머니에게 잘 보이려고 애를 쓰는 동안 그 시계가 째깍거리는 소리가 들렸다고 했던 게 생각났다. 메리의 혼령이 방금 전까지 있다 가기라도 한 것처럼 모든 게 아주 깔끔했다. 그 혼령이 아예 눌러앉아 있는지도 모를 일이었다. 누군가가 우편물을 수거해 식탁에 쌓아놓았지만 몇 개 되지 않았고 별다른 것도 없었다.

그들은 2층으로 올라갔다. 메리의 침실은 화장실이 딸린 맨 끝 방이었다. 그녀는 남편과 같이 썼던 침대를 계속 썼다. 하도 무겁고 거추장스러워서 남편이 떠났을 때 다른 침대로 바꿀 엄두를 내지 못했을 것이다. 창밖으로는 도로가 내다보였다. 하인이 주인 쪽을 흘끗거리지 못하도록 일부러 그렇게 설계를 했는지 어느 방에서도 파이 홀이 보이지 않았다. 퓐트는 다른 방문 두 개를 지나쳤다. 둘 다 한참 동안 쓰이지 않았다. 침대에 아무것도 깔려 있지 않았고 매트리스에 이미 곰팡이가 피었다. 그 맞은편의 세 번째 방문은 누가 자물쇠를 강제로 딴 흔적이 있었다.

「경찰이 그랬어요.」 브렌트가 설명했다. 불만스러워하는 말투였다. 「안에 들어가 보고 싶은데 열쇠가 어디 있는지 모르겠다면서.」

「블래키스턴 부인이 잠가 놓았나요?」

「부인은 그 방에 들어간 적이 없어요.」

「그걸 어떻게 아십니까?」

「얘기했잖아요, 내가 여길 수시로 드나들었다고. 곰팡이가 핀 벽을 고치거나 1층 카펫을 깔거나 그럴 때마다 부인이 항상 나를 불렀어요. 그런데 이 방은 그런 적이 없어요. 부인이 문을 연 적이 없어요. 열쇠도 있었을까 싶어요. 그래서 경찰이 자물쇠를 부수고 들어간 거예요.」

그들은 안으로 들어갔다. 결과는 실망스러웠다. 이 집의 다른 곳처럼 사람의 흔적이라고는 전혀 없이 싱글베드와 텅 빈 옷장과 처마에 뚫린 창문과 그 아래에 놓인 작업대뿐이었다. 퓐트는 창가로 다가가 밖을 내다보았다. 나무 사이로 호숫가와 조만간 없어지게 생긴 그 너머의 딩글 델만 언뜻 보였다. 테이블 한가운데에 서랍이 하나 달려 있는 것을 보고 그가 열었다. 프레이저가 들여다보니 조그만 원반이 달린 동그란 까만색 가죽 끈이 들어 있었다. 개 목걸이였다. 그는 목걸이를 집어서 꺼냈다.

「벨라.」 그는 소리 내서 읽었다. 이름이 대문자로 적혀 있었다.

「개 이름이 벨라였어요.」 브렌트가 불필요한 설명을 했다. 프레이저는 살짝 짜증이 났다. 그 정도는 그도 미루어 짐작할 수 있었다.

「누가 기르던 개였나요?」 퓐트가 물었다.

「동생이요. 죽은 애. 걔가 개를 길렀는데 오래 못 갔어요.」

「왜요?」

「도망쳤거든요. 못 찾았어요.」

프레이저는 개 목걸이를 다시 넣었다. 목걸이가 이렇게 작은 걸 보니 기껏해야 강아지였던 모양이었다. 텅 빈 서랍 속에 이렇게 들어앉아 있다니 말로 설명할 수 없게 서글픈 구석이 있었다. 「그러니까 여기가 톰의 방이었나 보네요.」 프레이저는 중얼거렸다.

「아마 그랬을 거예요, 네.」

「그래서 문을 잠갔겠네요. 딱하게도 이 방 안에는 차마 들어올 수가 없어서. 왜 이사를 안 갔을까요?」

「선택의 여지가 없었을 거예요.」 두 사람은 묵은 추억을 흐트러뜨릴까 걱정이라도 되는 듯이 나지막이 속삭였다. 그러는 내내 브렌트는 얼른 나가고 싶어서 가만히 있지 못했다. 하지만 퓐트는 서두르지 않았다. 프레이저는 그가 단서를 찾기보다 분위기를 파악하는 편에 가깝다는 것을 알았다. 그는 범죄 사건의 잔향, 피로 물든 죽음과 슬픔이 남기는 초자연적인 울림에 대해 종종 이야기했다. 심지어 집필 중인 책에서도 한 장을 할

애했다. 장 제목이 〈정보와 직감〉인가 그랬다.

그는 밖으로 나온 다음에서야 말문을 열었다. 「살펴볼 만한 것들은 처브가 가져갔겠지. 그는 어떤 단서를 발견했는지 궁금하군.」 그는 벌써부터 대저택을 향해 발을 질질 끌며 멀어져 가는 브렌트를 흘끗 쳐다보았다. 「그리고 저 친구도 상당히 도움이 되었어.」 그는 나무들이 사방에서 조여 오는 주변을 두리번거렸다. 「나라면 이런 데서 살고 싶지 않겠네.」 그가 말했다. 「전망이랄 게 없잖아.」

「좀 답답하죠.」 프레이저도 맞장구를 쳤다.

「화이트헤드 씨를 찾아가서 브렌트에게 얼마를, 왜 주었는지 알아내야겠네. 그리고 오즈번 목사하고도 다시 한번 얘기를 나누어 보아야겠고. 살인 사건이 벌어진 날 밤에 이곳으로 찾아올 만한 이유가 있었던 모양이야. 그리고 그의 아내의 경우에는……..」

「관리인이 말하길 오즈번 부인이 겁에 질려 있었다고 했죠.」

「맞아. 뭐 때문에 겁에 질렸는지 궁금하단 말이지.」 그는 마지막으로 뒤를 돌아보았다. 「이 집의 분위기에는 뭔가가 있어, 제임스. 공포스러운 부분이 많다는 느낌이 드는군.」

5

레이먼드 처브는 살인 사건을 좋아하지 않았다. 그가 경찰이 된 이유는 질서를 존중하기 때문이었고 깔끔한 마을과 생울타리, 오랜 역사를 자랑하는 벌판으로 이루어진 서머싯 카운티가 전 세계는 아닐지 몰라도 이 나라에서만큼은 가장 질서 정연하고 개화된 지역이라고 생각했기 때문이었다. 그런데 살인 사건 때문에 모든 게 달라졌다. 일상의 평온한 리듬이 깨졌다. 이웃끼리 서로 등을 돌렸다. 갑자기 아무도 믿을 수 없게 됐고 사람들이 밤에도 열어 놓던 문들을 잠갔다. 살인은 반달리즘이자 전망 창에 벽돌을 던지는 행위였고 깨진 조각들을 다시 붙이는 것이 그의 임무였다.

그는 바스에 있는 오렌지 그로브 경찰서의 사무실에 앉아서 수사 현황을 점검했다. 매그너스 파이 경 사건은 시작부터 불길했다. 자기 집에서 칼에 찔리는 거야 있을 수 있는 일이라지만 — 밤중에 중세 검으로 머리가 잘리다니 너무 충격적이었다. 그것도 조용하기 짝이 없었던 색스비온에이번에서! 물론 청소부가 발이 걸려서 계단 밑으로 굴러떨어진 적이 있기는 했지만 이건 차원이 다른 사건이었다. 조지 왕조풍의 주택에 살며 교회에 가고, 동네 크리켓 선수로 활약하고, 일요일 아침에는 잔디를 깎고, 마을 바자회 때는 집에서 만든 마멀레이드를 파는 동네 주민들 중에 살인마가 있다는 말일까? 정답은 〈그렇다〉일 가능성이 높았다. 어쩌면 지금 그의 앞 책상 위에 놓여 있는 공책을 통해 그의 정체가 밝혀질 수도 있었다.

매그너스 경의 금고에는 살펴볼 만한 게 아무것도 없었다. 로지 하우스도 시간 낭비일 것 같았다. 그런데 매의 눈을 자랑하는 젊은 윈터브룩 순경이 메리 블래키스턴의 부엌에 있는 요리책 사이에서 뭔가를 발견했다. 크게 성공할 친구였다. 좀 더 진지한 태도와 야망을 갖추면 금세 경위로 승진할 것이다. 그녀는 일부러 그 사이에 공책을 숨겼을까? 누가 집으로 찾아올까 봐 두려웠던 걸까? 아들 아니면 매그너스 경? 모든 마을 주민들에 대한 악평을 여기에 적어 놓았으니 아무 데나 둘 수 없었을 것이다. (정육점 주인) 턴스턴 씨는 은근슬쩍 거스름돈을 덜 주는 꼼수를 부렸고, (장의사) 제프리 위버는 기르는 개를 학대했고, (은퇴한 의사) 에드거 레너드는 뇌물을 받았고, (잡화점을 하는) 도터릴 양은 술을 좋아했다. 어느 누구도 그녀의 예리한 시선을 피하지 못했다.

이 공책을 끝까지 훑어보는 데 꼬박 이틀이 걸렸고 마지막 장을 덮자 그는 기분이 더러워졌다. 멍한 눈빛으로 파이 홀의 계단 발치에 쓰러져서 이미 차갑게 굳어 있었던 메리 블래키스턴이 떠올랐다. 그때는 그녀가 딱하다는 생각이 들었다. 하지만 지금은 그녀가 끊임없이 의혹의 눈빛을 보내며 마을 곳곳을 들쑤시고 다닌 이유가 뭐였는지 궁금해졌다. 딱 한 번만이라도 좋은 면모를 발견한 적이 없었을까? 그녀의 글씨체는 가늘고 깨알 같았지만 아주 깔끔했다. 악덕을 기록하는 회계사 같았다. 그래! 퓐트라면 그 비유를 듣고 좋아할 것이다. 그가 씀 직한 표현이었다. 모든 글에 날짜가 적혀 있었다. 이 공책에 적힌 것은 3년 반 동안의 기록이었고 처브는 그 전에 쓴 공책이 있는지 찾아보라고 이미 윈터브룩을 보내 놓았다. 그런 데 계속 신경을 쓰기에는 할 일이 많기는 했지만.

몇 번씩 등장하는 블래키스턴 부인의 총아가 두세 명 있었다. 신기하게도 서로 악담을 퍼붓는 사이였음에도 아들 로버트는 그중에 포함되지 않았지만 조시 — 또는 조이 — 는 소개를 받은 순간부터 경멸의 대상이었다. 관리인 브렌트는 정말 싫어했는지 잊을 만하면 그의 이름이 등장했다. 막돼먹었고, 게으르며,

시간 약속을 안 지키고, 뭘 슬쩍슬쩍 빼돌리며, 보이 스카우트가 딩글 델에서 야영을 하면 훔쳐보고, 술을 좋아하며, 거짓말을 하고, 절대 씻지 않았다. 매그너스 파이 경도 그녀와 생각이 같은 모양이었다. 그녀가 거의 막판에 쓴 일기를 보면 그랬다.

7월 13일

브렌트가 저기압이다. 아침 내내 인상을 쓰며 매발톱꽃 사이를 짓밟고 다녔다. 내가 보고 있다는 걸 알면서도! 이제는 상관없다는 걸 알기에 일부러 그러는 거였다. 그가 조만간 파이 홀에서 사라질 거라니 기쁘기 그지없다. 친애하는 M 경이 해고 통보를 했다고 1주일 전에 내게 알려 주었다. 내 생각에는 몇 년 전에 이루어졌어야 하는 일이었다. 내가 얼마나 입 아프게 얘기했던가. 브렌트는 게을러빠졌고 구린 데가 있다. 일은 하지 않고 앉아서 담배만 피운다. 내가 몇 번을 봤는지 모른다. M 경이 드디어 내 말을 듣고 조치를 취했다니 다행이다. 이맘때는 정원이 정말 아름답다. 『더 레이디』에서 금세 새로운 정원사를 찾을 수 있을 것이다. 업체를 통하면 좀 더 신중하게 고를 수 있겠지만.

그러고 나서 이틀 뒤에 그녀가 죽었다. 그로부터 1주일 뒤에 M 경까지 죽었다. 우연의 일치일까? 정원사를 자르기로 했다고 그 둘이 살해당했을 리는 없었다.

처브는 사건과 연관이 있는 것으로 보이는 다른 일곱 개의 일기에 표시를 해두었다. 하나만 빼고 모두 최근 기록이라 매그너스 경의 살인 사건과 연관이 있을 가능성이 컸다. 그는 다시 한번 표시해 놓은 페이지를 훑으며 가장 일리 있게 느껴지는 순서대로 읽어 보았다.

7월 13일

레드윙 박사와 흥미진진한 대화를 나누었다. 한 마을 안에 도둑이 몇 명이나 있을 수 있을까? 이건 아주 심각한 사건이다. 누가 그녀의 병원에서 약품을 훔쳐 갔다고 한다. 그녀가 약품 이름을 적어 주었다. 피조스티그민. 다량 복용하면 치명적일 수 있다고 했다. 나는 경찰에 신고하라고 했지만 그녀는 당연히 내키지 않아 한다. 욕을 먹을 거라고 생각하기 때문이다. 나는 R 박사를 좋아하지만 그녀의 판단에는 가끔 의구심이 생긴다. 예를 들어 그 아이를 직원으로 쓰는 것만 해도 그렇다. 그리고 그녀는 스스로 생각하는 것보다 조심성이 떨어진다. 내가 지금까지 병원을 숱하게 드나드는 동안 마음만 먹으면 얼마든지 슬쩍할 수 있었을 것이다. 언제 그런 사태가 벌어졌을까? 내가 보기에는 R 박사가 잘못 알고 있는 듯하다. 그녀가 얘기한 날이 아니라 그 전날이다. 누가 거기서 나오는 걸 내가 보았는데…… 바로 파이 양이었다! 나는 이상한 낌새를 느꼈다. 그녀의 표정에서 드러났다. 그리고 그녀가 핸드백을 들고 있는 품새도 그랬다. 병원에 들어가 보니 아무도 없었다(그 아이는 코빼기도 보이지 않았다). 약품장이 열려 있었으니 그녀는 아무도 없는 틈을 타서 쉽게 그 안에 든 약품을 가지고 나올 수 있었을 것이다. 누구한테 쓰려고 그랬을까? 복수 차원에서 — 오빠의 찻잔에 넣으려고? 2인자로는 만족할 수 없다는 거겠지! 하지만 신중하게 접근

해야 한다. 함부로 아무나 의심하면 안 된다. 생각해 보아야
할 부분이 있다.

7월 9일

아서 리브가 말을 잇지 못할 만큼 속상해하고 있다. 메달
컬렉션이 없어졌다는 것이다! 이런 끔찍한 사건이 벌어지다
니. 도둑은 부엌 창문을 넘어서 들어오다 유리에 어딘가를 베
었다. 그 정도면 엄청난 단서일 텐데, 경찰에서는 물론 아무
런 관심을 보이지 않았다. 경찰 말로는 어린아이들의 소행일
거라는데 — 내 생각은 다르다. 범인들은 원하는 걸 정확히
알고 있었다. 그리스 메달 하나만 해도 액수가 상당했다. 그
런데 더는 아무도 신경 쓰지 않다니 이 마을답다. 나는 찾아
가서 그와 차를 한 잔 마셨다. **우리 친구가** 연루됐을지 궁금
했지만 아무 말도 하지 않았다. 찬찬히 들여다볼 테지만 —
조심해야 한다. 제 버릇 남 못 준다지 않던가! 그런 인간이
우리 마을에 살다니 끔찍하다! 게다가 요주의 인물 아닌가?
매그너스 경에게 얘기를 했어야 하는 건데. 힐다 리브는 관
심조차 없어서 남편에게 아무 도움이 되지 않는다. 왜 이렇
게 난리법석인지 모르겠다고 한다. 멍청한 여자 같으니라고.
그가 그녀와 결혼한 이유를 모르겠다.

7월 11일

그의 아내가 자리를 비운 틈에 가게로 화이트헤드를 찾아
가서 내가 아는 사실을 밝혔다. 그는 물론 딱 잡아뗐다. 뭐,
그럴 수밖에 없겠지만. 신문에서 찾은 기사를 보여 주자 그

195

는 다 지난 일이라면서 왜 분란을 일으키려고 하느냐며 오히
려 나를 나무랐다. 그건 아니지. 나는 그에게 말했다. 여기서
분란을 일으키고 있는 사람은 자네잖아. 그는 아서의 집 근
처에는 간 적도 없다고 했다. 하지만 온갖 잡동사니들로 가
득한 그의 가게를 보면 그게 다 어디서 났는지 궁금해질 수
밖에 없다. 그는 공개적으로 심판을 받자고 했다. 나를 고소
하겠다고 했다. 어디 두고 보자고!

처브는 이 두 기록을 무시할 수도 있었다. 아서 리브와 그의
아내는 한때 퀸스 암스를 경영한 노부부였다. 매그너스 경의
죽음과 이보다 더 무관할 수가 없었고 그의 메달을 도둑맞은
사건이 무슨 상관이 있을 수 있겠는가. 화이트헤드를 찾아갔다
는 이야기도 무슨 소리인지 알 수가 없었다. 하지만 금방이라
도 찢어지게 생긴 빛바랜 신문 기사가 일기장 뒤편에 꽂혀 있
었고 그걸 본 순간 그는 생각을 바꿀 수밖에 없었다.

교도소에서 출감한 암흑가의 장물아비
켄징턴과 첼시의 고급 주택 단지를 표적으로 삼았던 전문
절도 집단, 맨션 갱의 일원으로 잠시 악명을 날리다 장물 취
득죄로 체포돼 7년형을 선고받았던 존 화이트헤드가 4년을
복역하고 펜턴빌 교도소에서 출감했다. 기혼인 화이트헤드
는 런던을 떠난 것으로 보인다.

사진은 없었지만 처브가 확인한 바로는 조니 화이트헤드가
아내와 함께 그 마을에 살고 있었고 런던에서 체포된 전적이

있는 그 조니 화이트헤드였다. 전시와 전후에 수많은 범죄 조직이 런던에서 활동했는데, 그중에서도 맨션 갱은 악명이 높았다. 그 조직의 장물아비였던 화이트헤드가 다름 아닌 앤티크 숍을 운영하고 있다니! 그는 메리 블래키스턴의 글씨로 적힌 두 단어를 다시 한번 들여다보았다. 요주의 인물 아닌가? 물음표가 안성맞춤이었다. 화이트헤드가 전과자고 그녀가 그의 정체를 폭로하려고 했다면 그가 그녀를 죽인 범인일까? 그녀가 매그너스 경에게 이야기를 옮겼다면 그가 다시 공격에 나설 수밖에 없었을까? 처브는 신문 기사를 조심스럽게 옆으로 치우고 다시 일기장에 집중했다.

7월 7일

충격적이다. 오즈번 목사 부부에게 뭔가가 있을 줄은 알았지만 이런 거였다니! 몬테이그 목사님이 계속 있었다면 얼마나 좋았을까. 무슨 말을 하면 좋을지 뭘 어쩌면 좋을지 정말, 정말 모르겠다. 아무것도 없겠지. 누가 내 말을 믿겠는가? 끔찍하다.

7월 6일

레이디 파이가 런던에 다녀왔다. 또. 왜 그렇게 들락거리는지 모르는 사람이 없다. 하지만 모두들 입을 다물고 있을 것이다. 우리는 그런 시대에 살고 있으니까. 매그너스 경이 딱하다. 그렇게 인품이 훌륭한데. 나한테도 항상 잘해주었고. 경도 알고 있을까? 내가 한 마디 해야 할까?

처브가 선택한 마지막 일기는 거의 넉 달 전에 작성된 것이었다. 메리 블래키스턴은 조이 샌덜링에 대해서 여러 번 언급했지만 그녀를 처음 만나고 나서 쓴 게 이 일기였다. 훨씬 두꺼운 펜촉을 써서 검은 잉크로 적었다. 펜으로 자유분방하게 여기저기 흩뿌려 쓴 글자에서 분노와 혐오감이 느껴지는 듯했다. 메리는 상당히 객관적인 관찰자였다. 즉, 만나는 모든 사람들에 대해서 독살스럽고 불쾌한 평가를 내렸다. 그런데 조이에게는 특히 심했다.

3월 15일

깜찍한 샌덜링 양과 차를 마셨다. 그녀는 자기 이름이 조시지만 〈조이라고 불러 달라〉고 한다. 나는 절대 그렇게 부를 일이 없을 것이다. 이 결혼에는 마가 꼈다. 왜 그걸 모를까? 절대 허락하지 않을 것이다. 14년 전에 나는 아들을 잃었다. 그녀에게 로버트를 빼앗기는 일은 없을 것이다. 나는 차와 비스킷을 대접했고 그녀는 그 바보 같은 미소를 지으며 멀뚱멀뚱 앉아 있었다. 어찌나 어리고 어찌나 아무것도 모르는지. 그녀는 자기 부모와 가족 얘기를 조잘조잘 늘어놓았다. 오빠가 다운 증후군이란다! 왜 그런 얘기를 나한테 했는지 모르겠다! 로버트는 가만히 앉아서 아무 말도 하지 않았고 나는 그녀의 가족을 오염시킬 그 끔찍한 병을 떠올리며 그만 나가주었으면 좋겠다는 생각만 했다. 그 자리에서 곧바로 얘기했어야 하는 건데. 하지만 그녀는 나 같은 사람이 하는 말은 들은 척도 하지 않을 성격이다. 나중에 로버트한테 얘기해야겠다. 이 결혼은 허락할 수 없다. 절대 허락할 수 없다. 이 바보 같은 계집애가 왜 색스비로 왔을까?

처브는 처음으로 메리 블래키스턴이 진정 혐오스럽게 느껴졌다. 거의 죽어도 아쉬울 게 없는 인물이었다는 생각이 들 정도였다. 그는 지금까지 어느 누구를 두고도 그런 소리를 한 적이 없었지만 이 일기장 자체가 독극물이었고 이 날짜의 내용이 특히 심했다. 그가 가장 발끈한 부분은 다운 증후군을 언급한 부분이었다. 메리는 그걸 〈끔찍한 병〉이라고 했다. 그건 아니었다. 다운 증후군은 병이 아니라 일종의 증상이었다. 그걸 자기 핏줄에 대한 위협으로 받아들이다니 대체 무슨 여자가 이럴까? 정말 미래의 손자가 오염되는 걸 막겠다는 일념으로 아들의 결혼에 쌍수 들고 반대한 걸까? 도저히 믿을 수가 없었다.

그는 메리 블래키스턴의 일기장이 이것 하나뿐이길 바라는 마음도 있었다. 불평과 분노로 점철된 책장을 또 꾸역꾸역 넘겨야 한다면 생각만 해도 끔찍했다. 아무한테라도 좋은 소리를 한 마디도 할 수 없었던 걸까? 하지만 그는 무시할 수 없을 만큼 귀중한 자료를 우연히 입수했다는 걸 알았다. 아티쿠스 퓐트에게 모두 보여 주어야 할 것이다.

그는 퓐트가 서머싯을 찾아주어서 고마웠다. 그들은 말버러에서 학교 교장이 연극 공연 도중에 살해당했을 때 함께 해결한 적이 있었다. 이번 사건도 비슷한 특징을 대거 갖추고 있었다. 이리저리 얽힌 용의자들, 서로 다른 동기, 서로 연관이 있을지 없을지 알 수 없는 두 사람의 죽음. 여기가 남들은 없는 그의 집이었다면 처브는 뭐가 뭔지 전혀 모르겠다고 솔직히 고백했을 것이다. 퓐트는 사물을 보는 시각이 남들과 달랐다. 어쩌면 태생적으로 그런 것일 수도 있었다. 처브는 자기도 모르게 미소가 지어졌다. 그는 평생 독일인을 적대시하라는 교육을 받았다. 그런 독일인과 한편이 되다니 묘한 일이었다.

그를 이곳으로 부른 사람이 조이 샌덜링이었다는 것도 묘한 일이었다. 메리 블래키스턴이 죽길 바라는 가장 강력한 이유를 가지고 있는 사람이 그녀와 약혼자 로버트 블래키스턴이었다. 그들은 젊었고 사랑에 눈이 멀었고 그녀는 가장 저질스럽고 가장 혐오스러운 이유로 그들의 결혼을 막으려고 했다. 그는 잠깐 그들의 심정에 공감한 적도 있었다. 하지만 그들이 그녀를 살해하려고 계획을 세웠다면 퓐트를 끌어들이려고 했을까? 정교한 연막작전일 수도 있을까?

레이먼드 처브는 이런 생각들을 하며 담배에 불을 붙이고 다시 일기장을 뒤적였다.

6

대작 『범죄 수사의 풍경』에서 아티쿠스 퓐트는 이렇게 썼다. 〈진실은 멀리서는 보이지 않다가 느닷없이 등장하는 일종의 깊은 구덩이와 같다고 보면 된다. 거기에 다다르는 방법은 많다. 일련의 심문이 논지에서 벗어난 것으로 밝혀지더라도 그래도 목표 지점에 더 가까워지는 원동력이 된다. 범죄 수사에서 헛걸음은 없다.〉 다시 말해서 그가 아직 메리 블래키스턴의 일기장을 보지 못했고 그 안의 내용을 전혀 모르더라도 상관없었다. 그와 처브 경위는 서로 전혀 다른 방향에서 접근하고 있었지만 결국에는 만날 수밖에 없는 운명이었다.

로지 하우스를 나선 퓐트와 프레이저는 목사관까지 얼마 안 되는 거리를 걸어갔다. 오후의 훈풍을 만끽하며 딩글 델을 관통하는 지름길이 아니라 대로로 갔다. 프레이저는 색스비온에이번을 조금 좋아하게 됐기 때문에 이 마을의 매력에 전혀 아무 반응이 없는 탐정이 당황스러웠다. 사실 그가 보기에 퓐트는 런던을 떠난 뒤로 제정신이 아닌 것 같았다. 자기만의 생각에 빠져서 한참 동안 말이 없었다. 그들은 이제 목사관의 거실에 자리를 잡고 앉았고 헨리에타가 차와 집에서 구운 비스킷을 들고 왔다. 벽난로에는 말린 꽃이 놓여 있고 프랑스식 창 너머로 잘 가꾼 정원과 그 너머의 숲이 보이는, 환하고 쾌적한 공간이었다. 업라이트 피아노와 책꽂이 몇 개, 겨울에는 쳐놓는 도어 커튼도 있었다. 가구들은 편안했다. 서로 짝이 맞는 건 없었다.

소파에 나란히 앉은 로빈과 헨리에타 오즈번은 그보다 더 어색해 보일 수가 없었다. 아니, 그보다 더 죄인같이 보일 수가 없었다. 그들은 퓐트가 심문을 시작하기 전부터 겁에 질려서 방어적인 태도를 보였다. 프레이저는 그들의 속내를 이해했다. 그는 예전에도 이런 경우를 본 적이 있었다. 전혀 아무 죄가 없는 번듯한 사람이라도 탐정과 대화를 나누는 순간 용의자가 되고 그가 한 말이 액면 그대로 받아들여지지 않는다. 그게 다 게임의 일부인데, 그가 보기에 오즈번 부부는 그 게임을 잘 풀어 나가지 못하고 있었다.

「오즈번 부인, 부인께서는 매그너스 파이 경이 살해된 날 저녁에 집을 나오셨죠. 8시 15분쯤에요.」 퓐트는 그녀가 부인하길 기다렸다가 부인하지 않자 덧붙여서 물었다. 「왜 그러셨나요?」

「누구한테 그 얘기를 들으셨는지 여쭈어봐도 될까요?」 헨리에타가 반문했다.

퀸트는 어깨를 으쓱했다. 「안 믿으실지 모르겠지만 그건 조금도 중요한 문제가 아닙니다, 오즈번 부인. 사건 당시 모두의 소재를 파악하는 것, 그러니까 직소 퍼즐을 맞추는 것이 제 임무라서요. 저는 질문을 하고 답변을 듣습니다. 그게 다예요.」

「염탐을 당하는 듯한 기분이 싫어서 그러는 거예요. 조그만 마을에 살다 보면 그게 문제거든요. 모두들 나를 쳐다보는 거.」 목사가 다정하게 손을 토닥이자 그녀는 말을 이었다. 「네. 그때쯤 남편을 찾아 나섰어요. 사실……」 그녀는 머뭇거렸다. 「우리 둘 다 어떤 소식을 접하고 좀 흥분했는데 남편이 혼자 외출을 했거든요. 날이 어두워지는데도 돌아오지 않으니까 어디 갔는지 궁금해지더라고요.」

「그래서 어디 다녀오신 겁니까, 오즈번 씨?」

「교회에요. 머릿속을 정리할 일이 생길 때마다 거길 가거든요. 선생도 이해하시겠습니다만.」

「걸어가셨습니까 아니면 자전거를 타고 가셨습니까?」

「그렇게 물으시는 걸 보니까 이미 답을 알고 계신 것 같은데요, 퀸트 씨. 자전거를 타고 갔습니다.」

「몇 시에 집에 돌아오셨나요?」

「아마 9시 반쯤 됐을 겁니다.」

퀸트는 눈살을 찌푸렸다. 브렌트는 페리맨에 도착하고 약 30분쯤 지났을 때 목사의 자전거가 그 앞을 지나는 소리를 들었다고 했다. 그때가 9시 아니면 9시 15분쯤이었다. 그렇다면 최소 15분의 간극이 있었다. 「그 시각이었던 게 확실합니까?」

「네, 확실해요.」 헨리에타가 끼어들었다. 「제가 얘기했잖아요. 걱정이 됐다고. 그래서 한눈으로 계속 시계를 쳐다보고 있었는데, 정확히 9시 반에 남편이 들어왔어요. 저녁을 치우지 않고 두었다가 그이가 저녁을 먹는 동안 옆에 앉아 있었고요.」

퓐트는 더 이상 캐묻지 않았다. 가설은 세 가지였다. 첫 번째로 가장 유력한 가설은 오즈번 부부가 거짓말을 하고 있다는 것이다. 남편을 보호하려는 건지 부인에게서 불안한 기색이 역력했다. 두 번째 가설은 브렌트가 착각했다는 것이지만 그는 놀라우리만치 신빙성 있어 보이는 증인이었다. 그리고 세 번째 가설은……? 「주택 단지가 개발된다는 소식에 흥분을 하신 거였겠죠?」 그가 물었다.

「맞습니다.」 오즈번은 창문 너머의 풍경을 가리켰다. 「바로 저기에 집을 짓겠다는 거예요. 우리 앞마당이 끝나는 그 지점에서. 뭐, 물론 이 집이 우리 것이 아니긴 합니다. 교회의 것이고 우리 부부가 영원히 여기 머물지는 않을 테니까요. 하지만 너무 파괴적인 사업 아닙니까. 불필요한 사업이기도 하고요.」

「없던 일이 될지 몰라요.」 프레이저가 말했다. 「매그너스 경도 세상을 떠났고 하니…….」

「뭐, 내가 누군가의 죽음을 자축하지는 않을 겁니다. 그건 상당히 잘못된 일이니까요. 하지만 고백하건대 그 소식을 들었을 때 나도 똑같은 생각을 했습니다. 내가 잘못했죠. 개인적인 감정 때문에 판단이 흐려지다니.」

「딩글 델을 한번 둘러보세요.」 헨리에타가 끼어들었다. 「거길 걸어 보지 않으면 우리가 왜 거길 이렇게 애지중지하는지 이해할 수가 없어요. 제가 구경시켜드릴까요?」

「그래 주시면 정말 감사하겠습니다.」 핀트가 대답했다.

그들은 차를 다 마신 참이었다. 프레이저는 조용히 비스킷을 하나 더 집어서 먹었고 그들은 다 같이 프랑스식 창을 통해 밖으로 나갔다. 목사관 정원은 20미터 정도 이어지는 내리막길이었다. 잔디밭 양옆의 화단은 집에서 멀어질수록 점점 난잡하고 지저분해졌다. 일부러 조경을 그렇게 했다. 오즈번의 땅과 그너머의 숲 사이에는 울타리나 장벽이 없어서 어디서 정원이 끝나고 숲이 시작되는지 판단할 방법이 없었다.

갑작스럽게 딩글 델이 그들 앞에 펼쳐졌다. 경고 없이 들이닥친 오크, 서양물푸레, 느릅나무들이 그들을 에워싸며 바깥세상을 차단했다. 아주 근사한 곳이었다. 늦은 오후 햇살은 나뭇잎과 가지 사이를 비스듬히 관통하며 초록빛으로 물들었고 그 빛줄기 속에서 나비들이 날아다녔다. 「심홍부전나비예요.」 헨리에타가 중얼거렸다. 발밑의 흙은 부드러웠다. 풀과 듬성듬성한 이끼 사이로 꽃무더기가 피었다. 이 숲은 뭔가 특이한 구석이 있었다. 숲이라기보다 한참 작은, 나무가 우거진 계곡에 불과했지만 안에 들어와 있으면 경계도 없고 출구도 보이지 않는 것처럼 느껴졌다. 온 사방이 아주 고요했다. 새 몇 마리가 나무 주변을 날아다녔지만 아무 소리도 내지 않았다. 정적을 깨뜨리는 것이라고는 웅웅거리는 호박벌 소리뿐이었고 그조차도 금세 사라졌다.

「여기에는 수령이 2백 년, 3백 년 되는 나무도 있어요.」 오즈번이 말했다. 그는 주변을 두리번거렸다. 「매그너스 경이 여기서 보물을 찾은 거 아세요? 로마 시대에 만들어진 동전과 보석이 있었어요. 안전하게 묻어 둔 거였겠죠. 이곳은 매번 걸을 때마다 달라요. 연말이 다가오면 독버섯이 장관을 이루죠. 곤충도 종류가 얼마나 다양한지 몰라요. 그런 분야에 관심이 있으실지 모르겠습니다만…….」

그들은 하얀 꽃이 별 모양으로 고개를 내민 달래 무리 앞에 다다랐다. 그 뒤로 보이는 또 다른 식물은 뾰족뾰족한 이파리로 얼기설기 오솔길을 덮고 있었다.

「벨라도나로군요.」 퓐트가 말했다. 「저걸 밟는 바람에 독이 옮은 적이 있다고요, 오즈번 부인.」

「네. 제가 정말 바보 같았죠. 운이 없기도 했고요. 거기에 발을 베었거든요.」 그녀는 신경질적으로 웃음을 터뜨렸다. 「맨발로 나오다니 무슨 정신으로 그랬는지 모르겠어요. 발바닥으로 이끼를 밟는 느낌이 좋았나 봐요. 아무튼 교훈을 제대로 배웠어요. 앞으로는 그 근처에 가지도 않을 거예요.」

「끝까지 가보시겠습니까?」 오즈번이 물었다. 「여길 지나면 파이 홀이 나오는데요.」

「네. 다시 한번 파이 홀을 구경하는 것도 재미있겠습니다.」 퓐트는 대답했다.

길은 없었다. 초록색 아지랑이를 헤치며 계속 걸음을 옮기자 들어섰을 때처럼 뜻밖의 순간에 숲의 저쪽 끝이 등장했다. 문득 나무들이 양옆으로 나뉘면서 고요하고 시커먼 호수가 펼쳐졌고, 파이 홀에서 시작된 잔디밭이 호수까지 내리막으로 이어졌다. 프레디 파이가 집 밖에서 축구공을 차고 있었고 브렌트는 전지가위를 들고 화단 앞에 무릎을 꿇고 있었다. 둘 다 그들의 등장을 알아차리지 못했다. 그들이 서 있는 곳에서는 숲이라는 장막에 가려서 로지 하우스가 전혀 보이지 않았다.

「자, 도착했습니다.」 오즈번이 말했다. 그는 아내를 감싸 안았다가 생각을 바꾸고 팔을 내렸다. 「파이 홀이 참 웅장하긴 하죠. 한때는 수녀원이었어요. 몇 세기 동안 한 집안이 소유하고 있고요. 저들이 할 수 없는 게 최소한 한 가지는 있어요. 저 집을 무너뜨리는 거!」

「수많은 죽음을 목격한 집이죠.」 퓐트가 짚고 넘어갔다.

「맞습니다. 시골의 대저택들이 대개 그렇지 않을까 싶습니다만……」

「요즘은 그렇지가 않죠. 메리 블래키스턴이 죽었을 때 목사님은 다른 데 계셨다고요.」

「교회 앞에서 만났을 때 말씀드렸잖습니까.」

「데번셔에 계셨다고요.」

「맞습니다.」

「정확히 어디 계셨습니까?」

목사는 당황해서 어쩔 줄 몰라 했다. 그는 고개를 돌렸고 아내가 성난 목소리로 끼어들었다. 「우리한테 이런 질문을 하시는 이유가 뭔가요, 퓐트 씨? 로빈이랑 제가 거짓말을 한다고 생각하세요? 우리가 몰래 돌아와서 가엾은 블래키스턴 부인을 계단 밑으로 밀쳤을까 봐요? 그럴 이유가 없잖아요. 그리고 우리가 딩글 델을 살리려고 매그너스 경의 머리를 잘랐다 한들 전혀 소용이 없을 거예요. 돼먹지 않은 그의 아들이 강행할 테니까요.」

아티쿠스 퓐트는 손바닥을 펼치며 한숨을 쉬었다. 「부인, 경찰과 탐정의 업무를 이해 못 하시는군요. 당연히 저는 그렇게 생각하지 않고 저도 이런 질문을 하는 게 즐겁지 않습니다. 하지만 모든 게 제자리를 찾아야 합니다. 모든 증언을 확인하고 모든 행동을 검토해야 하고요. 저한테는 행적을 밝히고 싶지 않으실 수도 있겠죠. 하지만 경위한테는 얘기를 하셔야 합니다. 그걸 사생활 침해라고 생각하시면 유감스러운 일이지만요.」

로빈 오즈번은 아내를 흘끗 쳐다보았고 그녀가 대답을 했다. 「당연히 선생님께 얼마든지 얘기할 수 있어요. 용의자 취급을 당하니 기분이 썩 좋지 않아서 그런 거죠. 쉬플리 코트 호텔 매니저한테 물어보시면 우리가 1주일 내내 거기 묵었다고 할 거예요. 다트머스 근처에 있어요.」

「감사합니다.」

그들은 몸을 돌려서 딩글 델을 되짚어 걸었다. 퓐트와 로빈 오즈번이 앞장서고 헨리에타와 제임스 프레이저가 그 뒤를 따라갔다. 「블래키스턴 부인의 장례식을 목사님께서 주관하셨겠죠?」 퓐트가 물었다.

「맞습니다. 다행히 늦지 않게 돌아왔어요. 휴가야 얼마든지 단축할 수 있는 거겠습니다만.」

「혹시 모르는 사람을 보신 기억이 있습니까? 다른 사람들과 떨어져서 혼자 서 있었을 텐데요. 유행이 지난 모자를 쓰고 있었다고 들었습니다만.」

로빈 오즈번은 생각에 잠겼다. 「페도라를 쓴 사람이 있었던 것 같긴 하네요.」 그가 말했다. 「제가 기억하기로는 중간에 갑자기 떠났어요. 하지만 그 이상은 잘 모르겠습니다. 이해가 되시겠습니다만 다른 생각들로 머릿속이 워낙 복잡했거든요. 나중에 퀸스 암스에서 열린 다과회에는 분명히 참석하지 않았어요.」

「혹시 장례식 도중에 로버트 블래키스턴은 보셨습니까? 목
사님 눈에는 그가 어때 보였는지 궁금한데요.」

「로버트 블래키스턴이요?」 그들은 벨라도나가 무더기로 핀
지점에 다다랐다. 오즈번은 조심스럽게 피해서 걸었다. 「그걸
왜 물어보시는지 모르겠네요.」 그가 말을 이었다. 「정 궁금하시
다면, 나는 그가 좀 안쓰럽습니다. 어머니와 어떤 식으로 옥신
각신했는지 들었거든요. 그녀가 세상을 떠난 뒤에 얼마나 여기
저기서 수군거렸는지 몰라요. 나는 전혀 믿지 않지만. 가끔 보
면 사람들이 참 잔인할 때가 있어요. 아니면 생각이 없든지. 그
게 그거일 때가 대부분입니다만. 내가 로버트를 아주 잘 안다
고 할 수는 없어요. 쉽지 않은 인생을 살았는데 짝을 만났으니
그보다 다행일 수 없겠죠. 샌덜링 양은 병원에서 일하는데, 그
가 안정감을 찾을 수 있게 잘 도와줄 겁니다. 두 사람이 세인트
보톨프에서 결혼식을 올리고 싶다고 했어요. 그날이 아주 기대
가 됩니다.」

그는 말을 잠깐 멈추었다가 다시 이었다.

「그는 어머니와 말다툼을 벌였죠. 거기까지는 누구나 아는
사실입니다. 하지만 장례식 내내 그를 지켜보았는데 — 조이와
함께 아주 가까운 데 서 있었거든요 — 진심으로 슬퍼하고 있
었어요. 추도사의 마지막 부분에 다다랐을 때는 그가 터져 나
온 눈물을 감추느라 눈을 가리자 조시가 팔짱을 껴주어야 했고
요. 두 사람이 어떤 사이였건 간에 어머니가 돌아가시면 아들
로서는 힘들 수밖에 없죠. 그는 분명 자기가 했던 말을 가슴이
찢어져라 후회했을 겁니다. 옛말에도 나오는 대로 뱉어 놓고

나중에 후회한다지 않습니까.」

「목사님은 메리 블래키스턴을 어떻게 생각하셨습니까?」

오즈번은 곧바로 대답하지 않았다. 목사관 정원으로 다시 나올 때까지 계속 걷기만 했다. 그러다 〈부인은 우리 마을에 없어서는 안 될 존재였죠. 다들 그리워할 겁니다〉라고 한 게 전부였다.

「추도사를 읽어 보고 싶은데요.」 퓐트가 말했다. 「혹시 원고를 가지고 계십니까?」

「그러세요?」 목사가 눈을 반짝였다. 추도사에 많은 공을 들였던 것이다. 「사실 버리지 않았습니다. 집에 보관하고 있어요. 다시 들어가시겠습니까? 아니다. 제가 들고 오죠.」

그는 프랑스식 창문 안으로 얼른 들어갔다. 퓐트가 고개를 돌린 순간 프레이저가 등 뒤로 비스듬히 내리쬐는 햇살을 맞으며 목사의 아내와 함께 딩글 델에서 빠져나오고 있었다. 정말 그렇군. 그는 생각했다. 저렇게 특별한 곳이니 보호하고 싶을 만도 하겠어.

하지만 어떤 대가까지 감수할 만큼 특별할까?

7

그날 오후에 또 한 명의 사망자가 발생했다.

레드윙 박사가 애시턴 하우스를 찾아가려고 나선 길에 이번에는 남편이 동행했다. 그날 오후에 연락한 원장은 별다른 말을 하지 않았지만 말투를 들어 보면 틀림없었다. 「와주시는 게 좋겠어요. 아무래도 오셔야겠어요.」 레드윙 박사도 그 비슷한 전화를 여러 번 한 적이 있었다. 전주에 상태가 살짝 안 좋아졌던 에드거 레너드는 결국 회복하지 못했다. 오히려 쇼크를 받았거나 어디가 고장 나기라도 한 것처럼 급속도로 내리막길을 걸었다. 딸이 마지막으로 병문안을 온 이후부터 깨어 있는 시간이 거의 없었다. 아무것도 먹지 않고 물만 몇 모금 마셨다. 그에게서 생명의 기운이 확연하게 소진되고 있었다.

아서와 에밀리아는 지나치게 밝은 병실의 불편한 가구 위에 앉아서 담요를 덮은 노인의 가슴이 위아래로 들썩이는 것을 지켜보았다. 둘 다 상대방이 무슨 생각을 하는지 알았지만 그걸 말로 표현하고 싶은 마음은 없었다. 이렇게 앉아서 얼마나 기다려야 할까? 몇 시쯤 되면 이제 됐다고 선포하고 집으로 돌아가는 게 좋을까? 임종을 지키지 못하면 자책하게 될까? 그게 의미가 있을까?

「당신은 집에 가도 돼.」 마침내 에밀리아가 말했다.

「아냐. 같이 있을게.」

「진짜?」

「응. 당연하지.」 그는 잠깐 생각했다. 「커피 한잔할래?」

「그럼 좋지.」

죽어 가는 환자가 있는 공간에서는 그 어떤 대화도 불가능했다. 아서 레드윙은 자리에서 일어나 발을 질질 끌며 복도 끝 쪽에 있는 간이 주방으로 향했다. 에밀리아 혼자 남겨졌다.

바로 그때 에드거 레너드가 텔레비전 앞에서 깜빡 졸고 있었던 사람처럼 갑자기 눈을 떴다. 그는 곧바로 그녀를 쳐다보았고 전혀 놀라워하지 않았다. 마지막으로 그녀가 문병 왔을 때 했던 이야기를 다시 꺼낸 것을 보면 어쩌면 그의 머릿속에서는 그녀가 계속 곁을 지키고 있었던 것이었을지 모른다. 「그 사람한테 얘기했니?」 그가 물었다.

「누구한테요, 아빠?」 그녀는 아서를 다시 불러야 하나 고민했다. 하지만 언성을 높이거나 하면 죽어 가는 아버지가 불안해할 수 있었다.

「이건 부당한 처사야. 그들한테 얘기해야겠다. 그들도 알아야지.」

「아빠, 간호사를 부를까요?」

「아니!」 그는 몇 분밖에 남지 않아서 허투루 낭비할 시간이 없다는 것을 알기라도 하는 듯이 갑자기 성을 냈다. 그와 동시에 그의 눈빛이 조금 또렷해졌다. 나중에 레드윙 박사는 그가 생을 마감하는 시점에 이르러 마지막 선물을 받은 거라고 표현할 것이다. 마침내 치매가 물러나고 그가 다시 삶의 주인이 되었다. 「아이들이 태어났을 때 내가 그 자리에 있었어.」 그가 말했다. 목소리가 젊고 세졌다. 「내가 파이 홀에서 그 아이들을 받았지. 레이디 신시아 파이. 미인이었고 백작의 딸이었지만 — 쌍둥이를 낳을 수 있을 만한 체력이 아니었어. 이러다 잘못되는 건 아닌지 겁이 나더구나. 결국에는 무사히 끝이 났다만. 12분 간격으로 아들과 딸이 태어났고 둘 다 건강했거든.

그런데 나중에, 어떻게 됐는지 아직 아무도 몰랐을 때 메릴 파이 경이 나를 찾아왔지 뭐냐. 메릴 경. 그는 별로 훌륭한 사람이 못 됐어. 모두들 그를 무서워했지. 그런데 그가 언짢아했어. 왜냐하면 **딸이 먼저 태어났거든**. 영지를 맏이에게 물려주어야 하는데…… 특이한 조건이기는 했지만 그랬어. 맏아들이 아니라 맏이. 하지만 그는 맏이가 아들이길 바랐단 말이지. 그는 아버지에게 집을 물려받았고 그 아버지는 또 그의 아버지에게 물려받았고 — 늘 아들이었거든. 알겠니? 그는 딸에게 전 재산을 물려주고 싶지 않았기 때문에 나한테 강요를 했어…… 나한테 얘기했지…… 아들이 먼저 태어난 거라고.」

에밀리아는 베개를 베고 누워 있는 아버지를 쳐다보았다. 흰머리가 후광처럼 그의 얼굴을 감쌌고 설명을 하느라 두 눈을 반짝이고 있었다. 「아빠, 그래서 어떻게 하셨어요?」 그녀는 물었다.

「어떻게 했을 것 같니? 나는 거짓말을 했어. 메릴 경은 좀 불량배 같은 기질이 있었거든. 그의 요구를 거절했다가는 사는 게 비참해질 수 있었지. 그리고 그 당시에는 무슨 상관이겠나 싶었어. 둘 다 갓난아이잖니. 아무것도 모르잖니. 게다가 한집에서 같이 자랄 테니까. 나 때문에 누가 다치는 것도 아니고. 그때 생각에는 그랬어.」 그의 눈가에 맺힌 눈물 한 줄기가 얼굴 옆면을 타고 흘렀다. 「그래서 그가 바라던 대로 서류에 적었어. 오전 3시 48분에 아들이 태어났고 4시에 딸이 태어났다고. 그렇게 적었지.」

「아, 아빠!」

「내가 잘못했지. 이제는 그랬다는 걸 알겠다. 매그너스가 모든 걸 차지하고 클라리사는 빈손이 됐잖니. 그녀에게 얘기를 해야 하나, 두 사람에게 진실을 알려야 하나 여러 번 고민했다. 하지만 그런들 무슨 소용이 있을까 싶더구나. 아무도 내 말을 믿어 주지 않을 테니 말이다. 메릴 경은 오래전에 저세상 사람이 됐고. 레이디 신시아도 마찬가지고. 모두 잊힌 사람들이 되었잖니! 그런데 내 머릿속에서 지워지질 않더구나. 계속 생각이 나. 내 기록이 거짓이었다는 게. 아들이라니! 아들이라고 적었다니!」

아서 레드윙이 커피를 들고 돌아왔을 때 레너드 박사는 숨을 거둔 뒤였다. 그는 충격을 받은 표정으로 앉아 있는 아내를 보고 당연히 세상을 떠난 아버지 때문에 그러는 줄 알았다. 그는 원장을 호출하고 필요한 조치를 취하는 동안 그녀의 곁을 지켰다. 레너드 박사는 래너 & 크레인이라는 유명한 회사의 장례 보험을 들어 놓았으니 내일 날이 밝자마자 그쪽으로 연락을 해야 할 것이었다. 지금은 너무 늦었다. 그동안 그의 시신은 그런 용도로 마련이 된 애시턴 하우스 안의 조그만 예배실에 옮겨질 것이다. 그런 다음 그가 살았던 집 근처에 있는 킹스 애벗의 공동묘지에 묻힐 것이다. 은퇴를 하면서 그가 다 정해 놓았다.

에밀리아 레드윙은 집으로 돌아가는 차에 오른 다음에서야 아버지에게 들은 이야기를 전할 수 있었다. 운전을 하고 있던 아서는 충격을 받았다. 「맙소사!」 그가 외쳤다. 「아버님이 제대로 알고 말씀하신 거 확실해?」

「희한하더라. 의식이 더할 나위 없이 또렷하셨어. 당신이 자리를 비운 딱 5분 동안.」

「미안, 여보. 나를 부르지 그랬어.」

「괜찮아. 당신이 같이 듣지 못한 게 아쉬워서 그래.」

「그럼 내가 증인이 될 수 있었는데.」

레드윙 박사는 미처 생각하지 못했던 부분이었다. 하지만 듣고 보니 고개가 끄덕여졌다. 「그러게.」

「그래서 어쩔 거야?」

레드윙 박사는 아무 대답도 하지 않았다. 젖소들이 여기저기서 점점이 풀을 뜯고 있는 기찻길 저편의 바스 골짜기만 바라보았다. 여름의 태양이 아직 저물지 않았지만 햇살이 부드러웠고 그림자들은 언덕 옆쪽으로 몸을 욱여넣었다. 「잘 모르겠어.」마침내 그녀가 말했다. 「아빠한테 괜히 들었다 싶은 마음도 있어. 아빠의 켕기는 비밀이 이제 나한테로 넘어왔잖아.」그녀는 한숨을 쉬었다. 「누군가에게 얘기는 해야겠지. 그런들 무슨 소용이 있을까 싶지만. 당신이 같이 들었대도 증거가 없잖아.」

「그 탐정한테 얘기해야 하지 않을까?」

「퓐트 씨?」그녀는 자신이 한심스럽게 느껴졌다. 어떤 연관성이 있을지 모른다는 생각은 해본 적이 없었지만 새로운 정보가 생겼으면 당연히 전달해야 하는 거였다. 막대한 재산을 물려받은 매그너스 파이 경이 잔인하게 살해당했는데, 이제 보니 모든 부동산이 애초부터 남의 것이었다. 그게 그가 살해당한 이유가 될 수 있을까? 「그러게.」그녀가 말했다. 「그 탐정한테 알리는 게 좋겠어.」

그들은 말없이 달렸다. 잠시 후에 그녀의 남편이 물었다. 「클라리사 파이는? 그녀한테도 얘기할 거야?」

「얘기해야 한다고 생각해?」

「잘 모르겠다. 정말로 모르겠어.」

그들은 마을에 다다랐다. 소방서와 퀸스 암스와 그 바로 뒤편의 교회를 지나는 동안 그들은 서로 같은 생각을 하고 있음을 알지 못했다.

클라리사가 이미 알고 있다면 어떻게 되는 걸까?

8

바로 그때 퀸스 암스에서는 제임스 프레이저가 다섯 잔의 음
료가 담긴 쟁반을 들고 저쪽 구석의 조용한 테이블로 걸어가고
있었다. 맥주 세 잔은 그와 로버트 블래키스턴, 처브 경위의 몫
이었고 뒤보네와 비터 레몬[20]은 조이 샌덜링, 조그만 셰리는 아
티쿠스 퓐트 몫이었다. 감자칩을 두어 봉 곁들이면 좋았겠지만
왠지 모르게 그러면 안 될 것 같은 예감이 들었다. 그는 자리에
앉아서 그들을 이 자리로 부른 남자를 살펴보았다. 2주 상관으
로 어머니와 멘토를 잃은 로버트 블래키스턴은 퇴근하자마자
곧장 달려왔다. 작업복을 벗고 재킷을 입었지만 손은 여전히
그리스와 오일 범벅이었다. 프레이저는 그 얼룩이 가실 날이
있을까 하는 생각이 들었다. 그는 특이하게 생긴 청년이었다.
못생기지는 않았지만 형편없이 자른 머리와 너무 툭 튀어나온
광대뼈와 창백한 피부 때문에 못나게 그린 초상화 같았다. 조
이 옆에 앉았고 어쩌면 테이블 밑으로 그녀의 손을 잡고 있을
수도 있었다. 두 눈은 겁에 질린 눈빛을 하고 있었다. 이 자리에
있기 싫은 티가 역력했다.

「걱정할 것 없어, 롭.」 조이가 말했다. 「퓐트 씨는 도와주려고
그러는 거야.」

「당신이 런던으로 찾아갔을 때 도와줬던 것처럼?」 로버트는
들은 척하지 않았다. 「이 마을은 우리를 가만두려고 하질 않아.
처음에는 나더러 어머니를 죽였다고 하더니. 나로 말할 것 같
으면 어머니의 털끝 하나 건드린 적 없는 사람인데. 당신도 알

20 약간 쓴맛이 나는 탄산 레몬주스.

잖아. 그런데 그걸로는 부족한지 이제는 매그너스 경 어쩌고 하면서 수군대고 있어.」 그는 아티쿠스 쪽으로 고개를 돌렸다.
「그래서 내려오신 건가요, 파운드 씨? 저를 의심해서요?」

「매그너스 경이 잘못되길 바랄 만한 이유가 있으신가요?」

「아뇨. 경이 만만치 않은 사람이었다는 건 인정해요. 하지만 나한테는 늘 잘해 주었어요. 경이 없었다면 나는 취직도 하지 못했을 거예요.」

「사생활적인 측면에서 몇 가지 물어보아야 할 게 있습니다.」 퓐트는 말을 이었다. 「당신이 유력한 용의자이거나 그래서 묻는 건 아니에요. 하지만 두 건의 사망 사건이 모두 파이 홀에서 벌어졌고 당신은 그 집과 밀접한 연관이 있으니까요.」

「내가 원해서 그렇게 된 게 아니잖아요.」

「물론이죠. 하지만 그 집의 역사와 거기 살았던 사람들에 대해서 이야기를 들려줄 수 있지 않을까 싶은데요.」

로버트는 테이블 위로 꺼내 놓았던 쪽 손으로 맥주를 감싸쥐었다. 그러고는 반항조로 퓐트를 쳐다보았다. 「당신은 경찰도 아니잖아요.」 그가 말했다. 「그런데 왜 내가 질문에 대답을 해야 하죠?」

「**내가** 경찰이니까.」 처브가 끼어들었다. 그는 담배에 불을 붙이려고 성냥을 얼굴 앞까지 가지고 갔다가 그대로 멈추었다. 「그리고 퓐트 씨는 나와 공조 수사를 벌이고 있어. 협조를 거부하면 구치소 철창에서 하룻밤을 보내고 나서도 그 생각에도 변함이 없는지 알아보는 수밖에. 전에도 철창 내부를 구경한 적 있을 테지만.」 그는 담배에 불을 붙이고 성냥을 불어서 껐다.

조이는 약혼자의 팔에 손을 얹었다. 「로버트, 제발…….」

그는 그녀의 손을 털어냈다. 「나는 감출 게 아무것도 없습니다. 뭐든 물어보세요.」

「그럼 맨 처음에서부터 시작할까요.」 핀트가 제안했다. 「괜찮으시다면 파이 홀에서 어떤 어린 시절을 보냈는지 듣고 싶은데요.」

「안 괜찮을 게 뭐가 있습니까, 거기서 행복하게 잘 지낸 적은 없었지만요.」 로버트가 대답했다. 「어머니가 아버지보다 자기가 모시는 사람한테 더 신경을 쓰면 좋을 수가 없지 않겠어요? 우리가 로지 하우스로 이사한 날부터 그랬거든요. 매그너스 경이 어쩌고, 매그너스 경이 저쩌고! 어머니는 그의 하녀에 불과한데도 온갖 호들갑을 떨었어요. 우리 아버지도 그걸 못마땅하게 여겼죠. 남의 집에 얹혀사는데 마음이 편할 수 있었겠어요? 그래도 당분간은 그 생활을 고수했어요. 아버지가 전쟁 이전에는 일감이 별로 없었거든요. 집 문제도 해결됐겠다, 고정적인 수입도 있겠다. 그러니 참고 견딘 거죠.

우리 가족은 내가 열두 살이었을 때 거기로 이사했어요. 그 전에는 할아버지의 집이었던 셰퍼즈 팜에서 살았고요. 거의 다 쓰러져 가는 집이었지만 우리 마음대로 살 수 있어서 좋았어요. 나랑 톰은 색스비온에이번에서 태어났고 그 뒤로 죽 여기서 살았어요. 나로 말할 것 같으면 여기가 내 세상의 전부예요. 예전에 일하던 가정부가 떠나고 매그너스 경의 집을 관리할 사람이 필요해졌을 때 우리 어머니가 그때 이미 마을에서 이런저런 일들을 하고 있었기 때문에 당연한 선택이었죠, 사실.

첫해 정도는 괜찮았어요. 로지 하우스가 살기에 나쁘지 않았고 셰퍼즈 팜에 비하면 방이 많았거든요. 모두에게 방이 생겨서 좋았어요. 어머니와 아버지는 복도 맨 끝 방을 썼죠. 나는 그렇게 으리으리한 데서 산다고 학교에서 자랑했지만 다른 아이들에게 놀림을 받곤 했어요.」

「동생하고는 사이가 어땠나요?」

「다른 형제들처럼 싸우면서 컸죠. 그래도 아주 친하게 지냈어요. 온 영지를 돌아다니면서 잡기 놀이도 하고. 해적도 됐다가, 보물 사냥꾼도 됐다가, 군인도 됐다가, 스파이도 됐다가. 톰이 모든 게임을 만들어 냈어요. 나보다 나이는 어렸지만 훨씬 더 똑똑했거든요. 밤이 되면 벽에 대고 암호를 두드렸어요. 자기가 만든 암호를요. 나는 한 단어도 알아듣지 못했지만 자고 있어야 할 시각에 동생이 벽을 두드리는 소리에 귀를 기울이곤 했죠.」 그가 옛 추억을 떠올리며 어렴풋이 미소를 짓자 일순 그의 얼굴에서 긴장이 살짝 가셨다.

「개를 키웠다고요. 이름이 벨라였다던데.」

당장 그의 얼굴이 다시 우거지상으로 변했다. 프레이저는 로지 하우스의 방에서 본 개 목걸이를 기억했지만 그게 무슨 연관성이 있는지 의아했다.

「벨라는 톰이 키운 개였어요.」 로버트가 말했다. 「셰퍼즈 팜을 떠날 때쯤 아버지가 선물한 녀석이었고요.」 그는 이야기를 계속해도 될지 망설이는 사람처럼 조이를 흘끗 쳐다보았다. 「하지만 로지 하우스로 이사한 뒤에 — 안 좋게 끝났어요.」

「어떻게 됐길래요?」

「정확하게는 잘 모르겠지만 이거 하나만큼은 장담할 수 있어요. 매그너스 경이 자기 땅에서 그 녀석을 키우는 걸 좋아하지 않았다는 거. 그것만큼은 분명했어요. 벨라가 양을 쫓아다닌다

며 녀석을 처분했으면 좋겠다고 당장 얘기했죠. 하지만 톰이
그 녀석을 워낙 좋아했기 때문에 아버지가 싫다고 했어요. 아
무튼 그러던 어느 날 녀석이 사라져 버렸어요. 온 사방을 찾아
다녔지만 보이지 않았죠. 그러고는 2주가 지났을 때 딩글 델에
서 발견이 됐어요.」 그는 말을 멈추고 아래를 내려다보았다.
「목이 잘렸더라고요. 톰은 브렌트의 짓이라고 했어요. 하지만
그게 사실이었다 한들 매그너스 경의 명령을 따랐을 뿐이겠
죠.」

　침묵이 흘렀다. 한참 만에 퀸트가 나지막한 목소리로 다시
입을 열었다. 「이제 다른 사람의 죽음에 대해 물어보려고 하는
데요.」 그가 말했다. 「고통스러울 거라는 건 알지만 이해해 주
셨으면 하는 게…….」

　「톰 말이죠?」

　「맞습니다.」

　로버트는 고개를 끄덕였다. 「전쟁이 시작되자 아버지는 보스
컴 다운 공군 기지에서 일을 했어요. 1주일 내내 거기 계실 때
가 많아서 어쩌다 한 번씩 얼굴을 보는 게 전부였죠. 아버지가
같이 있었다면, 아버지가 우리한테 좀 더 신경을 썼다면 그런
일은 절대 없었을 거예요. 어머니는 입버릇처럼 그렇게 말했어
요. 우리 곁을 비운 아버지 탓이라고.」

　「어쩌다 그렇게 됐는지 기억이 납니까?」

　「절대 잊지 못하죠, 파운드 씨. 살아 있는 동안에는. 그때는
내 잘못인 줄 알았어요. 많은 사람들이 그렇게 얘기했고 어쩌
면 아버지도 그렇게 생각했을지 몰라요. 아버지는 나하고 그
일에 대해서 얘기한 적이 한 번도 없었어요. 그 뒤로 나하고 애

기 자체를 한 적이 거의 없었고 못 만난 지 한참 됐어요. 뭐, 어쩌면 아버지의 생각에 일리가 있었을지도 모르죠. 톰이 나보다 두 살 어린 동생이었으니까 내가 잘 돌봐 주었어야 하는 건지 모르죠. 하지만 동생 혼자 두고 자리를 비웠다가 돌아와 보니 사람들이 호수에서 동생을 끌어내고 있었고 동생이 물에 빠져서 죽었대요. 열두 살밖에 안 됐을 때였는데.」

「당신 잘못이 아니야, 로버트.」 조이가 말했다. 그녀는 한쪽 팔로 그를 감싸고 꼭 끌어안았다. 「사고였잖아. 심지어 당신은 그 자리에 있지도 않았고…….」

「동생을 정원으로 데리고 나간 사람이 나였어. 그러고는 혼자 내버려 뒀고.」 그는 갑자기 눈물을 반짝이며 퀸트를 물끄러미 바라보았다. 「여름이었고 오늘 같은 날이었어요. 우리는 보물 사냥에 나섰어요. 매그너스 경이 딩글 델에서 보물을 잔뜩 찾았다는 걸 알았기에 항상 금이나 은으로 된 뭔가를 찾아다녔거든요. 땅 속에 묻힌 보물이라니! 남자아이라면 누구나 꿈꿀 만한 거잖아요. 『매그닛』과 『핫스퍼』에서 읽은 이야기를 실현시켜 보려고 했던 거죠. 매그너스 경도 격려했어요. 실제로 도전 과제까지 내주면서. 그러니까 경도 일부 책임이 있을지 몰라요. 모르겠어요. 늘 누구 책임이냐가 관건이잖아요. 이런 일이 벌어지면 이해할 방법을 찾아야 하니까요.

톰은 호수에 빠져서 죽었어요. 이날까지도 우리는 어쩌다 그렇게 됐는지 몰라요. 옷을 다 입고 있었으니까 수영을 하러 들어간 건 아니었어요. 어쩌면 넘어졌을지도 모르죠. 머리를 부딪쳤을 수도 있고요. 브렌트가 발견해서 끄집어냈어요. 나는 그의 고함 소리를 듣고 잔디밭을 달려갔어요. 그를 도와서 동생을 육지로 끌어올리고 학교에서 배운 대로 심폐 소생술을 했어요. 하지만 아무 소용이 없었어요. 어머니가 와서 우리를 발견했을 무렵에는 이미 늦었고요.」

「네빌 브렌트가 그때부터 거기서 일을 하고 있었다고?」처브가 물었다. 「그때는 아직 그의 아버지가 관리인이었던 걸로 아는데.」

「아버지가 나이를 좀 먹어서 네빌이 같이 하고 있었어요. 사실상 그가 그 자리를 물려받은 건 아버지가 돌아가신 다음이었고요.」

「동생이 그렇게 된 걸 보았으니 엄청나게 충격을 받고 괴로웠겠군요.」퓐트가 말했다.

「내가 물속에 뛰어들어서 동생을 잡았어요. 비명을 지르고 울부짖으면서. 지금도 그 망할 호수 쪽은 쳐다보질 못해요. 나는 로지 하우스에서 계속 살고 싶은 생각이 없었고 방법만 있으면 아예 색스비온에이번을 뜨고 싶어요. 이제 이런 일들까지 생겼으니 뜰 수 있을지 모르죠. 아무튼 그날 밤에 아버지가 돌아와서 어머니에게 고함을 질렀어요. 나한테도 고함을 질렀고요. 아버지는 우리한테 도움을 준 적이 없어요. 화만 냈을 뿐. 그리고 1년이 지났을 때 우리 곁을 떠났어요. 결혼 생활을 정리하겠다면서. 그 뒤로 아버지를 두 번 다시 본 적이 없어요.」

「어머니는 그 사건에 어떤 반응을 보이셨나요?」

「그래도 계속 매그너스 경 밑에서 일을 했죠. 그게 가장 먼저 짚고 넘어갈 만한 사항이에요. 어머니는 무슨 일이 있어도 경의 곁을 떠날 생각이 없었어요. 그 정도로 경을 떠받들었어요. 날마다 출근하려면 호수 옆을 걸어가야 하는데도. 어머니는 그

쪽을 절대 쳐다보지 않는다고, 고개를 반대 방향으로 돌리고 걷는다고 했지만 — 어떻게 그럴 수가 있었는지 나는 잘 모르겠어요.」

「그래도 당신에 대한 애정은 여전하셨나요?」

「그러려고 노력하셨어요, 파운드 씨. 거기에 대해서 고마워한 적은 없었지만 그것만큼은 인정을 해야겠죠. 톰이 죽은 뒤로 뭐든 쉬운 게 없었어요. 학교에서도 문제가 생겼고. 아이들이 우라지게 잔인해질 수가 있거든요. 그리고 어머니는 나를 걱정하느라 속을 끓였죠. 집 밖으로 나다니질 못하게 했다니까요! 가끔 나는 감옥에 갇혀 지내는 듯한 심정을 느꼈어요. 어머니가 계속 나를 감시하고 있었거든요. 나한테도 무슨 일이 생겨서 어머니 혼자 남을까 봐 두려워했어요. 나와 조이의 결혼을 반대한 진짜 이유가 그거였지 싶어요. 내가 어머니 곁을 떠날 테니까. 어머니 때문에 내가 숨이 막힐 것 같았기 때문에 우리 사이가 틀어진 거예요. 이것도 인정할게요. 결국에는 내가 어머니를 싫어하게 됐다는 것도.」

그는 잔을 들어서 맥주를 몇 모금 마셨다.

「당신은 어머니를 싫어하지 않았어.」 조이가 나지막이 말했다. 「사이가 서로 어긋났을 뿐이야. 둘 다 과거의 그늘 속에서 지내며 그로 인해 얼마나 상처를 받았는지 몰랐기 때문에.」

「어머니가 세상을 떠나기 직전에 자네가 협박을 했지.」 처브 경위가 말을 꺼냈다. 그는 이미 맥주잔을 비웠다.

「아닙니다, 경위님. 그럴 리가요.」

「그 부분에 대해서는 나중에 때가 되면 짚고 넘어가죠.」 핀트가 말했다. 「결국에는 파이 홀을 떠났죠. 먼저 브리스틀에서의 생활이 어땠는지 듣고 싶은데요.」

「오래 있지 못했어요.」이제 로버트는 뚱해졌다. 「매그너스 경이 주선한 일자리였어요. 아버지가 떠난 뒤에 경이 아버지를 대신해서 우리를 어떻게든 도와주려고 했거든요. 경이 나쁜 사람은 아니었어요 ── 그러니까, 나쁘기만 한 사람은 아니었다고요. 그래서 경이 포드 자동차에 수습으로 취직을 시켜 주었는데 잘 안 됐어요. 솔직히 내가 가관이었죠. 낯선 도시에서 혼자 지내려니 즐겁지가 않더라고요. 술을 너무 많이 마셨고 블루 보어라는 동네 술집에서 싸움을 벌이고, 별일도 아닌 걸 가지고…….」그는 처브를 향해 고개를 끄덕였다. 「하지만 경위님 말이 맞아요. 유치장에서 하룻밤을 보냈고 매그너스 경이 또다시 나서 주지 않았다면 일이 훨씬 골치 아파졌을 거예요. 경이 경찰에 잘 얘기해 준 덕분에 풀려날 수 있었지만 그 뒤로 말썽은 부린 적이 없어요. 나는 다시 색스비로 내려왔고 경이 지금 이 회사하고 연결시켜 주었어요. 나는 예전부터 자동차 고치는 걸 좋아했거든요. 아버지한테 물려받았나 봐요. 아버지한테 받은 거라고는 그것밖에 없지만.」

「어머니가 돌아가신 주에 어머니하고는 무슨 일로 말다툼을 벌이게 됐죠?」퓐트가 물었다.

「별거 아니었어요. 어머니가 전구를 갈아 달라고 했어요. 그뿐이에요. 설마 그것 때문에 내가 어머니를 죽였을 거라고 생각하는 건 아니겠죠, 파운드 씨? 맹세하는데 어머니 근처에는 가지도 않았어요 ── 그럴 일도 없었고요. 조이가 얘기했잖아요. 그날 저녁에 자기랑 같이 있었다고! 저녁부터 다음 날 아침까지. 집에서 같이 나왔는데, 내 말이 거짓말이라면 조이도 거짓말을 하는 건데, 조이가 뭐 하러 거짓말을 하겠어요?」

「미안하지만 사실 그렇지는 않습니다.」퀸트는 앞으로 닥칠 일에 대해 각오를 다지고 있는 것처럼 보이는 조이 샌덜링에게로 고개를 돌렸다. 「런던으로 찾아왔을 때 두 분이 계속 같이 있었다고 했죠? 하지만 둘이 서로의 시야에서 벗어난 적이 없다고 장담할 수 있나요? 샤워나 목욕을 한 적이 없나요? 아침을 준비하지 않았나요?」

조이는 얼굴을 붉혔다. 「둘 다 했어요, 퀸트 씨. 제가 로버트를 보지 못한 시간이 10분에서 15분쯤 될 거예요…….」

「그리고 스쿠터를 집 앞에 세워 놓았죠, 샌덜링 양. 그리고 당신도 시인했다시피 걸어가기에는 먼 거리지만 그걸 타고 가면 파이 홀까지 2~3분이면 충분했을 테고요. 그러니까 당신이 부엌에 있거나 목욕을 하는 동안 로버트가 스쿠터를 타고 가서 온갖 괴로움의 근원이자 결혼에 결사적으로 반대하는 어머니를 죽이고 왔을 수도 있는 거죠.」그의 가설이 허공에 맴도는 가운데 그는 다시 로버트 쪽으로 고개를 돌렸다. 「그리고 매그너스 경의 경우에는요?」그가 하던 이야기를 계속했다. 「그가 사망한 날 저녁 8시 반에는 어디 있었는지 알 수 있을까요?」

로버트는 풀이 죽은 표정으로 등을 구부정하게 수그렸다. 「그 부분에 있어서는 아무 도움이 못 되겠네요. 집에서 혼자 저녁을 먹었거든요. 집 아니면 어디 갈 데가 있었겠어요? 하지만 내가 매그너스 경을 죽였다고 생각하신다면 이유를 말씀해 주시죠. 경은 나한테 아무 해코지도 하지 않았는걸요.」

「어머니가 파이 홀에서 돌아가셨는데 장례식에 참석도 하지 않았잖습니까!」

「어쩌면 그렇게 잔인하세요?」 조이가 외쳤다. 「로버트한테 뒤집어씌우려고 없는 이야기를 막 만들어 내시는군요. 이이는 그 두 사람을 죽일 이유가 없었어요. 그리고 스쿠터의 경우에도 출발하는 소리를 들은 적이 없어요. 그게 쓰였다면 목욕을 하던 도중에라도 소리를 들었을 텐데.」

「이제 끝났나요?」 로버트가 물었다. 그는 남은 맥주를 그대로 두고 자리에서 일어났다.

「더 이상 질문할 게 없습니다.」 퓐트가 말했다.

「그럼 괜찮으시면 이만 집으로 가겠습니다.」

「나도 같이 갈게.」 조이가 말했다.

처브는 정말로 더 이상 궁금한 게 없는지 확인하려는 듯이 퓐트를 흘끗 쳐다보았다. 퓐트는 보일락 말락 하게 고개를 끄덕였고 청춘 남녀는 같이 술집을 나섰다.

「정말로 그가 어머니를 살해했을지 모른다고 생각하십니까?」 그들이 사라지자마자 프레이저가 물었다.

「그럴 가능성은 희박하다고 보네, 제임스. 방금 전에 그가 어머니를 어떤 식으로 얘기하는지 들어 보니…… 분노와 짜증과 어쩌면 공포는 느껴졌을지 몰라도 증오는 없었어. 재미 삼아 이야기를 꺼내 보기는 했지만 그가 약혼녀의 스쿠터를 몰고 파이 홀로 갔을 거라고 생각하지도 않아. 왜냐고? 색상 때문이지. 기억하나? 샌덜링 양이 맨 처음에 우리를 찾아왔을 때 내가 했던 말을. 마을을 얼른 가로질러서 범행을 저지르려고 마음을 먹으면 스쿠터를 빌리고 싶을지 몰라도 밝은 분홍색은 아니지. 너무 눈에 띄잖아. 그에게 매그너스 파이 경을 죽이고 싶은 동기가 있을까? 있을 수도 있겠지만 솔직히 지금 당장은 모르겠네.」

「그럼 시간 낭비였던 셈이로군요.」처브가 결론을 내렸다. 그는 자신의 빈 잔을 흘끗 쳐다보았다. 「그래도 퀸스 암스의 맥주 맛이 제법 괜찮으니까요. 그리고 보여 드릴 게 있습니다, 헤르 퓐트.」그는 주머니에서 메리 블래키스턴의 일기장을 꺼냈다. 어떤 식으로 찾았는지 잠깐 설명했다. 「모든 마을 주민들이 이야기가 담겨 있어요.」그가 말했다. 「흔히들 뒤를 캔다고 하잖아요? 이건 뭐 거의 뒤를 판 수준이에요!」

「알게 된 정보로 사람들을 협박했다고 생각하시는 건 아니죠?」프레이저가 물었다. 「그랬다면 누군가에게 그녀를 계단 아래로 밀칠 만한 아주 훌륭한 이유가 생길 테니까요.」

「좋은 지적입니다.」처브가 말했다. 「내용이 좀 애매모호한 부분도 있어요. 가려 가며 썼더군요. 하지만 그녀가 얼마나 많은 걸 알고 있는지 사람들이 알아차렸다면 적이 많이 생겼을 거예요. 매그너스 경과 딩글 델의 경우에 그랬던 것처럼. 그게 이 사건의 골치 아픈 부분이에요. 용의자가 너무 많다는 거! 하지만 문제는 이거죠. 동일 인물이 두 사람을 살해했느냐는 것.」경위는 자리에서 일어났다. 「일기장은 나중에 돌려주세요, 헤르 퓐트.」그가 말했다. 「이제 그만 퇴근하렵니다. 마나님께서 무려 **프리카세 드 풀레 아 랑시엔**[21]을 만든다고 하거든요, 맙소사. 내일 뵙겠습니다.」

그는 떠났다. 프레이저와 퓐트, 단둘이 남았다.

「경위 말이 맞아.」퓐트가 말했다.

---

21 와인, 마늘, 양파, 야생 버섯 등으로 만든 크림소스에 구운 닭고기를 넣어 졸인 음식.

「용의자가 너무 많다는 거요?」

「동일 인물이 매그너스 파이 경과 그의 가정부를 살해했겠느냐고 물었잖아. 그게 관건이야. 두 사건 사이에 분명 연결 고리가 있는데 우리는 그게 뭔지 전혀 파악을 못 하고 있어. 그걸 파악하기 전에는 계속 오리무중일 거야. 하지만 그 해답이 지금 내 손에 쥐어져 있을 수도 있지.」그는 첫 장을 들여다보고 미소를 지었다.「벌써부터 글씨체가 낯이 익군……..」

「어째서요?」

하지만 퓐트는 아무 대답도 하지 않고 일기장을 읽기 시작했다.

다섯

은화

1

처브 경위는 바스의 오렌지 그로브 경찰서를 아주 좋아했다. 완벽한 조지 왕조풍의 건물로 튼튼하고 진중한 동시에 밝고 우아해서 포근하게 느껴졌다. 적어도 바르게 사는 사람들이 느끼기에는 그랬다. 그는 그 안으로 들어설 때마다 그가 중요한 일을 하고 있다는 생각, 하루 일과를 마칠 때쯤이면 세상이 조금 더 살기 좋아질지 모른다는 생각이 들었다. 그의 사무실은 입구가 내려다보이는 2층에 있었다. 그의 책상에 앉으면 전면 유리창 너머로 밖을 내다볼 수 있는 데서도 안정감을 만끽할 수 있었다. 그는 어쨌거나 민중을 감시하는 눈이었다. 따라서 이렇게 탁 트인 시야를 누릴 권리가 있었다.

그는 존 화이트헤드를 이 방으로 불렀다. 색스비온에이번이 제공하는 거짓 껍데기 안에서 그를 끄집어내 누가 칼자루를 쥐고 있는지 보여 주기 위해 의도적으로 취한 조치였다. 여기에서는 거짓말을 할 수 없을 것이다. 사실 화이트헤드, 그의 아내, 아티쿠스 퓐트 그리고 젊은 그의 조수 프레이저, 이렇게 네 사람이 그를 마주 보고 있었다. 평소에는 아내의 사진을 책상 위에 놓아두는데 오늘은 그들이 들어오기 직전에 서랍에 넣었다. 이유는 알 수 없었다.

「성함이 존 화이트헤드 맞습니까?」 그는 심문을 시작했다.

「맞습니다.」 앤티크 숍 사장은 뚱하니 풀이 죽었다. 게임이 끝났다는 걸 알기 때문이었다. 그는 시치미를 떼려는 시도조차 하지 않았다.

「색스비온에이번에 오신 지 얼마나 됐죠?」

「3년 됐습니다.」

「우리는 잘못한 게 아무것도 없어요.」젬마 화이트헤드가 끼어들었다. 체구가 워낙 작아서 의자가 너무 거대해 보일 정도였다. 그녀는 무릎 위에 올려놓은 핸드백을 움켜쥐고 있었다. 발이 바닥에 닿을락 말락 했다.「이이가 어떤 사람인지, 어떤 짓을 저질렀는지 아시죠? 하지만 그건 다 옛날이야기예요. 형을 살았고 모범수로 출소했어요. 우리가 런던을 떠난 건 조용한 데서 함께 지내고 싶었기 때문이에요. 매그너스 경의 사건은 우리하고 **아무** 상관 없어요.」

「그건 제가 판단하겠습니다.」처브가 말했다. 메리 블래키스턴의 일기장이 그의 앞 책상 위에 놓여 있었고 그는 잠깐 그걸 열어 보고 싶은 유혹을 느꼈다. 하지만 그럴 필요가 없었다. 그는 이미 연관 있는 부분을 거의 외우다시피 했다.「7월 9일에 아서 리브라는 분의 집에 도둑이 들었죠. 리브 씨는 퀸스 암스를 운영하다 지금은 그만두고 부인과 함께 지내고 있고요. 창문이 깨졌고 응접실에 두었던 메달 컬렉션이 없어진 걸 보고 그는 몹시 속상해했습니다. 조지 6세 때 만들어진 진귀한 그리스 메달도 있었는데 말이죠. 컬렉션 전체의 가치는 1백 파운드 정도였습니다. 물론 정서적인 가치는 별개로 치고요.」

화이트헤드는 가슴을 폈지만 그의 옆에 앉아 있던 아내는 사색이 됐다. 처음 듣는 이야기였던 것이다.「제 앞에서 그 얘기를 꺼내는 이유가 뭐죠?」그가 따져물었다.「무슨 메달이 됐건 저는 전혀 아는 게 없는데요.」

「범인은 유리창에 손을 베었어요.」처브가 말했다.

「하루 뒤인 7월 10일에 당신은 레드윙 박사에게 치료를 받았죠.」 핀트가 거들었다. 「꿰매야 할 정도로 손이 찢어져서요.」 그는 잠깐 혼자 빙그레 웃었다. 조그만 샛길 두 개가 이 사건에 이르러 한데 만났다.

「손은 부엌에서 벤 거예요.」 조니가 말했다. 그는 아내를 흘끗 쳐다보았지만 그녀는 못 미더워하는 표정을 짓고 있었다. 「리브 씨의 집이나 메달 근처에는 간 적이 없습니다. 전부 거짓말이에요.」

「메리 블래키스턴이 죽기 나흘 전인 7월 11일에 당신을 찾아간 것에 대해서는 뭐라고 하실 겁니까?」

「누구한테 그런 이야기를 들으셨죠? 저를 감시하고 있었나요?」

「지금 부인하는 겁니까?」

「부인할 게 뭐가 있다고요. 네. 부인이 가게로 찾아왔어요. 가게로 찾아오는 손님이 한두 명인가요? 부인은 메달에 대해서 한 마디도 하지 않았어요.」

「그러면 선생이 브렌트에게 준 돈에 대해서 얘기를 하던가요?」 핀트의 목소리는 나지막하고 차분했지만 모든 걸 알고 있으니 왈가왈부해 봐야 아무 소용 없다고 암시하는 듯한 인상을 풍겼다. 사실 프레이저는 그렇지 않다는 걸 알고 있었다. 관리인은 최선을 다해서 얼버무리고 지나갔다. 무슨 일을 해준 대가인지, 아무튼 그가 5파운드를 갚은 거라고 했다. 핀트는 마구잡이로 찔러보는 중이었다. 하지만 그의 작전은 당장 효과를 보았다.

「좋습니다.」 화이트헤드는 시인했다. 「부인이 찾아와서 기웃

233

거리며 이런저런 걸 묻기는 했어요. 지금 선생님처럼. 무슨 얘기 하고 싶은 겁니까? 내가 부인의 입을 막으려고 계단 꼭대기에서 밀치기라도 했다는 겁니까?」

「조니!」젬마 화이트가 분노의 비명을 질렀다.

「괜찮아, 여보.」그가 손을 내밀었지만 그녀는 몸을 비틀어서 피했다. 「나는 아무 잘못도 한 게 없어요. 부인의 장례식을 치르고 며칠 뒤에 브렌트가 가게로 찾아왔어요. 팔고 싶은 물건이 있다면서. 로마 시대에 은으로 만든 앙증맞은 벨트 버클이었어요. 기원전 4세기 무렵에 제작된 것 같더군요. 그는 20파운드를 받고 싶다고 했어요. 나는 5파운드를 주었고요.」

「그게 언제 있었던 일이죠?」

「기억이 안 나는데요. 월요일! 장례식을 치른 다음 주었어요.」

「어디서 난 물건인지 브렌트가 얘기하던가요?」처브가 물었다.

「아뇨.」

「선생은 물어보셨습니까?」

「물어봐야 합니까?」

「불과 며칠 전에 파이 홀에 도둑이 들었다는 걸 알고 계셨을 텐데요. 매그너스 경이 은으로 된 보석과 동전을 도둑맞았다는 걸요. 블래키스턴 부인의 장례식을 치른 날에.」

「들었습니다. 네.」

「그런데 서로 연관성을 따져 보지 않았다고요?」

화이트헤드는 숨을 내뱉었다. 「많은 사람들이 제 가게를 찾아옵니다. 저는 많은 상품을 매입하고요. 리브 부인한테서는 우스터 커피 머그를 샀고 핀치 부부한테서는 놋쇠로 된 휴대용

시계를 샀어요. 그게 불과 지난주의 일입니다. 제가 그 사람들한테도 어디서 난 물건이냐고 물었을까요? 색스비의 모든 사람들을 범죄자 취급했다가는 1주일 안으로 가게 문을 닫아야 할 겁니다.」

처브는 숨을 내뱉었다. 「하지만 화이트헤드 씨는 범죄자가 맞지 않습니까. 장물 취득죄로 3년 동안 복역했으니까요.」

「약속했잖아!」 젬마가 중얼거렸다. 「이제는 손 떼겠다고 약속했잖아.」

「당신은 가만히 있어. 나를 자극하려고 그런 소리를 늘어놓는 거야.」 화이트헤드는 사나운 눈빛으로 처브를 흘끗 쳐다보았다. 「잘못 짚으셨어요, 처브 경위님. 네. 저는 브렌트한테서 은으로 된 벨트 버클을 샀습니다. 네. 파이 홀이 도둑을 맞았다는 것도 알았고요. 그런데 서로 연관성을 따져 보았느냐고요? 아뇨. 따져 보지 않았습니다. 바보 아니냐고 하셔도 좋습니다. 하지만 바보 같은 게 죄는 아니죠. 그의 가족이 20년 전부터 가지고 있었던 버클인지 아닌지 제가 알 게 뭡니까? 매그너스 경이 잃어버린 거라면 브렌트한테 따지셔야죠, 제가 아니라.」

「그 벨트 버클은 지금 어디 있죠?」

「런던에 있는 친구한테 팔았습니다.」

「5파운드보다 훨씬 비싸게 팔았겠죠?」

「그게 제 직업이잖습니까, 처브 경위님. 제가 하는 일이 그런 거죠.」

아티쿠스 퓐트는 잠자코 듣고만 있다가 안경을 고쳐 쓰며 조용히 얘기를 꺼냈다. 「블래키스턴 부인은 파이 홀이 도둑맞기 전에 선생을 찾아갔죠. 부인의 호기심을 자극한 건 도둑맞은 메달이었는데요. 부인이 협박을 하던가요?」

「부인은 오지랖이 넓은 할망구였어요. 자기하고 상관도 없는 문제를 캐묻고 다니는.」

「브렌트한테서 다른 물건도 사신 게 있습니까?」

「아뇨. 들고 온 게 그것뿐이었어요. 매그너스 경의 다른 보물을 찾고 싶으면 저랑 이렇게 시간 낭비를 할 게 아니라 그 집을 뒤져야 하는 거 아닌가요?」

퓐트와 처브는 서로 흘끗 쳐다보았다. 그와의 면담에서 더 이상 얻을 건 없었다. 그렇기는 해도 경위는 마지막으로 한마디 하고 넘어가기로 작심했다. 「당신이 색스비온에이번으로 내려온 뒤로 좀도둑 사건이 몇 건 벌어졌어요.」그가 말했다. 「유리창이 깨지고 골동품과 보석이 없어지고. 지금 이 자리에서 약속하는데 우리 측에서 그 사건들을 일일이 조사할 겁니다. 지난 3년 동안 매입하고 판매한 물품 장부를 제출해 주세요.」

「장부를 적지 않아서요.」

「세무서에서 들으면 좋아하지 않겠는데요? 앞으로 몇 주 동안 여행은 삼가 주시기 바랍니다, 화이트헤드 씨. 다시 연락드리죠.」

앤티크 숍 주인과 그의 아내는 자리에서 일어나 스스로 문을 열고 사무실을 빠져나왔다. 2층 층계참과 1층으로 내려가는 계단이 그들을 맞았다. 그들은 아무 말 없이 발걸음을 옮겼지만 건물 밖으로 나서자마자 젬마가 외쳤다. 「조니! 어떻게 나한테 거짓말을 할 수가 있어?」

「거짓말한 적 없어.」조니는 애처로운 목소리로 대꾸했다.

「우리가 한 얘기는 다 뭐야. 우리가 세워 놓은 계획은 다 뭐고!」 그녀는 그의 대답을 못 들은 사람처럼 굴었다. 「런던에 갔을 때 누구 만났어? 그 은으로 된 벨트 버클은 — 누구한테 팔았어?」

「얘기했잖아.」

「데릭이랑 콜린 말이지? 그 사람들한테도 메리 얘기했어? 그녀가 당신의 정체를 파악했다고?」

「지금 무슨 소리하는 거야?」

「무슨 소린지 알잖아. 예전에, 당신이 그 조직의 일원이었을 때 규칙을 어기는 사람이 있으면 사건이 벌어졌잖아. 우리끼리 얘기한 적은 한 번도 없었고 당신하고는 무관한 일이라는 건 나도 알지만 내가 무슨 뜻에서 하는 얘긴지 당신도 알잖아. 사람들이 사라지지 않았느냐고.」

「뭐? 내가 귀찮게 달라붙는 메리 블래키스턴을 살인 청부라도 했다는 거야?」

「안 그랬어?」

조니 화이트헤드는 대답하지 않았다. 그들은 아무 말 없이 차를 세워 놓은 곳으로 걸어갔다.

2

브렌트의 집을 수색했지만 살인 사건이나 도둑맞은 보물과 관련 있는 증거는 전혀 나오지 않았다.

브렌트는 대프니 로드의 연립 주택 단지에서 혼자 살았다. 옆집 사람과 현관 앞 마당을 함께 쓰고 두 개의 현관문이 서로

90도로 마주 보며 아래위층에 방이 두 개씩 있는 단순한 2층집이었다. 밖에서 보면 초콜릿 상자 같은 매력이 있었다. 초가지붕이 얹혀 있고 등나무와 화단은 잘 가꾸어져 있었다. 하지만 안으로 들어가면 이야기가 달라졌다. 개수대에 쌓여 있는 설거지거리에서부터 어지러운 침대와 바닥에 아무렇게나 널브러져 있는 옷가지에 이르기까지 곳곳에서 방치의 분위기를 풍겼다. 처브가 지금까지 숱하게 맡아 왔고 그럴 때마다 얼굴이 찌푸려졌던 냄새가 허공에 맴돌았다. 혼자 사는 남자의 냄새였다.

새로 샀거나 화려한 물품은 하나도 없었고 전부 이제는 한물간 〈고쳐 쓰고 아껴 쓰고〉[22] 구호에나 어울림직한 것들이었다. 접시는 이가 나갔고 의자는 끈으로 묶어 놓았다. 브렌트의 부모님이 살았던 집이고 두 분이 세상을 떠난 뒤에 그가 조금도 손을 대지 않았다. 심지어 그는 어린 시절에 썼던 담요와 이불을 덮고 어린 시절에 썼던 싱글 침대에서 잠을 청했다. 방바닥에 만화책까지 있었다. 스카우트 잡지도 있었다. 마치 성장을 멈춘 느낌이었고 그가 매그너스 경의 로마 시대에 은으로 제작된 보물을 전부 훔쳤다 한들 아직 팔지 않은 게 분명했다. 은행 잔고가 1백 파운드에 불과했다. 집 안에 숨겨 놓은 물건은 없었다. 바닥 밑, 다락방, 굴뚝까지 경찰이 샅샅이 뒤졌다.

「나는 안 훔쳤어요. 안 그랬어요. 나는 아니에요.」 파이 홀에서 경찰차를 타고 집까지 끌려온 브렌트는 그의 허름한 성소를 침범한 경찰들에게 둘러싸여서 충격을 받은 표정으로 이렇게 얘기했다. 그들 중에는 아티쿠스 퓐트와 제임스 프레이저도 있었다.

22 영국에서 전시에 절약 정신을 강조하기 위해 외친 구호였다.

「그럼 존 화이트헤드에게 판 은으로 된 벨트 버클은 어디서 난 거요?」처브가 물었다.

「주웠어요!」경위가 못 믿겠다는 듯이 눈을 번뜩이자 브렌트는 얼른 말을 이었다. 「진짜예요. 장례식 다음 날이었어요. 일요일. 나는 원래 주말에는 일을 하지 않아요. 그런데 매그너스 경과 레이디 파이가 여행을 다녀온 직후라 내가 필요하지 않을까 싶더라고요. 그래서 성의를 보이려고 찾아갔죠. 마당에 나와 있는데 잔디밭에 뭔가 반짝이는 게 있더라고요. 뭔지 몰랐지만 오래 된 물건처럼 보였고 어떤 남자 그림이 새겨져 있었어요. 옷을 홀딱 벗고 서 있는 남자 그림이.」그는 지저분한 농담이라도 공유하는 듯 잠깐 히죽거렸다. 「주머니에 챙겼다가 월요일에 그걸 들고 화이트헤드 씨를 찾아갔더니 5파운드를 주더라고요. 내가 생각했던 것보다 두 배 많은 금액이었어요.」

그렇군. 원래는 그 두 배의 값어치가 있는 물건인데. 처브는 생각했다. 「그날 경찰이 파이 홀로 불려 갔었는데요.」그가 말했다. 「매그너스 경이 도둑이 들었다고 신고를 해서. 거기에 대해서는 어떻게 생각하십니까?」

「나는 점심 전에 나왔어요. 경찰은 못 봤어요.」

「하지만 도둑이 들었다는 소식은 들었을 거 아닙니까.」

「그렇죠. 하지만 그때는 이미 엎질러진 물이었는걸요. 나는 이미 주운 물건을 화이트헤드 씨한테 팔았고 그도 다른 사람한테 팔아넘긴 것 같았으니까. 쇼윈도를 들여다보았더니 없더라고요.」브렌트는 어깨를 으쓱했다. 「나는 아무 잘못 없어요.」

브렌트의 이야기는 모든 면에서 의심스러웠다. 하지만 그의 주장이 사실이라면 아주 경미한 경범죄에 불과하다고 처브마

저도 인정하는 수밖에 없었다. 「그 버클을 어디서 주웠습니까?」 그가 물었다.

「잔디밭에서요. 집 앞 잔디밭이요.」

처브는 지도를 바라는 듯 핀트를 흘끗 쳐다보았다. 「정확한 지점을 알 수 있다면 좋겠는데요.」 핀트가 말했다.

처브도 동의했고 네 사람은 함께 출발했다. 브렌트는 파이홀까지 실려 가는 내내 투덜거렸다. 서로 속삭이는 듯이 느껴지는 그리핀 석상 두 개가 놓인 로지 하우스 앞을 다시 지나자 프레이저는 로버트와 톰 블래키스턴이 어렸을 때 침대에 누워서 벽을 두드리며 암호를 주고받는 놀이를 했다고 했던 것을 떠올렸다. 문득 그 게임에 담긴 의미를 그가 알아차리지 못하고 지나쳤다는 생각이 들었지만 핀트에게 얘기를 꺼내기도 전에 목적지에 도착했다. 브렌트가 차를 세우라고 외치자 그들은 호수 맞은편의 진입로 중간쯤에 차를 댔다.

「여기였어요!」 그가 잔디밭을 지나서 앞장섰다. 그들 앞으로 축축하고 번들번들한 호수가 길게 펼쳐졌고 그 너머는 숲이었다. 얼마 전에 로버트에게 들은 이야기 때문인지 몰라도 분명 사악한 분위기가 느껴졌다. 태양이 밝게 빛날수록 호수는 더 시커멓게 보였다. 그들은 호숫가에서 5~6미터 떨어진 곳에서 걸음을 멈추었다. 브렌트는 정확한 지점을 기억하기라도 하는 듯이 아래를 가리켰다. 「여기였어요.」

「여기 그냥 있었다고요?」 처브는 의심스러워하는 투였다.

「햇빛을 받고 반짝였어요. 그래서 내 눈에 띈 거예요.」

처브는 여러 가지 가능성에 대해 생각해 보았다. 「흠, 누군가 가 훔친 물건을 무더기로 들고 허둥지둥 달려서 도망치다 자기

240

도 모르게 떨어뜨렸을 수도 있겠군.」

「그랬을 수 있죠.」 핀트는 벌써 각도를 계산하고 있었다. 진입로와 로지 하우스와 현관문을 돌아보았다. 「그런데 이상합니다, 경위님. 도둑이 왜 이쪽으로 왔을까요? 뒷문으로 집 안에 들어갔다고 들었는데…….」

「그렇습니다.」

「그렇다면 진입로 건너편으로 가는 게 더 빠르지 않았을까요?」

「하지만 목적지가 딩글 델이었다면…….」 경위는 줄줄이 늘어선 나무를 살폈다. 호수 저편 어딘가에 목사관이 있었다. 「숲을 가로질러서 가면 아무한테도 들키지 않을 테니까요.」

「그렇죠.」 핀트는 맞장구를 쳤다. 「그런데 죄송하지만 경위님. 경위님이 도둑이라고 칩시다. 은으로 된 보석과 동전을 잔뜩 들고 있어요. 그걸 들고 한밤중에 빽빽한 숲속을 걸어가고 싶을까요?」 그의 시선은 까만 수면에 고정돼 있었다. 「호수는 수많은 비밀을 품고 있죠.」 그가 말했다. 「호수가 하고 싶은 이야기가 더 있을 텐데 혹시 잠수부를 동원해서 조사할 수 있을까요? 어떤 의구심이, 어떤 생각 하나가 떠오르는데…….」 그는 그 생각을 떨쳐 버리려는 듯이 고개를 저었다.

「잠수부요?」 처브는 고개를 저었다. 「한두 푼 드는 일이 아닌데요. 뭘 찾고 싶으신 겁니까?」

「메리 블래키스턴의 장례식이 열린 날 저녁에 파이 홀이 도둑을 맞은 진짜 이유요.」

처브는 고개를 끄덕였다. 「조치를 취하겠습니다.」

「또 필요하신 거 있나요?」 브렌트가 물었다.

241

「몇 분만 시간을 더 내주셨으면 하는데요. 브렌트 씨. 도둑이 들었을 때 어느 문의 유리창이 깨져 있었는지 알려 주시겠습니까?」

「네, 그러죠.」 브렌트는 수사의 초점이 다른 데로 옮겨지자 안심한 눈치였다. 「장미꽃밭을 가로질러서 가면 됩니다.」

「묻고 싶은 게 하나 더 있습니다.」 퓐트가 말했다. 프레이저는 탐정이 지팡이에 몸을 싣다시피 하고 걷는 것을 알아차렸다. 「매그너스 경이 선생에게 해고의 뜻을 전했다고 하던데요.」

브렌트는 벌레에 쏘이기라도 한 것처럼 움찔했다. 「누가 그래요?」

「사실입니까?」

「네.」 관리인은 이제 인상을 썼다. 온몸이 구부정해진 듯이 느껴졌고 고수머리가 이마를 덮었다.

「처음 만났을 때 왜 그 얘기를 하지 않으셨나요?」

「안 물어봤잖아요.」

퓐트는 고개를 끄덕였다. 맞는 말이었다. 「왜 일을 그만두라고 하던가요?」

「나도 몰라요. 하지만 경은 항상 나를 못마땅하게 여겼어요. 블래키스턴 부인이 나를 계속 헐뜯었거든요. 둘이 어찌나 쿵짝이 잘 맞는지! 꼭 — 밥과 글래디스 그로브 같았어요.」

「텔레비전 프로그램이에요.」 옆에서 듣고 있던 프레이저가 말했다. 「〈그로브 패밀리〉요.」

딱 프레이저가 알 만한 정보였다. 그리고 퓐트는 모를 만한 정보였다.

「경이 언제 그 얘기를 했습니까?」

242

「죽은 날이요.」

「이유는 뭐였고요?」

「이유는 없었어요. 딱히 없었어요. 나는 어렸을 때부터 이 집으로 출근했어요. 그 전에는 아버지가 여기서 일을 했고요. 그런데 경이 나오더니 그냥 앞으로 오지 말라고 그러더라고요.」

그들은 장미꽃밭에 다다랐다. 입구가 짙은 초록색 나뭇잎으로 뒤덮인 담벼락이 꽃밭을 에워싸고 있었다. 그 너머에 크기와 모양이 제각각인 돌을 깔아서 만든 길과 천사 조각상과 각양각색의 장미와 벤치가 있었다.

그리고 벤치에는 프랜시스 파이와 잭 다트퍼드가 손을 부여잡은 채 앉아서 격렬하게 입을 맞추고 있었다.

3

사실 깜짝 놀란 사람은 없었다. 퓐트는 — 심지어 프레이저조차 — 레이디 파이와 과거의 테니스 파트너가 바람을 피우고 있다는 것을 한눈에 알 수 있었다. 그렇지 않고서야 살인 사건 당일에 런던에서 두 사람이 무얼 하고 있었겠는가. 처브도 알고 있었고 심지어 당사자들도 불륜의 현장을 들켰다는 데 살짝 짜증을 내고는 그만인 듯했다. 언젠가는 들통이 날 일이었으니 지금이 됐든 무슨 상관일까. 그들은 살짝 거리를 두고 계속 벤치에 앉은 채로 세 사람을 올려다보았다. 브렌트는 히죽거리며 멀찌감치 자리를 피했다.

「이게 어떻게 된 일인지 설명을 해주셔야겠는데요, 레이디 파이.」처브가 말했다.

「설명하고 말고 할 것도 없어요.」그녀는 쌀쌀맞게 대답했다. 「잭하고 나는 거의 2년 동안 만난 사이에요. 그날도 런던에서…… 이이랑 내내 같이 있었고요. 하지만 쇼핑도 하지 않았고 미술관에도 가지 않았어요. 점심 식사를 마친 뒤에 도체스터의 어느 호텔로 갔지. 잭이 5시 반까지 나랑 같이 있었어요. 나는 6시에 호텔을 나섰고요. 못 믿겠으면 그쪽에 문의해 보세요.」

「거짓말을 하셨군요, 레이디 파이.」

「그건 내가 잘못했고 미안하게 생각해요, 경위님. 하지만 별 상관 없지 않나요? 그 나머지는 전부 사실이에요. 기차를 타고 온 거. 8시 30분에 집에 도착한 거. 초록색 차를 본 거. 중요한 부분은 이거잖아요.」

「남편이 세상을 떠났어요. 부인은 남편을 기만하고 있었고요. 저는 그것도 중요한 부분이라고 보는데요, 레이디 파이.」

「그건 아닙니다.」잭 다트퍼드가 끼어들었다. 「그녀는 남편을 기만하지 않았어요. 아무튼 내가 보기에는 그래요. 매그너스가 어떤 인간이었는지 경위님은 모르시죠. 그는 짐승이었어요. 그녀를 함부로 대하고 어린애처럼 화를 내고 역겨울 정도였어요. 그녀는 그를 위해서 일까지 포기했는데!」

「어떤 일을 포기하셨는데요?」퓐트가 물었다.

「연극이요! 프랜시스는 잘나가는 배우였어요. 나는 그녀를 만나기 한참 전에 무대에서 먼저 보았어요.」

「그만해, 잭.」프랜시스가 끼어들었다.

「남편을 만난 곳이 거기였나요? 극장이요?」처브가 물었다.

「그이가 분장실로 꽃을 보냈어요. 내가 레이디 맥베스로 출

244

연한 걸 보고요.」

그건 심지어 처브도 아는 작품이었다. 기가 센 여자가 자살을 하도록 남자를 꼬드기는 작품이었다. 「두 분의 결혼 생활은 행복했습니까?」 그가 물었다.

그녀는 고개를 저었다. 「나는 실수했다는 걸 금세 알아차렸지만 그때는 어려서 자존심 때문에 인정할 수가 없었어요. 매그너스의 문제가 뭐였는가 하면 나랑 결혼한 걸로는 부족했다는 거예요. 나를 소유해야 했거든요. 그이는 처음부터 분명하게 밝혔어요. 나는 패키지의 일부분 같았어요. 집, 땅, 호수, 숲 그리고 아내. 그이는 아주 구식이었죠. 세상을 보는 시각이요.」

「부인에게 폭력을 행사한 적도 있습니까?」

「나를 때린 적은 없어요, 경위님. 하지만 폭력은 여러 형태일 수 있잖아요. 그이는 목소리가 컸어요. 위협적인 분위기를 풍기기도 했고요. 설쳐 대는 걸 보고 가슴 철렁한 적이 한두 번이 아니에요.」

「칼 얘기도 해!」 다트퍼드가 재촉했다.

「잭!」

「칼이 왜요, 레이디 파이?」 처브가 물었다.

「내가 잭을 만나러 가기 2~3일 전에 벌어진 일이에요. 한 가지 알아 두셔야 할 게 매그너스는 그렇게 생겼어도 덩치만 큰 어린애나 다름없었어요. 솔직히 딩글 델 사업도 돈보다 사람들을 약 올리는 게 목적이었거든요. 그이는 성질이 있었어요. 원하는 걸 손에 넣지 못하면 못된 심술쟁이가 될 수 있었고요.」 그녀는 한숨을 쉬었다. 「그이는 내가 다른 남자를 만난다는 걸 알았어요. 런던을 수시로 드나들었으니 그럴 수밖에요. 우리는 당연히 각방을 쓰고 있었어요. 그이가 나를 더 이상 원하지 않았거든요, 그러니까 여자로서요. 그런데도 내가 다른 남자를 만난다니까 자존심에 상처를 입은 거죠.

그날 아침에 우리는 싸웠어요. 원인이 뭐였는지도 모르겠어요. 아무튼 그이가 소리를 지르더라고요. 나는 그이의 것이고 절대 놓아줄 생각이 없다면서. 다 예전에도 들었던 이야긴데 그날따라 그이가 전보다 더 흥분을 하더라고요. 현관 앞 홀에 걸려 있었던 그림 한 장이 없어진 거 느끼셨죠? 그이가 내 마흔 번째 생일에 주문한 내 초상화였어요. 사실 아서 레드윙의 작품이었죠.」그녀는 퀸트를 돌아보았다. 「그를 만나 보셨나요?」

「의사 선생님의 남편이 말씀인가요?」

「맞아요.」

「그분의 다른 작품은 보았지만 아직 만나지는 못했습니다.」

「내가 보기에는 아주 재능이 있는 것 같아요. 내 초상화도 마음에 들었고요. 호수 근처의 정원에 서서 내가 정말로 행복한 표정을 짓고 있는 순간을 포착했거든요. 그런 순간이 거의 없는데 말이죠. 그해 여름에는 날씨가 아주 좋았어요. 아서는 네 번인가 다섯 번 만에 작품을 완성했고 매그너스는 푼돈이나 집어 주고 그만이었지만 — 그렇게 구두쇠라니까요 — 상당히 훌륭했어요. 왕립 미술 학교에서 열리는 하계 전시회에 출품할까 우리끼리 얘기도 할 만큼. 하지만 매그너스가 내 초상화를 전시할 리 없었죠. 그러면 남들이랑 나를 공유하는 게 될 테니까! 그래서 메인 홀 벽에 계속 걸어 놓았어요.

그러다 우리가 그날 싸웠잖아요. 솔직히 나도 마음만 먹으면 얼마든지 못되게 나갈 수 있기 때문에 그이한테 몇 가지 뼈아픈 진실을 알려 주었어요. 매그너스는 금방이라도 폭발할 사람처럼 얼굴이 시뻘게지더군요. 원래부터 혈압이 안 좋았어요. 술을 하도 많이 마시고 툭하면 성질을 부려서. 나는 런던에 가겠다고 했어요. 그이는 허락하지 않겠다고 하더군요. 나는 웃으면서 그이나 다른 사람의 허락은 필요 없다고 했죠. 그랬더니 그이가 갑자기 그 망할 갑옷 세트 앞으로 가서 큰 소리로 고함을 지르며 칼을 빼들더니 —」

「경이 살해당했을 때 쓰인 그 칼 말입니까?」

「맞아요, 퓐트 씨. 그걸 뒤로 질질 끌고서는 내 앞으로 다가오길래 처음에는 그걸로 나를 공격하려는 줄 알았어요. 그런데 그게 아니라 갑자기 그림 쪽으로 칼을 돌리더니 내가 보는 앞에서 계속 칼로 찌르지 뭐예요. 그 그림이 없어지면 내가 속상해할 줄 알고 그런 거예요. 그와 동시에 나는 그이의 것이고 마음만 먹으면 언제든 나한테도 똑같이 할 수 있다고 경고하는 것이기도 했고요.」

「그래서 어떻게 됐습니까, 레이디 파이?」

「나는 계속 깔깔대고 웃었어요. **한다는 게 고작 그거야?** 그이한테 이렇게 외쳤던 게 생각나요. 내가 좀 히스테리를 부렸던 것 같아요. 그런 다음 내 방으로 올라가서 문을 쾅 닫았죠.」

「그림은요?」

「얼마나 속상했는지 몰라요. 어떻게 고칠 방법이 없겠더라고요. 방법이 있다 한들 너무 돈이 많이 들 테고요. 매그너스가 브렌트한테 주면서 태워 버리라고 했죠.」

그녀는 더 이상 아무 말도 하지 않았다.

「나는 그 인간이 죽어서 다행이라고 생각합니다.」잭 다트퍼드가 불쑥 중얼거렸다. 「형편없는 개자식이었어요. 어느 누구한테도 인정을 베푼 적이 없었고 프랜시스의 인생을 비참하게 만들었어요. 용기만 있었다면 내 손으로 처치했을 텐데. 하지만 이렇게 저세상 사람이 됐으니 우리는 새로 시작할 겁니다.」 그는 손을 내밀어 그녀의 손을 잡았다. 「더 이상 숨지 않고. 더 이상 거짓말하지 않고. 드디어 우리에게 걸맞은 인생을 살 수 있게 됐어요.」

퓐트는 처브에게 고개를 끄덕였고 세 사람은 장미꽃밭에서 걸음을 옮겨 다시 잔디밭을 가로질렀다. 브렌트는 어디에서도 보이지 않았다. 잭 다트퍼드와 레이디 파이는 그 자리에 남았다. 「그가 살인 사건이 벌어진 날 저녁에 어디 있었는지 궁금하네요.」 프레이저가 말했다.

「다트퍼드 씨 말인가?」

「런던에 있었다지만 믿을 게 그의 증언밖에 없잖습니까. 5시 반에 호텔을 나섰다고 하니 레이디 파이보다 먼저 기차를 타고 내려올 수 있을 만큼 시간이 충분했어요. 그냥 하나의 가설에 불과하지만…….」

「그가 살인을 저지를 수 있을 만한 인물이라고 생각하나?」

「제가 보기에는 기회주의자인 것 같습니다. 보면 알 수 있어요. 남편에게 학대당하는 매력적인 여성을 우연히 만난 거죠. 그리고 누군가의 머리를 자르려면 숲을 살리겠다는 마음보다 더 그럴듯한 이유가 있어야 하지 않을까 싶은데 저 둘은 어느 누구보다 동기가 확실하지 않습니까.」

「자네 말에 일리가 있긴 해.」 퓐트도 동의했다.

그들은 대문에서 살짝 떨어진 곳에 세워 놓은 차를 향해 천천히 걸어갔다. 처브도 퓐트가 지팡이에 많이 기대는 것을 알아차렸다. 예전에 그는 탐정이 패션 액세서리 차원에서 지팡이를 들고 다니는 줄 알았다. 그런데 오늘 보니 없어서는 안 될 도구였다.

「깜빡하고 얘기하지 않은 게 있습니다, 퓐트 씨.」 그가 중얼거렸다. 전날 저녁에 로버트 블래키스턴을 만난 이후로 단둘이 대화를 나누는 게 처음이었다.

「무슨 얘기가 됐든 귀를 기울이고 듣겠습니다, 경위님.」

「매그너스 경의 서재 벽난로에서 찾은 종이 쪼가리 기억하시죠? 거기에 지문이 찍혀 있을지 모르겠다고 하셨던 거요.」

「분명하게 기억합니다.」

「지문이 있었습니다. 안타까운 소식이 있다면 극히 일부분만 남아서 쓸모가 없다는 거예요. 추적이 불가능해서 지금까지 밝혀진 용의자들의 지문과 대조할 수가 없겠습니다.」

「안타까운 일이로군요.」

「그래도 성과가 있습니다. 알고 보니 종이에 핏자국이 묻었거든요. 매그너스 경과 같은 혈액형인 것으로 보이지만 그의 핏자국이라고 1백 퍼센트 단정 지을 수는 없어요.」

「그것 참 흥미롭군요.」

「사실 저로서는 골치가 아픕니다. 이걸 전부 어떻게 짜맞추어야 할까요? 손 글씨로 쓴 봉투에 담긴, 타자기로 친 협박 편지. 그 봉투나 편지와 전혀 상관없고 언제부터 벽난로 안에 들어 있었는지 모르는 종이 쪼가리. 핏자국이 묻은 걸 보면 살인 사건 이후에 벽난로 안으로 던져진 것 같기도 합니다만.」

「하지만 애초에 출처가 어디일까요?」

「그러니 말입니다. 아무튼 이제 어디로 가고 싶으십니까?」

「경위님이 정해 주셨으면 좋겠는데요.」

「사실 제가 제안을 하나 하려던 참이었습니다. 어제저녁에 경찰서를 나서기 전에 레드윙 박사에게 아주 흥미진진한 전화를 받았어요. 박사의 아버님이 이제 막 돌아가신 건 아십니까? 노환으로요. 호상이죠. 아무튼 그가 남긴 이야기가 있어서 클라리사 파이를 만나 보아야 할 것 같습니다.」

4

클라리사 파이는 차 세 잔과 비스킷이 담긴 접시를 쟁반에 담아서 거실로 들고 갔다. 대칭을 맞추면 좀 더 그럴듯하게 보이기라도 할 것 같은지 비스킷을 접시에 아주 가지런히 담았다. 사람이 너무 많아서 거실이 너무 작게 느껴졌다. 인조 가죽 소파에 나란히 앉은 아티쿠스 퓐트와 그의 조수는 무릎이 거의 닿을 지경이었다. 바스에서 온 얼굴이 동그란 경위는 맞은편 안락의자를 차지했다. 그녀는 그들을 에워싼 벽을 느낄 수 있었다. 하지만 레드윙 박사에게 소식을 들은 뒤로 이 집은 달라졌다. 이곳은 그녀의 집이 아니었다. 이것은 그녀의 삶이 아니었다. 어렸을 때부터 즐겨 읽었던 빅토리아 시대를 배경으로 한 소설에서처럼 그녀가 다른 아이와 바꿔치기라도 당한 듯한 상황이었다.

「레드윙 박사님이 아버님에게 들은 이야기를 경위님께도 알릴 수밖에 없었겠죠.」 그녀는 말문을 열었다. 말투가 살짝 새침

했다. 「경위님께 연락할 거라고 저한테 미리 알려 주었더라면 좋았겠지만요.」

「박사는 가장 좋은 방향으로 일을 처리하고 있다고 생각했을 겁니다, 파이 양.」 처브가 말했다.

「뭐, 경찰에 알린 게 알맞은 조치이긴 했죠. 경위님은 레너드 박사님을 어떻게 생각하실지 몰라도 그분이 죄를 지은 건 사실이니까요.」 그녀는 쟁반을 내려놓았다. 「출생증명서를 위조했잖아요. 우리 남매를 받았을 때 제가 먼저 태어났는데 말이죠. 처벌받아 마땅하다고 생각해요.」

「이제는 법의 손길이 미치지 않는 곳으로 떠나셨는걸요.」

「인간의 법이 미치지 않는 곳이겠죠.」

「시간이 없어서 아직 적응을 하지 못하셨겠네요.」 핀트가 다정하게 말을 건넸다.

「네. 어제서야 들었으니까요.」

「상당한 충격이었겠습니다.」

「충격이요? 저라면 충격이라고 표현하지는 않겠어요, 핀트 씨. 그보다는 지진에 가까웠죠. 저는 에드거 레너드를 똑똑히 기억해요. 이 마을에서 명망이 높았고 매그너스하고 내가 어렸을 때 우리 집에 자주 오셨거든요. 나쁜 사람일지 모른다고 생각해 본 적이 없었는데 그렇게 끔찍한 짓을 저질렀다니. 그의 거짓말 때문에 내 인생이 통째로 날아갔잖아요. 그리고 매그너스! 매그너스도 알고 있었을까요? 무슨 재미있는 장난이라도 치는 양 항상 나한테 텃세를 부렸는데 나만 몰랐어요. 매그너스가 나를 내 집에서 쫓아낸 거잖아요. 나는 런던에서, 그다음에는 미국에서 입에 풀칠하며 살아야 했어요. 그럴 필요가 없

었는데.」 그녀는 한숨을 내쉬었다. 「단단히 속고 살아왔다고
요.」

「앞으로 어쩌실 생각입니까?」

「내 몫을 찾겠어요. 당연한 거 아닌가요? 나는 그럴 권리가
있잖아요.」

처브 경위는 불편한 기색을 보였다. 「생각처럼 그렇게 간단
하지 않을지 모릅니다, 파이 양.」 그가 말했다. 「제가 알기로는
그녀의 아버지가 고백을 했을 때 병실에 레드윙 박사 혼자였어
요. 대화의 증인이 없었던 거죠. 그가 유언장에 뭐라고 적어 놓
았을 가능성도 있긴 합니다. 다른 데 기록을 남겼을 수도 있고
요. 하지만 지금 당장으로서는 파이 양의 주장 말고는 아무것
도 없어요.」

「그가 다른 사람에게 털어놓았을 수도 있잖아요.」

「매그너스 경에게는 아마 얘기했을 겁니다.」 퓐트가 끼어들
었다. 그는 경위를 돌아보았다. 「그가 살해당한 다음 날, 책상에
있었던 수첩을 기억하시죠? 애시턴 H. Mw. 딸. 이제 전부 알겠
네요. 애시턴 하우스에서 전화를 받은 거예요. 에드거 레너드
가 죽을 날이 머지않았다는 것을 알고 죄책감에 매그너스 경에
게 전화를 해서 자신이 쌍둥이를 받았는데 사실 딸이 먼저 태
어났다고 얘기를 한 거죠. 수첩에 가위표도 여러 군데 그어져
있었잖습니까. 매그너스 경이 그 이야기를 듣고 당황한 모양입
니다.」

「하, 이제 알겠네요.」 클라리사가 말했다. 진심으로 분노하는
목소리였다. 「매그너스가 죽던 바로 그날, 이 집에 찾아와서 지
금 그 자리에 앉았어요. 그러더니 나더러 파이 홀에서 일을 하

지 않겠느냐고 하더군요! 로지 하우스로 들어와서 메리 블래키
스턴이 하던 일을 대신하지 않겠느냐고요. 말이 돼요? 진실이
밝혀질까 두려웠나 봐요. 아니면 나를 **견제하고** 싶었든지. 만약
그 집으로 들어갔다면 머리가 뎅강 잘린 사람이 내가 될 수도
있었겠네요.」

「행운을 빕니다, 파이 양.」 처브가 말했다. 「참으로 부당한 일
이 저질러졌고 다른 증인을 찾을 수 있으면 분명 소송에 도움
이 될 겁니다. 하지만 괜찮으시다면 제가 충고 한마디 하고 싶
은데요. 어쩌면 현재 상황을 그대로 받아들이는 편이 나을지
모릅니다. 이 집 정도면 충분히 괜찮지 않습니까? 게다가 파이
양은 마을에서 존경받는 유명 인사잖습니까. 제가 상관할 일은
아닙니다만 뭔가를 좇는 데 너무 심하게 매달리다가는 다른 모
든 걸 잃을 수도 있거든요.」

클라리사 파이는 어리둥절한 표정을 지었다. 「조언 감사해
요, 경위님. 하지만 저는 경위님이 저를 도와주려고 오신 줄 알
았는데요. 레너드 박사가 범죄를 저질렀는데 대가를 받지 않았
다고 믿을 만한 근거가 딸의 증언밖에 없잖아요. 그래서 경위
님께서 조사를 하고 싶겠거니 생각했어요.」

「솔직히 그래야겠다는 생각은 한 적이 없습니다만.」 처브는
문득 불편한 기색을 보이며 도움을 청하는 뜻에서 퓐트를 쳐다
보았다.

「이 마을에서 두 명이 의문의 죽음을 맞이했다는 사실을 기
억하셔야 합니다, 파이 양.」 퓐트가 말했다. 「탄생 당시 벌어진
사태를 경찰에서 수사해 주기 바라는 파이 양의 심정은 이해하
지만 저희가 찾아온 이유는 다른 데 있습니다. 이렇게 심정이

복잡한 시기에 파이 양에게 폐를 끼치기는 싫습니다만 매그너스 경과 메리 블래키스턴, 이 두 분의 사망 사건과 관련해서 한 가지 여쭤어볼 게 있어서요. 얼마 전에 레드윙 박사의 병원에서 없어진 약병 때문인데요. 혹시 거기에 대해서 아시는 게 있을까요?」

클라리사 파이의 얼굴 위로 다양한 표정이 지나갔다. 각각의 표정이 어찌나 선명한지 한데 모아서 걸어 놓으면 초상화 연작처럼 보일 정도였다. 맨 처음에는 충격을 받았다. 뜻밖의 질문이었던 것이다. 이 사람들이 어떻게 알았을까? 그다음은 공포였다. 죗값을 치르게 될까? 그다음으로 등장한 분노의 표정은 일부러 지어낸 것일 수도 있었다. 감히 나를 의심하다니! 하지만 결국에는 눈 깜빡할 새 단념과 체념으로 바뀌었다. 이미 너무 많은 일들이 벌어졌다. 잡아떼 봐야 의미 없는 일이었다.
「네. 내가 가져왔어요.」 그녀가 말했다.

「왜요?」

「어떻게 나라는 걸 아셨나요? 실례가 되지 않는다면…….」

「파이 양이 병원에서 나오는 걸 블래키스턴 부인이 보았다고 하더군요.」

클라리사는 고개를 끄덕였다. 「맞아요. 그녀가 나를 관찰하는 걸 봤어요. 메리는 난처한 시점에 난처한 곳에 등장하는 데 남다른 재주가 있었죠. 어떻게 그런 재주를 개발했는지 모르겠지만.」 그녀는 잠깐 하던 이야기를 멈추었다. 「아는 사람이 또 누가 있죠?」

「부인이 쓴 일기장을 처브 경위가 보관하고 있습니다. 저희가 알기로는 부인이 아무한테도 얘기를 하지 않은 것 같던데요.」

덕분에 일이 수월해졌다. 「얼결에 들고 나왔어요.」 그녀가 말했다. 「우연히 아무도 없는 병원에 들어가게 됐는데 선반에 피조스티그민이 있더라고요. 나는 그게 뭔지 알았어요. 미국으로 가기 전에 의학 교육을 좀 받았거든요.」

「어디에 쓰려고 하셨나요?」

「말씀드리려니 부끄럽네요, 핀트 씨. 잘못했다는 건 알아요. 내가 그때 살짝 제정신이 아니었나 봐요. 하지만 지금까지 나눈 이야기도 있고 하니 다른 사람들은 몰라도 선생님은 제가 지금까지 살아오면서 제 뜻대로 된 일이 거의 없었다는 걸 아시겠죠. 매그너스와 그 집뿐만이 아니에요. 나는 결혼도 못 했어요. 젊었을 때조차 진정한 사랑을 느껴 본 적이 없어요. 맞아요, 교회도 있고 이 마을도 있긴 하죠. 하지만 가끔 거울을 보면서 이런 생각이 들 때도 있거든요. 이게 다 무슨 소용일까. 내가 뭘 하고 있는 걸까. 계속 살아갈 의미가 있을까.

성서에서는 자살에 대해 분명하게 얘기하죠. 살인에 버금간다고. 〈여호와는 생명을 내게 주시니라. 주신 이도 여호와이시오, 거두신 이도 여호와이시니.〉 〈욥기〉에 나오는 말이에요. 우리에게는 우리 손으로 문제를 해결할 권리가 없죠.」 그녀는 말을 멈추었다. 그녀의 눈빛이 문득 매정하게 바뀌었다. 「하지만 그늘 속을 헤매다 보면, 사망의 골짜기를 바라보고 있노라면 — 그 안으로 들어가고 싶은 생각이 들 때가 있어요. 매그너스와 프랜시스와 프레디를 지켜보는 내 심정이 어땠을지 아시겠어요? 내가 예전에는 그 집에 살았었는데! 그 풍요롭고 안락한 생활이 한때는 내 것이었는데! 사실은 내 것을 도둑맞았다 한들 상관없어요. 나는 색스비온에이번으로 돌아오지 말았어야 했어요! 황제의 테이블로 되돌아가는 굴욕적인 선택을 하다니 제정신이 아니었던 거죠. 그래서 — 맞아요. 나는 자살을 생각했어요. 그걸 마시면 금세, 고통 없이 끝낼 수 있다는 걸 알았기 때문에 피조스티그민을 들고 나왔어요.」

「그 약병은 지금 어디 있습니까?」

「2층 화장실에요.」

「달라고 말씀드려야 할 것 같은데요.」

「뭐, 이제는 분명 그게 필요 없을 테니까요, 퓐트 씨.」그녀는 눈을 번뜩이다시피 하며 명랑한 목소리로 말했다. 「절도죄로 저를 처벌하실 건가요?」

「그럴 필요는 없을 겁니다, 파이 양.」처브가 말했다. 「레드윙 박사님에게 확실히 돌려 드리기만 하면 될 테니까요.」

그들은 몇 분 뒤에 떠났고 클라리사 파이는 혼자 있을 수 있다는 데 다행스러워하며 현관문을 닫았다. 그녀는 가만히 서서 가슴을 들썩이며 방금 전까지 나눈 대화를 곱씹었다. 독극물 사건은 신경 쓸 필요가 없었다. 그건 이제 중요한 문제가 아니었다. 하지만 그녀가 수없이 많은 걸 도둑맞은 마당에 그렇게 사소한 절도 사건으로 그들이 여기까지 찾아오다니 이상한 일이었다. 그녀는 파이 홀이 그녀의 것이라고 입증할 수 있을까? 경위의 말이 사실이라면 어떻게 해야 할까? 그녀에게 있는 것이라고는 죽어 가던 환자가 증인도 없이 남긴 말뿐이었고 그가 그 말을 남겼을 때 정신 상태가 멀쩡했다는 증거도 없었다. 50여 년 전에 벌어진 일이 12분에 의해 판가름이 나게 생겼다.

어디에서부터 시작하면 좋을까?

정말로 소송을 강행할 의사가 있을까?

아주 이상한 일이었지만 클라리사는 문득 어깨에 짊어지고 있었던 짐을 내려놓은 듯한 기분을 느꼈다. 퓐트가 독극물을 가져가 주었다는 사실이 일조한 부분도 있었다. 피조스티그민이 여러모로 그녀의 양심을 괴롭히고 있었고 그녀도 알다시피 그걸 들고 나온 순간부터 후회하고 있었다. 하지만 그게 다가 아니었다. 그녀는 처브가 한 말을 기억했다. **어쩌면 현재 상황을 그대로 받아들이는 편이 나을지 모릅니다. 이 집 정도면 충분히 괜찮지 않습니까? 게다가 파이 양은 마을에서 존경받는 유명 인사잖습니까.**

그녀는 존경을 받았다. 그건 사실이었다. 그녀는 여전히 이 마을의 학교에서 인기 많은 선생님이었다. 마을 축제가 열리면 그녀의 가판대에서 거두는 매상이 가장 높았다. 일요일 예배 시간에는 그녀의 꽃장식을 모두들 좋아했다. 사실 로빈 오즈번은 그녀가 없었으면 어쩔 뻔했느냐는 이야기를 입버릇처럼 반복했다. 진실을 알고 났더니 파이 홀이 더 이상 위협적으로 느껴지지 않아서 그런 걸까? 파이 홀은 그녀의 것이었다. 처음부터 그랬다. 그녀에게서 파이 홀을 훔쳐간 사람은 매그너스가 아니었다. 운명의 여신도 아니었다. 그녀의 아버지였다. 항상 애정 어린 마음으로 그를 추억했건만 알고 보니 구시대적인 괴물이었다. 그녀는 오래전에 땅에 묻힌 사람을 불러내 싸울 생각이 있을까?

없었다.

그녀는 그런 데 연연하지 않을 수 있었다. 파이 홀로 프랜시스와 프레디를 찾아가면 이번에는 그녀가 내막을 자세히 아는 사람이 될 것이다. 그들이 바보가 될 것이다.

그녀는 미소 비슷한 것을 지으며 부엌으로 들어갔다. 냉장고에 연어 리솔[23] 통조림과 뭉근하게 졸인 과일이 있었다. 근사한 점심 메뉴로 안성맞춤이었다.

5

「그녀가 정말 침착하게 소식을 받아들이더라고요.」에밀리아 레드윙이 말했다. 「처음에는 얘기를 할까 말까 망설였는데 하길 잘했다 싶어요.」

퓐트는 고개를 끄덕였다. 그와 프레이저 둘이서 그녀를 찾아온 길이었다. 처브 경위는 그런 인력을 갖춘 대도시를 통틀어 가장 가까운 브리스틀에서 파견된 두 명의 잠수부를 만나러 파이 홀로 돌아갔다. 그들이 그날 당장 호수를 수색할 예정이었지만 퓐트는 뭐가 나올지 벌써부터 짐작하고 있었다. 그는 레드윙 박사의 진찰실에 앉아 있었다. 아서 레드윙도 함께 있었다. 그는 자리를 피하고 싶은 사람처럼 불편해했다.

「네. 파이 양은 정말이지 대단한 분입니다.」퓐트도 맞장구를 쳤다.

「수사는 어떻게 돼가고 있습니까?」아서 레드윙이 물었다.

퓐트가 프랜시스 파이와 아들의 초상화를 그렸다는 레드윙 박사의 남편을 만난 것은 이번이 처음이었다. 아들의 초상화가 그의 뒤편 벽에 걸려 있기에 퓐트는 그 그림을 유심히 들여다

23 파이 껍질에 속을 넣어 기름에 튀긴 요리.

보았다. 아이는 인물이 아주 훤했다. 아버지의 젊은 시절을 빼다박은 듯 까무잡잡한 미남이었고 살짝 일그러진 이목구비는 무척 영국적이었다. 그럼에도 둘은 사이가 좋지 않았다. 서로 어려워하는 사이였다. 퓐트는 절대 비밀이 있을 수 없는 화가와 모델 간의 독특한 관계에 전부터 관심이 많았다. 이 작품에서도 마찬가지였다. 아이가 그려진 방식, 그의 자세, 한쪽 무릎을 구부리고 양손을 주머니에 넣은 채 어깨를 벽에 기대고 서 있는 무심한 분위기…… 이 모든 것에서 애정과 심지어 사랑이 느껴졌다. 하지만 아서 레드윙은 어둡고 미심쩍어하는 아이의 눈빛까지 화폭에 담았다. 아이는 그 자리를 피하고 싶어 했다.

「아드님이죠.」 그가 말했다.

「네.」 아서가 대답했다. 「서배스천이요. 지금 런던에 있어요.」 그 세 단어 안에 평생 느낀 실망감이 담겼다.

「서배스천이 열다섯 살이었을 때 아서가 그린 작품이에요.」 에밀리아 레드윙이 덧붙였다.

「실력이 아주 대단하시네요.」 프레이저가 말했다. 미술에 관한 한 퓐트가 아니라 그가 전문가였고 그는 이참에 전면에 나설 수 있어서 기뻤다. 「전시회도 하십니까?」

「하고는 싶습니다만…….」 아서는 말을 얼버무렸다.

「수사에 대해서 하실 말씀이 있어서 오신 거 아닌가요?」 에밀리아 레드윙이 끼어들었다.

「네, 맞습니다, 레드윙 박사님.」 퓐트는 미소를 지었다. 「수사는 거의 마무리 단계에 접어들었습니다. 색스비온에이번에서 앞으로 이틀만 더 있으면 될 듯합니다.」

프레이저는 이 소리를 듣고 귀를 쫑긋 세웠다. 수사가 이 정

259

도로 진척이 됐는지 전혀 몰랐기에 누가 언제, 어떤 말로 결정적인 계기를 제공했을지 궁금해졌다. 그는 해설을 듣고 싶어서 몸이 달았다. 그리고 아늑한 태너 코트로 돌아가게 된 것도 환영할 일이었다.

「매그너스 경을 살해한 범인이 누군지 아세요?」

「일종의 가설을 수립했다고 할까요. 부족한 퍼즐 조각이 딱 두 개인데 그걸 찾으면 제 가설을 입증할 수 있을 거라고 봅니다.」

「그 퍼즐 조각이 뭔지 여쭈어봐도 될까요?」 아서 레드윙은 갑자기 적극적인 태도를 보였다.

「물론입니다, 레드윙 씨. 첫 번째 조각은 저희가 대화를 나누는 지금 이 순간, 거의 동시에 찾고 있습니다. 처브 경위의 지휘 아래 시경의 잠수부 두 명이 파이 홀의 호수를 뒤지고 있거든요.」

「찾으시려는 게 뭔데요? 또 다른 시신인가요?」

「그렇게 불길한 것은 아니길 바랍니다.」

그는 그 이상 털어놓을 생각이 없음을 분명히 했다. 「다른 퍼즐은 뭔데요?」 레드윙 박사가 물었다.

「제가 만나 보고 싶은 사람이 있습니다. 그는 모를지 몰라도 여기 이 색스비온에이번에서 벌어진 모든 일의 열쇠를 쥐고 있는 사람입니다.」

「그 사람이 누구인데요?」

「매튜 블래키스턴이오. 메리 블래키스턴의 남편이자 로버트와 톰, 두 아들의 아버지 말입니다.」

「지금 그를 찾고 계신가요?」

「처브 경위한테 알아봐 달라고 부탁해 놓았습니다.」

「하지만 그가 이 마을에 왔었다는 걸 아시잖아요!」 레드윙 박사는 재미있어하는 투로 물었다. 「내가 여기서 봤어요. 아내의 장례식 때 왔거든요.」

「로버트 블래키스턴은 그 얘기를 하지 않던데요.」

「못 봤을 수도 있어요. 저도 처음에는 몰라봤거든요. 모자를 하도 푹 눌러쓰고 있어서. 아무한테도 말을 걸지 않고 뒤편에서 있었어요. 장례식이 끝나기 전에 떠났고요.」

「지금 이 얘기를 아무한테라도 하신 적 있습니까?」

「음, 아뇨.」 레드윙 박사는 그의 질문에 놀란 듯했다. 「당연히 참석해야 하는 거 아닌가 싶었거든요. 그와 메리 블래키스턴은 오랫동안 부부로 지냈고 서로 미워서 멀어진 게 아니었으니까요. 가슴 아픈 일 때문이었으니까요. 아이를 앞세웠잖아요. 그가 로버트한테 아무 말도 하지 않은 건 조금 안타깝게 생각해요. 온 김에 조이하고도 인사했으면 좋았을 텐데. 사실 엄청 아쉬운 일이긴 하죠. 메리의 죽음을 계기로 부자가 금세 화해할 수 있었을 텐데.」

「그가 그녀를 죽였을 수도 있겠군요!」 아서 레드윙이 외쳤다. 그는 퓐트 쪽으로 고개를 돌렸다. 「그래서 그를 만나고 싶어 하시는 겁니까? 그가 용의자이기 때문에요?」

「그를 만나기 전에는 말씀드릴 수가 없습니다.」 퓐트는 영리하게 대처했다. 「아직까지 처브 경위가 그의 소재를 파악하지 못했다고 하네요.」

「그는 카디프에 있어요.」 레드윙 박사가 말했다.

이번만큼은 퓐트가 불의의 일격을 당했다.

「집 주소는 모르지만 금세 알아봐 드릴 수 있어요. 몇 달 전에 카디프의 의사가 보낸 편지를 받았거든요. 그냥 일상적인 편지였어요. 자기 환자가 예전에 당했던 부상에 대해서 문의하는. 그 환자가 매튜 블래키스턴이었어요. 그가 요청한 자료를 보내 주고 까맣게 잊고 지냈죠.」

「그 의사의 이름을 기억하십니까?」

「당연하죠. 파일에 적어 놨어요. 가져다드릴게요.」

하지만 그녀가 몸을 일으키기도 전에 어디에선가 난데없이 등장한 여자가 앞문을 열고 병원으로 들어왔다. 진료실의 문이 열려 있었기 때문에 그들 모두 그녀를 볼 수 있었다. 얼굴이 둥그스름하고 평범한 40대의 여자였다. 이름은 다이애나 위버였고 날마다 그랬듯이 청소를 하러 온 길이었다. 퓐트는 그녀가 몇 시에 오는지 정확히 알고 있었다. 사실 그가 여길 찾은 목적도 그녀를 만나기 위해서였다.

그녀는 늦은 시각까지 남아 있는 그들을 보고 화들짝 놀랐다. 「아 — 죄송해요, 레드윙 박사님!」 그녀가 외쳤다. 「내일 다시 올까요?」

「아니에요. 들어와요, 위버 부인.」

그녀는 진찰실 안으로 들어왔다. 아티쿠스 퓐트가 일어나서 자기가 앉았던 자리를 권하자 그녀는 앉아서 불안한 눈빛으로 두리번거렸다. 「위버 부인.」 그가 말문을 열었다. 「먼저 제 소개를 하자면 —」

「누군지 알아요.」 그녀가 말허리를 잘랐다.

「그럼 제가 왜 부인을 만나고 싶어 하는지도 아시겠군요.」 그는 잠깐 하던 이야기를 멈추었다. 그녀를 자극하고 싶지 않았지만 어쩔 수 없었다. 「매그너스 파이 경은 사망 당일에 그가 추진하려던 신축 주택 단지와 관련해서 편지를 한 통 받았는데요. 딩글 델을 없애고 건설하려던 주택 단지 말입니다. 혹시 — 부인이 보낸 편지였나요?」 그녀가 아무 말도 하지 않자 그는 하던 이야기를 계속했다. 「이 병원에 있는 타자기로 쓴 편지던데 그 타자기에 손을 댈 수 있는 사람이 딱 세 명이더군요. 조이 샌덜링, 레드윙 박사님 그리고 부인.」 그는 미소를 지었다. 「미리 말씀드리자면 걱정하실 필요는 전혀 없습니다. 표현이 좀 격하기는 했지만 항의 서한을 보내는 게 범죄는 아니니까요. 부인이 편지에서 협박한 대로 실행에 옮겼을지 모른다고 의심한 적은 단 1초도 없었고요. 단지 그 편지가 전달된 경로가 궁금할 따름입니다. 그러니까 다시 한번 묻겠습니다. 그게 부인이 보낸 편지였나요?」

위버 부인은 고개를 끄덕였다. 눈가에 눈물이 맺혔다. 「네, 맞아요.」

「고맙습니다. 숲이 없어진다고 하니 당연히 화가 나셨겠죠.」

「이 마을이 아무 이유 없이 난도질당하는 걸 가만히 두고 보기 싫었어요. 남편과 아버님과 이야기를 나누었거든요. 그들은 평생 여기 이 색스비를 떠난 적이 없어요. 우리 모두 마찬가지예요. 아주 특별한 곳이라고요. 새집은 필요 없어요. 새집을 원하는 사람도 없고. 그리고 딩글 델은 말해 뭐 하겠어요! 그게 시작일 뿐 어떤 식으로 끝이 나겠어요? 토베리하고 마켓 베이싱을 보세요. 길이 뚫리고 신호등이 세워지고 슈퍼마켓이 생기고 하니까 — 마을이 텅 비고 이제는 사람들이 차를 타고 지나가 버리는 곳이 됐잖아요. 그리고 —」 그녀는 그쯤에서 자제했다.

「죄송해요, 레드윙 박사님.」그녀가 말했다. 「미리 허락을 받았어야 하는 건데. 흥분해서 그랬어요.」

「괜찮아요.」에밀리아 레드윙이 말했다. 「정말 신경 쓰지 마요. 사실 나도 같은 생각이에요.」

「언제 그 편지를 전달하셨습니까요?」퓐트가 물었다.

「목요일 오후요. 직접 찾아가서 문 틈새로 넣었어요.」위버 부인은 고개를 떨구었다. 「그다음 날 소식을 듣고…… 매그너스 경이 살해됐다고 하니까…… 머릿속이 하얘지더라고요. 괜히 편지를 보냈다 싶었어요. 제가 원래 충동적인 사람이 아니거든요. 진짜예요, 선생님. 무슨 앙심을 품고 그런 편지를 보낸 게 아니었어요.」

「다시 한번 말씀드리지만 편지는 그 사건과 전혀 아무 상관 없습니다.」퓐트가 그녀를 달랬다. 「하지만 제가 묻고 싶은 게 한 가지 있습니다. 잘 생각하고 대답해 주시기 바랍니다. 편지를 담은 봉투, 특히 거기 적힌 주소 때문인데요…….」

「네?」

하지만 퓐트는 아무 말도 하지 않았다. 아주 이상한 일이 벌어졌기 때문이었다. 그는 진찰실 한가운데 서서 지팡이에 몸을 기대고 있었는데, 위버 부인과 이야기를 나누는 동안 누가 봐도 알 수 있을 만큼 점점 더 심하게 지팡이에 몸을 실었다. 그런데 이제 그의 몸이 아주 천천히 옆으로 기울고 있었다. 프레이저가 맨 먼저 알아차리고 벌떡 일어나 바닥에 부딪히기 전에 붙잡으려고 달려갔다. 다행히 타이밍을 잘 맞췄다. 그가 다다른 순간 탐정의 다리가 풀리면서 온몸이 스르르 주저앉았다. 레드윙 박사는 이미 자리에서 일어났다. 위버 부인은 놀란 눈으로 멀뚱멀뚱 쳐다보았다.

　아티쿠스 퓐트의 눈이 감겼다. 얼굴은 백지장 같았다. 아예
숨을 쉬지 않는 것처럼 보였다.

6

　눈을 떠 보니 레드윙 박사가 그의 곁을 지키고 있었다.
　퓐트는 박사가 환자들을 진찰할 때 쓰는 침대에 누워 있었다.
기절한 시간은 5분도 안 됐다. 그녀는 청진기를 목에 걸고 서서
그를 내려다보고 있었다. 그가 깨어난 것을 보고 안심한 눈치
였다.
　「움직이지 마세요.」 그녀가 말했다. 「환자시잖아요…….」
　「저를 진찰하신 건가요?」 퓐트가 물었다.
　「심박수와 맥박을 체크했어요. 과로일 수도 있겠는데요.」
　「과로는 아니에요.」 통증이 관자놀이를 스치고 지나갔지만
그는 무시했다. 「걱정하실 필요 없습니다, 레드윙 박사님. 런던
에 있는 주치의한테 왜 그러는지 설명을 들었어요. 약도 처방
받았고요. 여기서 조금만 쉴 수 있게 해주시면 감사하겠습니다.
하지만 박사님이 해주실 수 있는 일은 없을 겁니다.」
　「당연히 누워 계실 수 있죠.」 레드윙 박사가 말했다. 그녀는
계속 퓐트의 눈을 쳐다보고 있었다. 「수술이 안 되는 건가요?」
그녀가 말했다.
　「박사님은 남들이 보지 못하는 걸 보시는군요. 의학의 세계
에서는 박사님이 탐정이시니까요.」 퓐트는 살짝 서글픈 미소를

265

지었다.「방법이 없다고 들었습니다.」

「다른 의사의 소견도 들어보셨고요?」

「부질없는 짓이에요. 남은 시간이 별로 없다는 걸 알겠거든요. 느껴집니다.」

「무슨 말씀을 드려야 할지 모르겠네요, 퓐트 씨.」그녀는 잠깐 생각에 잠겼다.「같이 데리고 오신 분은 문제를 인지하지 못하는 눈치던데요.」

「프레이저에게는 알리지 않았고 계속 비밀로 할 생각입니다.」

「걱정 마세요. 제가 나가 달라고 했거든요. 위버 부인과 저희 남편이 같이 갔어요. 선생님이 기운을 차리면 곧바로 퀸스 암스로 가겠다고 얘기해 놓았고요.」

「벌써부터 기운이 조금 나는 것 같은데요.」

퓐트는 레드윙 박사의 부축을 받으며 일어나 앉아서 재킷 주머니에 넣어 가지고 온 약을 찾았다. 레드윙 박사는 물을 가지러 갔다. 그녀는 통에 적힌 상표 — 딜로디드였다 — 에 주목했다.「하이드로모르폰[24]이네요.」그녀가 말했다.「훌륭한 선택이에요. 약효가 빠르거든요. 하지만 조심하셔야 해요. 금세 피곤해지고 기분 변화가 심각해질 수 있어요.」

「피곤하긴 하네요.」퓐트는 맞장구를 쳤다.「하지만 기분 변화는 없습니다. 솔직히 고백하자면 상당히 기분이 좋습니다.」

「수사 덕분이겠죠. 어딘가에 집중할 수 있다는 게 아주 도움이 됐을 거예요. 아까 제 남편에게 하신 얘기에 따르면 순조롭게 진행되고 있다면서요.」

24 모르핀과 비슷한 진통제.

「맞습니다.」

「언제 끝이 날까요? 그럼 어떻게 되나요?」

「수사가 끝나면 제가 할 일은 더 이상 아무것도 없을 겁니다, 레드윙 박사님.」 퀸트는 비틀거리며 침대에서 일어나 지팡이를 향해 손을 내밀었다.「괜찮으시면 이제 그만 숙소로 돌아가고 싶은데요.」

그들은 함께 병원을 나섰다.

7

마을 저편에서는 시경 잠수부들이 호수에서 나오는 중이었다. 레이먼드 처브는 풀로 덮인 호숫가에 서서 잠수부들이 그의 앞에 던져 놓은 물건들을 바라보았다. 퀸트는 이게 여기 있을 줄 어떻게 알았는지 신기했다.

그 물건들이란 바다의 요정과 소라고둥이 그려진 접시 세 장, 벌거벗은 여인을 쫓아가는 켄타우로스가 그려졌고 가장자리가 볼록한 주발, 손잡이가 긴 숟가락, 값비싼 향료를 보관하는 데 쓰였을지 모르는 후추통, 동전 몇 개, 호랑이 아니면 그 비슷한 동물의 조각상, 팔찌 두 개였다. 매그너스 파이 경이 도둑맞은 보물들이었다. 그가 경찰에 연락했을 때 설명한 품목이 하나도 빠짐없이 여기 있었다. 그런데 도둑이 이걸 훔쳐다가 버린 이유가 뭘까? 이제는 그도 알다시피 범인들은 잔디밭을 가로지르다 한 개 — 브렌트가 주운 벨트 버클 — 를 떨어뜨렸다. 호숫가에 다다르자 그 나머지를 호수로 던졌다. 도망치는 도중에

급습을 당한 걸까? 그래서 나중에 다시 와서 장물을 수거하려
고 했을까?

「이제 더 없는 것 같은데요.」한 잠수부가 외쳤다.

처브는 전부 은으로 되어 있는 보물들을 내려다보았다. 수많
은 은빛이 저녁 햇살을 받고 반짝였다.

여섯

금화

1

그 집은 카디프의 카이들린 공원 근처였고 위트처치에서 리위비나까지 연결된 철길을 등지고 있었다. 짧은 연립 주택가의 정중앙이라 똑같이 생긴 집들이 양옆으로 세 채씩 붙어 있었는데, 하나같이 지쳐 보여서 기운을 북돋아야 할 것처럼 느껴졌다. 7개의 대문, 먼지를 뒤집어쓰고 생존을 위해 발버둥치는 식물들로 뒤덮인 7개의 네모반듯한 마당, 7개의 굴뚝. 이 집이 저 집 같았지만, FPJ 247이라고 적힌 번호판이 달린 초록색의 오스틴 A40이 정중앙의 집 앞에 주차되어 있는 것을 보면 퓐트가 찾는 곳이 어느 집인지 한눈에 알 수 있었다.

한 남자가 그들을 기다리고 있었다. 평생 그렇게 기다리고 있었던 듯한 분위기를 풍기며 서 있었다. 그들이 차를 세우자 남자는 환영의 인사라기보다 드디어 도착했느냐는 뜻에서 한쪽 손을 들었다. 50대 후반이었지만 오래전에 패배로 끝이 난 전투를 치르느라 훨씬 나이 들어 보였다. 머리칼은 헤성헤성하고 수염은 지저분하고 짙은 갈색 눈은 움푹 들어갔다. 여름날 오후에 입기에는 너무 따뜻하고 빨아야 하게 생긴 옷을 입고 있었다. 프레이저는 그보다 더 외로워 보이는 사람을 만난 적이 없었다.

「퓐트 씨?」그들이 차에서 내리자 그가 물었다.

「만나서 반갑습니다, 블래키스턴 씨.」

「자. 안으로 들어가시죠.」

그가 끝에 부엌이 딸린 어두컴컴하고 좁은 복도로 앞장섰다.

복도로 들어서자 맞은편의 철길을 향해 가파른 오르막으로 이어지는, 반쯤 방치되다시피 한 마당이 보였다. 집 안은 깔끔했지만 매력은 없었다. 개인적인 물품은 전혀 없었다. 가족사진도 없고 홀 테이블에 편지가 놓여 있지도 않았고 다른 사람이 사는 흔적도 없었다. 햇빛이 거의 들지 않았다. 그런 점에서 색스비온에이번의 로지 하우스와 비슷했다. 그림자가 온 사방을 에워싸고 있었다.

「경찰에서 만나자고 할 줄 알고 있었어요.」그가 말했다. 「차 한잔하시겠습니까?」그는 스토브에 주전자를 올려놓고 세 번 스위치를 돌린 끝에 불을 붙이는 데 성공했다.

「엄밀히 따지자면 저희가 경찰은 아닙니다.」퓐트가 말했다.

「그렇죠. 하지만 사망 사건을 수사하고 계시잖습니까.」

「선생의 부인과 매그너스 파이 경의 사망 사건이요. 맞습니다.」

블래키스턴은 고개를 끄덕이고 한 손으로 턱을 쓰다듬었다. 그날 아침에 수염을 깎긴 했지만 면도날이 너무 무뎠다. 입술 아래의 움푹 들어간 곳에서 수염이 숭숭 고개를 내밀었고 턱에 살짝 베인 자국이 있었다. 「아무한테라도 연락을 할까 고민하기는 했어요.」그가 말했다. 「그가 죽은 날 밤에 내가 거기 있었거든요. 하지만 뭐 하러? 그런 생각이 들더군요. 본 게 아무것도 없는데. 아는 게 아무것도 없는데. 나하고는 전혀 상관없는 일이잖아요.」

「전혀 그렇지 않을 수도 있습니다, 블래키스턴 씨. 저는 선생을 만날 날을 기다리고 있었습니다.」

「뭐, 실망이나 하지 않으셨으면 좋겠네요.」

그는 가득 들어 있던 찻잎을 버리고 끓인 물로 찻주전자를 헹군 다음 찻잎을 새로 넣었다. 거의 아무것도 없는 냉장고에서 우유를 꺼냈다. 마당 저 끝에서 증기를 내뿜으며 천둥소리와 함께 열차가 지나가자 순간 숯 냄새가 집 안을 가득 메웠다. 그는 전혀 개의치 않는 눈치였다. 차가 다 끓여지자 그가 식탁으로 들고 왔다. 세 사람은 의자에 앉았다.

「말씀하시죠.」

「저희가 찾아온 이유는 아실 테지요, 블래키스턴 씨.」퓐트가 말했다. 「선생의 사연을 들려주시면 어떨까요? 맨 처음부터. 하나도 남김없이.」

블래키스턴은 고개를 끄덕였다. 그는 차를 따랐다. 그러고는 이야기를 시작했다.

그는 쉰여덟 살이었다. 13년 전에 색스비온에이번을 떠난 이래 줄곧 카디프에서 살았다. 여기에 친척이 있었다. 삼촌이 여기서 멀지 않은 이스턴 로드에서 전파상을 했다. 삼촌은 돌아가셨지만 그가 가게를 물려받아서 그걸로 생계를 유지하고 있었다. 적어도 지금 이런 생활을 할 정도는 됐다. 다른 가족은 없었다. 그 부분에 있어서는 프레이저의 짐작이 맞았다.

「사실 메리하고 정식으로 이혼을 하지는 않았어요.」그가 말했다. 「이유는 모르겠네요. 톰이 그렇게 되고 나서 우리 둘이 함께 지낼 수 있는 가능성은 없었는데. 하지만 우리 둘 다 재혼할 일은 절대 없었을 테니 굳이 이혼을 할 필요도 없었어요. 그녀는 소송이니 뭐니 하는 것에 관심이 없었고요. 덕분에 내가 공식적으로는 홀아비가 되었네요.」

「집에서 나온 뒤로 부인을 다시 만난 적이 한 번도 없습니

273

까?」핀트가 물었다.

「연락은 주고받았어요. 서로 편지를 보냈고 내 쪽에서 가끔 로버트는 어떻게 지내는지, 필요한 건 없는지 전화로 물어보기도 했고요. 하지만 그녀는 필요한 게 있었더라도 나한테는 절대 부탁하지 않았어요.」

핀트는 소브라니 담배를 꺼냈다. 근무 중에 담배를 피우다니 좀처럼 없는 일이었지만 최근 들어서 그는 예전과 전혀 다른 모습을 보였고, 레드윙 박사의 병원에서 쓰러진 뒤로 프레이저는 걱정이 돼서 애가 닳았다. 핀트는 그 사건에 대해서 일절 함구했다. 차를 타고 여기까지 오는 길에도 거의 아무 말이 없었다.

「두 분이 처음 만났을 때로 거슬러 올라가 보면 어떨까요.」 핀트가 제안했다. 「셰퍼즈 팜에서는 어떻게 지내셨는지 궁금합니다.」

「우리 아버지가 살던 집이었어요.」 블래키스턴이 말했다. 「그 전에는 **아버지의** 아버지가 살았고요. 그런 식으로 언제인지 모를 시절부터 물려받은 집이죠. 우리 집안은 대대로 농사를 지었지만 나는 농사에 별 관심이 없었어요. 아버지는 나더러 까만 양처럼 분란을 일으키는 골칫덩어리라고 했는데 우스운 게 — 우리가 가진 게 그거였거든요. 수십 만 제곱미터의 땅과 양 떼. 이제 와 생각해 보면 아버지에게 미안해요. 내가 외아들이었는데 가업에 전혀 관심이 없었으니. 학교 다니던 시절에는 내가 수학하고 과학을 잘했고 미국에 가서 로켓 엔지니어가 되고 싶은 생각도 있었거든요. 20년째 정비공으로 일을 하고 있고 웨일스 너머로는 가본 적이 없는 주제에 황당한 발상이긴 하지만 어렸을 때는 다 그러지 않나요? 온갖 꿈을 꾸잖아요. 운

274

이 따라 주지 않는 이상 아무짝에도 쓸모없지만. 그래도 불만은 없어요. 거기서 우리는 행복하게 잘 살았거든요. 심지어 메리도 처음에는 좋아했어요.」

「부인하고는 어떻게 만나셨나요?」 퓐트가 물었다.

「그녀는 약 8킬로미터 떨어진 토베리에서 살았어요. 그녀의 어머니와 우리 어머니가 같은 학교 동창이었고요. 그녀가 어느 일요일에 부모님과 함께 점심을 먹으러 왔을 때 만났어요. 그때 메리는 20대였고 얼마나 예뻤는지 몰라요. 나는 첫눈에 반했고 우리는 1년 만에 결혼식을 올렸죠.」

「부모님께서는 그녀를 어떻게 생각하셨는지 궁금합니다만.」

「상당히 좋아하셨어요. 사실 한때는 모든 게 거의 완벽했어요. 아들도 둘이 태어났죠. 먼저 로버트, 그다음 톰. 그 아이들은 농장에서 어린 시절을 보냈는데, 뛰어다니면서 놀고 학교에서 돌아오면 우리 아버지를 돕던 아이들의 모습이 아직도 눈에 선해요. 우리는 아마 그 집에서 가장 행복한 시간을 보냈을 거예요. 하지만 그 시절은 오래 가지 못했죠. 아버지가 빚 때문에 허덕이는데 나는 도움이 되지 못했으니. 나는 1시간 반 거리에 있는 브리스틀 근처의 위트처치 공항에 취직했어요. 그게 1930년대 말의 일이었죠. 민간 대공 감시단 소속 항공기의 정기 점검을 맡았기 때문에 훈련을 받으러 오는 젊은 조종사를 많이 만났거든요. 그래서 전쟁이 닥친다는 걸 알았지만 색스비온에이번 같은 마을에서는 잊고 지내기 십상이었어요. 메리는 마을에서 이런저런 일을 하기 시작했고 그때부터 이미 우리는 각자의 길을 걷고 있었어요. 사고가 났을 때 그녀가 나를 원망했던 게 그 때문이었고 —어쩌면 그녀의 말이 맞았을지 몰라요.」

「아이들에 대해서 들려주세요.」퓐트가 말했다.

「나는 아이들을 사랑했어요. 정말이지 단 하루도 그 사건을 생각하지 않고 지나간 날이 없어요.」그는 목이 메는 바람에 잠깐 이야기를 멈추고 감정을 추슬러야 했다. 「어쩌다 일이 그렇게 잘못됐는지 모르겠어요, 퓐트 씨. 정말 모르겠어요. 셰퍼즈 팜에서 살았을 때는 완벽했다고 얘기할 수는 없을지 몰라도 재미있게 지냈거든요. 둘이 항상 싸우고 서로 목을 조르는 개구쟁이기는 했죠. 하지만 사내 녀석들이 다 그렇지 않습니까?」그는 동의를 구하는 듯 퓐트를 물끄러미 바라보았다가 퓐트가 아무 말도 하지 않자 하던 이야기를 계속했다. 「그런가 하면 둘은 사이가 좋았어요. 제일 친한 친구였죠.

로버트는 말이 없는 성격이었어요. 늘 뭔가를 생각하고 있는 듯한 인상을 풍겼죠. 어렸을 때부터 바스 계곡을 한참 돌아다니다 와서 몇 번 걱정을 끼치고 그랬어요. 톰은 좀 더 활동적이었어요. 스스로 발명가의 기질이 있다고 생각했고요. 항상 무슨 약을 만들고 고물 기계의 부품을 조립하고 그랬죠. 그 기질을 나한테서 물려받았을 테고 솔직히 내가 그 녀석을 너무 오냐오냐 키웠어요. 로버트는 엄마하고 더 가까웠고요. 힘들게 낳은 아이였거든요. 하마터면 살리지 못할 뻔했고 애기 때 병이란 병은 죄다 걸려서 레너드라는 동네 의사가 수시로 들락거렸죠. 그래서 그녀가 그렇게 과잉보호를 했던 거예요. 나더러 그 아이 근처에도 못 오게 할 때도 있었어요. 그에 비해 톰은 쉬운 아이였죠. 나는 그 아이하고 더 가깝게 지냈어요. 항상 둘이서……」

그는 담배 열 개비가 든 담뱃갑을 꺼내서 셀로판 포장지를 뜯고 한 대에 불을 붙였다.

「농장을 떠난 순간 모든 게 어긋나기 시작했어요.」그가 문득 적의를 번뜩이며 얘기했다. 「그 인간이 우리 인생에 개입한 날부터. 우라질 매그너스 파이 경 말이죠. 이제 와 생각해 보면 누가 봐도 그럴 수밖에 없었는데, 내가 왜 그렇게 눈이 멀었고 멍청했는지 모르겠어요. 하지만 그때는 그의 제안이 기도에 대한 응답처럼 느껴졌거든요. 메리에게 정기적인 수입도 생기고 살 집과 아이들이 뛰어놀 수 있는 근사한 마당. 적어도 메리는 그렇게 생각했고 나한테도 그렇게 설득했어요.」

「선생께서는 반대를 하셨나요?」

「나는 웬만하면 반대를 하지 않으려고 했어요. 그래봐야 원망만 살 테니까요. 그냥 걱정되는 부분이 몇 군데 있다고만 했죠. 나는 그녀가 가정부로 일한다는 게 싫었어요. 그보다 더 괜찮은 대우를 받을 자격이 있다고 생각했거든요. 그리고 거기 들어가면 옴짝달싹 못하게 될 거라고 경고했던 기억도 나요. 그가 우리를 잡고 놓지 않을 거라고요. 하지만 사실 우리는 선택의 여지가 없었어요. 모아 놓은 돈도 없었고, 우리로서는 가장 훌륭한 제안이었죠.

그리고 처음에는 괜찮았어요. 파이 홀은 근사한 곳이었고 나는 아들과 함께 관리인으로 일을 하던 스탠리 브렌트와 잘 지냈어요. 월세 부담도 없었고, 부모님 없이 우리 가족끼리 지낼 수 있는 것도 좋았고요. 하지만 로지 하우스에는 기분 나쁜 구석이 있었어요. 1년 내내 어두컴컴했고 절대 집처럼 느껴지지 않았거든요. 우리는 서로에게 짜증을 내기 시작했죠, 심지어 애들까지도요. 메리하고 나는 계속 서로를 헐뜯기만 하는 기분이었어요. 내 입장에서는 작위가 있고 돈이 많다는 이유만으로 메리가 매그너스 경을 그렇게 떠받드는 게 싫었거든요. 그자가 나보다 나은 게 뭡니까? 평생 제대로 된 일을 해본 적도 없고. 파이 홀도 물려받은 재산에 불과하잖아요. 하지만 그녀는 그렇게 생각하지 않았어요. 파이 홀 덕분에 자기가 특별해진다고 생각했죠. 변기 청소는 변기 청소일 뿐, 귀족이 쓰는 변기라고 해서 다를 게 없다는 걸 알지도 못하고서. 내가 그렇게 얘기했더니 불같이 화를 내더군요. 그녀는 자기를 청소부나 가정부라고 생각하지 않았어요. 대저택의 안주인이라고 생각했지.

매그너스에게도 프레디라는 아들이 있었지만 당시에는 갓난쟁이였고 그는 자기 아들한테 조금도 관심이 없었어요. 그 나리께서는 대신 우리 아들들한테 관심을 보였죠. 자기 땅에서 놀라고 부추기고 어쩌다 한 번씩 3펜스나 6펜스짜리 은화를 한 닢씩 쥐여 주는 식으로 어설픈 선심을 써가면서. 그리고 네빌 브렌트에게 짓궂은 장난을 치게 했어요. 그 무렵에는 그의 부모님이 돌아가셨거든요. 교통사고로 고인이 됐기 때문에 네빌이 아버지가 하던 일을 물려받아서 영지를 관리했어요. 그런데 그는 묘한 구석이 있었어요. 내가 보기에는 정신 상태가 정상이 아니었던 것 같아요. 그래도 그를 염탐하고 놀리고 눈덩이를 던지고 그러는 데에는 아무 문제가 없었어요. 잔인한 장난이었죠. 아이들이 그런 짓을 하지 않았더라면 좋았을 텐데.」

「말릴 수가 없었나요?」

「나는 할 수 있는 게 **아무것도** 없었어요, 퓐트 씨. 어떤 식으로 이해를 시키면 될까요? 아이들은 내 말을 듣지 않았어요. 나는 더 이상 그 아이들의 아버지가 아니었어요. 그 집으로 들어

278

간 거의 그날부터 나는 한쪽 옆으로 밀려났어요. 매그너스, 매그너스…… 다들 그 얘기뿐이었죠. 아이들이 성적표를 들고 왔을 때도 아무도 내가 어떻게 생각하는지 신경 쓰지 않았어요. 그거 아세요? 메리는 아이들한테 성적표를 들고 본채로 가서 그에게 보여 주게 했다는 거. 그의 생각이 내 생각보다 더 중요하기라도 한 것처럼.

시간이 지날수록 점점 심해졌어요, 퀸트 씨. 나는 그 인간이 혐오스러워지기 시작했어요. 그는 항상 나를 초라한 기분이 들게 만들고 내가 그의 집, 그의 땅에서 살고 있다는 걸 잊지 못하게 했어요……. 애초에 내가 원해서 그 집으로 들어간 것도 아닌데. 그리고 그 사건도 그의 잘못이었어요. 내가 맹세해요. 그가 직접 내 아들을 죽인 거나 다름없었고 그 순간 내 인생이 무너졌어요. 톰이 내 인생의 빛이었는데 아이가 떠나 버렸으니 나에게는 남은 게 아무것도 없었죠.」 그는 아무 말 없이 손등으로 눈을 훔쳤다. 「나를 보세요! 여길 보세요! 종종 이런 생각이 들어요, 내가 뭘 잘못해서 이러고 사는지. 아무도 해친 적이 없는데 이런 신세가 됐어요. 가끔은 내가 저지르지도 않은 일의 벌을 받고 있나 싶을 때도 있어요.」

「선생은 아무 죄가 없을 거라고 확신합니다.」

「나는 아무 죄가 없어요. 나는 아무 잘못도 저지른 게 없어요. 그 사건은 나하고 아무 상관 없어요.」 그는 말을 멈추고 반박할 테면 해보라는 듯이 퀸트와 프레이저를 빤히 쳐다보았다. 「매그너스 파이가 원흉이에요. 우라질 매그너스 파이가.」

그는 한숨을 내뱉고 하던 이야기를 계속했다.

「전쟁이 시작됐고 나는 보스컴 다운으로 파견돼서 주로 호커

허리케인을 맡았죠. 멀리 나와서 지내느라 뭐가 어떻게 돌아가는지 잘 몰랐고 주말에 어쩌다 한 번씩 집에 가면 이방인이 된 기분이 들더군요. 메리가 너무 많이 달라졌어요. 나를 보고 반가워한 적이 없었어요. 뭔가를 숨기고 있는 것처럼…… 비밀스러운 분위기를 풍겼고요. 나와 결혼해서 셰퍼즈 팜에서 같이 살았던 여자라는 게 믿기지가 않았어요. 로버트도 나하고 별로 말을 섞고 싶어 하지 않았어요. 원래부터 엄마 아들이었으니까요. 톰이 없었다면 집에 갈 이유도 거의 없었을 거예요.

아무튼 매그너스 경이 내 자리를 꿰차고 있었어요. 아까 게임에 대해서 말씀드렸죠. 그가 아이들과 — 내 아이들과 벌인 게임이 있었어요. 그 셋이 땅 속에 묻혀 있는 보물을 찾겠다고 혈안이 되어 있었거든요. 사내 녀석들이야 원래 그런 걸 좋아하고 두 분도 아실 테지만 파이 집안 사람들은 로마 시대에 만들어진 동전이며 뭐며 온갖 것들을 딩글 델에서 발굴했단 말이죠. 그걸 그가 자기 집에 전시했고요. 그랬으니 우리 아이들을 보물 사냥꾼으로 둔갑시키는 것쯤이야 식은 죽 먹기였죠. 그는 포일 포장지 안에 든 초코바나 6펜스 아니면 반 크라운짜리 동전을 영지 곳곳에 숨겨 놓았어요. 그러고는 아이들한테 힌트를 주고 내보냈죠. 아이들은 하루 종일 그러고 놀았을지도 모르는데 뭐라고 할 수도 없는 게, 덕분에 아이들을 집밖으로 끌어낼 수 있잖아요. 아이들 건강에도 좋고, 안 그래요? 재미도 있고.

하지만 그는 아이들의 아버지가 아니었어요. 그는 자기가 무슨 짓을 하고 있는지 잘 몰랐고 어느 날 도를 넘어 버렸어요. 그에게는 금이 한 덩어리 있었거든요. 진짜 금이 아니라 빛 좋은 개살구라고 하는 황철광이요. 그가 그 큼지막한 걸 상품으로 건 거예요. 당연히 톰과 로버트는 차이점을 몰랐죠. 진짜 금인 줄 알고 어떻게든 차지하려고 안달을 냈어요. 그런데 그 우라질 멍청이가 그걸 어디다 숨겼는지 아세요? 호숫가의 골풀 사이에 숨겼어요. 그러고는 호숫가로 아이들을 데리고 갔죠. 열네 살과 열두 살짜리를. 거기다 팻말이라도 박아 놓은 것처럼 분명하게 그쪽으로 아이들을 데려갔어요.

그래서 그 사달이 벌어진 거예요. 두 아이는 서로 흩어졌어요. 로버트는 딩글 델에서 나무 사이를 뒤졌죠. 톰은 호수 속으로 들어갔고요. 금이 햇빛을 받고 반짝이는 걸 봤을 수도 있고 힌트를 알아냈을 수도 있죠. 발을 적실 필요도 없었는데 너무 흥분해서 물속으로 뛰어든 거예요. 그러고 나서 어떻게 됐을까요? 아마 발을 헛디뎠을 거예요. 수초가 워낙 많아서 거기에 다리가 엉켰을 수도 있고요. 한 가지 확실한 건 뭔가 하면 오후 3시가 막 지났을 때 브렌트가 잔디깎이를 들고 나섰다가 우리 아들이 물속에 엎드리고 있는 걸 봤다는 거예요.」 매튜 블래키스턴의 목소리가 갈라졌다. 「톰이 물에 빠져 죽은 거죠. 브렌트는 최선을 다했어요. 톰이 호숫가 근처에 있었기 때문에 브렌트가 땅 쪽으로 끌고 갔어요. 그때 숲속에서 나온 로버트가 무슨 일이 벌어졌는지 알아차렸죠. 그는 물속으로 뛰어들었어요. 고함을 지르며 그들에게로 다가갔고 브렌트에게 가서 사람을 불러오라고 했어요. 브렌트는 어찌할 바를 몰랐지만 로버트는 학교에서 기본적인 응급 처치법을 배웠기 때문에 동생한테 인공호흡을 하려고 했어요. 하지만 엎질러진 물이었죠. 톰은 이미 죽었거든요. 이 이야기는 나중에 경찰한테 들었어요. 경찰이 관계된 사람들과 전부 이야기를 나누었더군요. 매그너스 경,

브렌트, 메리 그리고 로버트. 내 심정이 어땠는지 상상할 수 있겠어요, 퓐트 씨? 나는 그 아이들의 아버지였어요. 그런데 나는 거기 없었어요.」

매튜 블래키스턴은 고개를 숙였다. 담배를 들고 있던 쪽 손으로 주먹을 쥐고 머리에 갖다 대자 연기가 나선 모양으로 피어올랐다. 그는 아무 말 없이 그 자리에 앉아 있었다. 바로 그 순간에 프레이저는 이 초라한 공간과 무너진 인생의 무상함을 뼈저리게 느꼈다. 블래키스턴은 버림받은 자였다. 자기 자신에게 추방당한 자였다.

「차 좀 더 드릴까요?」 블래키스턴이 갑자기 물었다.

「제가 끓일게요.」 프레이저가 말했다.

차를 마시고 싶은 사람은 없었지만 그들에게는 시간이 필요했다. 그가 이야기를 계속하기 전에 잠깐 멈출 필요가 있었다. 프레이저는 주전자가 있는 곳으로 건너갔다. 숨을 돌릴 수 있어서 좋았다.

「나는 다시 보스컴 다운으로 돌아갔어요.」 프레이저가 새로 끓인 차를 들고 오자 블래키스턴이 다시 말을 이었다. 「그리고 다음번에 집에 갔을 때 사태를 정확히 파악했죠. 메리와 로버트는 세상과 담을 쌓고 있었어요. 그녀는 그런 사건이 벌어진 이후로 아이를 단 한순간도 곁에서 떼어 놓지 않았고 그 둘은 나를 이해하고 싶어 하지 않았어요. 나도 가족을 위해 최선을 다하고 싶었어요, 퓐트 씨. 정말이에요. 하지만 그 둘이 허락하지 않았어요. 로버트는 항상 내가 자기들을 버리고 떠났다고 하지만 아니에요. 나는 집으로 돌아왔지만 그 집에 아무도 없었어요.」

「아드님을 마지막으로 본 게 언제인가요, 블래키스턴 씨?」

「7월 23일 토요일이요. 아이 엄마의 장례식장에서요.」

「아드님도 선생님을 보았나요?」

「아뇨.」 블래키스턴은 숨을 크게 들이마셨다. 담배를 다 피우고 비벼서 껐다. 「아이를 잃으면 가족들끼리 더 가까워지거나 해체된다고들 하죠. 나는 메리한테서 제일 상처를 느꼈던 부분이 뭔가 하면 톰이 세상을 떠난 뒤에 나에게 로버트와 가까워질 기회를 허락하지 않았다는 거예요. 나한테서 아이를 보호하려고 들었거든요. 말이 돼요? 아들을 하나 잃은 걸로도 모자라서 결국에는 둘을 잃다니.

그래도 내 마음속 한구석에는 그녀를 여전히 사랑하는 마음이 있었어요. 한심한 일이죠. 그녀의 생일과 크리스마스에는 편지를 써서 보냈어요. 가끔 전화 통화도 했고요. 그건 허락하더군요. 하지만 근처에는 얼씬도 하지 못하게 했어요. 분명히 못을 박았어요.」

「최근에 통화를 한 게 언제였습니까?」

「마지막으로 전화한 게 두세 달 전이에요. 그런데 믿지 못하실 일이 하나 있어요. 내가 사실 그녀가 죽던 날에 전화를 했어요. 정말 희한한 일이었죠. 그날 아침에 새 한 마리가 나무에서 정말 끔찍하게 깍깍대는 소리를 듣고 깼거든요. 까치였어요. 〈한 마리면 슬픈 일이 생기고.〉 어렸을 때 배운 그 노래 아시죠? 그 까맣고 하얀 흉조가 창문 너머에서 눈을 번뜩이는 걸 보았더니 속이 울렁거리지 뭡니까. 어떤 예감을 느꼈던 것 같아요. 뭔가 안 좋은 일이 벌어질 것 같았어요. 가게로 출근했지만 일도 손에 잡히지 않고 어차피 손님도 없었어요. 메리 생각이 나더군요. 그녀에게 분명 무슨 일이 생길 것 같아서 결국에는 참지 못하고 전화를 했어요. 처음에는 로지 하우스로, 그다음에는 본채로 연락했지만 — 받지를 않더군요. 내가 뒤늦게 전화를 한 거죠. 그녀는 이미 죽었으니.」

그는 담뱃갑에서 떼어 낸 셀로판지를 손가락으로 잡고 찢었다.
「며칠 뒤에 그녀가 죽었다는 소식을 들었어요. 신문에 기사가 실렸던데…… 이게 말이 돼요? 아무도 나한테 알릴 생각조차 하지 않았다니. 다들 로버트가 연락했겠거니 생각했을지 몰라도 그 녀석은 내가 안중에도 없었거든요. 아무튼 장례식에 참석해야 했어요. 과거의 일은 상관없었어요. 우리 둘이 함께 보낸 젊은 시절이 있으니까요. 작별 인사도 없이 그녀를 보낼 수는 없었어요. 솔직히 얼굴을 내밀 생각을 하니까 걱정이 되더라고요. 다들 나를 에워싸고 난리를 부리는 건 원하는 바가 아니었기 때문에 느지막이 도착했고 모자를 푹 눌러썼어요. 내가 전보다 많이 야위었고 나이가 거의 예순이잖아요. 로버트한테서 멀찌감치 떨어져 있으면 괜찮을 것 같았는데 과연 그렇더군요.

거기서 그 아이를 봤어요. 어떤 아가씨하고 나란히 서 있는 걸 보고 다행이다 싶더군요. 그 아이한테 필요한 게 그거니까요. 어렸을 때 항상 외롭게 자란 아이였는데, 아가씨도 깜찍하고 예뻐 보였고요. 둘이 결혼할 거라는 얘기를 들었어요. 아이를 낳으면 나더러 찾아와도 좋다고 할지 몰라요. 시간이 지나면 사람들은 변하지 않나요? 아들 녀석은 내가 자기 곁에 없었다고 얘기하겠지만 나중에 만나거든 진실을 전해 주세요.

그 마을을 다시 찾아갔더니 기분이 정말로 묘하더군요. 이제는 거길 좋아한다고 말할 수 있을지도 잘 모르겠어요. 그리고 레드윙 박사님과 클라리사, 브렌트, 기타 등등 마을 사람들을 다시 만났더니 전율이 느껴지더군요. 매그너스 경과 레이디 파이는 참석하지 않은 걸 보고 미소가 절로 지어졌고요. 메리가 알면 얼마나 실망했을까! 돼먹지 못한 인간이라고 내가 그렇게 얘기했건만. 하지만 그가 참석을 하지 않은 게 오히려 다행스러운 일이었을지 몰라요. 그날 그를 보았다면 내가 무슨 짓을 했을지 모르겠거든요. 그 사고는 그로 인해 생긴 거예요, 퓐트 씨. 메리가 그를 위해 일을 하다 계단에서 굴렀으니 두 명이죠. 메리하고 톰. 그가 없었다면 그 둘은 죽지 않았을 거예요.」

「그래서 5일 뒤에 그의 집으로 찾아갔습니까?」

블래키스턴은 고개를 숙였다. 「내가 갔었다는 걸 어떻게 아셨죠?」

「선생의 차를 목격한 사람이 있어요.」

「뭐, 부인하지 않겠습니다. 맞아요. 바보 같은 짓이었지만 주말에 다시 그 마을을 찾아갔어요. 사실 머릿속에서 계속 맴돌지 뭡니까. 처음에는 톰, 그다음에는 메리, 둘 다 파이 홀에서 그렇게 되다니. 지금 내 이야기를 듣고 그를 죽이려고 다시 찾아갔다고 자백하는가 보다고 생각하실지 모르겠지만 그런 게 아니었어요. 그냥 그와 이야기를 나누고 메리에 대해서 묻고 싶었을 뿐이에요. 그 장례식에 참석한 다른 사람들에게는 대화할 상대가 있었는데 — 나만 아니었잖아요. 심지어 나를 알아본 사람조차 없었어요 — 내 아내의 장례식이었는데! 딱 5분만 그를 만나서 메리에 대해 물어보려고 한 게 그렇게 어처구니없는 생각이었을까요?」

그는 잠깐 고민에 잠겼다가 결심했다.

「다른 이유도 있었어요. 이 말을 들으면 나를 색안경 쓰고 볼 수도 있겠지만 돈 생각도 있었어요. 내가 아니라 아들 몫으로요. 회사에서 누가 죽으면 그 회사에서 책임을 져야 하는 거 아닌가요? 메리가 매그너스 경 밑에서 20년 넘게 일을 했으니 직원을 보호할 의무가 있죠. 어쩌면 그녀와 협의한 사안이 있을지 모른다고 생각했어요. 그러니까 연금 같은 걸 주기로 말이죠. 내가 여력이 된다한들 로버트가 내 도움은 받을 리 없을 테지만 결혼을 하는 마당에 종잣돈 같은 게 있으면 좋잖아요. 매그너스 경은 예전부터 그 아이를 좋아했거든요. 로버트를 대신해서 내가 도움을 청하면 어떨까 싶었어요.」 그는 말을 멈추고 시선을 돌렸다.

「말씀 계속하십시오.」

「색스비온에이번까지 가는 데 차로 두세 시간쯤 걸렸어요. 그날 가게에서 일이 많았거든요. 도착했을 때 정확히 7시 30분이었던 게 기억이 나요. 손목시계를 확인했기 때문에 알아요. 그런데 말입니다, 퓐트 씨, 도착하고 보니 생각이 바뀌더군요. 그를 만나고 싶은 마음이 있는지 자신이 없었어요. 굴욕을 당하기는 싫었거든요. 차에 한 시간 정도 앉아 있다가 이왕 찾아온 거 한번 저질러 보자고 결론을 내렸죠. 그 집으로 찾아간 게 8시 30분쯤 됐을 거예요. 예전에 늘 그랬던 것처럼 로지 뒤편에 주차했죠 — 그게 바로 습관의 힘인가 봐요. 나랑 똑같은 생각을 한 사람이 있었는지 문 앞에 자전거가 세워져 있더군요. 그걸 본 게 나중에 생각났어요. 그 당시에 좀 더 자세히 들여다봤어야 하는 건데.

아무튼 진입로를 걸어서 올라갔어요. 다시 그곳을 찾았더니 옛 추억들이 밀려오더군요. 왼쪽으로 이어지는 호수는 차마 쳐다볼 수가 없었고요. 그날 저녁에는 달이 떠서 정원의 모든 게 사진처럼 선명했어요. 주변에는 아무도 없는 것 같았어요. 제 몸을 숨기거나 그럴 생각은 하지 않았어요. 그냥 현관문까지 곧장 걸어가서 초인종을 눌렀죠. 1층 창문 뒤편으로 불빛이 보이길래 매그너스 경이 안에 있겠구나 짐작했는데 아니나 다를까, 잠시 후에 그가 문을 열더군요.

그때 본 그의 모습은 절대 잊지 못할 겁니다, 핀트 씨. 마지막으로 그를 본 게 10년 전, 로지에서 나왔을 때였거든요. 내 기억보다 덩치가 더 커졌고 살이 더 쪘더군요. 현관을 가득 채우는 것처럼 느껴질 정도였어요. 양복을 입고…… 밝은 색상의 넥타이를 매고 있었어요. 손에 시가를 들었고요.

그는 어느 정도 시간이 지난 다음에서야 나를 알아봤지만 일단 알아본 뒤에는 미소를 짓더군요. 〈자네!〉 그가 한 말은 이게 전부였어요. 그 단어를 나에게 뱉었죠. 적의를 보이지는 않았어요. 하지만 놀라워했고 다른 뭔가가 있었어요. 재미있다는 듯이 계속 그 묘한 미소를 짓고 있더군요. 〈어쩐 일인가?〉

〈괜찮으시면 얘기 좀 나눌 수 있을까요, 매그너스 경.〉 내가 말했죠. 〈메리에 관한 일인데요…….〉

그가 어깨 너머를 돌아보자 나는 그제야 안에 다른 사람이 있다는 걸 알아차렸어요.

〈지금 당장은 안 되겠는데.〉 그가 말했어요.

〈몇 분이면 됩니다.〉

〈안 돼. 지금은. 미리 연락을 하지 그랬나. 지금이 도대체 몇 신가?〉

〈부탁드립니다 —〉

〈안 된다니까! 내일 다시 오게.〉

그는 내 면전에 대고 문을 닫으려고 했어요. 그렇다는 걸 알 수 있었죠. 그런데 막판에 멈추더니 마지막으로 질문을 하나 하더군요. 그 질문은 절대 잊지 못할 겁니다.

〈정말로 내가 그 우라질 개를 죽였다고 생각하나?〉 이렇게 물었거든요.」

「개요?」 퓐트는 어리둥절한 표정을 지었다.

「말씀드렸잖습니까. 파이 홀로 이사했을 당시 개를 길렀다고요.」

「이름이 벨라였죠.」

「네. 맞습니다. 잡종이었어요. 래브라도와 콜리가 섞인. 톰의 열 번째 생일 때 내가 사준 선물인데, 녀석이 도착한 날부터 매그너스 경은 못마땅하게 여겼어요. 자기 풀밭에서 통제 불능으로 뛰어다니며 닭들을 질겁하게 만드는 게 싫다고. 화단을 파헤치는 것도 싫다고. 사실은 뭐가 싫었던 건지 아세요? 내가 내 아들한테 선물을 사주는 게 싫었던 거예요. 내가 말했던 그대로예요. 나와 우리 가족을 완벽하게 쥐락펴락하고 싶은데 그개는 나와 연결이 돼 있었으니, 내가 사준 그 녀석을 톰이 애지중지했으니 제거하지 않고는 배길 수가 없었던 거죠.」

「경이 그 개를 죽였을까요?」 프레이저가 물었다. 그는 퓐트가 로지 하우스의 어느 방에서 발견한 조그만 개 목걸이를 떠올렸다.

「그가 범인이라고 증명할 방법은 없었어요. 어쩌면 브렌트를 시켰을 수도 있다고 봐요. 매사에 징징거리던 그 자식은 그러고도 남을 인간이었으니까. 그런데 그 전날까지만 해도 멀쩡했던 개가 다음 날 사라졌고 — 1주일이 지난 다음에서야 목이 잘린 채로 딩글 델에서 발견이 됐단 말이죠. 톰은 엄청난 충격을 받았어요. 평생 자기 것이라고 가져 본 게 처음이었거든요. 그 어린애한테 누가 그런 짓을 했을까요?」

「정말 이상한데요.」 퓐트는 중얼거렸다. 「매그너스 경은 선생을 한참 동안 못 만났잖습니까. 그런데 선생이 예고도 없이 저녁 늦게 그의 집으로 찾아갔단 말이죠. 왜 하필이면 그때 개에 대해서 물었을까요?」

「전혀 모르겠는데요.」

「경에게 뭐라고 하셨습니까?」

「뭐라고 대답하면 좋을지 모르겠더군요. 하지만 상관없었어요. 그가 곧바로 문을 닫았거든요. 내 면전에 대고 — 아내를 잃은 지 2주도 안 된 사람의 면전에 대고. 그는 심지어 나를 안으로 들일 생각도 없었어요. 그가 그런 인간이었어요.」

한참 동안 정적이 흘렀다.

「좀 전에 얘기하신 대화의 내용 말입니다.」 퓐트가 중얼거렸다. 「실제로 오간 대화와 어느 정도로 가까울까요? 매그너스 경이 한 말을 정확히 옮기신 겁니까?」

「기억하는 대로 최대한 정확하게 말씀드린 겁니다, 퓐트 씨.」

「경이 예컨대 선생의 이름을 부르면서 인사를 건네지는 않았습니까?」

「그는 내가 누군지 알았어요. 그런 뜻에서 물으신 건지는 모르겠지만. 하지만 아뇨. 내가 무슨 돌 밑에서 기어나오기라도 한 것처럼 〈자네!〉 하고 한 마디 내뱉고는 그만이었어요.」

「그 이후에 선생은 어떻게 하셨습니까?」

「어쩔 도리가 있나요. 다시 차를 타고 떠났죠.」

「가는 길에 보았다는 자전거 말입니다. 그 자전거가 계속 있던가요?」

「솔직히 기억이 나지 않습니다. 주의 깊게 살피지를 않아서요.」

「그럼 선생은 그 집을 나섰을 때…….」

「화가 났어요. 그 먼 길을 달려갔는데 문전박대를 당할 줄은 몰랐거든요. 그런데 15~25킬로미터쯤 갔을 때 생각이 바뀌었어요. 계속 로버트 생각을 하고 있었거든요. 뭐가 옳은 길인지도 생각했고요. 그리고 빌어먹을 매그너스 파이가 뭔데 내 면전에 대고 문을 닫나 싶었고요. 그는 처음 만난 그날부터 나를 마음대로 휘두르고 다녔는데 갑자기 더는 못 참겠다는 생각이 들더군요. 그래서 다시 파이 홀로 차를 몰았고 이번에는 로지에서 멈추지 않았어요. 현관문 앞까지 가서 다시 초인종을 눌렀죠.」

「갔다가 다시 돌아오는 데 걸린 시간이 얼마나 될까요?」

「20분? 25분? 시계를 보지 않았어요. 시간은 안중에도 없었거든요. 담판을 지을 작정이었는데, 이번에는 매그너스 경이 응답이 없더군요. 초인종을 두 번 더 눌러도 계속 대답이 없었어요. 그래서 그에게 고함을 지를 작정으로 우편물 투입구를 열고 쭈그리고 앉았죠.」 블래키스턴은 잠깐 말을 멈추었다. 「그때 그를 보았어요. 피를 하도 많이 흘려서 못 보고 지나칠 수가 없겠더라고요. 그가 내 눈앞 홀에 쓰러져 있었어요. 머리가 잘린 건 몰랐어요. 다행히 시신이 내 반대편을 향하고 있었거든요. 그래도 죽었다는 건 그냥 한눈에 알 수 있었어요. 의심의 여지가 없었어요.

나는 충격을 받았어요. 아니, 그 정도가 아니라 어안이 벙벙했어요. 얼굴을 주먹으로 얻어맞은 듯이. 내가 쓰러지는 게 느껴졌고 이러다 기절하겠다는 생각이 들더군요. 어찌어찌 다시 일어났어요. 내가 이 집에서 나갔다가 다시 돌아온 그 20분 동안 매그너스 경이 살해당했다는 걸 알 수 있었어요. 어쩌면 내가 맨 처음 찾아왔을 때부터 범인들이 그와 같이 있었을 수도 있었어요. 홀 안에서 내가 무슨 소리를 내는지 귀를 기울이고 있었을 수도 있었어요. 내가 갈 때까지 기다렸다가 그를 죽였을 수도 있고요.」

블래키스턴은 다시 담배에 불을 붙였다. 손을 부들부들 떨고 있었다.

「뭐라고 물으실 생각인지 알아요, 퓐트 씨. 왜 경찰에 신고하지 않았느냐고 묻고 싶겠죠. 뭐, 이유야 빤하지 않을까요? 나는 그의 생전 모습을 맨 마지막으로 본 사람인 동시에 그를 죽이고 싶은 이유가 한두 가지가 아니었잖습니까. 아들을 잃었는데 그걸 매그너스 경 때문이라고 생각했죠. 아내를 잃었는데 그녀도 그의 밑에서 일을 하고 있었고요. 그 인간은 잔치판에 초를 치는 악마와도 같았고, 경찰에서 용의자를 찾는다면 나 말고 다른 사람은 살필 필요가 없었어요. 나는 그를 죽이지 않았지만 경찰에서 어떻게 생각할지 당장 알아차렸기 때문에 거기서 얼른 빠져나오고 싶은 마음뿐이었어요. 정신을 차리고 차에 다시 올라타서 꽁지 빠지게 달려나왔죠.

내가 대문을 통과한 순간 도착한 차가 있었어요. 전조등 불빛 말고는 아무것도 보지 못했지만 운전자가 누구인지 몰라도 내 번호판을 기억했다가 경찰에 신고할지 모르겠다는 생각이 들더군요. 그렇게 된 건가요?」

「그 차에 레이디 파이가 타고 있었습니다.」퓐트가 알려 주었다. 「런던에 갔다가 돌아오는 길이었죠.」

「그녀에게 뒤처리를 맡겨서 미안하네요. 끔찍했을 텐데. 하지만 나는 도망치고 싶은 생각뿐이었어요. 그 한 가지 생각뿐이었어요.」

「블래키스턴 씨, 선생이 맨 처음 찾아갔을 때 매그너스 파이 경과 함께 있었던 사람이 누구였을지 아시겠습니까?」

「내가 어찌 알겠어요? 아무 소리도 못 들었는데. 아무도 보지 못했는데.」

「여자일 수도 있었을까요?」

「희한하게 나도 그런 생각이 들었어요. 이른바 밀회를 즐기고 있었다면 했음 직한 행동이었던 터라.」

「선생님의 아드님이 매그너스 경을 살해한 용의자 가운데 한 명이라는 거 아시죠?」

「로버트가요? 왜요? 말도 안 돼. 그 아이는 그를 살해할 이유가 없어요. 사실 — 내가 좀 전에도 얘기했다시피 — 예전부터 매그너스 경을 우러러보았는걸요. 그 둘은 아주 *끈끈한* 사이였어요.」

「하지만 그에게는 선생님과 똑같은 동기가 있었습니다. 매그너스 경 때문에 동생과 어머니가 죽었다고 생각했을 수 있으니까요.」 퓐트는 블래키스턴이 뭐라고 대꾸하기 전에 한쪽 손을 들어 보였다. 「지금까지 말씀하신 정보를 들고 경찰을 찾아가

292

지 않으신 게 저로서는 이해가 되지 않네요. 선생은 그를 죽이지 않았다지만 침묵을 지킴으로써 진범의 도피를 방조하고 있었던 셈이에요. 예컨대 자전거만 해도 아주 중요한 단서인데요.」

「경찰을 찾아가야 했었던 걸지 모르죠.」 블래키스턴이 말했다. 「하지만 내게 안 좋은 결과로 이어질 거라는 걸 알았어요, 늘 그렇거든요. 사실 나는 경찰서 근처에는 절대 가고 싶지 않아요. 책을 읽다 보면 가끔 저주가 걸린 집이 등장할 때가 있잖아요. 나는 그걸 볼 때마다 말도 안 되는 소리라고 생각했지만 파이 홀의 경우에는 믿어요. 파이 홀이 내 아내와 아이를 죽였어요. 만약 당신이 나한테 들은 이야기를 경찰에 전하면 나는 교수형을 당할 거예요.」 그는 음울한 미소를 지었다. 「그러면 파이 홀이 나까지 죽이는 셈이 되겠죠.」

2

퓐트는 돌아가는 길에 거의 말이 없었고 제임스 프레이저는 그의 생각 속으로 끼어들 만큼 어리석지 않았다. 해가 지고 사방에서 어둠이 밀려드는 가운데 기어를 다양하게 바꾸어 가며 도로 정중앙으로 복스홀을 능숙하게 몰았다. 그는 운전대를 잡았을 때 유일하게 완벽한 통제감을 느낄 수 있었다. 그들은 세번강을 건너는 오스턴 연락선에 올라탔고 나란히 앉아서 그들 뒤로 멀어지는 웨일스의 해변을 말없이 바라보았다. 그는 아침 이후로 아무것도 먹지 않았다. 선내에서 샌드위치를 팔았지만 전혀 먹음직스러워 보이지 않았고 퓐트는 차 안에서 뭘 먹는 것을 좋아하지도 않았다.

건너편에 도착하자 그들은 글로스터의 교외를 달렸다. 블래키스턴이 매그너스 파이 경을 만나러 나섰을 때 지난 길이었다. 프레이저는 저녁 먹을 시간에 딱 맞춰서 7시면 색스비온에이번에 도착할 수 있길 바랐다.

마침내 바스에 다다른 그들은 파이 홀로 향하는 길로 접어들었다. 왼쪽으로 이어지는 계곡이 이제는 상당히 어두컴컴했다.

「금!」 퓐트가 하도 오랫동안 입을 다물고 있었기 때문에 프레이저는 그의 목소리를 듣고 움찔했다.

「네?」 그가 물었다.

「매그너스 파이 경이 숨긴 황철광 말이야. 그게 모든 사건의 열쇠야.」

「하지만 황철광은 아무짝에도 쓸모없는 물건이잖습니까.」

「제임스, 자네한테는 그렇지. 나한테도 그렇고. 그게 바로 핵심이지.」

「그것 때문에 톰 블래키스턴이 목숨을 잃었죠. 호수에서 그걸 꺼내려고 하다가요.」

「그렇지. 이 이야기에서 호수는 비밀스러운 곳이야. 아서왕 이야기에서 그랬던 것처럼. 아이들은 호숫가에서 놀고 있었어. 그중 한 명이 호수에 빠져 죽었지. 그리고 은으로 된 매그너스 경의 보물도 호수 속에 감추어져 있었고.」

「저기, 선생님. 무슨 말씀인지 잘 모르겠는데요.」

「나는 아서왕과 용과 마녀를 생각하고 있어. 이 이야기에는 마녀와 용과 없앨 수 없는 저주가 등장하지…….」

「범인을 아시는 거로군요.」

「모든 걸 알고 있지, 제임스. 연관성을 파악했더니 모든 게 아주 선명해지더군. 가끔 물리적인 단서가 사건의 열쇠가 아닐 때도 있다네. 장례식 때 목사가 한 추도사, 장작불에 태워진 종이 쪼가리 — 이런 것들이 하나를 가리키다가 전혀 다른 걸로 연결이 돼. 로지 하우스의 잠긴 방. 왜 거길 잠가 놓았을까? 우리는 답을 안다고 생각하지만 조금만 더 생각해 보면 틀렸다는 걸 알 수 있을 걸세. 매그너스 경에게 전달된 편지. 그 편지를 쓴 사람이 누군지는 알지. 편지를 쓴 이유도 알고. 하지만 이번에도 우리는 착각을 하고 있어. 생각을 해봐야 해. 모두 추측일 뿐이지만 그것 말고는 달리 설명할 방법이 없다는 걸 조만간 알게 될 걸세.」

「매튜 블래키스턴을 만난 게 도움이 됐습니까?」

「매튜 블래키스턴에게 알아야 할 모든 걸 들었다네. 이 모든 사건의 시초가 그였거든.」

「그래요? 그가 무슨 짓을 했길래요?」

「아내를 죽였지.」

크라우치 엔드, 런던

이보다 더 짜증 나는 일이 있을 수 있을까?

나는 일요일 오후에 원고를 다 읽자마자 당장 찰스 클로버에게 연락했다. 찰스는 내 상사로서 클로버리프 북스의 사장이자 아티쿠스 퓐트 시리즈의 발행인이다. 내 전화는 곧장 음성 사서함으로 연결됐다.

「사장님.」 내가 말했다. 「마지막 장이 왜 이래요? 범인을 제대로 밝히지도 않는 탐정 소설을 읽으라고 주신 이유가 뭐예요? 전화 부탁드려요.」

나는 부엌으로 들어갔다. 방에는 빈 화이트와인 두 병이, 이불 위에는 토르티야 부스러기가 있었다. 너무 오랫동안 집 안에 틀어박혀 있었다는 건 알았지만 밖이 여전히 춥고 축축해서 외출할 생각이 나지 않았다. 집에 마실 만한 게 없어서 안드레아스가 가장 최근에 크레타섬에 다녀오면서 들고 온 라키[1]를 따서 한 잔 마셨다. 히스로 공항을 통과한 외국 술은 전부 그런 맛이 났다. 이상했다. 나는 들고 온 원고를 다시 한번 넘기며 없

---

1 터키와 발칸반도에서 마시는 브랜디.

어진 분량이 어느 정도 되는지 가늠해 보았다. 마지막 장은 제목이 〈절대 얘기하면 안 되는 비밀〉일 것이다. 정황을 감안했을 때 딱 알맞은 제목이었다. 퓐트가 사건을 해결했다고 선언했으니 남은 게 두 장 아니면 세 장밖에 안 될 수 있었다. 아마 그는 용의자들을 한자리에 모아 놓고 진실을 공개한 뒤 범인을 체포하고 집에 가서 눈을 감았을 것이다. 앨런 콘웨이가 전부터 이 시리즈를 정리하고 싶어 했다는 걸 알고 있었지만 정말로 끝을 냈다니 기분 나쁜 깜짝 뉴스였다. 뇌종양이라니 주인공을 처치하기에 조금 식상한 방식이기는 했지만 왈가왈부할 수 없는 사인이었고, 그가 뇌종양을 선택한 이유도 그 때문이지 않을까 싶었다. 고백하건대 내가 눈물을 흘리더라도 우리 회사의 향후 매출을 걱정하는 눈물에 더 가까울 것이다.

그렇다면 매그너스 파이 경을 살해한 범인은 누구일까?

딱히 할 일이 없었기 때문에 메모지와 펜을 꺼내서 원고를 옆에 두고 식탁에 앉았다. 찰스가 나를 시험하려고 일부러 계획한 일일지 모른다는 생각이 들었다. 월요일에 출근하면 그가 나와 있을 테고 — 항상 일착으로 출근했다 — 나에게 해답을 묻고 난 다음에 나머지 원고를 넘겨줄 것이다. 찰스는 희한한 유머 감각의 소유자였다. 사무실 안에서 어느 누구도 이해하지 못하는 농담을 던져 놓고 자기 혼자 빙그레 웃는 걸 한두 번 본 게 아니었다.

1. 네빌 브렌트, 관리인

그가 가장 유력한 용의자다. 무엇보다 그는 메리 블래키스턴을 싫어하고 매그너스 파이 경에게 방금 전에 해고를 당했다. 그 둘을 처치할 만한 단순하고 분명한 이유가 있다. 게다가 이 책에서 모든 사망 사건과 연관 있는 유일한 인물이기도 하다. 메리가 죽었을 때 같은 집에 있었고 매그너스 경의 생전 모습을 사실상 가장 마지막에 목격했다. 본인의 주장에 따르면 매그너스 경의 사망 당일에 일을 마치자마자 페리맨으로 직행했다지만 콘웨이가 106쪽에 수상하게 세부 설명한 부분이 있다. 브렌트가 **25분 뒤에** 술집에 도착했다지 않은가. 왜 그렇게 구체적으로 시간을 명기했을까? 아무 상관 없는 부분일 수도 있고 심지어 잘못된 정보일 수도 있다. 잊지 말자, 우리가 읽은 건 초고다. 하지만 내 느낌상 페리맨은 파이 홀에서 10분 거리밖에 안 되고, 나머지 15분은 브렌트가 돌아가서 매그너스 경이 매튜 블래키스턴과 이야기를 나누는 동안 뒷문으로 들어가 이야기가 끝나자마자 그를 살해하는 데 걸린 시간인 듯하다.

브렌트에게는 또 한 가지 마음에 걸리는 부분이 있다. 그는 소아 성애자인 게 거의 분명하다. 〈그는 고독한 독신남이었고 누가 봐도 특이했다 — 어떤 냄새가 허공에 맴돌았다. 혼자 사는 남자의 냄새였다.〉 238쪽을 보면 경찰이 수색에 나섰을 때 보이 스카우트 잡지들이 그의 방바닥에 아무렇지 않게 나뒹굴었고, 예전에 그가 딩글 델에서 야영하는 보이 스카우트를 훔쳐보다 걸린 적이 있다고 했다. 이런 디테일이 내 눈에 띄었던 이유는 물론 『청산가리 칵테일』에서는 범인이 동성애자로 밝혀졌지만(범인이 레즈비언 파트너를 독살했다), 아티쿠스 퓐트 시리즈에는 대체로 성적인 묘사가 거의 없다시피 하기 때문이다. 브렌트가 톰과 로버트 블래키스턴, 두 남자아이에게 건

전하지 못한 관심을 가지고 있었을까? 톰 블래키스턴이 호수에서 익사했을 때 그걸 〈발견〉한 사람이 브렌트였다는 것도 우연의 일치일 수는 없을 것이다. 심지어 그의 어머니와 아버지가 교통사고로 세상을 떠났다는 것도 의심스럽다. 그리고 마지막으로 그가 개를 죽였을 가능성이 크다.

하지만 가장 유력한 용의자는 절대 범인으로 밝혀지지 않는다는 것이 탐정 소설 제1의 법칙이다. 따라서 그는 제외시키는 게 좋겠다.

2. 로버트 블래키스턴, 자동차 정비공

로버트도 세 건의 사망 사건과 모두 연관이 있다. 나름대로 브렌트만큼 특이하다. 안색은 창백하고 머리를 이상하게 잘랐다. 학교에서 다른 친구들과 잘 어울리지 못했고, 브리스틀에서 경찰서로 끌려간 전적이 있으며, 가장 결정적으로는 어머니와 삐걱거리다 남들 보는 앞에서 죽여 버리겠다고 협박 비슷한 것을 했다. 이건 반칙이긴 하지만 조이 샌덜링이 그를 보호하겠다는 일념으로 퓐트를 찾아갔으니 로버트가 범인으로 밝혀지면 편집자의 관점에서는 상당히 만족스러울 것이다. 마지막 장에서 약혼자의 정체가 밝혀지자 그녀의 희망이 산산이 무너지는 장면이 머릿속에서 그려지는 듯하다. 나라면 이걸 해답으로 선택하겠다.

하지만 이 가설에는 두 가지 중요한 문제점이 있다. 첫째는 조이 샌덜링이 거짓말을 한 게 아닌 이상, 사건이 벌어진 시각에 둘이 같이 침대에 있었다고 하니 로버트가 그의 어머니를 살해할 수 없었다는 것이다. 분홍색 스쿠터가 오전 9시에 요란하게 파이 홀을 향해 달리면 눈에 띌 수밖에 없었을 것이다(범인이 밤 9시에는 삐걱거리는 목사의 자전거를 아무렇지 않게 빌린 듯하지만). 그보다 더 의미심장한 대목이 있다면 로버트가 자기에게 잘해 주었던 매그너스 경을 죽일 이유가 없어 보인다고 퓐트가 한 번 이상 언급한 적이 있다는 것이다. 호숫가에서 같이 놀던 동생이 죽은 게 매그너스 경 때문이라고 생각했을 수 있을까? 비극의 단초가 된 황철광을 제공한 사람이 매그너스 경이었고 로버트는 현장에 두 번째로 도착해 동생을 끌어내려고 물속으로 뛰어들었다. 그는 정신적인 트라우마가 있었을 것이다. 심지어 어머니가 돌아가신 것도 매그너스 경 때문이라고 생각했을 수도 있을까?

어쩌면 로버트가 가장 유력한 용의자이고 브렌트는 두 번째일 수도 있겠다. 잘은 모르겠지만.

3. 로빈 오즈번, 목사

앨런 콘웨이는 막판에 뜻밖의 카드를 내놓는 습관이 있다. 예를 들어 『악인에게는 쉴 틈이 없다』에서도 범인으로 밝혀진 애그니스 카마이클은 말 한 마디 한 적 없었다. 그럴 수밖에 없었던 것이 그녀는 청각 장애인이었다. 나는 오즈번이 딩글 델 때문에 매그너스 경을 살해했다고 생각하지는 않는다. 메리 블래키스턴의 경우에도 그녀가 그의 책상에서 발견한 뭔지 모를 것 때문에 살해됐다고 생각하지는 않는다. 하지만 두 번째 사건에서 그의 자전거가 쓰였다는 것은 흥미진진한 대목이다. 그는 정말로 그 시간 내내 교회에 있었을까? 133쪽에서 헨리에타는 남편의 소매에 묻은 핏자국을 발견한다. 여기에 대해서는 더 이상 언급되지 않지만 없어진 뒷부분에서 콘웨이가 분명 짚고 넘어갔을 것이다.

그리고 오즈번이 아내와 함께 데번셔에 다녀왔다는 대목도 수상하다. 퓐트가 물어보자 그는 불안해했고(목사는 당황해서 어쩔 줄 몰라 했다) 심지어 묵은 호텔 이름조차 밝히기 싫어했다. 내가 너무 깊게 파고드는 건지 몰라도 브렌트의 부모님도 데번셔에서 죽었다지 않는가. 그 둘이 서로 연관성이 있을까?

4. 매튜 블래키스턴, 아버지

그가 아내를 살해했다고 퓐트가 상당히 분명하게 단정을 지었으니 그를 가장 유력한 용의자로 꼽아야 할 것이다. 퓐트는 6부의 마지막 부분에서 그렇게 얘기했고 ― 〈아내를 죽였지.〉 ― 그가 거짓말을 한다는 것은 있을 수 없는 일이다. 지금까지 여덟 권의 작품에서 그는 심지어 실수를 저질렀을 때조차(『아티쿠스 퓐트의 크리스마스』에서 그가 엉뚱한 사람을 체포하자 독자들은 콘웨이가 비열한 수법을 썼다며 공분했다) 1백 퍼센트 정직하지 않은 적이 없었다. 그가 매튜 블래스키턴이 아내를 살해했다고 선포했다면 이유를 밝히지 않는 데 짜증이 날지언정 그게 맞는 거다. 사실 그는 어쩌다 그런 결론을 도출하게 됐는지도 설명하지 않는다. 두말하면 잔소리지만 설명은 사라진 원고에 적혀 있을 것이다.

매튜가 매그너스 경도 살해했을까? 그건 아니라고 본다. 내가

18

적어도 한 가지는 알아낸 게 있다. 화단에 찍힌 손자국이 블래키스턴이 우편물 투입구로 안을 들여다보느라 남긴 자국이었다는 것. 〈내가 쓰러지는 게 느껴졌고 이러다 기절하겠다는 생각이 들더군요.〉 그가 한 말이다. 그는 쓰러지지 않으려고 손을 뻗었다가 무른 흙에 자국을 남겼을 것이다. 그는 아내를 살해하고 무슨 이유에서인지 범행 현장을 다시 찾았다. 그게 사실이라면 있을 법하지 않게 들릴지 몰라도, 색스비온에이번에 전혀 다른 이유에서 매그너스 경을 살해한 두 번째 범인이 있다는 뜻이 된다.

5. 클라리사 파이, 누나

가끔 탐정 소설을 읽다 보면 딱히 아무 이유 없이 어떤 인물에게 느낌이 올 때가 있는데 이번이 그런 경우다. 클라리사에게는 동생을 미워할 이유가 충분했고, 파이 홀을 물려받고 싶어서 레이디 파이와 그녀의 아들 프레디를 둘 다 살해할 생각이 있었는지 모른다. 자살하려고 피조스티그민을 훔쳤다는 게 거짓말이었을 수 있고 — 그렇다면 메리 블래키스턴을 제거해야 하는 이유도 설명이 된다. 그리고 클라리사에게는 파이 홀 현관문 열쇠가 있었다는 사실을 잊으면 안 된다. 한 번에 불과하기는 하지만 38쪽에서 언급이 됐다.

그리고 레너드 박사와 출생 시 순서가 바뀐 쌍둥이 문제도 있다. 클라리사는 언제 진실을 알게 됐을까? 정말로 레드윙 박사에게 들어서 알았을까? 내가 이걸 묻는 이유는 13쪽에서 레너드 박사가 몸을 의탁한 애시턴 하우스가 수상하게 언급되기 때문이다. 목사가 장례식 추도사에서 메리 블래키스턴이 그곳을 정기적으로 방문했다고 하지 않았던가. 레너드가 그녀에게 과거에 무슨 일이 있었는지 얘기했을 수 있고, 그녀는 클라리사에게 그 이야기를 전하고도 남았을 성격이다. 그랬다면 클라리사에게는 메리와 매그너스 경을 살해할 만한 강력한 이유가 생긴다. 피조스티그민은 레이디 파이와 프레디의 몫이었을지 모른다. 레너드 박사의 증상이 악화된 게 우연이 아니었다면…… 내가 너무 앞서 나가는 걸까?

화이트헤드 부부, 레드윙 박사와 화가인 그녀의 남편, 프랜시스 파이와 조금 엉뚱한 잭 다트퍼드는 제쳐놓았다. 모두 매그너스 경을 살해할 만한 동기가 있었지만 메리 블래키스턴을 해칠 이유는 없어 보였다. 그러고 나면 가장 가능성이 낮은 조이 샌덜링이 남았다. 하지만 그녀는 아무라도 살해할 이유가 없었고 그보다 더 중요하게는 그녀가 범인이라면 애초에 아티쿠스 퓐트를 찾아갈 이유가 없었다.

아무튼 나는 이런 식으로 원고를 뒤적이고 메모를 끼적이지만 아무 성과를 거두지 못한 채 일요일 오후를 흘려보냈다. 그날 저녁에는 친구들과 함께 BFI[2]에서 상영되는 『몰타의 매』를 감상했지만 복잡한 줄거리에 집중할 수가 없었다. 매그너스와 메리와 핏자국이 남은 종이 쪼가리, 죽은 개, 엉뚱한 봉투에 담긴 편지만 머릿속을 어지럽혔다. 원고가 중간에 끊긴 이유가 뭔지 궁금했고 전화를 하지 않는 찰스에게 짜증이 났다.

그날 밤에 나는 이유를 알아차렸다. 택시를 탔는데 기사가 라디오를 틀어 놓았다. 그 뉴스가 네 번째로 흘러나왔다.

앨런 콘웨이의 사망 소식이.

2 영국 영화 협회*British Film Institute.*

클로버리프 북스

내 이름은 수전 라일랜드, 클로버리프 북스의 소설팀 팀장이다. 이 회사는 직원이 열다섯 명뿐이고(거기에 개 한 마리가 추가된다) 1년에 출간하는 책이 스무 권을 넘지 않기 때문에 직함만 거창하다. 내가 맡는 권수는 그 스무 권의 절반 정도이다. 이 정도로 작은 출판사치고는 출간 도서 목록이 나쁘지 않다. 문학상을 수상했고 평단에서 높은 평가를 받는 작가 두세 명, 잘나가는 판타지 작가, 얼마 전에 문학상 수상자로 발표된 어린이책작가가 우리 출판사 소속이다. 요리책은 제작 단가가 너무 높아서 감당이 안 되지만 예전에는 여행서, 자기 계발서, 전기로도좋은 성적을 거두었다. 하지만 단순한 진실을 공개하자면 앨런콘웨이가 단연코 가장 거물이고 『맥파이 살인 사건』의 성공 여부에 우리 회사의 사활이 걸렸다고 해도 과언이 아니었다.

우리 회사는 업계에서 유명한 찰스 클로버가 11년 전에 설립했고 나는 초창기부터 그와 함께 일을 했다. 같이 오리온에서근무하던 시절에 그가 독립해서 대영 박물관 근처에 사놓은 건물에 출판사를 차리겠다고 했다. 그는 이 건물의 분위기를 절대적으로 마음에 들어 했다. 3층, 좁은 복도, 낡은 카펫, 나무 벽널, 햇볕이 잘 들지 않는 구조. 모두들 소심하게 21세기를 받아들이던 시절에 — 출판업자들은 대개 선봉에 서서 사회적, 기술적 변화를 수용하지 않는다 — 그는 옛날 사람이라는 자신의 역할에 만족했다. 그는 그레이엄 그린, 앤서니 버지스, 뮤리얼 스파크와 함께 작업한 전력이 있었다. 심지어 말년의 노엘 카워드와 저녁 식사를 같이 하는 사진도 있는데 그는 너무 취해서 식당 이름이 뭐였는지, 거장이 무슨 얘기를 했는지 전혀 기억이 나지 않는다고 했다.

찰스와 내가 하도 붙어 다니다 보니 주변 사람들은 우리가 한때 연인이었던 줄 알지만 절대 그런 적은 없었다. 그는 장성한 두 아이를 둔 유부남이고 그중 한 아이 — 로라 — 가 조만간 그의 첫 손자를 낳을 예정이다. 파슨스 그린의 다소 웅장한 더블 프런트 저택에서 아내 일레인과 30년째 살고 있다. 나도 몇 번 그 집으로 저녁 초대를 받아서 재미있는 손님들과 고급 와인을 마시며 밤늦도록 이야기를 나눈 적이 있다. 그렇기는 해도 그는 회사 밖에서, 특히 출판계 외부 사람들과 어울리는 것을 별로 좋아하지 않는다. 그는 책을 아주 많이 읽는다. 첼로를 연주한다. 들리는 소문에 따르면 10대와 20대 초반에는 약물에 절어서 지냈다고 하던데 지금 그의 모습을 보면 믿기지 않는다.

사실 나는 그의 얼굴을 못 본 지 1주일이 지났다. 화요일부터 금요일까지 저자를 따라다녔다. 버밍엄, 맨체스터, 에든버러, 더블린에서 라디오와 신문 인터뷰가 있었다. 행사는 놀라우리만치 잘 끝났다. 금요일 오후 늦게 회사로 복귀해 보니 그는 이미 퇴근하고 없었다. 『맥파이 살인 사건』 원고만 책상 위에서 나를 기다리고 있었다. 그다음 주 월요일에 핸드백을 내려놓고 컴퓨터를 켰을 때, 그와 내가 동시에 원고를 읽었고 내 책상 위에 원고를 놓았을 때 그도 미완성인 줄 몰랐을 거라는 생각이 내 머릿속을 스치고 지나갔다.

그는 벌써 사무실에 출근해 있었다. 그의 방은 2층, 내 방에서 복도 저 끝이었다. 창밖으로 대로 — 뉴옥스퍼드 스트리트와 블룸즈버리 웨이 — 가 내다보였다. 내 사무실이 있는 쪽은 좀 더 조용했다. 우아하고 정사각형 모양인 그의 사무실에는 창문 세 개와 당연히 책꽂이가 있었고 엄청나게 많은 트로피가 진열돼 있었다. 찰스는 사실 시상식을 좋아하지 않고 그걸 필요악이라고 생각했다. 하지만 지난 몇 년 동안 클로버리프가 제법 많은 상 — 전영 도서상, 골드 대거상, IPG상 — 을 수상했고 그때 받은 트로피들이 어찌어찌 이곳에 안착했다. 하나같이 깔끔하게 정리돼 있었다. 찰스는 뭐가 어디 있는지 아는 걸 좋아했고 제미마라는 비서가 잡무를 처리하는데 지금은 보이지 않는 듯했다. 그는 『맥파이 살인 사건』 원고를 앞에 두고 책상에 앉아 있었다. 빨간 잉크를 채운 만년필로 여백에 메모를 하고 있었다.

그날 내가 본 찰스의 모습을 설명해야 하겠다. 그는 예순세 살이었고 여느 때처럼 양복에 넥타이를 매고 약손가락에 얇은 금반지를 끼고 있었다. 일레인에게 쉰 살 생일에 받은 선물이었다. 살짝 어두컴컴한 그 방으로 들어갈 때마다 그를 보면 그 유명한 영화 속의 대부 같다는 생각이 들었다. 위협적인 분위기와는 전혀 거리가 멀었지만 날카로운 눈빛과 아주 좁은 콧날

23

과 귀족적인 광대뼈를 갖춘 이탈리아인처럼 느껴졌다. 아무렇게나 쓸어 넘긴 백발은 옷깃에 닿았다. 헬스클럽 근처에는 가지도 않는데도 그 나이치고 체구가 상당히 탄탄했고 매사에 흐트러짐이 없었다. 출근길에 종종 반려견을 데려오는데, 그날도 골든래브라도가 접어서 책상 밑에 깔아 놓은 담요 위에서 잠을 자고 있었다.

그 개의 이름이 벨라였다.

「어서 와, 수전.」 그가 들어오라고 손짓하며 말했다.

나는 원고를 들고 있었다. 들어가서 자리에 앉아 보니 그는 충격을 받은 사람처럼 안색이 몹시 창백했다. 「소식 들었지?」 그가 물었다.

나는 고개를 끄덕였다. 신문마다 기사가 실렸고 나는 이언 랜킨이라는 작가가 『투데이』에서 콘웨이에 대해 이야기하는 것도 들었다. 뉴스를 들었을 때 맨 처음에 든 생각은 심장 마비를 일으켰나 보다는 것이었다. 그 나이대 남자들의 가장 흔한 사인이 심장 마비 아니던가. 하지만 내 짐작은 틀렸다. 언론에서 말하길 사고가 벌어졌다고 했다. 프램링엄 근처에 있는 그의 집에서 그랬다고 했다.

「끔찍한 일이야.」 찰스가 말했다. 「정말 끔찍한 일이지.」

「어떻게 된 일인지 아세요?」 내가 물었다.

「어젯밤에 경찰의 전화를 받았어. 로크 경정과 통화했지. 입스위치에서 전화를 한다고 했던 걸로 기억하는데. 라디오에 보도된 그대로 사고라고 할 뿐 자세한 내막은 밝히지 않더군. 그런데 오늘 아침에, 불과 몇 분 전에 내가 이걸 받았어.」 그는 책상 위에 놓여 있던 편지를 집었다. 아무렇게나 뜯은 봉투가 그 옆에 있었다. 「앨런이 보낸 거야.」

　「제가 읽어 봐도 될까요?」

　「물론이지.」 그가 편지를 내게 건넸다.

　워낙 중요한 편지라 복사본을 그대로 싣겠다.

애비 그레인지,
프램링엄,
서펄.

2015년 8월 28일

찰스에게

원래 사과하는 걸 즐기지 않는 성격이지만 어젯밤에는 내가 실수를 했다고 인정하는 수밖에 없겠네. 내가 요즘 저기압이었다는 거 알지? 자네한테 얘기하고 싶지 않았는데 솔직하게 고백하는 편이 낫겠어. 나한테 사실 건강상의 문제가 있어.

사실 문제가 있는 정도가 아니야. 런던 병원의 실라 베넷 박사에게 물어보면 자세한 정황을 알 수 있을 텐데, 한마디로 요약하자면 내가 지구상에서 가장 우라지게 흔한 병에 걸렸다는군. 암이래. 수술이 불가능한.

왜 내가 그런 병에 걸렸을까? 나는 담배를 피우지도 않는데. 술도 거의 마시지 않는데. 양친 모두 천수를 누렸는데. 아무튼 앞으로 살날이 6개월 남았고 화학 요법과 기타 등등을 받으면 그 기간이 더 길어질 수도 있다는군.

하지만 나는 받지 않기로 결정했어. 미안하지만 정맥 주사를 꽂고 머리는 변기통에 처박고 방바닥으로 머리칼을 흘려가며 여생을 보낼 생각은 없거든. 그래 봐야 무슨 소용 있겠나? 그리고 꼬챙이처럼 말라비틀어진 몸으로 염통을 토할 듯이 기침을 해가며 휠체어에 실려서 런던 문학계의 행사장을 찾아다니며, 사실은 내가 죽는 꼴을 보지 못해 안달이 났으면서 정말 안타깝다고 말하는 사람들을 상대할 생각도 없고.

아무튼 내가 자네한테는 제법 괜찮은 친구였다는 걸 알지만 어떻게 보면 우리의 관계는 순전히 개판이었으니 처음 시작했을 때와 똑같이 끝을 맺는 편이 낫겠지. 처음 만났을 때 자네가 했던 약속을 기억하는데 솔직히 자네는 그 약속을 지켰어. 누가 뭐래도 금전적인 부분에서는. 그래서 고맙게 생각하네.

돈 얘기가 나왔으니 말인데 내가 죽고 나면 분란이 벌어질 거야. 제임스가 불만을 터뜨릴 테니까. 자네하고는 상관도 없는 일을 왜 이 자리에서 얘기하는지 모르겠지만, 우리 둘은 서로 인연을 끊은 거나 다름없고 내가 그를 완전히 없는 사람 취급했다는 것을 자네도 알아 두는 편이 좋지 않을까 싶어서.

맙소사! 내가 내 작품 속의 등장인물 같은 소리를 늘어놓고 있군그래. 아무튼 그는 결과를 감수해야 할 거야. 그가 자네를 너무 괴롭히지 않기만을 바랄 따름일세.

문학적인 측면에서는 내가 바라던 대로 이루어지지 않았지만 그 점에 있어서는 자네와 여러 번 이야기를 나누었으니 괜한 시간 낭비하지 않겠네. 자네는 내가 내 일에 대해 어떻게 생각하는지 관심이 없어. 전혀. 그것이 내가 자네를 좋아하는 이유 가운데 하나이긴 하지만. 매출. 베스트셀러 목록. 우라질 닐슨 차트. 내가 출판업계에서 혐오했던 부분들이 자네한테는 빵이요 버터요 잼이었지. 내가 없으면 자네는 어쩔 셈인가? 남아서 지켜보지 못하는 게 한스러울 따름이야.

자네가 이 편지를 읽을 때쯤이면 모든 게 끝이 났겠지. 자네한테 진작 알리지 않은 나를, 비밀을 털어놓지 않은 나를 용서해 주기 바라지만 때가 되면 자네도 이해할 거라고 믿네.

책상에 보면 내가 남긴 메모가 있을 거야. 내 병과 내가 내린 결정에 대해서 거기 적어 놓았어. 의사의 진단이 확실했고 내게 집행 유예의 가능성은 없다는 걸 알아주기 바라네. 죽음은 두렵지 않아. 내 이름이 기억될 거라고 생각하고 싶을 뿐.

나는 충분히 긴 세월을 살면서 엄청난 성공을 거두었지. 유언장에 보면 자네 몫으로 남긴 유산이 조금 있어. 우리가 함께 보낸 세월을 인정하는 뜻도 있지만 내 작품을 완성해서 출간해 주길 바라는 마음이 담겨 있기도 하지. 이제 그 원고를 지켜줄 사람은 자네뿐이지만 자네 손에 맡기면 안전할 거라고 확신하네.

자네 말고는 내 죽음을 슬퍼할 사람도 거의 없겠지. 내가 두고 떠나는 딸린 식구도 없고. 이 세상을 떠날 준비를 하는데 그동안 잘 살았다는 생각이 드는군. 자네와 함께 일군 성공으로 기억되었으면 하는 마음뿐일세.

상당히 근사한 여정이었지? (옛 추억을 되살리는 차원에서 『미끄럼틀』을 한 번 더 들여다보는 건 어떨까?) 나한테 화를 내지는 말아 주길. 지금까지 번 돈을 기억해. 이제 때가 되었군 ─내가 가장 좋아하는 한 단어를 남길 때가.

끝.

앨런

「이게 오늘 아침에 배달됐다고요?」 내가 물었다.

「응. 목요일에 둘이서 저녁을 같이 먹었거든. 아이비 클럽에 데려갔지. 8월 28일이면 다음 날이야. 집에 가자마자 이 편지를 쓴 모양이야.」

앨런은 피츠로비아에 아파트가 한 채 있었다. 거기서 하룻밤 자고 다음 날 아침에 리버풀 스트리트에서 열차를 탔을 것이다.

「『미끄럼틀』이 뭐예요?」

「앨런이 오래전에 쓴 작품이야.」

「저한테 보여 주신 적 없잖아요.」

「솔직히 자네가 관심을 보일 만한 작품이 아니라고 생각했거든. 탐정 소설이 아니야. 대저택을 배경으로 21세기 영국을 풍자하는 좀 더 진지한 분위기의 작품이지.」

「그래도 한번 읽어 보고 싶은데요.」

「내 말 믿어, 수전. 시간 낭비야. 나는 그 작품을 출간할 생각이 전혀 없었거든.」

「앨런한테도 그렇게 얘기하셨어요?」

「장황하게 설명하지는 않았어. 그냥 우리 회사하고는 맞지 않는다고만 했지.」 출판계에서 오랜 역사를 자랑하는 완곡한 표현이었다. 가장 잘나가는 작가에게 신작이 구리다고 얘기할 수는 없지 않은가.

우리 둘 사이에서 정적이 흘렀다. 책상 밑에서 개가 몸을 뒤척이며 끙끙거렸다. 「이게 유서네요?」 내가 말했다.

「그렇지.」

「경찰에 알려야 하지 않을까요?」

「맞아. 안 그래도 연락하려던 참이었어.」

「앨런이 아프다는 걸 모르셨어요?」

「전혀 몰랐어. 나한테 얘기한 적 없었고 목요일 저녁에도 아무 소리 없었거든. 같이 저녁 먹고, 원고를 건네받고, 그가 얼마나 흥분했는지 몰라! 자기 생애 최고의 걸작이라면서.」

나는 그 자리에 없었고 사건이 벌어진 뒤에 이 글을 쓰고 있지만 찰스의 전언에 따르면 다음과 같았다고 한다. 앨런 콘웨이는 연말까지 『맥파이 살인 사건』을 넘기겠다고 약속했지만 나와 함께 작업하는 일부 작가들과 다르게 그는 항상 일찌감치 원고를 완성했다. 저녁은 몇 주 전에 잡힌 약속이었고 내가 출장을 간 시기와 맞아떨어진 것은 우연의 일치가 아니었다. 차차 이유를 밝히겠지만 앨런과 나는 여러 면에서 잘 맞지 않았다. 그와 찰스가 만난 아이비는 일반 식당이 아니라 케임브리지 서커스 바로 옆에 있고 회원들만 이용할 수 있는 비공개 클럽이었다. 2층에 피아노 바가, 그 위에 식당이 있고 모든 창이 스테인드글라스라 밖에서 안이 들여다보이지도, 안에서 밖이 내다보이지도 않는다. 상당히 많은 유명 인사들이 즐겨 찾고 앨런이 좋아할 만한 곳이다. 찰스는 평소처럼 책꽂이를 등지고 앉는 입구 왼편에 위치한 테이블을 예약해 놓았다. 연극이라 한들 이보다 더 완벽한 세팅은 있을 수 없었다. 사실 몇 년인지 모를 세월 동안 「쥐덫」을 상연 중인 세인트 마틴스와 앰배서더스 극장이 바로 코앞이긴 했다.

그들은 이 클럽의 주특기인 마티니 칵테일부터 먼저 마셨다. 가족과 친구, 런던, 서평, 출판업계, 떠도는 소문, 잘 팔리는 작품과 잘 안 팔리는 작품 등 잡다한 이야기를 나누었다. 그러다 식사를 선택했고, 찰스는 앨런이 고급 와인을 좋아한다는 걸 아는 사람답게 비위를 맞추는 차원에서 주브레 샹베르탱 그랑 크뤼를 한 병 주문했고, 그 와인은 앨런이 거의 다 마셨다. 시간이 지날수록 목소리가 점점 커지고 말이 많아지는 그의 모습이 그려지는 듯했다. 그는 항상 술을 너무 많이 마시는 경향이 있었다. 첫 번째로 나온 요리를 먹고 났을 때 앨런이 늘 들고 다니는 가죽 가방에서 원고를 꺼냈다.

「나는 깜짝 놀랐어.」찰스가 말했다. 「적어도 두세 달은 있어야 원고를 받을 수 있을 줄 알았거든.」

「저한테 주신 원고가 미완성인 거 아시죠.」내가 말했다. 「뒤에 몇 장이 없더라고요.」

「내가 본 원고도 마찬가지야. 자네가 들어왔을 때 그걸 어쩌면 좋을지 고민하고 있었어.」

「그가 아무 얘기도 하지 않았어요?」앨런이 일부러 그랬나 하는 생각이 들었다. 찰스에게 결말을 예측하게 한 다음 공개할 작정이었을 수도 있다.

찰스는 기억을 더듬었다. 「응. 얼마나 훌륭한 작품인지 모른다고 하면서 원고를 주고 끝이었어.」

흥미로운 대목이었다. 앨런 콘웨이는 빠진 원고가 있는 줄 몰랐던 게 분명했다. 그렇지 않았다면 자신의 의도를 설명했을 것이다.

찰스는 신작 원고를 받고 기뻐하며 적당히 호들갑을 떨었다. 앨런에게 주말 동안 읽어 보겠다고 했다. 안타깝게도 그 이후에 분위기가 싸늘해졌다.

「어쩌다 그렇게 됐는지 잘 모르겠어.」찰스가 말했다. 「제목 얘기를 하고 있었거든. 제목이 썩 마음에 들지 않았는데 ─ 앨런이 얼마나 예민한지 자네도 알잖아. 그 자리에서 그런 얘기를 꺼내다니 내가 바보 같은 짓을 한 것일 수도 있지. 그리고 우리가 얘기를 나누는 동안 좀 이상한 일이 벌어졌어. 웨이터가 접시 몇 장을 떨어뜨린 거야. 얼마든지 있을 수 있는 일이지만 클럽이 워낙 조용한 곳이다 보니 거의 폭탄이 터진 거나 다름없었고 앨런이 자리에서 일어나서 웨이터에게 한 소리를 했지 뭔가. 그는 저녁 내내 신경을 곤두세우고 있었는데 나는 전혀 영문을 알 수가 없었지. 병에 걸려서 자살할 생각이었다면 그럴 만도 했겠지만.」

「저녁 식사는 어떻게 끝이 났어요?」

「앨런이 좀 진정이 돼서 커피를 마셨지만 계속 저기압이었지. 와인 몇 잔 마시고 나면 그가 어떻게 되는지 자네도 알잖아. 그 끔찍했던 스펙세이버스 사건 기억하지? 아무튼 택시를 타면서 라디오 인터뷰를 취소하고 싶다고 하더군.」

「사이먼 메이오.」 내가 말했다. 「라디오 2 인터뷰 말이죠?」

「맞아. 다음 주 금요일에 하기로 한 거. 나는 살살 달래 보려고 했지. 언제 또 불러 줄지 모르는 마당에 언론의 기대를 저버리면 쓰나. 그런데 들은 척도 하지 않는 거야.」

찰스는 편지를 손에 쥐고 뒤집었다. 그걸 그렇게 건드려도 되나 싶었다. 증거품 아닌가? 「경찰에 연락해야겠어.」 그가 말했다. 「이 편지에 대해서 알려야 하니까.」

나는 전화를 거는 그를 두고 밖으로 나왔다.

앨런 콘웨이

앨런 콘웨이를 발굴한 사람이 나였다.

그를 내게 소개한 사람은 서퍽에 살면서 인근 사립 학교에 아이들을 보내던 내 여동생 케이티였다. 앨런은 그 학교 영어 선생님이었고 『아티쿠스 퓐트, 수사에 착수하다』라는 탐정 소설을 이제 막 탈고한 참이었다. 그녀와 나 사이를 어떻게 알았는지 모르겠지만 — 그녀가 얘기했을 것이다 — 그가 케이티에게 원고를 나한테 보여 줄 수 있겠느냐고 물었다. 나는 동생과 서로 전혀 다른 삶을 살았지만 가깝게 지냈기 때문에 그녀를 생각해서 한번 읽어 보겠다고 했다. 그렇게 뒷문으로 입수된 원고치고 괜찮은 작품이 없었기에 이번에도 그럴 줄 알았다.

그런데 기분 좋은 반전이 나를 기다리고 있었다.

앨런은 시골 주택이라는 무대와 복잡한 살인 사건, 적당히 특이한 출연진, 아웃사이더로 등장하는 탐정으로 영국 탐정 소설의 〈황금시대〉를 재현했다. 이 작품의 배경은 전쟁 직후인 1946년이었고 그는 세부적인 부분에는 약했지만 그래도 그 시대의 분위기를 잘 포착했다. 퓐트는 공감할 줄 아는 인물이었고 강제 수용소 출신이었다는 사실로 인해 — 나중에 이와 관련된 분량을 줄이기는 했다 — 깊이가 생겼다. 나는 그의 독일식 습관과, 나중에 정식 소품이 된 『범죄 수사의 풍경』이라는 자기 책에 대한 집착이 마음에 들었다. 작품의 배경이 1940년 대였기 때문에 이야기의 진행 속도가 빠르지 않은 것도 좋았다. 휴대 전화, 컴퓨터, 법의학, 즉각적인 정보가 없던 시절이 아닌가. 몇 가지 문제가 있긴 했다. 군데군데 문체가 너무 화려했다. 단순히 이야기를 전달하는 게 아니라 극적 효과를 노리는 것처럼 느껴질 때가 많았다. 그리고 너무 길었다. 하지만 원고의 마지막 장에 다다랐을 때 클로버리프 북스에서 내가 진행하는 첫 작품으로 출간해야겠다는 확신이 들었다.

그래서 저자를 만났다.

나는 그가 마음에 들지 않았다. 미안하지만 약간 쌀쌀맞은 사람처럼 느껴졌다. 책 표지에 실린 그의 사진을 여러분도 보았을 것이다. 좁은 얼굴, 짧게 친 은발, 동그란 철제 안경. 텔레비전이나 라디오에서 그는 늘 달변으로 매력을 발산하지만 그 당시에는 전혀 그렇지 않았다. 통통하니 조금 과체중이었고 소매에 분필 가루가 묻은 양복을 입고 있었다. 태도가 공격적인가 하면 또 한편으로는 잘 보이고 싶어서 안달했다. 나를 붙잡고 다짜고짜 책을 출간하고 싶다고 하더니 막상 기회가 찾아오자 그다지 열의를 보이지 않았다. 무슨 속셈인지 알 수가 없었다. 내가 손보고 싶은 부분에 대해서 얘기했을 때는 그야말로 발끈했다. 그는 그때까지 내가 만난 사람들 중에서 가장 유머 감각이 떨어지는 사람이었다. 나중에 그가 아이들 사이에서 인기가 없다는 이야기를 동생에게 들었을 때 나는 이유를 알 수 있었다.

하지만 솔직히 시인하자면 내 첫인상도 그다지 좋지 못했을 것이다. 만났을 때 가끔 그냥 그렇게 되는 경우도 있다. 우리는 그와 찰스와 나, 이렇게 셋이서 근사한 레스토랑에서 점심을 먹기로 했다. 그런데 그날 양동이로 퍼붓다시피 한 폭우가 쏟아졌다. 나는 런던의 반대편에서 다른 미팅을 마친 뒤 택시가 잡히지 않아서 하이힐을 신고 8백 미터를 달려갔다. 뒤늦게 도착했을 때 내 머리는 얼굴 양옆으로 들러붙었고 셔츠는 다 젖어서 브래지어가 비쳐 보였다. 나는 자리에 앉으면서 와인 잔을 엎질렀다. 담배 생각이 간절했기 때문에 짜증이 났다. 우리가 책의 한 부분 — 모든 용의자를 서재에 모아 놓는 게 내가 보기에는 너무 상투적이었다 — 을 놓고 황당하게 옥신각신했던 기억이 나는데, 사실 그런 이야기를 꺼낼 만한 자리가 아니었다. 나중에 찰스는 나에게 상당히 화를 냈고 그럴 만한 이유가 충분히 있었다. 우리는 그를 놓칠 수도 있었다. 특히 시리즈의 가능성이 있었으니 관심을 보일 출판사가 많았다.

사실 그날 분위기를 주도하며 대부분의 대화를 나눈 사람은 찰스였고 그 결과 그가 앨런의 담당자가 되었다. 그러니까 에든버러, 헤이온와이, 옥스퍼드, 첼트넘 기타 등등 온갖 행사에 참석한 사람이 찰스였다는 말이다. 찰스가 관계 유지를 맡았다. 나는 훌륭한 소프트웨어 프로그램으로 편집만 하면 그만이었고 따라서 그와 만날 일이 없었다. 생각해 보면 우스운 게, 그와 11년 동안 작업을 하면서 그의 집에 놀러 간 적이 한 번도 없었다. 내 덕분에 그 집을 살 수 있었다는 걸 감안하면 조금 분하긴 하다.

물론 그가 사무실로 찾아올 때마다 가끔 얼굴을 보기는 했고 솔직히 인정하자면 그는 성공을 거둘수록 점점 더 매력적인 인물로 변해 갔다. 그는 비싼 옷을 장만했다. 헬스클럽에 다녔다. BMW i8 쿠페를 몰고 다녔다. 요즘은 작가들도 언론을 활용할 줄 알아야 하는 시대인데, 앨런 콘웨이는 금세 「북 쇼」, 「라이트 스터프」, 「퀘스천 타임」과 같은 프로그램을 누비고 다녔다. 파티와 시상식에 참석했다. 학교에서 강연을 했다. 유명인의 반열에 오른 마흔 살부터 비로소 인생을 즐기기 시작한 것처럼 보였다. 내가 맨 처음에 만났을 때 그는 여덟 살짜리 아들을 둔 유부남이었다. 그 결혼은 얼마 안 있어 깨어졌다.

여기까지 읽고 나면 내가 환멸을 느끼는 것처럼 보일 수도 있겠다. 내 기여도가 상당했다고 볼 수 있는 그의 성공담에 분개하는 것처럼 보일 수도 있겠다. 하지만 그건 절대 아니었다. 나는 그가 나를 어떻게 생각하든 상관없었고, 그와 찰스가 나가서 문학계 행사에 참석하는 동안 나는 본문을 다듬고 제작을 감독하는 등 실무를 처리하는 데 1백 퍼센트 만족했다. 내게 중요한 건 그게 전부였다. 그리고 사실 나는 진심으로 내 일을 사랑했다. 나는 애거사 크리스티와 더불어 어린 시절을 보냈고 비행기나 바닷가에서 탐정 소설이 아닌 다른 책은 읽고 싶지 않았다. 텔레비전에서 방송된 「푸아로」와 「미드소머 살인 사건」[3]을 단 한 편도 놓친 적이 없었다. 나로 말할 것 같으면 절대 결과를 섣부르게 짐작하지 않고, 탐정이 모든 용의자를 한 방에 모아 놓고 어디에선가 불쑥 실크 스카프를 끄집어내는 마술사처럼 사건의 진상을 공개하는 순간을 학수고대하는 사람이

---

3 영국의 탐정 드라마로 1997년부터 현재까지 방영 중이다. 이 책의 저자인 앤서니 호로위츠가 각색을 맡았다.

다. 그러니까 요지가 뭔가 하면 나는 아티쿠스 퓐트의 팬이었다. 그렇다고 앨런 콘웨이의 팬일 필요는 없었을 뿐이다.

찰스의 사무실을 나선 이후에 제법 여러 통의 전화를 처리해야 했다. 우리 쪽에서 경찰에 편지의 존재를 알리기 전부터 앨런이 자살을 했다는 소식이 새어 나갔는지 취재에 나선 기자들이 있었다. 같은 업계 친구들은 위로 전화를 했다. 세실 코트의 중고 서적상은 쇼윈도에 그의 작품을 전시하는 중이라며 저자 서명본이 있느냐고 했다. 나는 그날 오전에 앨런 생각을 많이 했지만 — 그보다는 결말이 사라진 탐정 소설과 한가운데 큼지막하게 구멍이 뚫린 여름 출간 일정에 대해서 더 많이 생각했다.

점심 식사를 마친 뒤에 나는 다시 찰스를 찾아갔다.

「경찰이랑 통화했어.」 찰스가 말했다. 편지가 여전히 봉투와 함께 그의 앞에 나란히 놓여 있었다. 「수거하러 사람을 보내겠다고 하더군. 왜 건드렸느냐고 하면서.」

「열어서 보기 전에는 무슨 내용인지 알 수가 없는데요?」

「그러니까 말이지.」

「그가 어떤 식으로 그랬는지 경찰에서 얘기하던가요?」 내가 물었다. 어떤 식으로 〈자살을 했느냐〉는 뜻이었다.

찰스는 고개를 끄덕였다. 「그의 집과 연결된 탑 비슷한 게 있거든. 지난번에 그의 집에 갔을 때 — 3월 아니면 4월이었어 — 사실 그 탑을 두고 앨런과 얘기한 적도 있었어. 너무 위험해 보인다고. 얕은 담벼락만 있고 철책이고 뭐고 아무것도 없어서. 우스운 게, 사고가 났다고 했을 때 당장 든 생각이 그 우라질 탑에서 떨어졌나 보다 하는 거였는데. 알고 보니 거기서 뛰어내렸나 봐.」

한참 동안 정적이 흘렀다. 평소에는 찰스와 내가 서로의 생각을 귀신같이 파악하는데, 이번에는 일부러 상대방의 시선을 피하고 있었다. 이런 일이 벌어졌다니 끔찍 그 자체였다. 우리 둘 다 현실을 직면하기가 싫은 거였다.

「원고는 어땠어요?」 내가 물었다. 평소 같았으면 그걸 제일 먼저 궁금해했을 텐데, 지금까지 물어보지 않았다.

「흠. 주말 동안 읽어 봤는데 아주 재미있었어. 모든 면에서 시리즈의 다른 작품들만큼 훌륭한 것 같던데. 마지막 페이지에 다다랐을 때 나도 자네만큼 짜증이 났지. 처음에는 우리 회사 직원이 실수를 한 줄 알았어. 자네 몫으로 하나, 내 몫으로 하나, 이렇게 두 부를 복사했거든.」

그러고 보니 생각이 났다. 「제미마는 어디 갔어요?」 내가 물었다.

「그만뒀어. 자네가 출장 가 있는 동안 사표를 썼어.」 갑자기 그가 피곤해 보였다. 「이보다 더 타이밍이 안 좋을 수가 없네. 앨런 문제도 있고 ─ 로라도 챙겨야 하는데.」

로라는 임신한 그의 딸이었다. 「로라는 좀 어때요?」 내가 물었다.

「잘 지내. 그런데 병원에서 이제는 당장이라도 나올 수 있다고 하네. 첫째는 일찍 태어나는 경우가 많은 모양이야.」 그는 좀 전에 하던 이야기로 다시 돌아갔다. 「원고가 없어진 게 아니야, 수전. 아무튼 우리 회사에서 없어진 건 아니야. 복사실을 확인했거든. 앨런이 준 대로 정확히 복사했어. 안 그래도 그에게 전화해서 어떻게 된 거냐고 물어보려고 했는데. 그랬다가 그 소식을 들었지.」

「전자 원고는 안 보냈어요?」

「응. 전자 원고를 같이 준 적은 한 번도 없어.」

사실 그랬다. 앨런은 펜과 종이의 사나이였다. 사실상 초고를 손으로 직접 썼다. 그런 다음 자기 컴퓨터에 입력했다. 모니터 화면으로 읽는 게 못 미더운 사람처럼 먼저 출력본을 준 다음 이메일로 보냈다.

「그럼 없어진 부분을 찾아야겠네요.」 내가 말했다. 「빠르면 빠를수록 좋아요.」 찰스가 의심스러워하는 표정을 짓기에 나는 하던 이야기를 계속했다. 「그 집 어딘가에 있겠죠. 사장님은 범인이 누구일지 파악하셨어요?」

찰스는 고개를 저었다. 「누이가 아닐까 싶긴 했는데.」

「클라리사 파이요? 네. 제 용의자 명단에도 있었어요.」

「그가 사실은 원고를 완성하지 않았을 가능성도 있어.」

「그럼 원고를 넘기면서 사장님한테 얘기를 했겠죠 ─ 그리고 그럴 이유가 없잖아요.」 나는 내 다이어리와 이번 주에 잡혀 있는 약속들을 떠올렸다. 하지만 이 일이 더 중요했다. 「제가 프램링엄에 다녀올까요?」

「그게 과연 좋은 생각일까? 경찰이 아직 그 집에 진을 치고 있을 텐데. 그가 자살했다면 수사도 진행할 테고.」

「네, 알아요. 그래도 그의 컴퓨터를 열어 보고 싶어요.」

「경찰에서 들고 가지 않을까?」

「그래도 둘러볼 수는 있잖아요. 원본이 그의 책상 위에 떡하니 있을 수도 있고요.」

그는 잠깐 고민했다. 「흠, 그럴 수도 있겠네.」

그가 왜 이렇게 뜨뜻미지근하게 나오는지 나로서는 뜻밖이었다. 말은 하지 않았지만 『맥파이 살인 사건』이 얼마나 간절한지 우리 둘 다 알고 있었다. 이번 해에는 실적이 좋지 못했다. 우리 회사에서 5월에 자서전을 출간한 코미디언이 텔레비전 생방송 프로그램에서 저질스러운 농담을 늘어놓았다. 거의 하룻밤 만에 그는 재미없는 사람으로 전락했고 그의 책은 서점에서 자취를 감추었다. 나는 서커스단에서 펼쳐지는 재미있는 일을 다룬 『외팔의 저글링 곡예사』라는 데뷔작을 출간한 작가와 얼마 전까지 투어를 다녀왔다. 투어는 잘 끝났을지 몰라도 평단에서 워낙 가차없는 평가를 받는 바람에 서점에 책을 납품하는데 어려움을 겪고 있었다. 건물에도 문제가 있었고 소송이 하나 걸려 있었고 직원들과도 문제가 있었다. 파산할 일은 없겠지만 히트작이 절실했다.

「내일 갈게요.」 내가 말했다.

「밑져야 본전이겠지. 나도 같이 갈까?」

「아뇨. 저 혼자 가도 괜찮아요.」 앨런은 나를 애비 그레인저로 초대한 적이 없었다. 어떤 집일지 궁금했다. 「로라한테 안부 전해 주세요.」 내가 말했다. 「무슨 소식 있으면 알려 주시고요.」

나는 일어나서 그의 사무실을 나섰고 그때 신기한 일이 벌어졌다. 내 사무실로 돌아온 다음에서야 그때까지 줄곧 보고 있었던 광경이 머릿속에 입력된 것이다. 정말 이상했다. 전혀 앞뒤가 맞지 않았다.

앨런의 유서와 봉투가 배달된 그대로 찰스의 책상 위에 놓여 있었다. 편지는 손 글씨로 적혀 있었다. 봉투에는 주소가 타자로 찍혀 있었다.

애비 그레인지, 프램링엄

 나는 다음 날 아침 일찍, 사실상 비어 있다시피 한 유명 궁전
의 주검 아래로 이어지는 알렉산드라 공원을 쌩하니 지나서
A12를 향해 달렸다. 6년 전 마흔 번째 생일 때 내가 나에게 선
물한 MGB 로드스터를 몰고 나오기에 이보다 더 완벽한 핑계
는 없었다. 어이없는 선택이었다는 건 알지만 하이게이트의 차
량 정비소 앞에 매물로 나와 있는 이 차를 본 순간 사지 않을 수
가 없었다. 오버드라이브 장치가 달린 수동이었고 우체통을 닮
은 대담한 빨간색에 테두리가 검은색으로 된 1969년형 모델이
었다. 내가 맨 처음 이 차를 몰고 등장했을 때 동생은 할 말을
잃었지만 조카들은 흥분했고, 만날 때마다 차에 태워서 지붕을
열고 시골길을 달리면 뒷좌석에서 비명을 질렀다.
 런던으로 진입하는 차량의 행렬과 반대 방향으로 한동안 신
나게 달렸지만 얼 소험에 다다르자 짜증 나는 도로 공사 때문에
10분 동안 발이 묶였다. 날은 포근했다. 여름 내내 날씨가 좋았
고 9월도 그럴 조짐이 보였다. 지붕을 열까 싶었지만 고속 도로
에서는 너무 시끄러울 게 분명했다. 목적지에 좀 더 가까워지

42

면 다시 생각해 보기로 했다.

서퍽의 바닷가 마을 — 사우스월드, 월버스윅, 던위치 그리고 오퍼드 — 는 대부분 다녀온 적이 있었지만 프램링엄은 처음이었다. 앨런이 사는 곳이기 때문에 지금까지 멀리했을 것이다. 진입하면서 느낀 첫 인상은 쾌적하고 살짝 낙후된 마을이라는 것이었다. 한복판에 있는 광장은 전혀 네모반듯하지 않았다. 매력적인 건물도 있었지만 예컨대 인도 식당 같은 경우에는 생뚱맞았고, 쇼핑하고 싶은 마음이 생기더라도 살 만한 물건이 없었다. 한가운데 우뚝 자리 잡은 거대한 벽돌 건물 안에 현대식 슈퍼마켓이 있었다. 4백 년 전부터 광장이 내다보이는 그 자리에서 마차 여행객을 상대했다는 크라운 호텔에 예약을 해놓았는데, 알고 보니 양옆으로 은행과 여행사가 딱 붙어 있었다. 그래도 옛날식 판석과 수많은 벽난로와 나무 도리가 상당히 매력적인 건물이었다. 책꽂이에 꽂힌 책과 모금함 위에 쌓여 있는 보드게임들이 반가웠다. 덕분에 분위기가 아늑했다. 조그만 유리창 뒤에 숨어 있는 프런트 직원을 찾아서 체크인을 했다. 동생네 집에 신세를 질까도 생각했지만 우드브리지는 차로 30분 거리였고 여기서도 충분히 즐겁게 지낼 수 있었다.

객실로 올라가서 침대 위로 여행 가방을 던졌다. 침대가 무려 기둥 네 개짜리였다. 안드레아스도 같이 왔으면 좋았겠다는 생각이 들었다. 그는 영국의 전통문화를 유난히 좋아했다. 크로케, 크림 티,[4] 크리켓, 이런 것들을 이해하지 못하면서도 거부할 수 없는 매력을 느꼈으니 여기 있으면 물 만난 고기가 됐을 것이다. 나는 그에게 문자 메시지를 보낸 다음 씻고 머리를

---

4 오후에 잼이나 크림을 곁들인 빵과 함께 마시는 차.

빗었다. 점심시간이 됐지만 입맛이 없었다. 다시 차를 타고 애비 그레인지로 출발했다.

앨런 콘웨이의 집은 프램링엄에서 4~5킬로미터 거리였고 내비게이션이 없으면 찾아가기가 거의 불가능한 곳이었다. 내가 평생을 보낸 대도시에서는 길을 따라 가다 보면 어딘가가 나온다. 길을 그렇게 만들 수밖에 없다. 그런데 시골길은 그렇지가 않아서 너무 한참 동안 구불구불 이어지다 한참 좁아지더니 마침내 내가 찾던 집과 연결되는 전용 도로가 등장했다. 나는 그 집이 파이 홀의 모델이라는 것을 언제쯤 알아차렸을까? 대문 양옆에 달린 그리핀 석상이 첫 번째 단서였을 것이다. 로지 하우스는 원고에 묘사된 그대로였다. 진입로는 넓은 잔디밭을 둥그스름하게 가르며 현관문으로 이어졌다. 장미꽃밭은 보이지 않았지만 호수는 있었고 딩글 델인가 싶은 숲도 있었다. 다급하게 인공호흡을 하는 그의 형을 두고 톰 블래키스턴의 시신 옆에 서 있는 브렌트의 모습이 쉽사리 그려졌다. 굳이 상상력을 동원할 필요가 거의 없었다.

그리고 집 자체는? 〈남은 건 8각형의 탑 — 이건 훨씬 나중에 지어졌다 — 이 달렸고 길쭉한 한쪽 끝의 부속 건물뿐이었다.〉 가까이 다가가 보니 과연 그랬다. 길고 좁은 건물의 위아래 층에 유리창이 열두어 개 달려 있었고, 건물과 연결된 탑의 경우 거기서 내려다보는 경치는 훌륭할지 몰라도 그 자체는 어처구니없는 발상이었다. 19세기에 빅토리아 시대의 어느 사업가가 런던의 공장과 대형 빌딩에 얽힌 추억을 서퍽의 시골에 재현하려고 한 것이었을까. 매그너스 파이 경이 선대에게 물려받았다는 저택처럼 아름답지는 않았다. 적어도 앨런의 묘사를 근거로 따지자면 그랬다. 애비 그레인지는 찰스 디킨스와 윌리엄 블레이크를 연상시키는 지저분한 붉은색 벽돌 건물이었다. 이 주변과 어울리지 않았고 유일한 위안이 있다면 풍경이었다. 넓디넓은 하늘 아래로 정원이 1~2만 제곱미터 펼쳐졌고 다른 집은 코빼기도 보이지 않았다. 나라면 이런 데서 살기 싫었고 솔직히 앨런 콘웨이가 어떤 점에서 매력을 느꼈는지 알 수가 없었다. 그런 차도남이 이렇게 어리석은 선택을 하다니.

그가 여기서 죽음을 맞았다. 차에서 내리는데 그 사실이 생각났다. 불과 4일 전에 그가 내 위로 불길하게 솟은 탑에서 뛰어내렸다. 나는 탑 꼭대기에 뚫린 총안을 살폈다. 그다지 안전해 보이지 않았다. 자살할 생각이 있건 없건 몸을 너무 기울이면 당장 떨어지게 생겼다. 탑 주변은 잔디가 서로 울퉁불퉁하게 얽힌 잔디밭이었다. 이언 매큐언이 『이런 사랑』에서 높은 데서 떨어졌을 때 인체에 어떤 현상이 벌어지는지 아주 기가 막히게 묘사를 한 적이 있었기 때문에 나는 뼈가 부러지고 팔다리가 이상한 각도로 꺾인 채 곤죽이 된 콘웨이의 모습을 쉽게 상상할 수 있었다. 그는 즉사했을까 아니면 쓰러진 채로 고통을 견디다 누군가에게 발견이 됐을까? 그는 혼자 살았으니 청소부나 정원사가 경보를 울렸을 것이다. 이게 도대체 말이 되는 일일까? 고통을 피하려고 자살을 선택했는데 끔찍한 고통을 경험했을 수도 있다니. 나라면 선택하지 않을 방식이었다. 따뜻한 욕조에 들어가서 손목을 긋거나. 달려오는 열차 앞으로 뛰어들거나. 어느 쪽이 됐건 그 편이 좀 더 확실했다.

나는 아이폰을 꺼냈고 전경을 사진에 담으려고 현관문과 반대편으로 걸음을 옮겼다. 내가 왜 그랬는지 모르겠지만 생각해 보면 우리가 사진을 찍는 이유가 뭘까 싶다. 다시 볼 것도 아니지 않는가. 큼지막한 관목(책에는 없던 부분이었다)을 지나 뒷걸음질을 치는데 두 개의 타이어 자국이 내 눈에 들어왔다. 아주 최근에, 잔디가 축축했을 때 그 뒤편에 누가 주차를 한 모양이었다. 나는 타이어 자국도 사진으로 찍었다. 어떤 의미가 있었다기보다 그래야 할 것 같았기 때문이었다. 전화기를 주머니에 넣고 다시 현관문 쪽으로 걸어가는데 문이 열리면서 어떤 남자가 나왔다. 초면이지만 누군지 한눈에 알아볼 수 있었다. 앞에서도 얘기했다시피 앨런은 유부남이었다. 그런데 아티쿠스 핀트 시리즈 3권이 출간된 직후에 앨런의 신상에 변화가 생겼다. 가족을 버리고 제임스 테일러라는 젊은 남자를 선택한 것이었는데 — 어느 정도로 젊었는가 하면 당시 앨런은 열두 살짜리 아들을 둔 40대 중반인 반면에 그는 이제 막 스무 살이었다. 그의 사생활은 내가 상관할 부분이 아니었지만 솔직히 고백하자면 그것이 매출에 어떤 영향을 미칠지 조금 불안하고 걱정스럽기는 했다. 그의 사연이 제법 많은 신문에 소개됐지만 다행히 2009년이라 기자들이 너무 대놓고 빈정거릴 수가 없었다. 앨런의 아내 멜리사와 아들은 웨스트컨트리로 거처를 옮겼다. 그들은 금세 이혼에 합의했다. 앨런이 애비 그레인지를 매입한 게 그때 일이었다.

나는 제임스 테일러를 만난 적이 없었지만 그라는 걸 알 수 있었다. 그는 가죽 재킷에 청바지를 입고 있었고 네크라인이 깊게 파인 티셔츠 위로 얇은 금목걸이가 보였다. 이제는 스물여덟 살인가 스물아홉 살인데도 여전히 믿기지 않을 만큼 젊어 보였고 까칠하게 자란 수염으로도 앳된 얼굴을 가리지 못했다.

긴 금발은 빗지 않았다. 살짝 떡이 진 머리가 목선을 따라 이어졌다. 방금 전에 일어났을 수도 있었다. 뭔가에 홀린 듯하고 의심스러워하는 눈빛을 하고 있었다. 과거에 상처를 받은 적이 있는 사람 같은 느낌이 들었다. 아니면 나와 맞닥뜨린 게 불쾌해서 그런 것일 수도 있었다.

「네?」 그가 물었다. 「누구시죠?」

「저는 수전 라일랜드예요.」 내가 말했다. 「클로버리프 북스 직원이고요. 앨런의 책을 출간하는 출판사요.」 나는 핸드백을 뒤져서 명함을 건넸다.

그는 명함을 흘끗 확인하더니 나를 지나서 다른 곳을 쳐다보았다. 「차 멋지네요.」

「고마워요.」

「MG죠?」

「실은 MGB예요.」

그는 미소를 지었다. 내 나이의 여자가 그런 차를 몰다니 신기하게 여기는 눈치였다. 「앨런을 만나러 온 거라면 너무 늦었는데요.」

「알아요. 무슨 일이 있었는지 알아요. 집 안으로 들어가도 될까요?」

「왜요?」

「설명하자면 복잡한데. 찾을 게 있어서요.」

「그러세요.」 그는 어깨를 으쓱하고 제집인 양 문을 열었다. 하지만 나는 앨런의 편지를 읽었다. 여긴 그의 집이 아니었다.

여기가 『맥파이 살인 사건』의 무대였다면 문을 열었을 때 나무 벽널로 덮인 메인 홀과 석조 벽난로, 충계참에 발코니가 달린 계단이 보였어야 했다. 하지만 그건 모두 콘웨이의 상상이었다. 사실 내부는 실망스러웠다. 거실, 아무것도 깔지 않은 나무 바닥, 컨트리풍 가구, 벽에 걸린 값비싼 현대 미술 — 모두 고상하지만 평범했다. 갑옷 세트는 없었다. 박제한 동물 머리도 없었다. 시체도 없었다. 오른쪽으로 꺾어서 집 끝까지 복도를 따라가자 업소용 오븐과 반짝이는 미국산 냉장고, 12인용 식탁을 갖춘 심상찮은 부엌이 나왔다. 제임스가 커피를 마시겠느냐고 묻자 나는 좋다고 했다. 그는 캡슐을 넣고 한쪽 옆에서 우유 거품을 내는 기계로 커피를 끓였다.

「그러니까 출판사 사장님이라고요.」

「아뇨. 담당 편집자요.」

「앨런을 어느 정도로 잘 알았어요?」

나는 그 질문에 뭐라고 대답하면 좋을지 알 수가 없었다. 「그냥 일로 만난 사이였어요.」 내가 말했다. 「그는 이 집에 나를 한 번도 초대한 적 없어요.」

「여긴 내 집이에요 — 2주쯤 전에 앨런이 나더러 나가 달라고 하기 전까지는 그랬어요. 갈 데가 없어서 그냥 있었는데 어쩌면 이젠 그냥 눌러앉아도 될지 모르겠어요.」 그는 커피를 들고 와서 자리에 앉았다.

「담배 좀 피워도 될까요?」 내가 물었다. 식탁에 재떨이가 있었고 공기 중에서 담배 냄새가 났다.

「그러세요.」 그가 말했다. 「담배 있으면 저도 한 대 빌릴 수 있을까요?」 나는 담뱃갑을 내밀었고 우리는 순식간에 친구가 됐다. 그게 이 시대 흡연자 생활의 유일한 장점이다. 핍박을 당하는 소수이기 때문에 금세 유대감이 형성된다. 하지만 나는 대저택을 홀로 지키고 있는 제임스 테일러가 마음에 든다고 이미 결론을 내린 참이었다.

「여기 있었어요?」 내가 물었다. 「앨런이 자살했을 때 말이에요.」

「아뇨, 정말 다행이죠. 그 무렵에는 관계를 정리한 상태였거든요. 나는 런던에서 아는 사람들이랑 놀고 있었어요.」 나는 그가 재를 터는 모습을 바라보았다. 손가락이 아주 길고 가늘었다. 손톱은 지저분했다. 「칸 씨 — 앨런의 변호사예요 — 의 전화를 받고 월요일 늦게 돌아왔어요. 경찰들로 집 안이 복잡하더라고요. 그를 발견한 사람이 칸 씨였어요. 날 유언장에서 빼거나 그랬는지 서류를 전해 주러 왔더니 앨런이 탑 앞쪽 잔디밭에 쓰러져 있었대요. 솔직히 내가 아니라 얼마나 다행인지 몰라요. 나였다면 그 상황을 감당했을지 자신이 없는데.」 그는 옛날 영화에 나오는 군인처럼 담배를 쥔 손으로 입을 덮고 연기를 빨아들였다. 「뭘 찾으러 오셨어요?」

나는 솔직히 얘기했다. 앨런이 죽기 며칠 전에 마지막 소설의 원고를 주었는데 마지막 장이 없었다고 했다. 그에게 『맥파이 살인 사건』을 읽어 본 적 있느냐고 물었더니 그는 콧소리를 내며 웃었다. 「아티쿠스 퓐트 시리즈라면 한 권도 빠짐없이 읽었죠.」 그가 말했다. 「내가 거기 나오는데 몰랐어요?」

「몰랐어요.」 내가 말했다.

「진짜예요. 제임스 프레이저, 머리 나쁜 금발의 조수 — 그게 나예요.」 그는 머리칼을 뒤로 휙 넘겼다. 「나를 만났을 때 앨런은 『밤은 찾아들고』를 막 시작하려던 참이었어요. 그때만 해도 아티쿠스 퓐트는 조수가 없었죠. 혼자서 일을 했지. 그런데 나랑 사귀면서 그가 그 부분을 변경하겠다고 하더니 나를 넣었어요.」

「이름을 바꿔서 넣었군요.」

「그것 말고도 바꾼 거 많아요. 우선 나는 옥스퍼드 대학교 근처에는 얼씬도 한 적 없어요. 그를 만났을 때 내가 연기자 지망생이었던 건 맞지만. 그게 그의 깜찍한 장난이었죠. 매 작품마다 프레이저는 실업자이거나 일을 망치거나 실패하고, 두말하면 잔소리지만 대책 없이 미련하잖아요. 그런데 앨런은 그게 모든 조수의 숙명이라 그랬어요. 조수들은 탐정을 더 똑똑하게 포장하고, 진실로부터 주의를 돌리기 위해 존재하는 거라면서. 내 캐릭터는 입만 열면 엉뚱한 소리를 해요. 독자들의 관심을 엉뚱한 쪽으로 유도하려고 일부러 그러는 거예요. 사실 프레이저가 하는 말은 뭐든 무시해도 돼요. 원래 그런 설정이니까.」

「그럼 그 원고도 읽었어요?」 나는 다시 물었다.

그는 고개를 저었다. 「아뇨. 앨런이 작업 중이라는 건 알았어요. 작업실에 몇 시간이고 처박혀 있더라고요. 솔직히 나는 그가 원고를 **끝냈는지도** 몰랐어요. 보통은 다른 사람한테 보여 주기 전에 나한테 먼저 보여 주는데 이번에는 상황이 상황이다 보니 그러지 않았나 봐요. 그래도 내가 몰랐다니 의외예요. 대개는 원고를 끝내면 티가 나는데.」

「어떻게요?」

「인간으로 돌아오거든요.」

둘 사이에 무슨 일이 있었는지 궁금했지만 나는 사라진 원고가 있는지 앨런의 서재에서 찾아봐도 되겠느냐고 물었다. 제임스는 즐겁게 가이드 역할을 맡았고 우리는 같이 부엌을 나섰다.

앨런의 작업실은 부엌 바로 옆이었고 합리적인 선택이었다. 점심을 먹거나 술을 한잔하며 쉬고 싶을 때 멀리 갈 필요가 없었다. 이 집의 맨 끝에 있는 아주 널찍한 방으로 삼면에 유리창이 달렸고 탑과 연결하느라 한쪽 벽을 없앴다. 방을 장악한 나선형 계단이 탑 꼭대기까지 연결이 되는 듯했다. 두 벽면이 책으로 덮였는데, 알고 보니 한쪽 면은 34개 국어로 번역 출간된 아홉 권의 아티쿠스 퓐트 시리즈였다. 광고 문구(내가 쓴 거였다)에 따르면 35개 국어라지만 영어가 포함된 숫자였고 앨런은 두루뭉술한 숫자를 좋아했다. 마찬가지 이유에서 그의 판매 실적도 1천8백만 부라고 홍보했지만 뜬금없이 선택한 액수에 가까웠다. 특수 제작된 책상과 비싸 보이는 의자가 있었다. 까만 가죽이었고 팔과 목과 허리를 받칠 수 있도록 움직이는 인체 공학적인 디자인이었다. 작가용 의자였다. 컴퓨터는 27인치짜리 모니터가 달린 애플이었다.

나는 그 작업실에 호기심이 동했다. 앨런 콘웨이의 머릿속으로 최대한 깊숙이 들어간 거나 마찬가지라는 느낌이 들었다. 이 공간은 내게 무엇을 시사할까? 일단 그는 겸손한 성격이 아니었다. 모든 상을 진열해 놓았다. P. D. 제임스[5]가 『아티쿠스 퓐트, 해외로 진출하다』의 성과를 축하한 편지는 액자에 넣어서 벽에 걸었다. 찰스 왕세자, J. K. 롤링, (이건 특이했다) 앙겔라 메르켈과 함께 찍은 사진도 있었다. 그는 꼼꼼한 성격이었다. 펜과 연필, 메모지, 파일, 신문 기사, 기타 작가의 일상에서 양산되는 폐기물들이 전혀 어수선하지 않게 펼쳐져 있었다. 한 선반에는 참고 도서를 꽂아 놓았다. 『옥스퍼드 영어 사전 축약

5 영국의 대표적인 여성 추리 소설가(1920~2014).

본』(두 권이었다), 『로제 동의어 사전』, 『옥스퍼드 인용문 사전』, 『브루어 관용구 및 설화 사전』 그리고 화학, 생물학, 범죄학, 법학 백과사전이었다. 그것들이 군인처럼 일렬로 꽂혀 있었다. 애거사 크리스티 전질은 페이퍼백으로 약 70권쯤 되는 듯했고 『스타일스 저택의 괴사건』부터 연대순으로 정리돼 있었다. 참고 도서칸에도 있었으니 의미심장한 작품이었다. 재미 삼아 읽은 게 아니라 활용한 것이었다. 앨런은 글을 쓰는 데 있어서 전적으로 효율성을 추구했다. 일과 무관한 항목은 어디에도 없었다. 벽은 흰색이었고 카펫은 이도 저도 아닌 베이지색이었다. 이곳은 서재가 아니라 작업실이었다.

컴퓨터 옆에 가죽 다이어리가 있기에 휘리릭 넘겨 보았다. 왜 그랬는지는 나로서도 의문이었다. 정원에서 타이어 자국을 찍은 것과 같은 종류의 반사 작용이었다. 내가 단서를 찾고 있었을까? 잡지에서 뜯은 종이 한 장이 커버 아래에 끼워져 있었다. 스티븐 스필버그가 1993년에 선보인 「쉰들러 리스트」 흑백 스틸이었다. 책상 앞에서 타자를 치는 벤 킹즐리의 사진이었다. 나는 제임스 테일러를 돌아보았다. 「이게 왜 여기 꽂혀 있을까요?」 내가 물었다.

그는 빤하지 않으냐는 투로 대답했다. 「그게 아티쿠스 퓐트니까요.」

말이 됐다. 〈그는 동그란 철제 안경 뒤에서 한없이 자애로운 눈빛으로 의사를 살폈다. 아티쿠스 퓐트는 회계사처럼 생겼다는 이야기를 종종 들었고 전체적인 분위기 — 소심하고 꼼꼼한 — 도 회계사를 닮았다.〉 앨런 콘웨이는 첫 작품을 쓰기 10년 전쯤에 개봉된 영화에서 탐정의 이미지를 차용했거나 도용했다. 내가 정말 기발하다고 생각했던 강제 수용소 출신이라는 설정도 여기서 비롯됐을 수 있었다. 왠지 모르게 김이 샜다. 아티쿠스 핀트가 전적으로 독창적인 피조물이 아니었다니, 어떻게 보면 중고였다니 실망스러웠다. 내가 너무하는 것일 수도 있었다. 따지고 보면 문학 속의 모든 등장인물은 출발점이 있다. 찰스 디킨스는 이웃 사람들과 친구, 심지어 자기 부모에게서까지 영 감을 얻었다. 내가 『제인 에어』의 등장인물 중에서 가장 좋아하는 에드워드 로체스터는 브론테가 사모했던 콩스탕틴 에거라는 프랑스인이 모델이었다. 하지만 잡지에서 뜯어낸 배우 사진은 뭔가 달랐다. 그건 속임수 같았다.

나는 지금 날짜로 다이어리를 넘겼다. 그가 지금까지 살아 있었다면 바쁠 예정이었다. 월요일에는 졸리 세일러라는 곳에서 클레어라는 사람과 점심을 먹기로 했다. 오후에는 미용실 예약이 잡혀 있었다. **머리**라는 단어에 동그라미를 친 걸 보면 알 수 있었다. 수요일에는 SK라는 이니셜로만 적힌 사람과 테니스를 치기로 했다. 목요일에는 런던에 다녀올 예정이었다. 점심 약속이 하나 더 있었고 — 〈점심〉이라고만 적었다 — 5시에 OV에서 헨리를 보기로 했다. 나는 걱정이 될 만큼 오랜 시간 동안 머리를 싸맨 끝에 올드빅 극장에서 「헨리 5세」를 관람한다는 뜻임을 알아차렸다. 그다음 다음 날 일정이었던 사이먼 메이오는 여전히 다이어리에 적혀 있었다. 앨런은 이 인터뷰를 취소하겠다고 했지만 굳이 가위표를 긋지는 않았다. 앞장으로 넘겨 보았다. 찰스와 아이비 클럽에서 저녁을 먹기로 한 약속이 적혀 있었다. 오전에는 SB를 만났다. 그의 담당의였다.

「클레어가 누구예요?」 내가 물었다.

「누나요.」제임스는 내 옆에 서서 다이어리를 쳐다보고 있었다. 「졸리 세일러가 옥스퍼드에 있는 식당이에요. 누나가 거기 살거든요.」

「컴퓨터 패스워드 모르죠?」

「알아요. Attlcus예요.」

i만 l로 바꾼 탐정 이름이었다. 제임스가 컴퓨터를 켜고 패스워드를 입력했다.

앨런의 컴퓨터를 샅샅이 뒤질 필요는 없었다. 그의 이메일이나 구글 히스토리, 컴퓨터로 한 스크래블 게임에는 관심이 없었다. 내가 원하는 건 원고뿐이었다. 그는 맥용 워드를 썼고 마지막 두 편의 소설 ─『아티쿠스에게 빨간 장미를』과『아티쿠스 퓐트, 해외로 진출하다』─ 은 금세 찾을 수 있었다. 내가 그에게 보낸 최종 수정본을 비롯해서 각 권별로 원고가 여러 개였다. 하지만 **맥파이 살인 사건**이라는 단어가 들어간 파일은 없었다. 일부러 컴퓨터를 깨끗하게 지운 듯이 그랬다.

「컴퓨터가 이거 하나예요?」내가 물었다.

「아뇨. 런던에 하나 더 있고 노트북도 있어요. 하지만 책을 쓸 때 쓰는 컴퓨터는 이거예요. 확실해요.」

「USB에 담았을 수도 있을까요?」

「솔직히 그가 USB를 쓰는 걸 본 기억이 없거든요. 하지만 가능성이 아예 없는 건 아니죠.」

우리는 작업실을 뒤졌다. 모든 벽장과 서랍을 뒤졌다. 제임스는 진심으로 돕고 싶어 했다. 가장 최근작을 제외한 아티쿠스 퓐트 시리즈의 전권 출력본이 있었다. 펜과 잉크로 장황하게 발췌문을 적어 놓은 메모지도 있었다. 하지만『맥파이 살인 사건』과 연관 있는 자료는 신기하게도 보이지 않았다. 일부러 치워 버리기라도 한 듯이 그랬다. 내 호기심을 자극한 물건은 찰스가 편지에서 언급했고 예전에 퇴짜를 맞던 『미끄럼틀』 출력본이었다. 나는 제임스에게 허락을 받고 나중에 들고 가려고 한쪽에 챙겨 두었다. 신문과 묵은 잡지 더미도 있었다. 앨런은 인터뷰가 됐든 프로필이 됐든 작품의 서평(정확히 말하면 호평)이 됐든 자기와 관련된 기사가 실린 거라면 뭐든 모아 두었다. 모든 게 아주 깔끔하게 정리돼 있었다. 벽장 하나는 크기별로 정리한 봉투, 백지 묶음, 메모지, 비닐 폴더, 온갖 색상의 포스트잇을 넣어 둔 문구 전용이었다. 하지만 USB는 흔적도 없었고 있다 한들 너무 작아서 찾을 수 있을까 싶었다.

결국 나는 포기하는 수밖에 없었다. 그 집에 도착한 지 한 시간이 지났다. 이러다 하루 종일 계속 뒤질 수도 있었다.

「칸 씨한테 물어보세요.」제임스가 추천했다. 「앨런의 변호사 말이에요.」그가 기억을 일깨웠다. 「프램링엄의 색스먼덤 로드에 사무실이 있어요. 왜 그랬는지 모르겠지만 앨런이 그 사람한테 뭘 많이 줬어요.」그는 조금 길다 싶게 말을 멈추었다. 「예를 들어 유언장 같은 걸.」

그는 나를 처음 보았을 때 유언장을 두고 이미 농담을 한 적이 있었다. 「계속 여기서 살 거예요?」나는 그에게 물었다. 유도 심문이었다. 앨런이 그의 상속권을 박탈할 작정이었다는 것을 그도 분명 알고 있었을 것이다.

「설마요! 이런 촌구석에서 혼자 지낼 수는 없어요. 그랬다가는 미쳐 버릴 거예요. 예전에 앨런이 이 집을 나한테 주겠다고한 적이 있었지만 그렇다고 한들 런던으로 돌아갈 거예요. 그를 처음 만났을 때도 나는 런던에서 살고 있었어요.」그는 입을 삐죽거렸다. 「요즘 들어서 우리 사이가 틀어졌거든요. 헤어진 거나 다름없어요. 그래서 그의 생각이 바뀌었을 수도 있고…… 잘 모르겠어요.」

「칸 씨가 알려 주겠죠.」내가 말했다.

「아직까지 아무 말이 없네요.」

「내가 찾아가서 만나볼게요.」

「나라면 앨런의 누나랑 얘기를 해보겠어요.」제임스가 추천 했다. 「예전에 그의 뒤치다꺼리를 많이 했거든요. 행정적인 업무라든지 팬레터 관리, 이런 거요. 초창기 작품은 그녀가 심지어 타이핑까지 맡았고 그도 예전에는 그녀에게 원고를 미리 보여줬어요. 그러니까 이번에도 최신작을 그녀에게 넘겼을 수 있어요.」

「옥스퍼드에 산다고 그랬죠?」

「주소랑 연락처 알려 드릴게요.」

그가 메모지와 펜을 꺼내는 동안 나는 아직 열어보지 않은 벽장 쪽으로 어슬렁어슬렁 걸어갔다. 나선형 계단 뒤편의 벽면 중앙에 설치된 벽장이었다. 나는 그 안에 금고가 들어 있을지 모른다는 생각을 했다. 매그너스 파이 경도 서재에 금고가 있지 않았던가. 그 벽장은 한쪽은 위로, 또 한쪽은 아래로 밀어서 여는 특이한 스타일이었다. 벽에 버튼 두 개가 달려 있었다. 이제 보니 소형 화물용 승강기였다.

「앨런이 설치한 거예요.」제임스가 고개를 들지도 않고서 설명했다. 「날이 따뜻하면 항상 밖에서 식사를 했거든요. 아침하고 점심은. 접시와 음식을 안에 넣고 위로 올려 보냈어요.」

「탑을 구경할 수 있을까요?」내가 물었다.

「그럼요. 고소 공포증이 없어야 할 텐데요.」

계단은 철제로 된 현대식이었고 나는 층계 숫자를 세면서 걸어 올라갔다. 너무 한참 동안 끝이 보이지 않았다. 탑이 이렇게 높을 수가 있을까? 마침내 안에서 잠긴 문을 열고 나가자 널찍하고 둥그스름한 테라스와 총안이 뚫린 아주 야트막한 담벼락이 나왔다. 담벼락을 두고 찰스가 한 말이 맞았다. 프램링엄까지 파릇파릇한 바다처럼 이어지는 우듬지와 벌판이 보였다. 19세기 고딕 양식으로 지어진 프램링엄 대학이 저 멀리 언덕 꼭대기에 자리 잡고 있었다. 또 다른 것도 보였다. 숲에 가려져서 도로 쪽에서는 보이지 않았지만 애비 그레인지 바로 옆에 또 다른 저택이 있었다. 진입로를 계속 달렸더라면 그 집이 나왔겠지만 나무 사이로 오솔길 비슷한 게 있는 듯했다. 넓었고, 아주 깔끔한 정원과 온실과 수영장을 갖춘 제법 현대적인 건물이었다.

「저기에는 누가 살아요?」내가 물었다.

「이웃사촌이요. 이름은 존 화이트. 헤지 펀드 매니저예요.」

앨런은 테라스에 테이블과 의자 네 개, 가스 그릴, 일광욕 의자 두 개를 갖추어 놓았다. 나는 쭈뼛쭈뼛 가장자리로 다가가 아래를 내려다보았다. 이 각도에서는 바닥이 멀게 느껴졌고 추락하는 그의 모습이 쉽게 그려졌다. 속이 울렁거려서 뒷걸음질을 치려는데 제임스가 양손으로 내 허리를 누르고 있었다. 순간 그가 나를 밀치려고 하는 거 아닌가 하는 끔찍한 생각이 들었다. 탑을 둘러싼 담벼락이 정말이지 터무니없었다. 내 허리 높이도 될까 말까 했다.

그는 당황스러워하며 멀찌감치 떨어졌다.「미안해요.」그가 말했다.「현기증을 일으키지 않을까 걱정이 돼서 그랬어요. 여기 처음 올라오면 대부분 그렇거든요.」

나는 내 머리칼을 잡아채는 산들바람을 맞으며 그 자리에 서 있었다.「이 정도면 충분해요.」내가 말했다.「이제 그만 내려가요.」

앨런 콘웨이를 담벼락 너머로 밀치는 일쯤은 식은 죽 먹기였을 것이다. 그는 덩치가 크지 않았다. 아무라도 살금살금 이 위로 올라와서 그럴 수 있었다. 범죄의 기미가 전혀 없었는데 왜 그런 생각이 들었는지는 나도 모르겠다. 그는 자필로 쓴 유서를 남겼다. 그래도 차로 돌아갔을 때 런던의 올드 빅에 전화로 문의해 보니 그가 목요일에「헨리 5세」표 두 장을 예약한 게 맞는다고 했다. 나는 그들에게 예약이 필요 없게 됐다고 전했다. 흥미로운 대목이 있다면 그가 예약한 날짜가 토요일, 그러니까 자살하기 하루 전날이라는 사실이었다. 다이어리에 따르면 그는 사람들도 만나고 점심도 먹고 미용실에도 다녀오고 테니스도 칠 계획이었다. 모든 정황에도 불구하고 나는 자문할 수밖에 없었다.

이게 스스로 목숨을 끊기로 작정한 사람의 행동이라고 볼 수 있을까?

웨슬리 & 칸, 프램링엄

프램링엄으로 돌아가서 광장에 주차하고 도보로 이동했다. 이 마을은 정말이지 뒤죽박죽이었다. 넓은 풀밭과 해자로 둘러싸였고 보존 상태가 훌륭한 저쪽 끝의 성은 근처에 선술집과 오리 연못까지 갖추고 있어서 셰익스피어의 시대에 이어서 영국을 상징하는 완벽한 그림 같았다. 하지만 거기서 50미터만 이동하면 주문이 갑자기 풀리면서 현대식 건물들이 저 멀리까지 이어지는 색스먼덤 로드가 등장했다. 한쪽에는 걸프 주유소가 있었고 다른 쪽에는 아주 평범한 주택과 단층집이 옹기종기 모여 있었다. 앨런 콘웨이의 법적인 업무를 처리했던 웨슬리 앤드 칸은 이 마을 끝의 겨자색 건물을 쓰고 있었다. 입구 옆에 달린 팻말에는 사무실이라고 적혀 있었지만 그보다는 주택에 가까웠다.

칸 씨가 사전 약속도 없이 찾아온 나를 만나 줄지 알 수 없었지만 그래도 안으로 들어갔다. 알고 보니 쓸데없는 걱정이었다. 안내 데스크 뒤에서 한 아가씨는 잡지를 읽고 있고 젊은 남자는 맞은편의 컴퓨터 모니터를 멍하니 들여다보고 있을 뿐 상당히 썰렁한 분위기였다. 오래된 건물이라 벽은 울퉁불퉁하고 마룻장은 삐걱거렸다. 회색 카펫과 기다란 형광등을 추가했지만 그래도 여전히 가정집처럼 보였다.

아가씨가 인터폰으로 연락했다. 칸 씨가 나를 만나겠다고 했다. 내가 안내된 곳은 안방이었다가 지금은 주유소를 내다보는 실용적인 사무실로 개조된 공간이었다. 사지드 칸 — 문에 그의 이름까지 적혀 있었다 — 이 위를 초록색 가죽으로 덮고 놋쇠 손잡이를 단 복제 앤티크 책상 뒤에서 일어났다. 포인트를 주고 싶을 때 선택함 직한 책상이었다. 그는 체구가 크고 호들갑스러운 40대였고 몸놀림과 말투가 낙천적이었다.

「들어오세요! 들어오세요! 앉으세요. 차는 드셨나요?」

그는 머리가 아주 까맸고 눈썹은 양쪽이 거의 맞닿을 정도로 술이 많았다. 팔꿈치를 덧댄 스포츠 재킷에 소속 클럽 넥타이인가 싶은 것을 매고 있었다. 프램링엄에서 태어났을 리가 없는데 어쩌다 이 두메산골에 와서 웨슬리 씨와 동업을 하게 됐는지 궁금해졌다. 그의 옆에는 30초마다 슬라이드 방식 아니면 나선형으로 이미지가 바뀌는 현대식 디지털 액자가 있었다. 나는 자리에 앉기 전부터 그의 아내와 두 딸과 반려견과 어머니인가 싶은 히잡을 쓴 나이 많은 여성을 소개받았다. 어떻게 그런 액자를 옆에 두고 지낼 수 있는지 이해가 되지 않았다. 나 같으면 돌아 버렸을 것이다.

차는 사양하고 그의 책상 앞에 앉았다. 그가 자기 자리에 앉자 나는 찾아온 이유를 간단하게 설명했다. 앨런의 이름이 등장한 순간 그의 태도가 바뀌었다.

「아시겠지만 내가 그를 발견했어요.」 그가 말했다. 「일요일 아침에 찾아갔었거든요. 앨런과 만나기로 약속이 되어 있었어요. 그 집에 다녀오셨나요? 못 믿으실지 모르지만 나는 차를 몰고 그곳으로 다가가는 순간부터 이상한 낌새를 느꼈어요. 그를 보기 전부터요. 그리고 처음에는 내 눈앞에 펼쳐진 광경이 뭔지 몰랐어요. 누가 잔디밭에다 헌옷을 버린 줄 알았다니까요! 그러다 그라는 걸 알아차렸어요. 죽었다는 걸 한눈에 알 수 있었죠. 가까이 가지도 않았어요! 당장 경찰에 연락했죠.」

「그와 상당히 가까운 사이셨죠?」 다이어리에 SK라고 적힌 인물이 사지드 칸이었다. 둘은 테니스를 같이 쳤고 그는 일요일에 그 집으로 찾아갔다.

「네.」 그가 말했다. 「그를 만나기 전부터 아티쿠스 퓐트 시리즈를 여러 권 읽었고 엄청난 팬이라고 할 수 있었거든요. 어쩌다 보니 우리 회사에서는 그와 많은 업무를 처리하게 됐고 그과정에서 나는 다행히 그와 상당히 가까워졌죠. 사실 어느 정도였는가 하면 ― 친구라고 말할 수 있을 정도였어요.」

「그를 마지막으로 만난 게 언제였나요?」

「1주일쯤 전이요.」

「그가 자살하려는 낌새를 느끼셨나요?」

「전혀요. 앨런은 이 사무실에서 지금 당신이 앉아 있는 그 자리에 앉아 있었어요. 우리는 앞날에 대해서 이야기했고 그는 기분이 아주 좋아 보였어요.」

「병에 걸렸다던데요.」

「그랬다고 들었습니다. 하지만 나한테는 얘기하지 않았어요, 라일랜드 양. 그가 토요일 저녁에 전화를 했어요. 그가 살아 있었을 때 거의 마지막으로 대화를 나눈 사람 중 한 명이 나였을 겁니다.」

살아 있었으니까 대화를 나눌 방법도 있었던 것 아니겠어요? 나는 생각했다. 편집자의 고질병이었다. 「무슨 얘기를 하셨는지 여쭤봐도 될까요, 칸 씨? 그리고 일요일에 찾아간 이유는 뭐였나요? 제가 상관할 일은 아니라는 걸 알지만…….」 나는 다정하게 미소를 지으며 그의 비밀을 털어놓도록 유도했다.

「이제는 얘기해도 별 상관 없겠죠. 집안 상황에 변화가 생겨서 앨런이 유언장을 고치고 싶어 했거든요. 사실 새 유언장을 작성해서 보여 주려고 들고 간 참이었어요. 그가 월요일에 서명할 예정이었고요.」

「유언장에서 제임스 테일러를 빼려고 했죠?」

그는 미간을 찌푸렸다. 「자세한 내용은 밝히지 않더라도 이해해 주시기 바랍니다. 아무래도 도리가 아닌 듯해서…….」

「그렇게 생각하실 것 없어요, 칸 씨. 그가 클로버리프 북스로 편지를 보냈어요. 자살하겠다고 사실상 공언을 했어요. 그리고 제임스를 유언장에서 빼겠다는 얘기도 했고요.」

「그래도 나는 그가 보냈을지 모르는 편지 내용에 대해서 왈가왈부할 입장이 아니라고 생각합니다.」 칸은 말을 멈추고 한숨을 내뱉었다. 「솔직히 고백하자면 앨런의 그런 측면이 이해가 잘 되지 않기는 했어요.」

「그의 성적 취향 말씀인가요?」

「아뇨. 설마요. 그 얘기가 절대 아닙니다! 그게 아니라 한참 어린 파트너를 사귄 거 말이에요.」 칸은 여러 가지 편견과 씨름하느라 진땀을 흘리고 있었다. 아내와 팔짱을 끼고 있는 그의 사진이 액자를 가로질러서 지나갔다. 「내가 콘웨이 부인하고도 잘 아는 사이였거든요.」

나도 출판 행사장에서 멜리사 콘웨이를 몇 번 만난 적이 있었다. 내가 기억하기로는 조용하고 상당히 진지한 성격이었다. 항상 조만간 끔찍한 사건이 벌어지리라는 것을 아는데 속에 담아 두려는 사람 같은 인상을 풍겼다. 「어떻게 부인과 알게 되셨어요?」 내가 물었다.

「사실 부인이 앨런을 우리 회사에 소개했어요. 두 사람이 서펙에 — 그러니까 오퍼드에 — 첫 집을 장만했을 때 부인이 우리를 통해서 양도 절차를 밟았거든요. 물론 매우 안타깝게도 두 사람은 몇 년 뒤에 헤어졌죠. 이혼에는 관여하지 않았지만 앨런이 애비 그레인지를 매입했을 때는 우리 쪽에서 관련 업무를 대행했어요. 그 당시에는 이름이 리지웨이 홀이었어요. 그가 이름을 바꿨죠.」

「부인은 지금 어디에서 살고 있나요?」

「재혼했어요. 바스 근처에서 사는 걸로 알아요.」

나는 그에게 방금 전에 들은 이야기를 되짚어 보았다. 사지드 칸은 새로운 유언장을 작성해서 일요일 아침에 들고 갔다. 하지만 도착해 보니……. 「서명을 하지 않았겠군요!」 나는 외쳤다. 「앨런은 새 유언장에 서명을 하지 못하고 죽었겠어요.」

「네. 맞습니다.」

서명이 없는 유언장은 탐정 소설에서 하도 남발되는 바람에 내가 질식하게 된 수법이었다. 실제 현실에서는 대부분의 사람들이 유언장을 작성할 생각조차 하지 않고 영원히 살 것 같은 착각에 빠져 지낸다. 유언장을 변경하겠다는 협박을 여기저기서 남발해 살해당할 완벽한 빌미를 제공하지도 않는다.

그런데 앨런 콘웨이는 정확히 그렇게 한 모양이었다.

「이런 이야기는 자제해 주시면 감사하겠습니다, 라일랜드 양.」칸이 하던 이야기를 계속했다. 「말씀드렸다시피 유언장은 논의하면 안 되는 사안이라서요.」

「걱정 마세요, 칸 씨. 제가 유언장 때문에 찾아온 것도 아니에요.」

「그럼 어쩐 일로 오셨나요?」

「『맥파이 살인 사건』의 원고를 찾고 있어요.」나는 설명했다. 「앨런이 죽기 직전에 작품을 완성했는데 뒷부분이 없어서요. 혹시……?」

「앨런은 출간되기 전에 원고를 보여 준 적이 한 번도 없어요.」칸이 대답했다. 안전한 영역으로 돌아가서 기뻐하는 기색이었다. 「감사하게도 『아티쿠스 퓐트, 해외로 진출하다』가 출간되기 전에 사인한 증정본을 선물받은 적은 있지만 나하고 일 얘기는 한 번도 한 적이 없어요. 그의 누나한테 연락해 보세요.」

「네. 내일 만나려고요.」

「그녀 앞에서 유언장 얘기는 꺼내지 말아 주시면 감사하겠습니다. 저희 둘이 이번 주에 만나기로 했거든요. 다음 주말에는 장례식이 있고요.」

「저는 사라진 원고를 찾고 싶을 뿐이에요.」

「찾을 수 있길 바랍니다. 우리 모두 앨런이 그리울 거예요. 마지막 추억이 하나 있으면 좋겠네요.」

그는 미소를 지으며 자리에서 일어났다. 책상 위에서 사진이 다시 바뀌었다. 한 바퀴 다 돌았는지 내가 들어왔을 때 본 사진이 다시 등장했다.

이제 정말 그만 일어나야 할 때가 됐다.

앨런 콘웨이의 『미끄럼틀』 일부

저녁을 먹으러 들어가 보니 크라운의 식당에는 손님이 거의 없었고 혼자 식사를 하는 게 조금 민망할 수도 있었다. 하지만 나에게는 동행이 있었다. 앨런 콘웨이가 생을 마감할 준비를 하면서 찰스에게 출간하면 어떻겠느냐고 했던 『미끄럼틀』 원고를 들고 왔다. 찰스의 판단이 옳았을까? 도입부가 이렇게 시작됐다.

쿠엔틴 트럼프 경은 구부정하게 계단을 내려오며 늘 그렇듯 곡절이 많은 그의 상상 속에서만 존재할 뿐 실제로는 가족사의 뒤안길로 은밀하게 사라진 요리사와 하녀와 보조 집사들에게 거드름을 부린다. 그가 어렸을 때는 그들이 있었고 어떻게 보면 그는 아직 어린애라고 볼 수 있다. 아니, 앙상한 겨울나무와도 같은 그의 뼈대 위에 50년의 불건전한 생활 습관이 쌓아 놓은 살 주름 속에 어린애가 고집스럽게 숨어 있다고 볼 수 있다. **요리사, 달걀 두 개 삶아 줘. 내가 어떤 식으로 삶아진 걸 좋아하는지 알지? 말랑말랑하지만 노른자가 흐르지**

는 않게. 엄마가 만들어 주셨던 마마이트[6] 토스트도……. 갖춰 건 갖춰 먹어야지. 닭들이 알을 낳지 않는다고? 그 자식들 눈알을 확 찔러 버려, 애그니스. 닭이 알을 낳지 않으면 어디다 쓰라고? 그는 이걸 물려받지 않았던가? 이것은 그의 권리가 아니던가? 그는 어머니의 질이라는 장막을 찢고 축축하고 못생기고 역겨운 핏덩이로 악을 쓰고 울음을 터뜨리며 이 위풍당당한 저택에서 태어났고, 그 장막을 찢은 기세로 지금껏 난동을 부리며 살아왔다. 그 결과 그의 뺨을 유린한 거미줄 같은 핏줄은 그 핏줄을 겉으로 드러나게 만든 원흉이었던 고급 와인처럼 시뻘겋게 도드라졌고, 그의 두 뺨은 그걸 담을 만한 여력이 될까 말까 한 얼굴 위에서 자리다툼을 벌이고 있다. 윗입술에 문대어진 콧수염은 콧구멍에서 기어 나왔다가 창시자를 한번 돌아보고는 모든 희망을 잃고 죽어 버린 듯이 생겼다. 두 눈에는 광기가 깃들었다. 〈대로를 무단 횡단해서 저쪽 길로 걸어가자〉는 식의 광기가 아니라 도마뱀 같고 누가 봐도 위험한 광기다. 그의 크로켓 잔디 구장에서 무슨 수를 써도 박멸이 되지 않는 하얀 솜방망이풀처럼 살을 뚫고 나온 눈썹은 트럼프 집안 특유의 눈썹이고 역시 광기가 살짝 깃들었다. 토요일인 오늘은 날이 평소답지 않게 좀 쌀쌀하고 그는 트위드를 입고 있다. 트위드 재킷, 트위드 조끼, 트위드 바지, 트위드 양말이다. 그는 트위드를 좋아한다. 심지어 새빌 로우의 단골 양복점에서 양복을 주문할 때 트위드라고 발음하는 것까지 좋아한다. 이제는 한 번에 2천 파운드씩 내가며 양복점을 자주 들락거리지는 못한다. 그래도 그만

6 이스트 추출물로 만드는 스프레드.

한 값어치를 한다. 모퉁이를 더듬더듬 돌아나온 까만 택시가 입구에서 그를 내려 줄 때 느껴지는 기분 좋은 안도감. **어서 오세요, 트럼프 경. 레이디 트럼프도 안녕하시죠? 경을 모시는 건 언제나 영광입니다. 런던에는 얼마나 계실 예정인가요? 고급 체비엇 트위드, 갈색으로 어떨까요? 줄자가 어디 있더라. 빨리, 빨리 좀 움직여, 믹스! 지난번에 오셨을 때에 비해서 허리선을 수정해야겠는데요.** 그의 허리에는 더 이상 선이 존재하지 않는다. 모두 살뿐이다. 그는 이제 팬터마임 배우의 비율에 육박할 정도로 비대하고, 자신이 병마라는 더러운 거품이 뜬 물 속에서 허우적거리고 있음을 안다. 조상들이 소용돌이무늬의 금색 액자 안에서 계단을 내려오는 그를 지켜본다. 웃는 사람은 아무도 없고 이 뚱보 머저리가 이 집의 주인이 되었다는 데, 4백 년 동안 철저하게 유지한 근친혼의 결과가 이렇다는 데 실망하고 있을 것이다. 하지만 그는 관심이나 있을까? 그는 아침을 먹고 싶을 뿐이다. 조식을 먹고 싶을 뿐이다. 그는 모든 면에서 어린애로 돌아갔다. 식사를 할 때는 턱 밑으로 줄줄 흘리며 왜 유모가 와서 닦아 주지 않는지 머릿속 한편에서는 궁금해할 것이다.

그는 조찬실로 들어가 자리에 앉는다. 지방질로 이루어진 엉덩이가 그를 떠받치느라 과부하가 걸린 18세기 헤플화이트 양식의 의자 팔걸이를 아슬아슬하게 피한다. 그는 흰색 리넨 냅킨을 펴서 턱 아래, 옷깃 속으로 쑤셔 넣는다. 영국 상류층 신사의 기본이라 할 수 있는 이중 턱을 갖추었으니 양쪽 턱 아래라고 해야 할지도 모른다. 『타임스』가 그를 기다리고 있지만 아직 그 신문을 집지는 않는다. 그의 고민거리만으로도 충분한데 이 세상의 홍보와 불경기, 방향 상실, 부패라는 일상의 성찬식을 공유할 필요가 뭐가 있겠는가. 이슬람 근본주의의 발흥과 파운드화의 하락을 경고하는 우렁찬 목소리가 그의 귀에는 들리지 않는다. 어린 시절을 함께한 그의 대저택이 위험에 처했다. 이번 달 안으로 끝장이 날 수도 있다. 그의 머릿속을 무단으로 점유한 고약한 녀석이 이런 고민들이다.

이런 식으로 420쪽까지 이어진다. 나는 1장 이후로는 어쩌다 한 문장씩 골라 가며 띄엄띄엄 읽었다. 영국 귀족의 어처구니없는 상상을 풍자하려는 것이 이 소설의 의도인 듯했다. 줄거리라는 게 있다면 트럼프 경의 파산과, 역사를 날조하고 없는 유령을 만들어 내고 인근 동물원에서 늙고 순한 동물을 데려다가 영지에 풀어놓는 방법을 통해 무너져 가는 그의 대저택을 관광지로 변신시키려는 그의 노력이었다. 제목으로 쓰인 미끄럼틀은 그가 꾸민 놀이동산의 가장 중요한 놀이 기구였지만 이 나라의 상태를 지칭하는 — 오만한 — 비유이기도 했다. 맨 처음으로 등장한 관광객들 — 〈여자들은 나일론 퍼프 재킷을 입고 뚱뚱하고 멍청하고 못생겼고 손톱은 니코틴에 찌든 채로 계속 투덜거리는 갈보였고, 머리에 든 게 없는 아들들은 귀에 선을 꽂고 다녔고 너무 커서 축 늘어진 청바지 허리 위로 사각 팬티 브랜드가 보였다〉— 을 트럼프 집안사람들과 다를 바 없이 경멸하는 걸 보면 알 수 있었다.

『미끄럼틀』은 여러 면에서 걱정스러운 작품이었다. 엄청나게 인기가 많고 재미있는 소설 — 아티쿠스 퓐트 시리즈 — 을 아홉 편이나 쓴 작가가 어떻게 이렇듯 증오로 가득한 작품을 만들어 낼 수 있었을까? 마치 에니드 블라이턴[7]이 남는 시간에 외설물에 손을 댔다는 사실을 발견한 것과 다름없는 충격이었다. 형식은 읽기 괴로울 정도로 식상했다. 다른 작가가 연상되는데 누군지 당장은 생각이 나지 않았다. 콘웨이가 온갖 역겨운 비유를 동원해 가며 모든 문장마다 극적인 효과를 노린 게 빤히 드러나 보였다. 그런데 더 뜨악한 대목이 있다면 이것이 작가로서 입지를 다지기 전에 쓴, 치기 어린 초창기 작품이 아니라는 것이었다. 이슬람 근본주의 어쩌고 한 걸 보면 알 수 있었다. 그는 최근까지 어설프게 원고를 만지작거렸고, 유서에서 찰스에게 다시 한번 읽어 봐달라고 했다. 그 정도로 의미 있는 작품이었던 것이다. 그의 세계관을 반영했기 때문일까? 그는 진심으로 이 작품이 쓸 만하다고 생각했을까?

나는 그날 밤에 잠을 설쳤다. 형편없는 원고라면 익숙했다. 출간될 가망이 없는 소설이라면 수도 없이 접했다. 하지만 내가 11년 동안 알고 지낸 앨런 콘웨이가, 내가 11년 동안 알고 지냈다고 생각하는 앨런 콘웨이가 이런 원고를, 그것도 420쪽이나 썼다니 믿기지가 않았다. 그가 어둠 속에 누워 있는 내 귀에 대고 내가 듣고 싶지 않은 말을 속삭이는 듯한 느낌이었다.

7 영국의 아동 문학 작가.

오퍼드, 서퍽

『맥파이 살인 사건』의 배경은 서머싯에 있는 어느 가상의 마을이다. 앨런의 작품은 대부분 그가 창조한 마을이 배경이고 런던을 무대로 삼은 두 작품(『악인에게는 쉴 틈이 없다』, 『청산가리 칵테일』)에서는 호텔, 식당, 박물관, 병원, 극장 등 누구라도 알아차릴 수 있는 모든 것에 가명을 쓴다. 마치 작가가 1950년대 설정이라는 보호막을 씌워도 상상 속의 등장인물들을 현실 세계에 노출하고 싶지 않은 듯이 그런다. 퓐트는 시골 공터를 걷거나 동네 술집에서 술잔을 기울일 때만 편안해한다. 크리켓이나 크로케 시합 도중에 살인 사건이 벌어진다. 태양은 항상 밝게 빛난다. 앨런은 셜록 홈스의 단편에 등장하는 저택의 이름을 자기 집에 차용한 만큼 홈스의 유명한 격언에서 영감을 얻었을 수도 있다. 〈런던에서 가장 상스럽고 불결한 골목길의 전과 기록이 청명하고 아름다운 시골보다 더 끔찍한 건 아니지.〉

어째서 영국의 시골 마을은 종종 살인 사건의 무대가 될까? 내가 전부터 이걸 궁금해하다 해답을 깨달은 것은 치체스터 인근 어느 마을의 조그만 시골집을 임대하는 실수를 저질렀을 때였다. 찰스는 반대했지만 나는 주말에 가끔 거기로 피신하면 얼마나 좋을까 하고 생각했다. 그의 판단이 옳았다. 런던으로 돌아오고 싶어서 좀이 쑤셨다. 내가 친구를 한 명 사귈 때마다 적이 세 명 생겼고 주차, 교회 종소리, 반려견의 배설물, 화분을 매다는 것과 같은 문제들이 숨 막힐 정도로 일상을 지배했다. 진짜다. 혼란스러운 도시에서는 금세 잊힐 감정들이 시골에서는 광장을 중심으로 곪아터지고 사람들을 정신병과 폭력의 세계로 몰고 간다. 추리 소설 작가에게는 선물이다. 그리고 연결성이라는 장점도 있다. 도시는 익명의 공간이지만 조그만 시골 마을에서는 서로 모르는 사람이 없기 때문에 용의자와, 그들을 의심하는 사람들을 훨씬 쉽게 창조할 수 있다.

내가 보기에는 앨런이 오퍼드를 염두에 두고 색스비온에이번을 만들어 냈다고 단정 지을 수 있었다. 에이번도 아니고 〈근사한 포르티코를 갖추고 테라스 앞까지 마당이 이어지며 바스 석재를 쓴 조지 왕조풍의 건물〉도 없었지만, 밝은 노란색의 훈련 탑이 있는 소방서를 지나서 마을 광장에 들어선 순간 여기가 어디인지 정확하게 알 수 있었다. 교회는 이름이 세인트 보톨프가 아니라 세인트 바르톨로뮤였지만 바로 그 자리에 있었고 심지어 몇 군데가 깨진 석조 아치까지 똑같았다. 공동묘지가 내다보이는 술집도 있었다. 퓐트가 머물렀던 퀸스 암스의 실제 이름은 킹스 헤드였다. 조이가 혼전 관계를 폭로하는 벽보를 붙인 게시판이 광장 이쪽에 세워져 있었다. 저쪽에는 식료품 가게 겸 빵집 — 이름이 펌프 하우스였다 — 이 있었다. 거기서 조금만 더 가면 레드윙 박사의 집 위로 그림자를 드리웠고 내가 프램링엄에서 본 것과 건축 연도가 비슷해 보이는 성이 나왔다. 심지어 대프니 로드까지 있었다. 책 속에서는 네빌 브렌트의 주소지였지만 현실에서는 앨런의 누나가 거기 살았다. 집은 그의 묘사와 상당 부분 일치했다. 이게 어떤 의미일지 궁금해졌다.

클레어 젠킨스는 그 전날은 안 되지만 오늘 점심시간에는 만날 수 있다고 했다. 나는 일찌감치 도착해서 큰길을 따라 앨더 강까지 산책했다. 앨런의 책에서는 강이 없고 그 대신 큰길을 따라가면 버스가 나온다. 그 길을 가다 보면 왼쪽으로 파이 홀이 나오는데 실제로는 그 지점에 오퍼드 요트 클럽이 있었다. 아직 시간의 여유가 있었기에 두 번째 술집인 졸리 세일러에서 커피를 마셨다. 책에서는 페리맨이지만 둘 다 배와 연관 있는 이름이었다. 딩글 델의 모델일 수밖에 없는 벌판도 지났지만 목사관은 보이지 않고 조그만 숲밖에 없었다.

앨런이 어떤 식으로 머리를 썼는지 파악이 되기 시작했다. 그는 자기 집 — 애비 그레인지 — 에 호수와 숲을 얹어서 이혼하기 전까지 살았던 마을에 옮겨다 놓았다. 그런 다음 이 마을을 통째로 들어서 서머싯으로 이동시켰는데, 그곳은 현재 전처와 아들이 사는 곳이었다. 그렇게 주변의 모든 사람들과 모든 것을 동원했다. 찰스 클로버가 키우는 골든리트리버 벨라도 이야기에 등장했다. 제임스 테일러는 조연이었다. 그리고 앨런의 누나 클레어는 클라리사로 재창조됐을 거라고 장담할 수 있었다.

그렇다면 앨런 콘웨이는 매그너스 파이였다. 그가 자신을 불쾌하고 오만한 지주로 묘사되는 작품의 주인공으로 설정하다니 흥미로웠다. 내가 모르는 뭔가를 알고 있었던 걸까?

클레어 젠킨스는 깃털이 세 개 달린 모자를 쓰고 나오지 않았다. 그녀의 집은 눈에 거슬리는 현대식 건물이 아니었다. 한마디로 요약하자면 앨런이 묘사한 윈슬리 테라스의 건물과 전혀 달랐다. 상당히 작고 오퍼드의 다른 집들에 비해 수수하기는 했지만 아늑하고 고상하며 종교적인 장식품이 거의 없었다. 그녀는 키가 작고 공격적이며 어울리지 않는 터틀넥 저지와 청바지를 입고 있었다. 클라리사 파이와 다르게 갈색과 회색의 중간 어디쯤에 해당하는 머리칼을 염색하지 않았다. 그 머리칼이 피곤하고 몹시 슬퍼 보이는 눈을 덮고 있었다. 그녀는 남동생을 전혀 닮지 않았다. 그녀의 안내를 받으며 거실로 들어섰을 때 가장 먼저 눈에 띈 부분이 그의 작품을 한 권도 전시해 놓지 않았다는 것이었다. 애도하는 뜻에서 전부 엎어 놓았을까? 그녀는 점심시간에 나를 불렀지만 점심을 대접하지는 않았다.

「앨런 소식을 들었을 때 충격받았어요.」 그녀가 말했다. 「앨런은 나보다 세 살 어린 동생이고 평생 가깝게 지냈거든요. 내가 오퍼드로 이사한 이유가 앨런 때문이었어요. 병에 걸린 줄도 몰랐어요. 나한테 얘기하지 않았거든요. 불과 1주일 전에 입스위치에서 쇼핑하는 제임스를 만났는데, 제임스도 아무 소리 없었고요. 그나저나 나는 제임스하고도 잘 지냈어요. 그가 앨런의 파트너라고 했을 때 깜짝 놀라기는 했지만. 모두 그런 반응을 보였죠. 우리 부모님이 살아 계셨다면 뭐라고 하셨을지 상상도 되지 않지만 — 아버지가 교장 선생님이었거든요 — 아주 오래전에 돌아가셨어요. 제임스는 앨런이 아프다는 얘기를 전혀 하지 않았어요. 그도 몰랐던 걸까요?」

아티쿠스 퓐트와 면담하는 사람들은 대개 헛소리를 늘어놓지 않는다. 어쩌면 그게 그의 능력인지 모르겠지만 처음부터 차근차근 논리적으로 대답한다. 하지만 클레어는 아니었다. 허파에 구멍이 뚫린 사람이 숨을 쉬듯 얘기했다. 문맥이 끊어졌다 이어졌다 해서 무슨 말을 하는 건지 파악하려면 정신을 집중해야 했다. 그녀는 매우 혼란스러워했다. 남동생의 죽음으로 엄청난 상처를 받았다고 했다. 「내가 이해 못 하겠는 건 뭐냐면 동생이 왜 나한테 연락을 하지 않았을까 하는 거예요. 요즘 들어 우리 둘 다 힘든 일이 있긴 했지만 나는 항상 기꺼이 속내를 털어놓았는데, 개도 걱정되는 게 있었다면…….」

「병 때문에 자살을 했다던데요.」내가 말했다.

「로크 경정한테 그랬다고 들었어요. 하지만 그렇게 극단적인 선택을 할 필요는 없었잖아요. 요즘은 완화 치료도 무궁무진한데. 내 남편이 간암 환자였거든요. 간호사들이 정말 정성껏 돌보아 주었어요. 아마 그이는 나랑 지낸 세월보다 마지막 몇 달이 더 행복했을 거예요. 관심을 한 몸에 누렸으니까요. 그걸 얼마나 좋아했는지 몰라요. 나는 그이가 세상을 떠난 뒤에 오퍼드로 이사했어요. 나를 여기로 불러들인 사람이 앨런이었어요. 가까이 살면 좋겠다면서. 이 집도…… 개가 없었다면 나로서는 감당할 방법이 없었을 거예요. 내가 지금까지 겪은 일들을 감안하면 개는 나한테 숨기는 게 없어야 맞아요. 정말로 자살할 생각이었다면 왜 나한테 알리지 않았을까요?」

「누님이 설득하려고 할까 봐 그런 거 아닐까요?」

「앨런은 내 말을 듣고 뭘 그만두거나 저지르거나 그럴 애가 아니었어요. 우리는 그런 사이가 아니었거든요.」

「가깝게 지내셨다면서요.」

「아, 그럼요. 동생을 나만큼 잘 아는 사람은 없을 거예요. 동생에 대해서라면 내가 들려줄 수 있는 이야기가 정말 많아요. 왜 그 아이의 자서전을 출간하지 않았는지 나로서는 뜻밖이네요.」

「앨런이 자서전을 쓴 적이 없거든요.」

「다른 사람한테 부탁하면 되죠.」

나는 왈가왈부하지 않았다. 「어떤 이야깃거리가 있는지 궁금하네요.」

「그래요?」 그녀는 득달같이 달려들었다. 「내가 쓸까 봐요. 우리가 어렸을 때 촐리 홀에서 어떻게 지냈는지 들려줄 수 있어요. 들려주고 싶어요. 부고를 읽었는데 앨런을 제대로 소개하지 못하더라고요.」

나는 본론으로 이야기의 방향을 돌렸다. 「제임스가 그러는데 그의 작업을 도와주셨다면서요. 원고를 타이핑한 적도 있다고요.」

「맞아요. 앨런은 항상 손으로 초고를 썼어요. 만년필을 애용했죠. 컴퓨터를 믿지 않았거든요. 자기와 자기 작품 사이에 온갖 과학 기술이 동원되는 걸 원치 않았고요. 펜과 잉크의 친밀한 느낌이 좋다고 입버릇처럼 얘기했어요. 종이와 더 가까워지는 기분이 든다고요. 내가 팬레터 대필은 했어요. 감동적인 편지들이 배달되는데 일일이 답장을 보낼 시간이 없었거든요. 개가 자기가 쓴 것처럼 쓰는 법을 가르쳐 주었어요. 내가 편지를 쓰면 개가 서명을 했죠. 자료 조사도 거들었어요. 독극물이나 뭐 그런 거요. 리처드 로크한테 개를 소개한 사람도 나였어요.」

찰스에게 전화로 앨런의 사망 소식을 알린 사람이 로크 경정이었다.

「내가 서퍽 경찰 지구대에서 일을 해요.」클레어가 설명했다.
「입스위치의 뮤지엄 스트리트에 있어요.」

「경찰이세요?」

「나는 인사과 소속이에요.」

「『맥파이 살인 사건』도 누님께서 타이핑하셨나요?」

그녀는 고개를 저었다. 「그 일은 『청산가리 칵테일』이후로
그만뒀어요. 그게, 보상을 전혀 받지 못했거든요. 어떤 면에서
걔는 인심이 좋았어요. 이 집을 살 때 도움을 주었고, 데리고 나
가서 밥도 잘 사주었고요. 하지만 세 권의 작업을 마쳤을 때 내
가…… 그러니까…… 보수 얘기를 꺼냈거든요. 그래야 맞는 거
아닌가 싶었어요. 거금을 요구하지도 않았어요. 대가를 받아야
하는 거 아닌가 생각했을 뿐이지. 안타깝게도 그건 내 착각이
었는지 걔 당장에 기분 나빠 하더라고요. 걔가 속이 좁지는 않
았어요. 그건 아니에요. 다만 나를 돈 주고 쓰는 건 아니라고 생
각했을 뿐이죠. 내가 누나니까요. 둘이 싸우거나 그러지는 않
았지만 그 뒤론 걔가 원고를 직접 타이핑했어요. 아니면 제임
스의 도움을 받았을 수도 있고요. 모르겠어요.」

나는 사라진 원고 이야기를 꺼냈지만 그녀는 아무 도움이 되
지 않았다.

「나는 읽은 적 없어요. 동생이 절대 안 보여 줬거든요. 전에
는 출간되기 전에 모든 원고를 읽었는데 다툰 뒤로는 보여 주
지 않았어요. 앨런은 늘 그런 식이었어요. 쉽게 상처를 받았죠.」

「그의 전기를 쓰시려거든 이런 이야기를 모두 공개하세요.」
내가 말했다. 「두 분은 어린 시절을 함께 보냈잖아요. 그는 어렸

을 때부터 자기가 작가가 될 줄 알았을까? 탐정 소설을 선택한 이유가 뭐였을까?」

「네, 알았어요. 그럴게요.」그녀는 그러고 나서 숨 돌릴 틈도 없이 불쑥 말했다. 「나는 개가 자살을 한 게 아니라고 생각해요.」

「네?」

「자살이 아니라고요!」그녀는 내가 도착한 순간부터 그 말을 하고 싶었는데 더 이상 못 참겠다는 듯이 내뱉었다. 「로크 경정한테도 그렇게 얘기했는데 들은 척도 하지 않더군요. 앨런은 자살하지 않았어요. 단 1초도 자살이라고 믿은 적이 없어요.」

「그럼 사고였다고 생각하세요?」

「누가 개를 살해했다고 생각해요.」

나는 그녀를 빤히 쳐다보았다. 「누가 그랬을까요?」

「용의자는 많아요. 개를 질투한 사람들도 있었고 싫어한 사람들도 있었으니까. 멜리사만 해도 그래요. 멜리사는 앨런이 자기한테 한 짓을 절대 용서하지 않았어요. 당신도 그 심정을 이해할 수 있겠지만요. 자기를 버리고 젊은 남자한테 가다니. 얼마나 창피했겠어요. 그리고 그 옆집에 사는 존 화이트도 만나 보세요. 그 둘이 돈 때문에 사이가 틀어졌거든요. 앨런한테 그 사람 얘기를 들은 적 있어요. 무슨 짓이든 할 수 있는 사람이라고 하던데. 물론 모르는 사람이 그랬을 수도 있어요. 유명한 작가한테는 항상 스토커가 따라다니잖아요. 얼마 전에 앨런이 살인 협박을 여러 번 받은 적도 있었어요. 그 애가 보여 주더라고요.」

「누가 그런 편지를 보냈는데요?」

「익명이었어요. 나는 차마 읽지도 못하겠더라고요. 쓰인 단어들이 얼마나 끔찍했는지 몰라요. 욕에 육두문자에. 데번셔에서 만난 적 있는 작가가 보낸 거였어요, 걔한테 도움을 받았던 작가가.」

「혹시 가지고 계세요?」

「경찰이 보관하고 있을지 몰라요. 결국에는 경찰에 신고했거든요. 로크 경정한테 보여 주었더니 장난처럼 넘기면 안 되겠다고 했지만 앨런은 누가 보낸 편지인지 도무지 모르겠다고 했고 추적할 방법이 없었어요. 앨런은 자기 인생을 사랑했어요. 병에 걸렸더라도 끝까지 살아 보고 싶어 했을 거예요.」

「그가 편지를 썼어요.」 그녀에게 얘기를 해야 할 것만 같았다. 「자살하기 전날에 저희한테 편지를 보내서 자살할 생각이라고 밝혔어요.」

그녀는 불신과 분노가 한데 뒤섞인 눈빛으로 나를 쳐다보았다. 「걔가 당신한테 편지를 보냈다고요?」

「네.」

「당신한테 개인적으로요?」

「아뇨. 찰스 클로버에게 보냈어요. 저희 사장님이요.」

그녀는 생각에 잠겼다. 「걔가 왜 당신들한테 편지를 썼을까요? 나한테는 쓰지 않고. 이해가 되지 않아요. 우리는 어린 시절을 함께 보냈어요. 걔가 기숙 학교에 가기 전까지 우리는 실과 바늘 같았어요. 그리고 그 이후에도 만나면…….」 그녀는 말끝을 흐렸고 나는 내가 바보 같았다는 걸 알 수 있었다. 내가 그녀의 기분을 잡쳐 놓았다.

「자리를 비켜 드릴까요?」 내가 물었다.

그녀는 고개를 끄덕였다. 손수건을 꺼냈지만 쓰지는 않았다. 동그랗게 뭉쳐서 손에 쥐고 있었다.

　　「죄송해요.」내가 말했다.

　　그녀는 문 앞까지 따라나서지 않았다. 나 혼자 밖으로 나와서 창문 너머로 돌아보니 그녀가 그 자리에 그대로 앉아 있었다. 울지는 않았다. 기분 나쁘고 화가 난 얼굴로 벽만 응시하고 있었다.

우드브리지

내 동생 케이티는 나보다 두 살 어리지만 나보다 나이 들어 보인다. 그걸 두고 우리는 잊을 만하면 한 번씩 농담처럼 짚고 넘어간다. 그녀는 내가 조그맣고 어지러운 아파트에서 혼자 편하게 지내는 반면에 자기는 잠시도 가만히 있을 줄 모르는 두 아이와 다양한 반려동물과 다정하고 로맨틱하지만 여전히 시간 맞춰서 밥상을 차려 주길 바라는 구제 불능 남편을 건사해야 하기 때문에 그런 거라고 투덜거린다. 그들은 넓은 집에서 살고 케이티는 2천 제곱미터에 달하는 정원을 잡지에 실린 사진처럼 가꾼다. 1970년대 풍의 모던한 분위기로 지어진 그 집의 거실에는 미닫이창과 가스 벽난로와 초대형 텔레비전이 갖추어져 있다. 책은 거의 없다. 내가 그녀를 평가하려는 건 아니다. 그런 걸 모르고 지나칠 수 없을 따름이다.

우리 둘은 다른 세상에서 산다. 그녀는 나보다 훨씬 날씬하고 외모에 더 신경을 많이 쓴다. 카탈로그에서 보고 산 무난한 옷을 입고, 친구가 직원이라는 우드브리지의 어느 미용실에서 2주에 한 번 머리 손질을 받는다. 나는 내 단골 미용실의 담당자 이름도 잘 모른다. 도즈인가 다즈인가 데즈인데, 뭐의 약자인지 모르겠다. 케이티는 일을 할 필요가 없지만 집에서 8백 미터 가면 나오는 원예 용품점을 10년째 운영하고 있다. 전업 주부가 무슨 수로 그 일까지 감당하는지 아무도 모를 일이다. 물론 아이들이 자라는 동안 오페어[8]와 베이비시터가 끊이지 않았다. 거식증 환자도 있었고 다시 태어난 기독교도도 있었고 외로운 오스트레일리아 출신도 있었고 사라진 여자도 있었다. 우리는 페이스 타임으로 일주일에 두세 번 대화를 나누는데, 서로 공통점이 전혀 없는데도 늘 친한 친구처럼 지내 온 걸 보면 신기하다.

서퍽까지 와서 그녀를 안 만나고 갈 수는 없었다. 우드브리지는 오퍼드에서 기껏해야 20킬로미터였고 공교롭게도 그녀는 오후에 시간이 빈다고 했다. 고든은 런던에 있었다. 그는 날마다 런던으로 출퇴근했다. 우드브리지에서 입스위치로, 입스위치에서 다시 리버풀 스트리트로 갔다가 되짚어서 퇴근했다. 그는 괜찮다고 했지만 길바닥에서 버리는 시간이 얼마나 될지 생각하고 싶지도 않았다. 작은 아파트를 구해서 살 만한 형편이 되는데 가족들과 단 하루 이틀 밤도 떨어져 지내고 싶지 않다고 했다. 그들은 함께 놀러 다니는 걸 중요하게 생각했다. 여름에는 휴가, 크리스마스에는 스키, 주말에는 다양한 체험. 나는 이 가족을 떠올리면 유일하게 외로움을 느꼈다.

클레어 젠킨스의 집을 나서 곧장 그 집으로 차를 몰았다. 케이티는 부엌에 있었다. 그렇게 넓은 집에 살면서 그녀가 있는

8 외국 가정에 입주해 아이를 돌보는 등의 집안일을 하고 약간의 보수를 받으며 언어를 배우는 여성.

곳은 항상 부엌인 듯했다. 우리는 서로 끌어안았고 그녀가 차와 집에서 만든 케이크를 큼지막하게 한 덩이 내왔다. 「서펀에는 웬일이야?」 그녀가 물었다. 내가 앨런 콘웨이의 사망 소식을 전하자 그녀는 얼굴을 찡그렸다. 「아, 맞다, 그렇지. 뉴스에서 들었어. 심각한 사태야?」

「좋지는 않아.」 내가 말했다.

「언니는 그 사람 싫어하는 줄 알았는데.」

내가 얘기를 했던가? 「내 감정은 이 일하고 전혀 상관없어.」 내가 말했다. 「우리 회사의 가장 중요한 저자였거든.」

「신작을 얼마 전에 끝냈다고 하지 않았어?」

나는 맨 마지막 부분이 없는데 컴퓨터에 흔적조차 남아 있지 않고 그가 친필로 쓴 메모조차 모두 없어졌다고 얘기했다. 이렇게 설명을 하는 와중에도 음모론이 등장하는 스릴러 소설처럼 정말 해괴한 일이라는 생각이 들었다. 자기 동생은 자살을 할 리 없다고 했던 클레어의 말이 생각났다.

「정말 골치 아프게 됐네.」 케이티가 말했다. 「못 찾으면 어떻게 할 거야?」

내가 줄곧 고민했던 부분이자 찰스와 의논하기로 마음먹고 있는 부분이기도 했다. 우리에게는 『맥파이 살인 사건』이 필요했다. 하지만 시장에 출시되는 수많은 종류의 소설 중에서도 탐정 소설이야말로 완결이 절대적으로 필요한 장르다. 『에드윈 드루드의 비밀』이 있긴 하지만 앨런은 찰스 디킨스가 아니었다. 그렇다면 어떻게 해야 할 것인가. 다른 작가에게 마무리를 부탁하는 방법이 있기는 했다. 소피 해나가 푸아로가 등장하는 아주 근사한 작품을 탄생시킨 사례가 있긴 하지만 그러자면 먼저 범인을 파악해야 할 텐데, 이 방면에서는 내가 보기 좋게 물을 먹고 말았다. 아니면 아주 짜증 나는 크리스마스 선물로 출간할 수도 있었다. 싫어하는 사람에게 주는 선물로 말이다. 아니면 대회를 열 수도 있었다. 〈매그너스 파이 경을 살해한 범인을 알아맞히고 오리엔트 특급 주말 승차권을 획득하세요.〉 아니면 빌어먹을 원고가 나오길 바라며 계속 찾을 수도 있었다.

우리는 이 문제에 대해서 잠시 이야기를 나누었다. 그러다 내가 고든과 아이들 쪽으로 화제를 돌렸다. 그는 잘 지낸다고 했다. 일을 재미있어한다고 했다. 그들은 크리스마스에 스키를 타러 갈 예정이었다. 쿠르슈벨의 샬레에서 지낼 예정이었다. 데이지와 잭은 우드브리지 스쿨 졸업을 눈앞에 두고 있었다. 그들은 거의 평생 동안 그 학교를 다니고 있었다. 초등학교인 퀸스 하우스와 애비를 거쳐 지금은 본교 학생이었다. 우드브리지 스쿨은 훌륭한 학교였다. 나도 몇 번 방문한 적이 있었다. 우드브리지 같은 조그만 마을에 이렇게 넓은 땅과 근사한 건물이 이렇게 많이 숨겨져 있는 줄은 아무도 몰랐을 것이다. 나는 그 학교가 동생의 성격과 잘 어울린다는 인상을 받았다. 바뀌는 건 아무것도 없었다. 모든 게 완벽했다. 바깥세상을 아주 쉽게 잊고 지낼 수 있었다.

「아이들은 앨런 콘웨이를 좋아한 적이 없었어.」케이티가 문득 말했다.

「응. 그렇다고 했지?」

「언니도 그 사람을 좋아하지 않았고.」

「맞아.」

「내가 소개해 주지 말 걸 그랬나?」

「무슨 소리야, 케이티. 덕분에 우리가 떼돈을 벌었는걸.」

「하지만 그 사람 때문에 언니가 힘들었잖아.」 그녀는 어깨를 으쓱했다. 「내가 듣기로는 그가 우드브리지 스쿨을 떠났을 때 아쉬워한 사람이 한 명도 없었다고 하던데.」

앨런 콘웨이는 첫 책을 출간하자마자 학교를 그만두었다. 두 번째 책이 출간되었을 무렵에는 그동안 교사 생활로 받은 월급보다 책으로 거둔 수입이 더 많았다.

「뭐가 문제였을까?」 나는 물었다.

케이티는 잠깐 생각에 잠겼다. 「나도 잘 모르겠어. 그는 그냥 평판이 안 좋았어. 그런 선생님들이 있잖아. 상당히 엄격했던 걸로 알아. 유머 감각도 별로 없었고.」

맞는 말이다. 아티쿠스 퓐트 시리즈에는 우스갯소리가 거의 등장하지 않는다.

「늘 비밀스러운 분위기를 풍겼던 것 같아.」 그녀는 하던 말을 계속했다. 「운동회나 그런 때 몇 번 봤는데 무슨 생각을 하고 있는지 도통 모르겠더라. 항상 뭔가를 숨기고 있는 듯한 인상을 받았어.」

「성 정체성이었을까?」 내가 의견을 내놓았다.

「그럴지도 모르지. 그가 아내를 버리고 그 남자를 선택한 게 전혀 뜻밖이긴 했으니까. 하지만 그건 아니었어. 그를 보면 뭔가에 화가 났는데 뭐에 화가 났는지 얘기할 생각이 전혀 없는 사람 같았거든.」

우리는 좀 더 수다를 떨었고 나는 런던에서 차가 막히는 시간대를 피하고 싶었다. 차를 마저 마시고 케이크를 더 먹으라는 건 거절했다. 이미 큼지막하게 한 덩이를 먹은 데다 담배 생각이 간절했다. 케이티는 내가 담배 피우는 걸 질색했다. 나는 핑계를 늘어놓기 시작했다.

「조만간 또 올 거야?」 그녀가 물었다. 「애들이 언니 만나면 좋아할 텐데. 다 같이 저녁 먹어도 좋고.」

「아마 자주 들락날락하게 될 거야.」 내가 말했다.

「잘됐다. 우리 전부 언니가 보고 싶을 테니까.」 나는 그다음으로 이어질 대사가 뭔지 알았고 과연 케이티는 나를 실망시키지 않았다. 「다 아무 문제 없는 거지?」 그녀는 아무 문제 없지 않다는 걸 빤히 안다는 투로 물었다.

「잘 지내고 있어.」 내가 말했다.

「내가 언니를 얼마나 걱정하는지 알지? 그 아파트에서 혼자 지내는 거 말이야.」

「혼자 아니야. 안드레아스가 있는걸.」

「안드레아스는 어떻게 지내?」

「아주 잘 지내고 있어.」

「지금쯤 학기 시작했겠다.」

「아니. 이번 주 지나야 시작이야. 아직 여름 방학이라 지금 크레타에 있어.」 나는 그 말을 내뱉자마자 후회했다. 그러니까 내가 혼자 지내고 있다고 실토한 셈이지 않은가.

「왜 같이 안 갔어?」

「그이는 같이 가자고 했는데 일이 너무 바빴어.」 그렇기도 하고 아니기도 했다. 나는 크레타에 간 적이 없었다. 그의 세계 속으로 들어가서 심사를 받는다는 데 왠지 모르게 거부감이 들었다.

「만에 하나……? 그러니까 내 말은, 언니네 둘이……?」

결론은 항상 그거였다. 20년 차 유부녀인 케이티에게 결혼은 삶의 전부이자 대단원이자 살아 숨 쉬는 유일한 이유였다. 그녀에게는 결혼이 우드브리지 스쿨이자 집터이자 그녀를 에워싼 담벼락이었다. 그리고 그녀가 보기에 나는 문이 잠겨서 안으로 들어오지 못하고 문 틈새로 들여다보는 존재였다.

「아, 그 얘기는 한 번도 한 적 없어.」 나는 명랑하게 말했다. 「우리는 지금 이대로가 좋아. 아무튼 그이하고는 절대 결혼하지 않을 거야.」

「그리스 사람이라서?」

「너무 그리스 사람이라서. 미쳐 버리겠거든.」

케이티는 왜 항상 자기 기준에 맞춰서 나를 판단할까? 그녀가 가지고 있는 것이 나에게는 필요가 없고 나는 지금 이대로도 완벽할 수 있다는 걸 왜 알지 못할까? 내가 짜증을 내는 것처럼 들린다면 그녀의 생각이 맞을지 모른다는 불안감 때문이었다. 내 안 어딘가에서는 그녀와 같은 질문을 했다. 나는 평생 아이를 낳을 일이 없을 것이다. 내 남자 친구는 여름 방학 내내 곁에 없었고 학기 중에는 주말에만 나를 만나러 왔다. 그것도 축구 시합이나 학교 연극 예행 연습이나 토요일에 테이트 박물관으로 견학을 가는 일이 없을 때 얘기였다. 나는 책과 서점과 서점 사장과 찰스나 앨런처럼 책을 좋아하는 사람들에게 평생을 바쳤다. 그 결과 책처럼 책꽂이를 벗어나지 못하는 신세가 됐다.

MGB에 다시 올라탔더니 좋았다. 우드브리지에서 A12까지는 과속 단속 카메라가 없었고 나는 액셀러레이터를 세게 밟았다. M25에 다다르자 라디오를 켜고 마리엘라 프로스트럽의 방송을 들었다. 그녀는 책에 대해서 이야기를 하고 있었다. 그 무렵에는 기분이 괜찮아졌다.

편지

여러분은 살인 추리 소설을 20년 동안 편집한 사람이라면 그런 살인 사건에 휘말렸을 때 알아차릴 수 있지 않겠느냐고 생각할지 모르겠다. 앨런 콘웨이는 자살을 한 게 아니었다. 아침 식사를 하려고 탑에 올라갔다가 누군가에게 떠밀려서 추락했다. 누가 봐도 빤하지 않은가.

그를 아는 두 사람, 즉 변호사와 누나가 그는 자살할 사람이 아니라고 했고 그의 다이어리 — 그가 기분 좋게 다음 주 극장 표를 예매하고 테니스와 점심 약속을 잡았음을 알 수 있는 — 가 그들의 주장을 뒷받침하는 듯했다. 고통스럽고 불확실한 그의 사망 방식도 찜찜했다. 게다가 마지막 장에서 스포트라이트를 한 몸에 받는 용의자들도 벌써부터 줄을 섰다. 클레어는 그의 전처 멜리사를 언급했고 옆집에 사는 존 화이트라는 헤지 펀드 매니저도 그와 분란을 일으킨 적이 있다고 했다. 그녀도 그와 옥신각신한 적이 있었다. 제임스 테일러는 동기가 가장 분명했다. 앨런은 새롭게 작성한 유언장에 서명하기 하루 전에 세상을 떠났다. 제임스는 그 집에 마음대로 드나들 수 있었고 날이 화창하면 앨런이 옥상에서 아침 식사를 한다는 것을 알았다. 그리고 8월에는 날씨가 좋았다.

나는 집으로 가는 동안 이런 생각들을 했지만 그래도 받아들이기까지 시간이 걸렸다. 추리 소설에서는 어쩌고 스미스 경이 열차에서 칼에 서른여섯 번 찔렸다거나 목이 잘렸다고 하면 탐정들이 자연스럽게 사건으로 인식한다. 짐을 싸서 신문하고 단서를 수집하고 궁극적으로는 범인을 체포하러 나선다. 하지만 나는 탐정이 아니었다. 나는 편집자였고 ― 1주일 전까지만 해도 내 주변에서는 비정상적이고 끔찍한 죽음을 맞은 사람이 아무도 없었다. 우리 부모님과 앨런 말고는 죽은 사람 자체가 없었다. 생각해 보면 신기한 일이다. 책과 텔레비전에서는 수많은 살인 사건이 벌어진다. 그게 없으면 이야기가 진행되지 않는다. 하지만 실생활에서는 문제가 있는 지역에서 살지 않는 한 그런 사건을 접할 일이 거의 없다. 살인 추리 소설의 수요가 존재하는 이유는 무엇이고 우리는 어디에서 매력을 느낄까? 범행일까 아니면 해법일까? 우리의 일상이 너무나 안전하고 안락하기 때문에 유혈 참사에 원초적인 욕구를 느끼는 걸까? 나는 온두라스의 산 페드로 술라(전 세계적으로 유명한 살인의 도시다)에서 앨런의 매출액이 얼마나 되는지 알아보아야겠다고 기억에 담았다. 어쩌면 그곳 사람들은 그의 작품을 전혀 읽지 않을 수도 있었다.

모든 게 편지로 연결됐다. 나는 찰스가 편지를 경찰서로 보내기 전에 아무도 모르게 복사를 해놓았기에 집에 도착했을 때 복사본을 꺼내서 다시 한번 훑어보았다. 찰스의 사무실에서 보았던 이상한 부분 ― 편지는 손 글씨로 적고 봉투는 타자로 친

것 — 이 생각났다. 아티쿠스 퓐트가 파이 홀에서 발견한 편지와 정확하게 정반대였다. 매그너스 경이 협박을 받았을 때는 편지가 타자고 봉투가 손 글씨였다. 각각의 경우 어떤 의미가 담겨 있을까? 그리고 이 둘을 합하면 좀 더 의미가 커질까? 내가 간파하지 못한 패턴이 여기에 들어 있을까?

편지가 발송된 날짜는 앨런이 아이비 클럽에서 원고를 넘긴 다음 날이었다. 찰스가 봉투를 뜯으면서 소인의 일부가 찢기기는 했지만 발신지가 런던인지 아니면 서퍽인지 봉투를 좀 더 자세히 들여다보지 않은 게 후회스러웠다. 어느 쪽이건 앨런이 쓴 편지인 것만큼은 분명했다. 그의 필체였고 — 그가 총으로 머리를 겨눈 협박범의 강요에 못 이겨서 쓴 게 아닌 이상 그의 의도를 아주 분명하게 담고 있었다. 아니, 정말 그랬을까? 크라우치 엔드의 내 아파트로 돌아와서 와인 한 잔을 손에 쥐고 담배를 세 개비째 연달아 피우고 있는 지금에 와서는 확신이 서지 않았다.

첫 페이지는 사과다. 앨런이 꼴사납게 굴었다고 한다. 하지만 평소에 보이던 행동 패턴이다. 그는 병에 걸렸다. 그런데 치료를 거부하기로 했다 하니 어차피 오래 살지 못할 것이다. 이 장에 자살 이야기는 없다. 오히려 정반대다. 화학 요법을 받지 않을 테니 사인이 암이 될 것이다. 그리고 런던 문학계의 행사장을 운운한 2페이지 상단을 보라. 그는 삶이 끝난 것처럼 이야기하지 않는다. 어떤 식으로 계속될지 이야기한다.

2페이지에서는 죽음이라는 단어가 등장한다. 특히 제임스 테일러와 유언장을 운운한 대목에서 그렇다. 하지만 여기에서도 전혀 구체적이지 않다. 〈내가 죽고 나면 분란이 벌어질 거야.〉 그건 아무 때고 할 수 있는 얘기였다. 지금으로부터 6주 뒤가 됐건 6개월 뒤가 됐건 1년 뒤가 됐건. 3페이지에 다다라서야 그는 본론으로 들어간다. 〈자네가 이 편지를 읽을 때쯤이면 모든 게 끝이 났겠지.〉 나는 사고 소식을 듣고 얼마 되지 않아서 편지를 읽었기 때문에 〈모든 것〉이 앨런의 삶을 뜻하는가 보다고 자동적으로 넘겨짚었다. 그의 삶이 끝이 날 거라고. 자살을 할 거라고. 하지만 다시 읽어 보니 작가 인생을 이야기하는 것일 수도 있겠다는 생각이 들었다. 바로 전 단락에서 그 얘기를 하지 않았던가. 그는 마지막 원고를 전달했다. 후속편은 없었다.

그러고 나서 몇 줄 뒤에 〈내가 내린 결정〉 운운하는 대목이 나온다. 그게 정말로 탑에서 뛰어내리겠다는 걸 의미할까? 아니면 앞에서 설명했다시피 단순히 화학 요법을 받지 않고 그런 식으로 죽음을 선택하겠다는 걸 의미할까? 편지 말미에 이르면 그는 자신의 죽음을 슬퍼할 사람들에 대해 이야기하지만 그에게 살날이 얼마 남지 않았다는 것은 이미 앞에서 기정사실로 밝혔다. 자기 손으로 직접 생을 마감할 생각이라고 공언한 대목은 그 어디에도 없다. 〈이 세상을 떠날 준비를 하는데……〉라니 탑에서 뛰어내리기로 결심한 사람치고는 표현이 너무 밋밋하지 않은가.

여기까지가 내가 한 생각이었다. 내가 편지에서 완전히 놓친 부분이 있었고 그로 인해 내가 여기 적은 거의 모든 것이 헛다리로 밝혀지겠지만 그날을 기점으로 모든 게 달라졌다. 나는 편지의 안에 숨겨진 뭔가가 있다는 걸 알아차렸다. 평범한 고별사가 아니라는 것을, 그걸 읽어 보고 착각을 불러일으킬 수 있겠다고 생각한 사람이 있었다는 것을 알아차렸다. 클레어 젠킨스와 사지드 칸이 맞았다. 그 세대를 통틀어 가장 잘나가던 살인 추리 소설 작가가 살해를 당한 것이었다.

초인종이 울렸다.

1시간 전에 전화한 안드레아스가 꽃다발과 크레타 올리브, 맛이 끝내주는 타임 꿀, 오일, 와인, 치즈, 고산차가 불룩하게 담긴 슈퍼마켓용 봉투를 들고 문 앞에 서 있었다. 그저 인심이 좋아서 그렇게 챙겨 온 게 아니었다. 그는 자신의 고국과 거기서 나는 모든 것을 진심으로 사랑했다. 너무나 그리스 사람다웠다. 올 여름과 지난해에 영국 신문을 끊임없이 장식했던 장기 금융 위기 기사는 사라졌을지 몰라도 — 한 나라의 완전한 붕괴를 과연 몇 번이나 예측할 수 있을까? — 그의 말에 따르면 고국에서 여전히 여파가 느껴진다고 했다. 경제가 침체됐다. 관광객들은 발길을 끊었다. 그는 선물을 많이 들고 올수록 모든 게 다 잘 풀릴 거라고 내게 확신을 심어 줄 수 있기라도 한 것처럼 굴었다. 생각해 보면 초인종을 누른 것도 귀엽고 구식이었다. 그에게는 열쇠가 있었다.

나는 아파트를 청소하고 샤워하고 옷을 갈아입었고 멀끔해 보이길 바랐다. 한참 동안 떨어져 지내다 만나면 항상 몹시 불안했다. 바뀐 게 아무것도 없는지 확인하고 싶었다. 안드레아스는 안색이 아주 좋았다. 6주 동안 햇빛을 맞아서 전보다 피부가 까무잡잡해졌고 더 날씬해졌다. 수영과 저탄수화물로 이루어진 크레타의 식단 덕분이었다. 사실 그는 살이 찐 적이 없었다. 어깨가 떡 벌어진 몸은 군인처럼 군살이 없었고, 얼굴은 깎아 놓은 듯 듯했고, 까만 머리는 그리스의 양치기처럼 아니면 신처럼 굵게 곱슬곱슬 흘러내렸다. 장난스러운 눈빛과 살짝 비딱한 미소가 특징이었고, 전형적인 미남이라고 할 수는 없었지만 재미있고 똑똑하고 느긋해서 같이 시간을 보내기에 좋은 상대였다.

내가 그를 맨 처음 만난 곳이 우드브리지 스쿨이었기에 그는 그 학교하고도 연관이 있었다. 거기서 라틴어와 고대 그리스어를 가르치고 있었고 생각해 보면 재미있는 것이 그가 나보다 앨런 콘웨이를 먼저 알았다. 앨런의 전처인 멜리사도 그 학교 선생님이었으니 그 세 사람은 내가 등장하기 한참 전부터 서로 아는 사이였다. 나는 여름 학기가 끝나갈 무렵에 그를 소개받았다. 그날은 운동회 날이었고 나는 잭과 데이지를 응원하려고 참석한 길이었다. 나는 대화를 시작하자마자 그가 마음에 들었지만 1년 뒤에야 그를 다시 만날 수 있었다. 그 무렵에 그는 런던의 웨스트민스터 스쿨로 자리를 옮겼고 케이티에게 연락해 내 전화번호를 알아냈다. 그 긴 시간 동안 나를 기억하고 있었다니 고마운 일이었지만 우리가 당장 연애를 시작한 건 아니었다. 한참 동안 친구로 지내다 연인으로 발전했다. 사실 이런 사이가 된 지 2~3년밖에 안 됐다. 그런데 우리 둘이서 앨런 이야기는 거의 하지 않았다. 이유는 물어보지 않았지만 그와 앨런은 서로 증오하는 사이였다. 안드레아스가 질투를 하는 성격은 아니지만 속으로는 앨런의 성공을 불쾌하게 여기는 게 아닐까 싶었다.

나는 안드레아스의 과거를 속속들이 알았다. 그는 우리 둘 사이에 비밀이 없길 바랐다. 맨 처음 결혼했을 때 그는 열아홉이라는 어린 나이였고 그리스군에서 복무하는 동안 헤어졌다.

그의 두 번째 아내인 아프로디테는 아테네에서 살았다. 그와 같은 교사였고 그를 따라서 영국으로 건너왔다. 그런데 그게 화근이었다. 그녀는 가족을 그리워했다. 향수병에 걸렸다. 「그녀가 얼마나 불행한지 알아차리고 같이 돌아갔어야 하는 건데.」 안드레아스는 내게 이렇게 말했다. 「하지만 한발 늦었지. 혼자 떠나 버렸거든.」 그들은 여전히 친구처럼 지내면서 가끔 만났다.

우리는 저녁을 먹으러 크라우치 엔드로 걸어갔다. 키프로스 섬 출신이 하는 그리스 식당이 있었다. 그로서는 고국에서 여름 방학을 보내고 왔을 때 가장 피하고 싶은 메뉴가 그리스 음식일지 몰라도 그게 우리의 전통이었다. 그날 저녁에도 날이 따뜻했기 때문에 머리 위에서 쓸데없이 돌아가는 히터 바람을 맞으며 좁은 발코니에 꼭 붙어 앉아서 식사를 했다. 타라마살라타,[9] 돌마데스,[10] 루카니코,[11] 수블라키[12]를 주문하고...... 출입문 바로 옆 손바닥만 한 주방에서 만들어진 그 요리에 떫은 레드와인을 한 병 곁들여 나누어 마셨다.

앨런의 사망 소식을 먼저 꺼낸 쪽은 안드레아스였다. 신문에서 읽었다며 그게 나한테 어떤 영향을 미칠지 걱정했다. 「회사에 타격이 생길까?」 그가 물었다. 그는 완벽한 영어를 구사했다. 어머니가 영국인이라 양쪽 나라 말을 모두 쓰며 자랐다. 나는 사라진 원고에 대해 이야기했고 그러자 아주 자연스럽게 나

9 어란으로 만드는 그리스식 전채 요리.
10 쌀과 고기, 각종 채소와 허브 향신료를 버무려 소금물에 절인 포도잎에 싸서 쪄 먹는 그리스식 쌈 요리.
11 그리스식 소시지.
12 고기와 채소를 꽂아서 구워 먹는 꼬치 요리.

머지 이야기까지 술술 이어졌다. 그에게 비밀로 해야 할 이유가 없었고 자문을 청할 사람이 생겨서 사실 기뻤다. 프램링엄에 갔던 것과 거기서 만난 사람들도 소개했다.

「케이티 만났어.」나는 덧붙였다. 「당신 안부를 묻더라.」

「아, 케이티!」안드레아스는 학부모와 교사로 알고 지내던 시절부터 그녀를 좋아했다. 「애들은 어떻게 지내? 잭이랑 데이지 말이야.」

「걔네들은 못 봤어. 그리고 이제는 애들도 아니지 뭐. 잭이 내년이면 대학교에 들어가니까……」

나는 편지에 대해서 이야기하고 어쩌다 앨런의 죽음이 자살이 아닐지 모른다는 결론에 이르렀는지 밝혔다. 그는 미소를 지었다. 「당신은 그게 문제야, 수전. 항상 이야깃거리를 찾는다는 거. 행간의 의미를 파악한다는 거. 당신한테는 뭐든 액면 그대로인 게 없지.」

「내 추측이 틀렸다고 생각해?」

그는 내 손을 잡았다. 「내가 당신 심기를 건드렸네. 그러려고 한 말이 아닌데. 그건 내가 당신한테서 좋아하는 부분이야. 하지만 누가 그를 밀어서 떨어뜨렸다면 경찰에서 알아차리지 않았을까? 범인이 집 안으로 몰래 들어갔을 거 아냐. 몸싸움을 벌였을 테고. 지문도 남았을 테고.」

「경찰에서 제대로 들여다보지 않았을 것 같아.」

「그야 누가 봐도 빤하니까 그랬겠지. 그는 병에 걸렸어. 그래서 뛰어내린 거야.」

어쩌면 그렇게 딱 잘라서 말할 수 있는지 의아했다. 「당신은 앨런을 별로 좋아하지 않았지?」내가 물었다.

그는 잠깐 생각에 잠겼다. 「솔직히 전혀 좋아하지 않았어. 거치적거리는 타입이었거든.」 나는 그게 무슨 뜻인지 설명해 주길 기다렸지만 그는 어깨를 으쓱하고 그만이었다. 「쉽게 좋아할 수 있는 인간이 아니었지.」

「왜?」

그는 웃음을 터뜨리고 다시 식사에 집중했다. 「**당신도** 그 사람에 대해서 여러 번 투덜거린 걸로 아는데.」

「나야 같이 일을 해야 했으니까.」

「나도 마찬가지였잖아. 수전, 그 사람 얘기는 그만하자. 분위기만 망칠 뿐이잖아. 나는 당신이 조심했으면 좋겠어. 그뿐이야.」

「그게 무슨 소리야?」 내가 물었다.

「이건 당신이 상관할 일이 아니잖아. 그는 자살했을 수도 있어. 살해를 당했을 수도 있고. 어느 쪽이 됐건 당신이 관여할 문제가 아니야. 당신이 걱정돼서 그래. 위험할 수도 있으니까.」

「진심으로 그렇게 생각해?」

「그렇잖아. 남의 사생활을 함부로 파헤치면 안 되지 않겠어? 어쩌면 내가 섬이라는 조그만 마을에서 자란 사람이라 그렇게 얘기하는 것일 수도 있겠지. 우리는 가족사를 밖으로 흘리지 않는 걸 중요하게 생각하니까. 앨런이 어떻게 죽었던 무슨 상관이야? 나라면 이 일에서 손 떼고 —」

「사라진 원고를 찾아야 하잖아.」 나는 말허리를 잘랐다.

「어쩌면 사라진 원고는 없을 수도 **있어**. 당신이 어떻게 생각하건 그가 원고를 완성했을지 장담할 수 없는 거잖아. 컴퓨터에 없었다며. 책상에도 없었고.」

나는 반박하지 않았다. 안드레아스가 내 가설을 그렇게 간단하게 무시하다니 조금 실망스러웠다. 그리고 그가 아파트로 찾아온 순간부터 우리 둘 사이에서 단절된 분위기, 조금 어색한 분위기가 흐르는 것 같기도 했다. 우리는 항상 편안한 사이였다. 서로의 침묵을 불편하게 여기지 않았다. 하지만 오늘 저녁에는 아니었다. 그가 나에게 뭔가 숨기는 게 있었다. 심지어 다른 여자를 만나고 있나 하는 생각마저 들었다.

　식사를 마치고 우리 둘 사이에서는 터키 커피라고 부르면 안되는 진하고 달짝지근한 커피를 홀짝이는데 그가 불쑥 말을 꺼냈다. 「웨스트민스터를 떠날까 해.」

　「뭐라고?」

　「학기가 끝나면. 교사 생활을 접고 싶어.」

　「너무 갑작스러운 결정이잖아, 안드레아스. 왜?」

　그가 설명을 시작했다. 아요스 니콜라오스의 변두리 호텔 하나가 매물로 나왔다. 바다 바로 옆이고 가족들끼리 오순도순 운영하는 객실 열두 개짜리 호텔이었다. 주인들은 60대였고 아이들은 타지로 떠났다. 그리스의 수많은 젊은이들이 그렇듯 런던에서 살았다. 하지만 안드레아스의 사촌이 거기에서 근무했고 그들은 그를 거의 아들처럼 여겼다. 그들이 호텔을 살 생각이 있느냐고 의사를 타진하자 사촌이 그를 찾아와서 돈을 보태줄 수 있는지 물었다. 안드레아스는 교사 생활에 신물이 났다. 크레타로 돌아갈 때마다 점점 더 마음이 편안해졌고 급기야 왜 고향을 떠났는지 자문하는 시점에 이르렀다. 그는 쉰 살이었다. 인생을 바꿀 수 있는 기회였다.

　「하지만 안드레아스.」 나는 반박했다. 「당신은 호텔 운영에 대해서 아무것도 모르잖아.」

「야니스가 경험이 있고 조그만 호텔이야. 힘들어 봐야 얼마나 힘들겠어?」

「하지만 크레타섬을 찾는 관광객들 발길이 끊겼다며.」

「그건 올해 얘기고. 내년이면 좋아질 거야.」

「하지만 런던이 그립지 않겠어……?」

내 모든 말이 〈하지만〉으로 시작됐다. 내가 진심으로 그걸 어리석은 판단이라고 생각했을까 아니면 변화와 그를 잃게 생겼다는 깨달음이 두려운 거였을까? 동생이 경고한 그대로였다. 나는 결국 혼자 늙어 죽게 생겼다.

「당신이 좀 더 좋아해 주길 바랐는데.」 그가 말했다.

「내가 왜 좋아해야 하는데?」 나는 비참한 목소리로 물었다.

「당신이랑 같이 가고 싶거든.」

「진심이야?」

그는 그날 저녁 들어 두 번째로 웃음을 터뜨렸다. 「당연하지! 안 그러면 내가 왜 당신 앞에서 이런 이야기를 늘어놓겠어?」 웨이터가 라크[13]를 들고 와 두 잔 가득 채웠다. 「당신도 좋아하게 될 거야, 수전. 내가 장담해. 크레타는 환상적인 섬이고 당신도 이제 내 가족이랑 친구들을 만날 때가 됐잖아. 다들 당신을 궁금해하고 있어.」

「지금 나한테 청혼하는 거야?」

그는 다시 장난꾸러기 같은 눈빛으로 돌아가서 잔을 들었다. 「청혼하면 뭐라고 대답할 건데?」

「아마 아무 말도 하지 못할 거야. 너무 놀라서.」 나는 그의 기

13 터키, 그리스, 이란 등에서 인기가 많은 독주.

97

분이 상하지 않도록 얼른 덧붙였다. 「생각해 보겠다고 할 거야.」

「그 이상은 바라지도 않아.」

「나는 일이 있잖아, 안드레아스. 여기서의 생활도 있고.」

「크레타는 3시간 반이면 갈 수 있는 곳이야. 지구 반대편도 아니라고. 그리고 당신 얘기를 들어 보니 조만간 선택의 여지가 없을 수도 있겠는걸.」

그건 절대적으로 맞는 말이었다. 『맥파이 살인 사건』과 앨런 없이 우리 회사가 얼마나 버틸 수 있을까?

「모르겠다. 정말 근사한 생각이긴 한데. 하지만 이런 식으로 불쑥 이야기를 꺼내다니. 생각할 시간을 좀 주었으면 좋겠어.」

「당연하지.」

나는 라크 잔을 들어서 단숨에 비웠다. 내가 여기 남겠다고 하면 어떻게 되는 거냐고 그에게 묻고 싶었다. 그럼 끝일까? 그 혼자서 떠날까? 아직은 그런 대화를 나눌 때가 아니었지만 사실 내가 내 인생 — 클로버리프, 크라우치 엔드 — 과 크레타섬을 맞바꿀 가능성은 없어 보였다. 나는 내 일을 사랑했고 가뜩이나 모든 게 이렇게 어려워진 마당에 찰스와의 관계도 감안해야 했다. 21세기판 셜리 발렌타인[14]으로 변신해 가장 가까운 워터스톤스 서점과 1천6백 킬로미터 떨어진 바위 절벽에 앉아 있는 내 모습은 상상이 되지 않았다.

「생각해 볼게.」 내가 말했다. 「당신 말이 맞을지 몰라. 올해 말이면 내가 실업자가 될 수도 있어. 침대 정리 같은 건 나도 할

---

14 현대 영국 극작가 윌리 러셀(1947~)이 쓴 희곡의 주인공. 영국에서 무료한 중년으로 지내다 그리스 여행길에서 행복을 찾고 그곳에 눌러앉는다.

수 있겠지.」

안드레아스는 자고 가겠다고 했고 그가 다시 돌아오니 좋았다. 하지만 그의 품에 안겨서 어둠 속에 누워 있어도 온갖 생각들이 머릿속을 어지럽히는 바람에 잠에 들 수가 없었다. 우뚝한 탑이 위에서 나를 내려다보는 애비 그레인지에 도착해 차에서 내리고 타이어 자국을 살피고 앨런의 작업실을 뒤지는 내 모습이 그려졌다. 사지드 칸의 사무실에 있었던 사진들이 내 눈앞을 다시 한번 지나갔지만 이번에는 앨런, 찰스, 제임스 테일러, 클레어 젠킨스 그리고 내 사진이었다. 그와 동시에 대화가 한 토막씩 머릿속에서 재생됐다.

〈현기증을 일으키지 않을까 걱정이 돼서 그랬어요.〉 제임스는 탑 꼭대기에서 나를 붙잡으며 이렇게 말했다.

〈누가 걔를 살해했다고 생각해요.〉 오퍼드에서 앨런의 누나는 이렇게 말했다.

그리고 그날 저녁에 안드레아스는 저녁을 먹으면서 이렇게 말했다. 〈이건 당신이 상관할 일이 아니잖아. 당신이 관여할 문제가 아니야.〉

그날 밤 늦게 문이 열리면서 어떤 남자가 방 안으로 들어오는 것 같았다. 남자는 지팡이에 몸을 기대고 있었다. 아무 말 없이 서서 슬픈 눈빛으로 안드레아스와 나를 바라보기만 했고, 창문 사이로 달빛 한 줄기가 비스듬히 비치자 아티쿠스 퓐트라는 것을 알 수 있었다. 당연히 잠결이었고 꿈속이었지만 나는 그가 어떻게 내 세상 속으로 들어왔는지 의아해하다 어쩌면 내가 그의 세상 속으로 들어간 것일지도 모른다고 생각했던 기억이 난다.

아이비 클럽

「어떻게 돼가고 있나?」 찰스가 내게 물었다.

나는 프램링엄에 가서 제임스 테일러, 사지드 칸, 클레어 젠킨스를 만났다고 전했다. 사라진 원고는 찾지 못했다. 컴퓨터에 없었다. 육필 원고도 없었다. 왜 그랬는지는 모르겠지만, 앨런의 실제 사인과 누군가가 우리를 엉뚱한 방향으로 인도하기 위해 의도적으로 편지를 보냈을지 모른다는 이야기는 하지 않았다. 『미끄럼틀』을 읽었다는 — 또는 읽어 보려고 했다는 — 이야기도 하지 않았다.

나는 탐정 역할을 선택했고 — 내가 지금까지 책으로 접한 모든 탐정을 하나로 연결하는 공통점이 있다면 그들에게 내재된 고독이다. 용의자들은 서로 아는 사이다. 그들은 가족일 수도 있고 친구일 수도 있다. 하지만 탐정은 언제나 아웃사이더다. 필요한 질문만 할 뿐 어느 누구하고도 실질적으로 관계를 맺지는 않는다. 그는 그들을 믿지 않고 그들은 그를 두려워한다. 전적으로 기만으로 이루어진 관계, 종국에는 아무 소득이 없는 관계다. 범인이 밝혀지면 탐정은 떠나고 그 길로 영영 자취를 감춘다. 사실 모든 사람들이 그의 뒷모습을 보고 기뻐한다. 나는 찰스를 상대하는 동안에도 이런 기분을 느꼈다. 그간 우리 둘 사이에 존재한 적 없었던 거리감이 생겼다. 만약 앨런이 살해당한 거라면 찰스가 용의자일 수도 있다는 생각이 들었지만 — 물론 가장 잘나가는 작가를 살해해 자멸하려는 이유를 전혀 찾을 수 없기는 했다.

찰스도 달라졌다. 수척하고 피곤해 보였고 머리칼은 그 어느 때보다 헝클어졌고 양복은 그 어느 때보다 쭈글쭈글했다. 그럴 수밖에 없었다. 그는 경찰의 조사를 받고 있었다. 흥행이 보장된 베스트셀러가 날아가 버렸고 1년 수익이 통째로 증발하게 생겼다. 크리스마스 시즌을 앞두고 난감한 일이었다. 게다가 그는 난생처음 할아버지가 되려는 찰나였다. 그렇다는 게 얼굴에서 드러났다.

그래도 나는 물러서지 않았다. 「아이비에서 만났을 때 어땠는지 좀 더 자세히 알고 싶은데요.」 내가 말했다. 「앨런을 마지막으로 만났을 때 말이에요.」

「어떤 걸 알고 싶은데?」

「그가 어떤 생각을 하고 있었을지 파악하려는 중이에요.」 그게 전부는 아니었다. 「그가 왜 일부분의 원고를 의도적으로 숨겼는지.」

「자네는 그가 그랬다고 생각하나?」

「그래 보이는데요.」

찰스는 고개를 숙였다. 이렇게 의기소침한 그의 모습은 처음이었다. 「이 모든 사태가 우리한테는 재앙이야.」 그가 말했다. 「앤절라하고 논의하는 중이야.」 앤절라 맥머혼은 우리 회사의 홍보 및 마케팅 팀장이었다. 내 생각이 맞는다면 이미 새 직장을 찾고 있을 것이었다. 「특히 경찰에서 앨런이 자살했다고 공표했으니 반짝 특수를 기대할 수 있을지 모른다고 해. 홍보 효과가 있을 거라며. 그를 회고하는 기사를 실으려고 『선데이 타임스』와 접촉 중이라고 하는군.」

「뭐, 그럼 잘된 일 아닌가요?」

「아마도. 하지만 금방 식을 거야. BBC에서 드라마 제작을 계속 추진할지, 그것도 잘 모르겠고.」

「그의 죽음으로 달라질 것도 없지 않나요?」 내가 물었다. 「BBC에서 왜 발을 빼려고 하겠어요?」

「앨런이 계약서에 서명을 하지 않았거든. 캐스팅을 두고 계속 옥신각신하던 참이라 BBC 측에서는 판권이 누구 소유로 넘어가는지 지켜본 다음 협상을 처음부터 다시 시작해야 하잖아.」 책상 밑에서 벨라가 몸을 뒤집으며 끙끙거리자 아티쿠스 퓐트가 로지의 두 번째 방에서 발견한 개 목걸이가 퍼뜩 생각났다. 톰 블래키스턴의 개는 목이 잘렸다. 개 목걸이는 단서일 게 분명했다. 그게 어떤 단서일까?

「앨런이 아이비에서 텔레비전 시리즈 얘기도 했어요?」 내가 물었다.

「아니. 그 얘기는 하지 않았어.」

「두 분이 싸웠다고 했죠?」

「싸웠다고 할 수는 없지, 수전. 제목을 두고 의견이 엇갈린 거라면 모를까.」

「사장님은 제목이 마음에 들지 않았죠?」

「『미드소머 살인 사건』하고 너무 비슷하다고 생각했을 뿐이야. 괜한 소릴 했어. 하지만 아직 원고를 읽기 전이라 달리 할 말이 있어야 말이지.」

「그때 웨이터가 접시를 떨어뜨렸다고요.」

「응. 앨런이 얘기를 하던 도중에. 무슨 말을 하고 있었는지는 기억이 나지 않아. 와장창 하는 소리가 났지.」

「그가 화를 냈다고 했죠?」

「응. 가서 그 사람을 붙잡고 얘기를 하더라고.」

「웨이터한테요?」

「응.」

「그러고는 자리를 박차고 나갔고요?」 왜 그렇게 집요하게 캐물었는지 나도 모르겠다. 그냥 이상하다는 생각이 들었다.

「응.」 찰스가 말했다.

「희한하다는 생각이 들지 않으셨어요?」

찰스는 고민에 잠겼다. 「아니. 둘이서 1~2분 정도 이야기를 나누었거든. 앨런이 항의를 하나 보다 했지. 그러고 나서 그는 화장실에 갔어. 그런 다음 테이블로 돌아왔고 그 길로 저녁 식사를 마무리 지었지.」

「웨이터의 인상착의를 설명하실 수 있겠어요? 이름 아세요?」

아직 단서가 많지 않았지만 그날 저녁에 앨런이 찰스를 만났을 때 뭔가가 있는 듯했다. 모든 실마리가 그 테이블에서 한데 모아졌다. 그는 원고를 건넨 순간 뭔가에 기분이 상해서 시비조가 됐다. 이상한 행동을 보였고 자기하고는 아무 상관 없는 일에 자리에서 일어나 웨이터에게 항의를 하러 갔다. 원고에는 사라진 부분이 있었고 그는 그로부터 3일 뒤에 죽었다. 나는 찰스에게 아무 말도 하지 않았다. 나더러 시간 낭비라고 할 게 분명했기 때문이었다. 하지만 그날 오후에 나는 직원을 살살 구슬려서 안으로 들어갈 작정을 하고 회원들만 이용할 수 있는 비공개 클럽을 찾아갔다.

일이 쉽게 해결됐다. 프런트 직원이 말하길 경찰이 바로 전날에 찾아와서 앨런이 어떻게 행동했고 어떤 심리 상태였는지 물어보았다고 했다. 나는 그의 담당 편집자였다. 찰스 클로버의 친구였다. 그러니 당연히 들어갈 수 있었다. 나는 2층에 있는 식당으로 안내를 받았다. 아무도 없었고 테이블마다 저녁 손님을 맞을 준비가 되어 있었다. 프런트 직원이 그날 금요일에 접시를 떨어뜨린 웨이터의 이름을 알려 주었고 들어가 보니 그가 문 앞에서 기다리고 있었다.

「맞아요. 저는 그날 저녁에 원래 바 당번이었는데 일손이 모자라서 식당 일을 돕게 됐어요. 제가 주방에서 나왔을 때 두 분은 메인 요리를 드시기 시작한 참이었어요. 저쪽 구석에 앉으셨고…….」

이 클럽의 웨이터들은 대부분 젊고 동유럽 출신이었지만 도널드 리는 양쪽 모두 해당 사항이 없었다. 입을 연 순간 극명하게 드러났다시피 스코틀랜드 출신이었고 30대 초반이었다. 그는 글래스고가 고향이고 두 살 난 아들이 있는 유부남이라고 했다. 런던 생활은 6년째로 아이비에서 일을 하는 게 재미있다고 했다.

「특히 연극이 끝나면 어떤 분들이 여기를 찾는지 아세요?」 그는 인생의 무게를 양쪽 어깨로 짊어지고 있는 땅딸막한 남자였다. 「작가들뿐만이 아니에요. 배우, 정치인 — 기타 등등 많아요.」

나는 그에게 나의 정체와 찾아온 이유를 밝혔다. 그는 이미 경찰의 조사를 받았기에 그들에게 했던 이야기를 간단하게 정리해서 내게 들려주었다. 찰스 클로버와 손님은 7시 30분에 테이블을 예약했고 10시 직후에 나갔다. 그가 그 테이블의 서빙을 맡지는 않았다. 그들이 뭘 먹었는지는 모르지만 비싼 와인을 한 병 주문했던 건 기억했다.

「콘웨이 씨는 그날 기분이 안 좋았어요.」

「그걸 어떻게 알아요?」

「제가 보기에 그랬어요. 표정이 별로였어요.」

「그날 저녁에 그가 신작 원고를 전달했거든요.」

「그래요? 다행이네요. 저는 못 봤어요. 계속 왔다 갔다 하느라. 정신없이 바빴는데 아까 말씀드렸다시피 일손이 부족했거든요.」

나는 처음부터 그가 뭔가를 숨기고 있는 듯한 인상을 느꼈다. 「접시를 떨어뜨리셨죠?」 내가 물었다.

그는 뚱한 표정으로 나를 쳐다보았다. 「계속 그 타령이네요. 그게 뭐 그렇게 큰일이라고.」

나는 한숨을 쉬었다. 「저기요, 도널드 — 도널드라고 불러도 되죠?」

「지금 근무 외 시간이니까 마음대로 부르세요.」

「그냥 무슨 일이 있었는지 알고 싶어서 묻는 거예요. 나는 그와 함께 일을 했어요. 그래서 그를 잘 알았고 솔직히 고백하자면 그를 아주 좋아하지는 않았어요. 당신한테 들은 얘기는 다른 데 가서 절대 옮기지 않을게요. 그런데 나는 그가 자살을 했다는 말을 못 믿겠거든요. 그러니까 당신이 알고 있거나 들은 게 있으면 도움이 될지 몰라요.」

「자살한 게 아니라면 **뭐라고** 생각하시는데요?」

「당신이 먼저 얘기하면 나도 얘기할게요.」

그는 잠깐 고민했다. 「담배 한 대 피워도 될까요?」 그가 물었다.

「같이 피워요.」 내가 말했다.

흡연의 장점이 발휘되자 장벽이 무너지고 우리 둘이 한 편이 되었다. 우리는 밖으로 나갔다. 야외에 흡연 공간이 있었다. 못마땅하게 여기는 세상으로부터 격리된 정사각형 모양의 조그만 파티오였다. 우리는 같이 담배에 불을 붙였다. 나는 내 이름이 수전이라고 밝히고 그에게서 들은 얘기는 다른 데 가서 절대 옮기지 않겠다고 다시 한번 약속했다. 그가 갑자기 열띤 태도를 보였다.

「출판사 사장이라고요?」 그가 물었다.

「편집자예요.」

「아무튼 출판사에서 일을 하시죠?」

「맞아요.」

「그럼 우리 둘이 상부상조할 수도 있겠네요.」 그는 잠깐 말을 멈추었다가 다시 이었다. 「나는 앨런 콘웨이하고 아는 사이였어요. 그를 본 순간 알아차렸고 그 때문에 그 우라질 접시를 떨어뜨린 거예요. 접시를 들고 있다는 걸 깜빡했다가 냅킨을 뚫고 열기가 전해지는 바람에.」

「그하고 어떻게 아는 사이였는데요?」

그는 아주 이상한 눈빛으로 나를 쳐다보았다. 「아티쿠스 퓐트 시리즈 중에 『밤은 찾아들고』도 당신이 작업했나요?」

사립 초등학교가 배경인, 시리즈의 네 번째 작품이었다. 「그 시리즈 모두 내가 작업했어요.」 내가 말했다.

「그 작품을 어떻게 생각해요?」

『밤은 찾아들고』에서는 연극 공연 도중에 교장이 살해당했다. 그가 어두컴컴한 객석에 앉아 있었을 때 누군가가 달려와서 외과 의사처럼 정확하게 그의 옆 목을 찔렀다. 주요 용의자들이 그 시점에 모두 무대 위에 있었기 때문에 그들의 소행일 수가 없었는데 그중 한 명이 범인으로 밝혀진다는 점에서 기발했다. 시대적 배경은 전쟁 직후였고 비겁한 행위와 직무 유기에 얽힌 뒷이야기가 있었다. 「기발했다고 생각하는데요.」 내가 말했다.

「그게 내 작품이었어요. 내 아이디어였어요.」 도널드 리의 강렬한 갈색 눈동자가 순간 분노로 번뜩였다. 「얘기 계속할까요?」

「네. 듣고 싶네요.」

「알았어요.」 그는 담배를 입에 갖다 대고 힘껏 빨았다. 담배 끝이 밝은 빨간색으로 이글거렸다. 「나는 어렸을 때 책을 정말 좋아했어요.」 그가 말했다. 「학창 시절부터 작가가 되고 싶었죠. 하지만 내가 학창 시절을 보냈던 글래스고 동쪽의 브리지턴에서는 절대 밝히면 안 되는 장래 희망이었어요. 도서관에 들락거리면 변태라고 놀리는 아주 끔찍한 곳이었거든요. 그래도 나는 상관없었어요. 책을 손에서 놓지 않고 닥치는 대로 읽었죠. 스파이 소설 — 톰 클랜시, 로버트 러들럼. 모험 소설. 공포 소설. 나는 스티븐 킹이라면 사족을 못 썼어요. 하지만 그중에서도 최고는 탐정 소설이었죠. 그건 아무리 읽어도 질리지 않았어요. 나는 대학교에 진학하거나 그러지는 않았어요. 그래도 작가가 되고 싶은 마음뿐이고 언젠가는 꿈을 이루고야 말 거예요, 수전. 정말이에요. 지금도 원고를 하나 쓰고 있어요. 이 일을 하는 건 꿈을 이룰 때까지 생계를 유지하기 위해서예요.

그런데 문제는 뭔가 하면 내가 원하는 대로 되질 않는다는 거예요. 처음에는 어떤 책이 될 건지 머릿속에서 딱 그려져요. 내가 어떤 이야기를 쓰고 싶은지 알아요. 아이디어도 등장인물도 다 생각해 봤어요. 그런데 막상 글로 옮기려고 하면 연결이 잘 안 된단 말이죠. 아무리 애를 써도 가만히 앉아서 빈 종이만 쳐다보고 있고 그러다 다시 글을 써보려고 하지만. 그걸 쉰 번쯤 반복해도 잘 되지 않아요. 몇 년 전에 내가 어떤 광고를 봤어요. 새내기 작가들을 위한 주말 강좌가 열린다는 광고였는데 내가 들을 수 있는 게 하나 있더라고요. 무려 우라질 데번셔까지 가서 들어야 했지만 살인 추리 소설을 중점적으로 다룬다고 했어요. 수강료는 저렴하지 않았어요. 7백 파운드라고 하더라고요. 그래도 모아 놓은 돈으로 충분히 감당할 수 있었고 한번 들어 볼 만하다고 생각했어요. 그래서 등록을 했죠.」

나는 몸을 앞으로 숙이고 아이비 클럽에서 가져다 놓은 은색의 깔끔한 재떨이에 대고 재를 털었다. 이야기의 향방을 알 수 있었다.

「우리는 다 같이 어느 외딴 농가로 갔어요.」 리는 하던 이야기를 계속했다. 예행연습을 하는 사람처럼, 무대에 서 있는 사람처럼 주먹을 불끈 쥐고 서 있었다. 「우리 조는 전부 해서 11명이었어요. 두세 명은 완벽한 바보였고 자기들이 남들보다 실력이 좋다고 생각하는 여자도 2명 있었어요. 잡지에 단편 소설을 출간했다며 얼마나 콧대가 하늘을 찔렀는지 몰라요. 당신은 그런 사람들을 노상 만날지 모르겠지만요. 하지만 나머지는 그럭저럭 괜찮아서 같이 어울리면 정말 재미있었어요. 나뿐만이 아니라 우리 모두 같은 문제로 골머리를 앓고 있고 같은 이유에서 그 강좌를 듣고 있다는 걸 알겠더군요. 강사는 세 명이었어요. 그중 한 명이 앨런 콘웨이였고요.

내가 보기에 그는 정말 괜찮은 사람이었어요. 근사한 차를 몰고 다녔고—BMW였죠—주최 측에서는 그에게 조그만 집을 따로 숙소로 제공했어요. 수강생들은 모두 한집을 썼고요. 그래도 그는 우리와 생활을 같이했어요. 그는 아무것도 모르면서 말만 늘어놓는 사람이 아니라 아티쿠스 퓐트로 떼돈을 번 작가였죠. 나도 그 수업을 듣기 전에 몇 권 읽은 적 있는데 괜찮더라고요. 내가 쓰려는 작품과 별반 다를 게 없었고요. 낮에는 강의를 듣고 교습을 받았어요. 함께 식사를 했고요. 사실 조원들이 전부 음식을 준비하는 데 동참했죠. 저녁에는 부어라 마셔라 하며 대화를 나누고 긴장을 풀 수 있었어요. 나는 그 시간이 제일 좋았어요. 모두 대등한 입장인 것처럼 느껴졌거든요. 어느 날 저녁에 그 아늑한 공간에 단둘이 남겨졌을 때 내가 그에게 어떤 소설을 쓰고 있는지 얘기했어요.」

내레이션이 필연적인 대목에 다다르자 주먹을 쥔 그의 손에 힘이 들어갔다.「원고를 드리면 읽어 주시겠어요?」그가 물었다.

평소 같으면 질색했겠지만—어쩔 수가 없었다.「앨런이 당신의 아이디어를 훔쳤다는 거예요?」나는 물었다.

「바로 그거예요, 수전. 그가 저지른 짓이 바로 그거였어요.」

「당신이 쓴 소설은 제목이 뭐였는데요?」

「〈사신, 무대에 서다〉요.」

끔찍한 제목이었다. 하지만 당연히 나는 아무 소리 하지 않았다. 「당신을 생각해서 읽어 봐줄 수는 있어요.」 내가 말했다. 「하지만 도와주겠다고 약속은 못 해요.」

「읽어 봐주기만 하면 돼요. 내가 원하는 건 그뿐이에요.」 그는 거절할 테면 해보라는 듯이 내 눈을 똑바로 쳐다보았다. 「나는 앨런 콘웨이한테 줄거리를 얘기했어요.」 그는 하던 이야기를 계속했다. 「어떤 장치를 고안했는지 전부 털어놓았어요. 늦은 밤이라 방 안에는 우리 둘 뿐이었고 증인은 없었어요. 그가 원고를 볼 수 있겠느냐고 하기에 나는 뛸 듯이 기뻐했죠. 다들 그가 자기가 쓴 작품을 읽어 주길 바랐거든요. 그게 관건이었거든요.」

그는 다 피운 담배를 발로 눌러서 끄더니 곧바로 두 번째 담배에 불을 붙였다.

「그는 내 원고를 금세 읽었어요. 강연이 이틀밖에 남지 않았을 때였는데 마지막 날에 그가 나를 따로 불러서 몇 가지 충고를 했죠. 나더러 형용사를 너무 많이 쓴다고 했어요. 대화가 비현실적이라고도 했고요. 현실적인 대화가 도대체 어떤 건데요? 이건 현실이 아니잖아요! 소설이라고요! 그가 주인공인 탐정에 대해서 상당히 좋은 지적을 하긴 했어요. 담배를 피우거나 술을 마시거나 뭐 그런 나쁜 버릇이 하나는 있어야 한다고 했던 게 기억나요. 다시 연락하겠다고 하기에 내 이메일 주소를 알려줬죠.

그 뒤로 감감무소식이었어요. 단 한마디도 소식을 들은 적이 없어요. 그러고 나서 거의 1년 뒤에 『밤은 찾아들고』가 서점에 깔렸죠. 학교 연극을 둘러싼 사건이더군요. 내 소설의 무대는 학교가 아니었어요. 극장이었지. 하지만 아이디어는 같았어요. 그뿐만이 아니에요. 그가 내 살인 사건까지 도용했더라고요. 아주 **똑같이**. 수법도 같고 단서도 같고 등장인물도 거의 같고.」 그의 언성이 높아졌다. 「그가 그런 짓을 저질렀어요, 수전. 내 이야기를 훔쳐서 『밤은 찾아들고』에 썼어요.」

「아무한테라도 그런 얘기를 했어요?」 내가 물었다. 「책이 출간됐을 때 어떻게 했어요?」

「내가 뭘 어쩔 수 있었겠어요? 말해 봐요! 누가 내 말을 믿어 주겠어요?」

「우리 클로버리프 북스로 연락할 수도 있었잖아요.」

「**연락했어요**. 사장인 클로버 씨에게 편지를 보냈어요. 답장이 없더군요. 앨런 콘웨이에게도 편지를 썼어요. 사실 여러 번 썼어요. 내가 물불 안 가렸다고 해둡시다. 하지만 그에게서도 소식이 없더군요. 애초에 강좌를 기획했던 사람들에게 편지를 보냈어요. 깨끗하게 무시하더군요. 자기들하고는 무관한 일이라며 자기들은 아무 책임이 없다고 했어요. 경찰서를 찾아갈까 생각도 했어요. 그가 나한테서 뭔가를 훔쳐간 거잖아요. 그런 행위를 지칭하는 단어도 있지 않나요? 하지만 아내 캐런한테 얘기했더니 잊어버리라고 하더군요. 그는 유명한 작가였어요. 보호를 받는. 나는 별 볼 일 없는 인간이었고요. 아내는 싸우려고 들어 봐야 글 쓰는 데 방해만 될 뿐이라며 잊고 지나가는 게 상책이라고 했어요. 그래서 그렇게 했죠. 나는 요즘도 글을 써요. 내가 아이디어만큼은 근사하다는 걸 알게 됐거든요. 그렇지 않았다면 그가 훔쳐가지도 않았을 거 아니에요.」

「다른 소설도 쓴 적 있나요?」 내가 물었다.

「지금 쓰는 중이에요. 하지만 탐정 소설은 아니에요. 그 장르에서는 탈출했어요. 어린이책이에요. 아이가 생기니까 그런 책을 써야겠다는 생각이 들더라고요.」

「하지만 〈사신, 무대에 서다〉 원고는 보관하고 있는 거죠?」

「당연히 보관하고 있죠. 내가 쓴 원고는 전부 보관하고 있어요. 나는 내가 재능이 있다는 걸 알아요. 캐런도 내 작품을 좋아하고요. 언젠가는…….」

「보내 주세요.」 나는 핸드백을 뒤져서 명함을 꺼냈다. 「그래서 식당에서 그를 보았을 때 무슨 일이 벌어졌던 거예요?」

그는 내가 명함을 건네길 기다리고 있었다. 그것이 그에게는 생명줄이었다. 나는 상아탑 안에 있었고 그는 바깥에 있었다. 나도 목격했다시피 수많은 새내기 작가들이 편집자는 다를 거라고 — 자기들보다 똑똑하고 더 잘나갈 거라고 — 생각하지만 사실 우리 역시 어기적어기적 움직이며 이번 달도 잘리지 않고 무사히 버틸 수 있길 바랄 뿐이다. 「내가 주방에서 나온 순간이었어요.」 그가 말했다. 「9번 테이블에서 주문한 메인 요리 두 개랑 사이드 요리 한 개를 들고 있었거든요. 거기 앉아 있는 그를 보고 — 무슨 문제를 놓고 옥신각신하고 있더라고요 — 너무 충격을 받아서 그 자리에서 움직이질 못했어요. 그런데 접시가 뜨거웠거든요. 냅킨을 뚫고 열기가 전해지는 바람에 내가 떨어뜨리고 말았어요.」

「그랬더니요? 앨런이 다가갔다고 들었는데요. 다가가서 당신한테 화를 냈다고.」

그는 고개를 저었다. 「아니에요. 나는 난장판을 치우고 주방에 새로 주문을 넣었어요. 식당 안으로 다시 돌아가고 싶지 않았지만 방법이 없었어요. 그나마 그의 테이블 담당이 아닌 게 다행이었죠. 아무튼 잠시 후에 콘웨이 씨가 자리에서 일어나 화장실에 가면서 내 바로 옆을 지나갔어요. 아무 말도 하지 않으려고 했는데 코앞에서 그를 보았더니 참을 수가 있어야 말이죠.」

「그래서 뭐라고 했어요?」

「인사를 건넸어요. 나를 기억하느냐고 물었고요.」

「그랬더니요?」

「모르겠대요. 아니면 모르는 척했을 수도 있죠. 그래서 우리 데번셔에서 만나지 않았느냐고, 친절하게도 내 소설을 읽어 봐 주지 않았느냐고 기억을 환기시켜주었죠. 그는 내가 누구이고 그게 무슨 소리인지 정확하게 알아차렸어요. 그러더니 땍땍거리더라고요. 〈나는 웨이터랑 잡담 나누려고 여기 온 게 아니에요.〉 정확히 그렇게 말했어요. 그러면서 비켜 달라고 하더군요. 조용히 얘기했지만 어설프게 접근했다가는 그가 어떤 식으로 나올지 알겠더라고요. 늘 반복되는 얘기예요. 그는 근사한 차를 몰고 다니고 프램링엄의 대저택에 사는 잘나가는 작가고. 나는 별 볼 일 없는 인간이고. 그는 여기 회원이고. 나는 웨이터고. 나는 이 일을 해야 해요. 두 살 난 아이가 있거든요. 그래서 미안하다고 중얼거리고 옆으로 비켰죠. 그러자니 구역질이 날 것 같았지만 달리 어쩔 수 있었겠어요?」

「그가 죽었다는 소식이 상당히 반가웠겠네요.」

「솔직히 고백할까요, 수전? 기뻤어요. 그보다 더 기분이 좋을 만한 일이 한 가지 있다면 ―」

그가 선을 넘었지만 나는 그래도 캐물었다. 「한 가지 있다면 뭐요?」

「아니에요.」

하지만 우리 둘 다 그가 무슨 말을 하려고 했는지 알았다. 내가 명함을 건네자 그는 윗 주머니에 넣었다. 그는 두 번째 담배를 다 피우고 그것도 발로 비벼서 껐다.

「마지막으로 하나만 더 물어봐도 될까요?」 식당으로 돌아가는 길에 내가 물었다. 「앨런이 옥신각신하고 있었다고 했잖아요. 어떤 대화가 오갔는지 혹시 들었어요?」

그는 고개를 저었다. 「그 정도로 거리가 가깝지 않았어요.」

「옆 테이블 사람들은 어땠을까요?」 나는 테이블 배치도를 확인하고 왔다. 그들은 사실상 어깨를 맞대는 수준이었을 것이다.

「그분들은 들었을지 몰라요. 누가 앉았었는지 알아봐 드릴까요? 예약자 이름이 컴퓨터에 남아 있을 거예요.」

그는 이름을 알아보러 테라스에서 식당으로 다시 들어갔다. 나는 멀어져 가는 그의 모습을 바라보며 그가 방금 전에 한 말을 떠올렸다. 〈……**프램링엄의 대저택에 사는**……〉 그는 주소를 검색할 필요가 없었다. 그는 앨런이 어디 사는지 이미 알고 있었다.

손자

그날 저녁에 앨런 콘웨이의 옆 테이블에 앉았고 어떤 대화가 오갔는지 들었을 수도, 듣지 못했을 수도 있는 사람은 매튜 프리처드였다. 정말이지 희한한 일이었다. 여러분에게는 그 이름이 귀에 설지 몰라도 나는 당장 알아차렸다. 매튜 프리처드는 애거사 크리스티의 손자다. 9살 때 「쥐덫」의 저작권을 선물받은 것으로 유명했다. 그에 대해 이렇게 적으려니 기분이 이상한데, 그가 그 자리에 있었다니 있을 법하지 않는 일처럼 느껴질 수도 있겠다. 하지만 그는 그 클럽의 회원이다. 애거사 크리스티사 사무실이 거기서 조금만 걸어가면 나오는 드루리 레인에 있다. 그리고 내가 앞에서 언급했던 「쥐덫」이 같은 블록에 있는 세인트 마틴스 극장에서 요즘도 계속 상연되고 있다.

내 휴대 전화에 그의 번호가 저장돼 있었다. 우리는 문학 행사에서 두어 번 만난 적이 있었고 몇 년 전에는 그의 회고록 『그랜드 투어』 입찰에 내가 뛰어든 적이 있었다. 그의 할머니가 1922년에 떠났던 세계 여행을 아주 재미있게 소개한 책이었다(입찰에서는 하퍼콜린스에게 졌다). 전화를 걸자 그는 당장에

115

나를 기억했다.

「당연히 기억하죠, 수전. 목소리 들어서 반가워요. 어떻게 지내요?」

어떤 식으로 운을 떼면 좋을지 알 수가 없었다. 내가 수사 중인 현실의 사건 속으로 그를 끌어들이다니 기분이 묘했고 전화로는 시시콜콜 설명하고 싶지가 않았다. 그래서 앨런 콘웨이의 사망 소식을 언급하며 ─ 그는 알고 있다고 했다 ─ 그에게 물어보고 싶은 게 있다고 얘기했다. 그걸로 충분했다. 그는 마침 근처에 있었다. 그가 세븐 다이얼스 근처에 있는 칵테일 바의 이름을 알려 주었고 우리는 그날 저녁에 거기서 만나서 술을 한잔하기로 했다.

매튜를 가장 단적으로 표현하는 단어를 하나만 꼽으라면 서글서글하다는 것이다. 나이가 일흔쯤 됐을 텐데 헝클어진 흰머리와 살짝 불그스레한 안색을 보면 인생을 충분히 즐기며 살아왔음을 알 수 있다. 세상에서 가장 지저분한 농담이라도 들은 뱃사람처럼 걸걸한 그의 웃음소리는 방 안 이 끝에서 저 끝까지 들린다. 칵테일 바로 들어왔을 때 맨 위 단추를 푼 셔츠 위에 블레이저를 걸친 그의 모습은 나무랄 데가 없었고 내가 내겠다고 했는데도 불구하고 부득부득 우겨서는 술값을 계산했다.

우리는 잠깐 앨런 콘웨이에 대해서 이야기를 나누었다. 그는 조의를 표하며 그의 작품을 늘 재미있게 읽었노라고 했다. 「아주, 아주 기발했죠. 항상 반전이 있었고. 훌륭한 아이디어로 넘쳐 났고.」 내가 이 말을 정확하게 기억하는 이유는 내 마음속 고약한 한구석에서 표4 문구로 쓸 수 있을지 고민했기 때문이었다. 애거사 크리스티의 손자가 앨런 콘웨이의 작품을 격찬했다고 하면 향후 판매에 나쁠 게 없었다. 그가 앨런의 사인을 묻자 나는 경찰에서는 자살로 추정한다고 대답했다. 그는 그 말에 화난 표정을 지었다. 워낙 열정적으로 사는 성격이다 보니 스스로 목숨을 끊는 사람을 이해할 수 없었을 것이다. 내가 앨런이 중병에 걸렸다고 덧붙이자 그는 그렇다면 말이 된다는 듯이 고개를 끄덕였다. 「내가 1주일인가 전에 그를 봤어요 — 아이비에서.」 그가 말했다.

「제가 여쭈어보려고 했던 게 그 부분이에요.」 나는 대답했다. 「그가 저희 출판사 사장님과 저녁을 먹고 있었죠?」

「그래요. 맞아요. 내가 옆자리에 앉아 있었죠.」

「선생님께서 어떤 걸 보고 들으셨는지 궁금해서요.」

「왜 사장님한테 물어보지 않고?」

「물었어요. 사장님한테 어느 정도 이야기를 들었지만 빠진 부분을 채우고 싶어서요.」

「글쎄, 내가 두 사람의 대화에 귀를 기울이지는 않아서. 물론 테이블이 워낙 가깝게 붙어 있긴 했지만 무슨 이야기가 오갔는지 나는 잘 몰라요.」

그런 데 관심을 갖는 이유가 뭐냐고 묻지 않는 매튜가 고마웠다. 그는 할머니가 만들어 놓은 세상 속에서 거의 대부분의 시간을 보냈고 그가 사는 세상에서 탐정은 질문을 하는 사람, 목격자는 그 질문에 대답하는 사람이었다. 그렇게 단순했다. 리가 접시를 떨어뜨리지 않았느냐고 내가 기억을 환기하자 그는 미소를 지었다. 「맞아요, 기억이 나요. 사실 그가 접시를 떨어뜨리기 직전에 두 사람이 무슨 얘기를 나누고 있었는지 들었어요. 언성을 높였거든. 신작의 제목에 대해서 이야기를 하고

117

있더라고요.」

「앨런이 그날 저녁에 원고를 전달했거든요.」

「『맥파이 살인 사건』. 수전 양도 이해하겠지만 〈살인 사건〉이
라는 단어가 들리면 나는 귀를 쫑긋 세울 수밖에 없어요.」 그는
껄껄대고 웃었다. 「두 사람은 제목을 두고 옥신각신했어요. 그
출판사 사장이라는 친구가 뭐라고 하니까 콘웨이 씨가 부루퉁
한 반응을 보였죠. 맞아요. 그는 몇 년 전에 생각해 놓은 제목이
라며 — 그렇게 말하는 걸 들었어요 — 주먹으로 테이블을 내
리쳤어요. 그러자 식사 도구가 튀었죠. 그 소리에 내가 뒤를 돌
아보고 그의 정체를 알아차렸어요. 그 전까지는 잘 몰랐는데.
아무튼 잠깐 정적이 흘렀죠. 한 2~3초 정도. 그러고 났을 때 그
가 손가락질을 하면서 이렇게 말했어요. 〈나는 더 —〉」

「더 뭐요?」 내가 물었다.

프리처드는 나를 보며 미소를 지었다. 「내가 더 이상 도움이
안 되겠네. 왜냐하면 그때 웨이터가 접시를 떨어뜨렸거든요.
그 소리가 얼마나 엄청났는지 몰라요. 온 식당 안이 일시 정지
가 됐죠. 어떤 식인지 알죠? 그 가엾은 친구 — 웨이터 말이에
요 — 는 시뻘게진 얼굴로 난장판을 치우기 시작했어요. 그 뒤
로는 두 사람이 무슨 대화를 나누는지 듣지 않았어요. 미안해
요.」

「앨런이 자리에서 일어나는 건 보셨나요?」 내가 물었다.

「봤어요. 화장실에 가는 것 같던데.」

「그가 웨이터하고 대화를 나누었죠?」

「그랬을 수도 있어요. 하지만 더는 기억이 안 나요. 나는 그
때쯤 식사를 마친 터라 금방 식당에서 나왔거든요.」

〈나는 더 ─〉

이게 관건이었다. 이 두 단어는 무슨 의미든 될 수 있었다. 나는 찰스를 만나면 물어보기로 마음을 먹었다.

프리처드와 나는 칵테일을 마저 마시며 그의 할머니에 대해서 이야기했다. 그녀가 막판에 에르퀼 푸아로를 얼마나 증오하게 됐는지 생각이 날 때마다 재미있어졌다. 그녀가 그를 어떻게 표현한 걸로 유명했던가. 〈가증스럽고 말만 번드르르하며 짜증 나고 자기밖에 모르는 밥맛〉. 심지어 그녀는 그를 자기 안에서 내쫓고 싶다고 한 적도 있지 않았던가. 그는 웃음을 터뜨렸다. 「천재들이 그렇듯 할머니도 다양한 작품을 쓰고 싶었는데 출판사에서 한때 푸아로만 원하니 상당히 좌절감을 느끼셨어요. 옆에서 이래라저래라 하면 무척 짜증을 내셨거든요.」

우리는 자리에서 일어났다. 내가 주문한 진토닉이 더블이었는지 머리가 핑핑 돌았다. 「도움을 주셔서 감사해요.」 내가 말했다.

「내가 별 도움도 안 된 것 같은데요.」 그가 대답했다. 「하지만 신작이 출시된다니 기대되네요. 얘기했다시피 아티쿠스 핀트 시리즈는 항상 재미있게 읽었거든요. 그리고 콘웨이 씨는 누가 봐도 우리 할머니의 열렬한 팬이었고요.」

「작업실에 전집이 있더라고요.」 내가 말했다.

「그럴 만도 하죠. 할머니한테서 많은 걸 차용했거든요. 이름. 장소. 거의 무슨 게임 같았어요. 책을 읽어 보면 본문 안에 다양한 공통분모가 숨겨져 있더군요. 일부러 그러는 게 분명해서 그에게 의도가 뭐냐고 편지로 물어볼까 생각한 적도 몇 번 있어요.」 프리처드는 마지막으로 미소를 지었다. 그는 워낙 성격이 너그러워서 표절을 했다고 앨런을 몰아붙이지 않았지만 도널드 리와 나눈 대화가 묘하게 연상되는 대목이었다.

우리는 악수를 했다. 나는 다시 회사로 돌아가서 내 사무실 문을 닫고 원고를 꺼내서 다시 한번 살펴보았다.

그의 말이 맞았다. 『맥파이 살인 사건』에는 애거사 크리스티를 향한 은밀한 오마주가 최소한 대여섯 군데는 들어 있었다. 예를 들어 매그너스 파이 경과 그의 아내는 캅 페라의 준비에브 호텔에서 묵는다. 『골프장 살인 사건』에 나오는 별장 이름이 준비에브다. 로버트 블래키스턴은 브리스틀의 블루 보어라는 술집에서 싸움에 휘말린다. 그런데 미스 마플의 고향인 세인트 메리 미드에도 블루 보어가 있다. 레이디 파이와 잭 다트퍼드가 점심 식사를 한 카를로타스는 『에지웨어 경의 죽음』에 나오는 미국 여배우의 이름에서 따온 듯하다. 167쪽에는 일종의 말장난 같은 게 있다. 프레이저가 패딩턴에서 3시 50분에 출발하는 열차에 같이 탑승한 승객이 죽은 걸 몰랐다고 하는데, 『패딩턴발 4시 50분』을 염두에 두고 쓴 게 분명하다. 메리 블래키스턴은 셰퍼즈 팜에 산다. 『애크로이드 살인 사건』의 화자가 제임스 셰퍼드 박사이고, 그 작품의 배경인 킹스 애벗은 213쪽에서 레너드 박사가 묻힌 곳으로 소개된다.

그렇게 따지면 자장가를 활용한 『맥파이 살인 사건』의 설정 자체가 크리스티가 숱하게 활용한 장치를 의도적으로 모방했다고 볼 수 있다. 그녀는 동요를 좋아했다. 「하나, 둘, 내 구두에 버클을 달아라」, 「다섯 마리 아기 돼지」, 「열 개의 인디언 인형」(나중에 『그리고 아무도 없었다』로 출간됐다), 「히코리 디코리 덕」—이 노래들이 다 그녀의 작품에 등장한다. 일반적으로 생각하기에 어떤 작가가 다른 작가와 유사한 작품을 쓰면 수단과 방법을 가리지 않고 그 사실을 은폐할 것 같지 않은가. 그런데 앨런 콘웨이는 특이하게 정반대로 한다. 그는 무슨 생각으로 누가 봐도 빤한 푯말을 꽂았을까? 아니, 그 푯말이 가리키는 방향은 무엇일까?

그가 뭔가를 이야기하려고 했던 것일지 모른다는 생각, 그냥 재미 차원에서 아티쿠스 퓐트 시리즈를 집필한 게 아닐지 모른다는 생각이 또다시 들었다. 그가 이 시리즈를 탄생시킨 목적이 서서히 드러나고 있었다.

프램링엄으로 가는 길

　나는 돌아온 금요일에 앨런 콘웨이의 장례식 참석 차 다시 서픽을 찾았다. 찰스도 나도 초대를 받지 않았고 누가 장례식을 준비하는지도 명확하지 않았다. 제임스 테일러일까 클레어 젠킨스일까 아니면 사지드 칸일까. 지역 신문에서 소식을 접한 동생이 이메일로 시간과 장소를 알려 주었다. 동생 말로는 세인트 마이클 교회의 톰 로브슨 목사가 예배를 주관한다기에 찰스와 내가 참석하기로 했다. 둘이서 내 차를 같이 타고 갔다. 나는 좀 더 있다가 올 예정이었다.

　안드레아스가 1주일 내내 나와 함께 지냈고 주말에 내가 런던을 비운다고 하자 속상해했다. 하지만 나는 혼자만의 시간이 필요했다. 크레타 문제가 우리 곁에서 떠날 줄 몰랐고, 나는 그가 두 번 다시 이야기를 꺼내지 않았어도 대답을 기다리고 있다는 걸 알았지만 아직 대답할 마음의 준비가 되지 않았다. 아무튼 앨런의 사망 사건이 계속 내 머릿속을 어지럽혔다. 프램링엄에서 며칠 또 머물면 사라진 원고를 찾고 좀 더 포괄적으로는 애비 그레인지 사건의 진상을 파악할 수 있을 거라는 확신이 들었다. 나는 그 둘이 서로 연관성이 있다고 장담할 수 있었다. 앨런은 원고 속의 어떤 내용 때문에 살해를 당한 게 분명했다. 매그너스 파이 경을 살해한 범인을 알아내면 그를 살해한 범인도 파악할 수 있을지 몰랐다. 아니면 반대든지.

장례식은 3시에 시작됐다. 찰스와 나는 정오 직후에 런던에서 출발했고 나는 출발하자마자 실수했음을 직감했다. 기차를 타고 갔어야 하는 거였다. 차가 끔찍하게 막혔고 내 MGB의 낮은 좌석에 앉은 찰스는 어색한 표정을 감추지 못했다. 나도 불편해하며 이유를 궁금해하다가 우리가 항상 얼굴을 보고 얘기하던 사이라는 것을 뒤늦게(M25로를 막 탔을 때) 깨달았다. 그의 사무실에서는 그가 책상의 이쪽에, 내가 맞은편에 앉았다. 같이 식사를 할 때도 식당에서 마주 보고 앉았다. 회의를 할 때도 서로 테이블의 이쪽 끝과 저쪽 끝에 앉을 때가 많았다. 하지만 지금은 평소와 다르게 나란히 앉았고 나는 그의 옆모습이 익숙지 않았다. 그와 이렇게 가까이 있는 것도 낯설었다. 물론 택시나 기차를 가끔 같이 탄 적은 있었지만 내 조그만 클래식 카는 우리 둘을 민망하리만치 가깝게 만들었다. 나는 그의 피부가 어느 정도로 환자같이 보이는지 처음 깨달았다. 오랜 면도 생활로 인해 그의 턱과 목이 얼마나 까칠해졌는지 처음 깨달았다. 그는 와이셔츠에 짙은 색 양복을 입고 있었고 까만 넥타이 위로 부자연스럽게 불룩 튀어나온 후골이 나의 시선을 사로잡았다. 그는 혼자 런던으로 돌아갈 예정이었다. 나는 너무 적극적으로 내 차를 같이 타고 가자고 하지 말고 갈 때도 혼자 가게 내버려 둘 걸 그랬다는 생각이 들었다.

그래도 가장 꽉 막힌 구간에서 벗어나자 즐겁게 수다를 떨

수 있었다. A12를 탔을 무렵에는 긴장이 많이 풀려서 속도를 냈다. 내가 매튜 프리처드를 만났다고 하자 그는 관심을 보였고, 나는 그 틈에 아이비 클럽에서 저녁을 먹는 동안 어떤 일이 있었고 특히 『맥파이 살인 사건』의 제목을 두고 어떤 식으로 옥신각신했는지 다시 한번 물어보았다. 내가 그를 신문하는 것처럼 느껴지는 건 원하는 바가 아니었다. 둘이서 마지막으로 나눈 대화에 집착하는 이유를 나도 알 수가 없었다.

찰스도 내가 보이는 관심에 곤혹스러워했다. 「내가 말했잖아, 제목이 마음에 들지 않았다고.」 그가 말했다. 「텔레비전에서 하는 〈미드소머 살인 사건〉이랑 너무 비슷한 거 같았어.」

「그에게 제목을 바꾸자고 하셨죠?」

「응.」

「그랬더니 그가 거부했고요.」

「맞아. 아주 발끈했어.」

나는 웨이터가 접시를 떨어뜨리기 전에 앨런이 했던 두 마디를 그에게 알려 주었다. **나는 더** ── 그는 앨런이 무슨 말을 하려고 했는지 기억할까?

「아니. 기억이 나지 않아, 수전. 전혀 모르겠어.」

「그가 몇 년 전에 생각해 놓은 제목이라는 걸 아셨어요?」

「아니. 자네는 어떻게 알았나?」

사실은 앨런이 그에게 그렇게 말하는 걸 매튜 프리처드가 옆에서 들었다고 했다. 「예전에 저한테 그렇게 얘기한 적이 있는 것 같거든요.」 나는 거짓말을 했다.

그 후로는 앨런 얘기를 별로 하지 않았다. 우리 둘 다 장례식을 기대하지 않았다. 물론 장례식을 기대하는 사람은 없겠지만 앨런의 장례식 같은 경우에는 오로지 의무감으로 나선 자리였다. 누가 참석할지 궁금하기는 했다. 사실 나는 그날 아침에 제임스 테일러에게 연락했다. 이따 크라운 호텔에서 저녁을 같이 먹기로 했다. 멜리사 콘웨이도 올지 궁금했다. 마지막으로 얼굴을 본 지 몇 년 지났는데 안드레아스에게 들은 말도 있고 해서 만나고 싶었다. 그 세 사람은 우드브리지 스쿨에서 함께 근무했고 — 그곳은 아티쿠스 퓐트의 탄생지였다.

20분쯤 아무 말 없이 달리다 서펔 카운티가 시작된다는 표지판과 함께 서펔으로 진입했을 때 찰스가 느닷없이 선포했다. 「사장 자리에서 물러날까 생각 중이야.」

「네?」 트레일러하우스까지 뒤에 매달고 펠릭스토로 가는가 싶은 4축 대형 트럭을 추월하느라 정신이 없지 않았다면 나는 그를 빤히 쳐다보았을 것이다.

「전부터 얘기하려고 했어, 수전. 앨런의 이 일이 터지기 전부터. 그 사건이 관에 마지막 못을 박은 격이 됐어 — 지금 상황을 감안하면 섬뜩하게 부적절한 비유일지 모르겠지만. 하지만 나는 조만간 예순다섯 살이고 일레인이 일을 줄이라고 계속 쪼아대고 있거든.」 앞에서 얘기했는지 모르겠지만 일레인은 그의 부인이다. 나와 만난 적은 두세 번밖에 없었고 출판계에 거의 관심이 없었다. 「그리고 아이도 태어나잖아. 손자가 생기면 고민을 하게 되거든. 어쩌면 지금이 적당한 때인지도 모르겠어.」

「언제쯤 생각하시는데요?」 뭐라고 말을 하면 좋을지 알 수가 없었다. 찰스 클로버가 없는 클로버리프 북스는 상상이 되지 않았다. 그는 나무 벽널처럼 그곳의 일부였다.

「내년 봄쯤.」 그는 말을 멈추었다. 「자네가 혹시 맡아 주겠나?」

「뭐요 — 제가요? 사장으로요?」

「안 될 것 없잖아. 내가 회장으로 남아서 일부 개입은 하겠지만 일상적인 경영은 자네한테 넘길 거야. 자네야말로 어느 누구 못지않게 이 바닥을 잘 알잖아. 그리고 까놓고 얘기해서 내가 다른 사람을 데려다 놓으면 그 밑에서 즐겁게 일을 할 수 있겠나?」

그건 맞는 말이었다. 나는 40대를 관통하는 중이었고 나이를 먹을수록 점점 기존의 틀에서 벗어나지 못한다는 것을 어렴풋이 느끼고 있었다. 출판계에서는 한 직장을 아주 오랫동안 고수하는 사람들이 워낙 많아서 그런 모양이다. 나는 새로운 사람들에게 적응을 잘 하지 못했다. 내가 과연 회사를 맡을 수 있을까? 나는 책에 대해서는 잘 알지 몰라도 직원 관리, 회계, 고정 비용, 장기 전략, 중소기업의 일상적인 운영과 같은 그 나머지 부분에는 관심이 없었다. 이로써 이번 주 들어 두 번째로 일자리를 제안받은 셈이었다. 나는 클로버리프 사장이 될 수도 있었고 아요스 니콜라오스의 조그만 호텔을 운영할 수도 있었다. 박빙의 대결이었다.

「제가 전권을 부여받는 건가요?」 내가 물었다.

「그렇지. 재무 협정 비슷한 걸 맺어야겠지만 실질적으로는 자네 회사가 될 거야.」 그는 미소를 지었다. 「손자가 생기면 인생의 우선순위가 달라지거든. 생각해 보겠다고 얘기해 주길 바라.」

「그럼요. 저를 그 정도로 믿어 주셔서 감사해요.」

우리는 이후로 20~30킬로미터 동안 아무 말도 하지 않았다.

런던을 빠져나오는 데 필요한 시간을 잘못 계산하는 바람에 장례식에 늦을 것 같았다. 하지만 찰스가 우회전해서 브랜데스턴을 가로지르자고 한 덕분에 지난번에 다녀왔을 때 도로 공사로 발이 묶였던 얼 소험을 피할 수 있었다. 덕분에 15분을 절약했고 우리는 3시 10분 전에 넉넉히 프램링엄에 도착했다. 예전처럼 크라운 호텔에 객실을 예약해 놓았기 때문에 주차장에 MGB을 두고 갈 수 있었다. 호텔 라운지에 장례식 이후에 마실 음료가 벌써부터 준비돼 있어서 얼른 커피를 마시고 밖으로 나가서 도로를 건넜다.

장례식이 열릴 예정이었다…….

『맥파이 살인 사건』이 이 문장으로 시작됐다.

파눔은 묏자리 주변에 모인 다른 조문객들 속으로 섞여 들어가는데 아이러니가 느껴졌다.

이름이 완벽하게 소개하자면 대천사 세인트 미카엘인 그 교회는 마을에 비해 규모가 너무 크긴 했다. 하지만 각 교구마다 신도들의 일상 속으로 파고들어 가야 할 필요성을 느끼기라도 하는지, 주변 풍경과 전투를 벌이는 기념비적인 건물들이 서퍽 전체에 드문드문 박혀 있었다. 그래서 마음이 불편했다. 그냥 답답한 정도가 아니라 엉뚱한 곳에 와 있는 듯한 느낌이 들었다. 철문 너머를 흘끗 돌아보니 놀랍게도 번잡한 도로 저편으로 미스터 챈스 중국 음식점이 보였다. 공동묘지도 어딘지 모르게 이상한 구석이 있었다. 지대가 살짝 높아서 시신이 도로보다 높은 곳에 묻혔고, 잔디는 너무 파릇파릇했고, 비뚤배뚤하게 군집한 묘소 주변으로 공간이 워낙 넓어서 규모의 경제가 적용되지 않았다. 공동묘지 자체가 너무 복잡한 동시에 너무 횅뎅그렁한데, 앨런이 그런 곳을 자기 묘지로 선택했다. 그래도 자기 묘소만큼은 신중하게 선택한 듯했다. 정중앙이었고 양옆에 아일랜드 주목이 한 그루씩 있었다. 교회를 가는 길에 어느 누구도 못 보고 지나칠 수 없었다. 그의 바로 옆자리 주인은 거의 1세기 전에 세상을 떠난 사람이었고 흙을 파놓은 곳은 이제 막 생긴 흉터 같아서 거기 있을 권리가 없는 듯이 느껴졌다.

그새 날씨가 달라졌다. 우리가 런던을 나섰을 때만 해도 화창하더니 지금은 하늘이 잿빛이었고 가느다란 보슬비가 허공을 갈랐다. 앨런이 『맥파이 살인 사건』 도입부에 장례식을 등장시킨 이유를 알 수 있었다. 주요 인물들을 한자리에 모아 놓고 작가의 입장에서 그들을 느긋하게 살펴보기에 유용한 장치였다. 내가 지금 그러고 있었다. 놀랍게도 내가 아는 사람이 많았다.

먼저 검은색의 유명 브랜드 레인코트를 입은 제임스 테일러는 머리가 젖어서 목에 들러붙었고 어딜 봐도 스파이 소설에서 막 걸어 나온 사람 같았다. 애써 우울하고 침착한 표정을 지으려고 했지만 삐져나오는 미소를 어쩌지 못했다. 미소가 입가를 장식한 게 아니라 눈빛과 서 있는 자세에서 느껴졌다. 사지드 칸이 우산을 들고 그의 옆에 서 있었다. 두 사람이 함께 도착했다. 그러니까 제임스가 유산을 물려받았다는 뜻이었다. 앨런이 가장 최근에 작성한 유언장에 서명을 하지 못해서 애비 그레인지와 나머지 모든 재산이 그의 것이 됐다는 걸 알고 있다는 뜻이었다. 흥미진진한 대목이었다. 제임스가 나를 보고 목례를 하자 나는 미소로 화답했다. 왜 그랬는지 모르겠지만 잘됐다는 생각이 들었고 앨런의 그의 손에 죽었을지 모른다 한들 상관없었다.

클레어 젠킨스도 있었다. 검은색 옷을 입고 흐느껴 우느라 빗물에 섞인 눈물이 뺨을 타고 흘러내렸다. 손수건을 쥐고 있었지만 이미 무용지물이 됐을 것이다. 한 남자가 장갑 낀 손으로 어색하게 그녀의 팔을 잡고 옆에 서 있었다. 초면이었지만 다시 만나면 금세 기억할 인물이었다. 먼저 그는 장례식에 참석한 유일한 흑인이었다. 그리고 팔과 어깨는 탄탄하고 목은 두껍고 눈빛은 강렬해서 비범한 존재감을 과시했다. 처음에는 전직 레슬링 선수인가 싶었지만 — 체격이 그랬다 — 경찰일 가능성이 더 크겠다는 생각이 들었다. 클레어가 서퍽 경찰서에서 근무한다고 했다. 나를 요리조리 피해서 평행선을 그려 가며 수사를 진행 중인 로크 경정일까?

거대하게 솟은 교회 탑을 등지고 혼자 서 있는 남자에게로 내 시선이 향했다. 교회가 이 마을에 비해 너무 크다면 그 탑은 교회에 비해 너무 컸다. 맨 먼저 눈에 띈 것은 헌터 웰링턴 장화였다. 새것이고 밝은 주황색이었다 — 조문객치고 희한한 선택이었다. 얼굴은 거의 보이지 않았다. 납작한 모자를 푹 눌러썼고 바버 방수 재킷의 옷깃을 세워 놓았다. 내가 지켜보는 가운데 휴대 전화가 울리자 그는 무음 모드로 바꾸는 대신 몸을 돌리며 전화를 받았다. 「존 화이트입니다……」 그가 자기 이름을 밝히는 소리가 들렸지만 그것으로 끝이었다. 그래도 나는 그의 정체를 파악했다. 앨런이 죽기 직전에 사이가 틀어졌다던, 옆집에 사는 헤지 펀드 매니저였다.

예배가 시작되길 기다리며 조문객을 훑어보니 공동묘지의 전몰 기념비 옆에 멜리사 콘웨이와 아들이 서 있었다. 그녀는 레인코트를 얼마나 단단히 동여맸는지 그러다 몸이 두 동강 나는 게 아닌가 싶을 정도였다. 주머니 깊숙이 손을 꽂고 스카프로 머리를 덮었다. 이제 10대 후반이 된 그의 아들이 없었다면 그녀를 못 알아볼 수도 있었다. 그는 아버지를 빼다 박았고 — 그중에서도 말년의 아버지를 빼다 박았다 — 조금 큰 짙은 색 양복을 입고 불편해했다. 그는 이 자리에 있는 걸 좋아하지 않았다. 그러니까 화가 나 있었다. 살의 비슷한 것으로 눈을 번뜩이며 무덤을 빤히 쳐다보고 있었다.

멜리사를 마지막으로 만난 지 최소 6년이 지났다. 그녀는 런던의 독일 대사관에서 열린 『아티쿠스 핀트, 사건을 맡다』 출간 기념회에 참석한 적이 있었다. 샴페인과 미니 브라트부르스트[15]를 곁들인 저녁 행사였다. 나는 그때 안드레아스를 가끔 만나고 있었기 때문에 그를 공통분모 삼아서 그녀와 대화 비슷한 것을 나눌 수 있었다. 내가 기억하기로 그녀는 깍듯했지만 심드렁했다. 작가의 배우자 생활이 별로 재미있지는 않을 테고 그녀는 기대에 부응하느라 그 자리에 참석한 것임을 분명히 했다. 그녀는 거기서 아는 사람이 아무도 없었고 어느 누구도 그녀에게 할 말이 없었다. 우리 둘이 우드브리지 스쿨에서 제대로 인사를 주고받지 않은 게 아쉬울 따름이었다. 나는 앨런과 연관이 없는 부분에서는 그녀에 대해 아는 게 없었다. 그녀는 실려 오는 게 관이 아니라 카나페라도 되는 듯이 그때처럼 멍한 표정을 짓고 있었다. 이 자리에 참석한 이유가 궁금했다.

영구차가 도착했다. 관이 앞으로 옮겨졌다. 교회에서 목사가 걸어 나왔다. 신문에 소개된 톰 로브슨 목사였다. 나이는 쉰 살쯤 되어 보였고 초면이었지만 목사라는 걸 한눈에 알아차릴 수

15 훈제한 독일 소시지.

있었다. 〈……비석 같은 얼굴과 길고 살짝 헝클어진 머리칼이 특징인 목사.〉 앨런은 『맥파이 살인 사건』에서 로빈 오즈번을 이렇게 묘사했고 그 기억이 났을 때 떠오른 또 다른 생각이 있었다. 나는 공동묘지로 들어오는 길에 벽보에 적힌 그의 이름을 보았다. 그래서 시각적인 힌트를 금세 파악할 수 있었다.

로브슨Robeson의 철자 순서를 바꾸면 오즈번Osborne이 된다. 이것도 앨런만 아는 장난이었다. 제임스 테일러는 제임스 프레이저가, 클레어는 클라리사가 되었고 이제 와 생각해 보니 헤드 펀드 매니저 존 화이트는 돈을 두고 옥신각신한 것 때문에 중고 가구상이자 잡범인 조니 화이트헤드가 되었다. 지극히 평범한 장례식이 열리고는 있었지만 내가 알기로 앨런은 신앙심이 깊지 않았는데 목사하고는 어떤 관계였고 그 관계를 자기 소설에서 기념하기로 결심한 이유가 뭔지 궁금해졌다. 오즈번은 내 용의자 명단에서 3번이었다. 메리 블래키스턴은 그의 책상 위에서 비밀 비슷한 것을 발견했다. 로브슨에게 앨런을 살해할 이유가 있을 수도 있을까? 조금 험상궂고 아무 특징 없는 이목구비와 비에 젖어서 처량하게 늘어진 사제복 때문인지 분명 복수심에 불타는 살인범 역할에 어울려 보이기는 했다.

그는 전 세계의 수많은 사람들에게 즐거움을 선사한 유명 작가라고 앨런을 소개했다. 장례식 주인공이 아니라 라디오 4의 퀴즈 프로에서 참가자를 소개하는 듯했다. 「앨런 콘웨이는 비극적인 상황 속에서 너무 일찍 우리들 곁을 떠났지만 문학계의 심장과 머릿속에 남으리라 믿습니다.」 문학계에 심장이라는 게 있는지의 여부는 차치하더라도 그가 그럴 가능성은 없어 보였다. 내 경험상 세상을 떠난 저자는 엄청난 속도로 잊혔다. 심지어 현존하는 저자들마저도 서가를 차지하고 있기 어려웠다. 신간은 너무 많고 서가는 너무 좁았다. 「앨런은 우리 나라에서 가장 유명한 미스터리 작가였습니다.」 그는 말을 이었다. 「그는 인생의 대부분을 서퍽에서 보냈고 항상 이곳에 묻히길 원했습니다.」 『맥파이 살인 사건』에서는 추도사에 살인 사건과 관련 있는 정보가 숨겨져 있다. 원고 거의 말미에 이르러 퓐트는 사건을 해결할 단서를 설명하며 콕 집어서 〈목사가 한 추도사〉를 운운했다. 안타깝게도 로브슨의 추도사는 의도라도 한 듯 밋밋하고 평범했다. 그는 제임스나 멜리사를 언급하지 않았다. 우정이나 인정이나 유머나 개인적인 습관이나 조그만 선행이나 특별한 순간 등 누군가가 세상을 떠났을 때 사람들이 그리워하는 부분들에 대해서 전혀 이야기하지 않았다. 앨런이 공원에서 훔친 대리석상이었더라도 톰 로브슨 목사는 그보다 더 관심이 없을 수 없었을 것이다.

기억에 남는 부분은 딱 한 군데뿐이었다. 이 부분을 들었을 때 나중에 목사에게 거기에 대해서 물어보면 어떨까 하는 생각이 들었다.

「요즘은 이 공동묘지에 묻히는 고인이 거의 없죠.」 그가 말했다. 「하지만 앨런은 여길 고집했습니다. 그가 거액을 헌금한 덕분에 우리 교회는 보수가 시급하던 채광창과 본관의 성단소 아치를 공사할 수 있었습니다. 그 대가로 그는 이곳의 안식처를 요구했는데 제가 무슨 자격으로 그걸 거부할 수 있었겠습니까?」 그는 농담이라는 듯이 미소를 지었다. 「앨런은 평생 위압적인 성격을 고수했고 저는 일찌감치 그의 성격을 간파했지요. 저는 그의 마지막 소원을 거부하지 않을 겁니다. 그의 헌금으로 세인트 마이클이 미래를 보장받았으니 그는 이곳에, 이 교회 안에 머무르는 게 맞는다고 봅니다.」

추도사에서 전체적으로 가시가 느껴졌다. 어떻게 보면 앨런은 아량이 넓었다. 따라서 여기에서 잠들 자격이 있었다. 하지만 사실은 그게 아니었다. 앨런이 그걸 〈요구〉했다. 그는 〈위압적인 성격〉이었다. 그리고 목사는 〈그의 성격을 일찌감치 간파〉했다. 앨런과 목사 간에는 모종의 과거가 있었다. 추도사에서 앞뒤가 안 맞는 부분이 있다고 느낀 사람이 과연 나밖에 없었을까?

나는 장례식이 끝나자마자 찰스의 생각을 묻기로 마음먹었지만 끝까지 자리를 지키지 못했다. 빗줄기가 잦아들기 시작했을 무렵, 로브슨은 마무리에 들어갔다. 희한하게도 그는 앨런을 까맣게 잊었다. 프램링엄의 역사와 그중에서도 특히 교회 안에 무덤이 있는 노퍽 공 토머스 하워드에 대해 소개를 늘어놓았다. 잠깐 내 주의가 산만해졌고 그때 뒤늦게 도착했을 게 분명한 조문객 한 명이 내 눈에 들어왔다. 그는 입구에 선 채로 장례식을 멀리서 지켜보며 당장이라도 자리를 뜨고 싶어 했다. 목사의 추도사가 이어지고 있는데도 내가 지켜보는 가운데 몸을 돌려서 처치 스트리트로 나섰다.

그의 얼굴은 보지 못했다. 검은색 페도라를 쓰고 있었다.

「그냥 계세요.」 나는 찰스에게 속삭였다. 「호텔에서 만나요.」

아티쿠스 퓐트는 2백 페이지 정도가 지난 다음에서야 메리 블래키스턴의 장례식에 참석한 남자의 정체를 알아차렸다. 나는 그렇게 늦게까지 기다릴 수 없었다. 나는 목사에게 목례를 하고 조문객 틈바구니에서 빠져나와 추적에 나섰다.

아티쿠스의 모험

　나는 처치 스트리트와 마켓 스퀘어가 만나는 모퉁이에서 페도라를 쓴 남자를 따라잡았다. 그는 일단 공동묘지에서 빠져나오자 좀 전처럼 얼른 벗어나고 싶어서 서두르지 않았다. 빗줄기가 마침내 잦아들고 몇 줌의 환한 햇살이 물웅덩이를 비추기 시작한 것도 도움이 됐다. 그는 여유를 부렸고 덕분에 나는 숨을 고른 뒤에 그에게 다가갈 수 있었다.

　그는 본능적으로 고개를 돌렸고 나를 보았다. 「네?」

　「제가 장례식장에 있다가 나오는 길인데요.」 내가 말했다.

　「저도 그렇습니다만.」

　「혹시…….」 그제야 뭐라고 말하면 좋을지 도무지 모르겠다는 데 생각이 미쳤다. 설명하기가 너무 어려웠다. 나는 내가 아는 한 아무도 알아차리지 못한 살인 사건을 조사하는 중이었다. 그의 뒤를 밟은 이유는 오로지 모자 때문이었고 모자와 이 사건의 연관성은 거의 없다고 보아도 무방했다. 나는 숨을 들이마셨다. 「제 이름은 수전 라일랜드예요. 클로버리프 북스에서 앨런의 담당 편집자였고요.」

「클로버리프요?」 그는 우리 회사를 알았다. 「아. 몇 번 통화를 한 적이 있죠.」

「그랬나요?」

「당신하고가 아니라. 그 여자분 이름이…… 루시 버틀러요.」 루시는 저작권 담당자였다. 내 바로 옆방이 그녀의 사무실이었다. 「아티쿠스 퓐트 건으로 그녀와 통화한 적이 있어요.」 문득 그의 정체를 알 것 같아서 물어볼 필요가 없어졌다. 「나는 마크 레드먼드라고 합니다.」 그가 말했다.

찰스와 나는 주간 회의 때 레드먼드와 그의 회사 ─ 레드 헤링[16] 프로덕션이었다 ─ 에 대해서 종종 이야기를 나누었다. 그는 텔레비전 프로그램과 영화 제작자였고 아티쿠스 퓐트의 판권을 따내 BBC와 함께 프로그램을 개발하는 중이었다. 루시는 소호의 사무실로 찾아가 그를 만나고 돌아와서는 긍정적인 평가를 내렸다. 직원들이 젊고 열정이 넘치며, 영국 영화 및 텔레비전 예술상 트로피로 도배가 되어 있고, 전화벨이 계속 울리고, 퀵서비스 기사들이 계속 들락거려서 뭔가를 만들 줄 아는 회사라는 인상을 풍긴다고 했다. 회사 이름을 보면 알 수 있다시피 레드 헤링은 살인 추리 소설 전문이었다. 레드먼드는 「베르주라크」[17]의 잔심부름꾼으로 일을 시작했을 당시 촬영장이었던 저지섬 일대를 누비고 다녔을 것이다. 이후 대여섯 편의 프로그램 제작을 돕다 자기 회사를 차렸다. 아티쿠스는 그가 처음으로 독립 제작하는 작품이 될 예정이었다. 내가 알기로는

---

16 실제로는 훈제 청어라는 뜻인데 추리 소설에서 진범을 짐작하지 못하게 작가가 뿌려 놓는 미끼, 신문이나 잡지에서 문제의 본질을 흐리기 위해 화제를 엉뚱한 방향으로 돌리려는 시도 등을 가리킨다.

17 영국의 텔레비전 시리즈.

BBC에서도 관심을 보였다.

나는 사실 그를 만나서 반가운 마음이 컸다. 그의 미래와 나의 미래가 한데 엮여 있었다. 텔레비전 시리즈로 제작되면 책이 전혀 새로운 전기를 맞이할 수 있었다. 표지를 바꾸고 홍보도 다시 해서 완전히 새롭게 재출간할 수 있었다. 『맥파이 살인사건』의 문제를 감안했을 때 텔레비전 시리즈 제작이 그 어느 때보다 절실한 시점이었다. 내가 클로버리프 북스를 넘겨받아서 경영할 작정이라면 이 회사 최고의 스타 작가가 필요했다. 고인이 되었더라도 상관없었다. 레드 헤링 프로덕션이라면 그걸 가능하게 만들어 줄 수 있을지 몰랐다.

그는 런던으로 출발하려는 참이었지만 — 차를 타고 왔고 기사가 광장에서 기다리고 있었다 — 내가 잠깐 얘기 좀 하자고 붙잡아서 호텔 맞은편의 조그만 카페로 데리고 들어갔다. 거기라야 방해를 받지 않고 대화를 나눌 수 있을 가능성이 컸다. 그가 페도라를 벗자 말끔하게 빗어 넘긴 까만 머리와 작은 눈이 드러났다. 외모가 준수했고 호리호리한 체구에 값비싼 옷을 입고 있었다. 텔레비전에서 이력을 쌓은 사람답게 텔레비전에 나오는 인물 같은 분위기를 풍겼다. 그가 프로그램을 진행하는 모습이 그려졌다. 라이프 스타일 아니면 금융을 다루는 프로그램일 것이다.

나는 커피를 두 잔 주문했고 우리는 대화를 나누기 시작했다.

「장례식장에서 일찍 나오셨네요.」 내가 말했다.

「솔직히 내가 여길 찾아온 이유도 모르겠어요. 그와 함께 일을 했으니까 당연히 참석해야겠다 싶었는데 막상 도착하고 보니 잘못 판단했다는 생각이 들더라고요. 아는 사람도 없고 날은 춥고 비도 오고. 그래서 그냥 빠져나오고 싶었어요.」

「그를 마지막으로 만난 게 언제였나요?」

「그걸 왜 물어보시는데요?」

나는 별일 아니라는 듯 어깨를 으쓱했다.「그냥 궁금해서요. 앨런의 자살이 저희로서는 엄청난 충격이라 왜 그랬는지 이유를 파악하려는 중이거든요.」

「2주 전에 만났어요.」

「런던에서요?」

「아뇨. 사실 내가 그의 집으로 찾아갔어요. 토요일이었고요.」

앨런이 죽기 전날이었다.

「그가 불러서 간 거였나요?」

레드먼드는 짧게 웃음을 터뜨렸다.「그가 부르지도 않았는데 그 먼 길을 달려갔겠어요? 시리즈에 대해서 얘기하고 싶다면서 같이 저녁을 먹자고 했어요. 나는 앨런이 어떤 사람인지 알았기 때문에 거절하지 않는 게 좋겠다고 생각했고요. 이미 그쪽에서 충분히 까다롭게 굴고 있었기 때문에 더 이상 마찰을 피하고 싶었거든요.」

「어떤 마찰이요?」

그는 무시하는 눈빛으로 나를 쳐다보았다.「앨런이 얼마나 끝내주는 인간인지 내 입으로 굳이 이야기할 필요는 없을 것 같은데요.」그가 말했다.「그의 담당 편집자였다면서요. 설마 그가 당신은 고생시킨 적 없다고 말하려는 건 아니겠죠? 나는 아티쿠스 퓐트 이야기를 들은 적이 없길 바랄 정도였어요. 얼마나 나를 괴롭혔는지 내 손으로 죽이고 싶을 정도였다고요!」

「죄송해요.」내가 말했다.「그런 줄 전혀 몰랐어요. 정확히 뭐가 문제였는데요?」

「도무지 끝이 없었죠.」 커피가 나왔고 그는 숟가락으로 계속 원을 그리며 앨런 콘웨이와의 작업에 대해 이야기했다. 「애초에 옵션 계약서에 서명을 받는 것부터 힘들었어요. 우라질 J. K. 롤링도 아니면서 어찌나 엄청난 금액을 요구하던지. 내 입장에서는 그게 리스크 머니였는데. BBC하고 완벽하게 계약을 맺기 전이라 전부 날릴 수도 있었단 말이죠. 그런데 그건 시작에 불과했어요. 그는 뒤로 물러나 있을 생각이 없었어요. 제작을 총괄하겠다고 하더라고요. 뭐, 그건 얼마든지 있을 수 있는 일이에요. 그런데 텔레비전 드라마 대본을 쓴 적이 전혀 없으면서 각색도 자기가 직접 하겠다고 고집을 부렸고 BBC 측에서는 전혀 탐탁지 않아 했어요. 그는 캐스팅 승인권도 요구했어요. 그게 제일 골칫거리였죠. 캐스팅을 승인하는 작가가 어디 있다고! 자문이라면 모르겠는데, 그 정도로는 성에 안 찬다는 거였어요. 거기다 발상은 어찌나 황당한지. 그가 아티쿠스 퓐트 역을 누구한테 맡기고 싶어 했는지 알아요?」

「벤 킹즐리요?」 나는 슬쩍 넘겨짚었다.

그는 나를 빤히 쳐다봤다. 「그가 얘기하던가요?」

「아뇨. 하지만 앨런이 그의 팬이었다는 걸 알거든요.」

「뭐, 맞아요. 안타깝게도 그건 어림없는 이야기였죠. 킹즐리가 그 역을 맡을 리도 없거니와 일흔다섯 살이라 너무 나이가 많거든요. 우리는 그 문제를 놓고 싸웠어요. 모든 걸 놓고 싸웠어요. 나는 『밤은 찾아들고』에서부터 시작하고 싶었어요. 내가 보기에는 그게 가장 수작이거든요. 하지만 그는 그것도 싫다고 했어요. 이유는 밝히지 않고 그냥 싫다면서. 옵션 계약이 종료

138

되는 시한을 앞두고 있어서 내가 얼마나 말을 골라 가면서 해야 했는지 몰라요.」

「그래도 계속 강행하실 생각인가요?」 나는 물었다. 「그가 죽었는데도요?」

레이먼드의 표정이 눈에 띄게 밝아졌다. 그는 숟가락을 내려놓고 커피를 마셨다. 「그가 죽었기 **때문에** 계속 강행할 거예요. 솔직하게 얘기해도 될까요, 수전? 고인을 욕하면 안 되는 거겠지만 그가 떠난 게 내 인생 최고의 사건이에요. 이미 제임스 테일러하고 얘기했어요. 이제는 저작권이 그에게로 넘어갔는데 상당히 서글서글해 보이더군요. 이미 계약 기간을 1년 더 연장해 주기로 했는데 그때쯤이면 모든 준비를 마칠 수 있을 거예요. 아홉 권을 모두 제작하고 싶어요.」

「맨 마지막 작품은 완결을 하지 못했는데요.」

「그건 우리가 알아서 할 수 있어요. 상관없어요. 〈미드소머 살인 사건〉은 모두 104편이지만 원작자가 쓴 책은 겨우 일곱 권이에요. 〈셜록〉도 보세요. 코넌 도일은 꿈도 꾸지 못했을 프로젝트잖아요. 운만 조금 따라 주면 〈아티쿠스의 모험〉을 열두 시즌 만들 수 있을 거예요. 우리가 생각한 제목이 그거예요. 나는 퓐트라는 이름이 별로 마음에 들지 않았어요. 너무 외국인 같고 당신은 동의하지 않을지 모르지만 u 위에 찍힌 움라우트에 정이 안 가거든요. 하지만 아티쿠스는 좋아요. 『앵무새 죽이기』가 생각나요. 이제 준비에 박차를 가해서 괜찮은 작가를 영입하면 내 인생이 훨씬 편안해질 거예요.」

「시청자들이 이제 살인 사건이라면 지긋지긋하게 여기지 않을까요?」 내가 물었다.

「농담이죠? 〈모스 경감〉, 〈태거트〉, 〈루이스〉, 〈포일의 전쟁〉, 〈인데버〉, 〈어 터치 오브 프로스트〉, 〈루터〉, 〈린리 경위 미스터리〉, 〈크래커〉, 〈브로드처치〉, 그리고 심지어 우라질 〈경감 메그레〉와 〈발란더〉에 이르기까지 — 살인 사건이 없으면 영국 텔레비전은 화면 위의 한 점으로 스러질 거예요. 심지어 멜로드라마에서도 사람을 죽이는 판국인데요. 이건 전 세계적으로 마찬가지예요. 미국에서는 아이들이 초등학교를 졸업할 때까지 평균 8천 건의 살인 사건을 접한대요. 생각을 하게끔 만드는 대목이죠?」 그는 문득 자리에서 일어나고 싶어 안달이 난 사람처럼 남은 커피를 마저 마셨다.

「앨런 콘웨이가 무슨 일로 부른 거였어요?」 나는 그에게 물었다. 「2주 전에 만났을 때 말이에요.」

그는 어깨를 으쓱했다. 「진행이 더디다고 투덜거렸어요. BBC가 어떤 식인지 모르고서 한 얘기죠. 어떨 때는 전화 통화를 하기까지 몇 주가 걸리기도 하는데. 사실은 그쪽에서 그의 대본을 마음에 안 들어 했어요. 물론 그에게 그 얘기는 하지 않았죠. 우리 쪽에서 다른 작가를 찾는 중이었어요.」

「옵션 얘기도 나왔나요?」

「네.」 그는 잠깐 머뭇거렸고 자신감이라는 그의 갑옷에 처음으로 균열이 생겼다. 「접촉 중인 제작사가 또 한 군데 있다고 하더라고요. 내가 〈아티쿠스의 모험〉에 이미 몇천 달러를 투자했는데 그건 안중에도 없더군요. 그는 얼마든지 원점으로 돌아갈 기세였어요.」

「그래서 그날 뭘 했어요?」 내가 물었다.

「그의 집에서 점심을 먹었어요. 시작부터 조짐이 좋지 않았어요. 내가 늦었거든요. 얼 소험에서 막 시작된 도로 공사 때문에 발목이 붙잡혀서 — 무슨 관을 깔고 있더라고요 — 그랬더니 그가 저기압이더라고요. 아무튼 둘이서 대화를 나누었죠. 나는 열심히 설득했어요. 그는 다시 연락을 주겠다고 했고요. 오후 3시쯤에 나와서 집으로 돌아갔어요.」 그는 빈 잔을 흘끗 내려다보았다. 이제 그만 일어나고 싶은 것이었다. 「커피 잘 마셨어요. 만나서 반가웠고요. 제작 승인이 떨어지자마자 연락할게요.」

마크 레드먼드는 내게 계산을 떠넘기고 카페를 나섰다. **내 손으로 죽이고 싶을 정도였다고요.** 『미드소머 살인 사건』의 팬이 아니라도 이 말을 들으면 동기를 파악할 수 있을 테고 명백성을 기준으로 따졌을 때 이로써 레드먼드가 용의자 명단의 최상단에 자리매김했다. 그렇기는 하지만 내가 예상하지 못한 부분이 하나 있었다. 그날 오후 늦게 크라운 호텔에 체크인했을 때 나는 숙박부를 뒤로 몇 장 넘겨 보았다. 충동적으로 저지른 짓이었는데 — 있었다. 마크 레드먼드의 이름이 있었다. 그가 이 호텔에 체크인해서 이틀 동안 있다 갔다. 프런트 직원에게 물어보자 그가 월요일 아침 식사를 마치고 갔다는 걸 기억하고 있었다. 부인과 함께. 그는 부인과 같이 왔다는 이야기를 하지 않았다.

하지만 그건 상관없는 부분이었다. 중요한 건 앨런의 사망 시점에 그가 프램링엄에 있었다는 사실이었다. 그러니까 그가 거짓말을 했다는 사실이었다. 내가 생각할 수 있는 그럴듯한 이유는 딱 하나뿐이었다.

장례식이 끝나고

크라운 호텔에 들어가 보니 리셉션 홀이 사람들로 북적거리고 있었다. 장례식은 참석자가 겨우 40명 정도에 불과했고 조금 듬성듬성해 보였는데 두 곳에서 장작불이 이글거리고, 레드와인과 화이트와인이 오가고, 샌드위치와 소시지 롤이 담겨진 쟁반이 놓인 프런트 라운지에서는 파티 비슷한 분위기가 감돌았고, 공짜로 와인을 마시고 음식을 먹을 수 있었으니 누가 죽었는지 알지 못하는 호텔 손님들까지 몇 명 합류했다. 내가 들어서자 아내 — 슬라이드 사진을 보고 알았다 — 와 함께 참석한 사지드 칸이 인사를 건넸다. 예전 고객이 죽은 게 아니라 파일로 정리가 돼서 전혀 새로운 사업의 기회가 열리기라도 한 듯이 유난히 기분이 좋아 보였다. 제임스 테일러가 그 옆에 서 있다가 내가 지나가자 딱 세 단어를 중얼거렸다. 「이따 저녁에 만나요.」 그는 한시라도 빨리 벗어나고 싶어서 안달이 난 눈치였다.

찰스는 톰 로브슨 목사와 열띤 대화를 나누고 있었다. 목사는 공동묘지에서 보았을 때보다 덩치가 훨씬 컸다. 찰스와 다른 조문객들을 너끈히 압도했다. 비가 내리지 않는 지근거리에서 보았더니 얼마나 외모가 볼품이 없는지 느낄 수 있었다. 두 눈은 칙칙했고 너무 출전을 많이 한 권투 선수처럼 이목구비가 살짝 어그러졌다. 사제복을 벗고 소매를 덧댄 낡아 빠진 스포츠 재킷을 입고 있었다. 내가 다가가는 동안 그는 먹다 만 샌드위치로 잽을 날리며 자기 생각을 강조하고 있었다.

「……하지만 살아남지 못할 마을들도 있단 말이죠. 가족들이 해체되고 있어요. 도덕적으로 정당화될 수 없는 일이죠.」

내가 합류하자 찰스는 살짝 짜증이 난 눈빛으로 나를 흘끗 쳐다보았다. 「어디 갔다 왔어?」 그가 물었다.

「아는 사람이 보여서요.」

「갑자기 뛰쳐나가던데.」

「네. 혹시라도 놓칠까 봐 그랬어요.」

그는 다시 목사 쪽으로 고개를 돌렸다. 「이분은 톰 로브슨 목사님. 이쪽은 수전 라일랜드입니다. 지금 세컨드 하우스 이야기를 하고 있었어.」 그가 덧붙였다.

「사우스월드, 던위치, 월버스윅, 오퍼드, 싱글 스트리트 — 해변이 장악당하고 있어요.」 로브슨은 하고 싶은 말은 하고 넘어가야 직성이 풀리는 성격이었다.

내가 말허리를 잘랐다. 「목사님께서 장례식 때 하신 추도사를 듣고 궁금해진 게 있는데요.」

「아, 그래요?」 그는 멀뚱멀뚱 나를 쳐다보았다.

「젊었을 때부터 앨런과 알고 지낸 사이셨나요?」

「네. 오래전에 만났죠.」

쟁반을 든 웨이터가 옆으로 지나가자 나는 화이트와인 잔을 잽싸게 낚아챘다. 뜨뜻하고 김이 빠진 피노 그리지오 같았다.
「앨런이 목사님을 못살게 굴었다고 하셨죠?」

이렇게 묻기는 했지만 어불성설처럼 느껴졌다. 앨런은 건장한 육체를 자랑한 적이 없었고 어렸을 때는 로브슨의 몸집이 그의 두 배는 됐을 것이었다. 「나는 그런 말을 한 적이 없는데요, 라일랜드 양.」

「그가 묏자리를 요구했다고 하셨잖아요.」

「나는 그런 표현을 쓴 적이 없어요. 앨런 콘웨이는 우리 교회에 남다른 기여를 했어요. 요구 같은 건 전혀 한 적이 없고요. 그가 나중에 여기 묘지에 묻힐 수 있겠느냐고 물었을 때 거절하면 내가 배은망덕한 사람이 되겠다는 생각이 들었을 뿐이에요. 물론 특별 신청을 해야 했지만요.」 목사는 빠져나갈 구실을 찾는 듯 내 어깨 너머를 흘끗거렸다. 만약 그가 손에 조금만 더 힘을 주었다면 잡고 있던 엘더베리 주스 잔이 터져 버렸을 것이다. 「만나서 반가웠습니다.」 그가 말했다. 「클로버 씨도요. 저는 이제 그만…….」

그는 우리 둘 사이를 빠져나가서 사람들 속에 섞여 들어갔다.

「도대체 왜 이러는 거야?」 찰스가 물었다. 「득달같이 달려나가서 만난 사람은 또 누구고?」

두 번째 질문이 대답하기 좀 더 쉬웠다. 「마크 레드먼드요.」 내가 말했다.

「그 제작자?」

「네. 그가 앨런이 사망한 주말에 여기 있었던 거 아세요?」

「왜?」

「앨런이 텔레비전 시리즈 〈아티쿠스의 모험〉 건으로 그를 만나고 싶어 했대요. 레드먼드가 그러는데 앨런 때문에 골치가 아팠다고 하더라고요.」

「이해가 안 되는군, 수전. 그와 이야기를 나누고 싶어 한 이유가 뭔가? 좀 전에 목사님을 그렇게 공격한 이유는 또 뭐고? 거의 취조하다시피 하던데. 도대체 무슨 생각으로 그러는 거야?」

그에게 실토하는 수밖에 없었다. 지금까지 왜 함구하고 있었는지 모를 일이었다. 그래서 나는 전말을 털어놓았다. 클레어 젠킨스와의 만남, 자살 유서, 아이비 클럽……. 찰스는 아무 말 없이 귀를 기울였고 나는 이야기를 하면 할수록 점점 어처구니없게 들리는 듯한 느낌에 휩싸였다. 그는 내 말을 믿지 않았고 듣고 있자니 나 역시도 내가 하는 이야기가 믿기지 않았다. 두 말하면 잔소리지만 내 주장을 뒷받침할 만한 증거가 거의 또는 전혀 없었다. 마크 레드먼드가 이 호텔에 며칠 묵기는 했다. 그렇다고 그를 용의자로 지목할 수 있을까? 어떤 웨이터가 창작 아이디어를 도난당했다. 그렇다고 그가 서퍽까지 찾아와서 복수를 감행했을까? 변함없는 사실이 있다면 앨런 콘웨이가 심각한 병에 걸렸다는 것이었다. 어차피 죽을 사람을 살해할 이유가 뭐가 있을까?

이야기가 끝났다. 찰스는 고개를 저었다. 「살해당한 살인 추리 소설 작가라.」 그가 말했다. 「진심으로 그렇게 생각하나, 수전?」

「네, 사장님.」 내가 말했다. 「그런 것 같아요.」

「아무한테라도 이야기한 적 있나? 경찰에 신고는 했고?」

「왜요?」

「두 가지가 걱정이 돼서. 자네가 웃음거리로 전락하는 건 보고 싶지 않거든. 그리고 솔직히 자네 때문에 회사가 더 난처해질 수 있다는 게 내 생각이야.」

「사장님……」 나는 말문을 열었지만 누군가가 포크로 유리잔을 두드리는 소리가 들리자 주변이 조용해졌다. 나는 두리번거렸다. 제임스 테일러가 사지드 칸을 거느리고 객실로 올라가는 계단에 서 있었다. 그는 주변의 어느 누구보다 아무리 못해도 열 살은 어려 보였고 그보다 더 이 자리에 어울리지 않아 보일 수 없었다.

「여러분.」 그가 말문을 열었다. 「사지드가 몇 마디 하라고 해서…… 우선 오늘 이 자리의 준비를 도맡아 준 그에게 고맙다는 인사부터 전하고 싶습니다. 여러분도 대부분 아시겠지만 저는 불과 얼마 전까지 앨런의 파트너로 지내며 그에게 깊은 애정을 느꼈기에 앞으로도 많이 그리워할 겁니다. 향후 계획을 묻는 분들이 많으시던데, 저는 여기서 아주 행복하게 지내기는 했지만 앨런도 떠난 마당에 프램링엄에 남아 있을 생각은 없습니다. 사실 애비 그레인지를 내놓을 작정입니다. 아무튼 여기까지 와주신 모든 분들께 감사 인사 드립니다. 솔직히 장례식은 좋아해 본 적이 없지만 여러분을 만나 뵙고 작별 인사를 할 수 있어서 다행입니다. 특히 앨런에게 작별 인사를 할 수 있어서요. 세인트 마이클 교회 공동묘지에 잠든 것이 그에게 얼마나 큰 의미인지 저는 압니다. 그의 작품을 사랑한 많은 분들이 그의 묘지를 찾아와 주겠죠. 차려 놓은 다과 맛있게 드시기 바랍니다. 다시 한번 감사 인사 드립니다.」

제대로 된 인사말이랄 것도 없었고 어색할 뿐 아니라 성의 없기까지 했다. 제임스는 한시라도 빨리 서퍽에서 벗어나고 싶다고 내게 얘기한 적이 있었는데, 지금 이 자리에서 다른 모든 사람들에게 공언하다시피 했다. 그가 인사를 하는 동안 나는 주변을 흘끗거리며 반응을 살폈다. 목사는 무표정한 얼굴로 한쪽에 서 있었다. 그보다 키가 한참 작고 연한 적갈색 머리가 사방으로 뻗친 통통한 여자가 그에게 다가갔다. 부인인가 싶었다. 존 화이트는 다과회에 참석하지 않았지만 내가 묘지에서 본 흑인이 맞는다면 로크 경정은 있었다. 멜리사 콘웨이와 아들은 제임스의 인사말이 시작되자마자 자리를 떴다. 나는 뒷문으로 슬그머니 빠져나가는 그들을 보았고, 앨런의 애인이 하는 이야기를 듣는 심정이 어떨지 이해할 수 있었다. 그들과 이야기를 나누고 싶었기 때문에 짜증 나는 상황이었지만 또다시 달려 나갈 수는 없었다.

제임스는 변호사와 악수를 했고 조의를 전하는 한두 명의 사람들에게 몇 마디 중얼거린 다음 퇴장했다. 나는 하던 이야기를 계속할 생각에 찰스 쪽으로 고개를 돌렸지만 바로 그때 그의 휴대 전화 알림음이 울렸다. 그는 전화기를 꺼내 화면을 흘끗 확인했다.

「차가 도착했다는군.」 그가 말했다. 입스위치 역까지 타고 갈 택시를 호출한 참이었다.

「제가 모셔다 드리면 됐을 텐데요.」 내가 말했다.

「아니야. 괜찮아.」 그는 외투를 집어서 팔에 걸었다. 「수전, 자네하고 앨런에 대해서 진지하게 이야기를 나누고 싶은데. 자네가 이런 식으로 수사를 계속할 생각이라면 내가 말릴 방법은 없겠지. 하지만 자네가 지금 뭘 하고 있는 건지…… 이게 어떤 의미인지 생각해야 하지 않겠나.」

「알아요.」

「사라진 원고를 찾는 건 어떻게 돼가고 있나? 내 솔직한 의견을 밝히자면 그게 훨씬 더 중요한 문제인 것 같은데.」

「열심히 찾고 있어요.」

「그래, 행운을 빌겠네. 월요일에 보자고.」

우리는 뺨에 가볍게 입을 맞추는 것으로 작별 인사를 대신하지 않았다. 서로 알고 지낸 그 오랜 시간 동안 찰스에게는 한 번도 그런 적이 없었다. 그러기에 그는 너무 격식과 예의를 따지는 성격이었다. 솔직히 나는 아내에게 입을 맞추는 그의 모습도 상상이 되지 않았다.

그는 떠났다. 나는 남은 와인을 마저 마시고 키를 받으러 갔다. 씻고 좀 쉬었다가 제임스 테일러와 저녁을 먹을 작정이었다. 하지만 계단 쪽으로 다시 발걸음을 옮겼을 때 — 다른 조문객들도 건드리지 않은 샌드위치 쟁반을 남긴 채 뿔뿔이 흩어지고 있었다 — 클레어 젠킨스가 내 앞을 막아섰다. 갈색 A4 봉투를 들고 있었는데 부피로 보았을 때 종이가 적어도 열댓 장은 들어 있음직했다. 증발한 원고를 찾았구나! 이렇게 간단하게 해결이 되다니!

그런데 아니었다.

「앨런을 추억하는 글을 써보겠다고 했잖아요.」 그녀는 봉투를 자기 앞쪽에 대고 머뭇머뭇 흔들며 내 기억을 환기했다. 「걔가 어렸을 때 어땠는지, 우리가 어린 시절을 어떻게 보냈는지 당신이 물었잖아요.」 그녀의 눈은 여전히 빨갰고 금방이라도 눈물을 흘릴 듯했다. 고급 장례복을 판매하는 웹사이트를 찾기라도 했는지, 살짝 빅토리아 왕조 분위기를 풍기는 새까만 색의 벨벳과 레이스를 입고 있었다.

「정말 감사해요, 젠킨스 부인.」내가 말했다.

「앨런하고 내가 글쓰기를 얼마나 좋아했는지 생각이 나더라고요. 쓸모가 있을지 모르겠어요. 나는 동생처럼 못 쓰겠어서. 하지만 당신이 궁금해하는 정보가 들어 있을지 몰라요.」그녀는 헤어지기 싫은 사람처럼 봉투의 무게를 마지막으로 한번 가늠하고 내 쪽으로 내밀었다. 「번거롭게 반송할 필요 없게 복사본으로 들고 왔어요.」

「고맙습니다.」그녀는 뭔가 더 바라는 게 있는 듯이 계속 그 자리에 서 있었다. 「고인의 명복을 빌게요.」

그렇다. 그거였다. 그녀는 고개를 끄덕였다. 「동생이 옆에 없다니 믿기지가 않아요.」그녀는 말했다. 그러고는 저편으로 사라졌다.

내 동생, 앨런 콘웨이

앨런이 죽었다니 믿기지가 않는다.

동생을 추억하는 글을 쓰고 싶지만 어디서부터 시작하면 좋을지 모르겠다. 신문에 실린 앨런의 부고를 몇 개 읽었지만 가당치도 않다. 물론 기자들은 그가 어디에서 태어났고 어떤 작품을 남겼으며 어떤 상을 수상했는지는 안다. 그를 아주 근사하게 포장하기도 했다. 하지만 앨런을 제대로 묘사하지는 못했고 어쩌면 단 한 명도 내게 연락을 하질 않았는지 솔직히 뜻밖이다. 연락을 했다면(당신에게도 얘기했다시피) 절대 자살할 아이가 아니라는 것부터 해서 그가 어떤 아이였는지 훨씬 정확하게 알려 줄 수 있었을 텐데. 앨런을 가장 잘 표현하는 단어가 하나 있다면 생존자라는 것이다. 우리 둘 다 생존자였다. 가끔 다툴 때가 있긴 했지만 동생과 나는 항상 가깝게 지냈고 병 때문에 좌절했다면 그는 바보 같은 짓을 저지르기 전에 분명 내게 연락을 했을 것이다.

그는 탑에서 뛰어내리지 않았다. 누군가에게 떠밀렸다. 무슨 수로 그렇게 장담하느냐고? 우리가 어디에서부터, 얼마나 먼 길을 왔는지 아는가. 그가 사전에 아무런 경고도 없이 나를 혼자 두고 떠났을 리 없다.

원점으로 시간을 거슬러 올라가 보겠다.

앨런과 나는 하트퍼트셔의 세인트 올번스라는 마을 외곽의 촐리 홀에서 어린 시절을 보냈다. 촐리 홀은 남자 사립 초등학교였고 우리 아버지인 일라이어스 콘웨이가 교장이었다. 우리 어머니도 학교에서 일을 했다. 교장의 아내로서 학부모를 상대하고 학생이 아프면 양호 교사를 거들며 보수도 제대로 받지 못한다고 종종 투덜거렸다.

그곳은 끔찍한 학교였다. 우리 아버지는 끔찍한 인간이었다. 그 둘이 서로 잘 어울렸다. 아버지는 원래 수학 교사로 채용이 되었고 내가 알기로는 계속 과외 선생으로 일을 했었다. 당시에는 사람을 선발하는 기준이 까다롭지 않았기 때문에 가능한 일이었다. 친아버지를 두고 이런 소리를 하다니 너무하다 싶을지 몰라도 사실이 그렇다. 다행히 나는 거기서 수업을 받지 않았다. 나는 세인트 올번스에 있는 여자 공립 초등학교에 다녔다. 하지만 앨런은 빠져나갈 도리가 없었다.

그 학교는 윌키 콜린스의 작품처럼 빅토리아 시대를 배경으로 하는 소설 속에 나옴 직한 흉가 비슷하게 생겼다. 세인트 올번스에서 고작 30분 거리이긴 했지만 숲으로 둘러싸인 사설 진입로를 따라 한참 들어가야 해서 외지게 느껴졌다. 복도는 좁고 석조 바닥에 벽은 짙은 색 타일로 반쯤 덮어서 보호 시설처럼 생긴 길쭉한 건물이었다. 방마다 대형 라디에이터가 설치돼 있었지만 추위와 딱딱한 침대와 구역질 나는 급식을 견뎌야 인격 형성에 도움이 된다는 것이 학교 방침이었기 때문에 한 번도 튼 적이 없었다. 현대적인 시설이 몇 개 추가되기는 했다. 1950년대 말에 과학관이 만들어졌고 조성한 기금을 통해 신축한 체육관은 극장 겸 강당으로 쓰이기도 했다.

모든 게 갈색 아니면 회색이었다. 다른 색은 거의 없었다. 심지어 여름에도 나무들이 햇빛을 거의 차단해서 학교 수영장의 물 — 거무스름한 초록색이었다 — 온도가 10도를 넘는 법이 없었다.

여덟 살부터 열세 살까지 60명의 남학생을 받는 기숙 학교였다. 그들은 6~12개의 침대가 놓인 기숙사에서 지냈다. 가끔 거길 지나서 걸어갈 때마다 이상하고 퀴퀴한 남자 냄새가 살짝 코를 찌르던 게 아직도 생각이 난다. 담요와 곰 인형은 집에서 들고 올 수 있었지만 그 밖에는 개인 소지품이 거의 없었다. 교복은 상당히 흉측했다. 회색 반바지와 아주 짙은 빨간색의 브이넥 저지였다. 침대마다 옆에 벽장이 있었고 옷을 제대로 걸지 않으면 밖으로 끌려나가서 매를 맞았다.

앨런은 기숙사 생활을 하지 않았다. 그와 나는 학교의 2층과 3층에 걸쳐져 있는 아파트 비슷한 곳에서 살았다. 서로 나란히 붙은 방을 썼고 벽을 두드려서 암호를 주고받았던 게 생각난다. 어머니가 불을 끄자마자 동생이 벽을 빠르게 몇 번 두드리다 천천히 두드리면 무슨 뜻인지는 몰라도 재미있었다. 앨런은 사는 게 아주 힘이 들었다. 어쩌면 그게 아버지가 원한 방향이었을 수도 있다. 낮에는 학교에서 다른 학생들과 똑같은 대접을 받아야 했다. 하지만 밤에는 가족과 함께 지냈으니 그들과 같을 수가 없었다. 그 결과 그는 어느 쪽 세상에도 적응하지 못했고 교장의 아들인 까닭에 등교 첫날부터 표적이 됐다. 친구가 거의 없었고 그래서 혼자 다니는 내성적인 성격이 됐다. 그는 책을 좋아했다. 아홉 살 때 반바지를 입고 뭔지 모를 두툼한 책을 무릎 위에 올려놓고 앉아 있었던 그의 모습이 지금도 눈에 선하다. 어렸을 때 체구가 워낙 작았기 때문에 특히 케케묵은 책들 같은 경우 신기하리만치 크게 느껴졌다. 그는 손전등을 들고 이불

속으로 들어가서 종종 밤늦게까지 기회가 닿을 때마다 책을 읽었다.

우리는 둘 다 아버지를 무서워했다. 그가 육체적으로 위협적이지는 않았다. 나이에 비해 늙었고 하얘진 곱슬머리가 빠져서 두피가 들여다보였다. 그리고 안경을 썼다. 하지만 태도에서 풍기는 어떤 분위기 때문에 적어도 학생들이 느끼기에는 상당히 무시무시했다. 자기가 항상 옳다는 걸 아는 사람처럼 성난 눈빛을 거의 광적으로 번뜩였고, 자기 생각을 밝힐 때면 어디 한번 반박해 보라는 듯이 상대방의 얼굴에 대고 삿대질하는 습관이 있었다. 치가 떨리도록 냉소적일 수 있었고, 상대방의 약점을 파악해 비웃고 모욕적인 언사를 융단 폭격처럼 퍼부어 코를 납작하게 만들었다. 그가 얼마나 자주 나를 깔아뭉개고 자괴감을 느끼게 했는지 모른다. 하지만 앨런에게는 더 심하게 대했다.

앨런이 하는 것은 뭐든 제대로 된 게 없었다. 앨런은 멍청했다. 느렸다. 싹수가 노랬다. 심지어 책을 좋아하는 것도 유치하기 짝이 없었다. 왜 럭비나 풋볼을 하거나 교생들과 야외에서 캠핑을 하지 않는 걸까? 사실 앨런은 어렸을 때 활동적이지 않았다. 상당히 통통했고 파란 눈과 길게 기른 금발 때문에 조금 계집애 같아 보였을 것이다. 동생은 낮동안에는 다른 아이들에게 괴롭힘을 당했다. 밤이면 친아버지에게 괴롭힘을 당했다. 충격적인 사실을 또 하나 공개하자면 일라이어스 콘웨이는 학생들을 피가 날 때까지 때렸다. 뭐, 1970년대의 영국 사립 학교에서는 흔한 일이었을지 모른다. 하지만 그는 앨런도 수없이 때렸다. 수업 시간에 늦거나 숙제를 빼먹거나 다른 선생님에게 버릇없이 굴면 앨런은 교장실로 불려 갔고(우리 아파트에서는 절대 그런 일이 없었다) 체벌이 끝나면 〈감사합니다, 선생님〉이라고 해야 했다. 〈감사합니다, 아버지〉가 아니었다. 어떻게 자기 아들에게 그럴 수가 있을까?

어머니는 결코 아무 말도 않았다. 어쩌면 그녀도 그가 무서웠을지 모르고 아니면 그의 행동이 옳다고 생각했을 수도 있다. 우리는 감정 표현을 철저하게 자제한 채 서로 얽히고설키며 살아가는, 아주 전형적인 영국 가족이었다. 무엇이 동생을 자극하는 원동력이었는지, 왜 그렇게 매사에 퉁명스러웠는지 알 수 있으면 좋겠다. 앨런에게 어린 시절 이야기는 왜 절대 쓰지 않느냐고 한 번 물어본 적이 있었지만, 『밤은 찾아들고』에 등장하는 학교가 촐리 홀과 닮은 구석이 많다는 생각이 든다. 심지어 이름도 비슷하다. 살해를 당하는 교장은 몇 가지 면에서 우리 아버지와 비슷하다. 앨런은 자서전을 쓸 생각이 전혀 없다고 했다. 동생이 자기 인생을 어떻게 생각했는지 나로서는 궁금한데 안타까울 따름이다.

이 시기의 앨런에 대해서 어떤 이야기를 할 수 있을까? 그는 조용했다. 친구가 거의 없었다. 책을 많이 읽었다. 운동을 좋아하지 않았다. 그가 글을 쓰기 시작한 것은 훨씬 나중이지만 내가 보기에는 그때부터 상상의 세계 속에서 살고 있었던 것 같다. 학교가 방학을 맞아서 둘이 같이 놀 때면 우리는 첩자도 되었고 군인, 탐험가, 탐정도 되었다. 학교 운동장을 뛰어다니며 하루는 귀신을 찾고 다음 날은 숨겨진 보물을 찾았다. 그는 항상 활기가 넘쳤다. 어떤 일이 있더라도 우울해하지 않았다.

아직 글을 쓰지는 않았지만 그는 열두세 살 때부터 말을 가지고 노는 걸 좋아했다. 그는 암호를 개발했다. 상당히 복잡한 단어의 철자를 바꾸어서 다른 단어를 만들었다. 십자말 퀴즈를 고안했다. 내 열한 살 생일 때는 내 친구와 내가 했던 온갖 행동들을 힌트로 써서 내 이름이 나오는 십자말 퀴즈를 만들어 주었다. 환상적이었다! 가끔 어떤 글자 밑에 조그맣게 점을 찍어 놓은 책을 남길 때도 있었다. 그 글자들을 모두 연결하면 비밀 메시지가 됐다. 아니면 아크로스틱[18]을 보냈다. 아버지나 어머니가 봤을 때는 평범한 내용이지만 각 문장의 첫 글자를 연결하면 우리 둘만 아는 메시지가 되는 그런 글을 말이다. 동생은 약자도 좋아했다. 어머니를 종종 〈마담*MADAM*〉이라고 불렀는데 사실은 〈엄마하고 아빠는 미쳤다*Mum and Dad are mad*〉의 약자였다. 그리고 아버지를 부를 때 쓴 〈대장님*CHIEF*〉은 〈촐리 홀은 심하게 구리다*Chorley Hall is extremely foul*〉의 약자였다. 조금 유치하게 느껴질지 몰라도 우리는 어린 나이였고 덕분에 내게는 웃을 일이 생겼다. 우리는 이런 어린 시절을 보냈기 때문에 속을 숨기는 데 이골이 났다. 혹시라도 골치 아픈 일이 생길까 두려운 마음에 아무 말도 하지 못했고 아무 의견도 내놓지 못했다. 앨런은 우리 둘만 알 수 있게 이런저런 것들을 표현하는 온갖 방법을 개발했다. 동생에게 언어는 우리 둘이 숨을 수 있는 곳이었다.

우리 둘은 서로 다른 방식으로 촐리 홀의 종말을 맞았다. 앨런은 열세 살이 되었을 때 다른 학교로 진학했고 그로부터 몇 년이 지났을 때 우리 아버지는 심각한 뇌졸중으로 반신마비 환자가 됐다. 이로써 그는 우리에게 행사하던 권력을 잃었다. 앨런은 세인트 올번스 스쿨로 학교를 옮겨서 훨씬 행복하게 지냈다. 그 학교에서 그가 좋아했던 영어 선생님 이름이 스티븐 파운드였다. 예전에 내가 아티쿠스 핀트가 거기서 착안한 이름이냐고 물어본 적이 있었는데, 동생은 웃으며 둘이 서로 무관하다고 했다. 아무튼 어떤 게 됐든 그는 책과 연관 있는 일을 하게 될 것이 분명했다. 그는 단편소설과 시를 쓰기 시작했다. 고등학생 때는 교내 연극 대본을 썼다.

18 각 행의 첫 글자나 마지막 글자를 짜 맞추면 단어가 되게 쓴 시나 글.

이때부터 우리는 서로 얼굴을 보는 횟수가 줄었고 여러 면에서 점점 멀어졌던 것 같다. 같이 있으면 살갑게 대했지만 각자의 삶을 살기 시작했다. 대학교에 진학할 나이가 되자 앨런은 리즈로 갔고 나는 대학에 가지 않았다. 부모님이 보내 주지 않았다. 나는 세인트 올번스 경찰서의 기록 관리부에 취직했고 결국 경찰관과 결혼해 입스위치에서 살게 됐다. 아버지는 내가 스물여덟 살 때 돌아가셨다. 막판에는 침대에 누워서 24시간 간병을 받아야 했기 때문에 아버지의 숨이 끊겼을 때 어머니는 분명 감사했을 것이다. 아버지가 생명 보험을 들어 놨기 때문에 어머니는 경제적으로 독립할 수 있었다. 어머니는 아직 살아 계시지만 만난 지 한참 됐다. 고향인 다트머스로 거처를 옮겼다.

다시 앨런으로 돌아가서. 그는 리즈 대학교에서 영문학을 전공했고 졸업 후에 런던으로 건너가 광고 회사에 취직했다. 그 당시 젊은 대졸자들은, 특히 인문학을 전공한 경우 광고 회사에서 많이 일을 했다. 동생이 입사한 회사는 앨런 브래디 앤드 마시라는 곳이었고, 내가 아는 한 그는 일은 그냥저냥 하면서 제법 많은 연봉을 챙기고 수많은 파티장을 들락거리며 즐거운 시간을 보냈다. 1980년대라 광고업계가 아직 중구난방이던 시절이었다. 앨런은 카피라이터로 근무했고 상당히 유명한 문구를 만들어 내기도 했다. 이 얼마나 귀엽게 생긴 소시지인가*WHAT A LOVELY LOOKING SAUSAGE!* 이것도 그의 아크로스틱이었다. 각 단어의 앞 글자를 모으면 상표가 됐다. 그는 노팅 힐의 아파트에서 살았고 내 짐작에는 여자 친구도 많았던 것 같다.

앨런은 광고 회사에서 20대를 보내고 서른 살을 한 해 앞둔 1995년이 됐을 때 광고 회사를 그만두고 이스트 앵글리아 대학교에서 2년짜리 문예 창작 대학원 수업을 듣겠다고 폭탄선언을 했다. 나를 케트너스에 데려가서 샴페인을 주문하더니 그동안 담아 두었던 말들을 쏟아냈다. 가즈오 이시구로와 이언 매큐언 둘 다 이스트 앵글리아를 졸업했다. 둘 다 작가로 데뷔했다. 매큐언은 심지어 부커 상 후보에까지 올랐다! 앨런은 대학원에 지원하면서도 떨어질 줄 알았는데 떡하니 합격했다. 원서와 작품을 제출하고 두 명의 교수와 어려운 면접을 거쳤다. 나는 그보다 더 행복해하거나 활기찬 그의 모습을 본 적이 없었다. 마치 자기 자신을 찾은 듯했고 그에게 작가가 된다는 것이 얼마나 엄청난 의미였는지 나는 그제야 깨달았다. 그는 2년 동안 지도를 받으며 8만 단어로 된 소설을 쓸 테고 그 학교가 여러 출판사와 끈끈한 연줄이 있으니 도움이 많이 될지 모른다고 했다. 어떤 작품을 쓰고 싶은지도 이미 생각해 놓았다. 영국의 관점에서 바라본 우주 개발 경쟁에 대해 쓰고 싶어 했다. 「세상이 점점 작아지고 있어.」 그가 말했다. 「그 안에 사는 우리도 덩달아서 점점 작아지고 있고.」 그는 그런 세상을 파헤치고 싶어 했다. 주인공은 지상에서 벗어난 적 없는 영국의 우주 비행사가 될 것이었다. 제목은 『별을 바라보다』였다.

　우리는 재미있는 주말을 보냈고, 그를 두고 기차를 타고 입스위치로 돌아가려니 정말 슬펐다. 그 이후의 몇 년에 대해서는 별로 할 얘기가 없다. 통화는 했지만 그를 만난 적이 거의 없기 때문이다. 그는 대학원 수업을 무척 좋아했다. 다른 학생들에 대해서는 잘 모르겠다고 했다. 솔직히 앨런에게는 발끈하는 면이 있었다. 전에는 나도 잘 몰랐는데 점점 심해지는 듯했다. 아마 공부를 너무 열심히 해서 그랬던 모양이다. 그는 자기 작품을 비판한 교수 한두 명과 충돌을 빚었다. 우습게도 그는 지도를 받고 싶어서 이스트 앵글리아 대학교에 진학했는데 이제 와서 자신은 지도를 받을 필요가 없다고 믿기에 이르렀다. 「내가 저들에게 본때를 보여 주겠어, 누나.」 그는 입버릇처럼 내게 말했다. 나는 귀에 못이 박이도록 그 소리를 들었다. 「내가 저들에게 본때를 보여 주겠어.」

『별을 바라보다』는 출간이 되지 않았고 어떻게 됐는지 모르겠다. 완성된 원고는 10만 단어가 넘었다. 앨런이 처음 두 장을 보여 주었는데 별로 재미가 없어서 끝까지 읽어 보라고 하지 않은 게 얼마나 고마웠는지 모른다. 필력 자체는 아주 훌륭했다. 단어와 문구를 원하는 대로 비틀어서 활용하는 그 놀라운 능력은 여전했다. 하지만 나는 그의 의도가 뭔지 이해할 수가 없었다. 모든 페이지가 내게 고함을 지르는 것 같았다. 나는 그 책에 걸맞은 독자도 아니었다. 내가 아는 게 뭐가 있었겠는가. 나로 말할 것 같으면 제임스 헤리엇과 대니얼 스틸을 좋아하는 사람이었다. 당연히 알맞은 추임새는 넣었다. 아주 재미있다고, 출판사에서 좋아할 거라고 했다. 하지만 거절의 편지가 줄줄이 날아들었고 앨런은 잔뜩 낙심했다. 걸작이라고 워낙 자신했기 때문이었는데 생각해 보라. 방 안에 혼자 틀어박혀 있는 작가가 그런 자신감이 없으면 어떻게 계속 글을 쓸 수 있겠는가. 자기 확신이 하늘을 찌르다 처음부터 끝까지 착각이었다는 걸 깨달으면 얼마나 끔찍할까.

아무튼 1997년 가을에 그가 그런 상황이었다. 『별을 바라보다』를 10여 군데의 에이전시와 수많은 출판사로 보냈지만 관심을 보이는 사람이 아무도 없었다. 같이 수업을 들었던 학생 중에서 두 명이 출간 계약을 맺었으니 더욱 착잡할 수밖에 없었다. 하지만 그는 포기하지 않았다. 포기는 그의 사전에 없는 단어였다. 그는 내게 광고 회사로 돌아가지 않을 거라고 했다. 그러면 집중이 안 되고 시간이 없어서 본업 — 이제 글쓰기를 그렇게 표현했다 — 을 계속하지 못할 것 같다며 우드브리지 스쿨에 영어 교사로 취직했다.

그는 거기 생활에 결코 만족하지 않았고, 그다지 인기가 없었던 걸 보면 아이들도 그걸 느꼈던 모양이다. 하지만 방학이 길고 주말이 있어서 글을 쓸 시간이 많았으니 다른 건 필요 없었다. 그는 소설을 네 편 더 썼다. 나한테 얘기한 게 네 편이었다. 그중에서 출간된 작품은 없었고, 앞으로 11년은 기다려야 성공의 맛을 볼 수 있다는 걸 알았다면 앨런이 우드브리지 생활을 계속할 수 있었을지 잘 모르겠다. 그는 예전에 내게 형량을 알려 주지 않는다는 러시아 감옥에 갇힌 기분이라고 한 적이 있었다.

앨런은 우드브리지에서 결혼을 했다. 당시 멜리사 브룩이었던 그녀는 프랑스어와 독일어를 가르쳤고 그와 같은 학기에 교사 생활을 시작했다. 당신에게 그녀를 따로 소개할 필요는 없을 것이다. 여러 번 만났을 테니. 내가 느낀 첫인상은 젊고 매력적이며 앨런을 많이 좋아한다는 것이었다. 이유는 모르겠지만 그녀와 나는 사이가 별로 좋지 않았던 것 같다. 그녀는 언젠가 만난 자리에서 나를 거의 알은체도 하지 않았다. 하지만 솔직히 내 잘못도 있을지 모른다. 내가 그녀를 앨런을 앗아 간 경쟁자로 인식했다. 이제 와 생각해 보니 내가 얼마나 바보 같았는지 알겠지만, 앨런과 나에 대해서 최대한 솔직히 쓰기로 했으니 그냥 공개한다. 멜리사는 그의 작품을 전부 읽었다. 그를 철석같이 믿었다. 그들은 1998년 6월에 우드브리지 등기소에서 결혼했고 신혼여행지는 남프랑스의 캅 페라였다. 아들 프레디는 그로부터 2년 뒤에 태어났다.

앨런에게 아티쿠스 퓐트 시리즈를 써보라고 조언한 사람이 멜리사였다. 이 무렵에 두 사람은 결혼 7년 차였다. 시간을 껑충 뛰어넘은 셈이지만 이 시기에 대해서는 별로 쓸 말이 없다. 나는 서퍽 지구대에서 일했다. 앨런은 학생들을 가르쳤다. 우리 둘이 사는 곳이 거리상으로 아주 멀지는 않았지만 서로 전혀 다른 삶을 살았다.

멜리사는 WH 스미스[19] 우드브리지 지점에서 번쩍하는 깨달음을 얻었다. 서가에 진열된 베스트셀러 작가들이 누구였던가. 댄 브라운, 존 그리셤, 마이클 크라이턴, 제임스 패터슨, 클라이브 커슬러였다. 그녀는 앨런의 실력이 그들보다 낫다는 걸 알았다. 문제는 그의 기대치가 너무 높다는 것이었다. 평론가들은 극찬하지만 아무도 읽지 않는 책을 쓸 필요가 뭐가 있을까. 그 능력으로 상당히 단순한 탐정 소설을 쓰면 되지 않을까. 그걸 팔아서 작가로서 첫걸음을 내딛고 나중에 다른 장르를 시도하면 될 일이었다. 중요한 건 첫 테이프를 끊는 것이었다. 이게 그녀가 한 말이었다.

앨런은 『아티쿠스 퓐트, 수사에 착수하다』 집필이 끝났을 때 거의 곧바로 내게 보여 주었고 나는 정말 재미있게 읽었다. 수수께끼만 기발한 게 아니었다. 주인공인 탐정이 멋있었다. 수용소 캠프에서 수많은 죽음을 목격한 그가 영국에서 살인 사건을 해결하다니 ― 너무나 딱 맞아떨어지는 듯했다. 원고를 쓰는 데 걸린 시간은 고작 3개월이었다. 대부분 여름 방학 때 해치웠다. 하지만 결과물에 만족하고 있다는 걸 알 수 있었다. 그가 맨 처음 던진 질문이 결말을 예상할 수 있겠느냐는 것이었고 내가 완벽하게 헛다리를 짚자 좋아했다.

그 이후는 당신이 나만큼 잘 알고 있을 테니 내가 여러 가지로 덧붙일 필요가 없을 것이다. 원고가 클로버리프 북스로 흘러들어 갔고 계약이 맺어졌다! 앨런이 런던의 당신네 회사에 다녀온 날 저녁에 앨런, 멜리사, 나, 이렇게 셋은 같이 저녁을 먹었다. 멜리사가 상을 차

19 문구, 서적, 신문, 잡지, 음반, 간단한 식음료를 판매하는 영국의 소매점.

렸다. 프레디는 2층에서 잠이 들었다. 축하하러 만난 자리였는데 앨런의 분위기가 이상했다. 전전긍긍했고 우울해했다. 그와 멜리사 사이에 긴장감이 감도는데, 나로서는 이유를 알 수가 없었다. 내 생각에는 앨런이 불안했던 것 같다. 평생 추구했던 목표가 이루어지면 이제 어떻게 해야 하나 싶어서 사실 겁이 나지 않았을까? 그리고 또 다른 이유도 있었다. 앨런이 이 세상은 데뷔작으로 가득하다는 사실을 문득 알아차린 것이었다. 매주 수십 권의 신작들이 쏟아져 나오지만 주목받는 작품은 몇 권 되지 않았다. 유명한 작가가 한 명이라면 소리 소문 없이 사라지는 작가는 50명은 됐고 아티쿠스 퓐트가 꿈의 실현이 아니라 꿈의 종말이 될 수도 있었다.

물론 그런 사태는 벌어지지 않았다. 『아티쿠스 퓐트, 수사에 착수하다』는 2007년 9월에 출간됐다. 앞표지에 앨런의 이름이, 뒤표지에 그의 사진이 박힌 1쇄를 보고 내가 얼마나 흐뭇했는지 모른다. 우리의 모든 생애가 이 한순간으로 압축이라도 되는 듯 모든 게 아무 문제없게 느껴졌다. 그 책은 『데일리 메일』에서 좋은 평가를 받았다. 〈에르퀼 푸아로가 긴장해야겠다. 이 마을에 등장한 영리한 외국인이 그의 자리를 꿰차려고 하고 있으니 말이다.〉 크리스마스 무렵이 되자 아티쿠스 퓐트가 베스트셀러 목록에 올랐다. 호평이 이어졌다. 심지어 『투데이』에서까지 아티쿠스를 다루었다. 이듬해 봄에 페이퍼백이 출간되자 온 국민이 한 권씩 사려고 드는 것처럼 느껴졌다. 클로버리프 북스에서 앨런에게 세 권을 더 의뢰했고 그는 얼마를 받았는지 절대 밝히지 않았지만 상당한 액수였으리라는 것을 나는 안다.

그는 갑자기 유명한 작가가 되었다. 그의 책은 여러 나라 말로 번역이 됐고 그는 온갖 문학 페스티벌에 초대를 받았다. 에든버러, 옥스퍼드, 첼트넘, 헤이온와이, 해러게이트. 2권이 출간되자 우드브리지에서 사인회를 하는데 줄이 길모퉁이 너머까지 이어졌다. 그는 우드브리지 스쿨을 그만두고 (멜리사는 계속 거기서 근무했다) 오퍼드에 강이 내려다보이는 집을 샀다. 그때 내 남편 그레그가 세상을 떠나자 앨런이 가까운 데로 이사를 오지 않겠느냐고 했다. 당신이 찾아온 대프니 로드의 그 집을 장만했을 때 그가 보태 주었다.

책은 계속 잘 팔렸다. 돈이 쏟아져 들어왔다. 앨런은 세 번째 작품인 『아티쿠스 퓐트, 사건을 맡다』를 쓸 때 내게 도움을 청했다. 그는 예전부터 타이피스트로서는 젬병이었다. 항상 펜과 잉크로 초고를 쓰고 내게 컴퓨터에 입력해 달라고 했다. 그런 다음 그가 수기로 퇴고를 하면 내가 그걸 다시 입력하고, 그렇게 완성된 원고를 출판사에 보냈다. 그는 내게 자료 조사도 맡겼다. 나는 그에게 입스위치에 사는 어느 사설탐정을 소개하고 독극물과 기타 등등에 관한 정보를 수집했다. 내가 작업에 관여한 책은 모두 네 권이었다. 참여할 수 있어서 정말 좋았고 그만두게 됐을 때는 속이 상했다. 전적으로 내 잘못이었지만.

앨런은 성공을 거두면서 달라졌다. 그걸 주체하지 못하는 듯한 느낌이었다. 그는 원고를 쓰거나 아니면 작품을 홍보하느라 전 세계를 돌아다니거나 둘 중 하나였다. 나는 신문을 통해 그의 근황을 접했다. 가끔 라디오 4 프로그램을 통해 파악할 때도 있었다. 하지만 이 시기에는 그를 만나는 횟수가 점점 줄었다. 그러다 2009년에 『밤은 찾아들고』가 출간되고 몇 주 지났을 때 앨런은 멜리사와 헤어진다는 폭탄선언을 했고, 그가 젊은 남자와 동거를 시작했다는 기사를 접했을 때 나는 믿기지가 않았다.

그때 내 심정이 어땠는지는 말로 설명하기가 무척 어렵다. 수많은 감정들이 머릿속을 어지럽혔고 대다수의 정체를 알 수 없었다. 나는 옥스퍼드에 살면서 수시로 멜리사를 만났지만 그들의 결혼 생활이 삐걱거리는 줄 전혀 눈치채지 못했다. 그들은 항상 서로 편한 사이인 것처럼 보였다. 모든 게 갑작스럽게 진행됐다. 앨런이 소식을 전하자마자 멜리사와 프레디가 이사를 갔고 그 집이 매물로 나왔다. 이혼 수속에 변호사가 동원되지는 않았다. 그들은 모든 걸 50대 50으로 나누기로 합의했다.

내 개인적으로는 그의 새로운 측면을 받아들이기가 상당히 힘들었다. 나는 지금까지 남자 동성애자에게 반감을 느낀 적이 없었다. 게이라고 공표한 회사 동료하고도 아무 문제 없이 잘 지냈다. 하지만 이건 내 동생이었다. 평생을 가깝게 지냈던 사람을 갑자기 전혀 다른 각도에서 바라보아야 하는 것 아닌가. 뭐, 어떻게 보면 그는 여러 면에서 달라지긴 했다. 이제 쉰 살이었고 돈 많고 잘나가는 작가였다. 전보다 더 은둔을 추구했고 냉혹했고 한 아이의 아버지이자 공인이었다. 그리고 게이였다. 이 마지막 사실에 특별한 의미를 부여해야 하는 이유가 있을까? 그의 파트너가 너무 어리다는 것도 한 가지 이유가 될 수 있겠다. 나는 제임스 테일러에게 아무 악감정이 없었다. 오히려 호감을 느꼈다. 앨런에게 예전에 그가 남창이었다는 얘기를 들었을 때 경악하기는 했지만 그를 꽃뱀이나 뭐 그런 걸로 생각한 적은 한 번도 없었다. 그냥 그 둘이 같이 있거나 가끔 손을 잡거나 그러는 걸 보면 심란했을 뿐이다. 아무 말도 하지는 않았다. 요즘은 아무 말도 하면 안 되는 시대이지 않은가. 나는 그냥 마음이 불편했을 뿐이다. 그뿐이다.

하지만 그게 우리 사이가 멀어진 이유는 아니었다. 나는 앨런을 대신해서 아주 많은 일을 했다. 어쩌다 보니 책에 그치지 않고 팬레

터까지 해결하게 됐다. 편지가 열 통이 넘게 오는 주도 있었고 만들어 놓은 표준 답장이 있기는 했지만 그래도 그걸 보낼 사람이 있어야 했다. 나는 그의 소득 신고를 일부 담당했고 특히 세금을 두 번 내는 일이 없도록 이중 과세 서류를 작성했다. 문방구나 프린터 잉크를 사다 달라는 심부름도 자주 했다. 프레디도 돌봤다. 한마디로 얘기해서 나는 그의 비서이자 사무 관리자이자 회계사이자 베이비시터인 동시에 입스위치에서 정규직으로 근무했다. 그래도 상관없었지만 어느 날 내가 반은 농담조로 이 정도면 월급을 받아야 하는 거 아니냐고 말을 꺼낸 적이 있었다. 앨런은 노발대발했다. 나한테 진심으로 화를 낸 게 그때가 처음이었다. 그는 집을 살 때 자기가 보태주지 않았느냐고 따졌다(그 당시에 그냥 주는 게 아니라 빌려주는 거라고 못을 박았으면서). 내가 기쁜 마음으로 도와주는 줄 알았다고, 그렇게 하기 싫어하는 줄 알았다면 처음부터 맡기지도 않았을 거라고 했다. 나는 얼른 꼬리를 내렸지만 이미 엎질러진 물이었다. 앨런은 이후로 두 번 다시 내게 아무 부탁도 하지 않았고 얼마 안 있어 애비 그레인지를 장만하면서 오퍼드를 아예 떠났다.

그는 내게 병에 걸렸다는 얘기를 하지 않았다. 그것 때문에 내가 얼마나 속상한지 당신은 모를 거다. 하지만 처음에 했던 이야기로 다시 돌아가야겠다. 앨런은 평생 투사처럼 살았다. 그래서 가끔 괴팍하고 공격적인 성향을 보였을지 몰라도 그는 괴팍하지도 공격적이지도 않았다. 다만 자기가 원하는 게 뭔지 알았고 그 어떤 방해도 용납하지 않았을 뿐이다. 무엇보다도 그는 작가였다. 그에게는 글이 전부였다. 그가 원고를 끝내 놓고 그게 출간되는 걸 보지도 않고서 스스로 목숨을 끊을 수 있을 거라고 생각하나? 천만의 말씀! 내가 아는 앨런 콘웨이는 그럴 사람이 아니다.

세인트 마이클 교회

내가 보기에 클레어는 엉뚱한 논리를 거쳐서 결론을 도출한 듯했다. 앨런이 자살을 하지 않았다고 생각하는 건 맞았다. 하지만 그런 결론에 도달한 과정이 당황스러웠다. 〈그는 **바보 같은 짓을 저지르기 전에 분명 내게 연락을 했을 것이다.**〉 그녀의 추리는 여기서 시작된다. 그것이 그녀가 가장 크게 내세우는 사유다. 그러다 말미에 이르러 방향을 튼다. 〈**그가 원고를 끝내 놓고 그게 출간되는 걸 보지도 않고서 스스로 목숨을 끊을 수 있을 거라고 생각하나?**〉 이 둘은 서로 전혀 다른 주장이기 때문에 개별적으로 다루어야 한다.

앨런은 뒤끝이 엄청났다. 클레어가 보수를 요구하면서 그 둘은 사이가 완전히 틀어졌는데 그녀는 어떻게 믿고 있을지 몰라도 내 생각에는 그 뒤로 영영 예전처럼 가깝게 지내지 못했을 것이다. 그녀는 예컨대 멜리사와 헤어졌다는 얘기는 그에게서 직접 들었을지 몰라도 그와 제임스 테일러와의 관계에 대해서는 전혀 몰랐을 것이다. 신문에서 보고 알았을 것이다. 앨런은 동성애자라고 커밍아웃을 했을 때 과거의 삶을 입지 않는 양복처럼 버렸는데, 안타깝게도 그 안에는 클레어도 포함되어 있었다. 그가 성적 취향도 그녀에게 공개할 마음이 없었다면 자살할 생각도 마찬가지이지 않았을까?

그가 작정하고 탑에서 뛰어내렸을 거라고 생각하는 것도 그녀의 또 다른 착각이다. 〈그가 사전에 아무 경고도 없이 나를 혼자 두고 떠났을 리 없다.〉 하지만 그게 아닐 수도 있다. 그가 아침에 일어났을 때 문득 뛰어내리기로 마음을 먹었을 수도 있다. 출간을 앞둔 원고가 있다는 사실을 까맣게 잊었을 수도 있다. 그는 어차피 그 원고가 출간되기 전에 죽을 목숨이었다. 따라서 무슨 상관이 있었겠는가.

다른 점에서는 그녀의 기록이 흥미로웠다. 나는 앨런이『맥파이 살인 사건』에 자신의 사생활을 얼마나 반영했는지 여태껏 모르고 있었다. 그는 진단을 받기 전부터 이것이 그의 마지막 작품이 될 줄 알고 있었을까? 〈해적도 됐다가, 보물 사냥꾼도 됐다가, 군인도 됐다가, 스파이도 됐다가.〉 로버트 블래키스턴이 아티쿠스 퓐트에게 한 얘기가 앨런의 어린 시절이기도 했다. 앨런은 암호를 좋아했다. 톰은 벽에 대고 암호를 두드렸다. 그리고 철자의 순서를 바꾸는 애너그램과 아크로스틱도 있다. 로브슨은 오즈번이 된다. 클라리사 파이는『데일리 텔레그래프』의 십자말 퀴즈에 실린 철자 바꾸기 문제를 푼다. 앨런이 그의 원고 안에 일종의 메시지를, 그가 아는 누군가의 비밀을 숨겼을 수도 있을까? 그렇다면 어떤 메시지일까? 그가 만약 죽임을 당할 수도 있을 만큼 엄청난 비밀을 알고 있었다면 왜 허튼 짓을 했을까? 왜 그냥 폭로하지 않았을까?

아니면 마지막 부분에 그 메시지가 감추어져 있었을 수도 있을까? 그래서 누군가가 그걸 훔치고 앨런을 살해했을까? 그러면 말이 되지만 누가 원고의 마지막 부분을 읽었을 것인가 하는 의문이 생긴다.

저녁을 먹기 전까지 두어 시간이 남았기 때문에 나는 캐슬인까지 걸어가기로 했다. 머릿속을 정리할 필요가 있었다. 벌써부터 날이 어둑어둑해지기 시작했고 프램링엄은 문을 닫은 상점과 텅 빈 길거리 때문에 쓸쓸한 분위기를 풍겼다. 교회 앞을 지나가는데 묘비 사이를 움직이는 사람이 보였다. 목사였다. 나는 그가 쾅 소리 나게 문을 닫으며 교회 안으로 사라지는 것을 지켜보다 충동적으로 뒤를 밟기로 했다. 앨런의 무덤 앞을 걸어가는데, 이제 막 만들어진 봉분 밑에 그가 누워 있다는 생각이 들자 소름이 끼쳤다. 나는 그를 만났을 때 차갑고 말이 없는 사람이라고 생각했다. 이제 그는 죽음으로써 영원히 그런 상태가 되었다.

나는 서둘러 교회 안으로 들어갔다. 안은 넓고 어수선하며 외풍이 심했고, 서로 다른 시대가 콜라주처럼 한데 뒤섞여 있었다. 어쩌면 이번 세기에 다다른 것이 이 교회로서는 불만스러울 수도 있겠다 싶었다. 12세기에는 아치가 생겼고 16세기에는 근사한 나무 천장이 생겼고 18세기에는 제단이 생겼다. 하지만 21세기가 세인트 마이클 교회에 선물한 것은 무신론과 무관심이었다. 로브슨은 입구와 상당히 가까운 신도석 뒤편에 있었다. 무릎을 꿇고 있길래 나는 그가 기도를 하는 줄 알았다. 하지만 알고 보니 오래된 라디에이터에서 공기를 빼고 있었다. 그가 열쇠를 돌리자 쉭쉭거리며 식은 공기가 빠져나오는 소리에 이어서 꾸르륵거리며 관이 채워지는 소리가 들렸다. 내가 곁에 다가가자 그는 고개를 돌렸고 누구인지 알 듯 말 듯하다는 표정으로 비틀비틀 자리에서 일어났다. 「안녕하십니까, 부인…….」

「수전 라일랜드예요.」 나는 그의 기억을 환기했다. 「미혼이고요. 목사님께 제가 앨런에 대해서 물어봤었죠.」

「오늘은 앨런에 대해서 물은 사람이 워낙 많아서요.」

「저는 그가 목사님을 못살게 굴었느냐고 물었어요.」

그는 기억하고 고개를 돌렸다. 「당신이 궁금해하는 부분에 대해서 답변을 했다고 생각하는데요.」

「그가 최신작에 목사님을 출연시켰다는 거 아세요?」

그 말에 그는 놀라워했다. 손으로 석판처럼 생긴 턱을 쓰다듬었다. 「그게 무슨 소리인가요?」

「목사님을 닮은 목사가 등장해요. 심지어 이름까지 비슷해요.」

「그가 교회를 거론했나요?」

「세인트 마이클이요? 아뇨.」

「뭐, 그럼 상관없습니다.」 나는 뒷말이 이어지길 잠자코 기다렸다. 「앨런은 나를 불쾌하게 묘사하고도 남을 친구예요. 그런 유머 감각의 소유자였죠. 그걸 유머 감각이라고 해도 될지 모르겠지만.」

「그를 별로 좋아하지 않으셨죠?」

「그런 질문을 하는 이유가 뭐죠, 라일랜드 양? 목적이 뭔가요?」

「말씀 안 드렸던가요? 저는 클로버리프 북스에서 그의 담당 편집자였어요.」

「그렇군요. 나는 그의 소설을 읽은 적이 없어요. 원래 탐정물과 미스터리는 별로 좋아하지 않아서. 비소설을 더 좋아하죠.」

「앨런 콘웨이를 언제 처음 만나셨어요?」

그는 대답하길 꺼렸지만 나를 보고 물러설 뜻이 없음을 알아차렸다. 「사실 우리는 동창이에요.」

「촐리 홀을 졸업하셨어요?」

「맞아요. 몇 년 전에 프램링엄에 부임했을 때 신도석에서 그를 보고 깜짝 놀랐죠. 그가 예배에 자주 참석하지는 않았지만요. 우리는 동갑이었어요.」

「그리고요?」 정적이 흘렀다. 「목사님은 그가 위압적인 성격이었다고 하셨잖아요. 그에게 괴롭힘을 당하셨나요?」

오즈번은 한숨을 쉬었다. 「오늘 같은 날 이런 문제를 왈가왈부하는 게 과연 적절한 처사일까요? 하지만 하나 알아 두어야 하는 게, 그의 아버지가 그 학교 교장이었기 때문에 상황이 특이했어요. 그래서 그에게 일종의 권력이 생겼죠. 그는 아무 말이나…… 행동을 할 수 있었고…… 그런들 감히 반발할 사람이 없다는 걸 알았어요.」

「예를 들면 어떤 식이었는데요?」

「뭐, 못된 장난이었다고 볼 수도 있어요. 그는 분명 그렇게 생각했을 거예요. 하지만 상당히 상처가 되고 악의적일 수 있었어요. 내 경우에는 그로 인해 마음이 많이 상했죠. 지금은 지나간 일이 됐지만. 아주 오래전 이야기니까요.」

「그가 어떻게 했는데요?」 로브슨은 여전히 대답을 꺼렸지만 내가 물고 늘어졌다. 「아주 중요한 문제예요, 로브슨 목사님. 앨런의 죽음이 겉보기와는 다르다는 생각이 들거든요. 목사님이

비공개로 들려주신 이야기는 뭐든 상당히 도움이 될 거예요.」

「그냥 장난이었어요, 라일랜드 양. 그 이상도 그 이하도 아니었어요.」 그는 내가 이제 그만 가주길 기다렸지만 꿈쩍 않는 걸 보고 이렇게 덧붙였다. 「사진을 찍어서…….」

「사진이요?」

「얼마나 흉측한 사진이었는지 알아요?」

목사가 한 말이 아니었다. 어딘가에서 불쑥 튀어나온 말이었다. 교회의 음향 시설이 그렇다. 깜짝 등장에 딱 알맞다. 나는 주위를 두리번거렸다. 호텔에서 보고 그의 아내인가 보다고 짐작했던 연한 적갈색 머리의 여자가 구두로 결연하고 리드미컬하게 돌바닥을 때려 가며 성큼성큼 걸어왔다. 그녀는 그의 옆에서 걸음을 멈추고 적의를 고스란히 드러내며 나를 응시했다. 「톰은 그 얘기를 꺼내기 싫어해요.」 그녀가 말했다. 「그런 사람을 괴롭히는 이유를 모르겠네요. 앨런 콘웨이는 오늘 땅에 묻혔고 내가 볼 땐 그걸로 이제 끝이에요. 더 이상 이러쿵저러쿵 할 생각 없어요. 라디에이터 손봤어요?」 그녀는 숨 한 번 돌리지 않고 마지막 질문까지 똑같은 말투로 내뱉었다.

「응, 여보.」

「그럼 이제 집에 가요.」

그녀는 그의 팔짱을 꼈고, 머리가 그의 어깨에 닿을락 말락 한 그녀가 그를 교회 밖으로 끌고 나갔다. 그들의 등 뒤에서 문이 쾅 하고 닫혔고 남겨진 나는 뭘 찍은 사진이었을지, 색스비온에이번에서 메리 블래키스턴이 목사관 식탁 위에서 본 게 그 사진이었을지, 그것이 그녀를 죽음으로 몰고 간 원흉이었을지 궁금해졌다.

크라운에서 저녁을

나는 제임스 테일러와 취하도록 술을 마실 생각이 없었고 어쩌다 그렇게 됐는지 지금도 기억이 나지 않는다. 산만한 분위기를 풍기며 등장한 그가 메뉴판에서 가장 비싼 샴페인에 이어서 고급 와인과 위스키 몇 잔을 연거푸 주문한 건 사실이지만 나는 혼자 마시게 할 작정이었다. 이후 두 시간 동안 내가 얼마나 많은 정보를 알아냈는지 잘 모르겠다. **누가,** 왜 앨런 콘웨이를 살해했는지에 관한 한 진전이 없었던 것만큼은 분명했고 다음 날 아침에 눈을 떴을 때에는 이러다 내가 죽겠다는 생각이 들었다.

「아, 이 우라질 동네 정말 싫어요.」 그가 테이블 앞에 털썩 주저앉으며 맨 처음으로 한 말이 그거였다. 예전에 만났을 때 입었던 까만 가죽 재킷과 흰색 티셔츠로 갈아입은 상태였다. 제임스 딘과 아주 흡사했다. 「미안해요, 수전.」 그가 말을 이었다. 「하지만 장례식이 끝날 때까지 기다릴 수가 없었어요. 그 목사는 앨런에 대해서 좋은 소리를 하나도 하지 않았잖아요. 게다가 그 목소리는 어떻고! 걸걸한 정도가 아니라 누가 들으면 뭣

171

자리를 그 사람이 판 줄 알겠더라고요. 나는 그 자리에 참석하고 싶지도 않았는데 칸 씨가 가야 된다고 했기 때문에 그동안 도움을 받은 게 많아서 보은 차원에서 간 거예요. 물론 이제는 모두 알겠지만요.」 나는 묻는 눈빛으로 그를 바라보았다. 「유산 말이에요! 집, 땅, 현금, 저작권이 전부 내 차지가 됐어요! 그가 프레디 — 아들 말이에요 — 앞으로도 제법 많은 몫을 남겼고 누나도 챙겼더라고요. 교회에 유증한 것도 있고요. 로브슨이 묘지를 내주는 대가로 그걸 요구했거든요. 한두 가지 다른 것들과 함께. 하지만 내 평생 이렇게 많은 돈은 처음이에요. 그나저나 저녁은 내가 살게요. 아니, 앨런이 산다고 해야 하나? 사라진 원고는 찾았어요?」

나는 못 찾았다고 얘기했다.

「안타까워라. 나도 여기저기 뒤져 봤는데 없더라고요. 앞으로 책 때문에 당신이랑 가끔 연락하겠다는 생각이 들면 웃겨요. 마크 레드먼드라는 사람이 벌써부터 전화로 『아티쿠스의 모험』이야기를 하더라고요. 어떻게 만들든 상관없어요. 나더러 그 망할 것을 꼭 보라고 강요만 하지 않으면.」 그는 메뉴판을 흘끗 쳐다보더니 당장 결정을 내리고 옆으로 치웠다. 「그거 알아요? 다들 나를 싫어한다는 거. 물론 다들 아닌 척하죠. 어떻게 감히 실토하겠어요. 하지만 날 쳐다보는 눈빛을 보면 알 수 있어요. 앨런의 꽃뱀이 땡잡았군. 다들 그렇게 생각하고 있더라고요.」

샴페인이 나왔고 그는 웨이트리스가 두 잔을 따를 때까지 기다렸다. 나는 미소가 절로 지어졌다. 그는 이제 막 갑부가 되었고 거기에 대해서 편하게 심지어 유머러스하게 투정을 늘어놓고 있었다. 의도적인 자기 비하였다.

그는 단숨에 잔을 비웠다. 「내일 당장 애비 그레인지를 내놓을 거예요.」 그가 말했다. 「다들 나를 손가락질하겠지만 어서 빨리 여길 뜨고 싶어요. 칸 씨 말로는 2백~3백 만 파운드는 될 거라는데 존 화이트가 벌써부터 관심을 보이고 있어요. 당신한테 그 사람 얘기한 적 있던가요? 옆집에 사는 헤지 펀드 매니저예요. 완전 부자고요. 앨런하고 얼마 전에 크게 싸웠어요. 무슨 투자건 때문에. 그러고 나서 서로 말도 섞지 않았어요. 웃기죠? 시골 한복판에 4천 제곱미터쯤 되는 집을 사놓고 옆집 사람이랑 티격태격하다니. 아무튼 그가 인수하겠다고 할지 몰라요. 집을 넓히려고.」

「어디로 갈 생각이에요?」 내가 물었다.

「런던에 집을 한 채 살 거예요. 전부터 그게 소원이었거든요. 일을 시작해 볼 거예요. 다시 배우로 돌아가고 싶거든요. 『아티쿠스의 모험』을 제작하면 나한테 배역을 하나 제의할지도 몰라요. 그러면 깜짝 사건이 되겠죠? 내가 제임스 프레이저로 캐스팅되면 애초에 나를 모델로 탄생된 인물을 내가 연기하게 되는 거예요. 그나저나 프레이저의 성이 왜 프레이저가 됐는지 알아요?」

「아뇨. 몰라요.」

「텔레비전에서 푸아로의 파트너 역할을 맡았던 휴 프레이저의 성을 따다 붙인 거예요. 그리고 아티쿠스 퓐트가 사는 아파트가 패링던의 태너 코트에 있잖아요? 그것도 앨런의 장난이었어요. 푸아로 영화에 플로린 코트라는 실제 지명이 쓰였거든요. 알겠어요? 태너. 플로린. 둘 다 옛날에 쓰던 동전이잖아요.」[20]

「당신은 그걸 어떻게 알았어요?」

「앨런한테 들었어요. 그것뿐만이 아니에요. 그는 뭘 잘 숨겼어요.」

「그게 무슨 소리예요?」

「뭐…… 이름들 말이에요. 어떤 작품은 런던이 배경인데 이름들이 전부 전철역이거나 그래요. 그리고 또 어떤 작품에서는 등장인물 이름들이 브룩, 워터스, 포스터, 와일드…….」

「전부 작가네요?」

「**게이** 작가죠. 스스로 지겨워지는 걸 막으려고 고안한 게임이었어요.」

우리는 샴페인을 좀 더 마셨고 피시 앤드 칩스를 주문했다. 식당은 호텔의 한쪽 끝이었다. 장례식을 마치고 음료를 마셨던 곳에서 모퉁이를 돌면 이 식당이 나왔다. 두세 가족이 식사를 하고 있었지만 우리는 구석 자리로 안내를 받았다. 조명이 은은했다. 나는 제임스에게 앨런 콘웨이가 어떤 식으로 작업을 했는지 물었다. 그는 자신의 글을 통해 드러낸 것 못지않게 숨긴 게 많았고 베스트셀러 작가와 그가 실제로 출간한 책 사이에 묘한 괴리감이 있었다. 수많은 게임들 중에서 왜 하필 암호와 은밀한 공통분모였을까? 단순히 이야기를 전달하는 걸로는 부족했을까?

「나한테는 이런 얘기를 한 번도 한 적이 없어요.」 제임스가 말했다. 「그는 어떨 때는 하루에 7~8시간씩 엄청 열심히 일을

20 구제도에서는 6펜스짜리 은화를 태너, 2실링짜리 은화를 플로린이라고 불렀다.

했어요. 단서와 속임수나 기타 등등을 잔뜩 써놓은 공책이 있었고요. 누가 어디에서, 언제, 무엇을 했는지. 그는 모든 걸 정리하려니 골치가 아프다고 했고 그럴 때 내가 들어가서 집중력이 흩어지면 소리를 질렀어요. 아티쿠스 핀트가 실존 인물이라도 되는 것처럼 얘기할 때도 있었는데, 좀 이상하게 들릴지 몰라도 내가 듣기에는 둘이 별로 친한 친구 사이는 아닌 듯하더라고요. 〈아티쿠스 때문에 내가 죽게 생겼어! 이제 그 인간이라면 지긋지긋해. 내가 왜 그 시리즈를 또 써야 하는지 모르겠네.〉늘 그렇게 구시렁거렸거든요.」

「그래서 그를 죽이기로 결심한 걸까요?」

「글쎄요. 그가 맨 마지막 권에서 죽나요? 원고를 못 봐서요.」

「병에 걸려요. 막판에 죽을 수도 있어요.」

「앨런은 항상 아홉 권을 쓸 거라고 했어요. 처음부터 그러기로 마음먹었다면서. 9라는 숫자에 특별한 의미가 있는 듯했어요.」

「공책은 어떻게 됐어요?」 내가 물었다. 「못 찾은 모양이네요.」

제임스가 고개를 끄덕였다. 「못 찾았어요. 미안해요. 하지만 그 집에 없는 게 분명해요.」

그러니까 『맥파이 살인 사건』의 원고 마지막 부분을 들고 간 사람이 앨런의 하드 드라이브에서 한 글자도 남김없이 지우고 공책까지 확실하게 없앴다는 뜻이었다. 그건 시사하는 바가 있었다. 범인이 그의 작업 방식을 알았다는 뜻이었다.

우리는 제임스와 앨런이 함께 지낸 시간에 대해서 좀 더 이야기를 나누었다. 샴페인을 다 마시고 와인으로 갈아탔다. 식사를 마친 다른 가족들은 떠났고 9시가 되자 식당이 우리의 독차지가 됐다. 제임스는 외로워하는 듯했다. 프램링엄 같은 곳에서 처박혀 지내고 싶은 20대 후반의 남자가 어디 있을까. 사실 그에게는 선택의 여지가 없었다. 그는 앨런과의 관계를 통해서만 세상에 존재할 수 있었고, 그랬다는 사실 하나만으로도 관계를 정리하기에 충분했다. 제임스는 아주 편안하게 나와 대화를 나누었다. 우리 둘은 친구가 되었다. 함께 피운 첫 담배 때문일 수도 있고 우리 둘을 하나로 연결하는 희한한 상황 때문일 수도 있었다. 그는 나에게 어린 시절 이야기를 들려주었다.

「나는 벤트너에서 살았어요.」그가 말했다. 「아일오브와이트 주요. 나는 거기가 싫었어요. 처음에는 섬이라서, 바다에 둘러싸인 곳이라서 싫은 줄 알았거든요. 그런데 그게 아니라 내 천성 때문이더라고요. 우리 엄마, 아빠는 여호와의 증인이었어요. 말도 안 되는 소리처럼 들리겠지만 진짜예요. 엄마는 집집마다 찾아다니며 『파수대』를 나누어 주었어요.」그는 잠깐 하던 이야기를 멈추었다. 「엄마 입장에서는 가장 비극적인 사건이 뭐였는지 알아요? 찾아다닐 집이 더 이상 남지 않는 거였어요.」

제임스의 고민거리는 종교나 가부장적인 집안 분위기가 아니었다(그에게는 형이 2명 있었다). 동성애가 죄로 간주된다는 사실이었다.

「나는 열 살 때 내 정체를 알아차렸고 열다섯 살까지 벌벌 떨면서 지냈어요.」그가 말했다. 「털어놓을 사람이 아무도 없다는 게 제일 끔찍했어요. 형들하고는 친하게 지내 본 적이 없었고 ― 내가 다르다는 걸 알았던 것 같아요 ― 아일오브와이트 생활은 꼭 1950년대 같았거든요. 지금은 그렇게 심하지 않대요 ― 내가 들은 바로는요. 뉴포트에 게이 바도 있고 곳곳에 게이들이 어울려서 놀 만한 곳이 생겼대요. 하지만 내가 어렸을 때는 장로들이 우리 집을 들락거리고 그랬으니 사무치게 외로웠어요. 그러다 학교에서 어떤 남자아이를 만나서 서로 장난을 치기 시작했고 그때 나는 탈출해야겠다는 걸 깨달았어요. 그대로 남았다가는 말 그대로 바지를 내린 채로 현장에서 붙잡혀서 따돌림을 당하게 생겼으니까요. 여호와의 증인들은 열받으면 서로 그렇게 하거든요. 나는 GCSE[21]를 칠 때가 됐을 때 배우가 되기로 결심했어요. 열여섯 살에 학교를 접고 어찌어찌 생클린 극장에 들어가 무대 뒤에서 일을 하다 2년 뒤에 섬을 등지고 런던으로 갔어요. 우리 가족은 내가 떠나 줘서 고마웠을 거예요. 그 뒤로 나는 두 번 다시 돌아가지 않았어요.」

제임스는 형편이 안 돼서 연극 학교에 다니지는 못했지만 다른 데서 연기를 배웠다. 술집에서 만난 남자에게 연출가를 소개받았고 그를 통해 영국의 공중파 텔레비전에서는 상영되지 못할 영화에 몇 번 출연했다. 사실 내가 내숭을 떨고 있다. 그는 하드코어 포르노 배우로 활동했던 이력을 솔직하고 지저분하게 공개했고, 두 병째 주문한 와인의 효력이 나타나기 시작하자 우리는 깔깔대며 대화를 나누기에 이르렀다. 그는 런던과 암스테르담에서 남창으로도 일을 했다. 「그런 일도 아무렇지 않았어요.」 그가 말했다. 「구역질 나는 변태 손님도 몇 명 있었지만 대부분 들통이 날까 봐 겁에 질린 번듯한 중년 남자들이 었거든요. 단골도 많았어요. 나는 섹스랑 돈을 버는 게 즐거웠고 건강 관리를 철저하게 했어요.」 제임스는 웨스트켄징턴의

21 중학교 졸업 자격시험.

조그만 아파트를 하나 빌려서 거기서 손님을 받았다. 손님 중에 캐스팅 디렉터가 있었던 덕분에 그를 통해 제대로 된 배역을 몇 번 맡을 수 있었다.

그러다 앨런을 만났다.

「앨런은 평범한 손님이었어요. 유부남이었고. 어린 아들이 있었고. 인터넷에서 내 사진과 연락처를 알아냈고 한참 동안 자기 본명도 밝히지 않았어요. 내가 자기를 협박하거나 돈을 받고 일요일 자 신문에 기삿거리를 넘기기라도 할까 봐 유명한 작가라는 걸 숨기고 싶었던 거죠. 하지만 어이없는 착각이에요. 요즘 누가 그런 짓을 해요.」제임스는 아침 텔레비전 프로그램에 책을 홍보하러 나온 앨런을 보고 그의 정체를 알아차렸다. 그의 이야기를 듣고 보니 생각이 났다. 아티쿠스 퓐트 시리즈가 팔리기 시작했을 때 앨런은 우리 출판사의 다른 모든 저자들과는 반대로 텔레비전에 출연하지 **않으려고** 갖은 애를 썼다. 나는 그때 그가 부끄러워서 그러는 줄 알았다. 하지만 그가 이런 식으로 이중생활을 하고 있었다면 완벽하게 앞뒤가 맞았다.

우리는 메인 코스와 와인 두 병을 해치우고 담배를 피우러 비틀비틀 마당으로 나갔다. 밤하늘이 맑았고 아주 희미한 달 한 조각이 까만 하늘 위에 떠 있는 가운데, 제임스는 별을 머리에 이고 앉아서 사색에 잠겼다. 「나는 앨런을 진심으로 좋아했어요.」그가 말했다. 「책을 쓸 때는 성질 더러운 늙은이가 되긴 했지만. 그는 탐정 소설로 떼돈을 버는데도 행복해 보인 적이 없었어요. 하지만 나는 행복했어요. 그게 그렇게 나쁜 일은 아니지 않아요? 사람들이 뭐라고 생각하고 뭐라고 얘기하건 그에게는 내가 필요했어요. 처음에는 그가 돈을 내고 나랑 하룻밤

178

을 같이 지냈죠. 그러다 몇 군데 여행을 갔어요. 파리하고 빈. 멜리사한테는 자료 조사를 한다고 하고요. 심지어 미국에서 열린 북 투어에 나를 데려간 적도 있어요. 누가 물으면 나를 개인 비서라고 했고 어느 호텔에 가든 방을 따로 잡았지만 당연히 바로 옆방을 썼죠. 나는 그에게 용돈을 받기 시작한 뒤로 다른 사람은 만나지 못했어요.」

그는 연기를 내뱉고 빨갛게 이글거리는 담뱃불을 물끄러미 바라보았다.

「앨런은 내가 담배를 피우면 옆에서 구경하는 걸 좋아했어요.」 그가 말했다. 「섹스가 끝났을 때 내가 알몸으로 담배를 피우면 그걸 구경했어요. 그를 실망시켜서 미안해요.」

「뭘 어쨌길래요?」 내가 물었다.

「나는 역마살이 있거든요. 그에게는 책도 있고 글도 있었지만 나는 프램링엄에 가만히 있으려니 점점 좀이 쑤시더라고요. 우리 둘의 나이 차가 스무 살도 넘었잖아요. 여기에는 내가 할 게 아무것도 없었어요. 그래서 런던을 들락거리기 시작했어요. 친구들을 만나러 간다고 했지만 앨런은 내가 무슨 짓을 했는지 알아요. 빤했으니까요. 그것 때문에 계속 싸웠는데도 내가 그만두지 않으니까 결국에는 그가 한 달의 시간을 줄 테니까 짐을 싸서 나가라고 했어요. 당신이랑 만났을 때 나는 홈리스 신세가 되기 이틀 전이었어요. 그와 화해를 하고 싶은 마음도 있었지만 솔직히 끝나서 기뻤어요. 나는 돈에는 관심이 없었어요. 우리를 아는 사람들은 내가 돈만 밝히는 줄 알았지만 아니에요. 나는 그를 좋아했어요.」

우리는 다시 안으로 들어갔고, 제임스는 위스키를 몇 잔 마시면서 앞으로의 계획에 대해 이야기했다. 이미 얘기해 놓고 잊어버린 것이었다. 그는 더운 지방으로 잠깐 여행을 다녀올 생각이었다. 다시 연기를 시도할 생각이었다. 「연극 학교에 들어갈까 봐요. 이제는 형편이 되니까요.」 그는 앨런에 대해서 한 얘기가 무색하게 벌써 다른 사람을 만나고 있다고 했다. 이번에는 나이가 그와 비슷한 남자였다. 이유는 모르겠지만 흘러내리는 그의 긴 머리와 술기운에 몽롱해진 눈을 보는데, 문득 새로운 만남이 불길하게 끝날 것 같은 예감이 들었다. 이상한 예감이었지만 어쩌면 제임스 프레이저에게 아티쿠스 퓐트가 필요했던 것처럼 그에게도 앨런 콘웨이가 필요할지 몰랐다. 이야기 속에서 그의 자리는 거기뿐이었다.

그는 차를 몰고 왔지만 아무리 1~2킬로미터밖에 안 된다고 해도 운전대를 잡게 내버려 둘 수는 없었다. 나는 나이 많은 이모가 된 듯한 심정을 느끼며 열쇠를 압수하고 호텔에 택시를 불러 달라고 했다.

「여기서 자고 가야겠어요.」 그가 말했다. 「방값 낼 수 있는데. 호텔을 통째로 전세 낼 수도 있는데.」

그는 그 말을 끝으로 비틀비틀 밤공기 속으로 사라졌다.

〈그는 뭘 잘 숨겼어요……〉

제임스 말이 맞았다. 런던이 배경인 『청산가리 칵테일』에 레이턴 존스, 빅토리아 윌슨, 마이클 래티머, 브렌트 앤드류스 그리고 워릭 스티븐스가 등장했다. 일부 또는 전부 전철역에서 차용한 이름이었다. 범인인 린다 콜과 마틸다 오어는 노던 선의 콜린데일 역과 래티머 로드 역의 철자를 바꾼 이름이었다. 『아티쿠스에게 빨간 장미를』은 출연진이 게이 작가 군단이었다. 『아티쿠스 핀트, 사건을 맡다』에서는 ─ 여러분이 직접 알아맞혀 보기 바란다.

존 워터먼 John Waterman

파커 보울스 광고사 Parker Bowles Advertising

캐롤린 피셔 Caroline Fisher

칼라 비스콘티 Carla Visconti

오토 슈나이더 교수 Professor Otto Schneider

엘리자베스 파버 Elizabeth Faber

다음 날 7시 직후에 눈을 떠보니 머리가 아프고 입 안이 썼다. 희한하게도 제임스의 차 열쇠를 손에 쥐고 있어서 눈을 뜨면 그가 내 옆에 누워 있는 거 아닌가 하는 섬뜩한 생각이 잠깐 들기도 했다. 욕실로 들어가서 한참 동안 뜨거운 물로 샤워를 했다. 그런 다음 옷을 입고 1층으로 내려가서 블랙커피와 자몽주스를 마셨다. 나는 『맥파이 살인 사건』 원고를 들고 왔고 상태가 이런데도 불구하고 원하는 정보를 파악하기까지 그리 많은 시간이 걸리지 않았다.

모든 등장인물의 이름이 새 이름이었다.

나는 맨 처음 원고를 읽었을 때 매그너스 파이 경과 파이 홀에 대해서 앨런에게 짚고 넘어가야겠다고 메모를 해놓은 게 있었다. 이름들이 조금 유치하고 구식처럼 느껴졌다. 『탱탱의 모험』[22]에 나옴 직한 이름 같았다. 원고를 다시 한번 훑어보니 아주 비중이 적은 인물에 이르기까지 거의 모두가 같은 대접을 받았다. 가장 확연한 것부터 꼽자면 — 목사는 로빈이고 그의 아내는 헨이다.[23] 화이트헤드(앤티크 딜러), 레드윙(의사) 그리고 위버(장의사)는 비교적 흔한 종류고, 래너와 크레인(장의사)과 카이트(페리맨 주인)도 마찬가지다.[24] 파악하기 좀 어려운 이름들도 있다. 조이 샌덜링은 섭금류에 속하는 조그만 새의 이름을,[25] 잭 다트퍼드는 휘파람새의 이름을 차용했다. 관리인 브렌트는 기러기의 일종이고 가운데 이름이 제이다.[26] 부엉

---

22 벨기에의 만화 작가 에르제가 1929년부터 신문에 연재한 만화.
23 로빈은 울새, 헨은 암탉이다.
24 화이트헤드는 화이트헤드, 레드윙은 붉은날개지빠귀, 위버는 위버새, 래너는 래너매, 크레인은 두루미, 카이트는 솔개다.
25 샌덜링이 세발가락도요새라는 뜻이다.
26 어치라는 뜻이다.

이 이름으로도 유명한[27] 토머스 블래키스턴이라는 19세기의 동식물학자가 이야기를 이끌어 나가는 가족에게 영감을 불어넣었고, 기타 등등 많았다.

이런 게 뭐가 중요하냐고? 음, 사실 중요하다. 나는 걱정이 됐다.

등장인물들의 이름은 중요한 부분이다. 내가 아는 어떤 작가들은 친구들의 이름을 빌리고 또 어떤 작가들은 참고서를 십분 활용한다. 내가 아는 참고서로는 『옥스퍼드 인용문 사전』과 『케임브리지 인명 백과사전』, 이 두 개가 있다. 소설에서는 어떤 이름이 좋은 이름일까? 단순한 게 정답일 때가 많다. 제임스 본드는 이름이 길어서 희대의 인기남이 된 게 아니었다. 이러니저러니 해도 어떤 인물에 대해서 가장 먼저 접하는 정보가 이름이고 나는 이름이 튀지 않고 잘 어울리면 도움이 된다고 본다. 리버스[28]와 모스[29]가 훌륭한 예다. 둘 다 암호의 일종이라 단서와 정보의 효과적인 해독이라는 탐정의 역할을 절반은 수행한 셈이 된다. 찰스 디킨스와 같은 19세기 작가들은 거기서 한 걸음 더 나아갔다. 세상에 왝퍼드 스퀴어스[30]에게 교육을 받거나 범블 씨[31]에게 보살핌을 받거나 제리 크런처[32]와 결혼을 하고 싶은 사람이 어디 있을까? 하지만 이런 이름들은 코믹과

---

27 블래키스턴 물고기잡이 부엉이를 말한다.

28 이언 랜킨의 존 리버스 시리즈의 주인공 이름인 동시에 그림과 글자를 조합한 수수께끼를 뜻한다.

29 영국 드라마 〈모스 경감〉의 주인공 이름인 동시에 점과 선으로 문자, 기호를 전달하는 전신 부호를 뜻한다.

30 찰스 디킨스의 『니콜라스 니클비』에 등장하는 악당 교장.

31 찰스 디킨스의 『올리버 트위스트』에서 구빈원 관리자.

32 찰스 디킨스의 『두 도시 이야기』에서 텔슨 은행의 심부름꾼.

엽기의 조화다. 그는 독자들의 심금을 울릴 주인공들 같은 경우에는 좀 더 신중을 기했다.

가끔은 저자들이 상징적인 이름을 우연히 발견하는 경우도 있다. 가장 유명한 사례가 셰린퍼드 홈스[33]와 오몬드 새커[34]다.[35] 코넌 도일이 다시 한번 고민한 끝에 셜록 홈스와 존 왓슨 박사를 선택하지 않았더라도 그들이 전 세계적인 성공을 거둘 수 있었을까? 나는 이름이 변경된 원고를 실제로 본 적이 있다. 펜으로 한 번 휘갈겨 쓴 순간 문학의 역사가 탄생됐다. 마찬가지로 마거릿 미첼이 『바람과 함께 사라지다』를 탈고한 뒤에 생각을 바꾸지 않았다면 팬지 오하라도 스칼릿처럼 세상을 강타할 수 있었을까? 이름은 우리의 머릿속에 낙인을 찍는 역할을 한다. 피터팬, 루크 스카이워커, 잭 리처, 페이긴, 샤일록, 모리아티…… 이들을 다른 이름으로 상상할 수 있을까?

그러니까 핵심은 뭔가 하면 이름과 인물이 서로 밀접한 관계라는 것이다. 그 둘은 서로의 특징을 명시한다. 그런데 『맥파이 살인 사건』 같은 경우에는, 앨런 콘웨이가 쓰고 내가 편집한 다른 책들의 경우에는 그렇지가 않다. 그는 부수적인 인물들을 전부 새나 전철역으로 (『아티쿠스 퓐트, 사건을 맡다』에서는 만년필 제조사로) 만듦으로써 그들을 비하하고 품위를 손상시켰다. 어쩌면 내가 너무 과장하는 것일 수도 있다. 이러니저러니 해도 그의 탐정 소설은 오락물에 불과했으니까. 하지만 그

33 홈스 연구자인 윌리엄 베어링 굴드가 쓴 가상의 홈스 전기에 등장하는 홈스의 형. 코넌 도일이 주인공 탐정의 이름으로 고민한 후보 가운데 하나이기도 하다.
34 코넌 도일이 조수의 이름으로 고민한 후보 가운데 하나다.
35 코넌 도일이 『주홍색 연구』 구상 단계에서 생각한 두 주인공의 이름이 셰린퍼드 홈스와 오몬드 새커였다.

가 자신의 작품을 대하는, 경멸에 가까운 무심한 태도가 이런 식으로 드러났다는 데서 나는 우울해졌다. 그리고 진작 알아차리지 못했던 게 유감스러웠다.

아침 식사를 마친 뒤에 짐을 챙기고 방값을 계산한 다음 제임스 테일러에게 열쇠를 돌려주려고 애비 그레인지로 향했다. 마지막이 될 거라는 생각을 하며 그 집을 감상하려니 기분이 묘했다. 칙칙한 서쪽의 하늘 때문일 수도 있었지만 집이 예전 주인의 죽음뿐 아니라 새 주인이 자길 원하지 않는다는 걸 알고서 슬퍼하는 듯했다. 이제는 탑이 어찌나 음울하고 위협적으로 느껴지는지 차마 쳐다볼 수가 없었다. 이 세상에 귀신이 출몰하는 수밖에 없는 운명을 타고 태어난 집이 있다면 여기라는 생각이 들었다. 언젠가, 머지않은 미래에 새 주인은 처음에는 바람에 섞인 울음소리를 듣고, 그다음에는 무언가가 쿵 하고 나지막이 잔디에 부딪치는 소리를 듣고 한밤중에 깨어날 것이다. 떠나겠다는 제임스의 판단은 절대적으로 옳았다.

초인종을 누를까 하다 관두기로 했다. 제임스가 아직 자고 있을 가능성이 컸고 술기운에 의도했던 것보다 많은 것을 나에게 공개했을 수도 있었다. 과음한 다음 날의 역습은 피하는 게 상책이었다.

나는 입스위치에서 약속이 있었다. 클레어 젠킨스가 약속한 대로 로크 경정과의 만남을 주선했기 때문인데, 경찰서가 아니라 영화관 근처의 스타벅스에서 만나기로 했다. 문자로 안내를 받았다. 약속 시간은 11시였다. 그는 15분 시간을 낼 수 있다고 했다. 아직 시간이 많이 남았지만 나는 먼저 앨런의 옆집을 찾아가 보고 싶었다. 주황색 웰링턴 장화를 신은 존 화이트는 장례식장에서 본 적이 있었지만 대화는 나누지 못했다. 제임스의 설명에 따르면 그는 앨런과 사이가 틀어졌고 『맥파이 살인 사건』에 등장했다고 했다. 나는 그보다 좀 더 많은 정보를 알고 싶었다. 일요일이라 그가 집에 있을 가능성이 농후했기에 우편물 투입구에 제임스의 열쇠를 넣고 그의 집으로 차를 몰았다.

애플 팜이라는 이름이 무색하게 사과나무는 흔적도 보이지 않았고 농장하고 전혀 비슷하지도 않았다. 애비 그레인지보다 훨씬 평범하고 근사한 건물이었고 내가 보기에는 1940년대에 지어진 듯했다. 자갈이 깔린 깔끔한 진입로하며 완벽한 생울타리, 초록색 줄무늬로 깎인 널따란 잔디밭에 이르기까지 모든 면에서 아주 번듯했다. 현관문 맞은편의 차고 앞에는 상당히 멋진 차가 주차돼 있었다. 2인승 페라리 458 이탈리아였다. 저걸 타고 서퍽의 도로를 요란하게 질주하고 싶은 마음이야 굴뚝같았지만 차값이 20만 파운드를 내면 거스름돈을 몇 푼 받지 못할 금액이었다. 덕분에 내 MGB가 조금 추레해 보였다.

현관문에 달린 초인종을 눌렀다. 방이 최소한 8개는 됨 직했고 크기를 감안했을 때 한참 지나야 누군가가 등장할 줄 알았는데, 초인종을 누름과 거의 동시에 문이 열렸고 무뚝뚝해 보이는 여자가 내 앞에 등장했다. 까만 머리를 정중앙에서 가르마를 타고 스포츠 재킷과 몸에 꼭 맞는 바지와 앵클 부츠로 상당히 남성스러운 복장을 한 여자였다. 부인일까? 그녀는 장례식에 참석하지 않았다. 왠지 몰라도 부인일 것 같지는 않았다.

「화이트 씨를 좀 만나고 싶은데요.」 내가 물었다. 「화이트 씨의 부인이세요?」

「아뇨. 화이트 씨의 가정부예요. 누구시죠?」

「앨런 콘웨이의 친구예요. 사실 담당 편집자였어요. 화이트 씨에게 여쭈어보고 싶은 게 있어서요. 아주 중요한 문제예요.」

그녀는 꺼지라고 말하려던 참이었겠지만 바로 그때 그녀의 등 뒤 복도에서 어떤 남자가 등장했다. 「누구야, 엘리자베스?」 그가 물었다.

「앨런 콘웨이에 대해서 묻고 싶대요.」

「제 이름은 수전 라일랜드예요.」 나는 그녀의 어깨 너머로 그에게 직접 전했다. 「5분만 시간을 내주시면 정말 감사하겠습니다.」

내가 워낙 예의를 갖춰서 말을 건넸기 때문에 화이트도 거절할 도리가 없었을 것이다. 「들어와요.」 그가 말했다.

가정부가 옆으로 비켰고 나는 그녀를 지나서 홀로 들어갔다. 존 화이트가 내 앞에 서 있었다. 장례식에서 보았기 때문에 한눈에 알아볼 수 있었다. 그는 키가 상당히 작고 아주 호리호리했고 외모는 다소 평범했다. 바짝 깎은 까만 머리가 항상 까칠하게 턱을 덮고 있는 수염과 한 세트였다. 와이셔츠 위에 브이넥 풀오버를 입고 있었다. 페라리 운전대를 잡고 있는 모습이 상상이 되지 않았다. 그에게서 공격적인 분위기라고는 전혀 느껴지지 않았다.

「커피 마실래요?」 그가 물었다.

「고맙습니다. 사양하지 않을게요.」

그가 고개를 끄덕이자 가정부는 이미 예상하고 있었다는 듯이 커피를 가지러 갔다. 「응접실로 갑시다.」 그가 말했다.

우리는 뒷마당이 내다보이는 널찍한 방으로 들어갔다. 가구

187

들은 모던한 분위기였고 벽에 걸린 값비싼 작품 중에는 트레이시 에민의 네온 아트도 있었다. 매력적으로 생긴 쌍둥이 여자아이의 사진이 있었다. 딸일까? 이 집에 가정부 말고 다른 사람은 없다는 것을 한눈에 알 수 있었다. 그러니까 가족이 어딜 갔거나 이혼을 했거나 둘 중 하나였다. 아무래도 후자일 듯했다.

「앨런에 대해서 알고 싶은 게 뭐죠?」 그가 물었다.

아주 격의 없는 만남처럼 보일지 몰라도 나는 그날 아침에 인터넷으로 검색을 했기 때문에 이 남자가 런던의 유명한 증권 회사에서 가장 성적이 좋은 헤지 펀드를 한 개도 아니고 두 개나 운용 중인 사람이라는 것을 알았다. 그는 신용 위기를 예견함으로써 부와 명성을 거머쥐었고 마흔다섯 살에 나는 꿈도 꾸지 못할 액수의 자산과 함께 은퇴했다. 그래도 일을 완전히 놓지는 않았다. 시계, 주차장, 부동산 기타 등등에 수백만 파운드를 투자해 수백만 파운드를 벌었다. 원래라면 쉽게 반감을 느낄 만한 부류의 사람이었는데 — 페라리 때문에 더 그랬다 — 그렇지가 않았다. 이유는 모르겠다. 어쩌면 주황색 장화 때문이었을지 모른다. 「장례식장에서 뵈었어요.」

「네. 아무래도 얼굴을 비쳐야 할 것 같았어요. 하지만 다과회까지 참석하지는 않았어요.」

「앨런하고 친하게 지내셨나요?」

「이웃사촌이었죠, 그걸 물은 건지 모르겠지만. 자주 만났어요. 그의 작품을 몇 권 읽기는 했지만 별로 좋아하지는 않았어요. 책 읽을 시간이 많지도 않은데 그의 작품은 내 스타일이 아니더라고요.」

「화이트 씨…….」 나는 머뭇거렸다. 쉽지 않을 것이었다.

「그냥 존이라고 불러요.」

「…… 앨런이 죽기 직전에 두 분이서 싸운 걸로 아는데요.」

「맞아요.」그는 꿈쩍도 안했다. 「그걸 묻는 이유가 뭐죠?」

「그의 사망에 얽힌 정황을 파악하려고 하는 중이라서요.」

그의 눈은 옅은 적갈색이었지만 이 말을 들은 순간 머릿속의 기계 장치가 작동을 시작하기라도 한 것처럼 뭔가가 번뜩였다. 「자살한 거 아닌가요?」그가 물었다.

「네. 맞아요. 하지만 그 당시 심리 상태가 궁금해서요.」

「설마 무슨 억측을 하고 계신 건 ―」

나는 온갖 억측을 하고 있었지만 최대한 우아하게 시치미를 뗐다. 「절대 아니에요. 좀 전에 선생님의 가정부에게 설명했던 것처럼 저는 그의 책을 출간하는 출판사 직원인데요, 그가 저희에게 마지막 작품을 남겼어요.」

「내가 그 안에 등장하나요?」

그랬다. 앨런은 그를 런던에서 수감 생활을 했고 사기꾼 기질이 다분한 앤티크 딜러 조니 화이트헤드로 둔갑시켰다. 예전 친구에게 마지막으로 날린 손가락 욕이었다. 「아뇨.」나는 거짓말을 했다.

「다행이네요.」

가정부가 커피 쟁반을 들고 왔고 화이트는 긴장을 풀었다. 그녀는 커피를 두 잔 따르고 크림과 집에서 만든 비스킷을 권한 다음 그대로 눌러앉았고 그는 그녀가 옆에 있다는 데 기뻐했다. 「궁금하다고 하니 어떻게 된 일인지 설명할게요.」그가 말했다. 「앨런과 나는 그가 이사한 날부터 알고 지냈고 좀 전에도 얘기했다시피 사이좋게 잘 지냈어요. 그런데 석 달쯤 전부터 사이가 틀어졌어요. 우리가 같이 하는 사업이 하나 있었거든요. 이 자리에서 분명히 밝히지만 난 그에게 뭘 강요하거나 그런 적이 없어요. 그가 듣더니 혹해서 동참하길 원했던 거지.」

「어떤 사업이었는데요?」 내가 물었다.

「당신은 내가 하는 일에 대해서 잘 모를 텐데 나는 NAMA 일을 많이 하거든요. NAMA는 자산 관리 공사의 약자인데, 2008년 경제 붕괴 이후에 아일랜드 정부에서 설립한 기관이고 기본적으로 도산한 기업을 매각하는 일을 해요. 그중에서 내 눈에 들어온 더블린의 사무용 개발지가 있었어요. 인수금이 1천2백만 파운드였고 부대 비용이 4~5백만 파운드였는데, 내가 수익을 낼 수 있을 것 같다고 앨런한테 얘기했더니 자기도 SPV에 끼워 줄 수 있느냐고 했어요.」

「SPV요?」

「특수 목적 회사요.」 전혀 아무것도 모르는 나를 보고 짜증이 났을지 몰라도 그는 티를 내지 않았다. 「예닐곱 명을 모아서 이런 식의 투자를 할 때 비용 면에서 효과가 좋은 방법이에요. 아무튼 간단하게 요약하자면 쫄딱 망했어요. 잭 다트퍼드라는 사람한테 개발지를 매입했는데 알고 보니 몹쓸 인간이었더라고요. 거짓말쟁이, 사기꾼이었던 거죠. 겉보기에는 그보다 더 매력적인 인간이 있을까 싶을 정도였어요. 지금 당신이 앉아 있는 그 자리에 앉아서 좌중을 포복절도하게 만들었어요. 그런데 개발지 같은 건 있지도 않았고 정신을 차려 보니 우리 돈 4백만 파운드를 들고튀었더라고요. 지금도 그를 찾는 중이지만 아무래도 틀린 것 같아요.」

「앨런이 선생님을 원망했겠군요.」

화이트는 미소를 지었다. 「그랬다고 볼 수 있죠. 솔직히 길길이 날뛰었어요. 다 같이 똑같은 금액을 날렸고 맨 처음 가담했을 때 이런 사업에는 위험 부담이 따른다고 내가 경고도 했거든요. 그런데 내가 자기를 속였다고 생각했나 봐요, 말도 안 되는 소리지만. 그는 나를 고소하려고 했어요. 협박까지 했고요! 아무리 설명해도 받아들이지를 않더라고요.」

「그를 마지막으로 만난 게 언제였나요?」

그는 비스킷을 집으려다 내 말을 듣고 잠깐 멈칫하며 동시에 가정부 쪽을 흘끗 쳐다보았다. 그는 경영 대학원에서 포커페이스 유지하는 법을 배웠을지 몰라도 가정부는 아니라 불안해하는 속내를 민낯으로 고스란히 드러냈다. 거짓말이 기다리고 있다는 신호였다. 「몇 주 동안 못 만났는데요.」그가 말했다.

「그가 사망한 일요일에 이 집에 계셨나요?」

「아마도요. 하지만 그는 나하고 연락하며 지내지 않았어요. 사실 우리는 변호사를 통해서만 대화를 주고받았죠. 우리가 벌였던 사업이 그 사건, 그러니까 그의 죽음과 연관이 있다고 생각하지는 말아 주었으면 해요. 맞아요, 그는 돈을 좀 날렸죠. 우리 전부 그랬어요. 하지만 감당 못 할 수준은 아니었어요. 뭘 팔거나 그래야 하지는 않았다고요. 그가 감당하지 못할 수준이었으면 내가 끼워 주지도 않았을 거예요.」

나는 그 뒤로 조금 더 앉아 있다가 일어났다. 엘리자베스라는 가정부는 내게 커피를 한 잔 더 권하지 않았다. 내가 MGB에 올라타는 동안 그들은 문간에 서서 기다렸고 내가 진입로를 되짚어 나가는 동안에도 그 자리에 같이 서서 지켜보았다.

입스위치 스타벅스

입스위치에는 외곽을 빙 둘러서 가게끔 만들어진 일방통행로가 있는데, 이 도시 중심부를 별로 좋아하지 않는 나 같은 사람에게 맞춤한 길이다. 가게는 너무 많고 다른 건 너무 없다. 거기 사는 사람들은 그래서 좋아할지 모르지만 나에게는 안 좋은 추억이 있다. 예전에 조카인 잭과 데이지를 종종 데려다주었던 크라운 수영장 때문인데, 하늘에 맹세컨대 소독약 냄새가 지금도 생각난다. 우라질 주차장에는 자리가 있는 적이 없었다. 들어가고 나오는 데에만 한참 동안 줄을 서서 기다려야 했다. 최근에는 역 바로 맞은편에 10여 개의 패스트푸드 전문점과 멀티플렉스 극장을 갖춘 미국 스타일의 복합 건물이 문을 열었다. 오락거리를 그런 식으로 분리해 놓다니 이 도시를 망가뜨리는 처사라고 생각되지만, 친절하게도 15분 동안 시간을 내주겠다고 한 리처드 로크를 만나려면 이렇게 이곳으로 찾아오는 수밖에 없었다.

내가 먼저 도착했다. 11시 20분이 되고 안 오려나 보다고 결론을 내리려는 찰나, 문이 열리면서 그가 열받은 표정으로 뚜

벅뚜벅 들어왔다. 나는 한눈에 그를 알아보고 손을 들었다. 장
례식장에서 클레어 옆에 서 있었던 그 남자가 맞았지만 그쪽에
서는 나를 모를 수밖에 없었다. 그는 양복을 입었지만 넥타이
는 매지 않았다. 오늘이 쉬는 날이었다. 그가 내 쪽으로 다가와
서 탄탄한 살과 근육으로 플라스틱 의자를 때리며 털썩 주저앉
자 내가 맨 처음에 한 생각은 이런 사람에게 체포될 일은 없었
으면 좋겠다는 것이었다. 그에게 커피를 권하는 것조차 조심스
러웠다. 그는 차를 마시겠다고 했고 나는 가서 주문했다. 그의
몫으로 두툼한 팬케이크도 하나 샀다.

「앨런 콘웨이 사건에 관심이 있다고요.」 그가 말했다.

「그의 담당 편집자였거든요.」

「그리고 클레어 젠킨스는 그의 누나였죠.」 그는 하던 이야기
를 잠깐 멈추었다. 「그녀는 그가 살해당했다고 보던데요. 당신
도 그렇게 생각하는 건가요?」

그의 말투는 단호하고 직설적이었고 당장이라도 분통을 터
뜨릴 듯했다. 눈빛도 마찬가지였다. 추궁하겠다고 나선 쪽이
그라도 되는 듯이 나를 똑바로 쳐다보고 있었다. 나는 뭐라고
대답하면 좋을지 알 수가 없었다. 그를 뭐라고 불러야 할지조
차 알 수가 없었다. 리처드라고 하면 너무 격의가 없었다. 로크
씨도 어색했다. 경정님이라고 하면 너무 텔레비전 드라마 같았
지만 나는 그래도 그 호칭을 선택했다. 「시신을 보셨나요?」 내
가 물었다.

「아뇨. 보고서를 봤어요.」 그는 마지못한 듯 팬케이크 한 조
각을 떼어 냈지만 먹지는 않았다. 「레이스턴의 경찰관 둘이 현
장으로 출동했어요. 내가 관여하는 이유는 오로지 콘웨이 씨와

아는 사이였기 때문이에요. 그리고 유명인이라 언론에서 관심을 보일 게 분명했기 때문이고요.」

「클레어가 경정님을 그에게 소개했나요?」

「사실 그 반대였던 것 같은데요, 라일랜드 씨. 그가 책과 관련해서 도움받을 일이 있다기에 그녀가 그를 나한테 소개해 주었어요. 그나저나 내가 묻는 말에 대답을 하지 않았잖아요. 그가 살해를 당했다고 생각하시나요?」

「그랬을 가능성도 있다고 봐요. 네.」 그가 말허리를 자르려고 하기에 나는 얼른 덧붙였다. 맨 처음 서픽에 오게 된 이유는 사라진 일부분의 원고 때문이라고 밝혔다. 앨런의 다이어리에 죽은 다음 주에 잡아 놓은 약속이 적혀 있더라는 얘기도 했다. 지금까지 만난 사람들 얘기는 하지 않았다. 그들을 끌어들이는 것은 부당한 처사인 듯했다. 하지만 유서로 보낸 편지에 대한 느낌과 어떤 식으로 편지의 앞뒤가 안 맞는지에 대해서는 그에게 처음으로 밝혔다. 「3페이지에 이르러서야 죽음을 운운하거든요.」 내가 말했다. 「하지만 어차피 죽을 목숨이었어요. 암에 걸렸거든요. 편지의 다른 부분에서는 자살하겠다는 이야기를 하지 않아요.」

「그렇다면 탑에서 뛰어내리기 전날, 그 편지를 출판사로 보낸 게 조금 이상하다는 생각이 들지 않나요?」

「그가 보낸 게 아닐 수도 있어요. 그 편지를 보고 잘못 해석될 수 있겠다는 걸 간파한 사람이 있을 수 있어요. 그들이 앨런을 탑에서 밀어서 떨어뜨리고 편지를 부친 거죠. 절묘한 타이밍 때문에 우리가 엉뚱한 결론을 내리겠다는 걸 알고서요.」

「나는 엉뚱한 결론을 내렸다고 생각하지 않는데요, 라일랜드 씨.」

그는 전혀 동조하지 않는 눈빛으로 나를 쳐다보았고 나는 조금 짜증이 났지만, 사실 그 당시에는 그가 내 말을 못 미더워할 수밖에 없었다. 그 편지에는 다른 누구도 아닌 내가 알아차리지 못하고 지나친 부분이 있었다. 자칭 편집자입네 하면서 눈앞에 빤히 보이는 진실을 포착하지 못했던 것이다.

「앨런을 좋아하지 않는 사람들이 많았고 —」 나는 운을 뗐다.

「많은 사람들이 다른 많은 사람들을 좋아하지 않지만 죽이고 다니고 그러지는 않잖아요.」 그는 이 얘기를 할 작정으로 이 자리에 나온 참이었고 일단 물꼬가 트이자 멈출 기미를 보이지 않았다. 「당신 같은 사람들이 모르는 게 있다면 살해당할 확률이 복권에 당첨될 확률보다 낮다는 거예요. 작년 살인율이 어떻게 되는지 알아요? 598명이에요 — 6천만 명쯤 되는 인구 중에서! 내가 재미있는 이야기를 하나 들려줄까요? 이 나라의 일부 지역에서는 경찰들이 실제로 저질러진 범행보다 더 많은 숫자의 사건을 해결하고 있어요. 왜 그런지 알아요? 살인율이 워낙 급속도로 떨어지니까 몇 년 묵은 미해결 사건을 들여다볼 여유가 생겼거든요.

텔레비전에 나오는 그 많은 살인 사건들을 보면 나는 정말 이해가 안 돼요. 그렇게 할 일들이 없나. 밤이면 밤마다. 모든 채널마다. 다들 거기에 집착하는 것 같아요. 그런데 정말 짜증나는 건 뭔가 하면 현실과 거리가 멀다는 거예요. 내가 여기 근무하는 동안 스티브 라이트가 창녀들을 죽였어요. 입스위치의 살인마 — 그의 별명이었죠. 사람들은 이런 걸 계획하고 저지르지 않아요. 당신이 생각하는 것처럼 희생양의 집에 몰래 들어가 지붕에서 떨어뜨린 다음 엉뚱하게 해석되길 바라며 편지를 보내고 그러지 않아요. 애거사 크리스티의 작품에서처럼 가발을 쓰고 변장하고 그러지도 않고요. 내가 지금까지 수사한 살인 사건은 모두 정신병에 걸렸거나 화가 났거나 술에 취한 사람이 저지른 거였어요. 이 세 가지의 조합인 경우도 있었고요. 그리고 끔찍해요. 구역질 나요. 어떤 배우가 목에 빨간색 물감을 살짝 묻히고 똑바로 누워 있고 그러지 않아요. 몸에 칼이 꽂힌 사람을 보면 속이 메슥거려요. 말 그대로 구역질이 나요.

사람들이 왜 서로 죽이는지 알아요? 제정신이 아니라서 그래요. 동기는 딱 세 가지뿐이에요. 섹스, 분노 그리고 돈. 사람들은 길을 가다 누굴 죽여요. 칼로 찌르고 돈을 훔쳐요. 누구랑 싸움이 나면 병을 깨뜨려서 그걸로 목을 따요. 아니면 흥분이 되기 때문에 죽여요. 내가 지금까지 만난 살인범들은 전부 머리에 똥만 들었어요. 영리하지 않았어요. 돈 많은 상류층도 아니었고요. 전부 머리에 똥만 들었어요. 그리고 우리가 어떤 식으로 범인을 체포하는지 알아요? 허를 찌르는 질문을 던지거나 그들의 증언과 달리 알리바이가 없다는 걸 알아내거나 그러지 않아요. CCTV를 보고 체포해요. 범죄 현장 곳곳에 DNA를 남기는 경우도 다반사고요. 아니면 자백을 해요. 나중에 진실을 책으로 출간해 보지 그래요? 그런 걸 읽고 싶어 할 사람은 없겠지만.

앨런 콘웨이의 경우에는 뭐가 정말로 짜증 났는지 알아요? 나는 그를 도와주었어요. 그 대가로 뭘 받은 적은 없어요. 여기서 그 얘기를 꺼낼 필요는 없을 테지만. 그렇죠. 먼저, 그는 진실에 관심이 없었어요. 그의 작품에 등장하는 형사들은 왜 그렇게 하나같이 우라지게 멍청한가요? 나를 모델로 탄생시킨 형사도 있는 거 알아요? 레이먼드 처브. 그게 나예요. 아, 흑인은 아니죠. 차마 그렇게까지는 하지 못했을 테니까. 하지만 처브라니 — 처브가 뭔지 알아요? 자물쇠를 만드는 회사잖아요. 알겠어요? 그리고 『악인에게는 쉴 틈이 없다』에서 부인에 대해서 써놓은 부분도 그래요. 내 아내 이야기를 썼더라고요. 내가 바보처럼 고주알미주알 얘기했더니 나한테 물어보지도 않고 책에 그대로 써버렸어요.」

그가 화가 난 이유가 이거였다. 말하는 품새로 보았을 때 그는 나에게 관심이 없었고 나를 도와줄 생각도 없었다. 이 정도면 거의 용의자 명단에 넣어도 될 만한 수준이었다.

「대중들은 이 나라 경찰들이 실제로 어떤 일을 하는지 전혀 몰라요. 앨런 콘웨이와 당신 같은 사람들 덕분에.」 그는 결론을 내렸다. 「그리고 이렇게 표현하면 실례가 될지 모르겠지만 전형적인 자살 사건을 현실 세계에서 벌어진 의문의 사건으로 포장하려고 하다니 좀 한심하네요. 그에게는 동기가 있었어요. 병이 있었어요. 편지를 썼어요. 남자 친구와 헤어진 직후였어요. 외로웠어요. 그래서 작심하고 뛰어내린 거예요. 런던으로 돌아가서 그만 잊어버리길 바랄게요. 차 잘 마셨어요.」

그는 잔을 비우고 자리를 떴다. 산산이 조각낸 팬케이크는 접시에 그대로 남았다.

크라우치 엔드

집에 들어가 보니 안드레아스가 기다리고 있었다. 문을 연 순간 부엌에서 흘러나온 냄새 덕분에 알 수 있었다. 안드레아스는 요리를 기가 막히게 잘했다. 프라이팬을 덜거덕거리고, 눈대중으로 재료를 때려 넣고, 한 손에 레드와인을 들고 모든 걸 가장 센 불에 초고속으로 요리하는 등 아주 남성적인 스타일이었다. 나는 그가 요리책을 뒤적이는 걸 한 번도 본 적이 없었다. 촛불을 밝힌 식탁에 2인용 식기가 차려져 있었고 꽃은 가게에서 산 게 아니라 꽃밭에서 뜯은 것 같았다. 그는 나를 보더니 씩 웃으며 끌어안았다.

「안 오는 줄 알았어.」그가 말했다.

「저녁 메뉴가 뭐야?」

「구운 양고기.」

「5분만 기다려 줄 수 있어?」

「15분 줄게.」

나는 샤워를 하고 헐렁한 점퍼와 레깅스로 갈아입었다. 다시 나갈 일이 없음을 확실하게 알려 주는 차림새였다. 머리도 말리지 않은 채 식탁 앞으로 가서 안드레아스가 따라 놓은 큼지막한 와인 잔을 들었다.

「치어스.」

「야마스.」

영어와 그리스어. 이것 역시 우리의 전통이었다.

앉아서 저녁을 먹으며 안드레아스에게 장례식과 기타 등등 프램링엄에서 있었던 일들을 모조리 이야기했다. 그가 별로 관심이 없다는 것을 단박에 알 수 있었다. 의례적으로 귀를 기울이는 건 싫었다. 나는 그가 나를 심문하고 내 추측에 이의를 제기해 주기 바랐다. 나는 우리가 북런던의 토미 앤드 터펀스(좀 덜 유명한 애거사 크리스티의 탐정 듀오다)처럼 같이 사건을 해결할 수 있을지 모른다고 생각했다. 하지만 그는 누가 앨런을 살해했는지 관심이 없었다. 그가 애초부터 수사를 말렸던 게 생각이 나면서, 그런데도 불구하고 강행했다는 데 화가 나서 그러는 건지 — 그리스 남자답게 — 궁금해졌다.

사실 그는 딴생각을 하고 있었다. 「사직서를 제출했어.」 그가 상을 차리며 불쑥 선포했다.

「학교에? 벌써?」 나는 깜짝 놀랐다.

「응. 학기가 끝나는 대로 떠날 거야.」 그는 나를 흘끗거렸다. 「어쩔 생각인지 얘기했잖아.」

「고민 중이라고 했잖아.」

「야니스가 얼른 결정을 내리라고 하도 재촉을 해서. 전 주인들이 마냥 기다려 주지는 않을 테고 자금은 준비가 됐거든. 어찌어찌 은행 대출이 가능하게 됐고 EU에서 다양한 보조금을 받을 수 있을지 몰라. 일이 착착 진행되고 있어, 수전. 폴리도로스는 내년 여름에 개장할 거야.」

「폴리도로스? 그게 호텔 이름이야?」

「응.」

「이름 예쁘다.」

솔직히 나는 좀 당황스러웠다. 안드레아스가 청혼 비슷한 걸하기는 했지만 고민할 시간의 여유를 줄 줄 알았다. 그런데 이제 보니 기정사실로 간주하는 듯했다. 비행기 티켓과 앞치마만 있으면 우리는 지금 당장이라도 떠날 수 있었다. 그는 아이패드를 들고 왔고 저녁을 먹는 동안 사진을 보여 주었다. 폴리도로스는 정말로 근사한 호텔이었다. 알록달록한 돌멩이가 깔린 기다란 베란다에는 밀짚으로 덮인 덩굴시렁이 있었고, 나무 테이블은 산뜻한 색상이었고, 그 너머로 눈부신 바다가 펼쳐졌다. 호텔 자체는 회반죽을 칠하고 파란색 덧문을 단 건물이었고, 안쪽 깊숙한 그늘 속에는 구식 커피 머신이 놓인 바가 있었다. 객실은 기본적이지만 깨끗하고 아늑해 보였다. 어떤 사람들이 이런 데 머물고 싶어 할지 금세 상상이 됐다. 관광객보다는 방문객일 것이다.

「어떻게 생각해?」 그가 물었다.

「멋지네.」

「우리 둘을 위해서 내린 결정이야, 수전.」

「하지만 내가 따라가고 싶지 않다고 하면 〈우리 둘〉이 어떻게 되는데?」 나는 아이패드 커버를 닫았다. 더는 보고 싶지 않았다. 「밀어붙이기 전에 조금만 더 기다려 주지 그랬어?」

「호텔에 대해서 결정을 내려야 하는 상황이라 결정을 내렸을 뿐이야. 교사로 늙어 죽고 싶지는 않았고 게다가 당신이랑 나는…… 이게 우리가 할 수 있는 최선일까?」그는 나이프와 포크를 내려놓았다. 접시 양옆으로 참 깔끔하게도 내려놓는다는 생각이 들었다.「우리는 자주 만나지도 않잖아.」그는 하던 이야기를 계속했다.「몇 주씩 아예 못 만날 때도 있고. 당신은 나랑 같이 살기 싫다고 분명하게 선을 그었고─」

나는 그 말에 발끈했다.「그건 아니지. 내 집에 얼마든지 와서 지내도 되지만 당신은 대부분의 시간 동안 학교에 가 있잖아. 나는 당신이 그렇게 사는 걸 좋아하는 줄 알았어.」

「아무튼 내가 하고 싶은 말은 우리 둘이 같이 보내는 시간이 좀 더 많아져야 한다는 거야. 우리 둘이서 잘 해낼 수 있어. 내가 많은 걸 요구하고 있다는 걸 알지만 해보지 않고서는 모르는 법이야. 당신은 크레타섬에 가본 적도 없잖아! 봄에 가서 몇 주 동안 지내보자. 마음에 드는지 직접 확인해 보는 거야.」내가 아무 말도 하지 않자 그는 이렇게 덧붙였다.「나는 이제 쉰 살이야. 지금 저지르지 않으면 두 번 다시 기회가 없을 거야.」

「당신 없이 야니스 혼자서는 운영이 안 돼?」

「나는 수전, 당신을 사랑하고 당신이랑 같이 있고 싶어. 약속할게. 당신이 거기서 행복하게 지내지 못하면 같이 돌아오자. 나는 이미 한 번 실수를 저지른 적이 있잖아. 똑같은 실수를 반복하지는 않을 거야. 일이 계획한 대로 되지 않으면 내가 다른 학교에 취직하면 돼.」

입맛이 뚝 떨어졌다. 나는 손을 뻗어서 담배에 불을 붙였다.「당신한테 얘기하지 않은 게 있어.」내가 말했다.「찰스가 나더러 회사를 맡아 달래.」

그 소리를 듣고 그의 눈이 접시만 해졌다.「그러고 싶어?」

「고민해 봐야 해, 안드레아스. 엄청난 기회거든. 클로버리프를 내가 원하는 방향으로 끌고 나갈 수 있어.」

「당신이 클로버리프는 끝장났다고 하지 않았나?」

「내가 언제?」 그의 실망하는 표정을 보고 나는 이렇게 덧붙였다. 「끝장나길 바랐어?」

「솔직히 얘기해도 될까, 수전? 앨런이 죽었다고 했을 때 당신도 끝나는 줄 알았어, 맞아. 회사가 문을 닫으면 당신은 다른 직장을 찾아야 할 테고 그러면 호텔이 우리 둘 모두에게 해답이 될 줄 알았어.」

「아니야. 2~3년 동안 쉽지 않을 수 있지만 클로버리프가 하루아침에 없어지지는 않아. 새로운 작가를 발굴해서 —」

「제2의 아티쿠스 핀트를 찾고 싶은 건가?」

그가 어찌나 멸시하는 투로 이렇게 묻던지 나는 놀라서 할 말을 잊었다. 「나는 당신이 그 시리즈를 좋아하는 줄 알았는데.」

그는 내 손에 들려 있던 담배를 가져가서 잠깐 동안 피우다 돌려주었다. 우리는 서로에게 화가 났을 때도 무의식적으로 이런 행동을 했다. 「나는 평생 책을 좋아해 본 적이 없어.」 그가 말했다. 「내가 그 시리즈를 읽은 이유는 당신이 만든 책이고 당신을 좋아하기 때문이었어. 하지만 속으로는 쓰레기 같다고 생각했지.」

나는 충격을 받았다. 뭐라고 대꾸하면 좋을지 말문이 막혔다. 「얼마나 잘 팔렸다고.」

「담배도 잘 팔려. 휴지도 잘 팔리고. 그런다고 거기에 의미가 부여되는 건 아니잖아.」

「그런 식으로 말하지 마!」

「왜? 앨런 콘웨이는 당신을 비웃었어, 수전. 모든 사람들을 비웃었어. 나도 문학이 뭔지 아는 사람이야. 이래 봬도 호메로스를 가르치잖아. 아이스킬로스도 가르치고. 그는 그 시리즈의 정체를 알고 있었어. 쓰면서 알고 있었어. 저질스러운 쓰레기라는 걸!」

「동의할 수 없어. 저질스럽다니. 그걸 재미있게 읽은 사람들이 얼마나 많은데.」

「아무짝에도 쓸모가 없다니까! 집사의 짓이라는 걸 밝히기 위해 8만 단어를 낭비하는 꼴이라니.」

「당신 지금 고상한 척하는 거지?」

「당신은 아무짝에도 쓸모가 없는 작품이라는 걸 진작부터 알고 있었으면서 싸고 드는 거고.」

어쩌다 대화가 이렇게 신랄한 말다툼으로 변질됐는지 알 수가 없었다. 촛불과 꽃으로 장식이 된 식탁은 정말 아름다웠다. 음식은 정말 맛있었다. 그런데 우리 둘은 서로의 목을 조르고 있었다.

「내가 뭘 잘 몰랐다면 당신더러 질투하는 거냐고 했을 거야.」 나는 투덜거렸다. 「당신이 나보다 먼저 그를 알았잖아. 둘 다 선생님이었고. 하지만 그는 거기서 벗어났고…….」

「한 가지는 제대로 알고 있네, 수전. 내가 당신보다 먼저 그를 알았고 그를 탐탁지 않게 여겼다는 거.」

「왜?」

「얘기하지 않을 거야. 다 지난 일이고 당신이 기분 나빠하는 건 싫으니까.」

「나 이미 기분이 상했는데..」

「미안. 하지만 나는 사실을 얘기했을 뿐이야. 그가 번 돈의 경우에도 당신 말이 맞아. 그는 땡전 한 푼 누릴 자격이 없어. 그동안 당신이 그에게 굽실거릴 수밖에 없었던 게 얼마나 싫었는지 알아? 진짜야, 수전. 그는 당신한테 그럴 자격이 없었어.」

「나는 담당 편집자였어. 그뿐이야. 나도 그를 좋아하지 않았다고!」 나는 억지로 하고 싶은 말을 참았다. 분위기가 이런 식으로 흘러가는 건 싫었다. 「왜 지금까지 이런 이야기를 한 번도 하지 않았어?」

「내가 관여할 일이 아니었으니까. 하지만 지금은 달라. 당신한테 내 아내가 되어 달라고 하고 있으니까!」

「이런 식으로 그런 얘기를 꺼내다니 특이하다.」

안드레아스는 그날 밤에 자고 갔지만 그가 크레타에서 돌아온 첫날처럼 분위기가 애틋하지는 않았다. 그는 곧바로 자러 들어갔고 다음 날 아침도 거르고 일찍 나갔다. 촛불은 다 타서 꺼졌다. 나는 양고기를 은박지에 싸서 냉장고에 넣었다. 그런 다음 출근했다.

클로버리프 북스

나는 원래 월요일을 좋아한다. 목요일과 금요일이 되면 불안하지만 내 책상 위에 놓인 일거리를 보면 왠지 모르게 마음이 상당히 편안해진다. 뜯지 않은 편지, 읽어 보아야 하는 교정지, 마케팅 팀과 홍보 팀과 저작권 팀에서 보낸 포스트잇. 내가 이 방을 선택한 이유는 건물 뒤편이기 때문이다. 처마 밑에 숨어 있어서 조용하고 아늑하다. 석탄으로 불을 때야 하는 그런 방인데, 21세기의 반달족이 벽난로를 메워 버리기 전까지는 실제로 그렇게 불을 땠을지 모른다. 제미마가 회사를 그만두기 전까지는 찰스와 내 업무를 같이 처리했지만 이제는 안내 데스크에 근무하는 테스가 무슨 일이든 다 해결해 줄 것이다. 그 월요일 아침에 출근하자 그녀가 차를 끓여다 주면서 전화 메시지를 전달했다. 급한 내용은 없었다. 여성 문학상에서 나더러 심사 위원을 맡아 달라고 했다. 내가 담당하는 아동 문학 저자가 위로가 필요하다고 했다. 책 표지를 제작하는데 문제가 생겼다 (그러게 내가 안 될 거라고 했건만).

찰스는 출근하지 않았다. 예상했던 대로 딸 로라가 아침 일찍 진통을 느끼는 바람에 집에서 아내와 함께 기다리는 중이었다. 그도 그날 아침에 이메일을 보냈다. **우리가 차에서 나눈 대화에 대해서 생각해 보았길 바라네. 자네한테 좋은 기회이고 우리 회사를 위해서도 좋은 기회가 될 거라고 확신해.** 묘하게도 그 이메일을 읽고 있었을 때 안드레아스가 전화를 했다. 손목시계를 흘끗 확인해 보니 아이들에게 그리스어 입문서를 쥐여주고 복도로 슬그머니 빠져나온 모양이었다. 그가 나지막이 속삭였다.

「어제저녁에 미안했어.」그가 말했다. 「당신한테 그런 식으로 성질을 부리다니 내가 바보 같았어. 학교에서 나더러 다시 생각해 달래. 당신이 어느 쪽을 원하는지 알려 줄 때까지 모든 결정을 미룰 거야.」

「고마워.」

「그리고 앨런 콘웨이에 대해서 했던 말도 진심이 아니었어. 당연히 그의 작품들도 가치가 있지. 나는 다만 그와 아는 사이였고 또……」그는 말끝을 흐렸다. 들킬까 봐 속을 끓이는 학생처럼 복도를 이리저리 흘끗거리고 있을 그의 모습이 그려졌다.

「나중에 얘기하자.」내가 말했다.

「오늘 저녁에는 학부모 간담회가 있어. 내일 저녁 같이 먹을까?」

「좋아.」

「전화할게.」그는 전화를 끊었다.

나는 뜻밖에, 그리고 원치 않았던 시점에 인생의 갈림길 — 좀 더 정확하게는 T자형 삼거리 — 에 섰다. 원하면 클로버리프 북스의 사장이 될 수도 있었다. 함께 작업하고 싶었지만 찰스에게 거부당한 작가도 있었고 사업 아이디어의 경우에도 마찬가지였다. 사장이 되면 어제저녁에 안드레아스에게 얘기했던 것처럼 이 회사를 내가 원하는 방향으로 키울 수 있었다.

아니면 크레타섬으로 갈 수도 있었다.

워낙 다른 선택이고 워낙 대조적인 방향이라 이 둘을 나란히 놓고 비교하기만 해도 웃고 싶어졌다. 나는 뇌 전문 외과 의사가 되고 싶은지 열차 기관사가 되고 싶은지 모르는 어린아이와 같았다. 상당히 좌절스러웠다. 왜 이런 일은 항상 동시에 벌어지는 걸까?

우편물을 훑어보았다. 수전 라이랜드라고 적힌 편지는 쓰레기통에 던지고 싶었다. 잠깐 찾아보면 되는데 이름의 철자를 틀리게 쓰다니 정말 싫었다. 초대장 몇 통과 송장…… 평소와 다를 바 없었다. 맨 밑바닥에는 원고가 들었을 게 분명한 갈색 A4 봉투가 있었다. 그건 이례적이었다. 나는 내 쪽에서 청탁하지 않은 원고는 절대 읽지 않았다. 요즘은 누구든 그렇다. 하지만 봉투에 내 이름이 적혀 있기에(철자도 맞았다) 봉투를 뜯어서 맨 첫 페이지를 들여다보았다.

사신, 무대에 서다
도널드 리

나는 어느 정도 시간이 지난 다음에서야 이것이 아이비 클럽에서 앨런을 보고 접시를 떨어뜨린 웨이터가 썼다는 소설인 걸 알아차렸다. 그는 앨런이 자기 아이디어를 훔쳐서 아티쿠스 퓐트 시리즈의 네 번째 작품인 『밤은 찾아들고』에 도용했다고 주장했다. 여전히 제목이 걸렸고 첫 문장 — 브라이턴의 파빌리온 극장에서는 지금까지 수많은 살인 사건이 벌어졌지만 실제 살인 사건이 벌어진 건 이번이 처음이었다. — 도 마음에 들지 않았다. 아이디어는 좋았지만 너무 직접적이었고 표현이 조금 어설펐다. 하지만 읽어 보겠다고 약속했으니 찰스는 없고 앨런 생각으로 머릿속이 복잡한 이 마당에 후딱 해치우는 게 좋겠다는 생각이 들었다. 차도 있겠다, 못할 것도 없었다.

거의 대부분 띄엄띄엄 읽었다. 내가 편집자 생활을 하면서 터득한 기술이다. 대개는 2장이나 3장 말미에 다다르면 원고가 마음에 드는지 판가름이 나지만, 원고를 놓고 회의를 해야 하는 상황이라면 마지막 페이지까지 읽어야 한다. 다 읽는 데 세 시간이 걸렸다. 나는 『밤은 찾아들고』를 꺼냈다.

그리고 그 둘을 비교하기 시작했다.

앨런 콘웨이의 『밤은 찾아들고』에서 발췌
26장: 커튼콜

폴리파크의 극장에서는 시작과 끝이 한 지점에서 만났다. 제임스 프레이저는 주위를 두리번거리다 필연을 느꼈다. 그는 배우라는 직업을 버리고 아티쿠스 퓐트의 조수가 되었는데 맨 첫 번째 사건이 그를 이곳으로 데려왔다. 극장은 무대가 철거되고 좌석들이 대부분 벽 쪽에 쌓여 있어서 그가 처음 보았을 때보다 훨씬 초라했다. 빨간색의 벨벳 커튼은 옆으로 젖혀져 있었다. 숨길 게 아무것도 없고 조만간 시작하려는 연극도 없어서 철사에 매달린 채 축 늘어진 커튼이 피곤하고 너덜너덜해 보였다. 무대 자체는 하품을 하는 입이자, 교장이 만든 「아가멤논」 과 「안티고네」를 앉아서 끝까지 보아야 했던 수많은 어린 관객들을 역설적으로 비추는 거울이었다. 뭐, 엘리엇 트위드의 작품이 두 번 다시 무대에 오를 일은 없었다. 그는 바로 이 공간에서 옆 목에 칼을 맞고 죽었다. 프레이저는 살인 사건이 아직은 낯설었고 특히 한 가지 이유에서 등골이 오싹했다. 아이들로 가득한 공간에서 사람을 죽이는 인간은 어떤 인간일까? 학교 연극 공연이 있었던 날 저녁에는 3백 명이 어둠 속에 앉아 있었다. 어린 남자아이들과 그 부모들이었다. 그들은 그 광경을 평생 기억할 것이었다.

극장은 퀸트와 잘 맞았다. 그는 2열로 그를 마주 보도록 의자를 정리해 놓았다. 그는 무대 앞에 서서 자단 지팡이에 몸을 싣고 있었지만 무대 위로 올라가도 무리가 없었다. 이것은 그의 공연이었고 3주 전에 겁에 질린 남자가 태너 코트를 찾아오면서 시작된 드라마가 이제 절정에 다다랐다. 스포트라이트에 불이 들어오지는 않았지만 그래도 그를 향해 고개를 숙이고 있었다. 그가 이 자리로 부른 사람들이 용의자인 동시에 관객이었다. 리지웨이 경정이 그의 옆에 서 있었지만 누가 봐도 그는 조연이었다.

프레이저는 교직원들을 훑어보았다. 맨 먼저 도착한 레너드 그레이브니는 목발을 의자 뒷면에 어정쩡하게 받쳐 놓고 앞줄에 앉았다. 길을 막으려고 작정이라도 한 듯 뭉툭한 한쪽 다리를 앞으로 내밀었다. 역사를 가르치는 데니스 코커가 와서 그의 옆자리에 앉았지만 서로 한마디도 하지 않았다. 살인 사건이 벌어졌을 때 두 사람은 운명의 「밤은 찾아들고」 마지막 공연을 진행하고 있었다. 그레이브니가 연출을, 코커는 조명과 음향을 담당했다. 주인공은 서배스천 플릿이 맡았다. 이제 겨우 스물두 살인 그는 폴리 파크에서 가장 나이가 어린 교사였고 어슬렁어슬렁 천연덕스럽게 걸어다니며 양호 교사에게 윙크할 때면 그녀는 일부러 고개를 돌리고 못 본 체했다. 뒷줄에 앉은 리디아 퀸드레스는 대나무처럼 꼿꼿하게 허리를 펴고 양손은 무릎 위에 포개어 놓았는데, 빳빳하게 풀을 먹인 하얀색 캡은 풀로 붙인 듯했다. 프레이저는 그녀가 엘리엇 트위드의 살인에 관여했다고 아직까지도 굳게 믿고 있었다. 그녀에게는 동기가 있었고 — 그에게 갖은 멸시를 당했다 — 의학 교육을 받았으니 정확히 어디에다 칼을 꽂으면 되는지 알았을 것이다. 그녀는 그날 저녁, 그에게 받은 모욕을 복수하기 위해 관객석을 돌진했을까? 가만히 앉아서 퀸트의 이야기가 시작되길 기다리는 그녀의 눈빛엔 아무 표정이 없었다.

세 명의 교직원이 더 들어왔다. 해럴드 트렌트, 엘리자베스 콜른, 더글러스 와이였다. 마침내 관리인 개리가 주머니 깊숙이 손을 넣고 우거지상을 쓰며 등장했다. 자기가 왜 호출됐는지 모르는 눈치였다.

「우리가 따져야 할 부분은 엘리엇 트위드가 살해된 이유가 아닙니다. 그는 폴리 파크의 교장으로서 적이 심하게 많았으니까요. 학생들은 그를 두려워했습니다. 그는 아주 사소한 구실만 있어도 학생들을 잔인하게 매로 다스렸죠. 고통스러워하는 그들의 모습을 보며 즐거워하는 기색을 감추려는 시도조차 하지 않았고요. 아내는 그와 이혼을 하고 싶어 했습니다. 교직원들은 여러 분야에서 의견이 엇갈렸지만 그를 혐오한다는 점에서만큼은 똘똘 뭉쳤고요. 아뇨…….」 퓐트의 시선이 좌중을 훑었다. 「우리가 궁금해해야 하는 부분은 이겁니다. 제가 처음부터 강조했다시피 그는 왜 이렇게 공개적으로 살인을 당했을까요? 범인은 느닷없이 등장해 저쪽 끝에서 이쪽 끝까지 내달렸고 생물 실험실에서 꺼낸 메스를 휘두를 때만 달리기를 멈추었던 듯합니다. 어둡고 관객들의 시선은 무대에 고정돼 있습니다. 가장 극적인 순간에 다다랐으니까요. 그레이브니 씨가 묘사한 대로 안개가 깔리고 불빛이 깜빡이는 가운데 어둠 속에서 부상병의 유령이 등장하니까요. 그래도 위험 부담이 상당하죠. 범인이 어디에서 나왔는지 아니면 어디로 향하는지 본 사람이 분명 있을 테니까요. 폴리 파크 같은 사립 초등학교에서는 이보다 더 간단하게 살인을 저지를 기회가 많습니다. 시간표가 있거든요. 덕분에 누가 어디에 있는지 항상 알 수 있잖습니까. 먹잇감은 혼자 있을 테고 자신은 아무에게도 목격당할 일이 없다는 걸 분명하게 알면 범인이 얼마나 간편하게 계획을 세울 수 있겠습니까.

사실 어둠과 범행이 저질러진 속도 때문에 대참사가 벌어졌죠! 리지웨이 경정은 그날 저녁 트위드 씨의 옆자리에 앉았던 모리스턴 교감이 무언가를 목격했기 때문에 입막음 차원에서 잇따라 죽임을 당한 거라고 확신했습니다. 어쩌면 협박이 수반됐을 수도 있다고요. 그의 사물함에서 발견된 거액의 현금은 이를 뒷받침하는 것처럼 보일 수도 있었습니다. 하지만 이제는 우리도 알다시피 두 사람은 연극이 시작되기 직전에 자리를 바꿨죠. 트위드 씨의 키가 모리스턴 씨보다 10여 센티미터 작아서 모자를 쓰고 앞자리에 앉은 여성 관객의 머리에 가려서 무대가 보이지 않았거든요. 범인의 진짜 표적은 모리스턴 씨였습니다. 트위드 씨가 죽은 건 사고였죠.

그런데 이상한 것이, 모리스턴 씨는 인기가 많았습니다. 그는 종종 퀸드레스 양을 두둔하고 나섰죠. 전과를 알면서도 개리 씨를 뽑은 사람도 그였고요. 그런가 하면 한 학생의 자살을 막은 적도 있습니다. 이 학교에서 존 모리스턴을 안 좋게 얘기하는 사람은 찾아보기가 힘들었죠. 하지만 아예 없었던 건 아닙니다. 한 명의 예외가 있었으니까요.」 퓐트는 수학 교사 쪽으로 고개를 돌렸지만 그의 이름을 호명할 필요는 없었다. 그 안에 있는 사람들은 모두 그가 누굴 말하는지 알았다.

「설마 내가 그를 죽였다고 얘기하려는 건 아니겠죠!」 레너드 그레이브니가 불쑥 외쳤다. 그는 웃음을 참지 못했다.

「당연히 그레이브니 씨는 살인을 저지를 수 없었죠. 선생은 전쟁터에서 한쪽 다리를 잃어서 ―」

「당신 나라를 상대로 싸우다 그렇게 된 거요!」

「지금은 의족을 달고 있으니까요. 그러니 무슨 수로 강당을 가로질러서 달릴 수 있었겠습니까? 그거야 극도로 분명한 사실이죠. 하지만 둘이 서로 엄청나게 증오하는 사이였다는 건 인정하시겠죠?」

「그는 비겁한 거짓말쟁이였어요.」

「그는 1941년 서부 사막에서 선생의 부대장이었죠. 둘 다 시디 레제그 전투에 참전했고 선생은 거기서 한쪽 다리를 잃었고요.」

「내가 잃은 건 그뿐만이 아니에요, 퓐트 씨. 나는 끊임없는 고통에 시달리며 6개월 동안 입원해 있었어요. 그리고 엄청나게 많은 친구들을 잃었죠. 우라질 모리스턴 소령보다 훨씬 훌륭한 친구들이었는데. 전부 이미 이야기했잖아요. 그가 엉뚱한 명령을 내렸다고. 우리를 그 지옥 같은 곳으로 보내 놓고 자기는 내뺐어요. 우리가 갈가리 찢기는 동안 그자는 코빼기도 보이지 않았다고요.」

「군법 회의가 열렸죠.」

「전쟁이 끝난 뒤에 **조사가** 이루어졌죠.」 그레이브니는 조사라는 단어를 내뱉으며 빈정거렸다. 「모리스턴 소령은 우리가 단독으로 행동했고, 자기는 우리를 안전하게 귀환시키려고 최선을 다했다고 주장했고요. 아니라고 증언할 사람이 나밖에 없었어요. 퍽이나 도움이 됐겠죠! 다른 증인들은 모두 몸이 터져 죽었으니.」

「그가 여기서 교편을 잡고 있다는 사실을 알았을 때 엄청난 충격을 받았겠습니다.」

「구역질이 났어요. 그리고 다들 당신하고 똑같더군요. 다들 그를 칭찬하더라고요. 그는 전쟁 영웅이자 아버지 같은 존재이자 모든 이의 가장 절친한 친구였어요. 그의 정체를 간파한 사람은 나밖에 없었죠. 나도 그를 죽이고 싶었어요. 그건 인정할게요. 내가 유혹을 안 느꼈는 줄 알아요?」

「이 학교에 남으신 이유가 뭡니까?」

그레이브니는 어깨를 으쓱했다. 프레이저가 느끼기에 그는 이런저런 일들로 인해 지쳐 보였다. 어깨는 굽었고 숱이 많은 콧수염은 축 늘어졌다. 「달리 갈 데가 없었으니까요. 트위드가 나를 뽑은 이유는 내가 젬마와 결혼했기 때문이에요. 그렇지 않고서야 아무 자격증도 없는 불구가 무슨 수로 밥벌이를 할 수 있겠어요? 내가 남은 이유는 어쩔 수 없었기 때문이었고 어 떻게든 모리스턴을 피해 다녔어요.」

「그가 훈장을 받았을 때는요? 3등급 훈장을 받은 걸로 아는 데요.」

「그래 봐야 나한테는 아무 의미 없어요. 비겁한 거짓말쟁이 한테 쇠 쪼가리를 갖다 붙인들 본질이 어디 가겠어요?」

핀트는 예상했던 대답이라는 듯 고개를 끄덕였다. 「우리는 이렇게 해서 이 사건의 핵심이랄 수 있는 모순에 봉착합니다.」 그가 말했다. 「폴리 파크에서 존 모리스턴을 살해할 만한 이유 가 있는 사람은 딱 한 명뿐인데 그는 살인을 저지를 수 있는 처 지가 아니니 말입니다.」 그는 잠깐 말을 멈추었다. 「하지만 이 유가 있는 — 심지어 똑같은 이유가 있는 — 제2의 인물이 복 수라는 분명한 목적을 가지고 이 학교로 왔다면 이야기가 달라 집니다.」

서배스천 플릿은 탐정이 그를 똑바로 쳐다보고 있다는 사실 을 깨달았다. 그는 얼굴을 붉히며 똑바로 앉았다. 「그게 무슨 말 씀이신가요, 핀트 씨? 저는 시디 레제그나 그 근처에는 간 적이 없는데요. 저는 그때 열 살이었어요. 참전하기에는 다소 어린 나이였죠!」

「맞습니다, 플릿 씨. 하지만 면담했을 때 저도 얘기를 드렸죠. 당신은 시골 한복판의 사립 초등학교에서 영어를 가르치기에 는 조건이 너무 훌륭한 것 같다고. 옥스퍼드 대학교를 최우등 으로 졸업했고, 젊고 재능이 있지 않습니까. 그런데 왜 여기에 서 묻혀 지내기로 한 거죠?」

「맨 처음 면담했을 때 말씀드렸잖습니까. 소설을 쓰는 중이라고요!」

「소설이 당신에게는 중요한 모양이로군요. 하지만 그걸 중단하고 연극 대본을 쓰셨네요.」

「부탁을 받았어요. 해마다 교직원 한 명이 대본을 쓰고 다른 교직원들은 거기에 출연을 하거든요. 그게 이 학교의 전통이에요.」

「그런 부탁을 한 사람이 누구였습니까?」

플릿은 대답하기 싫은 듯 머뭇거렸다. 「그레이브니 씨였어요.」 그가 말했다.

퓐트는 고개를 끄덕였고 프레이저는 그가 굳이 물어볼 필요가 없었다는 것을 알아차렸다. 그는 처음부터 알고 있었던 것이다. 「당신은 〈밤은 찾아들고〉를 아버님 영전에 바쳤죠.」 그는 말을 이었다. 「아버님이 얼마 전에 돌아가셨다고 하셨죠?」

「1년 전에요.」

「그런데 당신 방으로 찾아갔을 때 보니 이상하게도 최근에 아버님과 같이 찍은 사진이 없던데요. 옥스퍼드에 입학하던 날에는 어머님이 동행했죠. 아버님은 그 자리에 없었어요. 졸업식 때도 마찬가지였고요.」

「편찮으셨어요.」

「돌아가신 뒤라 그랬겠죠, 플릿 씨. 19포병 연대 소속 마이클 플릿 병장이 1941년 11월 21일에 전사했다는 걸 알아내기가 어려웠을 것 같습니까? 그는 아무 상관 없는 사람이라고, 이 학교에 오게 된 것은 우연의 일치라고 주장하실 참인가요? 당신과 그레이브니 씨는 런던의 명예 포병 중대 사무실에서 만났죠. 그가 당신을 폴리 파크로 불러들였고요. 두 사람은 존 모리스턴을 증오하기에 충분한 이유가 있었습니다. 같은 이유였죠.」

플럿과 그레이브니는 아무 말을 하지 않았고 결국 침묵을 깬 사람은 양호 교사였다. 「두 사람이 공범이라는 말씀인가요?」 그녀가 따져물었다.

「두 사람은 살인을 목적으로 〈밤은 찾아들고〉를 집필하고 만들고 탄생시켰습니다. 시디 레제그에서 벌어진 일에 대해 복수하기로 작정을 하고요. 아마 아이디어를 낸 사람은 그레이브니 씨였을 테고 그걸 실행에 옮긴 사람이 플럿 씨였을 겁니다.」

「말도 안 되는 소리 하지 마세요.」 플럿이 나지막이 쏘아붙였다. 「범인이 관객 사이로 달려왔을 때 나는 무대 위에 있었어요. 모두가 나를 볼 수 있는 곳에 있었다고요.」

「아뇨. 당신이 거기 있는 것처럼 **보이도록** 모든 걸 조작했을 뿐, 사실은 그렇지가 않았습니다.」 퓐트는 지팡이를 지렛대 삼아 일어섰다. 「유령은 무대 뒤편에서 등장합니다. 무대는 어두 컴컴합니다. 안개가 깔려 있고요. 그는 제1차 세계 대전 참전 병사의 군복을 입고 있습니다. 콧수염은 그레이브니 씨의 수염과 똑같이 생겼고, 얼굴은 피범벅이죠. 머리에는 붕대를 감고 있습니다. 대사는 거의 없어요. 거의 없도록 사전에 설정해 놓았죠. 모든 걸 자신의 목적에 부합하도록 배치하는 것이 작가의 특권 아니겠습니까? 그는 한 마디를 외치고 그만입니다. 〈애그니스!〉 머스터드 가스를 마셔서 변조된 음성은 흉내 내기가 어렵지 않죠. 하지만 무대 위에 등장한 사람은 플럿 씨가 아닙니다.

연극 연출을 맡은 그레이브니 씨가 사전에 계획한 대로 무대 옆에서 대기하고 있다가 그 짧은 장면 동안 둘이 서로 역할을

216

바꿔치기합니다. 그레이브니 씨는 트렌치코트를 입습니다. 붕대를 감고 피를 칠합니다. 그러고는 천천히 무대로 나서죠. 짧은 거리인 만큼 절뚝거리는 게 티가 나지 않을 테고 아무튼 부상병이니까요. 그동안 플릿 씨는 연기를 하느라 가짜로 붙이고 있었던 수염을 뗍니다. 모자를 쓰고 재킷을 입죠. 나중에 우물에서 발견된 모자와 재킷을요. 그는 강당을 질주해 E 23열에 앉아 있던 남자를 찌르고 곧바로 사라집니다. 하지만 연극이 시작되기 직전에 트위드 씨와 모리스턴 씨가 자리를 바꿨기 때문에 엉뚱한 남자가 죽게 될 줄 무슨 수로 알 수 있었을까요?

사건은 눈 깜짝할 새 벌어집니다. 플릿 씨는 강당의 앞문으로 달려 나가 모자와 재킷을 버린 다음 옆문으로 돌아서 들어오고, 막 무대에서 퇴장한 그레이브니 씨와 역할을 바꿉니다. 하지만 이때쯤 객석에서는 난리가 나죠. 모두의 이목이 죽은 사람에게 쏠리고, 무대 옆에서 무슨 일이 벌어지고 있는지는 아무도 신경 쓰지 않습니다. 물론 두 사람은 사태를 파악하고 경악합니다. 전혀 아무 죄가 없는 트위드 씨를 죽이고 말았으니까요. 하지만 범인들은 냉정하고 영악합니다. 모리스턴 씨가 협박을 시도하고 있었다는 소문을 퍼뜨리고 이틀 뒤에 메스를 슬쩍한 그 실험실에서 이번에는 독미나리를 훔쳐 그를 독살하죠. 기발하지 않습니까? 의혹의 눈길은 생물을 가르치는 콜른 양에게로 향하고 이번에는 그들의 진의가 완벽하게 은폐되죠…….」

도널드 리의 「사신, 무대에 서다」에서 발췌
21장: 마지막 장

극장은 몹시 어두웠다. 밖에서는 금세 날이 저물어 가고 있었고 불길한 하늘은 짙은 먹구름으로 가득했다. 여섯 시간만 지나면 1920년이 막을 내리고 1921년이 시작될 것이었다. 하지만 매키넌 경정은 속으로 벌써부터 새해를 자축하고 있었다. 그는 모든 수수께끼를 해결했다. 살인을 저지른 범인이 누군지 알아냈고 조만간 희귀한 나비를 잡은 과학자처럼 잔인하게 그자를 바닥에 메다꽂을 것이었다.

브라운 경사는 용의자들을 조심스럽게 살피며 수백 번 반복했던 질문을 되풀이했다. 그 잊히지 않을 저녁에 누가 역사를 가르치는 이언 존스의 목을 찔렀을까? 저들 중 누구일까?

그들은 반쯤 버려지다시피 한 극장에 불편한 표정으로 앉아서 서로의 시선을 애써 피하고 있었다. 연극을 연출한 헨리 베이커는 불안하면 늘 그렇듯 콧수염을 쓰다듬고 있었다. 대본을 쓴 찰스 호킨스는 잉크 자국이 가실 줄 모르는 뭉툭한 손으로 담배를 피우고 있었다. 그가 그로부터 며칠 뒤에 비소로 기이하게 독살을 당한 두 번째 피해자이자 극장 지배인인 앨러스테어 쇼트와 같이 참전한 이프르에서 중상을 입은 건 단순한 우연의 일치였을까? 모종의 상관관계가 있을까? 쇼트의 침대 밑 벽장에 2백 파운드가 있었고 그가 협박이라는 게임을 벌이고 있었을 가능성이 아주 높아 보였다. 그게 아니라면 어디서 그 돈이 났겠는가? 죽은 자는 말이 없으니 안타까울 따름이었다.

저들 중 누구일까? 브라운은 여전히 릴라 블레어가 의심스러

218

웠다. 그녀가 쇼트에게 달려들며 그로 인해 배우로서의 인생이 망가졌다고 소리를 질렀던 때가 퍼뜩 떠올랐다. 「당신을 증오해!」 그녀는 비명을 질렀다. 「당신이 죽어 버렸으면 좋겠어!」 그녀가 소원했던 대로 70분 뒤에 그가 정말 죽었다. 이언 리스고는 또 어떤가. 그 배우는 젊고 잘생겼고 웃는 상이었고 이프르에 참전하기에는 너무 어린 나이였다. 그 둘 사이에는 연관성이 없었지만 그는 노름빚이 있었고 돈이 절실하게 필요한 사람들은 종종 극단적인 짓을 저지르기 마련이었다. 브라운은 상사가 생각을 정리할 때까지 기다렸다.

이제 그가 기다렸던 순간이 찾아왔다. 매키넌이 자리에서 일어서자 천둥소리가 묵직하고 답답한 공기를 잠깐 갈랐다. 새해는 거센 비바람과 함께 시작될 예정이었다. 그가 외알 안경을 바로 쓰고 말문을 열자 모두들 동작을 멈추고 고개를 들었다.

「12월 20일 저녁.」 그가 이야기를 시작했다. 「여기 이 파빌리온 극장에서 〈알라딘〉 공연 도중에 살인 사건이 벌어졌습니다. 하지만 그건 엉뚱한 살인 사건이었습니다. 진짜 표적은 앨러스테어 쇼트였는데, 쇼트 씨와 존스 씨가 막판에 자리를 바꾸는 바람에 범인이 엉뚱한 사람을 살해한 거죠.」

매키넌은 잠깐 하던 이야기를 멈추고 그의 말에 귀를 기울이고 있는 용의자들을 한 명씩 살펴보았다. 「하지만 무대에서 뛰쳐나와 존스의 목에 칼을 꽂은 사람은 누구였을까요?」 그는 말을 이었다. 「범인일 가능성이 없는 사람은 두 명 있었습니다. 찰스 호킨스는 극장을 질주할 수가 없었죠. 다리가 한 쪽밖에 없으니까요. 그리고 나이젤 스미스는 그 당시 모든 관객이 쳐다보는 무대 위에 있었습니다. 그러니 그일 수도 없었습니다.

최소한 제가 생각하기에는 그랬습니다만…….」

앨런이 도널드 리의 아이디어를 도용했다는 데 의심의 여지가 없었다. 시대를 1920년대에서 1940년대 후반으로, 무대를 저질스러운 코미디 극장에서 촐리 홀에 착안한 사립 초등학교로 변경하고 폴리 파크로 이름만 바꾸었을 뿐이다. 엘리엇 트위드는 어설프게 위장한 그의 아버지 일라이어스 콘웨이였다. 아, 그리고 모든 교사에게 영국의 강 이름을 갖다 붙였다. 탐정 역할을 맡은 리지웨이 경정의 이름은 애거사 크리스티의 『나일 강의 죽음』에서 차용했을지 모른다. 역시 강이다. 하지만 구조가 동일했고 동기도 그랬다. 전시에 장교가 부하들을 버리자 유일한 생존자가 몇 년 뒤에 전사자의 아들과 손을 잡는다. 그들은 연극 도중에 역할을 바꾸고 관객들이 보는 앞에서 살인을 감행한다. 로크 경정은 있음직 하지 않은 상황이라고 할지 몰라도 탐정 소설의 세계에서는 아무 문제 없었다.

나는 두 작품을 읽은 뒤 아번 재단에 전화했다. 짐작했던 대로 도널드가 참석한 강좌를 그곳에서 주최했다고 했다. 그들은 도널드 리가 데번셔 토트리 바턴의 대저택에서 열린 강좌에 참석했다고 확인해 주었다. 그나저나 그 저택은 매력적인 곳이다. 나도 다녀온 적이 있었다. 초빙 강사가 수강생의 원고를 도용할 가능성은 1백만분의 1이라고 말할 수 있었지만 두 작품을 비교해 보니 1백만분의 1의 확률이 맞아떨어졌다고 말할 수밖에 없었다. 도널드가 안쓰러워졌다. 솔직히 그는 글재주가 없었다. 문장이 무겁고 리듬감이 전혀 없었다. 형용사를 너무 남발했고 대화는 설득력이 없었다. 앨런의 평가가 맞았다. 하지만 그렇다고 해서 이런 취급을 당해 마땅한 건 아니었다. 그가 아무 조치도 취할 수 없었을까? 그의 말에 따르면 찰스에게 편지를 보냈지만 답장이 없었다고 했다. 놀라운 일도 아니었다. 출판사에는 협박 편지가 수시로 날아들었고 그의 편지는 제미마의 선을 넘지 못했을 것이다. 쓰레기통으로 직행했을 것이다. 경찰도 관심을 보이지 않았을 것이다. 앨런이 도널드의 아이디어를 참고한 게 아니라 그 반대였다고 주장하면 그만이었을 것이다.

그것 말고 또 무슨 방법을 동원할 수 있었을까? 뭐, 아이비 클럽에 기록된 앨런의 주소를 찾아서 협박 편지를 몇 통 보냈는데 소용이 없으니까 프램링엄으로 찾아가 옥상에서 밀어 떨어뜨리고 신작 소설의 뒷부분을 북북 찢어 버릴 수도 있었다. 내가 그랬다면 그러고 싶은 유혹을 느꼈을 것이다.

나는 거의 오전 내내 원고를 읽었고 저작권 팀장인 루시와 점심을 먹기로 되어 있었다. 제임스 테일러와 『아티쿠스의 모험』 문제로 그녀와 의논하고 싶었다. 12시 반이 됐길래 건물 입구 앞에서 얼른 담배나 한 대 피울까 생각했다가 내 이름을 잘못 적은 편지가 우편물 더미 맨 위에 놓여 있었던 게 기억났다. 편지를 열어보았다.

안에 사진이 한 장 들어 있었다. 메모는 없었다. 발신인 이름도 없었다. 봉투를 돌려서 소인을 확인했다. 입스위치에서 발송된 편지였다.

사진은 조금 흐릿했다. 휴대 전화로 촬영한 사진을 확대해 동네방네 있는 스내피 스냅스에서 출력한 모양이었다. 휴대 전화를 거기 기계에 직접 꽂으면 되기 때문에 현금으로 지불했다면 이 사진을 촬영한 사람은 끝까지 익명으로 남을 수 있었다.

존 화이트가 앨런 콘웨이를 살해하는 광경이 담겨 있었다.

두 남자는 탑 위에 있었다. 앨런은 가장자리를 등지고 그 너머로 허리를 숙이고 있었다. 시신으로 발견된 순간에 입고 있었던 그 옷차림 ― 헐렁한 재킷과 까만색 셔츠 ― 이었다. 화이트가 앨런의 어깨에 손을 올려놓고 있었다. 한번 밀치기만 하면 끝이었다.

이렇게 된 거였다. 수수께끼가 해결됐다. 나는 루시에게 연락해 점심 약속을 취소했다. 그런 다음 곰곰이 따져 보기 시작했다.

탐정 일

탐정 소설을 읽는 것과 탐정이 되어 보려고 애를 쓰는 것은 전혀 별개의 문제다.

나는 예전부터 탐정 소설을 좋아했다. 지금까지 탐정 소설을 그냥 편집만 한 게 아니라 평생 걸신들린 듯이 읽어 치웠다고 보면 된다. 밖에서는 비가 내리는 가운데 난로를 틀어 놓고 책 속으로 푹 빠져들 때의 기분을 여러분도 알 것이다. 손가락 사이로 스르르 빠져나가는 책장을 느끼며 읽고 또 읽다 보면 어느덧 왼쪽으로 넘어간 책장이 오른쪽에 남은 책장보다 많아지고, 속도를 늦추고 싶지만 그래도 끝까지 밝혀지지 않았으면 하는 결말을 향해 돌진하는 기분. 나는 그것이 탐정 소설의 남다른 매력이고, 문학이라는 보편적인 카테고리 안에 탐정 소설만의 특별한 자리가 있다고 생각한다. 모든 등장인물 중에서도 탐정 이야말로 독자와 사실상 독특한 관계를 맺지 않는가 말이다.

탐정 소설의 핵심은 진실이다. 그 이상도 그 이하도 아니다. 불확실로 가득한 세상에서 모든 게 깔끔하게 정리가 되는 마지막 페이지에 다다르면 자동적으로 속이 시원해지지 않는가. 이야기는 우리가 실생활에서 경험하는 일들을 모방한다. 우리는 긴장과 애매모호 속에서 살아가며 그것들을 해결하려고 애를 쓰는 데 인생의 절반을 투자하지만 임종을 목전에 두고서야 모든 게 명확해지는 순간에 다다른다. 그런데 거의 모든 탐정 소설이 그런 희열을 제공한다. 그것이 탐정 소설의 존재 이유다. 『맥파이 살인 사건』이 우라지게 짜증 나는 이유도 그 때문이다.

다른 책들 같은 경우에 우리는 스파이가 됐건 군인이 됐건 로맨티스트가 됐건 모험가가 됐건 주인공의 발뒤꿈치를 따라간다. 하지만 탐정과는 대등한 관계다. 애초부터 우리의 목표는 동일하며 그 목표조차 실은 단순하다. 우리의 바람은 사건의 실상을 파악하는 것이며 실상을 파악하려는 목적이 금전적인 대가는 아니다. 셜록 홈스 단편집을 보라. 그는 보수를 받는 경우가 거의 없고 재산이 넉넉해서 그렇기는 하겠지만 내 생각에는 한 번이라도 사건 해결의 대가를 청구한 적이 있을까 싶다. 물론 탐정들은 우리보다 똑똑하다. 우리는 그들이 우리보다 똑똑할 것으로 기대한다. 하지만 그렇다고 해서 그들이 타의 모범이 되는 건 아니다. 홈스는 우울증에 시달린다. 푸아로는 저 잘난 맛에 산다. 미스 마플은 퉁명스럽고 별나다. 탐정이 꼭 매력적일 필요는 없다. 네로 울프만 해도 너무 뚱뚱해서 뉴욕의 집을 벗어날 수가 없고 그의 체중을 감당할 수 있는 의자를 특수 제작하지 않았던가! 브라운 신부는 〈얼굴은 노퍽의 찐 만두처럼 둥그렇고 칙칙하고…… 두 눈은 북해처럼 공허하다〉고 한다. 이튼 학교와 옥스퍼드 대학교를 졸업한 피터 윔지 경은 비쩍 말라서 허약해 보이며 외알 안경을 사랑한다. 불독 드러먼드는 맨손으로 사람을 죽일 수 있을지 몰라도(제임스 본드의 모델일지 몰라도) 모범적인 남성은 아니었다. 사실 H. C. 맥널은 드러먼드를 〈얼굴은 못생겼지만 인상이 좋아서 즉각적인 자신감을 느낄 수 있는 운 좋은 경우〉라고 묘사함으로써 정곡을 찌른 셈이다. 탐정을 좋아하거나 존경할 필요는 없다. 우리가 그들을 저버리지 않는 이유는 그들을 신뢰하기 때문이다.

이 모든 이유로 인해 나는 화자 겸 탐정으로서 자격 미달이다. 전혀 아무 자격이 없는 건 둘째 치고 어쩌면 실력도 별 볼일 없을지 모른다. 나는 만난 사람과 들은 정보와 가장 중요하게는 내가 생각한 모든 것을 상술하려고 노력하고 있다. 안타깝게도 내게는 왓슨도 헤이스팅스도 트로이[36]도 번터[37]도 루이스[38]도 없다. 때문에 편지를 개봉하고 존 화이트의 사진을 보기 전까지 내 수사에 아무 소득이 없었다는 사실을 비롯해 모든 것을 지면에 공개하는 수밖에 없다. 사실 우울해지면 이게 정말 살인 사건일까 하는 의구심이 생기기도 했다. 문제는 뭔가 하면 내가 해결하려는 사건에는 아무런 패턴도 형태도 없다는 것이었다. 앨런 콘웨이가 매그너스 파이 경의 경우에 그랬던 것처럼 자신의 죽음에 대해 직접 묘사했다면 다양한 단서와 흔적과 암시를 통해 나에게 나아갈 방향을 제시했을 것이다. 예컨대 『맥파이 살인 사건』에는 흙에 찍힌 손자국, 방에서 발견된 개 목걸이, 벽난로에 들어 있던 종이 쪼가리, 책상 서랍 속의 리볼버, 손으로 적은 봉투와 타자로 친 편지가 등장한다. 나는 이걸 종합하면 어떤 결론이 내려지는지 전혀 모를지 몰라도 최소

---

36 『미드소머 살인 사건』에서 바너비 경감의 조수.

37 피터 윔지 경의 집사.

38 영국 TV 드라마 「모스 경감」에서 모스의 부하.

한 독자로서 이것들이 의미 있는 단서라는 건 안다. 그렇지 않으면 언급될 이유가 없지 않겠는가. 하지만 탐정의 입장에서는 이런 단서들을 직접 찾아야 했고, 엉뚱한 곳을 뒤지고 있었는지 단서라고 할 만한 게 거의 없었다. 쪼개진 단추나 정체 모를 지문, 마침 알맞게 엿들은 대화 같은 건 없었다. 물론 앨런이 직접 쓴 유서는 있었고 이 편지는 책에서와는 반대로 타자로 친 봉투에 넣어져서 배달됐다. 하지만 그게 무엇을 의미할까? 만년필 잉크가 다 떨어졌을까? 편지만 써놓고 주소는 다른 사람에게 써달라고 부탁했을까? 셜록 홈스의 이야기를 읽다 보면 탐정이 아무 말을 하지 않더라도 상황을 정확히 파악하고 있을 거라는 확신이 든다. 하지만 이 경우에는 전혀 그렇지가 않다.

아이비 클럽에서의 저녁 식사 문제도 있었다. 그 생각이 머릿속에서 떠날 줄 몰랐다. 찰스가 제목을 바꾸는 게 어떻겠느냐고 하자 앨런은 짜증을 냈다. 옆 테이블에 앉아 있던 매튜 프리처드는 그가 뭐라고 했는지 들었다. 테이블을 내리친 다음 손가락으로 잽을 날리며 〈나는 더 ─〉라고 했다고 했다. 더 뭘까? 제목을 바꾸지 않겠다고? 대화를 종료하겠다고? 고맙지만 디저트는 사양하겠다고? 심지어 찰스조차 그가 무슨 말을 하려고 했는지 모르겠다고 했다.

솔직히 고백하는 게 좋겠다. 나는 존 화이트가 앨런 콘웨이를 살해했다고 보지 않았다. 현장을 포착한 사진이 있었지만 그건 유서가 아닌 유서와 다를 바 없었다. 이번 사진의 경우에는 심지어 설명하고 말고 할 것도 없었다. 그냥 믿기지가 않았다. 나는 화이트를 직접 만났고 내가 보기에 그는 특별히 폭력적이거나 공격적인 성격이 아니었다. 그리고 그는 앨런을 살해할 이유가 없었다. 오히려 그 반대라면 모를까.

생각해 보아야 할 다른 문제점들도 있었다. 누가 이 사진을 보냈을까? 왜 경찰이 아니라 나한테 이 사진을 보냈을까? 사진은 장례식 날에 발송됐고 입스위치 소인이 찍혀 있었다. 장례식에 참석한 조문객들 중에서 내가 클로버리프 북스 직원이라는 걸 아는 사람이 몇 명이나 됐을까? 봉투에 적힌 내 이름은 철자가 틀렸다. 진짜 잘못 적은 걸까 아니면 나를 잘 모르는 사람인 척 포장하기 위해 일부러 그런 걸까?

나는 혼자 사무실에 앉아서 — 다른 직원들은 전부 점심을 먹으러 나갔다 — 용의자 명단을 작성했다. 내가 생각하기에 화이트보다 범인일 가능성이 훨씬 높은 사람이 다섯 명이었고, 가장 유력한 순서대로 적었다. 상당히 혼란스러웠다. 앨런의 원고를 다 읽었을 때 이미 똑같은 의식을 치르지 않았던가.

1. 제임스 테일러, 남자 친구

나는 제임스를 좋아하지만 앨런의 죽음으로 가장 직접적인 혜택을 누리는 사람이 그였다. 사실 앨런이 24시간만 더 목숨을 부지했다면 그는 수백만 파운드를 날릴 수 있었다. 그는 앨런이 집에 있다는 걸 알았다. 8월의 그 끝에서 두 번째 날에는 날씨가 워낙 좋았으니 앨런이 탑에서 아침을 먹을 거라고 미루어 짐작할 수 있었을 것이다. 계속 거기서 살고 있었으니 살금살금 탑으로 올라가 눈 깜빡할 새 그를 밀쳐 떨어뜨릴 수 있었을 것이다. 주말 동안 런던에 있었다고 했지만 믿을 건 그의 증언뿐이었고 날 만났을 때 애비 그레인지가 제 것인 줄 아는 사람처럼 그지없이 편해 보였다. 물론 가장 빤한 용의자를 버리는 것이 탐정 소설의 제1원칙이기는 하다. 나도 그래야 할까?

2. 클레어 젠킨스, 누나

그녀는 내게 건넨 글에서 동생을 얼마나 사랑했는지, 그가 얼마나 잘해 주었는지, 둘이 얼마나 가까운 사이였는지 장황하게 늘어놓았다. 그녀를 믿어도 되는지 잘 모르겠다. 제임스는 그녀가 동생의 성공을 질투한다고 생각했고 막판에는 둘이 돈 때문에 싸운 게 사실이다. 그걸 살인의 동기로 볼 수는 없을지 몰라도 미완의 원고와 관련해서 아주 그럴듯한 이유가 있기 때문에 그녀를 두 번째로 유력한 용의자로 꼽았다.

앨런 콘웨이는 주변 사람들을 모델 삼아 등장인물을 창조하는 데서 악의적인 즐거움을 누렸다. 제임스 테일러는 살짝 어수룩하고 멋을 부리는 제임스 프레이저가 되었다. 목사는 철자의 순서만 바뀌었다. 심지어 앨런의 아들 이름마저 등장했다. 외로운 독신녀이자 매그너스 경의 누이인 클라리사 파이는 분명 클레어가 모델이었다. 섬뜩한 초상이었고 앨런은 그녀의 대프니 로드 집 주소를 일부러 밝힘으로써(책에서는 거기 사는 사람이 브렌트로 설정되어 있지만) 칼끝을 더욱 정확하게 겨누었다. 만약 클레어가 원고를 보았다면 동생을 지붕에서 밀어 떨어뜨리기에 충분한 이유가 생겼을지 모른다. 그리고 책의 출간을 막는 것이 그녀의 이익에 부합했을 테고 — 마지막 부분을 훔침으로써 목적을 달성했다.

그렇다면 그녀는 왜 앨런이 살해당했다고 주장했을까? 왜 자신의 소행에 관심이 쏠리게 했을까? 거기에 대한 해답은 모르겠지만 범인들은 세간의 인정을 받고 싶은 충동을 느낀다는 것을 어디에선가 읽은 기억이 났다. 그래서 범행 현장을 다시 찾아간다고 했다. 클레어도 그 긴 글을 작성한 것과 같은 이유에서 나에게 동생의 죽음을 수사해 달라고 부탁한 걸까? 스포트라이트를 한 몸에 받고 싶은 병적인 욕구로 인해?

3. 톰 로브슨, 목사

내가 교회에서 대놓고 물었을 때 촐리 홀에서 어떤 일이 벌어졌었는지 로브슨이 제대로 대답하지 않은 건 아쉬운 대목이었다. 그의 아내가 몇 분만 더 늦게 등장했더라면 이야기가 전혀 달라졌을 텐데. 하지만 남학교에서 사진으로 어떤 남학생에게 망신을 주었다면 대충 어떤 사건이었을지 짐작하기가 어렵지 않았다. 그나저나 클레어는 동생을 학교에서 여러 가지로 학대당한 피해자로 본 반면 로브슨은 적극적인 가담자로 간주하다니 흥미로웠다. 앨런에 대해 아는 게 많아질수록 목사의 주장에 더 믿음이 갔다.

그 모든 게 1970년대에 벌어진 일이었지만 『맥파이 살인 사건』 첫 장에서 메리 블래키스턴이 목사관을 찾아왔을 때 〈온갖 문서 더미 한복판에 그것들이 놓여 있었다〉라고 한 걸 보면 앨런의 기억 속에 생생하게 살아 있었던 모양이다. 그녀는 무얼 보았을까? 헨리에타와 로빈 오즈번이 변태 커플이었을까? 그들이 로브슨을 괴롭힌 사진과 성격이 비슷한 낯 뜨거운 사진들을 흘린 걸까? 추도사를 감안했을 때 목사는 이 모든 기억을 잊지 않았고 복수를 위해 탑 꼭대기로 살금살금 올라가는 그의 모습이 쉽게 그려졌다. 그렇긴 해도 난 목사들이 범죄 소설에 잘 어울리지 않는다고 생각한다. 그들은 너무 빤하고 너무 영국적이다. 로브슨이 범인으로 밝혀지면 나는 실망할 것 같다.

4. 도널드 리, 웨이터

「그가 죽었다는 소식이 상당히 반가웠겠네요.」 내가 이렇게 말했을 때 그는 〈기뻤어요〉라고 대답했다. 몇 년 만에 만난 두 사람. 상대방에게 증오심을 품고 있는 한 사람. 그들이 우연히 마주치고 48시간 만에 한 사람이 죽는다. 이렇게 적어 놓고 보니 도널드를 용의자 명단에 넣을 수밖에 없었고 그는 클럽에 남은 기록을 뒤지면 앨런의 주소를 간단하게 알아낼 수 있었을 것이다. 달리 할 말이 뭐가 더 있을까?

5. 마크 레드먼드, 제작자

그는 거짓말을 했다. 토요일에 런던으로 돌아갔다고 했는데 숙박부를 보니 주말 내내 크라운에 머물러 있었다. 그리고 그는 앨런이 죽기를 바랄 만한 여러 가지 이유가 있었다. 『아티쿠스의 모험』을 제작하면 떼돈을 벌 수 있었고 기초 작업에 거금을 투자한 상황이었다. 영국 텔레비전에서 방영된 수많은 범죄 드라마를 진두지휘한 사람이니 살인에 대해 모르는 게 없을 것이다. 허구를 현실로 옮기는 게 뭐 그리 어려운 일일까? 어차피 이번 살인 사건에서는 피 한 방울 배어 나오지 않았다. 총도 칼도 동원되지 않았다. 그냥 밀치기만 하면 됐다. 누구라도 할 수 있는 일이었다.

이 다섯 명이 내가 의심하는 용의자였다. 다섯 마리 아기 돼지라고 할까. 그런데 내가 명단에 넣지는 않았지만 의심이 가는 용의자가 두 명 더 있었다.

6. 멜리사 콘웨이, 전처

아직 그녀와 이야기를 나눠 보지 못했지만 기회가 닿는 대로 브래드퍼드온에이번으로 찾아갈 작정이었다. 앨런의 살인 사건에 집착이 생겨서 그걸 해결하기 전에는 클로버리프에서 아무 일도 할 수가 없었다. 클레어 젠킨스에 따르면 멜리사는 그런 식으로 자기 곁을 떠난 앨런을 절대 용서하지 못했다. 둘이 최근에 만난 적이 있었을까? 그녀의 복수심을 자극할 만한 일이 벌어졌을까? 호텔에서 그녀를 붙잡지 못했던 게 한스러웠다. 프램링엄까지 와서 남편의 장례식에 참석한 이유를 묻고 싶었는데. 전에도 거기까지 찾아가 그를 탑에서 떨어뜨렸을까?

7. 프레더릭 콘웨이, 아들

그의 이름을 이 명단에 넣는 것이 부당한 처사일지 몰라도 — 장례식장에서 언뜻 본 게 전부이고 그에 대해서 아는 게 거의 없으니 — 그날 분노로 일그러진 얼굴을 하고 무덤을 빤히 쳐다보던 그의 모습을 잊을 수가 없었다. 그는 아버지에게 버림받았다. 거기서 한 걸음 더 나아가 아버지가 동성애자라고 커밍아웃을 했으니 10대 소년인 그로서는 받아들이기 쉽지 않았을 것이다. 살인 동기라면? 앨런은 『맥파이 살인 사건』 집필 당시 아들을 염두에 두고 있었다. 프레디는 매그너스 경과 레이디 파이의 아들로 등장하며 본명이 그대로 쓰인 유일한 인물이다.

나는 그 월요일 오후에 사무실에 앉아서 이런 메모를 작성했지만 사무실을 나설 무렵까지 거둔 성과가 아무것도 없었다. 용의자가 있다니 좋다 치자. 하지만 여차하면 이 일곱 명 모두가 — 존 화이트까지 포함하면 여덟 명이다 — 앨런 콘웨이를 살해할 수 있었다. 그렇게 따지면 우체부, 우유 배달부, 내가 깜빡하고 언급하지 않은 사람, 내가 아직 만나지 않은 사람일 수도 있었다. 살인 추리 소설과 달리 내 추측에는 상호 연결성이 없었다. 모든 등장인물들이 〈클루도〉라는 보드게임의 말처럼 서로 앞서거나 뒤서거니 움직이는 듯한 느낌이 없었다. 그들 중 아무라도 그 일요일 아침에 애비 그레인지의 문을 두드릴 수 있었다. 아무라도 범행을 저지를 수 있었다.

결국 나는 메모지를 옆으로 치우고 교열 담당자를 만나러 갔다. 좀 더 열심히 고민했더라면 내가 찾던 단서가 바로 옆에 있었고, 아주 최근에 누군가에게 들은 어떤 이야기가 범인을 지목하고 있었고, 범인이 앨런을 살해한 이유가 『맥파이 살인 사건』을 읽기 시작한 그 순간부터 내 눈앞에 있었음을 알아차렸을 것이다.

30분만 더 시간이 있었다면 모든 것이 완전히 달라졌을지 모른다. 하지만 나는 약속 시간에 늦었고 안드레아스 생각이 계속 머릿속에서 떠날 줄 몰랐다. 그 결과, 엄청난 대가를 치렀다.

브래드퍼드온에이번

브래드퍼드온에이번은 『맥파이 살인 사건』이라는 가상의 세계에서 펼쳐진 내 여정의 마지막 정차 지점이었다. 앨런은 오퍼드를 모델 삼아 색스비온에이번을 창조했지만 그 이름만 봐도 어디에서 착안했는지 알 수 있었다. 그는 사실상 두 마을을 하나로 합성했다. 교회, 광장, 두 개의 술집, 성, 풀밭, 전반적인 얼개는 출처가 오퍼드였다. 하지만 바스에서 몇 킬로미터 거리이고 책에서 묘사했다시피 〈근사한 포르티코를 갖추고 테라스 앞까지 마당이 이어지며 바스 석재를 쓴 조지 왕조풍의 건물들이 많〉은 곳은 브래드퍼드온에이번이었다. 내가 보기에 그곳에 전처가 사는 것은 우연의 일치가 아니었다. 어떤 일을 계기로 그가 아내를 떠올리게 된 것이었다. 『맥파이 살인 사건』의 어딘가에 그녀에게 보내는 메시지가 있었다.

나는 미리 전화를 하고 화요일 아침에 패딩턴역에서 출발했고 바스에서 열차를 갈아탔다. 차를 몰고 갈 수도 있었지만 가는 길에 원고 작업을 할 작정이었다. 멜리사는 내 전화를 받고 반가워하며 같이 점심을 먹자고 했다. 내가 도착한 시각은

12시 직후였다.

그녀가 알려 준 주소 — 미들 랭크였다 — 로 가보니 도보가 아니고서는 접근이 불가능한 고지대의 연립 주택이 줄줄이 이어졌다. 출처는 스페인 아니면 이탈리아였을지 몰라도 철저하게 영국식으로 개조된 골목길, 계단, 꽃밭으로 이루어진 아주 미로 같은 공간의 한복판이었다. 세 줄로 길게 이어지는 주택마다 완벽하게 균형이 잡힌 조지 왕조풍의 창문이 달렸고 현관문 위에 포르티코를 얹은 집들이 많았고 아니나 다를까, 벌꿀색의 바스 석재가 쓰였다. 멜리사의 집은 3층이었고 북적북적한 꽃밭이 언덕을 넘어 저 아래의 석조 정자까지 계단식으로 이어졌다. 그녀가 오퍼드에서 이사한 곳이 여기였고 그녀가 오퍼드에서는 어떤 집에서 살았을지 보지는 못했지만 여기와 정반대였을 게 분명하다는 생각이 들었다. 이 집은 특이했다. 호젓했다. 도망치고 싶을 때 찾을 만한 곳이었다.

초인종을 누르자 멜리사가 직접 문을 열어 주었다. 우리 둘이 나이가 비슷할 텐데, 내가 기억하는 것보다 훨씬 젊어 보인다는 것이 그녀를 보고 느낀 첫인상이었다. 장례식장에서는 그녀를 거의 알아볼 수 없었다. 그녀가 외투와 스카프를 걸친 데다 비까지 내렸기 때문에 사람들 틈바구니에 섞여서 형체가 흐릿했다. 하지만 지금 자기 집을 등지고 내 앞에 서 있는 그녀는 당당하고 매력적이며 여유로워 보였다. 날씬했고 우뚝한 광대뼈와 서글서글한 미소가 인상적이었다. 앨런과 결혼했을 때는 머리색이 분명 갈색이었다. 지금은 짙은 밤색이었고 목에 닿도록 짧게 잘랐다. 청바지와 캐시미어 저지에 백금 목걸이를 했고 화장은 하지 않았다. 나는 이혼이 잘 맞는 여자도 있다는 생

234

각을 종종 했었다. 그녀가 그 경우에 해당했다.

그녀는 깍듯하게 나를 맞이해 거실이 있는 2층으로 앞장섰다. 집의 전면을 차지한 거실 너머로 멘딥 힐스까지 브래드퍼드온에이번의 아름다운 풍경이 내려다보였다. 가구는 현대와 고전이 어우러졌고 비싸 보였다. 그녀가 점심을 차렸다. 훈제 연어, 샐러드, 건강 빵이었다. 그녀가 와인을 권했지만 나는 탄산수로 만족했다.

「장례식에서 당신을 봤어요.」그녀가 자리에 앉으며 말했다. 「아무 말도 하지 않고 빠져나와서 미안해요. 프레디가 하도 가자고 재촉을 해서요. 프레디는 지금 없어요. 런던으로 견학 갔어요.」

「아, 그래요?」

「세인트 마틴스 예술 대학에 지원하려고 하거든요. 도예를 전공하고 싶어 해요.」그녀는 얼른 말을 이었다. 「프레디는 거기 가고 싶어 하지 않았어요. 프램링엄 말이에요.」

「오신 거 보고 솔직히 놀랐어요.」

「내 남편이었잖아요, 수전. 그리고 프레디의 아버지고요. 죽었다는 소식을 들었을 때 당장 가봐야겠다는 생각이 들더라고요. 프레디한테 좋은 경험이 될 줄 알았어요. 그 일이 벌어졌을 때 상처를 많이 받았거든요. 나보다 더요. 그래서 거기 다녀오면 아이에게 일종의 마침표가 될 거라고 생각했어요.」

「그렇게 되던가요?」

「아뇨. 가는 내내 투덜거렸고 오는 동안에는 한 마디도 하지 않았어요. 이어폰을 꽂고 아이패드만 들더라고요. 그래도 다녀오길 잘했다고 생각해요. 할 도리를 한 기분이에요.」

「멜리사…….」 이제 까다로운 부분이 시작됐다. 「당신과 앨런에 대해서 묻고 싶었어요. 이해가 잘 안 되는 부분이 몇 군데 있어서요.」

「당신이 왜 여기까지 찾아오겠다고 하는지 궁금하긴 했어요.」

나는 전화상으로 사라진 원고의 일부분을 찾고 있으며 앨런이 자살한 이유를 파악하려고 하는 중이라고 말했다. 그보다 더 자세하게 설명할 필요는 없었고 앨런이 살해당했을지 모른다는 얘기는 꺼내지 않을 참이었다. 「난처한 질문은 자제할게요.」 내가 말했다.

「뭐든 물어봐요, 수전.」 그녀는 미소를 지었다. 「그가 죽었을 때 우리는 이혼한 지 6년째였고 나는 예전에 그런 일이 있었다는 데 당황스러워하지 않아요. 그럴 이유가 없잖아요. 물론 그 당시에 아주 힘들기는 했어요. 앨런을 진심으로 사랑했고 그를 잃고 싶지 않았거든요. 하지만 이상하게도…… 결혼하셨어요?」

「아뇨.」

「남편이 나를 버리고 젊은 남자를 찾아간 거라 그나마 좀 괜찮아요. 상대가 젊은 여자였으면 더 화가 났을 것 같아요. 그이가 제임스 얘기를 꺼냈을 때 나는 그것도 일종의 문제라면 그이가 문제라는 걸 알 수 있었어요. 그가 그런 감정을 느꼈다 한들 내 탓이 아니더라고요.」

「결혼 생활을 하시는 도중에 그런 낌새를 느낀 적이 있었나요?」

「그이의 성정체성이요? 아뇨. 전혀요. 결혼하고 2년이 지났을 때 프레디가 태어났어요. 우리는 정상적인 관계였어요.」

「아드님이 더 힘들어 했다고 하셨죠?」

「맞아요. 앨런이 집에서 나갔을 때 프레디는 열두 살이었고 더 난처했던 게, 신문에 기사가 실리는 바람에 학교 친구들이 그걸 읽었거든요. 당연히 놀림을 받았죠. 아빠가 게이라고. 요즘 같았으면 좀 더 쉬웠을 텐데. 모든 게 워낙 빠르게 지나가니까요.」

그녀는 양심이 전혀 없었다. 나는 놀라워하면서 그 전날 만든 용의자 명단에서 그녀의 이름을 지워야겠다고 기억해두었다. 그녀는 이혼이 원만하게 진행됐다고 말했다. 앨런이 그녀가 원하는 모든 것을 내주었고 둘 사이에서 연락이 끊긴 이후에도 계속 프레디의 양육비를 부담했다. 그의 대학 학비와 그 이후까지 보장할 수 있도록 신탁을 들어 놓았고 제임스 테일러도 말했다시피 유산을 남겼다. 그녀는 파트타임 삼아 인근 위민스터에서 임시 교사로 근무하고 있었다. 하지만 통장에 돈이 많았다. 굳이 일을 할 필요가 없었다.

우리는 앨런의 작가적인 측면을 주제로 많은 대화를 나누었다. 내가 그 부분에 관심이 있다고 그녀에게 얘기를 했기 때문이었다. 그녀는 그의 작가 인생 사상 가장 흥미진진했던 시기를 함께 했다. 고군분투하다가 작품이 처음으로 출간되고 유명해지던 시기를 말이다.

「우드브리지 스쿨에서는 그이가 작가가 되고 싶어 한다는 걸 모르는 사람이 없었어요.」 그녀가 말했다. 「그이는 작가가 되길 간절히 바랐죠. 늘 그 얘기뿐이었어요. 나는 사실 다른 선생님하고 만나고 있었는데 앨런이 그 학교로 부임했을 때 그이하고 맺어졌어요. 안드레아스하고 계속 연락하세요?」

그녀는 워낙 지나가는 투로 물었고 내 표정이 굳는 걸 알아차리지 못했을 것이다. 오래전에 출간 기념회에서 만났을 때 내가 안드레아스와 아는 사이라고 그녀에게 밝힌 적이 있었는데, 우리가 만나는 사이라고 내 쪽에서 얘기를 하지 않았거나 그녀가 잊어버렸거나 둘 중 하나였다. 「안드레아스요?」 나는 되물었다.

「안드레아스 파타키스요. 라틴어하고 그리스어를 가르쳤어요. 그하고 나는 불꽃 튀는 연애를 했어요. 한 1년 정도요. 서로 죽고 못 사는 사이였어요. 지중해 사람들이 어떤지 알잖아요. 내가 막판에 그에게 몹쓸 짓을 한 것 같기는 하지만, 어딘지 모르게 앨런이 더 마음에 들었거든요.」

안드레아스 파타키스. **나의** 안드레아스였다.

문득 모든 게 맞아떨어졌다. 안드레아스가 앨런을 싫어했고 앨런이 거둔 성공에 분개한 이유가 이 때문이었다. 토요일 저녁에 그가 앨런의 어떤 부분이 짜증 나는지 얘기하지 않으려고 했던 이유도 이 때문이었다. 나를 만나기 전에 멜리사와 사귄 적이 있다고 무슨 수로 실토할 수 있었겠는가. 내가 어떤 식으로 생각해야 하는 걸까? 기분 나빠 해야 하나? 나는 그를 중고로 물려받았다고. 아니다. 그건 어불성설이었다. 안드레아스는 결혼한 전적이 두 번 있었다. 그의 인생에는 다른 여자들이 많았다. 그건 나도 알고 있었다. 하지만 멜리사라니……. 내가 그녀를 보는 시각이 전혀 달라졌다. 그녀의 매력이 좀 전에 비해 반감됐다. 심지어 보이시할 정도로 말라서 안드레아스보다는 앨런에게 더 잘 어울렸다.

그녀는 말을 멈추지 않았다. 계속 앨런 이야기를 하고 있었다.

「나는 책을 정말 좋아했고 그이에게서 매력을 느꼈어요. 그렇게 투지가 넘치는 사람은 평생 본 적이 없었거든요. 그이는 항상 온갖 구상이며 아이디어, 어떤 책을 읽었는지, 어떤 책을 쓰고 싶은지 이야기를 늘어놓았어요. 이스트 앵글리아 대학에서 공부했고 그게 돌파구를 찾는데 도움이 될 거라고 믿었고요. 책을 출간하는 정도로는 부족했어요. 그이는 유명한 작가가 되고 싶어 했어요. 하지만 자기가 생각했던 것보다 훨씬 오랜 시간이 걸렸죠. 나는 그 모든 과정을 그와 함께 했어요. 원고를 쓰고, 완성하고, 아무도 관심을 가져 주지 않을 때 찾아오는 그 끔찍한 실망감. 1년 동안 들인 노력을 예닐곱 줄로 묵살하는 편지가 배달됐을 때, 그런 식으로 거절당했을 때 심정을 수전, 당신은 상상도 하지 못할 거예요. 당신은 그런 편지를 보내는 사람이니까요. 하지만 그 많은 시간을 들여서 쓴 작품을 원하는 사람이 아무도 없다니. 얼마나 어마어마하게 부정적인 영향을 미치는지 몰라요. 단순히 자신의 작품만 거부당하는 게 아니라 자신의 본질을 거부당하는 거거든요.」

앨런은 본질적으로 어떤 사람이었던가?

「그이는 글쓰기를 대하는 태도가 아주 진지했어요. 사실 그이는 추리 소설을 쓰고 싶어 하지 않았어요. 그이가 나한테 맨 처음 보여 줬던 원고는 제목이 『별을 바라보다』였어요. 아주 기발하고 유쾌하고 조금 슬픈 작품이었죠. 우주 비행사가 주인공이었는데, 실제로 우주로 나가 본 적이 없는 비행사였어요. 어떻게 보면 앨런과 조금 닮은 구석이 있었죠. 그리고 또 남프랑스가 배경인 원고도 있었어요. 헨리 제임스의 『나사의 회전』에서 영감을 얻었다고 하더라고요. 완성하기까지 3년이 걸렸는

239

데, 이번에도 아무도 관심을 보이지 않았어요. 이해가 되지 않더라고요. 왜냐하면 나는 그이의 작품이 정말 마음에 들었고 그이의 재능을 전적으로 믿었거든요. 그런데 화가 나는 게 뭔가 하면 결국에는 그이를 완전히 버려 놓은 사람이 나였다는 거예요.」

나는 탄산수를 좀 더 따랐다. 안드레아스 생각이 머릿속에서 떠날 줄 몰랐다.「그게 무슨 말씀이세요?」내가 물었다.

「아티쿠스 퓐트가 내 아이디어였거든요. 아뇨 — 진짜예요! 한 가지 이해하셔야 하는 게, 앨런이 무엇보다 간절히 바란 게 있다면 그건 작품을 출간하고 인정을 받는 거였어요. 그런데 시골의 어느 지긋지긋한 사립 학교에 처박혀서 좋아하지도 않고 졸업하는 순간 그를 잊어버릴 게 뻔한 아이들을 가르쳤으니 얼마나 죽을 맛이었겠어요. 그러던 어느 날 — 서점에 다녀온 직후였어요 — 내가 좀 더 단순하고 대중적인 걸 써야 하지 않겠느냐고 제안했어요. 그이는 예전부터 퍼즐의 귀재였거든요. 십자말 퀴즈나 그런 거 말이에요. 속임수와 트롱프뢰유[39]라면 사족을 못 썼어요. 그래서 내가 탐정 소설을 써보라고 했죠. 내가 느끼기에는 그이가 쓴 원고의 절반밖에 안 되는 수준의 책으로 수천 파운드, 수백만 파운드를 벌어들이는 작가들도 있는 것 같았거든요. 몇 개월이면 될 일이었죠. 재미있을 수도 있었고요. 그게 성공하면 우드브리지를 때려치우고 간절이 원하던 전업 작가가 될 수도 있었어요.

나는『아티쿠스 퓐트, 수사에 착수하다』를 쓸 때 옆에서 거들었어요. 그이가 주인공을 생각해 냈을 때 내가 옆에 있었거든

39 실물인 줄 착각하도록 만든 그림이나 디자인.

요. 그이의 온갖 아이디어들을 다 들어주었죠.」

「아티쿠스의 출처가 어디예요?」

「텔레비전에서 〈쉰들러 리스트〉가 방영됐을 때 앨런이 그걸 보고 착안했어요. 학창 시절의 영어 선생님이 모델이었을 수도 있어요. 이름이 에이드리언 파운드인가 그랬거든요. 앨런은 애거사 크리스티의 작품을 수없이 읽고 그녀가 어떤 식으로 탐정 소설을 썼는지 파악한 다음에서야 원고를 쓰기 시작했어요. 그 원고를 맨 처음 읽은 사람이 나였어요. 지금도 거기에 대해서 자부심을 느껴요. 아티쿠스 퓐트 소설을 전 세계에서 가장 먼저 읽은 사람이 나였다는 거잖아요. 정말 재미있었어요. 물론 그의 다른 작품만큼 훌륭하지는 않았죠. 좀 더 가볍고 전혀 무의미했으니까요. 하지만 내가 보기에는 구성이 탄탄했어요. 그리고 아나나 다를까, 당신네 회사에서 원고를 출간했죠. 그 이후는 당신도 알 테고요.」

「당신이 그를 버려 놓았다면서요.」

「책이 출간된 이후에 모든 게 어긋났어요. 한 가지 이해해야 하는 게, 앨런이 워낙 복잡한 사람이었어요. 때로는 아주 우울하고 내성적인 성격이 될 수도 있었죠. 그에게 글은 신비로운 어떤 것이었어요. 제단 앞에 무릎을 꿇고 있으면 하늘에서 내려오는, 그런 거였다고 할까요. 그에게는 존경하는 작가들이 있었고 그들과 같은 작가가 되는 것이 그의 가장 큰 꿈이었어요.」

「어떤 작가를 존경했는데요?」

「뭐, 일례로 살만 루슈디요. 아니면 마틴 에이미스. 데이비드 미첼. 그리고 윌 셀프.」

내가 읽었던 420쪽짜리 『미끄럼틀』이 생각났다. 어디서 봤다 했더니 멜리사의 이야기를 듣고 나자 출처를 알 수 있었다. 앨런은 존경하는 작가를 흉내 내고 있었던 것인데, 내 개인적으로는 작품을 통독하는 데 성공해 본 적 없는 작가였다. 그가 시도한 것은 윌 셀프의 모방작 비슷한 것이었다.

「아티쿠스 퓐트가 출간된 순간 그는 발목이 잡혔어요.」 멜리사는 하던 이야기를 계속했다. 「우리 둘 다 예상하지 못한 결과였죠. 모두가 그것만을 원할 정도로 성공을 거두었잖아요.」

「그의 다른 작품보다 훌륭했어요.」 내가 말했다.

「당신이 보기에는 그럴지 몰라도 앨런의 생각은 달랐고 나도 마찬가지예요.」 그녀는 억울해했다. 「그는 우드브리지 스쿨에서 벗어나려고 아티쿠스 퓐트를 썼을 뿐인데 그 때문에 더 끔찍한 곳에 갇혀 버렸어요.」

「하지만 돈을 많이 벌었잖아요.」

「그가 원한 건 돈이 아니었어요! 돈을 바란 적은 없었어요.」 그녀는 한숨을 쉬었다. 우리 둘 다 점심을 거의 먹지 않았다. 「앨런이 자신의 다른 면모를 발견하지 않았더라도, 제임스와 눈이 맞지 않았더라도 우리의 결혼 생활은 오래가지 못했을 거예요. 유명해진 이후에 그이가 나를 대하는 태도가 달라졌거든요. 무슨 말인지 알겠어요, 수전? 내가 그이를 배신했잖아요. 아니, 그보다 한 술 더 떠서 자기 자신을 배신하도록 내가 그이를 설득했잖아요.」

30분 뒤에 ─ 어쩌면 40분일 수도 있었다 ─ 나는 그 집을 나섰다. 브래드퍼드온에이번 역에서 열차를 기다려야 했지만 상관없었다. 나에게는 생각할 시간이 필요했다. 안드레아스와 멜리사! 거기에 이렇게 신경이 쓰이는 이유가 뭐였을까? 어쩌면 본의 아니게 질투심이 발현된 자연스러운 반응일 수도 있었을 것이다. 하지만 나는 마지막으로 대화를 나누었을 때 안드레아스가 한 말을 기억하고 있었다. 〈이게 우리가 할 수 있는 최선일까?〉 나는 가벼운 우리의 관계를 우리 둘 다 좋아한다고 생각했고 그게 180도 달라지기 때문에 호텔 이야기가 나왔을 때 짜증이 났다. 멜리사의 이야기를 듣고 다시 생각하게 됐다. 내가 얼마나 쉽게 그를 잃을 수 있는지 문득 깨달을 수 있었다.

생각이 난 게 하나 더 있었다. 안드레아스는 멜리사를 앨런에게 빼앗겼고 그걸로 여전히 앙심을 품고 있었다. 그 둘은 분명 서로 반목하는 사이였다. 그런데 십수 년의 세월이 지난 지금, 앨런 때문에 나를 놓칠 수 있는 상황에 직면했다. 나는 그의 담당 편집자였다. 그의 작품의 성공 여부가 내 직업 인생을 좌우하는 측면이 컸다. 〈그동안 당신이 그에게 굽실거릴 수밖에 없었던 게 얼마나 싫었는지 알아?〉 그는 그렇게 얘기했었다.

문득 앨런이 죽었을 때 안드레아스도 남들 못지않게 기뻤겠다는 생각이 들었다.

머리를 식힐 필요가 있었기에 열차에 오르자마자 『맥파이 살인 사건』을 꺼냈다. 하지만 이번에는 원고를 읽는 게 아니라 해독하려고 애써 보았다. 앨런이 본문 안에 뭔가를 숨겨 놓았고 그 때문에 살해됐을지 모른다는 생각을 떨쳐 버릴 수가 없었다. 클라리사 파이가 푼 십자말 퀴즈와 로지에서 두 소년이 했던 암호 게임이 생각났다. 앨런은 촐리 홀에서 지내던 시절에 누나에게 약자를 썼고 책 속의 어떤 글자 밑에 점을 찍어서 비밀 메시지를 전했다. 『맥파이 살인 사건』 원고에 찍힌 점은 없었다. 그건 이미 확인해 보았다. 하지만 그의 작품에는 영국의 강, 전철역, 만년필, 새 이름이 등장했다. 그는 노는 시간에 컴퓨터로 스크래블을 하던 사람이었다. 〈그이는 예전부터 퍼즐의 귀재였어요. 십자말 퀴즈나 그런 거 말이에요.〉 애초에 멜리사가 그에게 살인 추리 소설을 써보라고 한 이유도 그 때문이었다. 열심히 뒤지다 보면 뭔가를 찾을 수 있을 게 분명했다.

등장인물의 출처는 파악했으니 그 부분은 건너뛰기로 했다. 비밀 메시지를 찾을 요량이라면 약자를 살피는 게 가장 가능성이 높아 보였다. 각 장에 등장하는 첫 단어를 취합하면 TTAADA 였다. 여기에는 아무 뜻도 없었다. 처음 열 문장을 취합하면 TTTBHTI 이런 식으로 이어졌고 각 단락의 첫 단어의 첫 글자는 TSDW였다. 그 뒤로 계속할 필요도 없었다. 이것 역시 아무 뜻도 없긴 마찬가지였다. 책의 제목을 들여다보았다. 『맥파이 살인 사건*Magpie Murders*』을 재조합하면 Reared Pig Mums, Reread Smug Imp, Premium Grades, 기타 등등이 나왔다. 이건 유치한 짓거리였다. 여기서 뭔가를 찾을 수 있을 것 같지 않았다. 하지만 덜커덩덜커덩 런던으로 돌아가는 동안 거기에 전념할 수 있어서 좋았다. 멜리사에게 들은 이야기는 생각하고 싶지 않았다.

그러다 스윈던과 디드코트의 중간쯤을 지났을 때 나는 보았다. 내 눈앞에서 저절로 조합이 됐다.

시리즈 각 권의 제목.

처음부터 단서가 떡하니 있었다. 제임스도 책의 권수가 중요하다고 했다. 〈앨런은 항상 아홉 권을 쓸 거라고 했어요. 처음부터 그러기로 마음먹었다면서.〉 왜 아홉 권이라야 했을까? 그것이 그의 비밀 메시지이기 때문이었다. 그가 원하는 단어가 아홉 글자이기 때문이었다. 제목의 첫 글자를 살펴보자.

『아티쿠스 퓐트, 수사에 착수하다*Atticus Pünd Investigates*』

『악인에게는 쉴 틈이 없다*No Rest for the Wicked*』

『아티쿠스 퓐트, 사건을 맡다*Atticus Pünd Takes the Case*』

『밤은 찾아들고*Night Comes Calling*』

『아티쿠스 퓐트의 크리스마스*Atticus Pünd's Christmas*』

『청산가리 칵테일*Gin & Cyanide*』

『아티쿠스에게 빨간 장미를*Red Roses for Atticus*』

『아티쿠스 퓐트, 해외로 진출하다*Atticus Pünd Abroad*』

여기에 마지막 작품『맥파이 살인 사건*Magpie Murders*』을 추가하면 뭐가 나올까?

애너그램AN ANAGRAM.

마침내 한참 동안 내 머릿속을 괴롭히던 궁금증이 해결됐다. 아이비 클럽. 찰스가 마지막 작품의 제목을 바꾸는 게 어떻겠느냐고 하자 앨런은 화를 냈다. 〈나는 더 ──〉 바로 그때 도널드 리가 접시를 떨어뜨렸다.

하지만 사실 그는 결정적인 단어를 내뱉은 셈이었다. 그가 하려고 했던 말은 이 시리즈를 착상한 거의 그날부터 구상한 말장난을 어그러뜨릴 것이기 때문에 제목 앞에 〈The〉를 넣지 않겠다는 것이었다. 그는 애너그램을 만들어 놓았다.

하지만 어떤 애너그램이었을까?

1시간 뒤에 열차가 패딩턴에 도착했지만 여전히 오리무중이었다.

패딩턴역

나는 소설에 우연의 일치가 등장하는 것을 싫어하고, 논리와 계산이 지배하는 살인 추리 소설의 경우에는 특히 더 그렇다. 탐정은 운명의 여신의 도움이 없어도 결론에 도달할 수 있어야 한다. 하지만 그건 편집자의 입장에서 하는 이야기일 뿐, 안타깝게도 이런 일이 내게 벌어졌다. 850만 명이 사는 도시에서 5시 2분에 열차에서 내렸을 때 사방에서 중앙 홀을 가로지르는 수천 명의 인파 속에서 내가 아는 사람을 만난 것이다. 그녀의 이름은 제미마 험프리스였다. 얼마 전까지 클로버리프에서 찰스 클로버의 비서로 근무한 직원이었다.

나는 그녀를 본 순간 한눈에 알아보았다. 찰스가 입버릇처럼 말하길 그녀의 미소는 주변을 환히 밝힌다고 했는데, 맨 처음 내 눈에 띈 것이 그 미소였고 집으로 돌아가는 통근족의 회색 물결 속에서 그녀 혼자만 즐거워 보였다. 그녀는 금발을 길게 기른 늘씬한 미녀였고 20대 중반인데도 불구하고 여학생 같은 생동감을 전혀 잃지 않았다. 책을 좋아해서 출판사에 취직했다고 했던 게 기억이 난다. 나는 진작부터 그녀가 사무실에 있었

246

던 시절을 그리워하고 있었다. 회사를 그만둔 이유에 대해서는 전혀 아는 바가 없었다.

그녀도 동시에 나를 보고 손을 흔들었다. 우리는 서로에게 다가갔고 나는 서로 인사하고 안부를 묻고 그만일 거라고 생각했다. 하지만 내 예상은 빗나갔다.

「어떻게 지내, 제미마?」내가 물었다.

「잘 지내요, 고마워요. 만나서 정말 반가워요. 작별 인사도 없이 나와서 죄송했어요.」

「워낙 순식간에 벌어진 일이라. 내가 출장 갔다가 돌아와 보니까 그만뒀더라.」

「그러게요.」

「그래서 지금 어디서 지내?」

「부모님이랑 치직에서 살고 있어요. 지금 막—」

「회사는 어디야?」

「아직 못 구했어요.」그녀는 신경질적으로 쿡쿡 웃었다. 「계속 찾고 있는 중이에요.」

그 말에 나는 어리둥절해졌다. 다른 데로 스카우트된 줄 알았던 것이다. 「그럼 우리 회사를 왜 그만뒀어?」

「그만둔 거 아니에요. 사장님한테 잘렸어요. 뭐, 그만 나오라고 하시더라고요. 계속 다니고 싶었는데.」

찰스가 내게 한 말과 달랐다. 그는 분명 그녀가 사표를 썼다고 했다. 이미 5시 30분이었고 나는 안드레아스를 만나기 전에 사무실에 들러서 이메일을 체크하고 싶었다. 하지만 머릿속 어딘가에서 이대로 가버리면 안 된다는 속삭임이 들렸다. 「지금 바빠?」내가 물었다.

「아뇨. 전혀요.」

「내가 술 한잔 사도 될까?」

우리는 패딩턴역의 승강장을 따라 늘어선 그 지저분하고 시궁창 같은 술집 가운데 한 곳으로 들어갔다. 내가 주문한 진토닉은 얼음이 부족했다. 제미마는 화이트와인을 마셨다. 「어떻게 된 거야?」 내가 물었다.

제미마는 얼굴을 찡그렸다. 「솔직히 저도 잘 모르겠어요. 저는 클로버리프 일이 재미있었고 사장님도 대개 잘해 주셨거든요. 가끔 딱딱거리실 때도 있었지만 상관없었어요. 그런 것도 업무의 일환이니까요. 그런데 사장님이랑 저랑 크게 부딪친 적이 있어요. 팀장님이 그 북 투어를 떠나신 날이었을 거예요. 사장님이 저더러 점심 약속을 이중으로 잡는 바람에 지금 식당에서 어떤 에이전트가 기다리고 있다고 하셨는데 그럴 리가 없었거든요. 저는 사장님 스케줄과 관련해서 실수를 저지른 적이 한 번도 없었어요. 그런데 제가 반박하려고 하니까 사장님이 불같이 화를 내시더라고요. 사장님의 그런 모습은 처음이었어요. 완전 이성을 잃으셨거든요. 그러고 나서 금요일 아침에 사장실로 커피를 들고 갔는데, 제가 커피를 드리려는 순간 사장님이 치는 바람에 책상 위로 커피가 다 쏟아졌어요. 엄청 난리가 났고 키친타월을 들고 와서 다 치우니까 사장님이 저랑 잘 안 맞는 거 같다고 하면서 다른 일자리를 알아보라고 그러시지 뭐예요.」

「사장님이 그 자리에서 당장 그만두라고 한 거야?」

「그건 아니에요. 제가 화가 많이 났거든요. 아니, 커피만 해도 제 잘못이 아니에요. 평소처럼 책상에 놓으려고 했는데 사장님이 집으려고 손을 뻗다가 제가 들고 있던 잔을 치신 거예요. 그리고 제가 그동안 실수를 남발하지도 않았잖아요. 사장님 밑에서 일한 지 1년이 지났지만 모든 게 아무 문제 없었는데. 한참 동안 대화를 나누다 아마 제 쪽에서 먼저 지금 당장 그만두는 게 낫겠다고 했을 거예요. 사장님은 한 달 치 월급을 주겠다고 하셨고요. 그리고 추천서를 잘 써주겠다고, 누가 물으면 잘린 게 아니라 제가 그만 둔 거라고 얘기하라고 하셨어요.」 찰스는 그 시나리오대로 밀고 나갔다. 나에게도 그렇게 얘기했다. 「그건 감사하더라고요.」 그녀는 말을 이었다. 「저는 그날 업무를 마치고 나왔고 그걸로 끝이었어요.」

「그게 무슨 요일이었어?」 내가 물었다.

「금요일 아침이요. 팀장님은 그때 더블린에서 돌아오는 길이었을 거예요.」 그녀가 뭔가를 기억해 냈다. 「안드레아스하고 중간에 만나셨어요?」

「뭐라고?」 내 머릿속이 빙글빙글 도는 게 느껴졌다. 오늘 들어 안드레아스의 이름이 등장한 게 두 번째였다. 멜리사가 갑자기 그를 끄집어내더니 제미마도 그랬다. 그녀는 당연히 그를 알았다. 몇 번 본 적이 있었고 그가 남긴 메시지를 여러 번 전해주었다. 하지만 지금 그의 이야기를 꺼내는 이유가 뭘까?

「그 전날 사무실에 오셨거든요.」 제미마는 명랑한 목소리로 말을 이었다. 「팀장님을 만나고 싶어 하셨어요. 사장님하고 면담이 끝난 뒤에.」

「미안하지만, 제미마.」 나는 천천히 이 정보를 처리하려고 애를 썼다. 「착각하고 있는 것 같아. 안드레아스는 그 주에 영국에 없었어. 크레타에 있었어.」

「어쩐지 새까맣게 타셨더라니. 제가 착각한 건 아니에요. 저로서는 끔찍한 한 주였기 때문에 그때 벌어졌던 일들을 모조리 기억하고 있거든요. 그분은 목요일 3시쯤에 찾아오셨어요.」

「그리고 찰스를 만났다고?」

「네.」 그녀는 당혹스러워했다. 「제가 실수한 거 아니죠? 팀장님한테 얘기하지 말라고 말씀 안 하셨는데.」

하지만 그가 내게 한 얘기는 달랐다. 전혀 달랐다. 우리는 재회한 날 근사한 저녁 식사를 함께 했다. 그는 크레타에 있다가 왔노라고 했다.

안드레아스는 이 사건에서 배제하고 싶었다. 나는 다시 찰스 쪽으로 화제를 돌렸다. 「사장님은 자길 놓치고 싶어 하지 않았을 텐데.」 내가 말했다. 그녀에게 한 얘기가 아니었다. 해답을 찾으려고 애를 쓰며 중얼거린 혼잣말에 가까웠다. 그리고 그건 맞는 말이었다. 그녀가 묘사한 것처럼 성질을 부리는 찰스의 모습은 안 봐도 뻔했지만 그녀를 상대로 그랬다니 상상이 되지 않았다. 제미마는 오랜만에 맞이한 그의 세 번째 비서였고 나도 알다시피 그는 그녀를 마음에 들어 했다. 올리비아는 그의 신경을 건드렸다. 캣은 지각을 밥 먹듯이 했다. 세 번째에는 운이 좋았다고 — 그의 입으로 직접 그렇게 얘기했었다. 제미마는 유능하고 성실했다. 그를 웃게 만들었다. 그의 마음이 어쩌면 그렇게 순식간에 달라질 수 있었을까?

「글쎄요.」 그녀가 말했다. 「사장님이 2~3주 동안 힘드셨잖아요. 그 『외팔의 저글링 곡예사』 서평을 보고 엄청 기분 나빠 하셨고 『맥파이 살인 사건』도 마음에 안 들어 하셨어요. 거기다 따님 걱정까지. 솔직히 팀장님, 저는 도움을 드리려고 최선을 다했는데 사장님은 성질을 부릴 상대가 필요했고 마침 그때 옆에 제가 있었을 뿐이에요. 로라는 아이를 낳았나요?」

「응.」 나는 잘 몰랐지만 그래도 이렇게 대답했다. 「딸인지 아들인지는 못 들었어.」

「제 안부 전해 주세요.」

우리는 좀 더 이야기를 나누었다. 제미마는 사무 변호사인 어머니 밑에서 파트타임으로 일을 하고 있다고 했다. 겨울에는 베르비에에서 지낼까 고민 중이라고 했다. 스노보드를 좋아해서 스키장에서 일을 하면 될 거라고 했다. 하지만 나는 그녀의 이야기를 거의 듣지 않았다. 안드레아스에게 전화하고 싶었다. 왜 거짓말을 했는지 묻고 싶었다.

막 헤어지려던 찰나, 퍼뜩 생각난 게 한 가지 더 있었다. 나는 그때 그녀가 한 얘기를 머릿속에서 곱씹고 있었다. 「사장님이 『맥파이 살인 사건』을 마음에 안 들어 했다고 그랬지?」 내가 물었다. 「왜 마음에 안 들어 하셨어?」

「모르겠어요. 얘기 안 하셨어요. 하지만 뭔가에 분명 심란해하셨어요. 그래서 원고가 별로인가 보다 했죠.」

「하지만 원고를 아직 못 읽으셨을 텐데.」

「그래요?」 그녀는 놀라워했다.

그녀는 이쯤에서 그만 헤어지고 싶어 했지만 내가 붙잡았다. 도무지 앞뒤가 맞지 않았다. 앨런은 제미마가 퇴사한 이후에 원고를 전달했다. 그는 8월 27일 목요일, 그러니까 — 알고 보니 — 안드레아스가 클로버리프 북스를 찾아온 날에 아이비 클럽에서 찰스에게 원고를 건넸다. 내가 28일에 회사로 복귀하고 보니 원고 복사본이 나를 기다리고 있었다. 우리는 둘 다 주말에 원고를 읽었고 — 바로 그 주 주말에 앨런이 죽었다. 그런데 무슨 수로 찰스가 거기에 대해서 불만을 품을 수 있었을까?

「사장님은 자기가 퇴사한 뒤에 원고를 받으셨잖아.」 내가 말했다.

「아니에요. 그렇지 않아요. 우편으로 배달됐어요.」

「언제?」

「화요일에요.」

「그걸 자기가 어떻게 알아?」

「제가 열어서 확인했으니까요.」

나는 그녀를 빤히 쳐다보았다. 「제목을 봤어?」

「네. 맨 앞장에 적혀 있던데요.」

「원고가 끝까지 있었어?」

그 질문에 그녀는 혼란스러워했다. 「모르겠어요, 팀장님. 그냥 사장님께 드렸거든요. 보고 엄청 기뻐하셨는데 나중에 아무 말씀도 하지 않았고 며칠 뒤에 커피 사건이 벌어져서 그길로 저는 퇴사했어요.」

사람들이 소용돌이치며 지나갔다. 열차가 출발한다는 방송이 스피커에서 울려 퍼졌다. 나는 제미마에게 고맙다는 인사와 더불어 짧게 포옹하고 서둘러 택시를 잡으러 나갔다.

클로버리프 북스

나는 안드레아스에게 전화하지 않았다. 하고 싶은 마음은 굴뚝같았다. 하지만 그 전에 먼저 해야 할 일이 있었다.

내가 도착했을 무렵에는 사무실이 잠겨 있었지만 수중에 열쇠가 있었기 때문에 문을 열고 들어가 경보를 해제하고 계단으로 2층에 올라갔다. 불을 켰지만 아무도 없는 건물이라 어두컴컴하고 으스스하게 느껴졌다. 그림자들이 꿈쩍하지 않았다. 나의 행선지는 내가 정확히 알고 있었다. 찰스는 사무실을 잠그는 법이 없었기에 곧장 그 안으로 들어갔다. 안락의자가 두 개놓인 사장실에는 아무도 없었고 찰스의 책상이 정면에서 나를 맞았다. 한쪽 벽을 장식한 책꽂이에는 그의 책과 상과 사진들로 가득했다. 벨라의 바구니는 그 맞은편, 술병과 술잔이 든 장식장 옆에 쑤셔 넣어져 있었다. 내가 늦은 저녁까지 이 자리에 앉아서 글렌모렌지 몰트 위스키를 홀짝이며 그날 벌어진 문제들을 상의했던 게 몇 번이었던가. 나는 오늘 무단 침입자로 이 자리에 서 있었고 지난 11년 동안 그와 함께 일군 모든 것을 내가 박살 내고 있는 듯한 기분이 들었다.

책상 앞으로 다가갔다. 서랍이 잠겨 있다면 앤티크 책상이 됐건 뭐가 됐건 부술 작정이었다. 하지만 찰스는 그 정도의 보안 조치도 취하지 않았다. 내 손이 닿자 계약서, 원가 보고서, 송장, 교정지, 신문 기사, 예전에 쓰던 컴퓨터와 휴대 전화 전선, 사진이 담긴 서랍이 금세 열렸다. 맨 밑바닥에 약 스무 장 정도 되는 종이가 담긴 비닐 폴더가 어설프게 감추어져 있었다. 첫 장은 대문자로 적힌 제목만 있을 뿐 거의 비어 있다시피 했다.

일곱: 절대 얘기하면 안 되는 비밀

사라진 원고였다. 그 원고가 처음부터 여기 있었다.

결국에는 제목이 1백 퍼센트 맞아떨어졌다. 앨런 콘웨이의 살인 사건과 연관이 있기 때문에 매그너스 파이 경의 살인 사건의 해답을 비밀에 부쳐야 했다. 무슨 소리가 들린 듯했다. 밖에서 계단이 삐걱거리는 소리가 들렸나? 나는 다음 장으로 넘겨서 원고를 읽기 시작했다.

아티쿠스 퓐트는 아침 햇살을 만끽하며 색스비온에이번을 마지막으로 한 바퀴 걸었다. 단잠을 자고 일어나서 약을 두 알 먹었다. 기분이 상쾌했고 머리가 맑았다. 1시간 뒤에 처브 경위와 바스 경찰서에서 만나기로 되어 있었고 제임스가 짐을 챙기고 요금을 계산하는 동안 그는 산책에 나선 참이었다. 그는 이 마을에서 지낸 시간이 얼마 되지 않았지만 이상하게도 속속들이 알게 된 느낌이었다. 교회, 성, 광장의 앤티크 숍, 버스 정거장, 퀸스 암스와 페리맨, 딩글 델, 그리고 빠지면 섭섭한 파이 홀까지 — 이제는 그곳들을 개별적으로 분리해서 생각할 수 없었다. 그곳들이 그의 마지막이 될 게 분명한 이 게임을 벌이는 체스판이 되었다.

그는 살날이 얼마 남지 않았기 때문에 이번이 마지막 사건이었다. 아티쿠스 퓐트와 앨런 콘웨이가 함께 권좌에서 물러나고 있었다. 그게 핵심이었다. 작가와 그가 혐오했던 주인공이 함께 라이헨바흐 폭포[40]를 향해 다가가고 있었다.

나는 푸아로, 홈스, 윔지, 마플, 모스 등 그들 모두가 느꼈을 테지만 작가들은 충분히 설명한 적 없는 그 특별한 순간을 패딩턴역에서 느꼈다. 그들에게는 어떤 느낌이었을까? 직소 퍼즐을 맞추듯 더딘 과정이었을까? 아니면 모든 색상과 형체가 넘실거리며 서로 뒤엉켜 뭔지 알 것 같은 그림을 빚어내는 장난감 만화경의 맨 마지막 장면처럼 갑작스럽게 떠올랐을까? 내 경우에는 그랬다. 진실은 처음부터 그 자리에 있었다. 하지만 나는 최후의 힌트를 접한 뒤에서야 그걸 알아차렸다.

제미마 험프리스를 만나지 못했더라도 그럴 수 있었을까? 잘은 모르겠지만 결국에는 종착역에 다다랐을 것 같았다. 나를 현혹했던 일말의 정보들을 머릿속에서 지우기는 했어야 했을 것이다. 예컨대 텔레비전 프로그램 제작자 마크 레드먼드는 주말 동안 프램링엄의 크라운 호텔에 묵었다는 사실을 내게 밝히지 않았다. 왜 그랬을까? 생각해 보면 간단했다. 그는 그 이야기를 했을 때 일부러 혼자 온 것 같은 인상을 풍겼다. 그가 아내와 동행했다고 전한 사람은 호텔의 프런트 데스크 직원이었다.

40 셜록 홈스가 모리어티 교수와 최후의 일전을 벌인 폭포.

하지만 동행이 아내가 아니었다면? 비서나 신인 여배우였다면? 그렇다면 좀 더 있다 가기에 충분한 이유와 거짓말을 하기에 충분한 이유가 생겼다. 그런가 하면 제임스 테일러도 있었다. 그는 정말로 친구들과 런던에 있었다. 탑에 있는 존 화이트와 앨런의 사진은? 화이트는 그 일요일 아침에 앨런을 만나러 갔다. 그랬으니 내가 찾아갔을 때 그와 가정부가 불편한 기색을 보일 수밖에 없었다. 그들은 날린 투자금을 두고 옥신각신했다. 하지만 앨런을 죽이려고 든 사람은 화이트가 아니었다. 그 반대였다. 보면 한눈에 알 수 있지 않은가. 탑 위에서 앨런이 그를 잡았고 두 사람은 잠깐 몸싸움을 벌였다. 사진에 찍힌 바로는 그랬다. 그걸 찍은 사람이 앨런을 살해한 범인이었다.

원고를 몇 장 더 넘겨 보았다. 그 순간에는 매그너스 파이 경을 살해한 범인이 누군지 별로 관심이 없었던 것 같다. 하지만 내가 찾는 게 뭔지는 정확하게 알고 있었고 아니나 다를까, 마지막 장의 2부에 찾는 게 있었다.

　　편지를 쓰느라 잠깐 시간이 걸렸다······.

　　제임스에게
　　자네가 이 편지를 읽을 때쯤이면 모든 게 끝이 났겠지. 자네한테 진작 알리지 않은 나를, 비밀을 털어놓지 않는 나를 용서해 주기 바라지만 때가 되면 자네도 이해할 거라고 믿네.
　　책상에 보면 내가 남긴 메모가 있을 거야. 내 병과 내가 내린 결정에 대해서 거기 적어 놓았어. 의사의 진단이 확실했고 내게 집행 유예의 가능성은 없다는 걸 알아주기 바라네. 죽음은 두렵지 않아. 내 이름이 기억될 거라고 생각하고 싶을 뿐.

「여기서 뭐 하는 거야, 수전?」

여기까지 읽었을 때 문 앞에서 누군가의 목소리가 들렸고 고개를 들어 보니 찰스 클로버가 거기 서 있었다. 그러니까 누군가가 정말로 계단을 올라오고 있었던 것이다. 그는 코듀로이 바지에 헐렁한 저지를 입고 외투 앞섶은 풀어 헤쳐 놓았다. 안색이 피곤해 보였다.

「사라진 원고를 찾았어요.」 내가 말했다.

「응. 보아하니 그런 모양이네.」

한참 동안 정적이 흘렀다. 6시 30분밖에 안 됐는데 훨씬 더된 것처럼 느껴졌다. 밖을 지나가는 차 소리도 들리지 않았다.

「여긴 어쩐 일이세요?」 내가 물었다.

「며칠 쉬려고 하거든. 뭐 좀 챙기러 왔어.」

「로라는 어때요?」

「아들을 낳았어. 이름을 조지라고 지을 거래.」

「이름 예쁘네요.」

「그러게.」 그는 사무실 안으로 들어와서 안락의자에 앉았다. 나는 그의 책상 뒤에 서 있었기 때문에 우리의 직위가 바뀐 것처럼 보였다. 「원고를 숨긴 이유를 내가 설명할 수 있을 것 같은데.」 찰스가 말했다. 그가 어떤 식으로 설명할지 벌써부터 머리를 굴리고 있다는 걸 알 수 있었는데, 뭐라고 하든 거짓말일 게 뻔했다.

「그러실 필요 없어요.」 내가 말했다. 「이미 다 알고 있거든요.」

「그래?」

「사장님이 앨런 콘웨이를 죽였다는 거 알아요. 이유도 알고요.」

「좀 앉지 그래?」 그는 술을 넣어 두는 장식장을 향해 손을 흔들었다. 「뭐 좀 마시겠나?」

「고맙습니다.」 나는 장식장 앞으로 가서 위스키를 두 잔 따랐다. 찰스가 수월하게 나와 주어서 다행이었다. 우리는 알고 지낸 지 오래된 사이였고 나는 교양 있게 처리할 작정이었다. 앞으로 어떻게 될지는 아직 알 수 없었다. 찰스가 로크 경정에게 연락해 자수를 하지 않을까 싶었다.

나는 그에게 술잔을 건네고 맞은편에 앉았다. 「무슨 일이 있었는지 자네가 얘기하는 게 우리의 전통이지?」 찰스가 말했다. 「자네가 원한다면 언제든 그 반대가 되어도 상관없지만.」

「잡아떼지 않으실 작정이에요?」

「그래 봐야 소용없는 짓일 것 같은데. 자네가 원고를 찾았잖아.」

「좀 더 잘 숨겨 놓으시지 그랬어요, 사장님.」

「자네가 뒤질 줄 몰랐어. 솔직히 자네가 내 사무실에 있는 걸 보고 얼마나 놀랐는지 몰라.」

「저도 사장님을 보고 놀랐어요.」

그는 잔을 들어서 얄궂은 건배를 청했다. 그는 나의 상사이자 멘토였다. 할아버지였다. 대부였다. 우리가 이런 대화를 나누고 있다니 믿기지가 않았다. 그럼에도 불구하고 나는 말문을 열었고…… 마음과 달리 처음부터 그러지는 못했지만 마침내 편집자가 아니라 탐정으로 빙의했다. 「앨런 콘웨이는 아티쿠스 핀트를 증오했죠.」내가 말했다. 「그는 자신이 살만 루슈디, 데이비드 미첼처럼 모두가 우러러볼 만한 위대한 작가라고 생각했는데 돈벌이는 될지 몰라도 자신은 경멸했던 살인 추리 소설이나 쓰고 앉아 있었으니 말이에요. 그가 사장님에게 보여 주었던 『미끄럼틀』—그가 쓰고 싶어 했던 건 그런 작품이었어요.」

「끔찍한 작품이었지.」

「알아요.」놀라는 찰스를 보고 내가 말했다. 「그의 작업실에 있기에 읽어 보았거든요. 사장님의 의견에 동의해요. 어디서 본 것 같은 허섭스레기더라고요. 하지만 **주제 의식**은 있었어요. 그가 사회를 바라보는 시각이 담겨 있었죠. 문인 계급의 기존 가치관이 어떤 식으로 썩어 문드러지고 그로 인해 온 나라가 어떻게 도덕과 문화의 나락으로 추락하고 있는가. 그것이 그의 거창한 선언이었는데, 효용 가치가 없어서 출간이 되지 않을 테고 아무한테도 읽히지 못할 테니 견딜 수가 있었겠어요? 그는 스스로 그런 작품을 쓰기 위해 태어났다고 믿었고 아티쿠스 핀트가 중간에 끼어들어서 모든 걸 망가뜨렸다고 원망했죠. 탐정 소설을 써보라고 맨 처음 제안한 사람이 멜리사였다는 거 아셨어요?」

「아니. 멜리사가 그런 얘기를 한 적은 없었어.」

「그녀와 이혼한 이유 중에 그것도 있었더라고요.」

「그래도 그 시리즈 덕분에 떼돈을 벌었잖아.」

「그건 상관없었어요. 그는 1백만 파운드를 벌었죠. 그러다 1천만 파운드를 벌었죠. 1억 파운드를 벌 수도 있었을 거예요. 하지만 그가 원했던 건 누리지 못했죠. 위대한 작가로 인정과 존경을 받는 거 말이에요. 정신 나간 소리처럼 들릴지 몰라도 성공한 작가들 중에 그만 유일하게 그런 생각을 한 것도 아니에요. 이언 플레밍과 코넌 도일을 보세요. A. A. 밀른은 또 어떻고요! 밀른은 곰돌이 푸를 싫어했어요. 너무 유명해졌다면서요. 그런데 한 가지 엄청난 차이점이 있다면 앨런은 처음부터 퓐트를 싫어했다는 거예요. 그는 처음부터 그 시리즈를 쓰고 싶은 마음이 없었고 유명해지자 그를 없애 버리고 싶어서 안달이 났죠.」

「그가 시리즈를 중단하려고 했기 때문에 내가 그를 살해했다는 건가?」

「아니에요, 사장님.」 나는 핸드백 안에서 담배를 꺼냈다. 살인 사건에 대해 이야기하는 마당에 사무실 규정 같은 건 안중에도 없었다. 「사장님이 그를 살해한 이유는 나중에 밝힐게요. 그 전에 어떤 일이 벌어졌고 어떤 식으로 사장님의 정체가 드러났는지부터 짚고 넘어갈게요.」

「그 부분에서부터 시작하면 어떨까, 수전? 궁금한데.」

「어떤 식으로 사장님의 정체가 드러났는지요? 신기하게도 그 순간이 정확하게 기억이 나요. 머릿속에서 경종이 울린 거나 다름없었는데 저는 연관성을 파악하지 못했어요. 아마 사장님이 범인일지 모른다는 상상조차 하지 못했기 때문일 거예요. 계속 앨런이 죽으면 가장 타격이 큰 사람이 사장님일 거라고 생각했거든요.」

「계속해 봐.」

「앨런이 자살했다는 소식을 들은 날, 제가 여기로 찾아왔을 때 사장님은 3월인가 4월 이후로 6개월 동안 프램링엄에 간 적이 없다고 애써 강조하셨잖아요. 그건 이해할 수 있는 거짓말이었어요. 범행 현장과 최대한 거리를 두고 싶으셨을 테니까요. 하지만 같이 제 차를 타고 장례식장에 찾아갔을 때 얼 소험에서 도로 공사를 하고 있으니 다른 길로 가자고 하셨잖아요. 얼마 전에 시작한 공사였으니 — 마크 레드먼드에게 들었어요 — 최근에 거길 지나다니지 않은 이상 알 방법이 없었을 텐데. 일요일 아침에 앨런을 살해했을 때 얼 소험을 지나서 가셨나 봐요.」

찰스는 내가 한 말을 곰곰이 생각해 보더니 유감스럽다는 듯이 미소를 지었다. 「앨런이 자기 책에 썼음 직한 설정이로군.」

「저도 그런 생각이 들었어요.」

「괜찮으면 위스키를 좀 더 마시고 싶은데.」

나는 그에게 위스키를 따라 주고 내 잔에도 좀 더 따랐다. 맑은 정신 상태를 유지해야 했지만 글렌모렌지가 담배와 아주 잘 어울렸다. 「앨런은 아이비 클럽에서 사장님에게 『맥파이 살인 사건』원고를 넘기지 않았어요.」내가 말했다. 「8월 25일 화요일에 우편으로 배달이 됐죠. 제미마가 봉투를 열고 봤어요. 사장님은 그날 당장 읽어 보셨겠죠.」

「수요일에 다 읽었지.」

「사장님은 목요일 저녁에 앨런과 식사를 했어요. 그는 오후에 병원 예약이 잡혀 있었기 때문에 — 실라 베넷 박사님하고요 — 일찌감치 런던에 와 있었어요. 그녀의 이니셜이 다이어리에 적혀 있더라고요. 그날 그녀에게 슬픈 소식을 들었을까요? 말기암 환자라는 소식을? 사장님과 마주 보고 앉았을 때 그의 머릿속에서 어떤 생각들이 오갔을지 상상이 되지 않지만 당연히 두 분 모두에게 불쾌한 자리였겠죠. 저녁 식사가 끝났을 때 앨런은 런던의 아파트로 돌아갔고 다음 날 사장님 앞으로 자신의 추태를 사과하는 편지를 썼어요. 편지에 적힌 날짜가 8월 28일, 그러니까 금요일이었는데 아마 그가 인편에 전하고 간 것 같아요. 편지에 대해서는 잠시 후에 다시 얘기하기로 하고 일단 차근차근 정리하고 지나갈게요.」

「시간 순서대로 정리하는 것. 예전부터 그게 자네의 가장 큰 장점이었지.」

「사장님은 일부러 커피를 쏟고 금요일 아침에 제미마를 내쫓았어요. 그녀에게는 아무 죄가 없었는데 사장님은 벌써부터 앨런을 살해할 계획을 세우고 있었던 거예요. 그러고는 자살처럼 위장할 생각이었지만 『맥파이 살인 사건』을 읽기 전이라야 가능한 이야기였죠. 제미마는 사실 며칠 전에 사장님께 원고를 전달했어요. 그녀가 앨런의 편지도 봤을 가능성이 높고요. 사장님은 제가 금요일 오후에 더블린에서 돌아온다는 걸 알았고 그녀와 나를 서로 못 만나게 하는 것이 관건이었어요. 저는 사장님이 주말 동안 집에서 『맥파이 살인 사건』을 읽은 줄 알았어요. 저처럼. 그게 사장님의 알리바이였어요. 하지만 그것도 사장님이 앨런을 살해할 이유가 없을 때나 가능한 얘기였죠.」

「그 이유를 아직 밝히지 않는군.」

「얘기할게요.」 나는 찰스의 책상에 놓인 잉크 뚜껑을 열어서 재떨이로 썼다. 위스키가 내 배 속을 따뜻하게 감싸며 계속하라고 응원하는 게 느껴졌다. 「앨런은 금요일 저녁 아니면 토요일 아침에 프램링엄으로 돌아갔어요. 사장님은 그가 제임스와 헤어졌다는 걸 알았기 때문에 집에 혼자 있을 거라고 넘겨짚었을 거예요. 그런데 일요일 아침에 찾아가 보니 그가 다른 사람과 함께 옥상에 있었죠. 옆집에 사는 존 화이트였어요. 사장님은 보이지 않도록 덤불 뒤에 차를 세우고 — 그 집에 찾아갔을 때 바퀴 자국을 보았어요 — 상황을 지켜보았어요. 옥신각신하던 두 사람이 몸싸움을 벌이자 쓸모가 있을 경우에 대비해 사진을 찍었고요. 그런데 실제로 쓸모가 있었죠? 앨런이 타살인 것 같다는 제 얘기를 듣고 헛다리를 짚게 하려고 사진을 저한테 보내셨잖아요.

그런데 그를 죽인 사람은 화이트가 아니었어요. 그가 떠나자 사장님은 나무 사이 지름길을 되짚어서 자기 집으로 돌아가는 그의 모습을 지켜보았어요. 그런 다음 행동을 감행했죠. 사장님은 집 안으로 들어갔어요. 앨런은 사장님이 아이비 클럽에서 했던 이야기를 계속하려고 왔나 보다고 생각했을 거예요. 그래서 탑 위에서 같이 아침을 먹자고 했겠죠. 아니면 사장님이 살살 구슬려서 위로 올라갔든지. 어떻게 거기로 올라갔는지는 사실 중요한 문제가 아니에요. 중요한 부분은 기회가 생겼을 때, 그가 등을 돌렸을 때 사장님이 그를 밀어서 떨어뜨렸다는 거죠.

그게 다가 아니었어요. 사장님은 앨런을 살해한 다음 그의 작업실로 들어갔어요. 『맥파이 살인 사건』을 읽었기 때문에 뭘 찾아야 하는지 알았거든요. 그건 선물이었죠! 앨런이 직접 쓴 유서! 앨런이 초고를 항상 손으로 직접 쓴다는 건 사장님과 저, 두 사람 모두 아는 사실이었죠. 사장님에게는 앨런이 금요일 아침에 인편으로 전한 편지가 있었어요. 그런데 책 속에 또 다른 편지가 있었고 사장님은 그걸 활용할 수 있겠다는 걸 깨달았어요. 제가 바보 같았던 게, 20년 넘게 편집자 생활을 했지만 이번 사건이야말로 편집자가 해결하기에 이보다 알맞을 수 없는 유일한 사건이었거든요. 앨런의 편지에 어딘지 모르게 이상한 구석이 있다는 건 알았지만 원인을 몰랐어요. 하지만 지금은 알아요. 앨런이 1쪽과 2쪽은 금요일 아침에 썼어요. 하지만 3쪽은, 자살을 하겠다고 암시하는 그 장은 원고에서 빼낸 거예요. 그래서 앨런의 말투가 아니죠. 속어도 쓰지 않고 욕도 하지 않고. 영어가 제1외국어인 사람이 쓴 것처럼 딱딱하고 살짝 부자연스럽죠. 〈내게 집행 유예의 가능성은 없다는 걸 알아주기 바라네.〉〈내 작품을 완성해서 출간해 주길 바라는 마음이 담겨 있기도 하지.〉 그건 앨런이 사장님한테 보낸 편지가 아니에요. 퓐트가 제임스 프레이저에게 보낸 편지지. 그리고 그가 말한 작품은 『맥파이 살인 사건』이 아니라 『범죄 수사의 풍경』이죠.

사장님은 운이 좋았어요. 앨런이 사장님한테 보낸 편지에 정확히 뭐라고 썼는지 모르겠지만 새롭게 등장한 편지 — 결국에는 3쪽이 된 — 의 내용이 완벽하게 들어맞았으니까요. 하지만 윗부분을 살짝 잘라 내야 했죠. 그래서 한 줄이 없어졌잖아요. 〈제임스에게〉라고 적힌 부분이. 종이 길이를 재봤더라면 알아차렸을 테지만 그 부분은 제가 놓친 것 같네요. 그리고 한 가지가 더 있어요. 4장이 한 편지인 것처럼 보이게 하려고 오른쪽 위 모서리에 숫자를 적으셨잖아요. 자세히 들여다봤더라면 숫자가 본문보다 색이 진한 걸 알 수 있었을 텐데. 사장님이 다른 펜을 썼거든요. 그것만 빼면 완벽했어요. 앨런의 죽음을 자살로 위장하려면 유서가 필요했는데 사장님은 그걸 입수하게 된 거죠.

그래도 배달의 문제가 남았어요. 앨런이 실제로 보낸 편지는, 저녁을 먹는 자리에서 보인 행동을 사과하는 편지는 그 전

264

날 인편으로 배달이 됐죠. 이번 편지는 입스위치에서 부친 것처럼 포장해야 했어요. 해결책은 간단했죠. 예전에 썼던 봉투를 찾아서는 ─ 앨런이 예전에 사장님한테 보냈던 게 아닐까 싶어요 ─ 사장님이 조작한 유서를 안에 넣었죠. 사장님은 봉투를 자세히 들여다볼 사람이 아무도 없을 거라고 생각하셨을 거예요. 중요한 건 편지였으니까요. 하지만 저는 두 가지 사실을 알아차렸어요. 봉투가 뜯겨 있었다는 것. 날짜를 없애느라 일부러 소인이 찍힌 곳을 뜯으셨겠죠. 그런데 그보다 더 눈에 띄는 부분이 있었어요. 편지는 손글씨로 썼는데 봉투에는 글자를 타자로 쳤다는 거요. 『맥파이 살인 사건』에서와 정반대라 당연히 제 인상에 깊이 박힐 수밖에 없었죠.

이제 문제의 핵심으로 들어갈게요. 사장님은 아티쿠스 퓐트가 쓴 편지의 일부분을 활용했지만 안타깝게도 사장님의 계획이 성공을 거두려면 아무도 그 부분을 읽지 못하게 막아야 했어요. 이리저리 짜맞춰서 진상을 파악하는 사람이 생기면 자살설이 와르르 무너질 테니까요. 그래서 원고의 그 부분을 없애야 했던 거예요. 프램링엄에 가서 원고를 찾아보겠다고 했을 때 심드렁하게 반응하는 사장님을 보고 어리둥절했는데 왜 그랬는지 이제는 알겠어요. 사장님이 앨런의 육필 원고를 없앴죠. 노트도 치우고. 컴퓨터 파일도 지우고. 그로 인해 시리즈의 제9권이 날아가겠지만 ─ 또는 마무리를 맡길 수 있는 대타를 구할 때까지 출간이 연기되겠지만 ─ 사장님의 입장에서는 그만한 대가를 치를 만했죠.」

찰스는 살짝 한숨을 쉬고 또다시 말끔히 비운 잔을 내려놓았다. 묘하게 편안한 분위기가 감돌았다. 과거에 수없이 그랬던 것처럼 소설 교정지를 놓고 서로 의논이라도 하고 있는 듯했다. 왠지 몰라도 벨라가 이 자리에 없는 게 아쉬웠다. 이유는 모르겠다. 벨라가 있으면 모든 게 좀 더 평소와 다름없게 느껴질 것 같았기 때문일 수도 있겠다.

「자네가 알아차릴 것 같다는 예감이 들긴 했어, 수전.」그가 말했다.「워낙 똑똑하니까. 그거야 예전부터 알고 있었지. 하지만 동기! 내가 앨런을 살해한 **이유가** 뭔지 아직 밝히지 않았잖아.」

「그가 아티쿠스 퓐트를 접으려고 했기 때문이죠. 아닌가요? 시점은 아이비 클럽에서 저녁을 먹은 때로 거슬러 올라가요. 그때 그가 얘기를 했죠. 다음 주에 사이먼 메이오와 라디오 인터뷰가 잡혀 있었는데 그 자리가 죽기 전에 크게 한번 웃어 보는 완벽한 기회가 될 수 있었고, 그게 마지막 작품의 출간을 지켜보는 것보다 더 중요한 일이었겠죠. 사장님은 그가 인터뷰를 취소하고 싶어 했다고 저한테 거짓말을 했어요. 그의 다이어리에는 일정이 적혀 있었고 라디오 방송국에서는 그가 취소하려고 했다는 걸 모르던데요. 그는 강행하고 싶었을 거예요. 꼭 그러고 싶었을 거예요.」

「그는 환자였어.」찰스가 말했다.

「여러 가지 의미에서 환자였죠.」나는 동의했다.「제가 대단하다고 느낀 부분은 뭔가 하면 그가 아티쿠스 퓐트를 창조한 그날부터 이걸 전부 계획하고 있었다는 거예요. 자기 작품에 자체 폭발 장치를 심어 놓고 11년 동안 째깍째깍 타이머의 시간이 끝나길 지켜보고 있었던 작가는 도대체 어떻게 보아야 할까요? 앨런이 그런 작가였어요. 그의 마지막 작품의 제목이 『맥파이 살인 사건』일 수밖에 없었던 이유가 그거였어요. 아홉 권의 제목의 머리글자를 모으면 단어가 되도록 설정해 놓았거든요. 머리글자를 모으면 한 단어가 돼요.」

「애너그램이 되지.」

「알고 계셨어요?」

「앨런한테 들었어.」

「애너그램. 하지만 어떤 애너그램일까요? 결국 저는 얼마 안 돼서 수수께끼를 해결했어요. 제목이 아니었어요. 제목은 전혀 아무 상관 없었어요. 등장인물들도 아니었어요. 그들의 이름은 새 이름이었죠. 경찰도 아니었어요. 그들은 애거사 크리스티의 작품이나 그의 주변 사람들의 이름에서 차용했으니까요. 제임스 프레이저는 배우의 이름을 차용했죠. 그러면 딱 한 사람이 남아요.」

「아티쿠스 퓐트Atticus Pünd.」

「그 이름의 철자를 바꾸면 〈바보 같은*a stupid*······.〉」

마지막 단어의 철자를 공개하지 않더라도 양해해 주기 바란다.[41] 여러분도 금세 맞힐 수 있겠지만 나는 개인적으로 그 단어를 싫어한다. 책에 욕이 쓰이면 나는 게으르고 지나치게 허물이 없는 설정이라는 인상을 받는다. 하지만 c로 시작되는 그 단어는 그 정도가 아니다. 좌절을 느끼고 비뚤어진 남자들이 대개 여자들한테 쓰는 욕이다. 여성 혐오로 점철된 — 노골적으로 모욕적인 단어다. 그리고 그게 바로 관건이었다! 앨런 콘웨이는 전처의 권유로 창조한 주인공을 그렇게 생각했다. 탐정 소설이라는 장르를 그가 어떻게 생각하는지 한마디로 요약한

41 *a stupid cunt*, 즉 바보 같은 XX년이라는 뜻의 욕이 된다.

단어가 그거였다.

「그가 사장님한테 얘기했죠?」 나는 말을 이었다. 「아이비 클럽에서 그랬죠? 다음 주 사이먼 메이오의 프로그램에 출연해서 그의 깜찍한 비밀을 전 세계에 공개할 거라고 앨런이 그랬죠?」

「맞아.」

「그래서 그를 살해하신 거죠?」

「제대로 맞혔어, 수전. 얼근하게 취한 앨런이 — 내가 아주 고급 와인을 주문했거든 — 식당에서 나가는 길에 그렇게 얘길 하더군. 그는 전혀 아랑곳하지 않았어. 어차피 죽을 목숨이니 아티쿠스를 같이 데려가겠다고 결심을 했더군. 사악한 인간 같으니라고. 그가 그 사실을 폭로하면 어떻게 되겠나? 사람들이 그를 미워하겠지. BBC 텔레비전 시리즈는 물 건너간 얘기가 될 테고. 책도 팔리지 않을 거야. 한 권도. 시리즈 전체가 쓰레기로 전락하겠지.」

「그러니까 돈 때문에 그러신 거로군요.」

「너무 직설적으로 표현한 거 아닌가? 하지만 사실이라고 할 수 있겠지. 맞아. 내가 11년을 들여서 일군 사업이 우리 덕분에 잘 먹고 잘 살아온 배은망덕한 작자로 인해 하루아침에 무너지는 걸 가만히 보고 있을 수는 없었어. 우리 가족과 새로 태어날 손자를 위해서 그런 거야. 자네를 위하는 마음도 있었어 — 자네는 고마워하지 않겠지만. 아티쿠스에 투자한 전 세계의 수많은 독자들, 그의 이야기를 재미있게 읽고 책을 구입한 그들을 위해서 저지른 일이기도 해. 죄책감은 전혀 없었어. 한 가지 아쉬운 부분이 있다면 자네가 진상을 파악했다는 건데, 덕분에 자네가 공범이 되겠군.」

「그게 무슨 말씀이세요?」

「자네가 이제 어쩔 작정인지에 따라 달라지는데. 지금까지 나한테 한 이야기를 어느 누구한테라도 한 적이 있나?」

「아뇨.」

「그럼 그냥 함구하기로 하면 어떻겠나. 앨런은 죽었어. 어차피 죽을 목숨이었고. 그가 보낸 편지의 1쪽을 자네도 읽었잖아. 길어야 6개월이라고 했어. 나는 그의 수명을 그만큼 단축한 거고 그 과정에 따르는 엄청난 고통을 면제해 준 셈이기도 하지.」 그는 미소를 지었다.「그게 나의 가장 큰 목적이었던 척하지는 않겠네. 나는 이 세상을 위해서 좋은 일을 했다고 생각해. 우리에게는 문학 작품 속의 영웅이 필요하지 않은가. 삶은 우울하고 복잡하지만 그들은 밝게 빛나지. 그들이 우리를 인도하는 햇불이야. 실용적인 관점에서 접근해야 해, 수전. 자네는 이 회사의 사장이 될 거 아닌가. 나는 자네를 믿는 마음에 사장직을 제안했고 그 제안은 아직 유효해. 아티쿠스 퓐트가 없으면 이 회사도 없어. 자네 생각을 하기 싫으면 우리 회사의 다른 직원들을 생각해 봐. 그들이 실직하는 걸 보고 싶나?」

「좀 너무하시네요, 사장님.」

「인과 관계. 내가 하고 싶은 말은 그거야, 친구.」

어떻게 보면 나는 이 순간을 두려워했다고도 볼 수 있었다. 찰스 클로버의 정체를 밝히는 것까지는 그렇다 쳐도 그 이후에는 어떻게 해야 할지 줄곧 고민스러웠다. 그가 방금 전에 했던 이야기들은 나도 이미 고민한 부분이었다. 앨런 콘웨이가 없다고 이 세상이 전보다 살기 나쁜 곳이 되는 건 아니었다. 그의 누나, 전처, 아들, 도널드 리, 목사, 로크 경정 — 그들 모두 그로 인해 작게든 크게든 상처를 받았고 그의 작품을 사랑했던 독자들을 상대로 그가 아주 못된 장난을 치려고 했던 것만큼은 사실이었다. 게다가 그는 죽을 목숨이었다.

하지만 〈친구〉라는 단어가 결정타였다. 그가 나를 부르는 말투에서 왠지 모르게 엄청난 혐오감이 느껴졌다. 그건 모리어티가 썼을 법한 단어였다. 아니면 플랑보[42]가. 아니면 칼 페터슨[43]이. 아니면 아널드 젝[44]이. 그리고 탐정들이 정신적인 등불 역할을 한다는 게 맞는 말이라면 지금 나도 그들의 인도를 따라야 하지 않을까? 「죄송해요, 사장님.」 내가 말했다. 「저는 생각이 달라요. 저도 앨런을 좋아하지 않았고 그가 끔찍한 짓을 저질렀다고 생각해요. 하지만 사장님이 그를 살해했다는 진실이 밝혀진 마당에 그냥 지나갈 수는 없어요. 죄송하지만 — 그러면 저는 양심의 가책을 견디지 못할 거예요.」

「나를 고발할 작정인가?」

「아뇨. 제가 개입할 필요 없이 사장님이 자수하는 편이 훨씬 낫지 않을까요?」

그는 아주 희미하게 미소를 지었다. 「그러면 내가 철창신세를 지게 된다는 걸 알잖아. 나는 종신형을 받을 거야. 평생 거기서 썩을 거야.」

「맞아요, 사장님. 살인을 저지르면 그렇게 되죠.」

「뜻밖이로군, 수전. 우리가 알고 지낸 세월이 몇 년인데. 자네가 이렇게 속이 좁을 줄 몰랐어.」

---

42 브라운 신부 시리즈에 등장하는 악당.
43 불독 드러먼드 시리즈에 등장하는 악당.
44 네로 울프 시리즈에 등장하는 악당.

「이게 속이 좁은 거라고 생각하세요?」 나는 어깨를 으쓱했다. 「그럼 저로서는 더 이상 드릴 말씀이 없네요.」

그는 빈 잔을 흘끗 쳐다보다가 다시 내게로 시선을 돌렸다. 「시간을 얼마나 줄 수 있겠나?」 그가 물었다. 「1주일만 기다려 줄 수 있겠나? 가족들과 새로 태어난 손자와 시간을 좀 보내고 싶은데. 벨라에게 새 주인도 찾아 주어야 하고…… 그런 일들도 처리할 겸.」

「1주일은 안 돼요. 그러면 제가 공범이 되잖아요. 이번 주말 정도라면 모를까…….」

「그래. 그 정도면 되겠네.」

찰스는 자리에서 일어나 책꽂이 앞으로 걸어갔다. 그의 이력이 그의 눈앞에 펼쳐져 있었다. 그중 대다수가 그가 직접 출간한 책이었다. 나도 자리에서 일어났다. 하도 오랫동안 앉아 있었더니 무릎에서 소리가 났다. 「정말 죄송해요, 사장님.」 내가 말했다. 내가 올바른 결정을 내린 게 맞는지 의심스러운 마음이 여전히 남아 있었다. 얼른 이곳에서 벗어나고 싶었다.

「아냐. 괜찮아.」 찰스는 내게 등을 돌리고 있었다. 「나도 완벽하게 이해하네.」

「조심히 들어가세요.」

「조심히 들어가게, 수전.」

내가 몸을 돌려서 문 쪽으로 한 걸음 내디딘 순간 무언가가 내 뒤통수를 강타했다. 눈앞에서 번개가 쳤고 온몸이 둘로 쪼개지는 듯이 느껴졌다. 사무실이 급격하게 한쪽으로 기울었고 나는 바닥으로 쓰러졌다.

최후의 일전

나는 너무나 충격을 받았고 워낙 불의의 일격을 당했기 때문에 어느 정도 시간이 지난 다음에서야 사태를 파악할 수 있었다. 내가 잠깐 정신을 잃었을지도 모른다. 눈을 떠보니 찰스가 미안해한다고 표현할 수밖에 없는 눈빛으로 나를 내려다보며 서 있었다. 나는 열린 문 앞에 머리를 두고 카펫 위에 쓰러져 있었다. 뭔가가 목을 타고 귀 밑으로 흘러내리기에 어렵사리 손을 뻗어서 더듬었다. 손을 떼어 보니 피범벅이었다. 아주 단단한 물건으로 얻어맞은 모양이었다. 찰스가 뭔지 모를 물건을 들고 있었지만 어디가 끊기기라도 한 것처럼 눈이 말을 듣지 않는 느낌이었다. 마침내 초점이 맞았을 때 나는 그렇게 겁에 질렸거나 고통 속에 허우적거리지 않았다면 아마 웃음을 터뜨렸을 것이다. 그가 『아티쿠스 퓐트, 수사에 착수하다』로 앨런이 수상한 골드 대거상을 들고 있었던 것이다. 그 상이 어떻게 생겼는지 모르는 독자들을 위해 설명하자면 직사각형 모양의 제법 두툼하고 모서리가 날카로운 투명 아크릴 안에 미니어처 크기의 단검이 들어 있다. 찰스가 그걸로 나를 내리친 것이었다.

나는 뭐라고 말을 하려고 했지만 아무 말도 할 수가 없었다. 아직 정신이 오락가락해서 그런 것일 수도 있었고 뭐라고 하면 좋을지 알 수 없어서 그런 것일 수도 있었다. 찰스는 내 안색을 살폈고 나는 그가 결단을 내린 순간을 실제로 목격한 것 같았다. 그의 눈에서 생기가 사라지자 문득 살인범이야말로 지구상에서 가장 외로운 사람이라는 생각이 들었다. 그것은 카인의 저주였다. 세상에서 추방당한 도망자이자 방랑자였다. 아무리 그럴듯하게 포장하려고 해도 찰스는 앨런을 탑에서 떠민 순간 인류와 결별했고 지금 나를 내려다보는 남자는 이제 내 친구도 직장 동료도 아니었다. 그는 빈껍데기였다. 그는 나를 죽여서 입막음을 할 것이었다. 사람을 죽이면 실존주의적인 관점에서 두 명을 더 죽이든 스무 명을 죽이든 아무 상관이 없는 세계로 건너간다고 볼 수 있었다. 나는 이 사실을 깨달았고 받아들였다. 찰스는 앞으로 절대 마음의 평화를 누리지 못할 것이다. 손자와 절대 행복하게 놀지 못할 것이다. 살인범의 얼굴과 마주하지 않고서는 면도를 할 방법이 없을 것이다. 나는 거기서 일말의 위안을 느꼈다. 하지만 나는 죽을 것이다. 그걸 막을 방법은 없었다. 그래서 두려웠다.

그가 상을 내려놓았다.

「왜 그렇게 우라지게 고집을 부렸나?」 그가 그의 것이 아닌 음성으로 물었다. 「나는 자네가 사라진 원고를 찾으러 다니는 게 싫었어. 그 우라질 책이야 어떻게 되든 상관없었거든. 내가 일군 모든 것과 나의 미래를 지키고 싶었을 뿐. 나는 자네가 발을 빼게 만들려고 했어. 자네를 엉뚱한 곳으로 인도하려고도 했고. 하지만 도대체 말을 들어야 말이지. 이제 내가 어쩌면 좋겠나? 나는 나를 보호해야 해, 수전. 이 나이에 감옥에 갈 순 없잖아. 뭐 하러 경찰서까지 찾아갔나? 그냥 털어 버리면 그만이었을 것을. 우라질 바보 같으니라고…….」

내게 하는 말이 아니었다. 그보다는 의식의 흐름 아니면 혼잣말에 가까웠다. 그동안 나는 꼼짝 않고 그 자리에 누워 있었다. 머리가 깨질 듯이 아팠고 나 자신에게 미치도록 화가 났다. 그는 다른 사람한테 내가 아는 사실들을 이야기했느냐고 물었다. 그때 거짓말을 했어야 하는 거였다. 아니면 그의 말에 동조하는 척하며 기꺼이 공범이 되겠다고 할 수도 있었다. 그러고는 밖으로 빠져나가서 경찰에 연락할 수도 있었다. 이건 내가자초한 일이었다.

「사장님…….」 나는 쉰 소리로 한 단어를 내뱉었다. 시력에 문제가 생겼다. 그의 모습이 또렷하게 보였다가 흐려지길 반복했다. 피가 점점 사방으로 번졌다.

그는 주변을 두리번거리다 뭔가를 집었다. 내가 담뱃불을 붙일 때 썼던 성냥이었다. 나는 이글거리는 성냥불을 본 다음에서야 그의 의도를 알아차렸다. 성냥불이 거대해 보였다. 그가 그 뒤로 가려지는 듯이 느껴졌다.

「미안하네, 수전.」 그가 말했다.

그는 사무실에 불을 지를 작정이었다. 나를 산 채로 태워 유일한 증인을 제거하고 내가 둔 그대로 책상 위에 놓여 있는, 그 유죄를 입증하는 원고까지 덩달아 없앨 작정이었다. 그의 손이 포물선을 그리자 불덩이가 허공에 기다란 흔적을 남기며 책꽂이 옆으로 떨어졌다. 현대식 사무실 같았으면 카펫에 부딪치며 꺼졌겠지만 클로버리프 북스는 모든 게 골동품이었다. 건물,

나무 벽널, 카펫, 집기들이 전부 그랬다. 당장 불길이 솟구쳤고 나는 너무 눈이 부셔서 그가 두 번째 성냥을 다른 쪽으로 던지는 것을 보지 못했다. 이번에는 불길이 커튼을 타고 올라가서 천장을 핥았다. 공기 자체가 주황색으로 변하는 듯했다. 어떻게 하면 삽시간에 이렇게 될 수 있는지 믿기지가 않았다. 화장터 안으로 들어선 듯한 느낌이었다. 찰스가 내 쪽으로 다가오자 거대하고 시커먼 형체가 내 시야를 가득 채웠다. 나는 그가 나를 넘어서 지나가려는 줄 알았다. 내가 문 바로 앞에 쓰러져 있었다. 하지만 그는 마지막으로 한 번 더 나를 후려쳤고 그의 발이 가슴을 강타하자 나는 비명을 질렀다. 입 안에서 피 맛이 느껴졌다. 통증과 연기 때문에 눈물이 줄줄 흘렀다. 그는 이내 사라졌다.

사장실이 활활 타올랐다. 18세기에 지어진 건물이라 화마도 그 세월에 걸맞은 기세를 뿜냈다. 내 뺨과 손을 그을리는 불길이 느껴졌고 내 몸에 불이 옮겨 붙은 게 분명하다는 생각이 들었다. 그냥 거기에 쓰러져 죽을 수도 있었는데 화재 경보가 온 건물에서 울리는 바람에 화들짝 놀라서 깼다. 일어나서 비틀비틀 그곳을 빠져나오려면 어떻게든 기운을 내야 했다. 창문 하나가 깨지면서 나무와 유리가 폭발한 게 도움이 됐다. 휘몰아쳐 들어오는 차가운 바람이 느껴졌다. 덕분에 정신을 차렸고 연기에 질식하는 사태를 막을 수 있었다. 손을 내밀자 문의 옆면이 손에 닿았고 그걸 붙잡고 몸을 일으켰다. 앞이 거의 보이지 않았다. 주황색과 빨간색 불꽃 때문에 눈이 화끈거렸다. 숨을 쉴 때마다 아팠다. 찰스 때문에 갈비뼈가 부러졌기 때문인데, 심지어 그런 상황에서조차 그 오랜 세월 동안 알고 지냈던 사람이 어쩌면 그렇게 잔인해질 수 있을까 하는 생각이 들었다. 분노를 원동력 삼아 어찌어찌 일어섰지만 별 소용이 없었다. 차라리 바닥에 엎드려 있는 편이 더 안전할 뻔했다. 일어서자 연기와 유독가스가 나를 포위했다. 기절하기 몇 초 전이었다.

화재 경보가 귀를 두드렸다. 소방차가 출동했더라도 나는 그 소리를 듣지 못했을 것이다. 앞이 거의 보이지 않았다. 숨을 쉴 수가 없었다. 그때 팔 한쪽이 내 가슴을 휘어 감아서 꼭 끌어안자 나는 비명을 질렀다. 찰스가 내 숨통을 끊어 놓으려고 다시 찾아온 줄 알았기 때문이었다. 하지만 상대가 내 귀에 대고 외치는 한 마디가 들렸다. 「수전!」 내가 아는 목소리이자 체취였고 내 머리에 닿은 가슴의 느낌도 마찬가지였다. 안드레아스가 나를 구하러 어디에선가 등장한 것이었다. 「걸을 수 있겠어?」 그가 외쳤다.

「응.」 이제는 걸을 수 있었다. 안드레아스가 옆에 있으면 뭐든 할 수 있었다.

「여기서 꺼내 줄게.」

「잠깐! 책상 위에 원고가 있는데…….」

「수전!」

「그걸 들고 나가야 해!」

그는 내가 미친 거 아닌가 싶었겠지만 옥신각신할 때가 아니라는 것을 알았다. 그는 나를 두고 잠깐 안으로 들어갔다가 다시 와서 나를 밖으로 끌고 나갔고 계단을 걸어 내려갈 수 있도록 부축해 주었다. 회색 연기가 덩굴처럼 우리를 뒤쫓았지만 불길이 아래가 아니라 위로 번졌고, 온몸이 욱신거리고 머리에

난 상처에서 계속 피가 쏟아지는 바람에 나는 앞을 보지도, 아무 생각도 하지 못했지만 그래도 무사히 대피할 수 있었다. 안드레아스가 나를 끌고 정문 밖으로 나가서 길을 건넜다. 뒤를 돌아보니 3층과 4층이 이미 불길에 휩싸였고 다가오는 사이렌 소리가 들리기는 했지만 건물 안에서 건질 수 있는 게 아무것도 없음을 알 수 있었다.

「안드레아스.」내가 말했다.「원고 챙겼어?」

그가 뭐라고 대답하기도 전에 나는 정신을 잃었다.

집중 치료실

나는 유스턴 로드에 있는 유니버시티 칼리지 부속 병원에
3일 동안 입원해 있었는데, 내가 겪은 일에 비하면 절대 길게
느껴지지 않았다. 하지만 요즘은 그렇다. 현대 과학 기술과 기
타 등등의 경이로운 업적 덕분이다. 그리고 두말하면 잔소리지
만 병실도 모자라기 때문이다. 안드레아스가 3일 내내 내 곁을
지켰고 진정한 집중 치료는 그를 통해 이루어졌다. 나는 갈비
뼈가 2대 부러졌고 엄청난 타박상을 입었고 두개골에 선상 골
절이 생겼다. CT 촬영 결과 다행히 수술할 필요는 없는 것으로
밝혀졌다. 화재로 인해 폐와 점막에 흉터가 생겼다. 계속 기침
이 나와서 괴로웠다. 시야도 여전히 흐릿했다. 머리를 다쳤을
때 흔하게 나타나는 증상이었지만 병원에서는 좀 더 영구적인
손상일 수 있다고 경고했다.

알고 보니 안드레아스는 토요일 저녁 때 옥신각신한 것 때문
에 신경이 쓰여서 꽃을 들고 예고도 없이 찾아와 식당으로 데
리고 가려고 우리 사무실로 온 거였다. 깜찍한 발상이었고 덕
분에 내가 목숨을 구했다. 하지만 내가 가장 궁금해했던 건 그

게 아니었다.

「안드레아스?」 불이 난 다음 날 아침이었다. 동생 케이티한 테서 내려오는 중이라는 문자를 받긴 했지만 면회 온 손님이 안드레아스 하나뿐이었다. 목이 아팠고 목소리는 속삭이는 수 준이었다. 「무슨 일로 찰스를 만났어? 내가 북 투어 갔을 때 우 리 회사로 찾아왔었다며. 왜 나한테 얘기 안 했어?」

진상이 모두 밝혀졌다. 안드레아스는 폴리도로스 호텔의 대 출을 알아보느라 영국으로 돌아와 거래 은행과 상담을 했다. 은행 측에서 대출에 원칙적으로 합의했지만 보증인이 필요하 다고 했기 때문에 그는 찰스를 찾아갔다.

「당신을 깜짝 놀라게 해주려고 말도 없이 찾아간 거였거든.」 그가 말했다. 「당신이 자리에 없다고 하니까 어찌할 바를 모르 겠더라고. 양심에 찔렸어, 수전. 호텔에 대해서 얘길 하지 않았 으니 찰스를 만났다는 얘기도 할 수가 없잖아. 그래서 그에게 아무 소리 하지 말아 달라고 부탁했어. 그 이후에 당신을 만나 자마자 호텔 얘기를 꺼냈지. 그래도 마음이 불편하더라.」

나는 멜리사를 만난 뒤에 잠깐 그를 범인으로 의심한 적이 있다는 얘기는 하지 않았다. 그에게는 완벽한 동기가 있었다. 그 당시 이 나라에 있었다. 그리고 무엇보다 용의자들 중에서 범인일 가능성이 제일 낮았다. 따라서 그가 범인이라야 했다.

찰스는 체포됐다. 퇴원하는 날 나를 찾아온 두 명의 경찰관 은 로크 경정과 전혀 달랐다. 레이먼드 처브하고도 달랐다. 한 명은 여자였고 다른 한 명은 잘생긴 아시아계 남자였다. 그들 은 나와 30분 동안 대화를 나누며 메모를 적었지만 나는 목소 리가 아직 잘 나오지 않아서 말을 별로 할 수 없었다. 나는 약에 취했고 쇼크 상태였고 계속 기침을 했다. 그들은 내 상태가 조금 괜찮아지면 다시 와서 자세한 진술을 듣겠다고 했다.

우습게도 그런 일을 겪고 났더니 『맥파이 살인 사건』의 뒷부분을 읽고 싶지 않았다. 메리 블래키스턴과 그녀를 고용한 매그너스 파이 경을 살해한 범인이 누군지 관심이 사라진 건 아니었다. 다만 단서와 살인 사건이라면 이제 지긋지긋했고 내가 원고를 작업할 방법도 없었다. 내 눈으로는 감당할 수가 없었다. 크라우치 엔드의 아파트로 돌아간 다음에서야 호기심이 되살아났다. 안드레아스는 계속 내 곁을 지켰다. 학교에 1주일 휴가를 신청했기 때문인데, 나는 그에게 앞부분을 대충 읽고 줄거리를 파악한 다음 마지막 부분을 읽어 달라고 부탁했다. 그 덕분에 살린 원고였으니 그의 음성으로 들어야 제격이었다.

그 작품의 결말은 다음과 같았다.

일곱

절대 얘기하면 안 되는
비밀

1

아티쿠스 퓐트는 아침 햇살을 만끽하며 색스비온에이번을 마지막으로 한 바퀴 걸었다. 단잠을 자고 일어나서 약을 두 알 먹었다. 기분이 상쾌했고 머리가 맑았다. 1시간 뒤에 처브 경위와 바스 경찰서에서 만나기로 되어 있었고 제임스가 짐을 챙기고 요금을 계산하는 동안 그는 산책을 하러 나선 참이었다. 그는 이 마을에서 지낸 시간이 얼마 되지 않았지만 이상하게도 속속들이 알게 된 느낌이었다. 교회, 성, 광장의 앤티크 숍, 버스 정거장, 퀸스 암스와 페리맨, 딩글 델 그리고 빠지면 섭섭한 파이 홀까지 — 이제는 그곳들을 개별적으로 분리해서 생각할 수 없었다. 그곳들이 그의 마지막이 될 게 분명한 이 게임을 벌이는 체스판이 되었다.

색스비는 이보다 더 아름다울 수 없었다. 아직 이른 시각이라 아무도 눈에 띄지 않았기 때문에 — 지나가는 차량조차 없었다 — 1백 년 전에는 이 조그만 마을의 모습이 어땠을지 상상할 수 있었다. 잠시 살인 사건은 이곳과 거의 무관한 일처럼 느껴졌다. 결국 중요한 건 무엇이었을까? 사람들은 있다가도 사라졌다. 서로 사랑에 빠졌다. 어린아이가 어른이 됐고 저세상으로 떠났다. 하지만 마을 그 자체는, 풀이 난 길가와 생울타리와 연극이 펼쳐지는 그 무대는 그대로였다. 앞으로 몇 년 뒤에 누군가가 매그너스 경이 살해된 집이나 범인이 살았던 곳을 가리키면 신기하다는 듯이 〈오!〉 하는 탄성이 터질지 모른다. 하지만 그게 전부일 것이다. 머리가 잘렸다고 하지 않았어? 죽은 사람이 한 명 더 있다고 하지 않았어? 이런 단편적인 대화가 바람에 날리는 낙엽처럼 산산이 흩어질 것이다.

그래도 몇 가지 변화가 생기기는 했다. 메리 블래키스턴과 매그너스 파이 경의 죽음으로 각자의 중심에서 조그만 균열이 수없이 파생됐고 그것이 아무는 데에는 시간이 걸릴 것이었다. 퓐트는 화이트헤드 부부의 앤티크 숍 유리창에 팻말이 달린 것을 보았다. 추후 공지가 있을 때까지 영업을 중단합니다. 조니 화이트헤드가 메달을 훔친 죄로 체포가 됐는지 알 수 없었지만 그 가게가 과연 다시 문을 여는 날이 있을지 의심스러웠다. 그는 자동차 정비소까지 걸어갔고, 결혼을 하고 싶었을 따름이었지만 감당할 수 없는 물결에 휩쓸리고 만 로버트 블래키스턴과 조이 샌덜링을 떠올렸다. 그녀가 런던으로 그를 찾아왔던 날을 생각하면 슬퍼졌다. 그녀가 뭐라고 했던가? 〈이건 옳지 않아요. 너무 부당해요.〉 그때 그녀는 그 말이 얼마나 딱 들어맞는지 전혀 몰랐을 것이다.

누군가가 움직이는 게 보였다. 클라리사 파이가 깃털이 세 개 달린 다소 튀는 모자를 쓰고 정육점을 향해 씩씩하게 걸어가고 있었다. 그녀는 그를 보지 못했다. 그녀가 풍기는 뭔지 모를 분위기가 느껴지면서 미소가 지어졌다. 그녀는 남동생의 죽음으로 이득을 보았다. 그건 부인할 수 없는 사실이었다. 집은 물려받지 못할지 몰라도 자기 인생의 주도권을 되찾았다는 것이 더욱 중요한 부분이었다. 그게 그를 죽일 만한 이유가 될 수 있었을까? 생각해 보면 한 사람이 어쩌면 그렇게 많은 적을 만들 수 있었는지 신기했다. 최고의 걸작이 난도질당하고 태워지고 훼손되는 수모를 당한 아서 레드윙이 생각났다. 아서는 자기 자신을 아마추어라고 생각할 수 있었다. 그는 화가로서 대단한 업적을 이루지 못했다. 하지만 퓐트는 창작을 하는 모든 이의 심장에서 이글거리는 열정이 얼마나 쉽게 위험한 무언가로 변질될 수 있는지 너무나 잘 알았다.

레드윙 박사는 또 어떤가? 지난번에 매그너스 경에 대한 이야기가 나왔을 때 그녀는 그뿐 아니라 그가 상징하는 모든 것에 대한 증오심을 감추지 못했다. 그녀는 남편이 그로 인해 받았을 상처를 누구보다 잘 알았고, 퓐트는 영국의 시골 마을에서 의사보다 더 막강한 존재는 없다는 것을, 어떤 상황에서는 의사보다 더 위험한 존재도 없다는 것을 과거의 경험을 통해 알았다.

하이 스트리트까지 좀 더 걸어가자 왼쪽으로 이어지는 딩글델이 눈에 들어왔다. 지름길로 파이 홀에 갈 수도 있었지만 그는 그러지 않기로 했다. 레이디 파이나 그녀의 새로운 파트너와 마주치고 싶지 않았다. 그들은 매그너스 경의 죽음으로 거둔 소득이 어느 누구보다 많았다. 아내, 애인, 폭군 같은 남편, 갑작스러운 죽음. 이것이야말로 세상에서 가장 케케묵은 이야기였다. 그들은 이제 마음껏 함께 지낼 수 있다고 생각할지 몰라도 그들의 생각대로 될 리 없다고 퓐트는 장담할 수 있었다. 오로지 불가능하기 때문에 지속되는 관계, 불행이 연속되어야 하는 관계도 있었다. 누가 봐도 잭 다트퍼드가 잘 생기기는 했지만 프랜시스 파이는 머지않아 그에게 싫증이 날 것이다. 그녀는 이제 파이 홀의 실질적인 주인이 되었다. 그게 아니라 파이 홀이 그녀의 주인이 되었다고 해야 할까? 매튜 블래키스턴은 그 집에 저주가 내렸다고 했고 퓐트는 아니라고 할 수 없었다. 그는 결단을 내리고 등을 돌렸다. 그 집은 두 번 다시 보고 싶지 않았다.

브렌트와 다시 한번 이야기를 나누어 보고 싶은 마음은 있었다. 지금까지 벌어진 모든 사건에서 관리인이 어떤 역할을 했는지 충분히 짚고 넘어가지 않았다니 이상한 일이었다. 처브 경위는 그를 수사에서 거의 배제하다시피 했다. 하지만 톰 블래키스턴이 물에 빠져 죽었을 때 가장 먼저 발견한 사람이 브렌트였고 목이 잘리기 전에 매그너스 경을 마지막으로 본 사람도 그였다. 그런가 하면 메리 블래키스턴의 시신을 발견했다고 주장한 사람도, 레드윙 박사에게 연락한 사람도 그였다. 매그너스 경이 죽기 직전에 그를 그렇게 멋대로 해고한 이유가 뭐였을까? 퓐트는 그 질문에 대한 해답을 영영 찾지 못할 듯한 불길한 예감을 느꼈다. 어느 모로 보나 그에게는 남은 시간이 거의 없었다. 오늘 아침에 색스비온에이번에서 벌어진 사건에 대한 단상을 정리하겠지만 오후면 그는 떠나고 없을 것이다.

딩글 델은 또 어떤가. 목사관과 파이 홀을 길게 가르는 이 숲은 이야기에서 큰 역할을 차지하는 듯이 보였지만 퓐트는 딩글 델 자체를 살인의 동기로 본 적이 없었다. 매그너스 경이 죽더라도 개발을 막을 방법이 없기 때문이었다. 그럼에도 불구하고 사람들은 아주 어리석은 짓을 저질렀다. 감정을 주체하지 못했다. 퓐트는 무신경한 청소부, 다이애나 위버를 떠올렸다. 그녀는 누가 시키지도 않았는데 병원의 타자기로 협박 편지를 쳐서 보냈다. 그러고 보니 봉투에 대해 묻지 못했지만 상관없었다. 어차피 정답을 짐작하고 있었다. 그는 명확한 증거가 아니라 어림짐작으로 이 사건을 해결했다. 결국에는 앞뒤가 맞도록 설명할 방법이 하나밖에 없었다.

그는 왔던 길을 되짚어 하이 스트리트를 걸었다. 세인트 보톨프 공동묘지로 돌아가 정문 옆에서 자라는 커다란 느릅나무 아래를 지났다. 가지를 올려다보았다. 아무것도 없었다.

그는 임시로 만든 나무 십자가와 명패를 꽂아 놓은 새 무덤을 향해 발걸음을 옮겼다.

메리 엘리자베스 블래키스턴
1887년 4월 5일 ~ 1955년 7월 15일

여기서 모든 게 시작됐다. 로버트의 어머니의 죽음에서. 아들과 어머니가 불과 며칠 전에 남들이 보는 앞에서 말싸움을 벌였기 때문에 조이 샌덜링이 패링던의 사무실로 그를 찾아왔다. 퓐트는 이제 색스비온에이번에서 벌어진 모든 일이 그녀의 죽음에서 비롯됐다는 것을 알았다. 그는 차가운 땅 속에 누워 있는 여자를 상상해 보았다. 그는 그녀를 만난 적이 없었지만 아는 사람처럼 느껴졌다. 그는 그녀가 적은 일기장의 내용과 주변을 바라보는 그녀의 표독스러운 시선을 기억하고 있었다.

그는 독소라는 단어에 대해 생각했다.

뒤에서 발소리가 들리기에 고개를 돌려 보니 로빈 오즈번이 무덤 사이로 그를 향해 걸어오고 있었다. 오늘은 자전거를 두고 나왔다. 살인이 벌어졌던 날 저녁에 그와 그녀의 아내가 양쪽 모두 파이 홀 근처에서 서로를 찾고 있었다니 신기한 일이었다. 목사의 자전거가 그날 저녁에 페리맨 앞을 지나가는 소리가 들렸고 매튜 블래키스턴은 그 자전거가 로지 앞에 세워져 있는 것을 목격했다. 퓐트는 마지막으로 목사를 만날 수 있어서 기뻤다. 아직 설명이 필요한 부분이 있었다.

「아, 안녕하십니까, 퓐트 씨.」오즈번이 말했다. 그는 무덤을 흘끗 내려다보았다. 꽃을 두고 간 사람이 아무도 없었다.「영감을 얻으러 오셨나요?」

「아뇨. 그건 아닙니다.」퓐트는 대답했다.「오늘 이 마을을 떠납니다. 호텔로 돌아가는 길에 잠깐 들렀어요.」

「떠나신다고요? 그럼 저희를 포기하신 겁니까?」

「아닙니다, 오즈번 씨. 정반대입니다.」

「그녀를 살해한 범인을 알아내신 겁니까?」

「네. 맞습니다.」

「듣던 중 아주 반가운 소식이로군요. 종종…… 범인이 위에서 활개를 치고 다니면 안식을 취하기도 어렵겠다는 생각이 들었거든요. 모든 면에서 정의에 위배되니까요. 저한테 하실 말씀이 있는 건 아니겠죠 — 이런 걸 물어보면 안 되는 건지도 모르겠습니다.」

퓐트는 아무 대꾸도 하지 않았다. 대신 화제를 바꾸었다.「장례식 때 목사님이 메리 블래키스턴을 두고 하신 말씀이 상당히 흥미로웠습니다.」그가 말했다.

「그렇게 생각하셨나요? 감사합니다.」

「그녀는 이 마을의 일부분이었고 이곳의 삶을 받아들였다고 하셨죠. 그녀가 색스비온에이번 주민들의 가장 사악하고 가장 잔인한 측면만을 일기장에 기록했다고 하면 뜻밖으로 여겨질 것 같습니까?」

「뜻밖으로 여겨질 것 같은데요, 퓐트 씨. 네. 그녀가 여기저기 끼어들고 다니기는 했지만 그녀의 행동에서 특별히 악의를 느낀 적은 없거든요.」

「목사님과 부인에 대해서도 적어 놓았어요. 그녀가 죽기 전날에 목사님을 찾아간 모양이던데. 혹시 기억하십니까?」

「글쎄요……」 오즈번은 정말이지 거짓말에 재주가 없었다. 손을 맞잡고 비틀며 온 얼굴을 부자연스럽게 일그러뜨렸다. 두말하면 잔소리지만 그는 부엌에서 그녀를 맞닥뜨렸다. 「말벌 때문에 골머리를 앓으신다고 해서요.」 그리고 식탁에 똑바로 놓여 있던 사진들…… 그 사진들이 왜 거기 있었을까? 헨리에타가 왜 치우지 않았을까?

「그녀는 일기장에 〈충격적〉이라는 단어를 썼어요.」 퓐트는 말을 이었다. 「그리고 〈끔찍〉했다면서 뭘 어쩌면 좋을지 모르겠다고 했고요. 그녀가 뭣 때문에 그랬는지 혹시 아십니까?」

「전혀 모르겠는데요.」

「그럼 제가 말씀드리죠. 부인께서 벨라도나 중독 치료를 받아야 했던 이유가 저로서는 정말이지 수수께끼 같았는데요. 레드우드 박사가 그 용도로 피조스티그민을 구입했다고 했죠. 부인께서 벨라도나 덤불을 밟아서요.」

「맞습니다.」

「그런데 제가 궁금했던 건 ─ 부인께서 왜 신발을 신지 않으셨을까 하는 거였습니다.」

「네. 그 당시에도 그걸 물어보셨죠. 그리고 아내가 대답하기를 ─」

「부인께서는 진실을 전부 공개하진 않으셨죠. 부인께서 신발을 신지 않으셨던 이유는 아무것도 걸치지 않았기 때문입니다.

어디로 휴가를 다녀왔는지 두 분께서 공개를 꺼렸던 이유도 그 때문이었고요. 결국에는 어쩔 수 없이 목사님이 호텔 이름을 말씀하셨는데 — 데번셔의 셰플리 코트 호텔이었죠 — 셰플리 코트는 나체주의자들의 휴양지로 유명하다는 것이 전화 한 통으로 밝혀졌습니다. 그게 사건의 진상 아닙니까, 오즈번 씨? 목사님과 부인께서는 나체주의 신봉자죠.」

오즈번은 침을 꿀꺽 삼켰다. 「맞습니다.」

「그리고 메리 블래키스턴이 그 증거를 봤고요?」

「사진을 봤어요.」

「그녀가 어쩔 작정이었는지 혹시 아십니까?」

「아뇨. 그녀는 아무 말도 하지 않았어요. 그러고 나서 다음 날……」 그는 헛기침을 했다. 「아내와 저는 전적으로 결백합니다.」 그가 일단 말문을 열자 봇물처럼 터졌다. 「나체주의는 건강과도 직결되는 정치적, 문화적 운동입니다. 불결하게 볼 이유가 전혀 없고 장담하건대 제 천직의 품격을 떨어뜨리거나 권위를 손상할 일도 없어요. 아담과 이브는 자기들이 알몸이라는 걸 몰랐잖습니까. 그게 그들의 자연 상태였고 선악과를 따먹은 다음에서야 수치심을 느꼈죠. 헨과 나는 전쟁 전에 독일을 같이 여행한 적이 있었는데 거기서 처음으로 나체주의를 접했어요. 우리한테 잘 맞더군요. 우리가 그걸 공개하지 않는 이유는 이 마을에 이해하지 못하거나 불쾌하게 여길 주민이 있을 수도 있기 때문이에요.」

「딩글 델은요?」

「우리에게 완벽한 공간이었어요. 우리에게 어느 누구의 시선도 의식할 필요 없이 같이 산책할 수 있는 자유를 선물했죠. 핀트 씨, 우리는 잘못한 게 전혀 없습니다. 그러니까…… 육욕의 측면에서요.」그는 신중하게 말을 골랐다. 「달빛을 맞으며 산책하는 게 전부였어요. 퓐트 씨도 우리랑 같이 가보셨잖습니까. 거기가 얼마나 아름다운 곳인지 아시잖아요.」

「부인께서 독초를 밟기 전까지만 해도 아무 일 없었는데 말이죠.」

「메리가 사진을 보기 전까지만 해도 아무 일 없었죠. 하지만 설마 — 설마 제가 그것 때문에 그녀를 해쳤을 거라고 생각하시는 건 아니겠죠?」

「저는 메리 블래키스턴이 어떻게 죽었는지 정확히 압니다, 오즈번 씨.」

「아까 — 아까 이제 떠날 거라고 하셨죠?」

「몇 시간 있으면 떠날 겁니다. 그리고 이 비밀은 제가 간직하겠습니다. 목사님과 부인께서는 걱정하실 게 아무것도 없습니다. 제가 아무한테라도 얘기할 일은 없을 테니까요.」

로빈 오즈번은 깊은 숨을 토했다. 「고맙습니다, 퓐트 씨. 우리가 얼마나 걱정했는지 퓐트 씨는 모를 겁니다.」그는 눈을 반짝였다. 「그리고 그 소식 들으셨어요? 바스의 업자들이 그러는데 레이디 파이가 개발 사업을 중단할 거랍니다. 델을 지킬 수 있게 됐어요.」

「듣던 중 반가운 소식이네요. 목사님 말씀이 맞습니다. 정말 아름다운 곳이죠. 사실 그래서 생각난 게 있는데요…….」

아티쿠스 퓐트는 혼자 공동묘지를 나섰다. 레이먼드 처브와 만나기 전까지 아직 50분이 남았다.

그 전에 해야 할 일이 하나 있었다.

2

퀸스 암스의 조용한 구석 자리에서 차를 한 잔 앞에 놓고 편지를 쓰는 데 걸린 시간은 얼마 되지 않았다.

제임스에게

자네가 이 편지를 읽을 때쯤이면 모든 게 끝이 났겠지. 자네한테 진작 알리지 않은 나를, 비밀을 털어놓지 않는 나를 용서해 주기 바라지만 때가 되면 자네도 이해할 거라고 믿네.

책상에 보면 내가 남긴 메모가 있을 거야. 내 병과 내가 내린 결정에 대해서 거기 적어 놓았어. 의사의 진단이 확실했고 내게 집행 유예의 가능성은 없다는 걸 알아주기 바라네. 죽음은 두렵지 않아. 내 이름이 기억될 거라고 생각하고 싶을 뿐.

나는 충분히 긴 세월을 살면서 엄청난 성공을 거두었지. 유언장에 보면 자네 몫으로 남긴 유산이 조금 있어. 우리가 함께 보낸 세월을 인정하는 뜻도 있지만 내 작품을 완성해서 출간해 주길 바라는 마음이 담겨 있기도 하지. 이제 그 원고를 지켜줄 사람은 자네뿐이지만 자네 손에 맡기면 안전할 거라고 확신하네.

자네 말고는 내 죽음을 슬퍼할 사람도 거의 없겠지. 내가 두고 떠나는 딸린 식구도 없고. 이 세상을 떠날 준비를 하는데 그동안 잘 살았다는 생각이 드는군. 자네와 내가 함께 일군 성공으로 기억되었으면 하는 마음뿐일세.

내 친구 처브 경위에게 사과 전해 주기 바라네. 나중에 밝혀질 테지만 클라리사 파이에게 건네받은 피조스티그민을 그에

308

게 돌려주지 않고 내가 썼거든. 아무 맛도 느껴지지 않을 테고 금세 끝이 나겠지만 아무리 사소한 범행일지라도 신의를 저버린 것을 미안하게 생각하네.

마지막으로, 이건 나도 뜻밖의 결정이네만 내 유골은 딩글델이라는 숲에 뿌려 주기 바라네. 이런 부탁을 하는 이유는 나도 모르겠어. 자네도 알다시피 나는 낭만적인 성격도 아닌데 말이지. 하지만 내가 마지막으로 해결한 사건의 현장이니 어울린다는 생각이 들어. 그리고 아주 평화로운 곳이기도 하니까. 알맞은 선택인 듯하네.

존경과 행운을 비는 마음을 담아서 오랜 친구인 자네에게 작별을 고하겠네. 자네가 보여 준 신의와 동지애에 감사하며 다시 무대로 돌아가는 걸 고민해 보길, 배우로서 오랫동안 승승장구하길 바라네.

그는 서명하고 편지를 봉투에 넣은 다음 봉하고 〈제임스 프레이저 씨 친전〉이라고 적었다.

아직은 당분간 필요가 없겠지만 그래도 써놓으니 기뻤다. 그는 마침내 찻잔을 비우고 차가 기다리는 곳으로 나갔다.

3

두 장의 전면 유리창이 달린 바스의 경찰서에 모인 사람은 다섯 명이었고 분위기는 묘하게 고요하고 잠잠했다. 창밖에서는 일상이 계속 이어지고 있었지만 이곳은 벗어날 수 없는 순간, 드디어 찾아온 순간에 붙들려 있는 듯한 느낌이었다. 레이먼드 처브 경위는 책상 뒤에 자리를 잡고 앉았지만 사실은 할얘기가 거의 없었다. 그는 증인이나 다를 바 없었다. 하지만 여기 그의 사무실이자 그의 책상이자 그의 관할이었고 그 사실을 분명히 하고 싶었다. 그의 옆에 앉은 아티쿠스 퓐트는 그러면 이 자리에 있을 권한이라도 부여되는 듯 한 손을 뻗어서 반질반질한 책상 위에 올려놓았고, 자단 지팡이는 의자 팔걸이에 대각선으로 걸쳐 놓았다. 제임스 프레이저는 한쪽 구석에 틀어박혔다.

애초에 런던으로 찾아와 퓐트를 이 사건으로 끌어들였던 조이 샌덜링은 면접을 보러 오기라도 한 것처럼, 치밀한 계산 아래 배치된 그들의 맞은편 의자에 앉았다. 로버트 블래키스턴은 창백한 얼굴로 불안해하며 그녀의 옆에 앉았다. 그들은 여기 도착한 이래 거의 대화를 나누지 않았다. 오늘의 주인공인 퓐트가 이제 말문을 열었다.

「샌덜링 양.」 그가 말했다. 「오늘 이 자리에 초대한 이유는 여러 면에서 당신이 내 의뢰인이기 때문이에요. 그러니까 당신을 통해 맨 처음 매그너스 파이 경과 그의 사건에 대해 들었으니까요. 당신이 나를 찾아온 이유는 사건을 해결해 주길 바라서였다기보다 ― 사실 범행이 저질러졌는지 확신할 수 없는 상황이었으니까요 ― 위기에 처한 로버트 블래키스턴과의 결혼 문제에 있어서 내 도움을 받고 싶었기 때문이었죠. 내가 당신의 부탁을 거절한 게 잘못이었을지 모르지만 그때 개인적인 고민거리가 있어서 다른 데 정신이 팔렸기 때문이라고 이해해 주었으면 좋겠어요. 당신이 찾아온 다음 날, 나는 매그너스 경이 사망했다는 기사를 읽었고 그로 인해 생각이 바뀌었죠. 그렇긴 해도 나는 색스비온에이번에 도착한 순간부터 당신뿐 아니라 당신의 약혼자를 대신해서 나선 느낌이었으니 내 노력의 결실을 공개하는 자리에 두 분을 모두 초대하는 게 맞을 겁니다. 당신이 사태를 직접 해결해야겠다고 느끼고 온 마을에 사생활을 공개한 것을 보고 내가 몹시 착잡했다는 건 알아주었으면 합니다. 당신으로서는 유쾌할 수 없는 일이었을 텐데 나 때문에 그렇게 됐으니까요. 그 부분에 대해서는 용서를 구합니다.」

「선생님께서 사건을 해결해 주셔서 로버트와 제가 결혼할 수 있다면 뭐든 용서할 수 있어요.」 조이가 말했다.

「아, 물론이죠.」 그는 잠깐 처브를 돌아보았다. 「누가 봐도 서로를 사랑해 마지않는 청춘 남녀가 여기 앉아 있네요. 이 결혼이 두 분한테 얼마나 중요한 일인지 알겠더군요.」

「행운을 기원할 따름이죠.」 처브는 중얼거렸다.

「범인이 누군지 아시면 말씀해 주시죠.」 로버트 블래키스턴이 처음으로 입을 열었다. 원망이 서린 차분한 목소리였다. 「조이하고 제가 이제 그만 일어날 수 있게요. 저는 이미 결심했어요. 색스비온에이번을 떠나기로. 이 마을을 못 견디겠어요. 어디 먼 데로 가서 새롭게 시작할 거예요.」

「우리 둘이 함께라면 어디든 괜찮을 거야.」 조이는 손을 내밀어서 그의 손을 건드렸다.

「그럼 시작하겠습니다.」 퓐트가 말했다. 그는 책상에서 손을 거두어 의자 팔걸이에 얹었다. 「저는 색스비온에이번에 내려오기 전에, 매그너스 경의 살인 사건을 『더 타임스』에서 접했을 때부터 희한한 우연의 일치를 느꼈습니다. 누가 봐도 의문의 여지가 없는 사고로 가정부가 세상을 떠난 지 2주도 안 돼서 그녀의 집주인도 죽었는데, 이번에는 누가 봐도 가장 섬뜩한 성격의 살인이었으니 말이죠. 내가 우연의 일치라고 말은 했지만 사실은 정반대예요. 예컨대 두 사건이 서로 겹친 이유가 분명 있을 텐데 뭘까요? 매그너스 파이 경과 그의 가정부가 살해된 동기가 하나였을 수도 있을까요? 두 사람을 제거하면 어떤 이득이 얻어질까요?」 퓐트는 이글거리는 눈빛으로 그의 앞에 앉아 있는 청춘 남녀를 잠깐 쳐다보았다. 「두 분이 간절히 바라는 결혼이 동기가 될 수 있을지도 모른다는 생각을 하지 않은 건 아닙니다. 메리 블래키스턴이 불쾌하달 수 있는 이유로 두 분의 결혼을 반대했다는 것을 아니까요. 하지만 그럴지 모른다는 생각은 접었습니다. 먼저, 우리가 아는 한 그녀에게는 결혼을 막을 능력이 없었습니다. 그러니까 그녀를 살해할 이유가 없었죠. 뿐만 아니라 매그너스 경이 어느 쪽으로든 개입한 증거도 없었습니다. 사실 그는 메리 블래키스턴의 아들에게 항상 호의적이었으니 결혼이 잘 되길 바랐을 겁니다.」

「경은 우리의 결혼 계획을 알았어요.」 로버트가 말했다. 「전혀 반대하지 않았고요. 반대할 이유가 없잖아요? 조이는 훌륭한 신붓감이고 선생님이 얘기하신 대로 저한테 늘 잘해 주었는 걸요. 경은 제가 행복하게 잘 살길 바랐어요.」

「그렇죠. 하지만 두 사건을 하나로 연결하는 이유를 찾을 수 없다면 어떤 대안이 있을까요? 두 명의 살인범이 서로 다른 동기를 가지고 독자적으로 행동한 것일 수도 있을까요? 그건 아무리 생각해도 가능성이 낮아 보입니다. 아니면 한 사람의 죽음이 다른 사람의 죽음을 유발했을까요? 얼마 전에 밝혀졌다시

312

피 메리 블래키스턴은 마을 주민들의 엄청난 비밀을 수집했죠. 그녀가 어떤 사람의 위험한 진실을 알아차린 걸까요? 그걸 매그너스 경에게 얘기했을까요? 그는 그녀의 가장 가까운 친구였다는 걸 잊지 말아야 합니다.

이런 고민들을 하고 있었을 때 세 번째 사건이 수면 위로 부상했습니다. 메리 블래키스턴의 장례식을 치른 날 밤에 파이 홀이 도둑을 맞은 거죠. 그냥 평범한 절도 사건처럼 보였지만 한 달 새 두 사람이 죽은 마당에 더 이상 뭐가 평범할 수 있을까요. 과연 은버클 하나는 런던으로 팔렸지만 나머지 장물은 호수 속으로 던져졌습니다. 왜 그랬을까요? 절도범이 불안해져서 그랬을까요 아니면 다른 목적이 있었을까요? 범인이 돈을 챙기기보다 그 보물들을 그냥 없애고 싶었기 때문일 수도 있을까요?」

「일종의 도발이었다는 겁니까?」처브가 물었다.

「매그너스 경은 로마 시대에 제작된 그 은제품에 자부심을 가지고 있었죠. 그가 물려받은 유산의 일부였고요. 단순히 그를 괴롭힐 속셈으로 그걸 훔친 것일 수도 있습니다. 저도 같은 생각을 했습니다, 경위님.」

퓐트는 몸을 앞으로 숙였다.

「이번 사건에서 내가 아주 이해하기 힘들었던 부분이 하나 있습니다.」그가 말했다.「그건 바로 메리 블래키스턴의 태도였어요.」

「저도 어머니를 제대로 이해한 적이 없어요.」로버트가 중얼거렸다.

「어머니와 당신의 관계를 살펴볼까요? 그녀는 끔찍한 사고로 아들 하나를 잃었고 그로 인해 조심 또 조심하고 고압적이며 소유욕이 지나친 어머니가 되었죠. 내가 당신의 아버지를 만났다는 걸 아십니까?」

로버트는 그를 빤히 쳐다보았다. 「언제요?」

「어제요. 내 동료 프레이저가 모는 차를 타고 카디프의 댁으로 찾아갔죠. 흥미진진한 얘기를 많이 들었습니다. 동생 톰이 세상을 떠난 뒤로 어머니가 당신을 과잉보호하기 시작했다더군요. 아버지는 근처에도 오지 못하게 했다고요. 당신이 안 보이면 못 견딜 정도였으니 당신이 브리스틀에 가겠다고 했을 때 화가 났을 수밖에요. 그때 유일하게 그녀는 언제나 당신의 안위를 걱정했던 매그너스 경과 충돌을 빚었죠. 전부 말이 됩니다. 한 아이를 잃은 엄마는 자연스럽게 다른 아이에게 집착할 수밖에 없죠. 그런 관계가 얼마나 불편하고 심지어 악영향을 미칠 수 있는지도 이해하고요. 두 분은 서로 싸울 수밖에 없었을 겁니다. 슬프지만 어쩔 수 없는 현실이죠.

하지만 이건 이해가 안 됩니다. 그녀는 왜 그렇게 결혼에 반대했을까요? 도무지 이치에 맞질 않거든요. 이렇게 표현해도 될는지 모르겠습니다만, 아들이 샌덜링 양이라는 매력적인 인생의 동반자를 찾지 않았습니까. 번듯한 집안의 동네 아가씨를요. 그녀의 아버지는 소방관이에요. 그녀는 병원에서 근무하고요. 그녀는 로버트를 데리고 다른 데로 이사할 생각도 없어요. 이야말로 완벽한 배필인데, 처음부터 메리 블래키스턴은 강력하게 거부하기만 했죠. 왜 그랬을까요?」

조이는 얼굴을 붉혔다. 「전혀 모르겠어요, 퓐트 씨.」

「그 부분에 있어서는 저희가 이해를 도울 수 있겠습니다, 샌

덜링 양.」처브가 끼어들었다. 「오빠가 다운 증후군을 앓고 있
죠?」

「폴 오빠요? 그게 이거랑 무슨 상관이에요?」

「우리가 발견한 일기장에 블래키스턴 부인이 자신의 생각을
적어 놓았어요. 그 병이 손자에게 유전될 거라고 생각했더군요.
그게 그녀의 문제였어요.」

퓐트는 고개를 저었다. 「미안합니다, 경위님.」그가 말했다.
「하지만 저는 그 말씀에 동의하지 않습니다.」

「제가 보기에는 그녀가 아주 그렇게 못을 박았던데요, 퓐트
씨. 〈……그녀의 가족을 오염시킬 그 끔찍한 병……〉불쾌한 표
현이죠. 하지만 정확히 그렇게 썼어요.」

「경위님께서 잘못 이해하신 겁니다.」

퓐트는 한숨을 쉬었다. 「메리 블래키스턴을 이해하려면 그녀
의 인생을 강타한 결정적인 순간으로 시간을 거슬러 올라가야
합니다.」그는 로버트를 흘끗 쳐다보았다. 「심란하게 받아들이
지는 않으셨으면 합니다, 블래키스턴 씨. 동생분의 죽음을 이
야기하는 거라서요.」

「거의 평생 그 그늘 속에서 지내 왔는걸요.」로버트가 말했
다. 「이제는 무슨 얘기를 듣든 심란해질 일 없습니다.」

「그 사건에서 당혹스러운 부분이 몇 군데 있더군요. 우선 어
머니의 반응부터가 그렇습니다. 아이를 잃은 바로 그 현장에서
계속 살았다는 게 이해가 되지 않아서요. 날마다 그 호수 앞을
지났을 테니 이렇게 자문할 수밖에 없더군요. 그녀가 저지른
어떤 행동에 대한 처벌의 의미였을까? 아니면 그녀가 아는 어
떤 사실에 대한? 끔찍했던 그날 이후로 그녀는 죄책감에 시달

315

렸을까?

　로지에 가서 그녀의 심정이 어땠을지 상상해 보았지요. 나무로 둘러싸여서 영원히 그늘로 덮인 그 우울한 곳에서 함께 지낸 당신의 심정은 어땠을지도요. 그 집에는 별다른 비밀이 없었지만 어머니가 잠가 놓은 2층 방이라는 수수께끼가 하나 있더군요. 왜 그렇게 잠가 놓았을까요? 그 방의 용도는 무엇이었고 그녀는 왜 절대 그곳에 들어가지 않았을까요? 방에는 남아 있는 게 거의 없었습니다. 침대와 테이블뿐이었고 테이블 서랍 안에 역시 저세상으로 떠난 개의 목걸이가 들어 있었죠.」

　「이름이 벨라였어요.」로버트가 말했다.

　「네. 벨라는 블래키스턴 씨의 아버지가 동생에게 준 선물이었고 매그너스 경은 자기 땅에서 그 개를 키우는 것을 마뜩찮게 여겼습니다. 어제 이야기를 나누었을 때 아버지가 그러더군요. 매그너스 경이 가장 잔인한 방식으로 죽였을 거라고. 진위는 모르겠습니다만 내가 무슨 생각을 했는지 알려 드릴까요? 블래키스턴 씨의 동생은 물에 빠져 죽었습니다. 어머니는 계단에서 굴렀고요. 매그너스 경은 잔인하게 살해당했습니다. 벨라라는 잡종견은 목이 잘렸고요. 파이 홀에서 벌어진 잔인한 사망 사건 목록에 또 한 건이 추가된 거죠.

　그 개의 목걸이가 왜 거기 들어 있었을까요? 내가 그 방에 들어서자마자 알아차린 게 또 하나 있었습니다. 그 집에서 호수가 보이는 방이 거기 하나뿐이더군요. 내가 보기에는 그것이 가장 의미심장한 사실이었습니다. 그러고 나서 나는 자문해 보았죠. 메리 블래키스턴이 로지에서 살았을 때 이 방은 어떤 용도로 쓰였을까? 나는 블래키스턴 씨나 동생이 썼던 방인가 보다고 잘못 넘겨짚었어요.」

「어머니가 바느질을 하던 방이었어요.」 로버트가 말했다. 「물어보셨다면 제가 알려 드렸을 텐데.」

「물어볼 필요가 없었거든요. 당신은 동생과 함께 방 벽을 두드려서 암호를 주고받는 놀이를 했다고 했죠. 그러니 서로 옆방에서 지냈을 테고 그러니 복도 맞은편의 그 방은 다른 용도일 수밖에 없었죠. 어머니가 바느질을 많이 하셨으니 그 방을 애용했을 가능성이 컸겠다는 생각이 들더군요.」

「훌륭합니다, 퓐트 씨.」 처브가 말했다. 「하지만 그래서 결국 어떻다는 건지 모르겠는데요.」

「거의 다 끝나갑니다, 경위님. 하지만 먼저 그 사건부터 살펴보도록 하겠습니다. 좀 전에도 말씀드렸다시피 그 사건 역시 이상한 점들이 있거든요.

로버트와 그의 아버지의 증언에 따르면 톰은 호숫가의 골풀 속에 숨겨져 있던 금덩이를 찾으러 나선 참이었습니다. 왜냐하면 매그너스 경이 거기다 그걸 숨겨 놨거든요. 그런데 우리도 기억해야 할 것이, 그는 어린애가 아니었습니다. 열두 살이었어요. 영리했고요. 그런 아이가 춥고 더러운 물속에 금이 있다고 철석같이 믿고 그 안으로 들어갔을까요? 제가 파악한 바로는 두 아이가 한 놀이는 아주 형식적이었습니다. 매그너스 경이 보물을 숨기고 힌트를 주는 식이었죠. 톰이 호숫가에 있었다면 금이 숨겨져 있는 곳을 알아냈을지 모릅니다. 하지만 금이 있는 곳을 지나쳐서 호수 **속으로** 뛰어들 필요는 없었죠. 말이 안 되잖습니까.

그리고 또 한 가지 심란한 부분이 있는데요. 관리인 브렌트가 시신을 발견하고 ―」

「그는 항상 살금살금 돌아다녔어요.」 로버트가 끼어들었다. 「톰하고 저는 그를 무서워했고요.」

「기꺼이 믿어 드리죠. 하지만 이 자리에서 당신에게 묻고 싶은 게 한 가지 있습니다. 브렌트는 아주 정확하게 설명을 했어요. 당신의 동생을 끌어내 바닥에 눕혔다고요. 당신은 잠시 후에 등장했는데 ― 물속으로 뛰어든 이유가 뭡니까?」

「돕고 싶었으니까요.」

「그랬겠죠. 하지만 동생은 이미 물 밖으로 나와 있는 상태였어요. 당신 아버지에 따르면 마른 땅 위에 누워 있었다고 했거든요. 그런데 왜 굳이 추위를 무릅써 가며 몸을 적셨나 말이죠.」

로버트는 미간을 찌푸렸다. 「어떤 대답을 듣고 싶으신 건지 모르겠네요, 파운드 씨. 저는 열네 살이었어요. 심지어 뭐가 어떻게 됐는지 기억조차 나지 않아요. 톰을 물속에서 끄집어내야 한다는 생각뿐이었어요. 다른 생각은 하지 못했어요.」

「아뇨, 로버트. 다른 생각을 했을 것 같은데요. 이미 몸이 젖었다는 걸 감추고 싶었을 것 같은데요.」

필름 한 장이 영사기에 낀 것처럼 온 사무실이 정지 화면으로 변했다. 심지어 창밖의 길거리에서조차 아무것도 움직이지 않았다.

「이이가 왜 그런 생각을 했겠어요?」 조이가 물었다. 목소리가 살짝 떨리는 게 느껴졌다.

「왜냐하면 몇 분 전에 호숫가에서 동생하고 싸웠거든요. 그래서 동생을 물속에 빠뜨려 죽였거든요.」

「아닙니다!」 로버트의 두 눈이 이글거렸다. 프레이저는 그가 의자에서 벌떡 일어날지 모른다는 생각에 필요한 경우 퓐트를 도우러 나설 준비를 했다.

「내가 한 이야기의 많은 부분이 추측이에요.」퓐트가 말했다. 「그리고 어렸을 때 저지른 범행을 당신 탓으로만 돌릴 생각은 없다는 것도 알아주길 바랍니다. 하지만 증거를 살펴봅시다. 개를 선물받은 사람은 당신이 아니라 동생이었어요. 그 개는 끔찍한 죽음을 맞았죠. 당신은 동생과 함께 금을 찾으러 나섰어요. 당신이 아니라 동생이 금을 찾았고요. 그러자 이번에는 그가 벌을 받았죠. 아버지가 그러시더군요, 당신과 톰은 자주 싸웠다고. 어렸을 때부터 나가서 혼자 걷곤 했다며 당신의 우울한 성격을 걱정했고요. 당신 어머니가 본 것을 그는 보지 못한 겁니다. 태어났을 때부터 ─ 난산이었죠 ─ 당신에게는 문제가 있었다는 것을, 언제든 누군가를 죽일 준비가 되어 있었다는 것을요.」

「아니에요, 퓐트 씨!」이번에는 조이가 반발하고 나섰다. 「지금 다른 사람 얘길 하고 계시네요. 로버트는 전혀 그런 사람이 아니에요.」

「로버트는 그런 사람입니다, 샌덜링 양. 그가 학교에서 얼마나 힘든 시간을 보냈는지 당신 입으로 직접 얘기를 하지 않았나요? 그는 쉽게 친구를 사귀지 못했어요. 다른 아이들이 그를 못 미더워했거든요. 어쩌면 뭔가가 이상하다는 걸 느꼈기 때문에 그랬을지 모를 일이죠. 그리고 집을 나와서 브리스틀에서 일을 했을 때 몸싸움을 벌였다가 경찰에 체포돼 구치소에서 하룻밤을 보낸 적도 있었고요.」

「상대방의 턱과 갈비뼈 세 대를 부러뜨렸죠.」처브가 덧붙였다. 사건 파일을 확인한 모양이었다.

「메리 블래키스턴은 큰아들의 성향을 꿰뚫어 보고 있었을 겁니다.」 퓐트는 하던 이야기를 계속했다. 「사실 그녀는 외부 세계로부터 아들을 보호하고 있었던 게 아니에요. 아들로부터 외부 세계를 보호했던 거죠. 그녀는 반려견 벨라가 어쩌다 그렇게 됐는지 알았거나 어렴풋이 눈치를 챘을 겁니다. 안 그랬다면 뭐 하러 목걸이를 보관했을까요? 그녀는 호수에서 어떤 일이 벌어졌는지 목격했어요. 네. 바느질하는 방의 테이블에 앉아서 자기가 아니라 동생이 금을 발견했다는 데 화가 난 로버트가 톰을 죽이는 걸 보았죠. 그날부터 그녀는 그의 주변에 담을 쌓았습니다. 매튜 블래키스턴은 그녀가 벽을 쌓았다는 표현을 썼어요. 그조차 로버트에게 접근하지 못하도록 막았으니까요. 하지만 그는 이유를 알지 못했죠. 그녀는 그에게 진실을 감추고 싶었던 겁니다.

이제 우리는 그녀가 결혼을 왜 그렇게 반대했는지 알 수 있습니다, 샌덜링 양. 이번에도 그녀가 걱정한 부분은 당신의 부인으로서의 자질이 아니었어요. 그녀는 아들이 어떤 아이인지 알았기 때문에 결혼시키지 않기로 작정했으니까요. 그리고 다운 증후군에 걸린 당신의 오빠 문제라면 당신이 그녀의 말뜻을 전혀 잘못 해석했어요. 그녀는 일기장에 의미심장한 말을 남겼죠. 〈나는 그녀의 가족을 오염시킬 그 끔찍한 병을 떠올리며……〉 제임스 프레이저와 처브 경위, 두 사람 모두 그녀의 말뜻을 오해했어요. 그녀가 말한 병은 아들의 광기였죠. 결혼을 허락하면 나중에 샌덜링 양의 가족이 거기에 오염될지 모른다고 두려워했고요.」

「이만 나가 보겠습니다!」 로버트 블래키스턴이 자리에서 일어섰다. 「이런 헛소리를 계속 듣고 있을 이유가 없네요.」

「거기 그 자리에 가만히 있기 바라네.」 처브가 그에게 말했다. 「두 남자가 문밖을 지키고 있고 퓐트 씨의 이야기가 끝나기 전에는 아무 데도 가지 못할 테니.」

로버트는 미친 듯이 주변을 두리번거렸다. 「다른 가설은 또 뭡니까, 파운드 씨? 내가 어머니의 입을 막으려고 어머니를 죽였다고 하실 참인가요? 그렇게 생각하십니까?」

「아닙니다, 블래키스턴 씨. 나는 당신이 어머니를 살해하지 않았다는 걸 잘 압니다. 자리에 앉으시면 어떻게 된 영문인지 정확하게 알려 드리죠.」

로버트 블래키스턴은 망설이다 다시 자리에 앉았다. 프레이저는 조이 샌덜링이 그에게서 몸을 돌리는 것을 눈치챌 수밖에 없었다. 그녀는 비참한 표정으로 그의 시선을 피했다.

「당신 어머니의 머릿속으로 들어가 볼까요?」 퓐트가 말을 이었다. 「이번에도 대부분이 추측에 불과하지만 그간 펼쳐진 사건들을 이해하려면 그 방법밖에 없으니 말입니다. 그녀는 정신 상태가 위험한 아들과 함께 살고 있습니다. 나름대로 아들을 보호하려고 하죠. 한시도 아들한테서 눈을 떼지 않고요. 하지만 둘의 관계가 점점 마찰이 심해지고 불편해지자, 둘 사이에서 점점 험악한 분위기가 조성되자 그녀는 걱정스러워집니다. 아들이 눈이 뒤집혀 자기를 공격하면 어쩌나 싶은 거죠.

그녀에게는 비밀을 털어놓는 친구가 한 명 있습니다. 그녀는 매그너스 파이 경을 돈도 많고 집안도 좋은 사람으로 떠받들며 지내고 있습니다. 그는 그녀보다 훨씬 우월한 존재이자 무려 귀족입니다. 그는 가족 문제에 여러 번 도움을 준 적이 있습니다. 그녀를 가정부로 채용했지요. 아이들 아버지가 멀리 가 있는 동안 재미있는 게임을 만들어서 아이들과 놀아 주었지요. 결혼 생활이 파경에 이른 뒤에도 그녀를 저버리지 않았고 나중에는 목숨을 부지한 아들의 일자리를 두 번이나 주선해 주었지요. 심지어 자신의 영향력을 동원해 로버트를 구치소에서 빼내기까지 했습니다.

그에게 살인 사건에 대해 털어놓을 수는 없습니다. 그랬다가는 그가 경악하며 그들 두 사람을 내쫓을 수도 있으니까요. 하지만 좋은 수가 있습니다. 그녀는 진실을 낱낱이 공개한 편지를 넣고 밀봉한 봉투를 그에게 맡깁니다. 작은 아들의 죽음, 죽임을 당한 개, 우리는 절대 알지 못할 기타 등등의 진실을요. 그녀는 이런 식으로 로버트 블래키스턴의 진상을 폭로하지만 묘수를 씁니다. 그녀가 죽는 경우에만 편지를 뜯어보게 한 거죠. 편지를 전달하고 편지가 안전한 곳에 보관되자 그녀는 로버트에게 알립니다. 이 편지가 안전망 역할을 할 겁니다. 매그너스 경은 약속을 지킬 겁니다. 열어 보지 않을 겁니다. 안전하게 보관만 할 겁니다. 하지만 그녀에게 무슨 일이 생기면, 그녀가 수상한 죽음을 맞으면 그는 그 편지를 읽을 테고 범인이 누군지 알겠죠. 완벽한 작전입니다. 로버트는 감히 그녀를 공격할 수가 없습니다. 그녀에게 해코지를 할 수가 없습니다. 편지 덕분에 그는 무장 해제됩니다.」

「모르는 소리하지 마세요.」 로버트가 말했다. 「당신이 그걸 **알 리가** 없잖아요.」

「나는 모르는 게 없어요!」 퓌트는 잠깐 멈추었다가 다시 말을 이었다. 「이제 메리 블래키스턴의 사망 사건으로 돌아가서 어떻게 된 일인지 살펴보기로 하죠.」

「그녀를 살해한 범인이 누굽니까?」 처브가 따져물었다.

「없습니다!」 퓐트는 미소를 지었다. 「그것이 이 사건의 특이하고 유감스러운 부분이죠. 그녀는 정말 사고로 죽었어요. 그뿐입니다!」

「잠깐만요!」 프레이저가 구석 자리에서 외쳤다. 「매튜 블래키스턴이 그녀를 죽였다고 하셨잖아요.」

「맞아. 하지만 고의로 그런 건 아니었고 그는 심지어 자기한테 책임이 있는 줄도 몰랐어. 제임스, 자네도 기억할 테지만 그는 그날 아침에 이상한 예감을 느끼고 부인한테 전화를 했다지 않던가. 그리고 이것 역시 기억할 테지만 그 집은 2층 전화기가 고장이 났지. 우리를 만났을 때 레이디 파이가 그렇게 얘기했지 않았나. 그러니까 어떻게 된 일인가 하면 간단해. 메리 블래키스턴은 층계 꼭대기를 청소기로 밀고 있었어. 전화벨이 울리자—1층으로 달려가서 받는 수밖에 없었지. 그 와중에 전선에 발이 걸리는 바람에 그녀는 데굴데굴 굴렀고 그녀에게 딸려 내려가던 청소기는 난간동자 꼭대기에 걸린 걸세.

내가 보기에 그 일은 사고였다고 하는 게 유일하게 논리적으로 무리가 없는 해석이야. 메리 블래키스턴은 집 안에 혼자 있었다네. 그녀의 열쇠는 잠긴 뒷문에 꽂혀 있었고 브렌트는 앞쪽에서 일을 하고 있었지. 누가 안에서 나왔다면 그가 보았을 거야. 그리고 계단에서 떠미는 것은…… 현명한 살인 수법이 못 된다네. 상대가 죽을 거라고 무슨 수로 장담할 수 있겠나. 그냥 심각한 부상만 당하면 어쩌려고?

하지만 색스비온에이번 주민들의 생각은 달랐어. 그들은 오로지 살인을 운운했지. 게다가 엎친 데 덮친 격으로 메리 블래키스턴은 아들과 불과 며칠 전에 말싸움을 벌이지 않았나. 〈엄마가 콱 죽어 버려서 숨 좀 돌리고 살면 더 바랄 게 없겠네.〉 그때 로버트는 아무 생각이 없었겠지만 어머니가 쓴 편지의 조건이 딱 맞아떨어진 거지, 어디까지나 우리의 추측이지만. 그녀는 끔찍하게 죽었어. 그가 유력한 용의자였고.

　그는 1주일 뒤에서야 장례식장에서 깨달았지. 고맙게도 목사님이 원고를 빌려주신 덕분에 정확히 뭐라고 하셨는지 파악할 수 있었다네. 〈오늘 우리는 그녀의 죽음을 애도하기 위해 이 자리에 모였지만 그녀가 남긴 유산을 기억해야 합니다.〉 목사님이 말하길 이 말을 듣고 로버트가 흠칫 놀라며 손으로 눈을 덮었다고 하더군. 그럴 만도 했지. 울컥해서 그랬던 게 아니야. 어머니가 남긴 **유산이** 떠올랐기 때문이었지.

　다행히 매그너스 경과 레이디 파이는 집을 비웠다네. 남프랑스로 휴가를 떠났거든. 시간이 별로 없었기 때문에 로버트는 당장 행동을 개시했지. 바로 그날 밤에 그는 시신이 발견됐을 때 브렌트가 부숴 놓은 문으로 파이 홀에 몰래 들어갔지. 그의 목표는 간단했어. 매그너스 경이 돌아오기 전에 편지를 찾아서 없애는 것.」 퓐트는 다시 한번 로버트를 쳐다보았다. 「이 부당한 사태에 화가 났겠어요. 당신은 아무 짓도 하지 않았는데! 당신의 잘못이 아니었는데! 하지만 그 편지가 공개되면 어린 시절의 비밀이 밝혀질 테고 그럼 결혼은 물 건너간 얘기가 될 게 분명했죠.」 이제 그는 경악한 표정으로 이야기를 열심히 듣고 있던 조이에게로 고개를 돌렸다. 「받아들이기 쉽지 않다는 걸 압니다, 샌덜링 양. 당신의 희망을 짓밟는 것이 나로서도 언짢은 일이에요. 하지만 옆에 앉아 있는 이 남자는 당신을 진심으로 사랑하고, 당신과 함께 지내고 싶은 마음에 그런 짓을 저질렀다고 하면 위안이 될 수 있을까요?」

조이 샌덜링은 아무 대꾸도 하지 않았다. 퓐트는 하던 이야기를 계속했다.

「로버트는 집 안을 샅샅이 뒤졌지만 아무것도 찾지 못했습니다. 매그너스 경이 편지를 다른 서류와 함께 서재의 금고에 넣어 두었거든요. 금고는 그림으로 가려져 있었고 복잡한 숫자를 입력해야 열 수 있었는데 ─ 로버트는 그걸 알 길이 없었죠. 그래서 어쩔 수 없이 빈손으로 나와야 했습니다.

하지만 이제 다른 문제가 생겼습니다. 무단 침입을 어떤 식으로 포장하느냐. 집에서 아무것도 들고 나오지 않으면 매그너스 경은 ─ 그리고 경찰은 ─ 다른 동기를 의심할 수 있었고 편지의 정체가 밝혀지면 그가 용의선상에 오를 수 있었습니다. 해결책은 간단했습니다. 그는 장식장을 열고 예전에 딩글 델에서 발견된 로마 시대에 은으로 만들어진 보물을 꺼냈죠. 레이디 파이의 보석도 몇 점 챙겼고요. 이제는 누가 봐도 절도범의 소행이었어요. 물론 그는 들고 나온 물건에 전혀 관심이 없었습니다. 위험을 감수해 가며 그걸 팔 생각도 없었고요. 그래서 어떻게 했을까요? 절대 발견될 일이 없도록 호수에 던졌죠. 하지만 안타깝게도 하나는 예외였어요. 허둥지둥 잔디밭을 가로지르다 은으로 된 벨트 버클을 떨어뜨리는 바람에 다음 날 그걸 주운 브렌트가 조니 화이트헤드에게 팔아넘겼거든요. 그래서 시경의 잠수부들이 나머지 보석들을 찾아냈고 무단 침입의

325

진짜 이유가 밝혀졌죠.

편지는 금고 안에 계속 들어 있었습니다. 매그너스 경은 프랑스에서 돌아왔고요. 그 뒤로 며칠 동안 그는 다른 일로 바빴을 테고 로버트, 당신은 호출을 기다리느라 마음을 졸였겠죠. 매그너스 경은 어떻게 할까? 당장 경찰에 신고할까 아니면 설명할 기회를 줄까? 결국 아내가 런던으로 놀러 간 목요일에 그가 파이 홀로 당신을 호출합니다. 이렇게 해서 드디어 범행의 순간에 다다랐군요.

매그너스 경은 편지를 읽었습니다. 그가 어떤 반응을 보였을지는 잘 모르겠네요. 분명 충격을 받았겠죠. 로버트 블래키스턴이 어머니를 살해한 건 아닌지 의심했을까요? 그랬을 가능성이 큽니다. 하지만 그는 영리한 — 어떻게 보면 신중하달 수도 있는 — 남자입니다. 오래전부터 로버트와 알고 지냈기에 그에 대한 두려움이 없습니다. 예전부터 로버트의 멘토를 자청했는걸요. 하지만 만일의 경우에 대비해 리볼버를 꺼내서 책상 서랍에 넣어 둡니다. 나중에 처브 경위가 그걸 발견하는데요, 예방 차원에서 취한 조치일 뿐이었죠.

7시에 자동차 정비소가 문을 닫습니다. 로버트는 집에 가서 씻고 말쑥한 옷으로 갈아입습니다. 매그너스 경을 만나서 무죄를 호소하고 이해를 구하기 위해서였죠. 같은 시각, 다른 사람들도 분주하게 움직이고 있습니다. 매튜 블래키스턴은 아내의 처우를 놓고 매그너스 경에게 따지기 위해 카디프에서 오는 중이죠. 방금 전에 해고당한 브렌트는 늦게까지 일을 하고 페리맨으로 가는 길이고요. 로빈 오즈번은 양심의 가책을 느끼고 교회에서 흥분을 가라앉히려고 합니다. 헨리에타 오즈번은 걱정이 돼서 남편을 찾아 나서고요. 이들의 경로가 숱하게 엇갈리지만 특정한 패턴은 등장하지 않습니다.

8시 20분에 로버트는 운명의 만남을 위해 길을 나섭니다. 그는 교회 밖에 세워져 있는 목사의 자전거를 보고 충동적으로 그걸 타고 가기로 합니다. 목사가 실은 교회 안에 있다는 걸 알 턱이 없죠. 그는 누구와도 마주치지 않고 파이 홀에 도착하자 로지 앞에 자전거를 세워 두고 진입로를 걸어서 올라갑니다. 매그너스 경이 직접 문을 열어 주고, 살인이 어떤 식으로 이루어졌는지는 잠시 후에 설명하도록 하겠습니다. 먼저 큰 그림을 완성해야 하거든요. 때마침 도착한 매튜 블래키스턴은 로지 옆에 주차한 순간 자전거를 봅니다. 진입로를 걸어 올라가던 그를 이제 막 일을 마친 브렌트가 목격하고요. 그가 문을 두드리자 잠시 후에 매그너스 경이 문을 엽니다. 매튜 블래키스턴이 상당히 정확하게 설명했으니 어떤 대화가 오갔는지 프레이저, 자네도 기억할 테지?

〈자네!〉 매그너스 경은 놀라워하는데, 그럴 만한 이유가 있습니다. 아들과 안에서 아주 민감한 대화를 나누고 있는 바로 그 순간에 아버지가 찾아왔으니까요. 매그너스 경은 그의 이름을 부르지 않습니다. 최악의 시점에 아버지가 찾아왔다는 걸 로버트에게 알리고 싶지 않은 거죠. 하지만 매튜를 내보내기 전에 그 틈을 타서 묻습니다. 〈정말로 내가 자네 개를 죽였다고 생각하나?〉 로버트와 방금 전에 나눈 대화의 내용을 확인하고 싶은 게 아니었다면 뭐 하러 그런 질문을 했을까요? 아무튼 매그너스 경은 문을 닫습니다. 매튜는 떠나고요.

살인 사건이 벌어집니다. 로버트 블래키스턴은 빌린 자전거를 타고 허둥지둥 집에서 빠져나갑니다. 사방은 어두컴컴합니다. 가는 길에 누굴 만날 걱정은 없습니다. 페리맨에 있던 브렌트는 음악이 잠잠해진 순간에 지나가는 자전거 소리를 듣고 목사인가 보다고 생각합니다. 로버트는 자전거를 교회에 다시 가져다 놓지만 몸에 워낙 피가 많이 튀어서 그게 핸들에도 묻습니다. 교회에서 나온 목사는 자전거를 타고 집으로 돌아갈 테니 그 피가 옷에 묻을 수밖에 없겠죠. 오즈번 부인이 저를 만났을 때 안절부절못한 이유가 그 때문이었을 겁니다. 남편을 범인이라고 생각할 수도 있는 상황이었으니까요. 뭐, 조만간 진실을 알게 될 테지만요.

그날 밤에 펼쳐진 연극의 마지막 장이 남았군요. 매튜 블래키스턴은 생각이 바뀌어서 매그너스 경과 담판을 지으려고 다시 찾아갑니다. 그는 몇 분 차로 아들과 엇갈리지만 우편물 투입구 너머로 시신을 확인하고 쓰러지는 바람에 화단의 보드라운 흙에 손자국을 남기죠. 그는 의심을 살까 걱정스러운 마음에 얼른 도망치지만 방금 전에 런던에서 돌아온 레이디 파이에게 목격되고 그녀는 잠시 후 집 안으로 들어가서 남편을 발견하죠.

남은 건 살인 사건뿐이니 이제 설명을 할까요.

로버트 블래키스턴과 매그너스 파이 경은 서재에서 만납니다. 매그너스 경은 메리 블래키스턴이 오래전에 쓴 편지를 꺼내 놓았는데, 금고를 가린 그림이 벽에서 살짝 떨어져 있었던 것을 기억하실 테죠. 편지는 책상 위에 놓여 있고 두 사람은 거기 적힌 내용에 대해 의견을 주고받습니다. 로버트는 매그너스 경에게 아무 짓도 저지르지 않았다고, 어머니의 참혹한 죽음은 자신의 탓이 아니라고, 믿어 달라고 하죠. 공교롭게도 두 번째 편지가 책상 위에 놓여 있습니다. 매그너스 경이 그날 받은 편지죠. 딩글 델의 파괴를 운운하며 협박과 심지어 격한 표현이 적혀 있고요. 우리도 이제는 알다시피 다이애나 위버라는 이 마을 주민이 레드윙 박사의 타자기로 작성한 편지였죠.

두 장의 편지. 두 장의 봉투. 이걸 기억해야 합니다.

대화는 매끄럽게 진행되지 않습니다. 매그너스 경이 한때 애제자였던 그의 정체를 폭로하겠다고 협박했을 수도 있습니다. 경찰에 신고하기 전에 고민해 보겠다고 했을 수도 있고요. 매그너스 경이 배웅하러 앞장섰을 때 로버트는 가장 매력적이고 설득력 있는 모습으로 따라나섰을 겁니다. 하지만 메인 홀에 다다르자 공격을 감행합니다. 이미 봐두었던 갑옷 세트에서 칼을 빼어 든 거죠. 마침 매그너스 경이 얼마 전에 그 칼로 아내의 초상화를 난도질한 적이 있기 때문에 소리도 없이 칼집에서 스르르 빠져나옵니다. 로버트는 요행을 바라지 않습니다. 그의 정체가 탄로 나는 것은 안 될 일입니다. 조이 샌딜링과의 결혼은 강행되어야 합니다. 그는 뒤에서 매그너스 경의 목을 자르고 서재로 돌아가서 증거를 없앱니다.

하지만 그는 여기서 두 가지 결정적인 실수를 저지르죠. 그는 어머니의 편지를 구겨서 벽난로에 던집니다. 그 와중에 매그너스 경의 피가 편지에 묻는데, 나중에 그걸 우리가 발견했고요. 하지만 그보다 더 어처구니없는 실수는 — 엉뚱한 봉투를 태운 겁니다! 내가 그 실수를 한눈에 알아차린 이유는 위버 부인의 편지는 타자기로 적혀 있는데 남은 봉투에는 손 글씨가 적혀 있어서 그런 게 아닙니다. 천만에요. 봉투에 아주 깍듯하게 매그너스 파이 경이라고 적혀 있는 것이 편지의 내용과 전혀 어울리지 않았거든요. 편지에서는 그를 〈나쁜 놈〉이라고 지칭했습니다. 죽여 버리겠다고 협박했고요. 그런데 봉투에는 매그너스 경이라고 적을까요? 그건 아니지 싶어서 위버 부인에게 이 부분에 대해서 물어보려고 했는데, 제가 그만 기절을 하고 말았죠. 상관없습니다. 우리에게는 봉투가 있고 메리 블래키스턴의 일기장이 있으니까요. 내가 프레이저에게도 얘기했다시피 그 둘의 필체가 같았습니다.」

핀트는 이야기를 멈추었다. 극적인 결론도 최후의 열변도 없었다. 그런 건 그의 스타일이 아니었다.

처브는 고개를 저었다. 「로버트 블래키스턴.」 그는 읊조렸다. 「당신을 살인 혐의로 체포하겠소.」 그는 공식적인 경고에 이어 덧붙였다. 「하고 싶은 말이 있나?」

마지막 몇 분 동안 블래키스턴은 그의 모든 미래가 거기 달려 있기라도 한 것처럼 바닥 위의 한 점을 응시하고 있었다. 그러다 갑자기 고개를 들었을 때 그의 눈에서는 눈물이 쏟아져 나오고 있었다. 그 순간 프레이저는 욱하는 마음에 동생을 죽이고 이후로 계속 숨어 지낸 열네 살짜리 아이의 모습을 쉽게 상상할 수 있었다. 그는 조이를 돌아보았다. 그는 오직 그녀에게만 말을 건넸다. 「당신을 위해서 그랬어.」 그가 말했다. 「당신을 만난 게 내 인생 최고의 행운이었고 나는 당신 곁에 있어야 완전한 행복을 누릴 수 있었어. 그걸 아무한테도 빼앗기고 싶지 않았고 어쩔 수 없는 상황이 닥치면 나는 또 그럴 거야. 당신을 위해서 그런 거야.」

4

1955년 8월 자『더 타임스』.

아티쿠스 퓐트의 사망 소식이 영국 언론에 대대적으로 보도됐지만 조수로서 그와 6년을 함께한 내가 어느 누구보다 그를 잘 안다고 할 수 있으니 몇 마디 보탤까 한다. 나는『스펙테이터』잡지에 실린 광고를 보고 찾아갔을 때 퓐트 씨를 처음 만났다. 광고에는 최근 독일에서 건너온 사업가가 타자, 관리, 연관 잡무를 맡길 믿음직한 비서를 구한다고 되어 있었다. 루덴도르프 다이아몬드를 회수하고 관련인을 줄줄이 체포하는 개가를 올린 뒤 어마어마한 유명 인사가 됐음에도 불구하고 그가 사설탐정이라는 자신의 신분을 밝히지 않은 것이었다. 퓐트 씨는 늘 그렇게 겸손했다. 최근에 색스비온에이번이라는 서머싯의 마을에서 부유한 지주가 살해당한 사건 등 경찰 편에서 수많은 사건의 해결을 거들었음에도 불구하고 그는 그림자를 자청했고 절대 생색을 내지 않았다.

그의 죽음의 방식을 놓고 오가는 이런저런 억측을 이참에 내가 바로잡고 싶다. 퓐트 씨가 마지막 사건을 수사하는 동안 피조스티그민이라는 독극물을 다량 입수한 것은 사실이고 경찰에 반환할 의무가 있었던 것도 사실이다. 그가 반환을 하지 않은 이유는 화장을 한 이후에 내게 전달된 유서를 통해 분명히 밝혔다시피 스스로 목숨을 끊을 작정이었기 때문이었다. 나는 몰랐지만 퓐트 씨는 심각한 악성 뇌종양으로 살날이 얼마 남지 않았다는 진단을 받았기에 불필요한 고통을 예방하기로 결심한 뒤였다.

그는 내가 아는 중에서 가장 친절하고 지혜로운 사람이었다. 전쟁 이전과 도중에 독일에서 쌓은 균형감이 탐정 생활에 도움이 됐을 것이다. 그는 악의 기운을 천부적으로 간파했고 한 치의 오차도 없이 정확하게 그 싹을 제거하는 능력이 있었다. 우리는 많은 시간을 함께 보냈지만 그에게는 친구가 거의 없었고 나는 그의 탁월한 지성이 어떤 식으로 발현되는지 완벽하게 파악했다고 말할 수 없을 것이다. 그는 묘비를 세우지 말고 자신의 유골을 색스비온에이번의 딩글 델 근처에 뿌려 달라고 했다. 딩글 델은 그 덕분에 파괴를 면한 숲 이름이다.

아무튼 그가 말년에 많은 시간을 할애했던 『범죄 수사의 풍경』이라는 걸작의 원고와 메모와 자료를 내가 가지고 있다. 미완으로 남은 것은 비극이지만 내가 찾은 모든 것을 옥스퍼드 범죄학 센터의 크리나 허턴 교수에게 전달했으니 이 획기적인 논문이 조만간 대중들에게 공개될 수 있길 바란다.

제임스 프레이저

크레타섬, 아요스 니콜라오스

여기에 추가할 이야기는 많지 않다.

클로버리프 북스는 사업을 접었다 — 문 닫은 출판사를 표현하기에 가장 적절한 단어가 이것이 아닐까 한다. 찰스는 교도소에 있고 보험사에서는 화재로 전소된 건물의 보험금 지급을 거부했기 때문에 아주 골치가 아팠다. 잘나가던 작가들은 잽싸게 출판사를 갈아탔다. 조금 실망스럽기는 했지만 아주 놀랍지는 않았다. 자길 살해할지도 모르는 사람에게 원고를 맡기고 싶은 작가가 어디 있겠는가.

나는 당연히 실업자가 됐다. 퇴원하고 집에서 쉬는 동안 비난의 화살이 일부 나에게로 쏠리는 것을 보고 나는 깜짝 놀랐다. 내가 서두에서도 이야기했다시피 찰스 클로버는 출판계에서 입지가 단단했기 때문에 다들 내가 그를 배신했다고 여기는 분위기였다. 이러니저러니 해도 그는 그레이엄 그린, 앤서니 버제스, 뮤리얼 스파크의 작품을 출간했고 살해한 작가는 딱 한 명, 그것도 요주의 인물로 소문이 자자했던 앨런 콘웨이였다. 어차피 살날이 얼마 남지 않은 사람을 죽였다고 그렇게 난리를 부렸어야 했을까? 이렇게 장황하게 말로 표현한 사람은 없었지만 마침내 절뚝거리며 몇 군데 문학 행사 — 콘퍼런스와 출간 기념회 — 에 참석했을 때 내가 받은 느낌은 그랬다. 여성 문학상에서는 나를 심사 위원으로 초빙하지 않기로 했다. 나를 태워 죽이려고 했고 갈비뼈가 부러질 정도로 세게 걷어찼던 찰스의 모습을 그들도 보았어야 하는 거였는데. 나는 조만간 다시 일을 시작할 생각이 없었다. 마음도 떠났고 시력도 회복되지 않았다. 그건 지금도 마찬가지다. 『제인 에어』의 가엾은 로체스터 씨처럼 아예 눈이 멀지는 않았지만 글을 많이 보면 눈이 피곤하고 단어들이 종이 위에서 움직인다. 요즘 나는 오디오 북을 더 좋아한다. 19세기 문학으로 다시 돌아갔다. 탐정 소설은 피한다.

나는 크레타섬의 아요스 니콜라오스에서 살고 있다.

결국에는 그렇게 결론이 내려졌다. 런던에 있을 이유가 없었다. 수많은 친구들이 내게 등을 돌렸고 안드레아스는 아무튼 떠나기로 되어 있었다. 그를 따라가지 않으면 바보였고 내 동생 케이티가 최소 1주일에 걸쳐 얘기한 바로도 그랬다. 결국 가장 중요한 것은 내가 그를 사랑하고 있다는 사실이었다. 나는 브래드퍼드온에이번 기차역에 혼자 앉아 있었을 때 그 사실을 깨달았고 그가 반짝이는 갑옷을 입은 기사처럼 등장해 화염을 뚫고 나를 구했을 때 다시금 확신했다. 오히려 고민을 해야 하는 쪽은 그였다. 나는 그리스어를 한 마디도 할 줄 몰랐다. 요리 솜씨도 그저 그랬다. 시각 장애가 생겼다. 이런 내가 어느 짝에 쓸모가 있겠는가.

내가 이런 생각을 일부분 말로 표현했을 때 그는 크라우치 엔드의 그리스 식당으로 데려가 다이아몬드 반지(그의 능력을 훨씬 웃도는 선물이었다)를 꺼내고 모든 손님들이 보는 앞에서 한쪽 무릎을 꿇는 것으로 화답했다. 나는 너무 놀란 나머지 얼른 대답하지 못했고 그는 일어날 타이밍을 놓쳤다. 그는 결국 은행에서 대출을 받지 않았다. 내가 아파트를 처분했고 그가 마뜩찮아 하는 기색을 보이자 폴리도로스 호텔에 어느 정도 투자를 해야 동등한 파트너가 될 수 있다고 고집을 부렸다. 정신 나간 짓이었을지 몰라도 그런 일도 겪은 마당에 사실 상관없었다. 나는 그냥 죽을 뻔했던 게 아니었다. 내가 믿었던 모든 것을 빼앗겼다. 내 인생이 아티쿠스 핀트의 이름처럼 순식간에 완전히 해체된 듯한 느낌이었다. 무슨 말인지 이해가 되려나? 내 새로운 삶은 예전 삶의 애너그램인 듯했고 살아 보기 전에는 어떤 양상을 띠게 될지 알 수 없을 것이었다.

영국을 떠난 지 2년이 지났다.

폴리도로스는 아직 수익다운 수익을 내지 못하지만 손님들은 좋아하는 눈치고 이번 시즌에는 빈 객실이 거의 없었으니 제대로 운영되고 있다고 보아야 할 것이다. 호텔은 환하고 허름하고 다채로운 아요스 니콜라오스의 끝자락에 있다. 이 마을에는 자질구레한 장신구와 싸구려 기념품을 파는 가게가 너무 많지만 진정한 그리스다운 분위기라 여기서 살고 싶다는 생각을 하게 만든다. 해안가이고 바다는 아무리 봐도 질리지 않는다. 어쩌나 눈부시게 파란지 지중해가 웅덩이처럼 느껴진다. 주방과 로비는 돌이 깔린 테라스로 이어지는데, 여기에 열댓 개의 테이블을 놓고 — 아침, 점심, 저녁에 연다 — 소박하고 신선한 로컬 푸드를 제공하고 있다. 안드레아스는 주방에서 일을 한다. 그의 사촌 야니스는 거의 아무 일도 하지 않지만 마당발이라(그걸 여기서는 〈비스마〉라고 한다) 홍보를 제대로 한다. 그리고 필리포스, 알렉산드로스, 게오르기오스, 넬, 기타 가족과 친구들이 우르르 몰려와 낮에는 우리 일을 돕고 밤늦도록 같이 라키를 마신다.

나는 이걸 글로 정리할 수 있을 테고 언젠가는 정말 글로 옮길지 모른다. 결단을 내린 끝에 그리스 애인, 특이한 그의 가족, 각양각색의 고양이, 이웃, 납품업자, 손님과 더불어 에게해의 햇살 아래에서 잘 살아 나가고 있는 중년의 여성. 예전에는 그런 책에 걸맞은 시장이 존재했는데, 두말하면 잔소리지만 책이 팔리길 바란다면 진실을 1백 퍼센트 공개하면 안 될 것이다. 나는 여전히 크라우치 엔드를 그리워하는 마음이 있고 출판계가 그립다. 안드레아스와 나 사이에서 돈 걱정이 끊이지 않는 것도 스트레스다. 인생은 예술을 모방할지 몰라도 — 대개는 거기에 못 미친다.

희한하게도 『맥파이 살인 사건』은 결국 출간됐다. 클로버리프가 무너진 이후에 다른 출판사에서 몇몇 작품을 가져갔는데, 아티쿠스 퓐트 시리즈는 공교롭게도 내가 예전에 몸담았던 오리온 북스로 넘어갔다. 그쪽에서 표지를 바꾸고 시리즈를 재출간하면서 동시에 『맥파이 살인 사건』을 선보였다. 지금쯤 그 탐정의 이름 뒤에 숨겨진 고약한 진실을 전 세계 독자들이 알게 됐을 테지만 단기적으로는 아무 상관 없었다. 실제 현실 속에서 벌어진 살인 사건과 재판에 언론의 관심이 쏠리자 책에 대한 관심이 증폭됐고 나는 그 책이 베스트셀러 목록에 있는 걸 보고 놀라지 않았다. 로버트 해리스는 『선데이 타임스』에서 상당히 호평했다.

요전번에는 바닷가를 걸어가다 직접 본 적도 있었다. 어떤 여자가 접의자에 앉아서 그 책을 읽고 있었고 뒤표지에 실린 앨런 콘웨이의 사진이 나를 빤히 쳐다보았다. 그의 얼굴을 보았을 때 나는 분노가 치밀어 올랐다. 찰스가 앨런을 두고, 아티쿠스 퓐트 시리즈를 좋아하는 수백 만 독자들의 즐거움을 이기적으로 아무 이유 없이 짓밟았다고 했던 게 떠올랐다. 그의 말이 맞았다. 나도 그중 한 사람이었고 찰스가 아니라 내가 애비그레인지의 탑 위에서 두 손으로 앨런을 밀쳐서 살해했다면 어땠을지 잠깐 동안 상상해 보았다. 내 모습이 실제로 그려졌다. 그는 당해도 싼 인간이었다.

한때 탐정이었던 내가 이제는 살인범이 되었다.

그런데 솔직히 이쪽이 더 마음에 들었다.

옮긴이의 말

영미권에서는 1920년대에서 1930년대까지를 고전 탐정 소설의 황금시대로 보는데, 이 시대를 풍미했던 가장 뛰어난 작가가 애거사 크리스티였다. 그녀의 작품이 성서와 셰익스피어 전집 다음으로 많이 팔렸다고 하니 그 정도면 말 다했다고 볼 수 있을 것이다. 한편 현대 작가를 통틀어 고전 탐정 소설의 수법을 앤서니 호로위츠만큼 잘 아는 작가도 드물다. 이미 아서 코넌 도일에 빙의한 『셜록 홈즈: 실크 하우스의 비밀』(2011)과 『셜록 홈즈: 모리어티의 죽음』(2014)으로 국내에서도 인기를 얻었을 뿐 아니라 이언 플레밍 재단의 의뢰를 받아서 제임스 본드를 부활시켰고 애거사 크리스티의 푸아로를 영국의 안방극장에 소개한 바 있으니 말이다. 그런 그가 이번에는 『맥파이 살인 사건』(2016)에서 다시 한번 새로운 도전에 나섰으니 바로 〈애거사 크리스티 따라하기를 통한 고전 탐정 소설의 황금시대의 재현〉이다.

애거사 크리스티를 향한 오마주는 곳곳에서 드러난다. 연달아 벌어지는 예기치 않은 죽음. 현학적인 탐정. 어수룩한 조수.

오지랖 넓은 참견쟁이. 특이한 목사. 그리고 저마다 비밀을 품고 있는 수많은 용의자들. 그런가 하면 무대가 되는 영국의 어느 조용한 마을의 이름이 색스비온에이번이다. 살인이 벌어진 저택은 파이 홀이다. 거기서 머리가 잘린 지주는 온 마을 사람들의 미움을 샀으며 누이는 그를 증오한다. 동요를 사랑했던 애거사 크리스티의 취향을 반영이라도 하듯 각 장의 제목을 동요에서 따왔고 심지어 『패딩턴발 4시 50분』의 설정을 고스란히 차용했다.

그런데 이 『맥파이 살인 사건』의 엄청난 매력은 액자 소설이라는 데에 있다. 내부 이야기에서는 애거사 크리스티를 향한 오마주가 이루어지지만 외부 이야기에서는 현대 장르 문학 작가의 애환이 소개된다. 호로위츠는 줄거리를 구상하는 단계에서 허구 세계를 통틀어 가장 위대한 탐정으로 떠받들어졌던 셜록 홈스를 질색하게 된 아서 코넌 도일을 떠올렸다고 한다. 이언 플레밍과 본드의 관계도 마찬가지였고, 이 작품에서도 언급이 됐다시피 애거사 크리스티 역시 〈가증스럽고 말만 번드르르하며 짜증 나고 자기밖에 모르는 밥맛〉이라며 에르퀼 푸아로를 증오하게 됐다지 않는가. 호로위츠도 앨릭스 라이더라는 청소년 첩보물로 똑같은 심정을 느꼈기에 앨런을 통해 진지한 작가로 인정받지 못하고 시리즈의 틀 안에 갇혀 버린 억울함과 답답함을 호소했을지 모른다. 하지만 작중 화자인 수전은 이렇게 얘기한다. 〈나로 말할 것 같으면 훌륭한 탐정 소설을 최고로 친다. 거듭되는 반전과 단서, 속임수 그리고 막판에 이르러 모든 게 밝혀졌을 때 진작 알아차리지 못한 나를 발로 차주고 싶어지는 동시에 느껴지는 충족감.〉 나도 추리 소설과 더불어 어린 시절을 보낸 광팬으로서 그녀의 찬사에 십분 동의한다. 그러니 어쩌겠는가. 그들의 가장 위대한 피조물을 증오하게 된 작가들에게는 미안한 일이지만 그들의 바짓가랑이를 붙잡고 작품을 내달라고 계속 조르는 수밖에.

호로위츠는 지금까지 코넌 도일 재단 또는 이언 플레밍 재단에서 의뢰한 작품으로만 성인 장르물에 도전하다 이 『맥파이 살인 사건』을 통해 처음으로 자신의 목소리를 냈는데, 벌써 차기작을 완성했다는 소문이 들린다. 그가 끊임없이 헛다리를 짚는 조수로 직접 등장하는 살인 미스터리물이라고 하니 어떤 내용일지 자못 기대가 된다.

번역 대본으로는 Anthony Horowitz, *Magpie Murders* (London: Orion Books, 2016)를 사용했다.

2018년 7월
이은선

옮긴이 **이은선** 연세대학교에서 중어중문학을, 국제학대학원에서 동아시아학을 전공했다. 편집자, 저작권 담당자를 거쳐 전문 번역가로 활동 중이다. 앤서니 호로위츠의 전작 『셜록 홈즈: 실크 하우스의 비밀』과 『셜록 홈즈: 모리어티의 죽음』을 비롯해 『미스터 메르세데스』, 『파인더스 키퍼스』, 『엔드 오브 왓치』, 『베어타운』 등 다양한 소설을 번역하고 있다.

맥파이 살인 사건

발행일	2018년 8월 10일 초판 1쇄
	2024년 11월 1일 초판 9쇄

지은이	앤서니 호로위츠
옮긴이	이은선
발행인	홍예빈
발행처	주식회사 열린책들

경기도 파주시 문발로 253 파주출판도시
전화 031-955-4000 팩스 031-955-4004
홈페이지 www.openbooks.co.kr 이메일 literature@openbooks.co.kr

Copyright (C) 주식회사 열린책들, 2018, *Printed in Korea.*
ISBN 978-89-329-1918-8 03840

이 도서의 국립중앙도서관 출판예정도서목록(CIP)은 서지정보유통지원시스템 홈페이지(http://seoji.nl.go.kr)와 국가자료공동목록시스템(http://www.nl.go.kr/kolisnet)에서 이용하실 수 있습니다.(CIP제어번호:CIP2018020581)